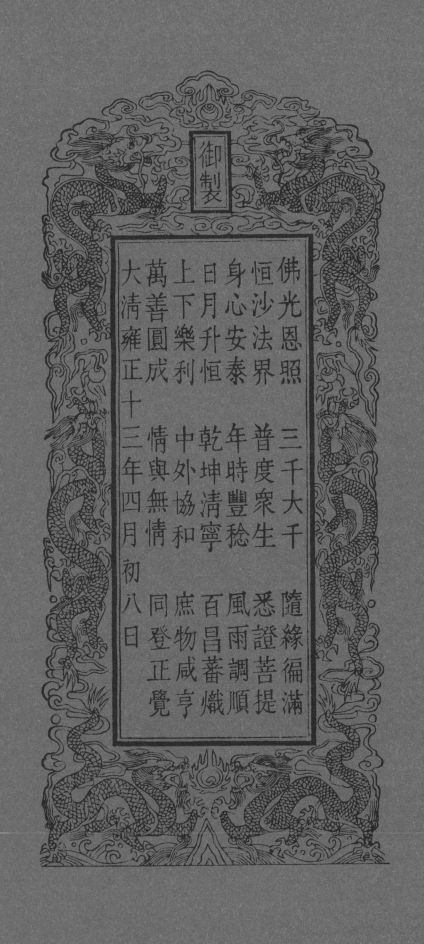

御製

佛光恩照　三千大千　隨緣徧滿
恒沙法界　普度衆生　悉證菩提
身心安泰　年時豐稔　風雨調順
日月升恒　乾坤清寧　百昌蕃熾
上下樂利　中外協和　庶物咸亨
萬善圓成　情與無情　同登正覺
大清雍正十三年四月初八日

第一一七册　此土著述（七）

修習止觀坐禪法要

隋天台山修禪寺沙門智顗述

清刻龍藏佛說法變相圖

修習止觀坐禪法要序

宋　餘杭郡沙門　元照　述

天台止觀有四本一曰圓頓止觀大師於荆州玉泉寺說章安記爲十卷二曰漸次止觀在瓦官寺說弟子法慎記本三十卷章安治定爲十卷今禪波羅蜜是三曰不定止觀即陳尚書令毛喜請大師出有一卷今六妙門是四曰小止觀即今文是大師爲俗兄陳鍼出實大部之梗槩入道之樞要曰止觀曰定慧曰寂照曰明靜皆同出而異名也若夫窮萬法之源底考諸佛之修證莫若止觀天台大師靈山親承承止觀也大蘇妙悟悟止觀也三昧所修修止觀也縱辯而說說止觀也故曰說已心中所行法門則知台教宗部雖繁要歸不出止觀舍止觀不足以明天台道

不足以議天台教故入道者不可不學學者
不可不修柰何叔世寡薄馳走聲利或膠固
於名相或混肴於闇證其書雖存而止觀之
道蔑聞於世得不爲之痛心疾首哉今以此
書流通于世將使聞者見者皆植大乘緣種
況有修者證者則其利尚可量耶予因對校
乃爲叙云時紹聖二年仲秋朔序

修習止觀坐禪法要卷上 一名童蒙止觀 亦名小止觀

隋天台山修禪寺沙門智顗述

諸惡莫作 諸善奉行自淨其意是諸佛教若夫泥洹之法入乃多途論其急要不出止觀二法所以然者止乃伏結之初門觀是斷惑之正要止則愛養心識之善資觀則策發神解之妙術止是禪定之勝因觀是智慧之由藉若人成就定慧二法斯乃自利利人法皆具足故法華經云佛自住大乘如其所得法定慧力莊嚴以此度衆生當知此之二法如車之雙輪鳥之兩翼若偏修習即墮邪倒故經云若偏修禪定福德不學智慧名之曰愚偏學智慧不修禪定福德名之曰狂狂愚之過雖小不同邪見輪轉盖無差別若不均等此則行乖圓備何能疾登極果故經云聲聞之人定力多故不見佛性十住菩薩智慧力多雖見佛性而不明了諸佛如來定慧力等是故了了見於佛性以此推之止觀豈非泥洹大果之要門行人修因之勝路衆德圓滿之指歸無上極果之正體也若如是知者止觀法門實非淺故欲接引始學之流輩開矇冥而進道說易行難豈可廣論深妙今略明十意以示初心行人登正道之階梯入泥洹之等級尋者當愧爲行之難成毋鄙斯文之淺近也若心稱言旨於一眴間則智斷難量神解莫測若虛構文言情乖所說空延歲月取證無由事等貧人數他財寶於己何益者哉

善發第七　覺魔第八　治病第九

證果第十

今畧舉此十意以明修止觀者此是初心學坐之急要若能善取其意而修習之可以安心免難發定生解證於無漏之聖果也

具緣第一

夫發心起行欲修止觀者要先外具五緣第一持戒清淨如經中說依因此戒得生諸禪定及滅苦智慧是故比丘應持戒清淨然有三種行人持戒不同一者若人未作佛弟子時不造五逆後遇良師教受三歸五戒爲佛弟子若得出家受沙彌十戒次受具足戒作比丘比丘尼從受戒來清淨護持無所毀犯是名上品持戒人也當知是人修行止觀必證佛法猶如淨衣易受染色二者若人受得戒已雖不犯重於諸輕戒多所毀損爲修定故即能如法懺悔亦名持戒清淨能生定慧如衣曾有垢膩若能浣淨染亦可著三者若人受得戒已不能堅心護持輕重諸戒多所毀犯依小乘教門即無懺悔四重之法若依大乘教門猶可滅除故經云佛法有二種健人一者不作諸惡二者作已能悔夫欲懺悔者須具十法助成其懺一者明信因果二者生重怖畏三者深起慚愧四者求滅罪方法所謂大乘經中明諸行法應當如法修行五者發露先罪六者斷相續心七者起護法心八者發大誓願度脫衆生九者常念十方諸佛十者觀罪性無生若能成就如此十法莊嚴道場洗浣清淨著淨潔衣燒香散華於三寶前如法修行一七三七日或一月三月乃

至經年專心懺悔所犯重罪取滅方止云何知重罪滅相若行者如是至心懺悔時自覺身心輕利得好瑞夢或復覩諸靈瑞異相或覺善心開發或自於坐中覺身如雲如影因是漸證得諸禪境界或復豁然解悟心生善識法相隨所聞經即知義趣因是法喜心無憂悔如是等種種因緣當知即是破戒障道罪滅之相從是已後堅持禁戒亦名尸羅清淨可修禪定猶如破壞垢膩之衣若能補治浣洗清淨猶可染著若人犯重禁已恐障禪定雖不依諸經修諸行法但生重慚愧於三寶前發露先罪斷相續心端身常坐觀罪性空念十方佛若出禪時即須至心燒香禮拜懺悔誦戒及誦大乘經典障道重罪自當漸漸消滅因此尸羅清淨禪定開發故妙勝定經云若人犯重罪已心生怖畏欲求除滅若除禪定餘無能滅是人應當在空閑處攝心常坐及誦大乘經一切重罪悉皆消滅諸禪三昧自然現前第二衣食具足者衣法有三種一者如雪山大士隨得一衣蔽形即足以不遊人間堪忍力成故二者如迦葉常受頭陀法但畜糞掃三衣不畜餘長三者若多寒國土及忍力未成之者如來亦許三衣之外畜百一等物而要須說淨知量知足若過貪求積聚則心亂妨道次食法有四種一者若上人大士深山絕世草果隨時得資身者二者常行頭陀受乞食法是乞食法能破四種邪命依正命自活能生聖道故邪命自活者一下口食二仰口食三維口食四方口食邪命之相如舍利弗爲青目女說三者阿蘭若

處檀越送食四者於僧中結淨食有此等食緣具足名衣食具足何以故無此等緣則心不安隱於道有妨第三得閑居靜處閑者不作衆事名之爲閑無憒鬧故名之爲靜有三處可修禪定一者深山絕人之處二者頭陀蘭若之處離於聚落極近三四里此則放牧聲絕無諸憒鬧三者遠白衣住處清淨伽藍中皆名閑居靜處第四息諸緣務有四意一息治生緣務不作有爲事業二息人間緣務不追尋俗人朋友親戚知識斷絕人事往還三息工巧技術緣務不作世間工匠技術醫方禁呪卜相書數筭計等事四息學問緣務讀誦聽學等悉皆棄捨此爲息諸緣務所以者何若多緣務則行道事廢心亂難攝第五近善知識善知識有三一外護善知識經營供養善能將護行人不相惱亂二者同行善知識共修一道互相勸發不相擾亂三者教授善知識以內外方便禪定法門示教利喜畧明五種緣務竟

訶欲第二

所言訶欲者謂五欲也凡欲坐禪修習止觀必須訶責五欲者是世間色聲香味觸常能誑惑一切凡夫令生愛著若能深知過罪即不親近是名訶欲一訶色欲者所謂男女形貌端嚴脩目長眉朱脣素齒及世間寶物青黃赤白紅紫縹綠種種妙色能令愚人見則生愛作諸惡業如頻婆娑羅王以色欲故身入敵國在婬女阿梵婆羅房中優填王以色染故截五百仙人手足如此等種種過罪二訶聲欲者所謂箜篌箏笛絲竹金石音樂之

聲及男女歌詠讚誦等聲能令凡夫聞即染著起諸惡業如五百仙人雪山住聞甄陀羅女歌聲即失禪定心醉狂亂如是等種種因緣知聲過罪三訶香欲者所謂男女身香世間飲食馨香及一切薰香等愚人不了香相聞即愛著開結使門如一比丘在蓮華池邊聞華香氣心生愛樂池神即大訶責何故偷我香氣以著香故令諸結使卧者皆起如是等種種因緣知香過罪四訶味欲者所謂苦酸甘辛鹹淡等種種飲食肴膳美味能令凡夫心生染著起不善業如一沙彌染著酪味命終之後生在酪中受其蟲身如是等種種因緣知味過罪五訶觸欲者男女身分柔輭細滑寒時體温熱時體涼及諸好觸愚人無智爲之沉沒起障道業如一角仙因觸欲故遂失神通爲婬女騎頸如是等種種因緣知觸過罪如上訶欲之法出摩訶衍論中說復云哀哉衆生常爲五欲所惱而猶求之不已此五欲者得之轉劇如火益薪其燄轉熾五欲無樂如狗嚙枯骨五欲增諍如鳥競肉五欲燒人如逆風執炬五欲害人如踐毒蛇五欲無實如夢所得五欲不久假借須臾如擊石火智者思之亦如怨賊世人愚惑貪著五欲至死不捨後受無量苦惱此五欲法與畜生同有一切衆生常爲五欲所使名欲奴僕坐此弊欲沉墮三塗我今修禪復爲障蔽此爲大賊急當遠之如禪經偈中說

生死不斷絕　貪欲嗜味故　養冤入丘冢
虚受諸辛苦　身臭如死尸　九孔流不淨
如廁蟲樂糞　愚人身無異　智者應觀身

不貪染世樂　無累無所欲　是名眞涅槃
如諸佛所說　一心一意行　數息在禪定
是名行頭陀

棄蓋第三

所言棄蓋者謂五蓋也一棄貪欲蓋前說外五塵中生欲今約內意根中生欲謂行者端坐修禪心生欲覺念念相續覆蓋善心令不生長覺已應棄所以者何如術婆伽欲心內發尚能燒身況復心生欲火而不燒諸善法貪欲之人去道甚遠所以者何欲爲種種惱亂住處若心著欲無由近道如除蓋偈說

入道慚愧人　持鉢福衆生　云何縱塵欲
沉沒於五情　已捨五欲樂　棄之而不顧
如何還欲得　如愚自食吐　諸欲求時苦
得時多怖畏　失時懷熱惱　一切無樂處
諸欲患如是　以何能捨之　得深禪定樂
即不爲所欺

二棄嗔恚蓋嗔是失佛法之根本墜惡道之因緣法樂之怨家善心之大賊種種惡口之府藏是故行者於坐禪時思惟此人現在惱我及惱我親讃歎我寃思惟過去未來亦如是是爲九惱故生嗔恨嗔恨故生怨以怨心生故便起心惱彼如是嗔覺覆心故名爲蓋當急棄之無令增長如釋提婆那以偈問佛

何物殺安樂　何物殺無憂　何物毒之根
呑滅一切善

佛以偈荅言

殺嗔則安樂　殺嗔則無憂　嗔爲毒之根
嗔滅一切善

如是知已當修慈忍以滅除之令心清淨三

棄睡眠蓋內心昏闇名爲睡五情闇蔽放恣支節委臥睡熟爲眠以是因緣名爲睡眠蓋能破今世後世實樂法心及後世生天及涅槃樂如此惡法最爲不善何以故諸餘蓋情覺故可除睡眠如死無所覺識以不覺故難可滅除如佛諸菩薩訶睡眠弟子偈曰

汝起勿抱臭屍臥　種種不淨假名人
如得重病箭入體　諸苦痛集安可眠
如人被縛將去殺　災害垂至安可眠
結賊不滅害未除　如共毒蛇同室居
亦如臨陣兩刃間　爾時云何安可眠
眠爲大闇無所見　日日欺誑奪人明
以眠覆心無所見　如是大失安可眠

如是等種種因緣訶睡眠蓋警覺無常減損睡眠令無昏覆若昏睡心重當用禪鎭杖却之四棄掉悔蓋掉有三種一者身掉身好遊走諸雜戲謔坐不暫安二者口掉好喜吟詠競諍是非無益戲論世間語言等三者心掉心情放逸縱意攀緣思惟文藝世間才技諸惡覺觀等名爲心掉掉之爲法破出家人心如人攝心由不能定何況掉散掉散之人如無鉤醉象穴鼻駱駝不可禁制如偈說

汝已剃頭著染衣　執持瓦鉢行乞食
云何樂著戲掉法　放逸縱情失法利

既失法利又失世樂覺其過已當急棄之悔者悔能成蓋若掉無悔則不成蓋何以故掉時未在緣中故後欲入定時方悔前所作憂惱覆心故名爲蓋但悔有二種一者因掉後生悔如前所說二者如作大重罪人常懷怖畏悔箭入心堅不可拔如偈說

不應作而作　應作而不作　悔惱火所燒
後世墮惡道　若人罪能悔　悔已莫復憂
如是心安樂　不應常念著　若有二種悔
若應作不作　不應作而作　是則愚人相
不以心悔故　不作而能作　諸惡事已作
不能令不作

五棄疑蓋者以疑覆心故於諸法中不得信心信心無故於佛法中空無所獲譬如有人入於寶山若無有手無所能取然則疑過甚多未必障定令正障定疑者有三種一者疑自而作是念我諸根闇鈍罪垢深重非其人乎自作此疑定法終不得發若欲修定勿當自輕以宿世善根難測故二者疑師彼人威儀相貌如是自尚無道何能教我作是疑慢即爲章定欲除之法如摩訶衍論中說如臭皮囊中金以貪金故不可棄其臭囊行者亦爾師雖不清淨亦應生佛想三疑法世人多執本心於所受法不能即信敬心受行若心生猶豫即法不染心何以故疑障之義如偈中說

如人在岐路　疑惑無所趣　諸法實相中
疑亦復如是　疑故不勤求　諸法之實相
是疑從癡生　惡中之惡者　善不善法中
生死及涅槃　定實真有法　於中莫生疑
汝若懷疑惑　死王獄吏縛　如師子搏鹿
不能得解脫　在世雖有疑　當隨喜善法
譬如觀岐道　利好者應逐

佛法之中信爲能入若無信者雖在佛法終無所獲如是種種因緣覺知疑過當急棄之

問曰不善法廣塵數無量何故但棄五法答

曰此五蓋中即具有三毒等分四法爲根本亦得攝八萬四千諸塵勞門一貪欲蓋即貪毒二嗔恚蓋即嗔毒三睡眠及疑此二法是癡毒四掉悔即是等分攝合爲四分煩惱一中有二萬一千四中合爲八萬四千是故除此五蓋即是除一切不善之法行者如是等種種因縁棄於五蓋譬如負債得脫重病得差如飢餓之人得至豐國如於惡賊中得自免濟安隱無患行者亦如是除此五蓋其心安隱清涼快樂如日月以五事覆翳烟塵雲霧羅睺阿修羅手障則不能明照人心五蓋亦復如是

調和第四

夫行者初學坐禪欲修十方三世佛法者應當先發大誓願度脫一切衆生願求無上佛道其心堅固猶如金剛精進勇猛不惜身命若成就一切佛法終不退轉然後坐中正念思惟一切諸法眞實之相所謂善不善無記法内外根塵妄識一切有漏煩惱法三界有爲生死因果法皆因心有故十地經云三界無别有唯是一心作若知心無性則諸法不實心無染著則一切生死業行止息作是觀已乃應如次起行修習也云何名調和今借近譬以況斯法如世間陶師欲造衆器先須善巧調泥令使不彊不愞然後可就輪繩亦如彈琴前應調絃令寬急得所方可入弄出諸妙曲行者修心亦復如是善調五事必使和適則三昧易生有所不調多諸妨難善根難發一調食者夫食之爲法本欲資身進道食若過飽則氣急身滿百脉不通令心閉塞

坐念不安若食過少則身羸心懸意慮不固此二皆非得定之道若食穢觸心物令人心識昏迷若食不宜之物則動宿病使四大違反此爲修定之初須深慎之也故經云身安則道隆飲食知節量常樂在空閑心靜樂精進是名諸佛教二調睡眠者夫眠是無明惑覆不可縱之若其眠寐過多非唯廢修聖法亦復喪失功夫而能令心闇昧善根沉没當覺悟無常調伏睡眠令神氣清白念心明淨如是乃可棲心聖境三昧現前故經云初夜後夜亦勿有廢無以睡眠因緣令一生空過無所得也當念無常之火燒諸世間早求自度勿睡眠也三調身四調息五調心此三應合用不得别說但有初中後方法不同是則入住出相有異也夫初欲入禪調身者行人欲入三昧調身之宜若在定外行住進止動靜運爲悉須詳審若所作麤獷則氣息隨麤以氣麤故則心散難録兼復坐時煩憒心不恬怡身雖在定外亦須用意逆作方便後入禪時須善安身得所初至繩牀即須先安坐處每令安隱久久無妨次當正脚若半跏坐以左脚置右脚上牽來近身令左脚指與右髀齊右脚指與左髀齊若欲全跏即正右脚置左脚上次解寛衣帶周正不令坐時脫落次當安手以左手掌置右手上重累手相對頓置左脚上牽來近身當心而安次當正身先當挺動其身并諸支節作七八反如似按摩法勿令手足差異如是已則端直令脊骨勿曲勿聳次正頭頸令鼻與臍相對不偏不邪不低不昂平面正住次當口吐濁氣吐氣

之法開口放氣不可令麤急以之緜緜恣氣而出想身分中百脉不通處放息隨氣而出閉口鼻納清氣如是至三若身息調和但一亦足次當閉口唇齒纔相拄著舌向上𨎥次當閉眼纔令斷外光而已當端身正坐猶如奠石無得身首四肢切爾搖動是爲初入禪定調身之法舉要言之不寬不急是身調相四初入禪調息法者息有四種相一風二喘三氣四息前三爲不調相後一爲調相云何爲風相坐時則鼻中息出入覺有聲是風也云何喘相坐時息雖無聲而出入結滯不通是喘相也云何氣相坐時息雖無聲亦不結滯而出入不細是氣相也云何息相不聲不結不麤出入綿綿若存若亡資神安隱情抱悅豫此是息相也守風則散守喘則結守氣則勞守息即定坐時有風喘氣三相是名不調而用心者復爲心患心亦難定若欲調之當依三法一者下著安心二者寬放身體三者想氣徧毛孔出入通同無障若細其心令息微微然息調則衆患不生其心易定是名行者初入定時調息方法舉要言之不澀不滑是調息相也五初入定時調心者有三義一入二住三出初入有二義一者調伏亂想不令越逸二者當令沉浮寬急得所何等爲沉相若坐時心中昏暗無所記録頭好低垂是爲沉相爾時當繫念鼻端令心住在緣中無分散意此可治沉何等爲浮相若坐時心好飄動身亦不安念外異緣此是浮相爾時宜安心向下繫緣臍中制諸亂念心即定住則心易安靜舉要言之不沉不浮是心調相

其定心亦有寬急之相定心急病相者由坐中攝心用念因此入定是故上向胷臆急痛當寬放其心想氣皆流下患自差矣若心寬病相者覺心志散慢身好逶迤或口中涎流或時闇晦爾時應當歛身急念令心住緣中身體相持以此爲治心有澀滑之相推之可知是爲初入定調心方法夫入定本是從麤入細是以身旣爲麤息居其中心最爲細靜調麤就細令心安靜此則入定初方便也是名初入定時調三事也二住坐中調三事者行人當於一坐之時隨時長短十二時或經一時或至二三時攝念用心是中應須善識身息心三事調不調相若坐時向雖調身竟其身或寬或急或偏或曲或低或昂身不端直覺已隨正令其安隱中無寬急平直正住

復次一坐之中身雖調和而氣不調和不調和相者如上所說或風或喘或復氣急身中脹滿當用前法隨時治之每令息道綿綿如有如無次一坐中身息雖調而心或浮沉寬急不定爾時若覺當用前法調令中適此三事的無前後隨不調者而調適之令一坐之中身息及心三事調適無相乖越和融不二此則能除宿患妨障不生定道可剋三出時調三事者行人若坐禪將竟欲出定時應前放心異緣開口放氣想從百脉隨意而散然後微微動身次動肩膊及手頭頸次動二足悉令柔輭次以手徧摩諸毛孔次摩手令暖以揜兩眼然後開之待身熱稍歇方可隨意出入若不爾者坐或得住心出旣頓促則細法未散住在身中令人頭痛百骨節彊猶如

風勞於後坐中煩躁不安是故心欲出定每須在意此爲出定調身息心方法以從細出麤故是名善入住出偈說

進止有次第　麤細不相違　譬如善調馬
欲住而欲去

法華經云此大衆諸菩薩等已於無量千萬億劫爲佛道故勤行精進善入住出無量百千萬億三昧得大神通久修梵行善能次第習諸善法

方便行第五

夫修止觀須具方便法門有其五法一者欲欲離世間一切妄想顛倒欲得一切諸禪智慧法門故亦名爲志亦名爲願亦名爲好亦名爲樂是人志願好樂一切諸深法門故故名爲欲如佛言曰一切善法欲爲其本二者精進堅持禁戒棄於五蓋初夜後夜專精不廢譬如鑽火未熱終不休息是名精進善道法三者念念世間爲欺誑可賤念禪定爲尊重可貴若得禪定即能具足發諸無漏智一切神通道力成等正覺廣度衆生是爲可貴故名爲念四者巧慧籌量世間樂禪定智慧樂得失輕重所以者何世間之樂樂少苦多虛誑不實是失是輕禪定智慧之樂無漏無爲寂然閑曠永離生死與苦長別是得是重如是分別故名巧慧五者一心分明明見世間可患可惡善識定慧功德可尊可貴爾時應當一心決定修行止觀心如金剛天魔外道不能沮壞設使空無所獲終不回易是名一心譬如人行先須知道通塞之相然後決定一心涉路而進故說巧慧一心經云非智

不禪非禪不智義在此也

正修行第六

修止觀者有二種一者於坐中修二者歷緣對境修一於坐中修止觀者於四威儀中亦乃皆得然學道者坐爲勝故先約坐以明止觀畧出五意不同一對治初心麤亂修止觀所謂行者初坐禪時心麤亂故應當修止以除破之止若不破即應修觀故云對破初心麤亂修止觀今明修止觀有二意一者修止自有三種一者繫緣守境止所謂繫心鼻端臍間等處令心不散故經云繫心不放逸亦如猿著鎖二者制心止所謂隨心所起即便制之不令馳散故經云此五根者心爲其主是故汝等當好制心此二種皆是事相不須分別三者體眞止所謂隨心所念一切諸法悉知從因緣生無有自性則心不取若心不取則妄念心息故名爲止如經中說云

一切諸法中　因緣空無主　息心達本源
故號爲沙門

行者於初坐禪時隨心所念一切諸法念念不住雖用如上體眞止而妄念不息當反觀所起之心過去已滅現在不住未來未至三際窮之了不可得不可得法則無有心若無有心則一切法皆無行者雖觀心不住皆無所有而非無刹那任運覺知念起又觀此心念以內有六根外有六塵根塵相對故有識生根塵未對識本無生觀生如是觀滅亦然生滅名字但是假立生滅心滅寂滅現前了無所得是所謂涅槃空寂之理其心自止起信論云若心馳散即當攝來住於正念是正

念者當知唯心無外境界即復此心亦無自相念念不可得謂初心修學未便得住抑之令住往往發狂如學射法久習方中矣二者修觀有二種一者對治觀如不淨觀對治貪欲慈心觀對治嗔恚界分別觀對治著我數息觀對治多尋思等此不分別也二者正觀觀諸法無相並是因緣所生因緣無性即是實相先了所觀之境一切皆空能觀之心自然不起前後之文多談此理請自詳之如經偈中說

諸法不牢固　常在於念中　已解見空者
一切無想念

二對治心沉浮病修止觀行者於坐禪時其心闇塞無記瞪瞢或時多睡爾時應當修觀照了若於坐中其心浮動輕躁不安爾時應當修止止之是則畧說對治心沉浮病修止觀相但須善識藥病相對用之一一不得於對治有乖僻之失三隨便宜修止觀行者於坐禪時雖爲對治心沉故修於觀照而心不明淨亦無法利爾時當試修止止之若於止時即覺身心安靜當知宜止即應用止安心若於坐禪時雖爲對治心浮動故修止而心不住亦無法利當試修觀若於觀中即覺心神明淨寂然安隱當知宜觀即當用觀安心是則畧說隨便宜修止觀相但須善約便宜修之則心神安隱煩惱患息證諸法門也四對治定中細心修止觀所謂行者先用止觀對破麤亂亂心既息即得入定定心細故覺身空寂受於快樂或利便心發能以細心取於偏邪之理若不知定心止息虛誑必生貪

著若生貪著執以爲實若知虛誑不實即愛見二煩惱不起是爲修止雖復修止若心猶著愛見結業不息爾時應當修觀觀於定中細心若不見定中細心即不執著定見若不執著定見則愛見煩惱業悉皆摧滅是名修觀此則畧說對治定中細心修止觀相分別止觀方法並同於前但以破定見微細之失爲異也五爲均齊定慧修止觀行者於坐禪中因修止故或因修觀而入禪定雖得入定而無觀慧是爲癡定不能斷結或觀慧微少即不能發起真慧斷諸結使發諸法門爾時應當修觀破析則定慧均等能斷結使證諸法門行者於坐禪時因修觀故而心豁然開悟智慧分明而定心微少心則動散如風中燈照物不了不能出離生死爾時應當復修於止以修止故則得定心如密室中燈則能破暗照物分明是則畧說均齊定慧二法修止觀也行者若能如是於端身正坐之中善用此五番修止觀意取捨不失其宜當知是人善修佛法能善修故必於一生不空過也

復此第二明歷緣對境修止觀者端身常坐乃爲入道之勝要而有累之身必涉事緣若隨緣對境而不修習止觀是則修心有間絶結業觸處而起豈得疾與佛法相應若於一切時中常修定慧方便當知是人必能通達一切佛法云何名歷緣修止觀所言緣者謂六種緣一行二住三坐四卧五作作（下相卧切）六言語云何名對境修止觀所言境者謂六塵境一眼對色二耳對聲三鼻對香四舌對味五身對觸六意對法行者約此十二事中修

止觀故名爲歷緣對境修止觀也一行者若於行時應作是念我今爲何等事欲行爲煩惱所使及不善無記事行即不應行若非煩惱所使爲善利益如法事即應行云何行中修止若於行時即知因於行故則有一切煩惱善惡等法了知行心及行中一切法皆不可得則妄念心息是名修止云何行中修觀應作是念由心動身故有進趣名之爲行因此行故則有一切煩惱善惡等法即當反觀行心不見相貌當知行者及行中一切法畢竟空寂是名修觀二住者若於住時應作是念我今爲何等事欲住若爲諸煩惱及不善無記事住即不應住若爲善利益事即應住云何住中修止若於住時即知因於住故則有一切煩惱善惡等法了知住心及住中一切法皆不可得則妄念心息是名修止云何住中修觀應作是念由心駐身故名爲住因此住故則有一切煩惱善惡等法則當反觀住心不見相貌當知住者及住中一切法畢竟空寂是名修觀三坐者若於坐時應作是念我今爲何等事欲坐若爲諸煩惱及不善無記事等即不應坐爲善利益事則應坐云何坐中修止若於坐時則當了知因於坐故則有一切煩惱善惡等法而無一法可得則妄念不生是名修止云何坐中修觀應作是念由心作念疊脚安身因此則有一切善惡等法故名爲坐反觀坐心不見相貌當知坐者及坐中一切法畢竟空寂是名修觀四卧者於卧時應作是念我今爲何等事欲卧若爲不善放逸等事則不應卧若爲調和四大

故卧則應如師子王卧云何卧中修止若於寢息則當了知因於卧故則有一切善惡等法而無一法可得則妄念不起是名修止云何卧中修觀應作是念由於勞乏即便昏闇放縱六情因此則有一切煩惱善惡等法即當反觀卧心不見相貌當知卧者及卧中一切法畢竟空寂是名修觀五作者若作時應作是念我今為何等事欲如此作若為不善無記等事即不應作若為善利益事即應作云何名作中修止若於作時即當了知因於作故則有一切善惡等法而無一法可得則妄念不起是名修止云何名作時修觀應作是念由心運於身手造作諸事因此則有一切善惡等法故名為作反觀作心不見相貌當知作者及作中一切法畢竟空寂是名修觀六語者若於語時應作是念我今為何等事欲語若隨諸煩惱為論說不善無記等事而語即不應語若為善利益事即應語云何名語中修止若於語時即知因此語故則有一切煩惱善惡等法了知語心及語中一切煩惱善不善法皆不可得則妄念心息是名修止云何語中修觀應作是念由心覺觀鼓動氣息衝於咽喉脣舌齒齶故出音聲語言因此語故則有一切善惡等法故名為語反觀語心不見相貌當知語者及語中一切法畢竟空寂是名修觀如上六義修習止觀隨時相應用之一一皆有前五番修止觀意如上所說次六根門中修止觀者一眼見色時修止者隨見色時如水中月無有定實若見順情之色不起貪愛若見違情之色不起嗔

惱若見非違非順之色不起無明及諸亂想是名修止云何名眼見色時修觀應作是念隨有所見即相空寂所以者何於彼根塵空明之中各無所見亦無分別和合因緣出生眼識次生意識即能分別種種諸色因此則有一切煩惱善惡等法即當反觀念色之心不見相貌當知見者及一切法畢竟空寂是名修觀二耳聞聲時修止者隨所聞聲即知聲如響相若聞順情之聲不起愛心違情之聲不起嗔心非違非順之聲不起分別心是名修止云何聞聲中修觀應作是念隨所聞聲空無所有但從根塵和合生於耳識次意識生強起分別因此即有一切煩惱善惡等法故名聞聲反觀聞聲之心不見相貌當知聞者及一切法畢竟空寂是名爲觀三鼻齅香時修止者隨所聞香即知如燄不實若聞順情之香不起著心違情之臭不起嗔心非違非順之香不生亂念是名修止云何名聞香中修觀應作是念我今聞香虛誑無實所以者何根塵合故而生鼻識次生意識強取香相因此則有一切煩惱善惡等法故名聞香反觀聞香之心不見相貌當知聞者及一切法畢竟空寂是名修觀四舌受味時修止者隨所受味即知如於夢幻中得味若得順情美味不起貪著違情惡味不起嗔心非違非順之味不起分別憶想是名修止云何名舌受味時修觀應作是念今所受味實不可得所以者何內外六味性無分別因內舌根和合則舌識生次生意識強取味相因此則有一切煩惱善惡等法反觀緣味之識不見

相貌當知受味者及一切法畢竟空寂是名修觀五身受觸時修止者隨所覺觸即知如影幻化不實若受順情樂觸不起貪著若受違情苦觸不起嗔惱受非違非順之觸不起憶想分別是名修止云何身受觸時修觀應作是念輕重冷暖澀滑等法名之爲觸頭等六分名之爲身觸性虛假身亦不實和合因緣即生身識次生意識憶想分別苦樂等相故名受觸反觀緣觸之心不見相貌當知受觸者及一切法畢竟空寂是名修觀六意知法中修止觀相如初坐中已明說自上依六根修止觀相隨所意用而用之一一具上五番之意是中已廣分別今不重辨行者若能於行住坐卧見聞覺知等一切處中修止觀者當知是人眞修摩訶衍道如天品經云佛告須菩提若菩薩行時知行坐時知坐乃至服僧伽梨視眴十心出入禪定當知是人名菩薩摩訶衍復次若人能如是一切處中修行大乘是人則於世間最勝最上無與等者釋論偈中說

閑坐林樹間　寂然滅諸惡　憺怕得一心
斯樂非天樂　人求世間利　名衣好牀褥
斯樂非安隱　求利無厭足　衲衣在空閑
動止心常一　自以智慧明　觀諸法實相
種種諸法中　皆以等觀入　解慧心寂然
三界無倫匹

修習止觀坐禪法要卷上

音釋

鍼諸深切
梗槩梗古杏切槩居代切梗槩大畧也
膠居肴切黏也
蔑莫結切無也
泥洹梵語具云般涅槃那此云滅度又云圓寂洹胡官切
眴輸閏切目動也
膩女利切肥膩也
浣胡管切濯衣垢也
憒鬧憒古外切心亂也鬧女教切不靜也
擾而沼切攪亂也
縹匹沼切帛青白色也
箜篌箜音空篌音侯箜篌樂器
劇竭戟切甚也
齩五巧切齧骨也
臰尺救切與臭同
搏伯各切手擊也
愞乳兗切弱也
羸倫爲切瘦弱也
鑛古猛切銅鐵璞石也
咢逆各切齒根肉也
逶迤逶邕危切迤余支切逶迤猶順適也
脹知亮切
揜衣檢切撫也
沮慈呂切止也
瞪瞢瞪澄切瞢毋亘切瞪瞢不明也
壘魯水切猶疊也

修習止觀坐禪法要卷下

善根發第七

行者若能如是從假入空觀中善修止觀者則於坐中身心明淨爾時當有種種善根開發應須識知今畧明善根發相有二種不同一外善根發相所謂布施持戒孝順父母尊長供養三寶及諸聽學等善根開發此是外事若非正修與魔境相濫今不分別二內善根發相所謂諸禪定法門善根開發有三種意第一名善根發相有五種不同一息道善根發相行者善修止觀故身心調適妄念止息因是自覺其心漸漸入定發於欲界及未到地等定身心泯然空寂定心安隱於此定中都不見有身心相貌於後或經一坐二坐乃至一日二日一月二月將息所得不退不失即於定中忽覺身心運動八觸而發者所謂覺身痛痒冷暖輕重澀滑等當觸發時身心安定虛微悅豫快樂清淨不可爲喻是爲知息道根本禪定善根發相行者或於欲界未到地中忽然覺息出入長短徧身毛孔皆悉虛疎即以心眼見身內三十六物猶如開倉見諸麻豆等心大驚喜寂靜安快是爲隨息特勝善根發相二不淨觀善根發相行者若於欲界未到地定於此定中身心虛寂忽然見他男女身死死已膖脹爛壞蟲膿流出見白骨狼藉其心悲喜厭患所愛此爲九想善根發相或於靜定之中忽然見內身不淨外身膖脹狼藉自身白骨從頭至足節節相拄見是事已定心安隱驚悟無常厭患五欲不著我人此是背捨善根發相或於定心中

見於內身及外身一切飛禽走獸衣服飲食屋舍山林皆悉不淨此爲大不淨善根發相三慈心善根發相行者因修止觀故若得欲界未到地定於此定中忽然發心慈念衆生或緣親人得樂之相即發深定內心悅樂清淨不可爲喻中人怨人乃至十方五道衆生亦復如是從禪定起其心悅樂隨所見人顏色常和是爲慈心善根發相悲喜心發相類此可知也四因緣觀善根發相行者因修止觀故若得欲界未到地身心靜定忽然覺悟心生推尋三世無明行等諸因緣中不見人我即離斷常破諸執見得定安隱解慧開發心生法喜不念世間之事乃至五陰十二處十八界中分別亦如是是爲因緣觀善根發相五念佛善根發相行者因修止觀故若得欲界未到地定身心空寂忽然憶念諸佛功德相好不可思議所有十力無畏不共三昧解脫等法不可思議神通變化無礙說法廣利衆生不可思議如是等無量功德不可思議作是念時即發敬愛心生三昧開發身心快樂清淨安隱無諸惡相從禪定起身體輕利自覺功德巍巍人所愛敬是爲念佛三昧善根發相復次行者因修止觀故若得身心澄淨或發無常苦空無我不淨世間可厭食不淨相死離盡想念佛法僧戒捨天念處正勤如意根力覺道空無相無作六度諸波羅蜜神通變化等一切法門發相是中應廣分別故經云制心一處無事不辦二分別眞僞者有二一者辨邪僞禪發相行者若發如上諸禪時隨因所發之法或身搔動或時身

重如物鎮壓或時身輕欲飛或時如縛或時逶迤垂熟或時煎寒或時壯熱或見種種諸異境界或時其心闇蔽或時起諸惡覺或時念外散亂諸雜善事或時歡喜躁動或時憂愁悲思或時惡觸身毛驚竪或時大樂昏醉如是種種邪法與禪俱發名爲邪僞此之邪定若人愛著即與九十五種鬼神法相應多好失心顛狂或時諸鬼神等知人念著其法即加勢力令發諸邪定邪智辯才神通惑動世人凡愚見者謂得道果皆悉信伏而其内心顛倒專行鬼法惑亂世間是人命終永不值佛還墮鬼神道中若坐時多行惡法即墮地獄行者修止觀時若證如是等禪有此諸邪僞相當即却之云何却之若知虛誑正心不受不著即當謝滅應用正觀破之即當滅矣二者辨眞正禪發相行者若於坐中發諸禪時無有如上所說諸邪法等隨一一禪發時即覺與定相應空明清淨内心喜悅澹然快樂無有覆蓋善心開發信敬增長智鑒分明身心柔輭微妙虛寂厭患世間無爲無欲出入自在是爲正禪發相譬如與惡人共事恒相觸惱若與善人共事久見其美分別邪正二種禪發之相亦復如是三明用止觀長養諸善根者若於坐中諸善根發時應用止觀二法修令增進若宜用止則以止修之若宜用觀則以觀修之具如前說畧示大意矣

覺知魔事第八

梵音魔羅秦言殺者奪行人功德之財殺行人智慧之命是故名之爲惡魔事者如佛以功德智慧度脫衆生入涅槃爲事魔常以破

壞衆生善根令流轉生死爲事若能安心正道是故道高方知魔盛仍須善識魔事但有四種一煩惱魔二陰入界魔三死魔四鬼神魔三種皆是世間之常事及隨人自心所生當須自心正除遣之今不分别鬼神魔相此事須知今當畧說鬼神魔有三種一者精魅十二時獸變化作種種形色或作少女老宿之形乃至可畏身等非一惱惑行人此諸精魅欲惱行人各當其時而來須善别識若於寅時來者必是虎獸等若於卯時來者必是兎鹿等若於辰時來者必是龍鼈等若於巳時來者必是蛇蟒等若於午時來者必是馬驢駝等若於未時來者必是羊等若於申時來者必是猿猴等若於酉時來者必是雞鳥等若於戌時來者必是狗狼等若於亥時来者必是豬等子時來者必是鼠等丑時來者必是牛等行者若見常用此時來即知其獸精說其名字訶責即當謝滅二者堆剔鬼亦作種種惱觸行人或如蟲蠍緣人頭面攢刺熠熠或擊櫪人兩腋下或作抱持於人或言說音聲喧閙及作諸獸之形異相非一來惱行人應即覺知一心閉目陰而罵之作是言我今識汝汝是閻浮提中食火臭香偷臘吉支邪見喜破戒種我今持戒終不畏汝若出家人應誦戒本若在家人應誦三歸五戒等鬼便却行匍匐而去如是若作種種留難惱人相貌及餘斷除之法並如禪經中廣說三者魔惱是魔多化作三種五塵境界相來破善心一作違情事則可畏五塵令人恐懼二作順情事則可愛五塵令人心著三非違非

順事則平等五塵動亂行者是故魔名殺者亦名華箭亦名五箭射人五情故名色中作種種境界惑亂行人作順情境者或作父母兄弟諸佛形像端正男女可愛之境令人心著作違情境界者或作虎狼師子羅刹之形種種可畏之像來怖行人作非違非順境者則平常之事動亂人心令失禪定故名爲魔或作種種好惡之音聲作種種香臭之氣作種種好惡之味作種種苦樂境界來觸人身皆是魔事其相衆多今不具説舉要言之若作種種五塵惱亂於人令失善法起諸煩惱皆是魔軍以能破壞平等佛法令起貪欲憂愁嗔恚睡眠等諸障道法如經偈中説

欲是汝初軍　憂愁爲第二　飢渴第三軍

渴愛爲第四　睡眠第五軍　怖畏爲第六

疑悔第七軍　嗔恚爲第八　利養虚稱九

自高慢人十　如是等衆軍　壓没出家人

我以禪智力　破汝此諸軍　得成佛道已

度脱一切人

行者既覺知魔事即當却之却法有二一者修止却之凡見一切外諸惡魔境悉知虚誑不憂不怖亦不取不捨妄計分別息心寂然彼自當滅二者修觀却之若見如上所説種種魔境用止不去即當反觀能見之心不見處所彼何所惱如是觀時尋當滅謝若遲遲不去但當正心勿生懼想不惜軀命正念不動知魔界如即佛界如若魔界如佛界如一如無二如如是了知則魔界無所捨佛界無所取佛法自當現前魔境自然消滅復次若見魔境不謝不須生憂若見滅謝亦勿生喜

所以者何未曾見有人坐禪見魔化作虎狼來食人亦未曾見魔化作男女來爲夫婦當其幻化愚人不了心生驚怖及起貪著因是心亂失定發狂自致其患皆是行人無智受患非魔所爲若諸魔境惱亂行人或經年月不去但當端心正念堅固不惜身命莫懷憂懼當誦大乘方等諸經治魔呪默念誦之存念三寶若出禪定亦當誦呪自防懺悔慚愧及誦波羅提木叉邪不干正久久自滅魔事衆多說不可盡善須識之是故初心行人必須親近善知識爲有如此等難事是魔入人心能令行者心神狂亂或喜或憂因是成患致死或時令得諸邪禪定智慧神通陀羅尼說法教化人皆信伏後即壞人出世善事及破壞正法如是等諸異非一說不可盡今畧示其要爲令行人於坐禪中不妄受諸境界取要言之若欲遣邪歸正當觀諸法實相善修止觀無邪不破故釋論云除諸法實相其餘一切皆是魔事如偈中說

若分別憶想　即是魔羅網　不動不分別
是則爲法印

治病第九

行者安心修道或四大有病因今用觀心息鼓擊發動本病或時不能善調適身心息三事內外有所違犯故有病患夫坐禪之法若能善用心者則四百四病自然除差若用心失所則四百四病因之發生是故若自行化他應當善識病源善知坐中內心治病方法一旦動病非唯行道有障則大命慮失今明治病法中有二意一明病發相二明治病方

法一明病發相者病發雖復多途畧出不過二種一者四大增損病相若地大增者則腫結沉重身體枯瘠如是等百一患生若水大增者則痰陰脹滿食飲不消腹痛下痢等百一患生若火大增者即煎寒壯熱支節皆痛口氣大小便利不通等百一患生若風大增者則身體虛懸戰掉疼痛肺悶脹急嘔逆氣急如是等百一患生故經云一大不調百一病起四大不調四百四病一時俱動四大病發各有相貌當於坐時及夢中察之二者五藏生患之相從心生患者身體寒熱及頭痛口燥等心主口故從肺生患者身體脹滿四支煩疼心悶鼻塞等肺主鼻故從肝生患者多無喜心憂愁不樂悲思嗔恚頭痛眼闇昬悶等肝主眼故從脾生患者身體面上遊風徧身癅痒疼痛飲食失味等脾主舌故從腎生患者咽喉噎塞腹脹耳聾等腎主耳故五藏生病衆多各有其相當於坐時及夢中察之可知如是四大五藏病患因起非一病相衆多不可具說行者若欲修止觀法門脫有患生應當善知因起此二種病通因內外發動若外傷寒冷風熱飲食不消而病從二處發者當知因外發動若由用心不調觀行違僻或因定法發時不知取與而致此二處患生此因內發病相復次有三種得病因緣不同一者四大五藏增損得病如前說二者鬼神所作得病三者業報得病如此等病初得即治甚易得差若經久則病成身羸病結治之難愈一明治病方法者既深知病源起發當作方法治之治病之法乃有多途舉要言

之不出止觀二種方便云何用止治病相有師言但安心止在病處即能治病所以者何心是一期果報之主譬如王有所至處群賊迸散次有師言臍下一寸名憂陀那此云丹田若能止心守此不散經久即多有所治有師言常止心足下莫問行住寢卧即能治病所以者何人以四大不調故多諸疾患此由心識上緣故令四大不調若安心在下四大自然調適衆病除矣有師言但知諸法空無所有不取病相寂然止住多有所治所以者何由心憶想鼓作四大故有病生息心和悅衆病即差故淨名經云何爲病本所謂攀緣云何斷攀緣謂心無所得如是種種說用止治病之相非一故知善修止法能治衆病次明觀治病者有師言但觀心想用六種氣治病者即是觀能治病何等六種氣一吹二呼三嘻四呵五噓六呬此六種息皆於唇口之中想心方便轉側而作綿微而用頌曰

心配屬呵腎屬吹　脾呼肺呬聖皆知
肝藏熱來噓字至　三焦壅處但言嘻

有師言若能善用觀想運作十二種息能治衆患一上息二下息三滿息四焦息五增長息六滅壞息七煖息八冷息九衝息十持息十一和息十二補息此十二息皆從觀想心生今畧明十二息對治之相上息治沉重下息治虛懸滿息治枯瘠焦息治腫滿增長息治羸損滅壞息治增盛煖息治冷冷息治熱衝息治壅塞不通持息治戰動和息通治四大不和補息資補四大衰善用此息可以徧治衆患推之可知有師言善用假想觀能治

衆病如人患冷想身中火氣起即能治冷此如雜阿含經治病祕法七十二種法中廣説有師言但用止觀檢析身中四大病不可得心中病不可得衆病自差如是等種種説用觀治病應用不同善得其意皆能治病當知止觀二法若人善得其意則無病不治也但今時人根機淺鈍作此觀想多不成就世不流傳又不得於此更學氣術休粮恐生異見金石草木之藥與病相應亦可服餌若是鬼病當用彊心加呪以助治之若是業報病要須修福懺悔患則消滅此二種治病之法若行人善得一意即可自行兼他況復具足通達若都不知則病生無治非唯廢修正法亦恐性命有虞豈可自行教人是故欲修止觀之者必須善解內心治病方法其法非一得意在人豈可傳於文耳復次用心坐中治病仍須更兼具十法無不有益十法者一信二用三勤四常住緣中五別病因起六方便七久行八知取捨九持護十識遮障云何爲信謂信此法必能治病何爲用謂隨時常用何爲勤謂用之專精不息取得差爲度何爲住緣中謂細心念念依法而不異緣何爲別病因起如上所説何爲方便謂吐納運心緣想善巧成就不失其宜何爲久行謂若用之未即有益不計日月常習不廢何爲知取捨謂知益即勤有損即捨之微細轉心調治何爲持護謂善識異緣觸犯何爲遮障謂得益不向外説未損不生疑謗若依此十法所治必定有効不虛者也

證果第十

若行者如是修止觀時能了知一切諸法皆由心生因緣虚假不實故空以知空故即不得一切諸法名字相則體眞止也爾時上不見佛果可求下不見衆生可度是名從假入空觀亦名二諦觀亦名慧眼亦名一切智若住此觀即墮聲聞辟支佛地故經云諸聲聞衆等自歎言我等若聞淨佛國土教化衆生心不喜樂所以者何一切諸法皆悉空寂無生無滅無大無小無漏無爲如是思惟不生喜樂當知若見無爲入正位者其人終不能發三菩提心此即定力多故不見佛性若菩薩爲一切衆生成就一切佛法不應取著無爲而自寂滅爾時應修從空入假觀則當諦觀心性雖空緣對之時亦能出生一切諸法猶如幻化雖無定實亦有見聞覺知等相差別不同行者如是觀時雖知一切諸法畢竟空寂能於空中修種種行如空中種樹亦能分別衆生諸根性欲無量故則說法無量若能成就無礙辯才則能利益六道衆生是名方便隨緣止乃是從空入假觀亦名平等觀亦名法眼亦名道種智住此觀中智慧力多故雖見佛性而不明了菩薩雖復成就此二種觀是名方便觀門非正觀也故經云前二觀爲方便道因是二空觀得入中道第一義觀雙照二諦心心寂滅自然流入薩婆若海若菩薩欲於一念中具足一切佛法應修息二邊分別止行於中道正觀云何修正觀若體知心性非眞非假息緣眞假之心名之爲正諦觀心性非空非假而不壞空假之法若能如是照了則於心性通達中道圓照二諦

若能於自心見中道二諦則見一切諸法中道二諦亦不取中道二諦以決定性不可得故是名中道正觀如中論偈中說
因緣所生法　我說即是空　亦名爲假名
亦名中道義
深尋此偈意非唯具足分別中觀之相亦是兼明前二種方便觀門旨趣當知中道正觀則是佛眼一切種智若住此觀則定慧力等了了見佛性安住大乘行步平正其疾如風自然流入薩婆若海行如來行入如來室著如來衣坐如來座則以如來莊嚴而自莊嚴獲得六根清淨入佛境界於一切法無所染著一切佛法皆現在前成就念佛三昧安住首楞嚴定則是普現色身三昧普入十方佛土教化衆生嚴淨一切佛刹供養十方諸佛受持一切諸佛法藏具足一切諸行波羅蜜悟入大菩薩位則與普賢文殊爲其等侶常住法性身中則爲諸佛稱歎授記則是莊嚴兜率陀天示現降神母胎出家詣道場降魔怨成正覺轉法輪入涅槃於十方國土究竟一切佛事具足眞應二身則是初發心菩薩也華嚴經中初發心時便成正覺了達諸法眞實之性所有慧身不由他悟亦云初發心菩薩得如來一身作無量身亦云初發心菩薩即是佛涅槃經云發心畢竟二不別如是二心前心難大品經云須菩提有菩薩摩訶薩從初發心即坐道場轉正法輪當知則是菩薩爲如佛也法華經中龍女所獻珠爲證如是等經皆明初心具足一切佛法即是大品經中阿字門即是法華經中爲令衆生開

佛知見即是涅槃經中見佛性故住大涅槃
已畧説初心菩薩因修止觀證果之相次明
後心證果之相後心所證境界則不可知今
推教所明終不離止觀二法所以者何如法
華經云殷勤稱歎諸佛智慧則觀義此即約
觀以明果也涅槃經廣辯百句解脱以釋大
涅槃者涅槃則止義是約止以明果也故云
大般涅槃名常寂定定者即是止義法華經
中雖約觀明果則攝於止故云乃至究竟涅
槃常寂滅相終歸於空涅槃中雖約止明果
則攝於觀故以三德爲大涅槃此二大經雖
復文言出没不同莫不皆約止觀二門辨其
究竟並據定慧兩法以明極果行者當知初
中後果皆不可思議故新譯金光明經云前
際如來不可思議中際如來種種莊嚴後際
如來常無破壞皆約修止觀二心以辨其果
故般舟三昧經中偈云
諸佛從心得解脱　心者清淨名無垢
五道鮮潔不受色　有學此者成大道
誓願所行者須除三障五盖如或不除雖勤
用功終無所益

修習止觀坐禪法要卷下

修習止觀坐禪法要記

本自不動何止之有本自無蔽何觀之有衆生迷蕩去本日遠動靜俱失不昏即散此二病本出生衆苦而獲安隱當用止觀以其爲藥病瘳藥癈醫亦不立則止觀者乃假名字即假即空言語道斷以大悲故無説而説此摩訶止觀之所爲作也然其文義深廣汪洋無涯譬如大海孰得其際以大悲故復作方便使嘗一滴知百川味使由一漚見全潮體故於大經之外又爲此書詞簡旨要讀之易曉應病之藥盡在是矣善用藥者不治已病止乎其未散觀乎其未昏方止方觀而未嘗昏未嘗散也如鳥雙翼如車兩輪窮遠極高無往不可及其至也不出於此嗚呼不知則已知止觀之可以入道者可不勉哉此書智者親造而未行于世明智大師中立鏤板以傳立之高行人所尊敬此書流傳其必廣矣

元祐七年六月廿七日延平陳瓘記

天台止觀統例

唐翰林學士守右補闕安定梁肅述

夫止觀何爲也導萬法之理而復於實際者也實際者何也性之本也物之所以不能復者昬與動使之然也照昬者謂之明駐動者謂之靜明與靜止觀之體也在因謂之止觀在果謂之智定因謂之行果謂之成行者行此者也成者證此者也原夫聖人有以見惑足以喪志動足以失方於是乎止而觀之靜而明之使其動而能靜靜而能明因相待以成法即絶待以照本立大車以御正乘大事而總權消息乎不二之場鼓舞於說三之域至微以盡性至賾以體神語其近則一毫之善可通也語其遠則重玄之門可闚也用至圓以圓之物無偏也用至實以實之物無妄也聖人舉其言所以示也廣其目所以告也優而柔之使自求之擬而議之使自至之此止觀所由作也夫三諦者何也一之謂也空假中者何也一之目也空假者相對之義中道者得一之名此思議之說非至一之旨也至一即三至三即一非相含而然也非相生而然也非數義也非强名也自然之理也言而傳之者迹也理謂之本迹謂之末本也者聖人所至之地也末也者聖人所示之教也由本以垂迹則爲小爲大爲通爲別爲頓爲漸爲顯爲祕爲權爲實爲定爲不定循迹以返本則爲一爲大爲圓爲實爲無住爲中爲妙爲第一義是三一之藴也所謂空也者通萬法而爲言者也假也者立萬法而爲言者也中也者妙萬法而爲言者也破一切惑莫

盛乎空建一切法莫盛乎假究竟一切性莫大乎中舉中則無法非中目假則何法非假舉空則無法不空成之謂之三德修之謂之三觀舉其要則聖人極深研幾窮理盡性之說乎眛者使明塞者使通通則悟悟則至至則常常則盡矣明則照照則化化則成成則一矣聖人有以彌綸萬法而不差旁礴萬劫而不遺燾載恒沙而不有復歸無物而不無寓名之曰佛强號之曰覺究其旨其解脫自在莫大極妙之德乎夫三觀成功者如此所謂圓頓者非漸次非不定指論十章之義也十章者恢演始末通道之關也五畧者舉其宏綱截流之津也十境者發動之機立觀之諦也十乘者妙用所修發行之門也止於正觀而終於見境者義備故也闕其餘者非所修之要故也乘者何也載物而運者也十者何也成載之事者也知其境之妙不行而至者德之上也乘一而已矣豈藉夫九哉九者非他相生之說未至者之所踐也故發心者發無所發安心者安無所安徧破者徧無所徧爰至餘乘皆不得已而說也至於別其義例判爲章目推而廣之不爲繁統而簡之不爲少如連環不可解也如貫珠不可雜也如懸鏡不可揜也如通川不可遏也義家多門非諍論也按經證義非虛說也辨四教淺深事有源也成一事因緣理無遺也噫止觀其救世明道之書乎非夫聖智超絕卓爾獨立其孰能爲乎非夫聰明深達得意忘象其孰能知乎今之人乃專用章句文字從而釋之又何踈漏耶或稱不思議境與不思議事皆

極聖之域等覺至人猶所未盡若凡夫生滅心行三惑浩然於言說之中推上妙之理是猶醢雞而說大鵬夏蟲之議層氷其不可見明矣今止觀之說文字萬數廣論果地無益初學豈如暗然自修功至自至何必以早計爲事乎是大不然凡所爲上聖之域豈隔闊遼夐與凡境杳絕歟是唯一性而已得之爲悟失之爲迷一理而已迷而爲凡悟而爲聖迷者自隔理不隔也失者自失性不失也止觀之作所以辨異同而究聖神使群生正性而順理者也正性順理所以行覺路而至妙境也不知此教者則學何所入功何所施智何所發譬如無目眛於日月之光行於重險之處顛蹈墮落可勝既乎噫去聖久遠賢人不出庸昬之徒含識而已致使魔邪詭惑諸黨並熾空有云云爲坑爲穽有膠於文句不敢動者有流於漭浪不能住者有太遠而甘心不至者有太近而我身即是者有枯木而稱定者有竅號而稱慧者有奔走非道而言權者有假於鬼而言通者有放心而言廣者有罕言而爲密者有齒舌潛傳爲口訣者凡此之類自立爲祖繼祖爲家反經非聖眛者不覺仲尼有言道之不明也我知之矣由物累也悲夫隋開皇十七年智者大師去世至

皇朝建中垂二百載以斯文相傳凡五家師其始曰灌頂其次曰縉雲威又其次曰東陽小威又其次曰左溪朗公其五曰荊溪然公頂於同門中慧解第一能奉師訓集成此書蓋不以文辭爲本故也或失則煩或得則野當二威之際緘授而已其道不行天寶中左

溪始弘解說而知者蓋寡荆溪廣以傳記數十萬言網羅遺法勤矣備矣荆溪滅後知其說者適三四人古人云生而知之者上也學而知之者次也困而學之又其次也夫生而知之者蓋性德者也學而知之者天機深者也若嗜慾深耳目塞雖學而不能知斯爲下矣今夫學者内病於蔽外役於煩沒世不能通其文數年不能得其益則業文爲之屨校梏足也棼句爲之簸糠眯目也以不能喻之師教不領之弟子止觀所以未光大於時也予常戚戚於是整其宏綱撮其機要其理之所存教之所急或易置之或引伸之其義之迂其辭之鄙或薙除之或潤色之大凡浮踈之患十愈其九廣略之宜三存其一是袪鄙滯導蒙童貽諸他人則吾豈敢若同見同行

且不以止觀罪我亦無隱乎爾建中上元甲子首事筆削三歲歲在析木之津功畢云爾

天台法門議

安　定　梁　肅　述

論曰修釋氏之訓者務三而已曰戒定慧斯道也始於發心成於妙覺經緯於三乘導達於萬行而能事備焉昔法王出世由一道清淨用一音演說機感不同所聞蓋異故五時五味半滿權實偏圓小大之義播於諸部粲然殊流要其所歸無越一實故經曰雖說種種道其實爲佛乘又曰開方便門示眞實相喻之以衆流入海標之以不二法門自他兩得同詣祕密此教之所由作也曁鶴林滅而法網散神足隱而宗塗異各權所據矛盾更作其中或三昧示生四依出現應機不等持論亦別故攝論地持成實唯識之類分路並作非有非空之談莫能一貫旣而去聖滋遠其風益扇說法者桎梏於文字莫知自解習禪虛無其性相不可牽復是此者非彼未得者謂證慧解之道流以忘返身口之事蕩而無章於是法門之大統或幾乎息矣旣而教不終亢至人利見慧文慧思或躍相繼法雷之震未普故木鐸重授於天台大師大師象身子善現之超悟備帝堯大舜之休相賛龍樹之遺論從南嶽之妙解然後用三種止觀成一事因緣括萬法於一心開十乘於八教戒定慧之說空假中之觀坦然明白可舉而行於是教無遺法法無棄人人無廢心心無擇行行有所證證有其宗大師教門所以爲盛故其在世也光昭天下爲帝王師範其去世也往來上界爲慈氏輔佐卷舒於普門示現降德爲如來所使階位境智蓋無得而稱

焉於戲應迹雖往微言不墜習之者猶足以
抗折百家昭示三藏又況聞而能思思而能
修修而能進進而不已者歟斯人也雖曰未
證吾必謂之近矣今之人正信者鮮啓禪關
者或以無佛無法何罪何善之化化之中人
以下馳騁愛欲之徒出入衣冠之類以爲斯
言至矣且不逆耳私欲不廢故從其門者若
飛蛾之赴明燭破塊之落空谷殊不知坐致
焦爛而莫能自出雖欲益之而實損之與夫
衆魔外道爲害一揆由是觀之此宗之大訓
此教之旁濟其於天下爲不侔矣自智者傳
法五世至今湛然大師中興其道爲予言之
如此故録之以繫于篇

音釋

胮匹絳切魅明祕切老精物也堆剔堆都回切剔他歷切蠍許竭
切毒蟲也熠弋入切瘠秦昔切瘦也痰徒含切病液也疼徒冬切
嘔於口切吐也㿇痒㿇先入切痛㿇㿇也痒羊掌切膚欲搔也呬虛器
切瘳丑鳩切疾病瘉也膭仕華切深也旁礴礴白各切旁礴混同
貌遼夐夐處政切遠也踣鼻墨切僵也漭母朗切沆漭大水貌棼
敷文切亂也眯毋禮切物入目也暨其既切及也桎梏桎之日切
足械也梏姑沃切手械也於戲於汪胡切戲荒胡切於戲歎辭也與嗚呼同

觀音玄義

隋天台智者大師說

清刻龍藏佛說法變相圖

觀音玄義卷上

隋天台智者大師說

門人灌頂記

夫法界圓融像無所像真如清淨化無所化雖像無所像無所而不像化無所化無所而不化故無在無不在化應九道之身處有不永寂入不二之旨是以三業致請蒙脫苦涯四弘爲誓使霑上樂故娑婆世界受無畏之名寶藏佛所稟觀音之目已成種覺號正法明次當補處稱爲普光功德其本迹若此寧可測知方便隨緣趣舉一名耳今言觀世音者西土正音名阿耶婆婁吉低輸此言觀世音能所圓融有無兼暢照窮正性察其本末故稱觀也世音者是所觀之境也萬像流動隔別不同類音殊唱俱蒙離苦菩薩弘慈一

時普救皆令解脱故曰觀世音此即境智雙舉能所合標經者由義文理表發織成行者之心故曰經普門者普是徧義門曰能通用一實相開十普門無所障閡故稱普門品者類也義類相從故名爲品也大部既有五章明義今品例爲此釋五意者一釋名二出體三明宗四辯用五教相釋名爲二一通釋二別釋通者人法合明別者人法各辯何故爾緣有利鈍説有廣略今就通釋爲四一列名二次第三解釋四料簡一列名者十義以爲通釋所以者何至理清淨無名無相非法非人過諸數量非一二三但妙理虚通無名相中假名相説故立無名之名假稱人法雖非數量亦論數量故大論云般若是一法佛説種種名隨諸衆生類爲之立異字今處中説

略用十義以釋通意也十義者一人法二慈悲三福慧四眞應五藥珠六冥顯七權實八本迹九緣了十智斷第二次第者此有兩意一約觀明次第二約教明次第約觀則總初中後心因圓果滿約教則該括漸頓小大諸經約觀以人法爲初者欲明觀行必有其人人必秉法譬如人受一期果報攬陰成人雖具無量德行必先標名字故以人法居初意亦例此人法居九義之初可爾何意乘以人法爲次耶此須據經經云以是因緣名觀世音即前辯人後云方便之力普門示現即却論於法人能秉法故言人法也二次慈悲者良由觀音之人觀於實相普門之法達於非人非法實相之理一切衆生亦復如是故華嚴云心佛及衆生是三無差別此理圓足無

有缺減云何衆生理具情迷顛倒苦惱既觀是巳即起慈悲誓拔苦與樂是故明慈悲也復次若就言說爲便初慈後悲亦是就菩薩本懷欲大慈與樂既不得樂次大悲拔苦故初慈後悲若從用次第者初以大悲拔苦後方以大慈與樂又就行者先脱苦後蒙樂故先悲後慈今從前義次第也三福慧者初則人法相成此據其信次則慈悲與拔者此明其願欲滿此願必須修行修行不出福慧慧即般若福即五度互相資導以行順願事理圓足若智慧增明則大悲誓滿拔苦義成若福德深厚則大慈誓滿與樂義成故福慧居三也復次言說爲便先福後慧若化他本意先欲實慧利益如其不堪方亦福德又資故先福導故先慧四眞應者若智慧轉明則契於法性法性即實相名爲法身法身既顯能從眞起應眞顯應起只由福慧開發故次第四也又若就方便化物先用應後用眞今從前義爲次第也五明藥珠二身者先明眞應直語證得未涉利人今明兩身俱能益物眞身破取相諭如藥應身對萬機類於珠就兩字明次第者與慈悲相似也六明冥顯者前明二身道理即能顯益今辯被緣得冥益或得顯益故次二身後明也七明權實者前緣得益何意不同良由權巧無方赴機允當不失其宜二智之力故以此爲次也先權後實者此就淺深爲次也若依文者先以實益次以權度此隨物爲次若就佛本意先只爲一大事因緣先顯實益衆生未堪後用權度八明本迹者雖復益物權實之巧而巧有優降

必是上中下智本迹之殊權實略而且横今欲細判高下以明次位若其本高所作權實之迹則妙是故次總略之後辯其細妙之能也非本無以垂迹故先明本非迹無以顯本應先迹也九明了因緣因者上來行人發心修行從因剋果化他利物深淺不同從人法至眞應是自行次第藥珠至本迹是化他次第此乃順論未是却討根本今原其性德種子若觀智之人悲心誓願智慧莊嚴顯出眞身皆是了因爲種子若是普門之法慈心誓願福德莊嚴顯出應身者皆是緣因爲種子故次第九也十明智斷者前明緣了是却討因源今明智斷是順論究竟始則起自了因終則菩提大智始則起自緣因終則涅槃斷德若入涅槃衆行休息故居第十也二約諸教明次第者又爲通別通義可解別今當說如華嚴頓教教名大方廣佛華嚴依題初明人法此人秉法必具慈悲菩薩修因居然福慧旣入地位必證眞應旣能利物則辯藥珠物得其益有冥有顯而未得別論權實本迹緣了智斷者通義則有別意則無何故爾佛一期化物明於頓漸頓教雖說漸教未彰故不明四意也所以不明者彼經明小隔於大如聾如瘂覆於此權未顯其實故云久默斯要不務速說故言無權實也言無本迹者彼經未發王宮生身之迹寂滅道場法身之迹未彈指謦欬發久遠所得生法二身之本故言無本迹言無緣了智斷者不明小乘根性及有心之者本自有常住之因當剋智斷菩提本果故言無也次約三藏教但明人法慈

悲福慧三義無真應等七種何故爾二乘教中但明灰身滅智那得從真起應既無真應將何益物私難通論備十別語但三此三若約真諦則隨通義乃具十意何止但三若言是別別應約中道既得有中道人法三種何意無七私答通論十意此約三乘別語三科的據菩薩三藏菩薩得有慈悲福慧伏惑之義既伏而不斷故無真應七法師云齊教止三若約方等教對小明大得有中道大乘人法至冥顯兩益等六意然猶帶方便調熟衆生故不得說權實等四意若明般若教雖未會小乘之人已會小法皆是摩訶衍但明人法等六意亦帶方便未明權實等也若約法華教則會小乘之人汝實我子我實汝父汝等所行是菩薩道開權顯實發本顯迹了義決定不相疑難故知法華得明中道人法至本迹八意前諸教所不明法華方說故云未曾向人說如此事今所說者即是今當爲汝說最實事也三世諸佛調熟衆生大事因緣究竟圓滿備在法華故二萬燈明但說法華息化入滅迦葉如來亦復如是若約涅槃即有二種所謂利鈍如身子之流皆於法華悟入八義具足不待涅槃若鈍根弟子於法華未悟者更爲此人却討源由廣說緣了明三佛性若論性德了因種子修得即成般若究竟即成智德菩提性德緣因種子修得成解脫斷德涅槃若性德非緣非了即是正因若修得成就則是不縱不橫三點法身故知涅槃所明却說八法之始終成智斷十義具足此歷五味論十法次第約四教則可解故知

十法收束觀教結撮始終商略大意何觀而不攝何教而不收意氣宏遠義味深邃前後有次第麤細不相違以釋生起意也問法華前教同有六意云何爲異答華嚴六意於利人成醍醐於鈍人成乳三藏中三意於利人密去於鈍人成酪方等六意於利人成醍醐於鈍人成生酥般若六意約利人成醍醐於鈍人成熟酥若法華八意於鈍人成醍醐第三解釋者人即假名所成之人也法即五陰能成之法此之人法通於凡聖若色受想行識是凡鄙法攬此法能成生死之人戒定慧解脫解脫知見是出世法攬此成出世聖人故大論云衆生無上者佛是法無上者涅槃是雖通凡聖不無差別上中下惡即成三途之人法上中下善即成三善道之人法故有六趣階差若更細論百千萬品聖人人法亦復不同若三藏有門觀衆生我人如龜毛兔角畢竟不可得但有五陰之法此即人空法不空觀此法無常生滅不住發生煖頂等位即是攬方便之法成似道賢人若發眞成聖生方便有餘土攬法性色識等成彼土行人若空門明有實法之體攬此實法得有假名之人觀三假浮虛會入空平煖頂即攬方便法成似道賢人若發眞成無學生方便土攬法性五陰成彼土行人餘兩門人法例此可知摩訶衍中明人法者亦不言人空法不空亦不言體有假用但觀假名陰入等性本自空故大品云色性如我性我性如色性始從初心終于後心常觀人法俱空故大論云菩薩常觀涅槃行道以觀人空即是了因種子

者論云衆生無上者佛是佛者即覺覺是智慧始覺人空終覺法空故知觀人空是了因種也觀法空是緣因種者大論云法無上者涅槃是以生死陰斷涅槃陰與大經云因滅是色獲得常色乃至識亦如是大品云菩薩行般若時得無等等色無等等受想行識當知涅槃是無上法也攬此法成無上之衆生號之爲佛故知觀法空是緣因種也以觀人法空即識三種佛性故大經云衆生佛性不即六法不離六法不即者此明正因佛性非陰非我非陰故非法非我故非人非人故非了非陰故非緣故言不即六法也不離六法者不離衆生空而有了因不離陰空而有緣因故言不離六法也佛從初發心觀人法空修三佛性歷六即位成六即人法今觀世音未是究竟之人法即是分證之人法前一番問答是分釋無上之人稱觀世音後一番問答分釋攬無上之法故稱普門當知人法因緣故故名觀世音普門也二釋慈悲者悲名愍傷慈名愛念愍故拔苦念故與樂菩薩若但起慈悲心不牢固故須發弘誓加持使堅譬如工匠造物節廨雖復相應若無膠漆則有零落誓願如膠亦復如是悲心愍傷拔於世間苦集因果興兩誓願所謂衆生無邊誓願度煩惱無量誓願斷此兩誓願從大悲心起以慈愛故欲與道滅出世因果之樂興兩誓願所謂法門無邊誓願知無上佛道誓願成此兩誓願從大慈心起但前明人法凡聖不同今辯慈悲大小亦異若三藏行人觀分段生老病死八苦即起誓願衆生無邊誓願

度若觀分段顛倒結業而起誓願煩惱無量誓願斷欲令衆生觀此因果無常生滅念念流動修於道品即起誓願法門無量誓願知若觀眞諦無爲之理即起誓願無上佛道誓願成如此慈悲緣有作四諦所起也復次通教觀老死八苦如幻如化衆生顛倒謂爲眞實即起誓願貪恚癡等如幻如化衆生顛倒爲之受惱即起誓願觀即色是空即識是空即貪癡等是空非色滅空色性自空空亦不可得而衆生不能即色是空即起誓願又觀涅槃若有一法過涅槃者我亦說如幻化而衆生謂有佛道可求即起誓願是約無生四諦起慈悲誓願也別教觀假名之法森羅萬象應須分別導利衆生那得沉空取證觀此苦果非止一種即起誓願無量之苦由無量集集既無量治亦無量滅亦無量如此誓願緣界内外苦集因果無量四諦而起誓願也圓教觀法界圓融本非違非順非明非闇無明闇故則違違之則有苦集因果智慧明故則順順之則有道滅因果緣此違順因果而起慈悲譬如磁石不作心想任運吸鐵今此慈悲不作衆生及以法想任運拔苦與樂故名無緣慈悲也菩薩從初發心修無緣慈悲歷六即位今此觀音是分證慈悲若前一番問答明無緣大悲拔苦一心稱名即得解脱後一番問答從無緣大慈普門與樂皆令得度故知以大慈大悲因緣故名觀世音普門也三釋福慧者亦名定慧定名靜愛慧名觀策大論云定愛慧策寂照之智無幽不朗如明鏡高堂福德禪定純厚資發如明燈淨油

亦稱爲目足備得入清涼池池即涅槃涅槃稱爲二種莊嚴莊嚴法身釋此定慧自有多種三藏以無常觀理爲慧以事中諸禪定爲福以定資慧發眞無漏天然之理名爲法身若通教但以體法異於析法爾若别教以緣修智慧與諸禪定助開中道法身也圓教以實相觀爲慧實相寂定爲福共顯非定非慧之理名實相法身今圓教菩薩從初發心修此不二定慧歷於六即觀音所以用智光照苦者苦是顛倒迷惑所致智慧是破惑之法故智慧能拔苦華嚴云又放光明名智慧又放光明名無惱思益亦然請觀音云普放淨光明滅除癡闇瞑故知前問答應機拔苦是從慧莊嚴以得名後問答住首楞嚴普現色身不起滅定現此威儀安禪千偈讚諸法王

故知普門示現從福德受名良以福慧因緣故名觀世音普門也四釋眞應者眞名不僞不動應名稱適根緣集藏名身若契實相不僞不動之理即能稱機而應譬如攬鏡像對即形此之眞應不得相離若外道作意修通雖能變化譬如瓦石光影不現豈可以此爲應尚未破四住顯偏眞理那忽有中道眞應若二乘變化修通所得此亦非應譬如圖畫作意乃成了不相似大乘不爾得實相眞譬得明鏡不須作意法界色像即對即應如鏡寫像與眞不殊是時乃名眞寂身應菩薩從初發心歷於六即今經前問答明於眞寂而不動法界大益觀音從眞身得名後問答明隨機廣利出没多端普門是從應身得名良以眞應因緣故名觀世音普門也五釋藥樹

王身如意珠王身者藥王療治苦患出柰女
經珠是如意之寶廣歷諸教明治病得寶今
約圓教明者如華嚴云有上藥樹其根深入
枝葉四布根莖枝葉皆能愈病聞香觸身無
不得益菩薩亦如是大悲熏身形聲利物名
大藥王身又如如意珠能雨大千珍寶隨意
而不窮不盡菩薩大慈熏身與衆生樂名如
意珠王身此亦約六即判位就前問答徧救
幽厄苦難此從藥王身以得名從後問答稱
適所求雨實相雨得涅槃樂此從如意珠王
身以得名故知二身因緣名觀世音普門也
六釋冥顯兩益者冥是冥密顯是彰露大聖
恒以二益利安一切而衆生及以下地日用
不知譬如日月照世盲雖不見實荷深恩故
藥草喻云而諸草木不覺不知只同是一地

下品不知上品冥顯兩益如文殊不知妙音
神力所作以不知故名爲冥益此亦約六即
判位若就前問答不見形聲密荷深祐名爲
冥益聖人之益雖不可知聖欲使知蜫蟲能
知如後問答親覩色身得聞說法視聽彰灼
法利顯然故知觀音從冥益得名普門從顯
益得名以冥顯因緣故名觀世音普門也七
釋權實者權是暫用實非暫用略言權實則
有三種一自行論權實自觀中道爲實二觀
爲權二就化他論權實他根性不同或說權
爲實說實爲權不可定判但約他意以明權
實也三自行化他合明權實者若自觀三諦
有權有實皆名爲實化他隨緣亦有權有實
皆名爲權用此三義歷四教復就自行權實
明六即判位尋此品意是明自行化他論權

實前問答從自行化他之實智益物後問答從自行化他之權以益物故知權實因緣故名觀世音普門也八釋本迹者本名實得迹名應現若通途作本迹者世智凡夫本意難測乃至别教本迹若圓教無始發心初破無明所得法身者名之爲本垂形百億高下不定稱之爲迹若一往判眞應多用上地爲眞爲本下地爲應爲迹地地傳作此判眞本唯據於高應迹唯指於下此義不可今細明本迹則與眞應異本是實得始坐道場及初住所得法身即是其本迹爲上地之佛及作上地菩薩悉名爲迹不可以上地高故稱之爲本始得初住目之爲迹何以故實不得上地上地非本實得下地下地非迹故壽量云隨自意隨他意是本迹意也就本迹明六即就

前問答不可説示但寘祐前人從本地得名後問答殊形異狀應現度脱從迹地得名故知本迹因緣故名觀世音普門也九釋了因緣因者了是顯發緣是資助資助於了顯發法身了者即是般若觀智亦名慧行正道智慧莊嚴緣者即是解脱行行助道福德莊嚴大論云一人能耘一人能種種喻於緣耘喻於了通論教教皆具緣了義今正明圓教二種莊嚴之因佛具二種莊嚴之果原此因果根本即是性德緣了也此之性德本自有之非適今也大經云一切諸法本性自空亦用菩薩修習空故見諸法空即了因種子本自有之又云一切衆生皆有初地味禪思益云一切衆生即滅盡定此即緣因種子本自有之以此二種方便修習漸漸增長起於毫末

得成修得合抱大樹摩訶般若首楞嚴定此一科不論六即但就根本性德義爾前問答從了種受名後問答從緣種受名故知了因緣因故名觀世音普門也十釋智斷者通途意智即有爲功德滿亦名圓淨涅槃言有爲功德者即是因時智慧有照用修成之義故稱有爲因雖無常而果是常將因來名果故言有爲功德滿也斷即無爲功德滿亦名解脫亦名方便淨涅槃言無爲者若小乘但取煩惱滅無爲斷但離虚妄名爲解脫其實未得一切解脫此乃無體之斷德也大乘是有體之斷不取滅無爲斷但取隨所調伏衆生之處惡不能染縱任自在無有累縛名爲斷德指此名無爲功德故淨名云不斷癡愛起諸明脫又云於諸見不動而修三十七品愛見爲侍亦名如來種乃至五無間皆生解脫無所染礙名爲一切解脫即是斷德無爲也寂而常照即智德也小乘灰身滅智既其無身將何入生死而論調伏無礙無染滅智何所照寂如此智斷圓極故法身顯著即是三種佛性義圓也法身滿足即是非因非果正因滿故云隱名如來藏顯名法身雖非是因而名爲正因雖非是果而名爲法身大經云非因非果名佛性者即是此正因佛性也又云是因非果名爲佛性者此據性德緣了皆名爲因也又云是果非因名佛性者此據修得緣了皆滿了轉名般若緣轉名解脫亦名菩提果亦名大涅槃果果皆稱爲果也佛性通於因果不縱不横性德時三因不縱不横果滿時名三德故普賢觀云大乘因者諸法

實相大乘果者亦諸法實相智德既滿湛然常照隨機即應一時解脫斷德處處調伏皆令得度前問答從智德分滿受名後問答從斷德分滿受名故知以智斷因緣名觀世音普門也問此十義名字出餘經那得用釋此品答大乘義通衆經共用若不許此者佛性出涅槃五住二死出勝鬘諸師那得浪用通衆經耶此品在文雖無十名總將二問答帖十義意宛然可解今已如前今更別點句句來證十義者如文云以何因緣名觀世音又云以是因緣名觀世音即是據人名也後文云普門示現即是明法也有如是等大威神力多所饒益即慈也愍諸四衆即悲也欲知智在說十九說法即智慧也一時禮拜得無量無邊福德之利即福德也自在之業即法身也何故爾法身於一切得自在智慧契此故名爲業壽量云慧光照無量久修業所得威神之力巍巍如是如是滿足之名即是眞身也普門示現神通力即應身也遊諸國土度脫衆生即藥樹王身也於怖畏急難之中能施無畏即如意珠王身也福不唐捐即冥益也三十三身即顯益也現佛身即實智也現餘身即權智也觀音身即本餘身即迹也又大威神力是本方便力是迹聞是觀世音菩薩名者若有聞是品者即證了因功德不少即緣因不肯受常捨行故及即時觀其音聲觀即智皆得解脫種種調伏衆生八萬四千發心等是利益即斷也第四料簡者問人對觀音法對普門者方等有普門法王子標於人名此義云何同答此應作四句分別人

非法法非人人即法法即人若約華嚴次第意地前生死行人未是實相之法此法亦非彼人若作不次第意者人即實相實相即人人法不二也若三藏有門明無假人但實法此法非人若空門攬實法成假人人法兩異若其不離人論法不離法論人此乃是二諦意非中道之人法也若方等對小明大論人法者明小同三藏明大同華嚴般若涅槃等例爾今方等中明普門者即大乘意今明普門是法何得有法無人彼明普門是人何得但人無法此則人法互舉彼經標人此處標法爾例如小乘明身子智慧第一餘弟子各就餘法門論第一本以智慧斷惑發眞無漏餘人無慧那得入道旣得道果果知有慧但各舉其初門別稱第一譬如刀刃斷物必藉於背方有利用諸數如刀背慧數如刀刃今普門義亦爾但以因緣之法當普門之名何得無了因之人耶若併從觀音標名者此則通漫欲使世諦不亂互舉別名如身具六根但稱爲淨眼淨意豈得無餘根耶料簡慈悲者問若大悲拔苦苦除即是得樂大慈與樂樂至即是拔苦何意兩分答通論如此別則不然譬如拔罪於獄未施五塵身雖免痛根情未娛此但拔苦未名與樂又如施五塵於獄耳眼雖悅不名拔苦爲從別義各顯一邊故別說爾問此中何意不論喜捨答四無量心名雖有四但是三義大經云憂畢叉畢叉名捨捨者兩捨也即是非慈非悲不二之意不二而二即是慈悲喜者從樂生喜初欲與樂衆生苦重不能得樂則無所可喜若拔苦

竟即能得樂還遂本懷故樂後加喜苦後無此故不開喜如阿輸加王七日應死雖有五欲之樂憂苦切心又如一身少許痛惱能奪一身之樂故知苦重不得樂也問禪支明喜在前樂支在後復云何答禪支就從麤入細此中慶彼得樂故喜心在後也復次外道修四無量自證禪定作想虛運彼無實益不能令他拔苦得樂雖自獲定虛妄世法報盡還墮不免於苦自他俱無利益若二乘修四無量但自拔苦於他無益自拔分段未免變易灰身滅智非究竟樂今菩薩不爾非凡夫行非賢聖行非凡夫者不同自受禪樂非賢聖者不同自拔於苦不同自受樂故即與他樂不同自拔苦故即拔他苦亦是即拔苦是即與樂即與樂亦即是拔苦但分別說之誓願相對前明拔苦後明與樂爾料簡福慧者問觀音對智稱之而拔苦普門對福見之而得樂何也答智是光明正治闇惑惑是生死苦惱若治闇惑之苦豈不用智解之光故稱智慧人名即拔苦也法是法門門名能通通至涅槃安樂之處初習此法是得樂因後證此法是得樂果故對此普門明其與樂也問福慧相須本不相離若定而無慧者此定名癡定譬如盲兒騎瞎馬必墮坑落塹而無疑也若慧而無定者此慧名狂慧譬如風中然燈搖颺搖颺照物不了故知福慧相資二輪平等堪能運載也若爾何意以智慧拔苦福德與樂耶自有福德是智慧智慧是福德自有福德非智慧智慧非福德大小乘皆備四句如六度菩薩修般若分閻浮提爲七分此是

世智不能斷惑此猶屬福德攝即名此福是智故此智是福不斷惑故若聲聞人智慧能斷若名智慧非福德如餓羅漢也若福德非世智亦非出世智者如白象也若大乘四句者別教地前三十心行行名福德慧行名智慧此慧不能破無明此慧還屬福德攝不破無明故此福是智慧方便治取相故若地前皆名福德地上皆名智慧此智慧非福德福德非智慧方等般若帶小明大若帶小福慧如前四句明大福慧如向四句今此普門名福慧者福即是慧慧即是福福慧不二故大論云如是尊妙人則能見般若此慧那得無定得首楞嚴定何曾無慧論云健相三昧能破强敵大經云佛性者有五種名亦名般若亦名師子吼亦名首楞嚴亦名金剛佛性等

即是定慧具足之名也非禪不慧非慧不禪禪慧不二不二而二分門別說作定慧二解故釋論解般若明十八空解禪定明百八三昧此是二說二即不二料簡眞應者亦有四句之殊非眞非應應而非眞眞而非應亦眞亦應若非眞非應此就理可解又就凡夫不見理故非眞無用故非應此亦可解應而非眞者外道亦得五通同他施化通論亦得是應而不得名眞眞而非應者二乘人入眞斷結灰身滅智不能起應此亦是通論其眞爾亦眞亦應者此則別顯中道爲眞即眞而論用爲應眞應不二不二而二者故言眞應爾今依文互舉一往言其眞應前番問答明眞身常益後番問答明應身間益常間不得相離二鳥俱游二往爲論眞身亦恒亦不恒應

身亦間亦不間若小乘明義例如善吉石窟觀空見佛法身蓮華尼則不見此豈非小乘中眞身恒益不恒益義丈六之應亦有見不見此豈非應身有間有不間義大乘法身亦爾於理爲恒益於情爲不恒益應身亦爾此緣滅彼緣興無有斷絶是不間義同質異見是其間義而今分別一往前問答屬恒益後問答屬不恒益也料簡藥珠二身者藥有差病拔苦之功亦有全身增命致寶之用故經云若全身命便爲已得玩好之具也如意珠王非但雨寶亦能除病大施太子入海得珠還治父母眼大品云若人眼痛珠著身上病即除愈故知通具二義若別據一邊約除患以譬藥證樂以況珠爾料簡冥顯兩益凡有三十六句料簡權實二智者前問答實智照眞而衆生得脫權智照假而衆生得度度爲度權亦度於實脫爲脫眞亦脫於假答此亦具四句或因眞智解脫於權七難消除二求願滿是也或因眞智解脫於實三毒皆離是也或因權智得度於實三十三身得度是也或因權智得度於權於怖畏急難之中得無畏是也或二俱度脫或二俱不度不脫今依文判互出一邊前文脫權後文度實料簡本迹者通論本迹俱能拔苦與樂故壽量云聞佛壽無量得清淨無漏無量之果報即是從本得樂請觀音云或遊戲地獄大悲代受苦此是從迹拔苦衆生不達本源後流轉苦惱若識本理即於苦而得解脫也衆生若不見迹中施化不能三業種福則無功德之因焉致樂果非本無以垂迹非迹無以顯本前問

答是明迹本後問答是明本迹問本迹與眞應云何異答眞應就一世横辯如諸經所明本迹就三世竪論如壽量所説料簡緣了者問緣了既有性德善亦有性德惡否答具問闡提與佛斷何等善惡答闡提斷修善盡但性善在佛斷修惡盡但性惡在問性德善惡何不可斷答性之善惡但是善惡之法門性不可改歷三世無誰能毀復不可斷壞譬如魔雖燒經何能令性善法門盡縱令佛燒惡譜亦不能令惡法門盡如秦焚典坑儒豈能令善惡斷盡耶問闡提不斷性善還能令修善起佛不斷性惡還令修惡起耶答闡提既不達性善以不達故還爲善所染修善得起廣治諸惡佛雖不斷性惡而能達於惡以達惡故於惡自在故不爲惡所染修惡不得起故佛永無復惡以自在故廣用諸惡法門化度衆生終日用之終日不染不染故不起那得以闡提爲例耶若闡提能達此善惡則不復名爲一闡提也若依他人明闡提斷善盡爲阿梨耶識所熏更能起善梨耶即是無記無明善惡依持爲一切種子闡提不斷無明無記故還生善佛斷無記無明盡無所可熏故惡不復還生若欲以惡化物但作神通變現度衆生爾問若佛地斷惡盡作神通以惡化物者此作意方能起惡如人畫諸色像非是任運如明鏡不動色像自形可是不可思議理能應惡若作意者與外道何異今明闡提不斷性德之善遇緣善發佛亦不斷性惡機緣所激慈力所熏入阿鼻同一切惡事化衆生以有性惡故名不斷無復修惡名不常

若修性俱盡則是斷不得爲不斷不常闡提亦爾性善不斷還生善根如來性惡不斷還能起惡雖起於惡而是解心無染通達惡際即是實際能以五逆相而得解脱亦不縛不脱行於非道通達佛道闡提染而不達與此爲異也料簡智斷者此是一法異名不得相離如人一體何故從智拔苦從斷與樂然而慧解之心稱智無縛礙身稱斷譬如人被縛運力屬智肅然附外屬斷運力屬心故名智慧莊嚴附斷體散屬色身名福德莊嚴今經文言説不得一時故互舉智斷若深得此十義意者解一千從廣釋觀世音普門義則不可盡也第二别釋名者爲二先明觀世音次明普門以何因緣名觀世音通釋如前别者則以境智因緣故名觀世音云何境智境智有二一思議境智二不思議境智思議境智又二一約理外二約理内理外爲四一天然境智只問此境爲當由境故境由智故境此智爲當由智故智由境故智若由境故境此境是境境即自生境若智由智故智亦是自生智自生名性自爾非佛天人所作照與不照恒是境智故名天然境智二明相待者若境不自境因智故境智不自智因境故智此即他生義何故爾境自生境既稱爲自以境望智智即是他今境從智生豈非他境智亦如是故名相待次明因緣境智者若境不由智故境亦不由境故境智境因緣故境智亦如是此即境智因緣共生義共生有二過墮自他性中次絶待明境智者非境非智而説境智此即離境離智無因緣而辯境智者此

是無因緣絕待從因緣尚不可得何況無因緣一往謂絕理而窮之不成絕待並是理外行心妄想推計故中論云諸法不自生亦不從他生不共不無因是故說無生那得如前四種計執是實餘妄語性實之執見愛生著九十八使苦集浩然流轉不息云何執此而生苦集隨執一種境智謂以爲是隨順讚歎心則愛著而生歡喜即是貪使若人違逆責毀心則忿怒而生瞋恚即是瞋使貪恚既起豈非癡使我解此境智他所不解以其所執矜慠於人豈非慢使既執此爲是今雖無疑後當大疑豈非疑使我知解此法法中計我豈非身見六十二見隨墮一邊豈非邊見如此妄執不當道理豈非邪見執此是實計爲涅槃豈非見取果盜謂此爲道依之進行豈非戒取因盜十使宛然皆從所執境智上起將此歷三界四諦則有八十八使就思惟歷三界則有九十八使此則集諦結業顛倒浩然方招苦果生死不絕於其境智不識苦集何處有道滅既不識四諦則破世間出世間因果無世出世法故無法寶不識出世果無佛寶不識出世因無僧寶賢聖之義一切俱失若作如此執自生境智者只是結構生死增長結業過患甚多若非理外境智更將何等爲理外耶故大論云凡夫三種語見慢名字聖人但一種語名字今凡夫見慢取著謬用佛語介爾取著乖理成諍雖傍經論引證文字如蟲蝕木偶得成字尋其內心實不能解是字非字口言境智不解境智以不解故如服甘露則以境智起見傷命早夭故爲龍

樹所破今不取此爲境智以釋觀世音自生境智既爾餘三句亦然二明思議理内境智者亦作上四門名字雖同觀智淳熟不生執見畢故不造新成方便道發生煖頂乃至十六心眼智明覺豁然得悟破諸見惑與理相應譬如盲人金錍抉膜灼然不謬此之真觀名之爲智所照之理名之爲境以發無漏故稱理内境智雖見此理終是作意入真故名思議境智也今明觀世音亦不從此境智因緣得名也次明不思議境智者若自他共無因等四句俱非境智者今諸經論所明或從自生他生共生無因等若不爾者云何辯境智耶答經中所明皆是四悉檀赴緣假名字說無四性執若人樂聞自生境智即說境是自境智是自智以赴其欣欲之心或時宜聞自境自智聞必生善或時對治說自生境智說必破惑有時說此令即悟道若無四悉檀益諸佛如來不空說法雖作四說無四種執無執故無見愛衆生聞者如快馬見鞭影即破惑入道故名爲智此智所照名之爲境如是通達則識苦集道滅三實四諦宛然具足若以智照境入空取證成真諦理内思議境智如前說若不以果爲證知此境智但有名字名爲境智是字不在内外中間是字不住亦不不住是字無所有故雖作四句明境智實不分別四句境智雖作四句聞境智實不得四句境智雖體達四句境智實不作四句思量境智言語道斷心行處滅不可四句思惟圖度故名不思議境智金光明云不思議智照不思議智境此具如大本玄義境智妙

中廣說龍樹先破一異時方然後釋如是我聞等義今類此先破理外境智後明不思議四悉檀悉檀義如大本玄義夫依名字爲便應先明觀智次辯世境之音若解義爲便前明世境次辯觀智如先有境可得論觀若未有境何所可觀譬如鏡鼓後方映擊今從義便先明世音後論觀智也世者爲三一五陰世間二衆生世間三國土世間既有實法即有假人假實正成即有依報故名三種世間也世是隔別即十法界之世亦是十種五陰十種假名十種依報隔別不同故名爲世也間是間差三十種世間差別不相謬亂故名爲間各各有因各各有果故名爲法各各有界畔分齊故名爲界今就一法界復有十法所謂如是相性究竟等十界即有百法十界相互則有千法如是等法皆是因緣生法六道是惑因緣法四聖是解因緣法大經云無漏亦有因緣因滅無明即是三菩提燈是諸因緣法即是三諦因緣所生法我說即是空亦名爲假名亦名中道義故明十種法界三十種世間即是所觀之境也此境復爲二所謂自他他者謂衆生佛自者即心而具如華嚴云心如工畫師造種種五陰一切世間中莫不由心造問自他那得各具十法界答觀身實相觀佛亦然華嚴云心然佛亦然心佛及衆生是三無差別豈不各各具三諦境耶音者即十法界口業之機也界既不同音亦有異問衆生各有三業何意但觀音然通論皆得常念恭敬得離三毒即是觀世音禮拜供養所求願滿即是觀世身而今但言觀世

音者舊釋此義爲六一趣立者諸名不可累出舉一趣以標名若稱爲觀世身者巳復還問此言何意不名觀世音此則非問二隨俗者釋迦所說以音聲爲佛事故言觀世音若遊諸國土隨彼所宜三互舉者能觀所觀所觀即衆生色心也今從能觀故但言觀能聞所聞能聞是聖人耳識所聞是衆生音聲今取所聞之音聲舉所聞得能聞舉能觀得所觀從此爲名故言觀世音舊問能所既爾何不取所觀之色心能聞之耳識以標名稱爲聞色心菩薩耶舊答云菩薩一觀於色心此是應廣衆生之一音此是機狹若從難者則機有兩字應但一字便是應狹機廣故不如所難今更作難此語應從義理那得逐字菩薩以能觀色心何意不能觀音聲衆生何意但以聲感色心不能感耶若其俱感俱應此逐字爲觀則感應齊等若爲判其廣狹今不作此明互舉凡聖感應皆通三業而聖人與意凡夫與聲故言觀世音爾四義攝者如發聲必先假意氣觸脣口其音能出口業若成則攝得身意若觀於口業亦攝得身意觀餘不爾故言義攝五隱顯者身雖禮拜意雖存想未知歸趣何等故名隱若口音宣暢事義則彰故名顯舉顯沒隱故言觀世音六難易者臨危在厄意則十念難成身則拜跪遲鈍口唱爲急故成機從易受名也又第六爲有緣觀音昔爲凡夫居茲忍界見苦發誓今生西方多還此土既有誓緣急須稱名今明若如前六義皆偏有所舉若依釋論其義即圓何以故出入息是身行覺觀是口行受爲心

行心覺觀故尚具三業何況發音成聲而不備三業耶但舉一觀即備三應但舉一音即備三機而凡情謂聲强智利逐物標名圓義往推悉皆具足

觀音玄義卷上

音釋

攬魯敢切手取也　瘂倚下切　謦欬謦棄挺切欬口溉切逆氣聲小曰謦大曰欬　邃雖遂切深也　廨居賣切　闇烏紺切與暗同　礠音慈引鐵石也　療力照切治病也　蜫公渾切蟲之總名　鬘莫班切　搖颺颺余章切風飛物也　闍提梵語也此云信不具闍齒善切　譜博古切籍錄也　蝕實職切與食同　金錍錍正作鎞邊迷切金鎞掠器也　抉膜抉一決切挑也膜木各切翳膜也

觀音玄義卷下

隋天台智者大師說

門人灌頂記

第二明觀者又爲二一結束世音之境二明能觀之智結境即爲六一結十法界是因緣境二四諦境三三諦境四二諦境五一實諦境六無諦境此具出大本玄義二明觀智者傍境明智作五番明觀智就因緣則四番因緣論觀四諦亦有四番論觀三諦有兩番論觀二諦有七番論觀一實諦則一番論觀無諦則無觀如此等義具在大本今約三諦明觀若通論十法界皆是因緣所生法此因緣即空即假即中即空是眞諦即假是俗諦即中是中道第一義諦若別論六道界是因緣生法二乘界是空菩薩界是假佛界是中論境即有二意今對境明觀亦爲二意一次第三觀二一心三觀次第者如瓔珞云從假入空名二諦觀從空入假名平等觀二觀爲方便得入中道第一義諦觀此之三觀即是大品所明三智一一切智知一切内法内名一切能知能解一切外法外名能知能解但不能用以一切道起一切種故名一切智二道種智能知一切道種差別則分別假名無謬故名道種智三一切種智能於一種智知一切道知一切種一相寂滅相種種行類能知能解名一切種智通而爲論觀智是其異名別而往目因時名觀果時名智此三觀智即是大經四種十二因緣觀下中上上上涅槃通取析法明於四觀大品瓔珞直就摩訶衍但明三觀三智今若開二經合涅槃者應開

衍法從假入空觀生滅一切智也若合涅槃就二經合下中二觀同是一切智也若將三經若開若合對五眼者天眼肉眼照麤細事皆是世智悉爲諸觀境本若三觀三智從此即入體法一切智若四觀四智此即入析法一切智故肉眼天眼爲本若入一切智對慧眼道種智對法眼一切種智對佛眼中論偈因緣所生法一句爲觀智之本三句對三智若將三觀智對四教即須開之如前若將涅槃四觀對四教下智是生滅一切智對三藏教也中智是體法一切智對通教也上智即道種智對別教上上智即一切種智對圓教所以應明三觀那忽對四教者何若無教即無觀稟教修觀得成於智所以明教也教必有主有主即佛也或可一佛說四教或可示

四相明四佛四教既有四主即應有四補處即是四種菩薩輔佛弘此四教也若言諸法寂滅相不可以言宣大經云生生不可說乃至不生不生亦不可說一教尚不可說云何有四答理論實爾皆不可說赴緣利物有因緣故亦可得說非但生生可說乃至不生不生亦可說以佛教門出生死苦三藏教者如釋論引迦旃延子明菩薩義釋迦初爲陶師值昔釋迦佛發願從是已來始發菩薩心即是行人所求菩提即名爲法深猒苦集欣求滅道即起慈悲心誓度一切行六度行行願相扶拔苦與樂所以者何慳名爲集墮餓鬼名苦行檀名道慳息名滅菩薩自伏慳貪悲心熏物衆生稱名即能脫苦自行檀施慈心熏物物應可度即能示現令得安樂當知爲

滿弘誓而修檀行也乃至愚癡名集生天名苦修慧名道癡伏名滅修慧度時自破苦集爲成悲心以熏衆生衆生稱名即得解脫自證道滅以成慈心以熏衆生衆生有感應機得度故知行填於願行此六度各論時節尸毗代鴿是檀滿須摩提不妄語是尸滿歌利王割截不動是忍滿大施抒海是精進滿尚闍梨坐禪是定滿劬償大臣分地是般若滿如此修行至初僧祇劫不知作佛不作佛第二僧祇心知作佛口不言作佛第三僧祇心知口言過三僧祇已又百劫種相百福凡用三千二百福修成三十二大人相現時方稱菩薩摩訶薩但伏惑不斷如無脂肥羊取世智爲般若即此意也用此菩薩行對聲聞行位者初僧祇可對總別念處二僧祇可對煖法三僧祇可對頂法百劫種相可對忍法坐道場時可對世第一三十四心斷結成佛即對十六心發真乃至九解脫無學也爾時坐道場上三十四心斷惑正習俱盡名爲三藏佛所以釋迦精進弟子純熟以精進故九劫前超八相成佛此即是三藏教主所說教門此中補處位在百劫種相伏惑住最後身六度行成誓願將滿慈悲熏於衆生拔苦與樂若就此辯者但是因緣生法世智明觀即是三藏教觀世音義也問依三藏說釋迦彌勒同時發心一超九劫何意二佛俱成賢劫中佛耶答釋迦值弗沙促百劫彌勒值諸佛何必不促爲九十一劫耶若爾則無百劫義答任此法門則有百劫以精進力傳超通教者如大品明三乘之人同以第一義諦無言說

道斷煩惱入涅槃共緣一理用觀斷惑通也亦名共般若教此事與三藏異釋論破云豈以不淨心修菩薩行如毒器盛食食則殺人檀有上中下謂捨財身命也勇士烈女亦能捨身何得中捨名檀滿中檀但名施非波羅蜜不見能所財物三事皆空非慳非施此是眞檀波羅蜜乃至非愚非智無著空慧名眞般若不取世智論云若不信空一切皆違失當知汝所修皆不與理相應若信諸法空一切有所作良以空故能成一切諸法故知若得空慧能具一切法也又復菩薩無量劫修行何但三阿僧祇如是等種種破三藏失以顯摩訶衍中通教意也大品云菩薩發心與薩婆若相應此即觀眞斷結與理相應也發心已來即觀眞斷結便稱菩薩即是假人也

又觀眞即是法也常與慈悲俱起自斷苦集修道滅亦以慈悲誓願斷一切衆生苦集與其道滅體達諸法如幻如化不生不滅三事俱亡以行檀乃至一切法無所著名般若以此諸行塡願即能破四住惑見第一義則有三乘共十地所謂乾慧乃至佛地若將此十地來對聲聞者乾慧地對總別念處性地對四善根位八人地對八忍見地對初果薄地對二果離欲地對三果已辦地對四果支佛地自對支佛位菩薩地自是出假方便道觀雙流斷正侵習佛地盡故論云是人煩惱盡習不盡以誓扶習還生三界利益衆生淨佛國土豈同三藏菩薩伏惑行六度行耶此菩薩修行斷惑餘殘未盡譬若微烟慈悲五道示現度物衆生若稱名若感見即能拔苦與

樂解脱得度也此是通教體假入空觀亦名一切智即是通教觀世音義也別教者別異通也別明不共般若故言別也此教雖明中道爲鈍根人方便說中次第顯理廣明歷劫修行故大品云有菩薩從初發心遊戲神通淨佛國土次第修習恒沙法門助顯中理前却四住次破塵沙後破無明十信通伏諸惑而正伏四住十住亦是通伏諸惑而正斷四住成一切智十行出假斷無知成道種智兼伏界外塵沙十回向斷界外塵沙成道種智正修中道伏無明十地斷無明見佛性成一切種智譬如燒金塵垢先去然後鎔金次第斷結亦復如是此菩薩發心秉法慈悲修行自斷無明成就眞應大誓慈悲熏於法界衆生機感即拔苦與樂此是從空出假觀道種智別教觀世音義也圓教者此正顯中道遮於二邊非空非假非内非外觀十法界衆生如鏡中像水中月不在内不在外不可謂有不可謂無畢竟非實而三諦之理宛然具足無前無後在一心中即一而論三即三而論一觀智既爾諦理亦然一諦即三諦三諦即一諦大品云有菩薩從初發心即坐道場轉法輪度衆生即於初心具觀三諦一切佛法無緣慈悲於一心中具修萬行諸波羅蜜入十信鐵輪巳能長別苦輪海四住惑盡六根清淨名似解進入十住銅輪初心即破無明開發實相三智現前得如來一身無量身湛然應一切即是開佛知見示悟入等文云正直捨方便但說無上道又云今當爲汝說最實事即是圓教一實之諦三觀在一心中也

大品云若聞阿字門則解一切義大經云發心畢竟二不別如是二心前心難是故敬禮初發心即是義也此中知見但稱爲佛知佛見即是一切種智知佛眼見佛眼見佛智知非不照了餘法從勝受名譬如衆流入海失本名字大論云十智入如實智無復本名但稱如實智眼亦如是五眼具足成菩提而今但稱爲佛眼大經云學大乘者雖有肉眼名爲佛眼若例此語學小乘者雖有慧眼名爲肉眼也若能如是解者名圓教人法約無作四諦起無緣慈悲修不二定慧成眞應二身眞徧法界藥珠普應一切橫豎逗機冥顯兩益以無鈌寶藏金剛般若拔根本究竟解脫以首楞嚴法界健相與三點涅槃大自在樂是名中道第一義諦觀一切種智是名圓教觀世音義也問此觀觀衆生非空非有云何行慈悲答如淨名中說問若觀十法界非空非假者即是破一切因果耶答若不明中道則不識非權非實亦無權無實則無四番因果若明中道則權實雙照得有三種權四諦苦集因果三種道滅因果乃至一實無作四諦世出世因果宛然具足在一念心中所以者何以實相慧覺了諸法非空非有故名爲佛寶所覺法性之理三諦具足即是法寶如此覺慧與理事和名僧寶事和即有前三教賢聖僧與理和即有圓教四十二賢聖僧故大經月光增損而舉兩喻前十五日約光論增後十五日約光論減而其月性實不偏圓前後徃望不無盈昃月性圓者喻於實相光明增減以喻智斷智光增者即諸法不生而

般若生斷光滅者即是諸法不滅而煩惱滅大經亦稱無明爲明故知用譬邪光滅也如是增減日日有之如是智斷地地皆具若十五日體圓光足則月不更圓光不更盛此喻中道理極菩提智滿故云不生不生名大涅槃若三十日體盡光滅究竟無餘此喻無明已遣邪倒永除無惑可斷故云不滅不滅名大涅槃初三日月即喻三十心智斷次十日月喻十地智斷十四日月喻等覺智斷十五日月喻妙覺智斷仁王天王等般若以十四日譬十四般若即此意也如此明僧寶智斷皆約中道一實相法一切因果無所破失也若不明中道非空非假但計斷常等即是破生滅四諦世出世因果破三藏三寶若但說無常生滅者即破無生四諦通教三寶若但說體法不生不滅眞諦者即破無量四諦別教三寶若但說次第顯非空非假者此亦破圓教無作四諦一體三寶傳傳相望前所破失者多後所破失者少可以意得問若圓修實相一法三諦一心三觀具足諸法亦應一教四詮稱於圓教即足何用四教如前分耶答上開章云次第三觀一心三觀明教亦二若一教圓詮一切諸法者赴利根人若四教差別逗鈍根人若不假漸次分別圓頓何由可解用別顯圓故先明四教也雖說種種道其實爲一乘又於如來餘深法中示教利喜餘法即三方便引導弄引開空法道若入佛慧方便無用故云唯此一事實餘二則非眞故知但一圓頓之教一切種智中道正觀唯此爲實觀世音餘皆方便說也復次若有所

說若權者實悉是方便非權非實言語道斷心行處滅不可說示不生不生妙悟契理方名爲真此亦無實可實次明觀心者夫心源本淨無爲無數非一非二無色無相非徧非圓雖復覺知亦無覺知若念未念四運檢心畢竟叵得豈可次第不次第徧圓觀耶猶如虛空等無有異此之心性畢竟無心有因緣時亦得明心既有論心即有方便正觀之義譬如虛空亦有陰陽兩時心亦如是雖無徧圓亦論漸頓若作次第觀心者即是方便漸次意也若觀心具有性德三諦性德三觀及一切法無前無後無有次第一念具足十法界法千種性相因緣生法即空即假即中千種三諦無量無邊法一心悉具足此即不次第觀也華嚴云一切世間中無不從心造心如工畫師造種種五陰若觀心空從心所起一切皆空若觀心有從心所生一切皆有心若定有不可令空心若定空不可令有以不定空空則非空以不定有有則非有非空非有雙遮二邊名爲中道若觀心非空非有則一切從心生法亦非空非有如是等一切諸法在一心中若能如是觀心名上上觀得諸佛菩提淨名云觀身實相觀佛亦然觀身相既等於佛觀心相亦等於佛華嚴云心佛及衆生是三無差別當知觀此心源與如來等若作餘觀觀心皆是方便名爲邪觀若作如此圓觀名爲真實正觀即開佛知見坐如來座如此慈悲即是入如來室安忍此法即是著如來衣修此觀慧即是如來莊嚴其人行住坐卧皆應起塔生如來想如此觀心名觀

佛心也第二明普門即爲二一通途明門二歷十義解釋通六意者一略列門名二示門相三明權實四明普不普五約四隨六明觀心列門名者通從世間如人門戸通至貴賤居室凡鄙以十惡五逆爲門通至三途清昇以五戒十善四禪四定等爲門通至人天外道以斷常爲門通至惑苦愛以四倒爲門見以四句爲門善惡雖殊束而爲言俱是有漏世間之門通至生死爾若就佛法論門亦復衆多三藏四門通有餘無餘涅槃通教四門近通化城遠通常住別教四門漸通常住圓教四門頓通常住此則四四十六教門又有十六觀門合三十二門能通之義分別其相在大本玄中二示門相者三藏四門所謂阿毗曇是有門成實是空門昆勒亦空亦有門車匿非空非有門一一廣明行法判賢聖位由門通理通教四門者謂如幻之有如幻之空亦空亦有非空非有一一作行相判賢聖位由門通理別教四門觀佛性如闇室瓶盆即有門觀佛性如空迦毗羅城空即無門觀佛性如石中金福人得寶罪人見石是亦有亦無門觀佛性離二邊即中道非有非無門一一作行相判位由門通理圓教四門名不異別但一門即三門三門即一門不一不四無歷別之殊圓融不四之四一一判不思議行位之相由門通理此義皆在大本次論諸門權實三藏通教教觀十六門能通所通皆是權別教教觀能通是權所通是實圓教教觀八門能通所通皆是實具論在彼玄義次明普不普者若凡夫外道見愛等門尚不能

通出三界何況普耶三藏通教雖通化城亦復非普别教漸通亦非普義唯圓教教觀實相法門能徧十法界千性相三諦一時圓通圓通中道雙照二諦獨稱爲普門也復次如淨名中説入不二門者生死涅槃爲二不依生死不依涅槃名爲不二亦復非一何以故既除於二若復在一一對不一還復成二豈名不二耶今不在二故言不一不二亦名不有不無不有是破假不無是破空不有是破二不無是破一若爾者應存中道中道亦空大經云明與無明其性不二不二之性即是中道中道既空於二邊此空亦空故名空空空名不可得空是爲入不二法門即是圓教就空門辯普門之意也三十一菩薩各説不二門文殊説無説爲不二門淨名杜口爲不二門細尋彼文皆有四門義肇師注云諸菩薩歷言法相即有門文殊言於無言此即空門思益云一切法正一切法邪亦是普門意遊心法界如虚空是亦空亦有門淨名默然即非空非有門大品四十二字門先阿後荼中有四十字皆具諸字功德此亦是不二普門上方便品云其智慧門難解難入譬喻云唯有一門而復狹小衆經明實理門者悉普門意也四隨觀心等悉在大本二别釋普門者至理非數赴緣利物或作一二之名或至無量廣略宜然且存中適十義一慈悲普二弘誓普三修行普四斷惑普五入法門普六神通普七方便普八説法普九供養諸佛普十成就衆生普上通途普門已約法竟此十普門皆約修行福德莊嚴前五章是自行次

三章是化他後二章結前兩意自行中前四是修因後一是明果修因又二初二是願後二是行總生起者菩薩見一切苦惱衆生起大慈悲此心雖不即是菩提心能發生菩提心譬如地水雖非種子能令芽生今因大悲起菩提心亦復如是次誓願者若但慈悲喜多退墮魚子菴羅華菩薩初發心三事因時多及其成就少以不定故須起誓願要期制持此心即菩提堅固次明修行者若但發願於他未益如無財物勢力權謀不能拔難菩薩亦爾須福德財神通力智慧謀乃可化道大經云先以定動後以慧拔修行塡願意在此也次斷惑者成論人無礙道伏解脫道斷若然者修行是伏道爲因斷惑是解脫道爲果若毗曇明無礙道一念即斷那得容與七覺而有伏惑之義以方便道伏無礙道斷解脫道證引釋論云無礙道中行名菩薩解脫道中行名佛此約究竟爲語佛證三菩提名解脫道也若然者修行是方便道斷惑是無礙道入法門是解脫道取此自行次第也次神通者若欲化他示三密神通是示色身方便示意同情說法是示口隨其類音此是化他次第也供養諸佛結自行非但華香四事是供養隨順修行是法供養於供養中最大經云汝隨我語即供養佛禀教而行是結自行也成就衆生是結化他菩薩四威儀中尚不忘衆生何況入諸法門淨佛國土皆爲饒益一切衆生故一句結化他也次解釋者始從人天乃至上地皆有慈悲此語乃通不出衆生法緣無緣若緣衆生衆生差別假名不

同因果苦樂有異尚不得入於法緣之慈何得稱普耶若法緣無人無我無衆生從假以入空尚不得諸假名何況是普若無緣慈者不緣二十五有假名不緣二乘涅槃之法不緣此二邊雖無所緣而能雙照空假約此起慈名無緣慈心通三諦稱之爲普也別釋者若修衆生緣慈者觀一法界衆生假名可不名普今觀十法界衆生假名一一界各有十種性相本末究竟等十法界交互即有百法界千種性相冥伏在心雖不現前宛然具足譬如人面備休否相庸人不知相師善識今衆生性相一心具足亦復如是凡人多顛倒少不顛倒理具情迷聖人知覺即識如彼相師知此千種性相皆是因緣生法若是惡因緣生法即有苦性相乃至苦本末既未解脱觀此苦而起大悲若觀善因緣生法即有樂性相乃至樂本末觀此而起大慈具解如大本今約初後兩界中間可解地獄界如是性者性名不改如竹中有火性若其無者不應從竹求火從地求水從扇求風心有地獄界性亦復如是地獄相者攬而可別名之爲相善觀心者即識地獄之相如善相師別相無謬故名相也體者以心爲體心覺苦樂故以當體譬如釵鐺環釧之殊終以銀爲體質六道之色乃異只是約心故心爲體也乃至運御名力緣山入火皆是其力也作者爲動曰作巳能有力即有所作或作善作惡也因者業是因也緣者假藉爲緣也如愛潤業因緣合也果者習果也如地獄人前世多淫王地獄中還約多淫見可愛境即往親附名習果

也報者報果也昔有淫罪今墮地獄受燒炙之苦名報果也本者性德法也末者修得法也究竟等者攬修得即等有性德攬性德即具有修得初後相在故言等也地獄界十相性既如此餘九亦然問當界有十性相可然云何交互相有餘界交互巳難可信云何地獄有佛性相本末耶答大經云夫有心者皆當得三菩提如仙豫殺婆羅門即有三念又婆藪地獄人好高剛柔等義雖在地獄佛性之理究竟不失故知地獄界即有佛性佛相者即是性德之相也淨名經云一切衆生即菩提相聖人鑑之泠然可別也體者即是地獄界心實相理也力者法性十力變通大用也作者從無住本立一切法如師子筋師子乳也因者正因也緣者性德緣了也果即般若菩提大果也報即大涅槃果果也本即性德末即修得等者修得相貌在性德中性德中亦具修得相貌故言究竟等也大經云雪山之中有妙藥王亦有毒草地獄一界尚具佛果性相十法何況餘界耶地獄互有九界餘界互有亦如是菩薩深觀十法界衆生千種性相具在一心遠討根源照其性德之惡性德之善尚自泠然何況不照修得善惡耶如見雪山藥王毒草以觀性德惡毒惻愴憐愍起大悲心欲拔其苦以觀性德善樂愛念歡喜起大慈心欲與其樂此十法界收一切衆生罄無不盡緣此衆生假名修慈豈非衆生慈普耶問地獄界重苦未拔云何言與樂耶答衆生入地獄時多起三念菩薩承機即與樂因故言與樂也又菩薩能大悲代受苦

令其休息餘界苦輕與樂義可解二法緣慈者觀十法界性相一切善惡悉皆虚空十法界假名假名皆空十法界色受想行識行識皆空十法界處所處所皆空無我無我所皆不可得如幻如化無有眞實常寂滅相終歸於空衆生云何强計爲實良以衆生不覺不知爲苦爲惱不得無爲寂滅之樂拔其此苦而起大悲欲與其此樂故起大慈淨名云能爲衆生說如此法即眞實慈也若緣一法界法起慈者可不名普令緣十法界法豈非普耶是名法緣慈普也三無緣慈者若緣十法界性相等差别假名此假則非假十法界如幻如化空則非空非假故不緣十法界性相非空故不緣十法界之眞既遮此二邊無住無著名爲中道亦無中可緣畢竟清淨如是

觀時雖不緣於空假任運雙照二邊起無緣慈悲拔二死之苦與中道之樂如磁石吸鐵無有教者自然相應無緣慈悲吸三諦機更無差忒不須作念故言無緣慈悲也行者始於凡地修此慈悲即得入於五品弟子觀行無緣慈悲進入十信位相似無緣慈悲入於十住方是分證無緣慈悲乃至等覺鄰極慈悲熏衆生不動如明鏡無念如磁石任運吸鐵故名無緣慈悲三諦具足名之爲普通至中道故稱爲門也二弘誓普者弘名爲廣誓名爲制願名要求是故制御其心廣求勝法故名弘誓也弘誓本成慈悲慈悲既緣苦樂弘誓亦約四諦若見苦諦逼迫楚毒辛酸緣此起誓故言未度令度也若見集諦顛倒流轉迷惑繫縛生死浩然而無涯畔甚可哀傷

約此起誓故言未解令解也清淨之道衆生不識行此道者能出生死至安樂地欲示衆生立於此道故言未安令安滅煩惱處名爲涅槃子果縛斷獲二涅槃約此起誓故云未得涅槃令得涅槃生死因難識苦果易知故先果後因涅槃理妙須方便善故先因後果大經云不解鑽搖𤛓猶難得況復生酥醍醐如此四意但一往只迷心起業業即感果欲識果源知果因集制心息業則生死輪壞煩惱調伏名之爲道修行不懈苦忍明發子果俱斷證盡無生名之爲滅雖有四別終是一念更非異法四諦既爾弘誓亦然次明普不普者若凡夫既猒下攀上約此立誓是不名普二乘見三界火宅畏此修道此乃見分段四諦亦不名普若别教先約分段次約變易此亦非普若圓教菩薩於一心中照一切苦集滅道徧知凡夫見愛即有作之集二乘著空即無作之集故淨名云法名無染若染於法是名染法非求法也又云結習未盡華則著身即是變易之惑全未除也大經云汝諸比丘於此大乘未爲正法除諸結使即無作集也乃至順道法愛生亦是無作集也是名徧知集徧知苦者以有集故即能招苦報有作之集招分段苦無作之集招變易苦即知苦諦也徧知對治苦集之道滅從五戒十善不動不出二乘四諦十二因緣通至有餘無餘涅槃通教亦爾别教歷别通至常住不能於一道有無量道不名普道圓教中道即是實相普賢觀云大乘因者諸法實相修如此道名爲圓因稱爲普道故所得涅槃即是究

竟常住一切煩惱永無遺餘譬如劫火無復遺燼故名普滅所觀四諦既周緣諦起誓何得不徧故稱弘誓普也私用觀十法界性德修得善惡而起弘誓論普不普自是一節大義與四諦語異故宜用之亦應善也三明修行普先明次第修行次明不次第修行具在大本行妙中四明斷惑普者若從假入空止斷四住惑華猶著身未爲正法除諸結使但離虛妄非一切解脫若從空入假止除塵沙不依根本而斷亦不名普若空假不二正觀中道根本既傾枝條自去如覆大地草木悉碎故名斷惑普也五入法門普者二乘若入一法門不能入二何況衆多若修歷別之行階差淺深我唯知此一法門餘不能知者此亦非普若入王三昧一切悉入其中譬如王來必有營從營從復有營從王三昧亦如是入此三昧一切三昧悉入其中所謂三諦三昧三諦三昧復有無量法門而爲眷屬亦皆悉入王三昧中故名入法門普六神通普者若大羅漢天眼見大千支佛見百佛土菩薩見恒沙佛土皆是限量之通故不名普何以故緣境既狹發通亦小今圓教菩薩緣十法界境發通徧見十法界而無限極三乘尚不知其名何況見其境界眼見既爾餘例可知神通妙中當廣說七方便普者進行方便是道前方便起用方便是道後方便今正明道後方便也若二乘及小菩薩所行方便入一法門若欲化他齊其所得起用化物道前道後俱非是普圓教菩薩二諦爲方便收得一切方便入中道已雙照二諦二諦神變徧十

法界而於法身無所損減道前道後皆名爲普八說法普者二乘小菩薩說法不能一時徧答衆聲又殊方異俗不能令其俱解大經云拘絺羅於聲聞中四無礙辯爲最第一非謂菩薩也今圓教人一音演法隨類得解以一妙音徧滿十方界如修羅琴隨人意出聲故名說法說法妙中廣說九供養諸佛普者就此爲二一事二理華嚴云不爲供養一佛一國土微塵佛乃至爲供養不可說不可說佛能不起滅定現諸威儀安禪合掌讃諸法王以身命財一切供具周至十方譬如雲雨供養諸佛也理解者圓智正觀之心名爲覺覺即是佛義萬行功德熏修此智此智名一切修功德資供此智即是供養一切智淨名云以一食施一切故云供養諸佛普十成就衆生普者譬螢火燈燭星月爲益蓋微日光照世一切卉木叢林徧令生長華果成就外道如螢火二乘如燈燭通教如星别教如月成就義約今圓教聖人慈慧饒潤冥顯兩益而無限量華嚴云菩薩不爲一衆生一國土一方衆生發菩提心乃爲不可說不可說佛刹微塵國土衆生發心成立利益一時等潤譬如大雨一切四方俱下故名成就衆生普普門之義何量何邊豈可窮盡如淨名之儔不能受持今此觀世音普門即對三號觀即是覺覺名爲佛世音是境境即是如普門即正徧知此之三義不可窮盡若見其意則自在說也私就普門品搜十普之義證成此者若如觀音愍諸四衆受其瓔珞者諸是不一之名愍是悲傷之義此即慈悲普有慈悲任

運有弘誓普義也以種種形遊諸國土度脱衆生即是淨佛國土豈非修行普自既無縛能解他縛自既無毒令他離毒一時稱名皆得解脱皆是徧悉之言豈非斷惑普普門示現即是入法門普方便之力即是方便普神通力者即神通普而爲説法即説法普多所饒益即成就衆生普分作二分奉二如來即供養諸佛普如是義意悉在經文故引以爲證也第二釋體者以靈智合法身爲體若餘經明三身者則單以法身爲體此品但有二身義故用理智合爲體也只此智即實相理何以故若無靈智實相隱名如來藏今知權實相與理不二如左右之名爾若明實相體義廣出大本玄義第三明宗者以感應爲宗十界之機扣寂照之知致有前後感應之益文雖廣直將感應往收如牽綱目動所以用感應爲宗餘經或用因果爲宗今品不爾者因果語通從凡乃至上地各有因果能感所感既皆有因果但經文意似不至此機家雖有因果但以感爲名聖雖無因果但以應爲名則扶文義便也感應義有六一列名二釋相三釋同異四明相對五明普不普六辯觀心具在大本問若言機者是微善之將生惡微將生亦是機不答然問機爲是善爲不善若已是善何須感聖若未是善那得言善之將生答性善冥伏如蓮華在泥聖人若應如日照則出又問若言機是關者爲善關不善關若已是善何須關聖而成善若非是善復何得關聖而成非善凡聖條然何曾相關答善關於大慈惡關於大悲故言相關問若

言宜釋機者此乃是應家觀機用與之言那釋感義答圓蓋圓底互得相宜問爲用法身應爲用應身應應身無常此則無應法身若應此則非法身答法既言身何不言應應身既稱應何意不應故俱應又問感應爲一爲異若一感即是應凡便是聖若異則不相關答不一不異而論感應問感應爲虚爲實若是實者凡夫是實實則何可化若言是虚虚何所化答云云以他問聖人是所感凡夫是能感聖人是能應凡夫是所應所感非是感所應非是應云何言感應道交答所感實無感從感名所感言聖人是所感所應實無應從應名所應言凡夫是所應還是感所爲應能應能爲感所亦是應所爲感能感能爲應所既無感應之實亦無感應之異不異而異者聖没所感目爲能應凡没所應目爲能感故言感應道交私難此語若實無感應之異今聖没能感凡没能應何不聖没能應凡没能感若如此則無凡聖之殊若不如此感應便異何言不異又感能無感能之實而名感能者何不名應能若應所無實何不名感所若爾則無凡聖感應若不爾則是異云何不異又難若以感能爲應所感所爲應能此是自生義若能應只是所應能感只是所感還是自生義若應能生應所感能生感所能感生所感所感生能感能應生所應所應生能應皆是從他生豈非他性義若共生則二過若離二墮無因過問若爾則無感應答聖人以平等無住法不住感以四悉檀隨機應爾問妄執之善能感不答妄執是惡亦得感問

妄執既非一應亦爲二答應本無二爲縁何所不作問凡名凡辟善則招樂惡則感苦聖名爲正正則非善非惡非苦非樂善惡之辟何能感非善非惡之正耶答正聖慈悲拔其善惡之辟令入非善非惡之正故有感應第四慈悲利物爲用者二智不當用耶答二智語通今别附文以感明隱顯之益故以此當用爾他釋法身冥益爲常應身暫出還没爲無常今明法身常寂而恒照此理冝然應身處處利益未常休廢亦是常義若言有應不應以爲無常者法身亦有益無益故知俱是常無常俱有冥顯如日月共照一虧一盈如來恒以常無常二法熏修衆生故言二鳥雙遊而呼爲常無常爾譬如種植或假外日風兩内有土氣煖潤而萬物得增冥顯兩益亦復如是此中應用王三昧十番破二十五有以辯慈悲益物之用具在大本玄中問觀音利物廣大如此爲巳成佛猶是菩薩答本地難知而經有兩説如觀音受記經明觀音勢至得如幻三昧周旋往返十方化物昔於金光師子遊戲如來國王名威德化生二子左名寶意即是觀音右名寶尚即是勢至往問佛何供養勝佛言當發菩提心從如來初發菩提心次阿彌陀佛後當成正覺觀音名普光功德山王勢至名善住功德寶王又如來藏經亦云觀音文殊皆未成佛若觀音三昧經云先巳成佛號正法明如來釋迦爲彼佛作苦行弟子二文相乖此言云何乃是四悉檀化物不可求其實也第五明教相者夫觀音經部黨甚多或請觀世音觀音受記觀音

三昧觀音懺悔大悲雄猛觀世音等不同今所傳者即是一千五百三十言法華之一品而別傳者乃是曇摩羅讖法師亦號伊波勒菩薩遊化葱嶺來至河西河西王沮渠蒙遜歸命正法兼有疾患以告法師師云觀世音與此土有緣乃令誦念患苦即除因是別傳一品流通部外也此品是法華流通分既通於開權顯實之教令寘顯兩益被於將來以十法界身圓應一切使得解脫圓人秉於圓法流通此圓教故即是流通圓教相也五味爲論即是流通醍醐味也問文云方便之力種種不同說亦應異何得是圓教相答就能說之人爲圓弘圓教徧逗法界之機機雖不同不可令能秉法人隨機而偏例如佛於一秉分別說三豈可令佛便是聲聞緣覺耶又付囑云若人深信解者爲說此經若不信者於餘深法中示教利喜既奉佛旨圓逗萬機種種不同只是流通圓教又問能說人圓於教亦圓行人機異此人稟何教耶若稟偏教與鹿苑人同若稟圓教機亦應一答昔鹿苑佛未發本顯迹不會三歸一人法未圓所稟方便不得稱圓今經已開顯權實雖是種種身本迹不思議一雖說種種法爲開圓道於義無咎問上文云正直捨方便此中那言以方便答上正顯實故言其捨此中論用故言示現體用不思議一也

觀音玄義卷下

音釋

鎔餘封切銷也鄙補靡切陋也肇直紹切狹胡夾切隘也釵初佳切婦人岐笄也鐺正作璫都郎切充耳珠也鐶胡關切指鐶也釧樞絹切臂鐶也罄苦定切盡也鑽搖鑽祖官切

觀音玄義記

宋四明沙門知禮述

清刻龍藏佛說法變相圖

觀音玄義記卷第一

宋 四明沙門知禮 述

知禮俯伏惟念早年慕學投跡寶雲遇授法師講說此品神根既鈍遂數諮疑先師念我學勤不辭提耳故所說義粗記在心昔同聞人今各衰朽慮乎先見不益後昆共勉不才抄録於世但疑識暗謬有所傳圓宗哲人刊正是望時天禧五年歲在辛酉八月一日絕筆故序

觀音玄義從略標之具存應云觀世音菩薩普門品玄義以其序中及以正文具明人法故且略標言玄義者能釋之義門也玄者幽微難見之稱義者深有所以也斯蓋大師以三昧力徹法性際深見今品人法之意也應知名等五義皆悉幽微七方便人智莫能見

卷上者既有兩軸乃以上下而甄別之次示能說之人即天台智者既是門人記録所說故不敢正斥其法諱也天台山者即大師棲身入寂之所故以此處顯其人也若山之得名居之所自入滅相狀滅後靈異具於大本及輔行別傳等文今不備述智者者即隋帝求受菩薩大戒訖師云大王迂遵聖禁宜號總持王曰地持經云傳佛法燈即是智者師既傳燈可號智者自此凡上書疏皆云弟子總持和南智者言大師者斯乃帝王大人所師故稱也非同今時補署之號說者悅也縱樂說之辯悅妙悟之懷異乎諸師採摭經論著述疏章消解經文也故大忍法師觀智者說法對衆歎云此非文疏所載乃是觀機縱辯般若非鈍非利利鈍由緣豐富適時是其利相池深花大鈍可意得記録乃是章安尊者解行靈異始終事跡本傳具彰釋文爲二初釋序文二初叙眞應益物二初正明眞應二初示二身妙用三初明體妙故二用泯亡二初法融應泯法界圓融者色心依正以即性故趣指一法徧攝一切諸法徧攝亦復如是法法互徧皆無際畔乃以無界而爲其界此之法界無不圓融即百界千如百如千界也是故得云唯色唯心唯依唯正若不爾者即非圓融觀音證此以爲本體全此妙體而起應像以法界應赴法界機亦是以法界機感法界應法界無二能所自忘感應尚忘體用寧異故雖設應無應可存故云像無所像二眞如下性淨眞忘眞如清淨者起信論云眞如者所謂心性不生不滅是故一切法從

本已來離言説相離名字相離心縁相畢竟平等無有變異不可破壞唯是一心故名眞如又云此眞如體無有可遣以一切法悉皆眞故亦無可立以一切法皆同如故既不可破立自絶言想則與河沙煩惱本不相應故曰清淨觀音證此而爲本體即以此體示諸衆生令觀行知或眞似見此知見者成伏斷益若其未有此知見者但能三業精進成機亦離衆苦悉得名化此皆眞身益物相也問同縁曰應欻有名化此二種身皆非智德今何以化而爲眞身荅欻有之化即化現化也今對像論化取化轉化也所以者何上言於像則應化皆像自實報下至地獄身皆已攝盡若欲化轉凡賢入聖須示眞智若非眞身不能化轉言化無所化者據性平等忘於化功雖令九道皆趣涅槃而無衆生得滅度者平等眞法界佛不度衆生終日化物終日無化二雖像下明用忘故二益周徧二初顯益周色心諸法雖無生性因縁和合法爾而生觀音妙證同諸法性雖無形相衆機扣之無像不現此由絶於垂應之念故能徧應法界羣機其猶明鑒無念而現故云無所而不像二化無下冥益徧以上雖字貫此句初雖中實性不可變化不變而變迷悟宛然觀音順理雖知不變常以眞智化一切凡成不二聖此則由無化物之念故徧令他革迷成悟其猶磁石無念而吸故云無所而不化三故無下遮照相即結二身德相二初應身相中道法界雙遮二邊故無所在當體雙照故無不在化應九道之身者此中云化作欻有釋并

應成二顯益相足也問經云應以佛身得度即現佛身今那云九答佛界身者有通有局局在妙覺智相之身三千實相以究盡故尚非等覺心眼觀見況乎下地及凡小耶通則三教果頭之相及以圓教凡聖所見雖分麁妙皆名佛身然是隨機應現之相是其事識或是業識之所見故雖是佛身而通二乘菩薩界攝經文從通故云現十今文從局故云九道二處有下眞身得通以九界名之爲有以其皆有業報故也應身雖乃處在其中而其眞智自冥極理故云寂入不二之旨前即眞身而垂應相此即應相而示眞身二是以下明兩用攝生上明眞應兩用既然今示與拔攝生之相初二句明眞身拔苦次二句示應身與樂佛答前問三業顯機感乎冥應七難二求及以三毒盡諸苦際故云蒙脫苦崖佛答後問三業顯應赴其冥機三土衆生十重獲益終歸祕藏故云使霑上樂然其四誓非專與樂雖在此明實通上句以上三業即能感之因此明四誓是能應之本上下互顯彼此無虧應知三業亦通冥機現在雖無宿生須具二故娑下兼明本跡二初示諸名二初今昔因名今堪忍土稱無畏者此經兩出怨賊難中一人唱言諸善男子勿得恐怖汝等應當一心稱觀世音名號是菩薩能以無畏施於衆生乃至云稱其名故即得解脫又勸供養中佛自歎云是觀世音菩薩摩訶薩於怖畏急難之中能施無畏是故此娑婆世界皆號之爲施無畏者寶藏等者悲花經云過去散提嵐界善持劫中時有佛出名曰寶

藏有轉輪王名無量淨第一太子三月供佛及比丘僧發菩提心若有衆生受三途等一切苦惱若能念我稱我名字爲我天耳天眼聞見不免苦者我終不成無上菩提寶藏佛云汝觀一切衆生欲斷衆苦故今字汝爲觀世音二已成下過未果號已成等者千手眼大悲經云此菩薩不可思議威神之力已於過去無量劫中已作佛竟號正法明如來大悲願力安樂衆生故現作菩薩又觀音三昧經云先已成佛號正法明如來釋迦爲彼佛作苦行弟子次當等者觀音授記經云觀世音菩薩次阿彌陀後當成正覺名普光功德山王如來補處者猶儲君之義也二其本下結難測如上經說或已成如來或現爲菩薩往世正法曾作釋迦之師今曰觀音仍補彌陀之處亦如妙德元是能仁九代祖師孫已果圓祖猶因位本跡高下安可測量然須用其高下四句以顯諸聖難思之相二今言下叙人法標題二初叙人兼經字二初叙人二初對梵翻名諸神呪經先稱梵名今文稍略而其華語名多互出此云觀世音餘云觀自在唯千手眼大悲經中云觀世音自在菩薩其義似足然約境智而明感應則今三字詮顯無虧若依今解已彰自在二能所下約華釋義二初別釋二初釋二初釋觀字二初中邊妙達能所圓融中智也有無兼暢二智也只於一心雙遮雙照於照中時即達二諦故云兼暢是則十界言音即起即觀常遮常照二照窮下修性俱明照窮正性見性德也察其本末見修德也此約妙境顯其妙智本具

三千雖即三諦對修故合但云正性修中緣了名有本末合掌低頭緣之本也福德莊嚴緣之末也一句一偈了之本也智慧莊嚴了之末也順修既爾逆修亦然造惡之時慧數諸數豈非其本受苦之時習果報果即是其末若以修性論其本末義復臻極性德三千語本方盡修起三千論末乃窮非上三智莫照斯境非此妙境莫發其智函蓋水乳聊可方之二釋世音即十界衆生遭苦求救稱名等音也是所觀境者上之境智皆是能觀可譬槌砧此之世音可譬淳樸非前境智觀此世音焉令十界俱脫三障又復應知前之境智即是菩薩難思體用即能應也世音之境乃是衆生由苦成機即能感也此即境智及以感應三字之中悉得成就萬像等釋世類音殊唱帶世釋音俱蒙離苦致感獲益二菩薩下結可見二此即下總示觀等三字境智也能所者感應也能即能應所即所應豈可重云能照所照二叙經此品既巳別行於世本多題云觀世音經或云觀世音菩薩普門品經故今叙人名後略釋經字言由義者淨名玄義云經由聖人心口故稱爲經悉檀致教經由如來心口故名經也又云前聖後聖莫不經此悉檀所說之教而得成道文理等者取經緯義法喩兼明文經理緯互相表發織成行者觀智之心也二普門下叙法兼品二初叙法二初消二字二用一下示十普實相者三千皆實相相圓融而言一者不二義也萬德總稱一乘異名下文十義以示其相一無緣慈悲二無作弘誓三圓修之行四不

斷之斷五圓入法門六無記神通七體内方便八施開說法九普供諸佛十普益衆生從願立行自因之果全體起用上供下益原始要終攝諸法盡十皆實相互通徧攝無所障礙二叙品雖順別行立乎經目然是法華流通一品故今叙之不忘本也中阿含云跋渠此翻爲品取義類同者集爲一章也二大部下釋正文二初例大部妙玄五章解釋甚委經之一品妙義豈殊彼但正明五字通目今之所釋一品別題況復抗行故須自立五義分別雖復自立還須符彼開權顯實圓妙之文故釋名則純妙人法顯體則不二理智明宗則難思感應論用則無緣與拔判教則終極醍醐此之五章名總三別教判總別云云二釋名下釋今文五初釋名四初列章二通者下示相三何故下對根通既是略一往對利別解則廣一往對鈍若其二往須明二持聞持則以廣說爲利義持則以略說爲利鈍可意得槃特名鈍是就聞也目連稱鈍蓋約義也今之二釋對乎兩根須約聞義互論利鈍四今就下正釋二初通釋二初標列二一列下正釋四初列名三初略標示二立名意二初明理超名數大師雖用十種義門通釋題目而深體達觀音至人普門妙法本離言說心緣之相故云至理清淨等也故起信云一切言說假名無實但隨妄念不可得故二但妙下名數顯理二初約義示上言至理清淨無名相等蓋約自證絕乎言思也今云妙理虛通假名相說乃據被物設教而談也言虛通者此明妙理無堅住性雖無名數而能徧

應一切名數故荆溪云性本無名具足諸名故無説而説説即成教是則離言依言皆順至理聖黙聖説俱有大益故起信問曰若一切法不可説不可念者諸衆生等云何隨順而能得入答曰若知一切法雖説無有能説可説雖念亦無能念可念是名隨順若離於念名爲得入今亦如是以十種義無説而説意令學者無念而念二故大下引文證般若無相即是一法悉檀爲物立種種名三今處下正列名二初明中當今立十義離於太廣及以太略廣則令智退略則義不周我今處中説令義易明了二十義下正標列二第二下次第三初標示兩意二初正標示約觀約教各有生起次第不亂二約觀下明總該若觀若教能總該觀總三心人法慈悲初心也福慧中心真應至八皆在後心縁了極性示因方圓智斷究盡明果方滿教約五時無不該括華嚴頓也三時漸也復於漸中三藏唯小二酥部大若論法華出前四味以非兼但對帶故也巳備諸説故今略之二約觀下解釋兩意二初觀次第十初人法二初能冠九雙慈悲等九皆以人法而爲所依是故品題特標此二故以凡夫假實爲譬先有攬陰所成衆生方可論其種種德行人法冠九義豈不然二人法下當科次第二初疑何意乗以人法爲次者法是所乗人是能乗理合先説本性所乗方論始覺能乗今何反此二此須下釋能乗所乗先後無在今有二意先人次法一據經文二從義便人能秉法即其義也二慈悲二初十中次第二二法前後下去

諸科例有此二次於人法論慈悲者大士既觀本性普門之法乃達生佛無差之理而憫迷者枉受衆苦失於本樂故起誓願永期與拔觀境發心正當其次先慈次悲者文有四釋今從語便及以本懷不從用次及以行人故結示云今從前義三福慧中人法據信者願行之前人觀圓法止且成信依乎忍樂立其四弘若匪行山莫塡願海行即福慧義當六度五資於慧慧導於五其猶目足不可互闕五除事障慧消理惑此二功圓則悟理得事矣是知福慧成前慈悲之心起後與拔之用先福次慧亦從語便不據本懷若論資導復何先後四眞應者信願福慧皆在於因因能剋果故成眞應福資於慧顯出眞身慧導於福顯出應用眞應次者若就漸化先示應身接其小器後令入實方示眞身亦可先頓次漸則眞前應後今不從設化但就眞顯應起而立其次故云從前亦是語便五藥珠者福慧二行顯發眞應故云直語證得未涉利人今明藥珠則示兩身益物相也眞身冥理見則三惑皆消即差病益也應身赴物感則衆善普會即雨寶益也言眞破取相者既以三智冥理爲眞豈但能破見思取相應知見思取生死相塵沙取涅槃相無明取二邊相若次不次俱有其義藥珠次中與慈悲相似者藥即同悲珠可類慈彼有四義定乎先後言說本懷即先慈次悲從用就機則先拔後與今之次第似彼後二六冥顯者前明二身破惑如藥對機如珠機既破惑則顯見眞身故云二身即能顯益今辯二身常普被物有

見知者俱名顯益不見知者稱爲冥益如是說者方盡聖人益物之相二益先後不可定判亦從語便故云冥顯此既易解故不言也七權實中前緣不同者蓋所被之機根性差別也權巧無方者即能鑒之智無定方所也或冥或顯破惡生善深淺不同廣狹有異皆由二智逗會無差故於益後須論權實二智前後雖有三義且據淺深爲次八本迹中巧有優降者謂智有高下也上中下者以妙覺爲上等覺爲中降此爲下前權實鑒機必須雙用故云橫也今本跡約位既論高下人必從本方乃垂跡故云豎也二法前後可見九緣了二初指前順論自他如上八雙從微至著皆是順論仍未分配今挹流尋源須明性德而爲諸法生起之本二明今却討種子則逆推眞身智慧悲誓觀智之人元以性德了因爲種若應身福德慈誓普門之法元以性德緣因爲種自行既然以例化他本證實智冥益藥王屬乎了種跡化權智顯益珠王功歸緣種乃以順論却討爲次十次緣了論智斷者前既逆推盡乎因德之始今更順說至於果德之終即以始終而爲其次過茶無字故十後不論矣二二約下明教次第二初牒章立門二通義下依門釋義二初通者五時四教各可論十隨法義立不可深窮且如三藏立十雙者人法則攬陰成人諦緣度法慈悲則聲聞法緣菩薩生緣福慧則聲聞三學菩薩六度眞應則五分法身作意通應藥珠則治四住病雨三乘寶冥顯則眾生獲益有見聞不見聞權實則稱眞之實隨情之權本

跡則自證之本示現爲跡緣了則一句了因微善緣種智斷則聲聞四果菩薩頓成三藏尚備通別可知二別今下别二初五味二初釋五初乳二初明具前六義乳即部頓故指華嚴六字别題具法人喻大方廣法也佛是舍那果人也華嚴喻諸地因華嚴果德也只就一題已含六義以慈悲乃至眞應不出自行因果藥珠冥顯只是化他能所即就中道别論六義也二而未下明闕後四義二初明通别二初明無别二通義下許有通若以别圓對權實體用論本跡微因之緣了大覺之智斷亦有理存焉二何故下明闕具二初約化始明闕權實等四説出世意示久遠成劫討三因終歸祕藏初成設教别接大機既匪終窮故闕斯意二所以下對具明闕二初對法華言小隔於大者舊經三十七云時舍利弗祇園林出不見如來自在莊嚴變化及生意念亦不樂説不能讚歎以聲聞人出三界故此即如聾如啞之文也以未説爲實施權開權顯實故也言無本跡者華嚴初云於菩提道場始成正覺今法華云一切世間天人阿修羅皆謂今釋迦牟尼佛出釋氏宫去伽耶城不遠坐於道場得三菩提然我實成佛已來無量無邊百千萬億那由他劫斯是華嚴被廢之文也言彈指謦欬者如神力品釋迦牟尼與分身諸佛出廣長舌相上至梵世一切毛孔放無量光皆悉徧照十方世界滿百千歲然後還攝舌相一時謦欬俱共彈指是二音聲徧至十方諸佛世界地皆六種震動乃至佛告地涌諸菩薩汝等於如來滅後

應一心受持讀誦解說書寫如說修行等此乃本門爲囑累地涌菩薩通經現斯神力也疏云謦欬者通暢之相彈指者隨喜也蓋表如來遠本之意巳獲通暢隨喜菩薩聞於遠本增道損生也二言無下對涅槃言不明小乘根性等者不如涅槃明二乘之人及一切衆生皆有佛性悉當作佛故闕後二雙二次約下略二初大師明闕具二初正明闕具二何故下明闕具所以言二乘教者以三藏菩薩果同二乘如大論中通指阿含爲聲聞經耳此教不談妙有之眞故身智滅不能起應既無眞應豈有藥珠等邪二私難下章安私料簡二初正料簡二初難者恐人不了大師立今通別之義故設茲難作說示之由乃約眞中設通別難由此二是通別理故二私答

下釋者不以眞諦通對中道別蓋約三乘通對菩薩別若三藏三乘從因至果可就眞諦通論十義今釋觀音須在因位此教菩薩因中唯有求佛人法四誓慈悲六度福慧伏惑未斷故不得論眞應等七豈唯無於中道之七亦乃未有眞諦之七二師云下指師意只齊三藏別論菩薩前之三義異於二乘不就中道別論三義三生酥部雖四教今對偏小明圓中道人法等六未開權跡及却討等故無別四四熟酥雖會小法未開小人同前二部但明六意五若約下醍醐二初法華二初明部彰八意六雖同前不無小異前是隔偏之圓此乃開麤之妙故人理教行咸會一乘權實本跡唯彰此典若約自他及以偏圓論權實者前部非無今所論者爲實施權開權

顯實會權歸實廢權立實此之權實餘部永無若理事理教教行體用四重本跡不獨今經諸部容有若塵點劫前最初成佛而爲實本中間今日示現成佛皆爲權跡此名權實本跡本門開竟此身即本跡門已說及諸部談皆名爲跡是名今已本跡此之二重諸經絶議故云諸教不明法華方說二三世下明化滿一期方便品中五佛章内皆先施方便後顯種智方便即四時三教種智是法華一乘是知諸佛化終此典燈明迦葉出於淨土故至法華即入滅度今佛釋迦現於穢土故說涅槃以爲贖命二若約下涅槃二初明攝機罄盡漸化已來法華入者望前已鈍復有未入待至涅槃法華猶利然法華破大陣涅槃收殘黨法華爲刈穫涅槃是捃拾大化之功在乎靈鷲餘機未盡故至雙林極鈍既昧法華八義須爲此人委明佛性一代之機終窮於此二若論下明示法無遺涅槃既攝鈍機故始窮本性終顯極果十義整足故以性三起於修三既修性各三則因果不二雙非緣了即是中道正因之體而此正體必具雙照之德故至修成三點法身也例知緣了亦各具三修德須云三點般若三點解脫等也當知今文爲順經題人法二義故立十門始終皆二二即不二中在其中數有虧盈法無增減故止觀云首楞嚴偏舉一法具一切法亦不減少名祕密藏乃至涅槃三法具足法亦不多亦名祕密藏蓋諸經赴緣不同故也二此歷下結中云此歷五味論十法次第者問前約觀明十法自行化他原始要終實成

次第生起不亂今歷五味但明諸部具法多少何名次第生起邪答前約觀中正論修證次第今約教中乃論用與次第明其十法隨於部味次第被機前之四味但三但六後至醍醐具八具十豈非用與次第邪應知前明諸教觀法次第今明觀法隨教次第雖乃約修約用不同而皆得名十法次第也二約四下四教者通論則隨眞隨中各有十雙若別論者三藏別就菩薩唯有人法慈悲福慧三雙以未斷惑故無眞應等義具如前說例此通教亦就菩薩而可別論眞諦六雙以第七地去誓扶餘習神通託生雙流化物得有眞應藥珠冥顯之義二乘無此故名爲別若其別教行雖次第而可就中明乎六義凡三聖三其相可見法華前圓亦只有六涅槃四教

皆知十雙然約重施不無進不前歷五味已含教義故云可解三故知下結歎兩意二初結歎觀論此十則因有願行果有力能教論此十則詮法有始終被機盡利鈍故稟教修觀者何莫由斯道也商略猶較量也以此十義較量一代教觀攝無不盡該修德之極故云意氣宏遠徹性德之本故云義味深邃又橫收四教故云宏遠竪攝五味故云深邃人法至眞應自行之前後藥珠至本跡化他之前後緣了與智斷修性之前後三義爲麤六義爲細乃至八義猶麤十義最細此就略廣以辯麤細若以麤妙釋麤細者諸味純雜可以意得二問法下料簡問意者法華之前別論華嚴方等般若同有六義有異意否雖問三味六意同異答中委出酪味中三及醍醐

八以五味中根有利鈍利人部部得入醍醐鈍者隨味次第轉跂故華嚴六義高山王機即入地住窮子迷悶見思全在三藏但小故無顯露得大益者若八萬諸天獲無生忍故云密去二乘之人方破見思故但成酪方等中六有褒有貶利者聞褒即得圓益小人被貶冥入通門般若中六意在淘汰利聞圓空得不共益聲聞轉教密破塵沙法華八意調機已熟開彼權門即示實理復廢近跡令見本身鈍人皆得一乘利者復增聖道涅槃同味故略不言但爲捃拾具說十雙於極鈍根亦獲常益故知四味雖談圓頓機悟淺深至第五時益無差降不稟山門焉知一化機教之相第三解釋三初略標二人即下廣釋十初人法三初立所言入者陰中主宰也略論

四名所謂我人衆生壽者具論十六即於四上加其十二謂命者生者養育者衆數作者使作者起者使起者受者使受者知者見者言假名者自無實體但藉五陰和合而成如攬五指假名爲拳是則拳由指得指非拳成拳如於人指如於法能成是實所成是假此之假實就大小教辯常無常小明人法終歸無常大說假實究竟常住如藏通教始從凡地至有餘涅槃皆有假實若入無餘身智既忘假人安寄若別圓教三惑二死盡淨之時人之與法常住自在假人是尊極衆生實法名常住五陰以要言之若云惑盡人法永無斯是小乘亦稱權教若言惑盡人法不滅斯是大乘亦稱實教凡言別圓初後知常蓋知人法不可灰斷藏通反是故曰不知又復應

知假人之號多從依正實法而立如世人稱謂或從形貌或從德業即正報實法立名也或從住處或從統攝即依報實法立名也今觀世音爲假名者觀是觀智世音是境此是自他正報豈非實法但以名爲觀世音菩薩故判屬人普門既是此人所乘故判屬法若云普門法王子觀世音者即須却判普門屬人觀音屬法蓋由今品以觀智目人是故釋義皆用智慧而對人也須知觀智體是實法既以觀智目人則九雙中悲慧眞藥冥實本了智皆是實法目其假人於今知已釋下諸文則皆可見二此之下釋二初總示二初示通凡聖雖漏無漏偏圓因果優劣不同而其假實終無暫闕二若色下各明假實二初凡庸常曰凡弊惡曰鄙即六道五陰唯成分段生死人也二戒定下聖二初示相既革凡成聖即轉五陰而爲五分三乘四教雖權實異皆能轉陰而爲法身隨位攬法成其假人二故大下引證妙覺極位人法二執究竟盡處假名一千皆成四德名無上衆生依陰二千一一四德名無上實法故偏小及圓因位無非本性無上人法但二執未盡而其修得不名無上耳二雖通下委釋二初凡善惡爲因人法是果各論三品此約總示其中別業交互感果非算數可及二聖人下聖性德人法何嘗改變但以隨機教門示觀致有小大共不共異故於聖中分別其相初小三初就有門釋即毗曇中人法觀也言人空法不空者非全不破實法蓋此門觀行破假人時未破五陰且云不空以此二空前後觀故而前後

相兩途不同若觀假人如兎角等惑落見諦即於修道觀陰無常破彼思惑若其人執雖被窮逐見惑不破而更度入實法之中於陰生見即須觀陰無常無我破此見惑故法空觀能破二惑乃於節節各有人法若見惑未伏即有漏人法其能伏者即方便人法發眞斷結及生有餘皆無漏人法然小教中不說生處今約跨節故生界外如大論云出三界外有淨國土聲聞緣覺出生其中以大乘說身智不滅無漏業牽生彼五陰二若空下就空門釋即成實中二空觀也攬陰成人不同有門陰中求我三假浮虛且異實法生滅人既攬陰而有觀乃即法觀人從始至終假實雙破言三假者謂因成相續相待名不殊大義歸小乘大觀三假生即不生亦復無滅今觀三假因緣和合體性不堅大若空華此如雲靄由此觀故會入眞空平等之道三餘兩下例二門釋亦有亦空門即昆勒論之所申也非有非空門未見論來有人言犢子阿毘曇申此門意未可定用然假人不有四門是同唯論實法四相有異若毘曇明析色存於鄰虛成實析色破於鄰虛昆勒說色亦有亦無第四門意例應雙遣然此四門詮法雖殊諦理是一若不得意四門成諍故大論云若不得般若方便入阿毘曇即墮有中入空門即墮無中又大師云數存鄰虛論破鄰虛此與邪無相濫等若得意者色若麤若細總而觀之無常無我破於見愛得入空平雙亦雙非語似中道理只在空但能從容會入空理節節人法例前可知二摩訶下衍三初明體

空通三教不言人法空不空者異彼毘曇觀人空時未破實法不言體有假用者異彼成實攬實法體成假人用但觀人法本自不生今亦無滅色是五陰之首我是十六之初故各舉一以例其餘人法即空故曰如也觀此二空始因終果若人若法不生不滅名爲涅槃常修此觀以行正道應知大品談空義含深淺何者若鈍根者謂但空有即入偏空證其通理若利根人一聞於空知空二邊名見中空屬後二教又此中空復分二種離邊而解此當別理即邊而解乃屬圓理如來巧智善談於空能被三根斷證不等又復應知彼經空義雖通三教今之人法非前二種唯用最後即邊之空淨其二執成圓假實若不爾者非今人法二以觀下明緣了通別圓者前

明二空未明緣了意雖在圓通人有分今約二空明二佛性故在圓別不涉通門今文既以觀人法空明二因種一言於空須分二種若畢竟空觀於人法顯圓二因若次第空觀於人法即別二因文以無上人法爲緣了種亦須善別百界假實爲佛涅槃斯爲圓觀若唯佛界故屬別也文意在圓別人有分釋此爲二初了因中以觀人空即了因種者大乘空觀蕩情顯德今經既以智慧目人故人執空則智人顯況觀本空乃顯本智本智即是性德了因故引論文果佛爲證則因果不二修性一如故知今文正明圓觀言始覺人空終覺法空者人是覺智不獨自空人執復能空於法執雖云始終非次第觀此由大乘觀性相二空破生法二執顯眞俗二諦觀雖不

次說有始終故也如大本疏云眞諦即法空俗諦即生空俗假眞實輔行云若有性執世而非諦破性執已乃名世諦故云世諦破性性執破已但有名字名之爲假假即是相爲空相故觀於法性觀理證眞名眞諦破相空非前後二諦同時爲辯性相前後說耳思之思之不見此意徒謂即空(上皆輔行)此明覺智一念之中空人法執有始終義勿迷此語定判屬別說時非行時思之謂也二緣因中觀法空即緣因種者由覺智故法執既亡五陰清淨乃以淨陰而爲緣因況了本空乃陰本淨本淨之陰名性緣種故引大論大經極果法空及大品眞因法空以顯緣因相當知眞因極果既十界圓融則百界五陰皆無上之法攬此等法稱之爲佛若以三千言之則衆生一千皆佛之假名陰土二千皆佛之實法故荆溪云三千果成咸稱常樂又云一佛成道法界無非此佛之依正修德既爾性德本然問文中緣了並云種者其義何邪答夫言種者凡有二義一敵對論種如三道是三德種二類例論種如緣了是智斷種性德法身爲修德法身種此二皆取能生之義也若以二空爲種即類例義若以二執爲種即敵對義今文既云觀人法空即緣了種是類非對若就覺智觀於二空爲二因種則取修二類於果二若就性德本自二空爲二因種則取理淨類於已淨故圓論性種有對有類別無對種學者審思圓教反是學者思之二以觀下明即離唯圓頓二初約六法示三因二初引經標即離衆生佛性者性德三因也六法者

五陰神我也斯蓋本覺常寂常照常非寂照寂是緣因照是了因雙非是正因此三於六不即不離乃不思議不生不滅之六法也立門既妙故別初心不能造趣二不即下據理明即離正因不即者正非寂照故不即一切迷時不即我陰人法解時不即修中緣了良以始終無變改故也緣了不離者性德二因既當而寂而照寂是百界實法照是百界假人此之假實能迷能解迷故舉體而爲一界假實即非局而局是故二因不離六法若即迷成解轉成修中緣了破於二執顯本寂照百界假實名爲二空即非徧而徧故云不離衆生空而有了因不離陰空而有緣因結云不離六法者不動我陰而成二空故也只一覺性具三種德名爲三因即三而一即一而三非一非異不縱不横欲彰祕藏絶乎思說故對六法言非即離人見文中正因不即緣了不離不違妙旨分對而已應知一王一數一根一境隨迷隨解從因至果但趣舉一皆名佛性不可謂是不可謂非故云不即六法不離六法亦名一念即空假中中故不即空假故不離義非異途故此觀唯屬圓教二佛從下約三性明分證言佛從者欲對觀音明分滿故佛於三性六即究滿良由初心能以三觀觀於六法應知三性即是性中三德三觀初發心時須於性三起於修三六位雖殊三性無別是則六即皆是無上人法故下結云二番問答是分釋無上人法也二前一下結文有二初結指經文二當知下結歸題目可見二慈悲三初標示二菩薩下解釋二初

約四誓論功二初明須誓三初須誓意所言慈悲弘誓者簡於凡小無誓慈悲顯今菩薩有誓慈悲二譬如下舉喻顯慈悲攝生如節廨合無誓膠漆拔與不長三誓願下牒喻結二悲心下示運心二初二誓明悲令既通示世間之言兼兩三界後出世間亦當例此二以慈下二誓明慈前拔苦中果重因輕故先拔重今與樂中因顯果密故先與顯斯是菩薩利物之心則與聲聞知苦斷集慕果修因不同故也若瓔珞中明四誓云未度苦諦令度苦諦未解集諦令解集諦未安道諦令安道諦未得滅諦令得滅諦彼經所立四皆利他今文所列三通自行應知語有自他意必雙具二但前下約四教辯相以其立誓須依四諦若不依諦名爲狂願何者四既稱諦則能審實迷解之相苦樂之際依此起誓方有拔苦與樂之理儻於法不諦徒興與拔之心終成狂簡之願此有二初例前科二若三下明四教依諦立誓須知權實各有事理故以四教明乎諦相生滅無生無量無作皆明菩薩依之起誓初三藏此教爲於迷真重人說世出世二因二果不即真理故互生滅菩薩觀此與有作誓有生可度有惑可斷有法可知有佛可成四皆有作諦使然也問三藏所談滅非真諦今文依滅起第四誓那云真諦無爲理邪答滅諦之體是二涅槃雖非真諦能冥於理故云因滅會真道是滅因苦集違理佛既契真故成佛誓觀真而發二復次下通教所拔所與二因二果大同前教但以此教所被之機迷真輕故事皆即理四並如幻

不生不滅所謂苦無逼迫相集無和合相道不二相滅無滅相觀此四諦而起四誓諦既如空誓亦如幻言若有一法過涅槃等者大論第五十先引經云諸天子心念應何等人聽須菩提所說須菩提知諸天子心念語言如幻人聽法無聽無聞無知無證乃至云佛亦如幻化涅槃法亦如幻化論釋云一切衆生中佛第一一切法中涅槃第一聞是二事如幻驚疑謂須菩提錯說爲聽者惧是故更問須菩提須菩提言以二法皆從妄法生故法屬因緣無有定實須菩提作是念假令有法過勝涅槃能令如幻何況涅槃三別教此教爲迷中重者雖談無作果不通因故初發心但依無量所詮森羅萬像之法皆爲迷於如來藏性而起然此藏性雖不具九而能隨緣變造諸法性隨染緣則起世間無量苦集性隨淨緣則起出世無量道滅故妙玄明別教如來藏者名爲妙有爲一切法而作依持從是妙有出生諸法等但由苦集定能爲障故須別緣道滅對而翻之先以生滅四諦伏於通惑次以無生四諦斷於見愛中以無量四諦破於塵沙後以無作四諦斷於無明此四四諦在于別教皆名無量故云緣界內外苦集因果無量四諦而起願也所以然者蓋知一切迷解之本皆是佛性性無量故諦稱無量前教不爾故不受名圓教雖有無量之義三皆即實故云無作四圓教二初示四誓二初明誓相法界者即十法界也圓融者總論百界別語三千既生佛依正互具互徧故曰圓融非違等者以性奪修千法皆性何修

不泯破戒比丘不入地獄清淨行者不入涅槃豈唯地獄涅槃即性抑亦破戒淨行非修非違非順泯苦滅也非暗非明泯集道也無明暗故則違等者上示全修即性是故俱非今論全性起修是故俱立荆溪云性無所移修常宛爾既觀不違而違故起悲願拔其二苦既觀非順而順故起慈願與其二樂由知法界圓融故非違順亦由法界圓融故有違順有違順故起誓非違順故無緣二譬如下明無緣二初喻不得前意此喻莫銷二今此下法正以三慈分緣無緣若依生法則緣有空心若即中方絕緣念以絕念故乃能周徧法界任運與拔大經十四梵行品初云慈有三種一緣衆生二緣於法三者無緣衆生緣者緣一切衆生如父母親想法緣者見一切法皆從緣生無緣者不住法相及衆生相大論二十亦云慈有三種衆生緣者謂緣十方無量怨親中人法緣者謂緣無漏羅漢支佛諸佛聖人破吾我相但觀四緣空五衆法無緣者不住有無唯諸佛有此與涅槃文意大同又大論第五明悲亦有衆生等三故知將三慈悲以對三諦義甚顯了今從勝說但云無緣若得無緣必具生法二菩薩下明六即皆由理具方有事用今全理慈起修德五而觀世音未臻究竟猶處分眞欲令衆生知理慈悲修成五即故興兩問以生二答槌砧相扣器諸淳樸三若前下結歸二初結指經文二故知下結歸題目可解

觀音玄義記卷第一

音釋

諮津夷切訪問也　甄稽延切察也　摭之石切拾也　欻許勿切忽也

槌砧槌直垂切與椎同砧知林切鐵鈇也　緯音謂經緯也　刈穫刈倪祭切割也穫胡郭切刈穀也　捃舉允切拾也　褒補刀切揚美也　貶悲檢切抑也　淘汰淘徒刀切汰徒蓋切淘汰析簡也　儻他曩切或然之辭　樸匹角切質也

觀音玄義記卷第二

宋四明沙門知禮述

三福慧三初標示異名福中之勝不過於定舉勝攝劣則五度備矣二定名下依名釋義二初明二法功能四初定慧之功靜愛觀策者由寂靜故能愛攝諸行由觀照故能策進諸行愛而不策則生凝滯之心策而不愛則成散越之慧愛策具足方有趣果之功二寂照下福智之德寂照之智者即權實二智也無幽不朗者即無三惑之暗也福德禪定必含諸度及大小諸禪以福資智如油助燈也三亦稱下目足之稱清凉池即涅槃者涅槃必須三德具足極在妙覺分通初住四涅槃下莊嚴之名二嚴屬修法身是性性有闕具故使二修有眞緣之異如下所辯二釋此下約四教解釋二初明四教三藏菩薩雖云觀理伏而未斷且舉諸禪實兼餘度發眞必在三十四心若通菩薩體法巧慧理度助之因即發眞至佛方竟別人雖信能造之心即是佛性性不具九爲惑所覆故須別緣眞中二理破通別惑是故名爲緣修智慧乃以俗諦諸禪三昧助顯法身圓談性惡了惑實相即爲能觀名實相觀定亦如是名實相定復以實相名所顯身即一而三名定慧身即三而一同名實相若昧性惡何預初心二今圓下示圓六即如文三觀音下結指經題二初指經文言智光照苦者經無此文而有其義無量衆生遭苦稱名菩薩即時觀其音聲皆得解脱觀是智照照即光也觀音妙智即是衆生三道之體衆生迷故顛倒乃生觀音照之

解脱斯在頻引三經放光文者若非色者安得云放若定是色那名智慧故知色心其體不二色性即智智性即色豈惟光然一切色然普現色身義準可識又豈獨果事實存因理良由理具方有事用二良以下結歸題目四眞應三初標名示義二身皆有集藏之義眞集一切智慧藏於一心應集一切神通藏於一色色心不二通慧一如唯色唯心斯之謂也二若契下對揀是非二初約法示三初法實相之體即是法身能契之智即自受用報此二於今皆名眞身法報既冥則能稱機起勝劣等應二譬如下喻攬鏡譬證眞即形譬起應三此之下結三千俱體爲眞三千俱用爲應此之眞應方不相離無謀之說義顯今宗諸家所談難逃作意二若外下就人簡二初簡小外根本有漏禪境不明縱少現通不能益物此簡非應尚未下簡非眞也若二乘等者且舉二乘必兼兩教及二菩薩準妙玄意藏通二教皆是作意神通以須灰滅無常住本不能起應若别接通别惑未斷亦不得應縱令赴物皆名麤應若别初心亦不能應初地初得三觀現前證二十五王三昧法身清淨無思無念隨機即對是不思議妙應也二大乘下示圓人二初明二身得實相眞者正語圓住義該别地與眞不殊者名質爲眞聖人應像同機體質已證衆生本覺之性用機百界應百界機體本不二安得少殊二菩薩下示六即三今經下結指經目二初指經文二良以下結題目五藥珠三初標名示教柰女經者具云佛説柰女祇域經一卷柰

女即維耶離國梵志家柰樹所生顔色端正宣聞遠國因蓱沙王往娉後生一男名曰祇域生時手把針筒藥囊至年八歲廣通醫術徧行治病後逢小兒擔樵祇域視之悉見此兒五臟腸胃祇域心念本草經說有藥王樹從外照内見人腹臟此兒樵中得無有藥王樹邪即往問兒賣樵幾錢兒曰十錢便雇錢取樵下樵置地闇冥不見腹中祇域思惟不知束中何所爲是藥王便解兩束一一取之以著小兒腹上無所照見輙復更取如是盡兩束樵最後有一小枝裁長尺餘試取以照具見腹内祇域大喜知此小枝定是藥王悉還兒樵兒既得錢樵又如故歡喜而去祇域於國徧治病人皆以藥王照視悉見病本然後治之無不愈者今取譬眞身拔苦如藥王之治病也珠是如意之寶者如華嚴中得摩尼珠十種瑩治能雨衆寶今取譬應身與樂如摩尼之雨寶也二廣歷下約教辯能二初略指三隨教淺深益物廣狹以明治病得實之相二今約下廣明圓二初釋二身二初藥樹身二初喻根深喻眞妙四布喻應廣示理行果教如根等次第信行修四如聞獲益法行修四如觸獲益二菩薩下法今品初段專明拔苦即是大悲熏於眞身與治病義齊也

形聲利物且就通說若據經文須在冥益不以形聲合前聞觸意亦在茲二又如下珠王身二初喻如文二菩薩下法即以大慈熏於應身普令得樂與寶義同也問大悲熏眞其相如何答眞是妙智能破妄惑悲名愍傷能拔他苦同是法身一清淨用耳欲彰照理有

利他益故立拔苦之悲熏於破惑之智即顯有悲之智普除衆生妄惑之苦例於大慈熏應與樂同是法身一自在用一用二能故有能熏所熏之義良由應身本是自行證得之法以慈熏故方徧益他然則慈心非不熏眞悲心非不熏應眞身非不與樂應身非不拔苦欲令易解是故經文寄兩問答分別說也二此亦下辯六即博地已具治病雨寶二種之理與佛不殊名字已上隨淺隨深能治能雨三就前下結指經目二初指經文二故知下結題目六冥顯三初釋名二大聖下辯相二初明二益三初示相大聖常以眞智冥熏妙色顯被無明隔故益而不知二譬如下舉譬兩曜喻二益盲者喻無明凡小全在下地分隔眼膜既有厚薄之殊故不見之相不可

一揆三故藥下引證三草二木而皆不知一地一雨下不測上亦通圓人故引妙德不知妙音言以不知故名爲冥益者此明二身於不知者皆稱冥益即彰眞應於其知者皆稱顯益發智見理於眞顯益見身不識但荷冥利眞冥應顯可以意思二此亦下明六即理同極聖此則不論名字即人所有智行兼他之益彼七方便受而不知況内外凡二益非薄皆知即性故離我能三若就下結指二初指經文前論眞應各有冥顯斯爲盡理今以人法別對二益且隨文爾二故知下結題目七權實三初釋名暫用則權宜非暫則究竟二略言下辯相二初泛明三種二初總示三種即唯自唯他及自他共以諸經論所談權實其相不同或言自行有權有實或許化他

有權有實或經論說自行之法皆名爲實化他之法皆名爲權是故今家凡論權實須明此三若不然者禀學之徒則不盡知權實之相於諸經論不免生疑復應了知權實法相或約理事或約理教教行縛脫因果體用漸頓開合通別悉檀皆通自他及自他共今以中觀對於三觀爲權實者似用因果而辯三番自修三觀爲自行權實若約化他但隨他意四悉適時不可定判若第三番自行三觀有權有實以順智故只稱爲實化他之法雖有權實以順情故唯稱爲權二用此下徧歷諸教二初略指四教隨教淺深明理事等約自約他及自他共義皆不闕二復就下明圓六即六通三教即唯在圓復就自行明六權實從因至果義便故也二尋此下別用第三

前番問答有權實七難二求在權永離三毒是實以由大士用於自行一心三觀觀其音聲令皆解脫故都判爲實後番問答十界身說顯有權實以是大士隨差別機示種種應故都判爲權此乃判於自行化他以爲權實無第三番如何分經兩段而對權實三前問下結歸二初結指經文前後皆云自行化他者簡異單自行單化他權實意云前番是自他相對之實後番是自他相對之權二故知下結歸題目八本迹三初名義淨名玄義云所言本跡者本即所依之理跡是能依之事事理合明故稱本跡譬如人依住處則有行往蹤跡也住處是所依能依之人有行往之跡由處有跡尋跡得處當知若高若下實得皆本若高若下應現皆跡二若通下解釋二

初通凡漸世智高者諸有施作但見蹤跡莫知本意二教賢聖至別似位本所證得下位焉知節節皆可通論本跡二局圓聖二初局分滿二初略示的論其本須破無明證法身體所垂之跡或九界身或現八相二若一下簡判二初簡一往二今細下取細明二初約義明二初明本跡通高下若知四句釋之方盡一本下跡高初住法身跡爲八相上位菩薩八相元是妙覺威儀故云跡高二本高跡下妙覺法身跡爲下地及九界相三俱高妙覺法身跡爲八相四俱下初住法身跡爲九界中四十位本跡高下可以意知二何以下明實得辯是非二故壽下引文證自意是本他意是跡二就本下通六即五位本跡理皆具足三就前下結歸二初指經文前以實本益他後以垂跡益他二故知下結題目九緣了三初標示名義三初示名義此之名義修性皆然二了者下辯流類類至極果節節名異其體不殊三大論下引論釋緣了之相實同耘種非此二力性田不豐二通論下依教解釋二初諸教皆具藏通義立全乖性種別教雖有初心別修唯有圓教修性不二雖云皆具須辯此殊二今正下剋就圓論二初剋辯二因二初明二種因果此中二因且在修類二原此下討二種根本三初總明性德前之因果猶在修中今窮其源性具緣了淨名云一切衆生本涅槃相不可復滅本菩提相不可復得起信論明眞如二德謂如實空如實不空當宗明三千即空三千即假皆是性德緣了文也二大經下別引文釋二初證釋

了因不明三千徒消一切非空假中莫辯自空如實空性與一切染本不相應一切染者不出三惑自非本性即空假中豈能不應一切染邪乃畢竟空爲了因性亦用等者全性起修方見本空二又云下證釋緣因經云衆生即菩提相及涅槃相或謂理中獨具佛德令又衆生有初地味禪及滅盡定豈非性具天法聲聞法邪既具此二餘諸法界那不具邪又具二定者從二習果及報果說豈不各具性相等邪不以理具而消此文如何欲散便是滅定性德緣因於茲驗矣三以此下依性立修以此二種者性種也方便等者智行也毫末者類種也由斯性類修成智行乃至二嚴二此一下不論六即此科正意但明理即非論五位三前問下結指經題二初指經文明令二嚴必有其本故從二種受名二故知下結題目十智斷三初略標二通途下廣釋二初不二而二明智斷二初約通途明二德言通途者此解兼別以有爲無爲對智斷故若唯圓說苦集尚無作智德豈有爲然名雖借別其意唯在圓以修妙三觀得成圓斷功因時立此能至果須休息故將無作行暫立有爲名斷德稱無爲別從道後立此猶教道設是故曰通途此文自二初智德二初列異名圓淨等者智極故圓惑盡故淨不生不滅名爲涅槃二言有下釋有爲智雖無作有斷證功故借別教立有爲稱因雖無常等者涅槃經中因外道輩執因是常成無常果佛用別教以無常因感常住果而對破之故因無常猶在別教將因等者由惑未斷故起智

照一分惑滅一分智忘故智無常既有照用故名有爲果既惑盡稱理常住更無爲作將因名果故令智滿受有爲名二斷即下斷德二初列異名解脱者不繫名解自在爲脱在染不染名之解脱方便等者機生則生是生不生機滅則滅是滅不滅權示生滅不被染礙故此涅槃名方便淨二言無下釋斷義二初簡小不知三種世間常住謂煩惱滅便無身心安能自在名無體斷但於虛妄見思解脱未得三千三諦自在二大乘下明大二初正示妙覺三脱名有體斷所言斷者任運斷也已有智德了三惑空故處九道惡自相離衆生之心如塗膠手捉物皆粘諸佛之心如淨洗手捉物不粘已有智水洗其膠故致令淨用自然不著此智斷德説有次第用無前

後以三千法究竟即空名令智德三千之法究竟即假爲令斷德三千之法究竟即中是法身德道前道後悉是一心通教尚是雙流圓果豈當分隔二故淨下引證證有體斷見愛業報全體即是性惡法門如富豪人七寶家業凡夫生盲轉動罣礙爲寶所傷二乘熱病見是鬼虎避走遠去圓人之眼不盲不病明見是寶自在用與非獨不被損傷恐怖而能以此自給惠他於此證理名爲自給以此利物即是惠他令之斷德正在惠他此等皆由體達修惡即是性惡令明究竟體達位也二寂而下約寂照簡非德常住寂照妙色妙心方名智斷莊嚴之相小乘灰斷身智俱忘將何求度衆生將何常照寂理二如此下二而不二明三德二初約即三明理極二初明

二三不殊而寂而照即是智斷非寂非照即是法身二德既窮法身乃極亦名究竟三種佛性二法身下明因果無別二初別示三法因果二初法身隱顯法身一德體非因果而有隱顯者斯由緣了逆順故也緣了逆性而成惑業故使正因非隱而隱名如來藏緣了順性而成智斷故使正因非顯而顯名爲法身雖有隱顯體無增減故大經云非因非果二又云下二德修性是因非果復名佛性佛是果稱豈非果法而爲因種是果非因復名佛性性是因稱豈非因法而爲果德不以修性緣了銷之此文安解二佛性下總示三法因果二初約義示前雖因果互是互非而皆稱佛性驗知緣了通因通果又言佛性非因非果良以正因不即我陰故曰非因緣了不

離我陰故曰是因不即故一點在上不離故二點在下是故性三不縱不横又正因不即智斷故曰非果緣了不離智斷故曰是果不即故一點在上不離故二點在下是故果三不縱不横故知妙三貫通因果方得名修性不二二故普下引文證不達妙三始終該亘普賢觀文如何可解二智德下復就二符經文若匪智德常照何能即稱即脫若非斷德徧調安得身說普應三前問下結歸二初指經文二故知下結題目三問此下貼文爲證二初約無文立難攬乎別文立其總目釋題十義名出餘經今經全無此文何名攬別爲總邪二答大下約有義答通三初明衍義衆經共用二初約法義明大乘諸部皆談中道故使義門可以共用二若不下以人師驗諸

師說釋諸大乘經顯理則須論佛性指惑則莫非五住豈以當經無文爲責二此品下以二問答貼義無虧十種別名文雖不列以二問答總貼十義明如目擊故曰宛然三今已下別點句句證十義二初結前有義開後有文前云在文無十名者但無次第明示十名若於品中散取諸句則有文有義也二如文下約句對義自在之業即法身者眞應二身亦稱色法應則現色眞則冥法名從所契故曰法身理具一切一一融通最自在也業是德業即智德也眞身契法名自在業巍巍是重明高累之貌高明如是即滿足也此等理智相合皆眞身名義也若運三業無顯應者其福不失須知密有與拔之功即冥益也常捨行者畢竟空智無所受著故屬智德又以即觀音聲屬智皆得解脫爲斷此彰二德同時而用應知句句證義不獨示其十義有文亦顯十重二二互具四料簡二初別料簡十初簡人法二初問彼經具明十法王子觀世音法王子外自有普門法王子旣以普門而名於人今釋普門那定屬法二答二初立句二初泛立四句句雖有四義實唯二不出相非及相即故如此二義皆通大小今意在大而論小乘即離句者欲示名言須將理定所辯人法若其不以二諦中道甄其權實但言即離何能的顯今之相即二若約下以部對句二初明諸部人法即離四初華嚴彼經別教緣實相法修次第行未能即以實相之法爲觀行人是故人法互不相即圓觀不次即以實相爲觀行人是故人法更互相即別則

證道方即圓則始終不二二三藏此教有門人如兎角故無陰有生滅故實此唯非句空門兩向攬實爲假假實不同名互非句既不相離復名互即此教兩門雖談即離人之與法俱非中道三方等四教並談藏通唯二諦別圓同華嚴四般若下例餘般若蕩相鈍謂但空同前二諦利分二種同前別圓涅槃四教雖俱知常初心用觀不無差別藏通且須順於二諦別初心人未即圓法二令方下明難屬方等即句二令明下通難三初正約即句通難令品前問答觀音屬人能觀所觀豈非法邪若後問答既以普門爲所證法此法豈無能證人邪方等既以普門目人能目普門豈可非法論其大意觀音普門皆中道法隨悉檀益將何目人唯圓始終即攬實相而

爲假人二例如下傍取人物例顯二初以人顯二譬如下舉物喻三今普下以人法互具結示三初明法具人二若併下明人具法三如身下以身爲例皆可見矣二簡慈悲二初簡慈悲名相三初明與拔同異二初與拔相兼問苦除即樂如夕盡即曉樂至苦除如燈來闇滅趣舉一種即有二能何以慈悲而分兩法二答通下與拔不俱答一能兼二此就通論對境發心實須別說故舉二喻以彰別相二明喜捨闕具二初問二答二初不二是捨四無量心捨無別體奢摩他觀體既是定定能與樂毘婆舍那觀體既是慧慧能拔苦二觀不二即憂畢义亦名平等捨故不二而二則立慈悲二而不二即是於捨今既明於不二慈悲則已含捨故不別立二喜者下苦

在闕喜二初約法釋令明慈悲是立誓願運慈與樂生既苦重即須運悲二俱未遂何喜之有福慧滿時藥珠功畢方與衆生生乎慶喜二如阿下引事例阿輸加王即育王弟不歸三寶見兄飯僧乃生嫌謗育王見愍設計勸之王入温室詐言已崩策之紹位方登御座育王出怒其罪當死乃令七日受王五欲使旃陁羅逐日唱死過已王問受樂否邪答言我聞幾日當死唯苦無樂王言沙門觀念念滅雖受供養寧有著心阿輸知已出家修道得阿羅漢少痛奪樂近事可驗衆生若此故菩薩心未生喜也三問禪下明支等前後二初約前後問令論四等慈悲喜捨慈能與樂則樂前喜後何故禪支喜前樂後初禪五支謂覺觀喜樂一心二禪四支謂内淨喜樂

一心三禪無喜四禪無樂令約初二皆喜在前樂支在後其意何邪二答禪下約自他答自證禪支從麤至細前喜後樂利他四等先與其樂後方慶喜故其次異二復次下簡與拔有無三初外道虛想四禪四空及四無量十二門禪根本定也通於内外小大聖賢而修證之若諸外道及正信凡夫修慈悲喜捨自證此定虛想衆生離苦得樂於他無益自雖暫益不免退失二若二下明二乘自利二乘修此雖不益他自拔分段得小涅槃三令菩下明菩薩徧益二初明行超凡聖不同凡外隨禪受生異小聖賢但自拔苦蓋非生法二種緣慈乃以無緣法界與拔令諸衆生離一切苦得究竟樂二明同時與拔無緣慈悲不二而二用不異時分别令解故各説耳言

前明拔苦等者從本懷故先標於慈若從用次先拔後與是故四誓從用爲次三簡福慧二初定福智與拔所以二初問二答因修福慧至果則成智斷二德此德與生體性無二故稱觀音智德人名即能顯召本性了種是故能除暗惑苦也若對普門斷德應身即能引起本性緣種是故獲於因果之樂若不爾者何名感應道交二問福下辯福慧一異是非二初約隔異難備舉相資難令隔異二自有下約偏圓答二初立即離四句大小皆四故知即離名同義異二如六下通偏圓諸教二初明三教即離俱非二初明小行二初三藏菩薩一位得兩即句羅漢白象得二離句雖有即離同在三藏二若大下大乘約別地前論於四句初以行行對於慧行而爲福慧不破無明故俱名福即此二福能破取相復受智名故此福智當兩即句又地前福智無明全在故皆名福地上福智分破無明故皆名智此之福智當兩非句故兩四句非令福智二方等下例二部二今此下明圓教開合俱是二初釋二初二而不二三初明相即一心三止爲福一心三觀爲慧始從理性終乎極果定慧不二是令兩即也二故大下明互具般若既是尊妙人見驗慧具福尊妙即是上定故也論即大論彼翻首楞嚴爲健相也三昧既能破彼强敵驗福具慧强敵即是無明故也三大經下明異名五明之中般若師子吼是慧楞嚴金剛是定佛性是通名也既是異名彌彰體一是故此五皆雙具之稱復以無妨禪慧以結不二二不二下不二而二

法雖不二不妨分門各作名數而爲解釋二此是下結論雖分門别相而說須知禪慧畢竟不二四簡眞應二初正簡眞應二初立句二若非下簡示二初簡前三句非且簡凡小實兼通别通教灰斷同藏二乘地前作意非不謀應圓六根淨雖全性發别惑在故未名眞應二亦眞下示後一句是即眞而應世之常談自捨今宗莫窮其妙都爲他師不知性惡致令起應不得無謀徒說無緣之慈不究無緣之旨二今依下兼定常間三初一往且分以經二段别對常間二常間下二往互具二初立二鳥者大經第八鳥喻品云善男子鳥有二種一名迦鄰提二名鴛鴦遊止共俱不相捨離此品答前云何共聖行娑羅迦鄰提舊解或云娑羅一雙鄰提一雙或云娑羅一隻鄰提一隻或云娑羅翻爲鴛鴦章安云然漢不善梵音只增諍競意在況喻取其雌雄共遊止息以喻生死涅槃中俱有常無常在下在高雙飛雙息即事而理即理而事廣如彼疏今喻二身常間兩益不得相離者乃是觀音分證涅槃中常無常二用也二若小下釋二初小眞理天然是佛法體善吉觀見常無間然於蓮華尼似如有間故於二聖明常無常斯乃眞身自有二益丈六之相於有緣者常得覩之若其無緣同處不見豈非應身亦有二益二大乘下大佛法界身未嘗不益於情執者而成間滅眞具二也佛應化身隨機生熟出没無間應身常益也見不見異令應不常又成間益也故知二身各具二益三而今下順文别對前文即稱即感别對眞

身常益之義後文現相生滅別對應身間益之義五簡藥珠二初依義互具但就譬說即顯真應各能與拔斯爲盡理矣二若別下就文別對前文除苦名爲藥身後文與樂名爲珠身且順經文作斯別對六簡冥顯三十六句者冥顯機應各論四句冥機者過去善能感也顯機者現在善能感也亦冥亦顯機者過現善業共能感也非冥非顯機者過現無善當能生善而能感也冥應者法身也顯應者應身也亦冥亦顯應者二身俱應也非冥非顯應者亦法身但以不見不聞而知而覺爲冥應不見不聞不知不覺即雙非應故此二應皆果中法身也識此八已相對互對具足而言成十六句約機感應約應赴機各成十六加根本四即三十六若解此意則無生不感無時不應除諸邪見深荷聖恩亦知一切衆生無一不成佛也七簡權實二初定文立難真即是實假即是權答文備見四種相也二立句答通二初詳論互具真智冥應脫有淺深七難二求免事中之苦脫權也離三毒根成佛無疑脫障實惑也權智顯應得度不同見身聞法破惑顯理度實也事中怖難得無畏者度權處也機熟之者對此二智得權實理名俱度離淺深障名俱脫機生返此是故俱名不度不脫二據說且分八簡本跡二初本跡俱與拔二初各具二用二非本下相由貼文非脫衆苦之跡不顯一真之本故前問答是明跡本非證千如之本莫垂十界之跡故後問答是明本跡二問本下本跡異真應二初問二答諸經所說始從地住終至

等妙一分真明一分應起豈唯一世實居當念是名橫辯別明本跡如壽量品即今説久遠爲本諸經及跡門名已説近成爲跡既約久近是故名就三世豎論前明觀音多就體用而論本跡今彰部故約久近而明本跡九簡緣了二初約當宗問答四初明善惡法門性德皆具二初問緣能資了了顯正因正因究顯則成果佛今明性具緣了二因乃是性德具於成佛之善若造九界亦須因緣九界望佛皆名爲惡此等諸惡性本具不二答只一具字彌顯今宗以性具善諸師亦知具惡緣了他皆莫測故摩訶止觀明性三千妙玄文句皆示千法徹乎修性其文既廣具義難彰是故此中略談善惡明性本具不可改易名言既略學者易尋若知善惡皆是性具性無不融則十界百界一千三千故得意者以此所談望止觀文不多不少二明提佛但斷修中善惡二初問一闡提者此翻無欲以於涅槃無樂欲故又翻信不具以其不信善惡因果故既無欲無信名斷善盡佛已永離五住二死名斷惡盡善惡既是理性本具則不可斷是何善惡提佛斷盡二答夫一切法不出善惡皆性本具非適今有故云法住法位世間相常若因修有安得常住大經云十二因緣非佛修羅人天等造不是性具何得非造起信云一切法真不可遣故若非性具那得皆真以皆本具故得名爲性善性惡復以性具染淨因緣起作修中染淨因緣乃有所生世出世法若具言者本具三千爲性善惡緣起三千爲修善惡修既善惡乃論染淨迷

順之事闡提是染逆之極故云斷修善盡佛是淨順之極故云斷修惡盡若其性具三千善惡闡提與佛莫斷纖毫三明性中善惡不斷所以二初問二答二初約理答善惡是性性不可改安可斷邪既不可改但是善惡之法門也法名可軌軌持自體不失不壞復能軌物而生於解門者能通可出可入諸佛向門而入則修善滿足修惡斷盡闡提背門而出則修惡滿足修善斷盡人有向背門終不改二譬如下舉譬類魔燒佛經如提斷修善性善不盡以法合也佛燒惡譜如斷修惡惡法門存即是合也焚典坑儒雙喻二人斷修善惡豈能等合也四明提佛迷達起不起異二初問二人善惡既皆斷修而存於性何故闡提後起修善如來何故不起修惡二答二

初以了達故不起實惡提以邪癡斷於修善既不能達性善本空故爲善染修善得起佛以空慧斷於修惡了達性惡本來清淨惡不能染故泯修惡二以自下以自在故能起權惡佛能達惡於惡自在現惡攝生不染不起闡提若爾則名佛矣二若依下破他義顯正二初叙他非義二初明他得修失性他即陳梁已前相州北道弘地論師也又有攝大乘師亦同地人之解他明梨耶是無記無明善惡所依能持一切善惡種子闡提但斷現行之善後爲種子熏起於善佛斷此識無惡種熏永不起惡仍釋伏難佛斷惡種如何現惡化諸衆生故釋云但以神變現惡化衆生耳二問若下難他作意同外斷惡既盡神變現惡全是作意非同明鑑無念而形雖相州南

道弘地論者以法性爲依持然不明性具諸惡法門現惡度生亦未能逃作意之咎二今明下明今妙旨二初正明由性具善惡起權實善惡二初正示今義闡提成佛諸佛現惡若非不斷性善性惡則義不成二以有下結成妙旨斷常名通別人緣理斷九以定斷九故昧性惡名爲斷見不能忘緣是存修惡名爲常見涅槃已前皆名邪見斯之謂歟斷修存性既離斷常乃絶一切邊邪之義及種種思斯是妙旨庶去滯情二如來下重明由達不達故自在不自在現惡達惡豈能染惡惡際實際縛相脱相非道佛道以了達故無有罣礙闡提不爾故永異也十簡智斷二初明二德同時二初舉一法難與拔二用既是一法而立異名必無所局何故拔與定屬智斷

二然而下約身心從二嚴立稱名從義立不無親踈心解通融屬智身力自在屬斷心則智慧莊嚴身則福德莊嚴此之二嚴宜對拔與二今經下示兩文互舉智斷二德何曾相離今且各說互相映顯前段明智後段明斷二若深下總結益舉此十雙以爲義例庶乎行者徧通一切若其然者釋今題目無邊際也第二別釋二初標列謂分文人法各自解釋也二以何下解釋二初釋觀世音二初結前生後二段二云何下依別委釋二初簡示境智二初標科思議中理外理内者此與餘文所說有異若四教義以藏通二諦爲理外別圓二諦爲理内蓋約眞諦非是佛性故云理外若淨名玄義以衍門三教皆爲理内二諦蓋由通教眞諦含中故也今文通以外道

及四敎起見之徒皆名思議理外境智故引中論以爲能破若思議理內境智者旣破四性觀理證眞正在通教義兼三藏若不思議境智者正唯圓教亦兼別教圓該六即別在後心二一天下釋相二初明思議二初約理外二初立四謂天然相待因緣絕待此四即是四性異名用此名者略有二意一示名言通於邪正須以理惑定其是非且如天然及以絕待本圓極名今在理外故知不可以名定理二明理外不全外外意令內人勿於正法生於性計故立此名定其見過又四句中皆雙檢者蓋以境智俱有自生等過故也初天然中言由智故境由境故智者借彼相待顯此天然二相待者境待智成智待境立也三因緣者非是單自單他而成於境乃自他和合方成於境因緣即是自他故也智亦如是此即共性四絕待者單自單他及自他共此待皆絕約無三句情謂一往立絕待名全非絕理二並是下破二初總約性執斥三初約理外斥上之境智旣屬四性不入三諦故云理外二故中下引中論斥法離四性邪計四邪三計執下約起過斥理外妄想於四計中自執者是實他語者皆妄見惑旣盛愛使亦增見愛相添即九十八因茲造業受苦無窮二云何下別示四性過二初自生二初舉過二初約能迷所迷二初能迷諸惑隨執一種即生十使利中有鈍即背上使歷三界四諦成八十八雖徧三界及以四諦隨生一見即能具起一處理顯頓能除滅是名通名利使煩惱若思惟惑界繫不同旣非迷理不對

四諦但歷三界而成十使足前乃成九十八
使二此則下所迷諸法即四四諦四三寶也
二若作下約能執所執二初能執性計二初
正判屬計縱學佛法若執境智自天而然若
照不照常是境智我見不忘者唯增生死惑
業既盛與彼外外輪迴一等也二故大下引
大論證彼論明三種我義云凡夫三種我謂
見慢名字學人二種無學一種見即利使初
果頓斷故云學人二種慢即頓使四果方盡
故云無學一種但隨世俗分別彼此有名字
我言三種語者即三種語我不同也二今凡
下所執正教以見慢心用經論語如蟲蝕字
不知是非唯增見慢即不知非以此障理名
不知是昧是非故服不死藥而致早夭二今
不下結非二自生下例三若增見慢於百千

句起過皆然二二明下約理內二初示相二
初明理內於上四種境智之中隨用一種而
知本爲除於見慢遂加精進研境成智於惑
能破名爲畢故於智不著名不造新乃成似
解而發真證譬如盲人等者大經如來性品
云譬如百盲人爲治目故造詣良醫是時良
醫即以金錍抉其眼膜以一指示之問言見
否盲人答言我猶未見復以二指三指示之
乃言少見彼經所譬具示三諦方云少見今
文但喻抉見思之膜示真諦之指雖非佛性
且約見空得稱理內二雖見下斥作意斯境
智者雖滅惑證真非唯境唯智思議不絕非
令所論二今明下結非二次明下不思議二
初據前破性難四句境智若非云何立於境
智況諸經論所明境智不過此四二答經下

離性四悉答二初辯相二初四悉檀相二初明赴機四悉二初明四相聖人境智永祛四執若其衆生於自然境智有歡喜生善破惡入理機者聖乃隨機說言境智自天而然衆生若於相待境智因緣境智絕待境智有四悉檀機聖人一一隨彼機緣爲作相待等三種說也各令獲益是故經中作此四種說境智也二雖作下辯離情聖說境智天然等相永無四執愛見不生故令聞者破惑入道得眞境智三悉境智亦復如是二如是下明能顯正法若知四種執著過患名識苦集若知四悉被機獲益名識道滅四諦既明三寶則立諸佛之法無不現前二若以下不思議相二初再明思議於四境智離計而修四性既空入空取證雖成理內未泯言思二若不下正明不思議三初約義示問摩訶止觀破見思假節節皆明性相二空不思議境中約法性無明檢四性過荆溪云本自二空爲性德境推檢二空爲修德境是則思議及不思議各須性相二空之觀今文何故頓乖諸說乃以二空分對兩處答通別二惑同障中道委論觀法皆須二空今既略談名有存沒通惑破處雖具二空小人得之住涅槃相是故且沒相空之名若破別惑從勝而說但存空相而於其中含二空義何者以觀四種境智名字不住四句亦不不住四句屬性不住屬相既了四種境智之名無說無聞不起分別不作思量豈於別理猶計性實今分二空破通別惑且順諸論教道之說小但人空大得二空先人後法良由今文未論觀法且寄次第

示妙境智也三今光下引經證三此具下指大本二龍樹下引類大論釋經皆先破計後方示義今明境智亦類彼文先破理外見慢惑心次斥小乘思議之證後方顯示不可思議四悉境智二夫依下正釋境智二初定先後二世者下依義釋二初釋境二初釋世二初釋名義二初示世分三種二初直列三種大論釋百八三昧中至釋能照一切世間三昧云得是三昧故能照三種世間謂衆生世間住處世間五陰世間故一家用義準彼論之三世演法華之十如妙談三千固非常情之所企及二既有下義須至三二世是下辯三通十界二初約依正明世間二各各下約因果明法界二今就下示妙境二初示妙義二初明三千緣起界有相性至究竟等因果方備十界皆爾則成百法十界互具既成百界則使因果成於千法如是千法不出解惑因緣及以所生世出世法小說無漏因緣但能滅法故令四聖終歸灰斷大說無漏因緣則能顯法故使四聖終歸常住故引大經證大乘義須了緣起修性皆然皆由理具方有事用故也然復應知今明千法即是三千以約三種釋世間故且一界報須論依正正復假實又如初相如世日者記於此世夭壽賢愚實法也僧俗仕庶假名也衣食田宅依報也豈非初相能表三邪初後既爾中可例知故千法三千但廣略爾今文前明三種世間今說一千因果之法前後相顯其義圓足二是諸下示三諦妙境以三千法皆因緣生是故一一即空假中三諦互具非縱非橫故荊

溪云三德三諦三千皆絶言思是爲妙境二此境下該三法二初約三人分二境一家明觀不出二境四念處心對陰色而分内外此文心對生佛而分自他十不二門以心對彼依正色心而分内外則依報生佛及已色陰皆名爲外荆溪特會兩處之文立外境也應知生佛依正及已色心皆是法界無不具足三千三諦故内外自他皆是妙境但爲觀境近而復要莫若内心故諸經論多明心法徧攝一切須知徧攝由乎不二故四念處云唯是一識唯是一色萬象之色既許心具千差之心何妨色具衆生成佛是依報成國土廢興豈是他事有不達者但執唯心不許色具而立難云色具三千應自成佛何處曾見草木受記是何言歟是何言歟以説心具義則易明於色示具相則難顯故使教文多明心具欲禀教者因易解難以心例色乃顯諸法一一圓具故云唯色唯聲唯香唯味唯觸況唯心之説有實有權唯色之言非權唯實是故大師爲立圓宗特宣唯色乃是吾祖獨拔之談固隱圓宗唯同他説其意何邪唯心之義今非不談以明自心及依正色此之三處各具諸法則令唯心不與他共何者忽若不明萬法互具如何可立心具三千金光明云於一切法含受一切斯之密義深可依憑問大意云色由心造全體是心何教文云心由色造全體是色又義例説心具三千是於無情立佛乘義亦是心攝何關色邪答約能造心攝法易解故順經論以心攝法而爲觀境故云色由等也大師既云唯是一色而分二

種謂有分别色無分别色意指識心爲分别色此色造心有何數量那云一向色不造心既云唯是一色那云不云全體是色又至果時依中現正正中現依刹説塵説因果理同依正何别理性名字已有依正不二之相何緣堅執一邊具邪無情佛乘約心具説元是一體從易而觀勿引此文證色不具大師此説令知皆具而今據此唯局在心是得意邪爲失意邪欲人生解邪爲符我見邪二問自下引二經明各具二初問前以十界而爲世境次明世境有自有他他即生佛自即已心乃引華嚴心如畫師造種種陰種種之言豈非生佛故據此文而設今問能造之心可具十界所造生佛云何各能具十界邪以知世人不解三法無差之義謂心爲理生佛是事理能造事心隨解緣造佛心隨迷緣造生三不相離名無差别此解違經隱覆圓義故與此問以生後答二答先引淨名實相者即諸法實相也約今經意十界諸法皆實相也觀身觀佛實相既然豈不各具十法界邪復引華嚴三無差文以證各具彼經如來林菩薩云心如工畫師造種種五陰一切世間中莫不從心造如心佛亦爾如佛衆生然心佛及衆生是三無差别經文先示心造一切便以此心而例於佛示佛權造同心實造次復以佛而例衆生示生實造同佛權造權實雖異因果暫殊三皆能造一切世間故得結云三無差别云何却謂一是能造二爲所造何得此三無差别邪此是今家消彼經文若明其義更匪他知以今經説因緣果報即是實相

因緣是能造果報是所造此之造義既在實相是故造義理本具足以此理造方有事造三法皆爾是故得云理事不二本末相映理既互融事寧隔異三法互具互變互攝深有所以圓頓之旨終極於斯荆溪歎云不解今文如何消偈心造一切三無差別前問那得自他各具十界今答豈不各具三諦故知十界若通若別皆是三諦二釋音二初約口業正釋十法界中佛者今既明機須除極果自分證還但是圓機皆名佛界悉可稱名二問下明三業俱機二初問起二然通下答釋二初正明俱通眞寂常照豈簡身意唯赴口機二而今下對偏顯圓二初明古偏局六初趣舉二隨俗三互舉三初正釋聖標於觀必照生之色心即身意也生標於音必對聖之耳識既聞音聲復觀色心則是聖應三業機也二舊問下通難二初他難一等互舉何不名爲聞色心邪二舊答下古通三初叙古通舉觀爲應既色心兩字則彰應廣舉音爲機音但一字則是機狹機狹應廣深顯聖德也二今更下今載難若逐字者則彰感應有可有不若俱應俱感則不應云應二感一也三今不下今爲通聖三俱應凡三俱感但約與奪互舉口意四義攝獨有言音具於三業故云義攝五隱顯六難易二初難急口機易二又第下誓深宜急稱二今明下引論圓釋二初以覺觀況音聲且引釋論三業之事無不圓具覺觀纔動與息共俱已成身行既是語本又成口行意業隱細尚能具三身口麤顯各具可知二但舉下明觀音圓感應大聖一觀

非獨具於一種三業須知具足百界三業以全法界而爲應故衆生一音圓具亦爾以全法界而爲機故斯由大聖照窮正性察其本末難思感應豈以人師凡見測邪

觀音玄義記卷第二

音釋

雇古慕切與顧同　粘尼占切著也　匪敷尾切非也

觀音玄義記卷第三

宋　四明沙門　知禮　述

第二釋觀智二初標列二結境下解釋二初結束世音之境欲明觀智先束境界世間音聲品類無邊塵沙莫喻須依聖教結示諦境方可明觀觀不依諦邪錯何疑十界是因緣境者以十如是類十二緣義無別故二二明下正明能觀之智二初泛明諸境觀諦緣通四教故四三諦唯別圓故二二諦加三接故七一實唯圓極故一無諦體忘觀亦不立三今約下今依三諦觀者境順涅槃新伊之文觀依中論相即之說蕩情立法示妙融心像末觀門此爲最也初示境通別通對頓觀別對漸觀二今對下明觀漸頓二初雙列二次第下雙釋二初歷教釋二種觀二初偏圓並釋二初約諸部釋五初依瓔珞明三觀體於三假四句不生即俗見眞名從假入空觀觀三假俗入即空眞由俗入眞復名二諦於空不證分別一切三假藥病應病授藥故名從空入假前用眞破俗今用俗破眞若俗若眞破用既均復名平等以前二破作雙遮方便即以二用作雙照方便次第破用既立一心遮照可修故云二觀爲方便等三觀俱用從勝名中心既即中思議忘泯名第一義諦觀二此之下依大品明三智三初正明三智相内法内名者謂理内所詮法相及能詮名字外法外名者即理外所詮法相及能詮名空觀若成於此名相悉能體達無我我所故佛言摩訶迦葉婆羅門法皆知沙門法皆知故云内外能知能解然其空智但能總達諸法

無生不能別知諸法緣起故不能用諸佛道法發起衆生一切善種假觀能爾故以道種而名其智於一種等者夫中觀智者則了一切皆是中道中則不偏絕待爲義一法若中則一切衆生因種一切佛之道法無不咸趣一外有法不名中也一法既爾一切皆然故云於一種智知一切道知一切種一相等者結前所說而成遮照雙遮則一相寂滅雙照則種種皆知遮照同時故名一切種智二通而下對上辯通別瓔珞三觀大品三智通則異名別分因果三此三下對大經四智二初略示四智相大經二十五云觀因緣智凡有四種謂下中上上上下智觀者不見佛性以不見故得聲聞菩提中智觀者不見佛性不見佛性故得緣覺菩提上智觀者見不了了不了了故住十住地上上智觀者見則了了得阿耨菩提輔行釋云因緣不殊四觀不等對別教中云住十住地者以次第行從住入空乃至十地方入中道次第住三故名爲住住及不了並約教道二涅槃下對上判離合四教證修唯三觀智空分析體故成四也大經觀緣明四智者取藏析空爲下智故大品三智瓔珞三觀簡小明衍故若以二經之三就大經四者應開析空生滅一切智若以大經四就二經三者應合下中同入空智四若將下以觀智對五眼肉天二眼是四智三智所觀境本不論開合慧法佛眼與三觀智主對已齊若論四智須於慧眼而對析體二空智也五中論下以中論四句結二若將下對四教釋二初正對四教二初正對教二所以

下出所以觀必教詮智由觀得今明觀智須能詮教二教必下廣明四相二初四教主二初明教主一異文有二義明其一異初跨節論只一圓佛被四種機說四教法次或可下約當分論隨機所見據教所詮四佛體用優劣碩異二四教下明補處偏圓補處亦明當分跨節例主可知二若言下四教法二初明理尚無一二答理下明赴緣說四前通釋題十義之首巳明此義證理絕言被緣須教初明赴緣二三藏下明說四四初三藏三初明教相二初明願行二初依諦立誓初爲陶師者合云陶師之子因遇彼佛入城乞食相好巍巍乃發善心而興供養遂對彼佛發於誓言願我當成佛一如今世尊故今釋迦法住之時度人多少等皆同往佛言即起慈悲者發心拔苦欲與其樂若不諦審非想結集及輪廻苦又不諦審三無爲滅及盡苦道則不拔苦際非與眞樂凡外不諦二乘無誓菩薩雙非依諦立誓二行六下依誓起行二初六度塡願文中所明六蔽爲集六道爲苦六度爲道蔽息爲滅略舉初後中四例知此教菩薩自伏六蔽對破六道令他斷集離苦故也菩薩戒疏云檀破餓鬼尸救地獄忍濟畜生進拔修羅禪靜人中慧照天衆二行此下六度滿時如尸毗王徧割身肉就鷹貿鴿至盡一身不惱不没自誓眞實感身平復是檀滿相如須摩提王以身就死持不妄戒是尸滿相如忍辱仙人被歌利王割截身體慈忍不動作誓即感血化爲乳是羼提滿相如好施太子求如意珠雨寶濟貧得珠墜海抒海取

之筋骨斷壞終不懈廢諸天問之云生生不休故助抒海海水減半龍恐海乾送珠與之是毗離邪滿相如尚闍棃得第四禪出入息斷鳥謂爲木於髻生卵定起欲行恐鳥母不來即更入禪鳥飛方起是禪滿相如劬嬪大臣分閻浮提地爲七分城邑山川均故息諍是般若滿相所言滿者度本治蔽行期滿願今蔽已離與拔遂心即知六度其功剋滿二如此下明時位三初約時明行相從古釋迦至罽那尸棄佛名初僧祇準望聲聞位在五停心及別相總相念處也觀力既微故不知作佛從罽那尸棄至然燈佛時名第二僧祇位當煖法既有證法之信必知作佛心未分明故不向他說從然燈至毗婆尸佛名第三僧祇位在頂法內心了了自知作佛口自發

言無所畏難也無脂肥羊者大論云此菩薩雖有上妙五欲不生貪著以有無常等觀故譬如有王有一大臣自覆藏罪王欲罰罪語言若得無脂肥羊當赦汝罪大臣有智繫一羊養以水草日日三時以狼怖之羊雖得養肥而無脂王問云何得爾答以上事菩薩亦爾見無常空狼令結使脂銷而功德身肥二用此下約觀明涉位問聲聞根鈍尚能速入七賢四聖菩薩利智何故三祇猶居頂法答聲聞但於一境一門修念處等故易成就菩薩徧於一切境界一一四門復加六度久遠熏修使一一行攝諸眾生令種熟脫故三祇內凡化幾人超凡入聖自身此岸度人彼岸故經劫長證位猶下言三十四心正習俱盡者頓證羅漢及以支佛亦三十四心無間而

得但不以此頓盡正習一言於習有見思習及塵沙習菩薩修學塵沙法門治其劣慧於一一門用四諦觀伏其正使於一一門六度行熏見思習故樹王下三十四心於塵沙法上證四眞諦故今正使及二習氣俱時而盡故能二諦皆究竟也方異三乘弟子獨彰佛眼佛智三此中下約佛明補處二若就下結觀智若於三藏明觀音人其相如是三料揀二初簡超劫二初問一超九劫者婆沙云爾時有佛號曰底沙有二弟子一名釋迦樂修利他行所化機先熟二名慈氏樂修自利行所化機在後彼佛念曰迴多人就一人即難迴一人就多人即易欲令釋迦先成道故於是捨二弟子入至山中時釋迦菩薩隨後入山尋求本師不見蹤跡正行之次忽見彼佛在寶龕中入火界定威光赫奕特異於常行次忘下一足經于七日說於一偈歎彼世尊云天地此界多聞室（即北方多聞天王之室也）逝宮天處十方無（逝宮即梵王宮外道計彼爲常佛爲破彼故稱逝宮）丈夫牛王大沙門尋地山林徧無等因此精進超於九劫在彌勒前成佛二答弗沙與底沙梵語賒切耳彌勒值佛必有超劫恐梵文未至二簡百劫二初問二答住此法門者若任運行於六度法門則須百劫此據常途理數而言若精進功倍亦何局於時分二通教二初明教相二初示名教三乘因位共能忘言契眞諦故同斷見愛故受通名然有利根通入後教今分四相且從鈍說前教菩薩至果方斷三乘不通也二此事下辯行相二初斥三藏明行位二初對事度顯空行三初斥事非度大

論斥三藏菩薩云具足三毒云何能集無量功德譬如毒瓶雖貯甘露皆不中食菩薩修諸純淨功德乃得作佛若雜三毒云何能具清淨法門菩薩之身猶如毒器具足煩惱名爲有毒修習佛法如貯甘露此法教他令他失於常住之命檀有三品謂命上身中財下也貿鴿割身猶是中捨既不了空焉到彼岸二不見下明空成行施本治慳慳不可得三事既空施相不立能所既泯眞空現前是眞檀度下之五度能所皆空是則名爲道不二相以此空慧蕩生法執故令衆行稱理圓成三又復下斥定三祇空心立行長劫忘勞攝無量生經無量劫何得限定三阿僧祇爲逗衍機須破三藏非是廢除彼教接物二大品下約斷結明共位二初衍門行位二初斷結

行梵云薩婆若此云一切智發心與此空智相應即能斷見及破思惟即是無生人法法緣慈悲自行化他積行塡願皆與無生四諦相應故能因中斷結證理二則有下斷結位二若將下對小階級八人地對八忍人者忍也世第一後十六剎那齊道比忍猶屬於賢至道比智即名爲聖二位同在無間三昧故以十六對八人見此教菩薩從巳辦地留習潤生用慈悲道與眞空觀雙行化物前斷正使令侵二習至于佛地見思習盡眞諦究竟塵沙習盡俗諦究竟第七地中有斷有留故盡不盡二以誓下約扶餘習以利他正使既盡習不潤生以誓扶之能生三界以藏通教俱不談常生死之身全由惑業二乘惑盡不受後身菩薩利物恐同二乘故藏菩薩用慈

悲誓扶於正使受生化物通既斷正以誓扶習而作生因盡在不久故似微烟既為益他留形三界故稱名感見能拔苦與樂二此是下結觀可見三別教二初明教相二初示名教詮中故與通次第故異圓故名為別不共般若不共二乘全別前教圓亦不共故未別後不名不共意在於茲二此教下辯行相二初約次第明行位二初明次第意雖說衆生見聞覺知體是佛性而全起作三種之惑故須用此覺知之性觀空破有觀假破空待二均平方照本性中道之覺故名方便次第顯理既此迂迴故經塵劫從初標志次第修學河沙觀智破河沙惑顯如來藏河沙性德故緣無量四諦發心二十信下明伏斷相二初法十信緣中通伏三惑心正著有要先觀空伏斷四住方袪滯有復偏著空故觀六界藥病成就體析八門道種又觀四聖惑智因緣無量無作八門道種二觀既成故照中道此時三觀只在一心別向圓修斯之謂矣二喻圓譬冶鐵作器別喻燒金作器冶謂鎔鑄淳樸頓融任運麁垢先落燒謂鍛鍊物體猶堅特要麁塵先去然後融金以除細垢圓觀頓窮法界無意先觀二諦二惑任運先落別觀次第顯中有意先觀二諦故使二惑先除二此菩下期真應以利物初雖次修後能圓應二此是下結觀智問別向圓修何但結為出假之智答從勝受名故約教道故如輔行云一教始終雖具三諦若入證道不復名別是故別教但在於假四圓教二初約行位明圓二初廣示相二初正釋行位二初約法示相

二初教所詮理説一切法皆是中道一色一心一染一淨皆具三千悉非空假非内即非性全性成修故非外即非修全修在性故既其空假雙亡修性俱泯則中道之義顯矣二觀十下教所詮觀二初正示二初明修觀二初對境示觀教所詮法令生妙解令依妙解而修妙觀十界衆生所觀境也鏡水譬性德三千像月喻修起三千内外有無皆無實性而三千三諦終自宛然二觀智下就觀明諦此無縁觀照無相諦以無相諦發無縁觀諦觀名別其體本同是故能所二即非二二大品下明證釋二初證發心相若發眞心似心觀心及名字心隨位約即明坐道場轉輪度生故佛藏云衆生身中已有如來結跏趺坐理即尚爾況修中位二即於下初發心德二

八十下入位二文云下引文稱歎四初此經歎眞實二大品歎具法三涅槃歎初心四此中下諸文歎眼智二初約此經總示開示悟入皆佛知見所知見境既該百界驗能知見即三智五眼從勝稱一如海具衆流二引二文別釋二初大論明智言十智者謂世智他心苦集滅道法比盡無生也如此十智通於三藏三乘唯如實智屬于衍教今但證圓二眼亦下大經明眼既見麤色即是佛性具一切法即觀行五眼從勝名佛肉眼見性褒之以佛慧見偏空貶之爲肉二若能下兼明人法二初示圓六雙二以無下明經二益三點涅槃者大經云祕密之藏猶如伊字三點若並則不成伊縱亦不成如摩醯首羅面上三目乃成伊我亦如是解脱之法亦非涅槃如

來之身亦非涅槃摩訶般若亦非涅槃三法各異亦非涅槃此乃三德即一而三名大涅槃也二是名下結歸題如文二問答顯妙三初明無緣與拔二初據中道妨慈問二指淨名成慈答觀衆生品文殊問維摩言云何觀於衆生維摩言譬如幻師見所幻人如智者見水中月如鏡中見其面像等文殊言若菩薩作是觀者云何行慈維摩言菩薩作是觀已自念我當爲衆生說如斯法是即眞實慈也彼品既是通相從假入空徹見三諦即是中道無緣與拔二明中道建立二初約雙非皆破問二明中道偏立答二初約明中能立偏圓三寶四諦二初略示迷中之失四教四諦是權實相皆依中道非權非實而得建立今既迷此則一切皆失二若明下廣示明中

之德二初示四種四諦唯心十種法界忘言之理名爲中道得此理故方施權實之教十界融即說者名圓十界次第說者名別六界無生說者名通六界生滅說者名藏此之四教各論四諦若識中道諸法皆融故於一心具四四諦二所以下釋一體三寶具漸二初約圓觀明三寶佛但雙非者且從略示遮必具照三智圓覺方名佛寶以法三諦顯佛不孤僧寶中云理事和者上三諦法性本圓融名之爲理隨情差別名之爲事佛實相慧具於權實實慧和理能說圓法權慧和事能說偏法故文句明法用方便云智詣於規善用圓法逗會衆生如圓舉指目於圓處智詣於矩善用偏法逗會衆生如偏舉指目於偏處言事和即有前三教等者權慧隨情照諦差

別即說別教次第三諦或說藏通即離二諦乃有三教行人稟法修行成三僧寶若其實慧和隨智諦即說不次第三諦乃有頓修行人稟法成於圓教因果之僧不獨令他稟教成僧亦能應作偏圓行人修成僧寶問四十二位自等覺來合判爲僧妙覺爲佛云何因果皆名爲僧答別相三寶乃以因果而爲僧佛今論一體一人一念具足三寶四十二位位位報智冥於法性皆名二寶位位應身皆名僧寶故妙覺應最能三土統理大衆是故僧寶究竟成就若能善識一體三寶任運能具諸漸教中三寶之義以能和於理事三諦故也二故大下引月愛明僧相二初據經文明諸地智斷二初正引涅槃二初通譬諸地二初順喻白黑論增減二初舉月光喻白月光增以喻發智黑月光減以喻斷惑喻雖前後法乃同時二月性下以體用合實相則因果不二智斷則增減有殊諸法不生諸法不滅三千無改也煩惱滅般若生無明即明也大經等者以無明體是強覺故亦稱爲明二如是下約法地地論智斷捨喻就法四十二地一一智斷故云皆具二若十下別對諸地二初以晦望對妙覺月望以喻妙覺理體智德二俱圓極故重云不生月晦以喻妙覺獨頭相應二皆究盡故重云不滅二初三下約開合對諸地合前開後故以十五對四十二此中初三即有黑白兩初三也乃至十五亦復如是二仁王下例諸般若但明因位故以十四對四十一地地地之中具三般若二如此下結僧寶立一切因果若與中道理和必

與三教事和是則權實因果皆由中道而得建立二若不下約迷中即破漸頓三寶四諦二初示得前失後四教三寶及四四諦但依二種中道而立藏通依離斷常中別圓依佛性中各有即離故成四教外計斷常都迷二中故失四教三寶四諦三教得失在文可見二傳傳下明前多後少二以權顯實二初約圓詮廢漸問二約權能顯實答二初舒漸顯圓二初以觀例教觀既以次顯於不次教亦以三顯於一圓利可直談鈍宜漸顯今若四說利鈍不遺二若不下以三顯圓二初示立三意二雖說下引文證釋餘深法者藏通餘而不深圓教深而不餘別教亦餘亦深故將唯餘及以兩亦助顯唯深弄引者引去聲謂曲弄之前必有引起言開空法道者謂前三教是開通圓空之法道也二若入下卷權歸實二初廢三立圓前是爲實施權今明廢權立實十方三世法皆爾也二復次下忘言契理寄言顯理從偏入圓權非實是恐失意者是非不泯故以雙非絕其思議權既不生實亦不生故二不生彰乎妙契應知此立非權非實但是袪乎著語之情其所契悟理無別途勿謂雙非理過一實二觀心明二種觀問上明諸教無非對境立乎觀門況復約圓境觀皆妙何故至此更說觀心答上爲解釋觀世音名故約四教明乎觀法既觀世音正以他生而爲觀境心佛衆生雖無差別就生佛境高廣難觀若就心境近而易照佛世當機隨聞悟入境無遠近滅後初學修觀要須揀難從易故今諸部約教釋中縱巳明觀後須

更立觀心一科又復他生不出心性若觀自心則能明見十界衆生故知觀心成前約教世音之觀今示觀心其意略爾先標次夫心下示二初約心源本無境觀二初明本無心境二初明性絶百非心源本淨等者只現前心當處即中名之爲源離一切相名爲本淨無爲下列所離相旣其若此焉立心境二雖復下明心非四運尚不可以知覺而求豈能以生滅而取是故不可立心爲境二豈可下明莫陳觀法三初法心境本無觀於何設二猶如下喻無以比况强指虛空三此下合二有因下由緣感須立觀心二初由緣立心有十因緣能修證者無能所中立所觀境二旣有下由心立觀二初略立三初法二喻三合二若作下委示二初示漸觀雖明二觀正意在圓故次第觀略指而已二若觀下示頓觀二初明全性成修二初就法直明二初示二初於一念觀性三因三諦即正因三觀即了因一切法即緣因具緣了之正名爲三諦具正緣之了名三觀具正了之緣名一切法故大經云法身亦非般若亦非解脫亦非此之三法舉一即三三即是一非縱非横同居一念二十法下觀千法皆有三諦以其千法皆因緣生故趣舉一性相叵得故空緣起宛然故假性絶待對故中一法旣然千法皆爾學者須知千種三諦只一三諦說千不散說一不合以圓融故千法各得三諦全分蓋由三諦體是三德名祕密藏一切諸法不出此藏此藏全體徧入諸法如世眞金具燦爛色具轉變能具不改性若成師子則全以色等作

頭作尾作乎胷背四足牙瓜衆毛豈有一處不具色等三邪此三豈可暫分隔邪得此喻意則於千種三諦不起合散一多之計也況今千法且總略言廣則三千一一三諦故荆溪云三千即空性了因三千即假性緣因三千即中性正因心法既爾衆生三千諸佛三千同一祕藏是故一一皆具三諦此等法門同居一念二此即下結即不次第觀者不思議境境即是觀若境自是境更起觀智來照此境此乃別修非性德行故止觀十乘是觀別相三千空假中是觀總體以此爲妙境以此爲發心以此安其心以此能徧破以此通塞著以此調道品以此合助道就此論次位以此忍他緣以此離似愛此外無行此外無果以將果理爲妙行故故示千種三諦之後

便云此即不次第觀也二華嚴下按經委示二初引經示觀二初明心造一切十種世間皆住真法真法無礙故十互融融故百界千法具足此之理具已有造義由理造故方有事造故一言心造即二造也二若觀下觀一切皆三理事二造各論一切略則千法廣則三千若觀心空理事三千無不空也觀心假中理事三千無不假中既三千空空即三觀三皆能破故總言空觀三千假假即三觀以皆立故故總言假觀三千中中即三觀皆絶待故故總言中此乃三德三諦三千故也二如是下結法歸心二若能下指修是佛二初廣引經文二初引證齊佛三初約大經觀緣得佛十如即是十二因緣今觀即性故見三千即空假中名上上智初心修此即名得佛

二引淨名觀身等佛觀境雖異實相豈殊故得觀自身心等彼果佛三引華嚴心佛無差如前委說二若作下約經歎觀二初歎正觀餘觀望此皆悉偏邪迦葉未聞已前皆是邪見二即開下歎是佛開示悟入佛之知見今家四釋一圓四位住行向地二圓四智謂道慧即畢竟空二道種慧不思議假三一切智雙遮中道四一切種智雙照中道三圓四門即不思議空門有門雙非雙亦也四圓四觀即三觀皆空三觀皆假即三而一即一而三皆如次對開示悟入四位豎論餘三橫辯故知開等通淺通深座室衣三皆稱如來者以用果法爲行故也位雖高下境觀無殊是故四儀皆應起塔二如此下結成佛法非今所明難越九界三明普門二初開章二隨釋二

初通途明門二初列二釋六初略列門名三初列門下通約喻顯二凡鄙下別就法示二初世間二初示諸門外唯世間故至惑苦惑即集也愛著三界常樂我淨故言四倒見惑雖多不出有無及以一異各執四句二善惡下束歸生死二若就下佛法門二初示四教通之能所通眞含中鈍入化城見空眞也利達常住見中眞也二此則下明四種有乎教觀大本立云若於一教以四句詮理即是四門四四合爲十六門若以行爲門者禀教修觀因思得入即以行爲門藉教發眞則以教爲門若初聞教如快馬見鞭影即入正路者不須修觀如依電光即得見道不更須教並是往昔善根習熟今於教門得道名信行於觀門得道名法行三能通下廣指大本二二

示下示門相四初三藏俗既實有不即眞諦故於俗諦明四種門以通於理假人叵得四門是同但就五陰分別四相實法無常是有門觀三假浮虛是空門觀二門俱用從容而修是兩亦門觀離空有相絶言而修是雙非門觀隨成一觀皆得會眞二通教二諦相即四門不諍或觀幻有或觀幻空或雙存觀或雙泯觀但隨根性依一門修皆得入道三別教言觀佛性者信分別心是本覺性體是三諦根鈍不知性具九故致令三諦體不融即隨禀一門而修觀法禀有門者觀本覺性是眞善妙有如瓶盆等爲闇覆故不能顯現佛藏十喻皆此門意禀空門者觀於本覺是畢竟空無相可得由我執者不得覩見如迦毘羅城空者此城本是釋尊生處爲瑠璃王之所破滅釋種既盡城邑蕩然阿難愁惱世尊怡悦因阿難問故佛答言汝見迦毘羅有我見迦毘羅城空大涅槃空亦復如是禀雙亦門者觀本覺性不定有無如石中金福人見故亦有罪人不見故亦無有無雙照可以證入禀雙非門者觀本覺性不可有無而思說也絶念而觀方可妙悟圓教者眞善妙有及畢竟空雙遮雙照名豈異前但以別人不知三諦體是三德不縱不橫一一互具以此三諦而爲四門失此意故隨門各解各有四之四今圓得旨乃於彼四融即而觀故得名爲不四之四雖立行位皆不思議三次論下明權實偏眞爲權中道爲實前之二教能詮能觀共十六門所詮所證但在偏眞故皆是權別教教道能詮能觀皆次故權見所詮理及

所證地同圓故實圓教教觀能詮所詮能行所到始終俱圓故皆是實四次明下明普不普二初凡漸不普二圓門是普二初約法直示三千之法即空假中乃以所通而爲能通門外無理能所泯亡此之妙門普義成就二復次下引經委釋二初衆經圓門二初別示四門三初約二經一往屬空二初引淨名不專引文已含釋義彼經文云善意菩薩云生死涅槃爲二若見生死性則無生死無縛無解不然不滅如是解者是爲入不二法門彼疏釋云生死是縛是然涅槃是解是滅爲二今觀生死性本來常寂本自不縛何所論脫又亦不然豈應是滅既無然滅不復有二是爲入不二門問經疏但以中道之一不於縛解然滅之二今文何故更加非一答所言中者體絶待對若定是一必須待二善談中必忘中也故末陀摩經正詮中道而以忘中名爲中道故自注云末者莫義陀摩者中義即莫著中道也又復今文以彼善意所談不二建立圓空釋普門義若於三諦蕩之不盡非畢竟空豈成普邪故知四依深諦中義破用自由不可執文難於妙解二何以下釋經義二初據本經釋若眞不二必不存一亦名不有不無者圓教中道也此中能破藏通二教單俗單眞故云不有破假不無破空又破別教複俗單眞故云不有破二不無破一蓋前三教各以二諦爲縛解故圓中能具三種二諦具故融即乃以融即破於不融令成不二若爾下明能融亦蕩雖曰圓中存則成待二大經下例涅槃釋淨名生死與涅槃不二

大經無明與明不二二遣一亡兩經義合旣其二邊與中俱蕩名畢竟空此乃約空明普門也二三十下尋淨名門門具四二初舉一品諸門三十一菩薩妙德淨名若說若默無非實相當體爲門若就現文增勝而說可以分對空等四門及以第五不可說藏皆名不二無非普門二細尋下示圓義各四大師妙解盡理而窮見一一門具四門義如向所引生死涅槃二旣即中中亦即二中即生死名妙有門中即涅槃名妙空門二即中道中必遮照雙照是第三門雙遮即第四門雖於一門約義開四此四皆悉攝法徧周俱得名普餘三十門旣皆融二而歸不二各四宛然文殊以言顯於無言淨名以默彰於無說蓋示三諦體是祕藏本絕言詮旣示三諦豈非四門復由向者三十一菩薩皆從無說顯示四門門門妙絕不可言思得意之機隨其所聞忘言而證其失意者猶謂有說莫契無生故二大士以言以默顯乎四門離言說相則使彼彼四門之機各於其門忘言趣理須了無說被四門機其功最大故諸菩薩雖各興言不談一字淨名杜口廣說四門是則說時常默默時常說若不爾者何故備舉三十三門而言皆有四門義邪非旋總持莫窮斯旨細尋之說其致甚深三肇師下就諸經分文對四三十三門門門具四義雖成就文且幽深欲使咸知故就顯文示四門相肇注淨名經云諸菩薩歷言法相文殊言於無言山家準肇判屬二門思益一切即邪即正邪是俗有正是眞空華嚴遊心徧入法界豈非妙有即

達如空豈非妙空故此二經皆雙亦門也復取淨名杜於言說顯於諸法皆非二邊示第四門其文甚顯此則諸經據圓實理開乎四門深而復廣皆是普門二大品下通明普門大品法華三句明門雖不別屬四門之數而徧攝法皆是普門四十二字字字皆具三種般若非縱非橫而高而廣故能互攝諸字功德智門一門皆通實理難入狹小其義相成難入故狹狹故難入四十餘年調機方說此門甚妙非七方便能解能入斯乃至廣而受狹名三衆經下結門名普此經開權永異諸部顯示實理與昔圓同故與衆經同明普門四隨觀心並在大本第八辯體中明謂隨彼根機種種差別赴欲赴宜赴治赴悟故四門異說也觀心者若以教爲門即於四門隨門得悟不須修觀名信行人若聞而不悟應須修觀名法行人四教四門各有十觀學者尋之二別釋普門二初標二至理下釋六初明中適二列十章三上通下辯異通十雙通釋既以十隻釋觀音人即以十隻釋普門法故云通途巳約法竟今之十門於二嚴中就福德論因果自他莊嚴法身然是性德之行還嚴於性能所本亡即非莊嚴莊嚴也四分別相五總生起七初慈悲菩提之心非小智能發心由曠濟之念而興無上之心二誓願通釋慈悲即是誓願不分兩門今明弘誓能制慈悲功力既殊故須別立又復慈悲通語與拔誓依四諦別示要期又慈通凡小誓唯菩薩三修行福德財者即前四度神通力者即禪定之用智謀即般若也四斷惑二初引兩

論二三道修行斷惑及入法門此之三門有開有合若依成論斷即解脫對於無礙只立二道若依毗曇斷證不同對於方便乃成三道二引釋下依釋論用三道菩薩有斷故行無礙佛果無斷故行解脫既分因果不可合明故用毗曇三道爲次故今列章第三修行即方便道第四斷惑即無礙道五入法門即解脫道五神通從初至五乃是自行從因至果今論化他不出三密第六神通即當身密第七方便即是意密第八說法即是口密六供佛以法供養結於自行七度生言入諸法門者以中道實智入二諦權門化度衆生同歸中道六隨章釋二初標二始從下釋三初且約十義釋普門十初慈悲二初約次第三慈通釋二初就人標列凡聖慈悲三種攝盡大經十四梵行品云慈有三種一緣衆生二緣於法三者無緣衆生緣者緣一切衆生如父母親想法緣者見一切法皆從緣生無緣者不住法相及衆生相大論二十亦云慈有三種文意與涅槃大同又論第五明悲亦有衆生等三輔行云將三慈悲以對三諦義甚顯了

觀音玄義記卷第三

音釋

碩常隻切大也　貿鴿貿莫候切易也鴿古沓切鳩屬也　筋舉欣切骨絡也　髻吉詣切綰髮也　赫奕赫呼格切奕夷益切赫奕盛也　階級階居諧切陛也級居立刀次第也　鑄朱戍切鎔金入範也　鍛鍊鍛都玩切鍊郎甸切鍛鍊陶鑄也　逗大透切相投合也　祛丘於切開散也　燦爛燦倉按切爛郎旰切燦爛光貌

觀音玄義記卷第四

宋四明沙門知禮述

二若緣下約法簡判二初簡生法不周次第生法二種慈悲藏通二教及別住行若衆生緣亦兼凡外二有所緣何得名普二若無下別無緣方普別教十向圓教初心修此慈悲至入地住乃能分證猶如明鑑不動而形磁石無念而吸此之慈悲方得名普二別釋下約圓頓三慈別釋三慈一念不縱不橫故大經云慈若有無非有非無名如來慈有即生緣無即法緣雙非即無緣佛心圓具令修佛慈故一一慈皆不思議文分三初衆生緣慈二初總示二初一心緣一界非普二今觀下一心緣十界是普二初觀衆生三初法對下法緣畢竟空眞故令衆生是難思俗眞實俗假故曰假名非獨人我稱爲假名十界性一舉一即十故成百界各有相性體力作因緣果報本末究竟等故有千種豈唯已千生佛各千皆冥在性二喻三合凡夫一心具而不識圓聖法眼一念徧知二知此下起慈悲圓聞名字學佛慈悲即於一念觀百界生善惡因緣苦樂本末而起慈悲與拔之想也大本十如四類解釋一四趣二人天三二乘四菩薩佛若分苦樂者應以四趣爲苦人天等爲樂或六凡爲苦四聖爲樂或九界爲苦佛界爲樂二今約下委釋二初明觀法二初指初後兩界獄是苦之尤佛是樂之極二地獄下明一念千法二初明地獄具餘九界二初直明地獄十法二初明十法十初性二相三體大本通取摧折色心爲體今取覺苦故的指

心四乃至下力堪任刀火長劫不絶五作旣堪受苦必任作惡六因三業動作成惡習因七緣假藉諸惡我及我所一切具度助成習業八果因習婬欲業旣成就果於苦具見是欲境如本染愛九報習果在心境隨心變報因旣滿即受燒然十本末大本乃以初相後報而爲本末則修性皆爾今欲彰於理事不二故以修性而爲本末全修在性全性成修方得名爲究竟等也二地獄下例九界若非十法不成一界二問當下明具九界十法二初約佛法難具問界有法分云何互具佛法離染頓出凡聖云何地獄具兹十法二答大下明凡心即佛答二初正明地獄具佛十法十初佛性仙豫大王欲化外道十二年中供養五百婆羅門衆後令歸信大乘方等其不歸信乃謗言無仙豫聞謗乃殺五百五百墮獄即生三念一念此是何處乃知地獄二念從何處來乃知人道三念何因墮獄知謗方等因兹悔過便生佛國終獲佛身此乃仙豫知地獄人有佛性故殺之令墮三念中發婆藪過去殺生祭天因墮地獄於獄教化九十億人從地獄出至方等會佛言婆者好也藪者高也好高之人豈墮地獄又言婆者剛也藪者柔也剛柔之人豈墮地獄斯是大權示現惡相顯於地獄有佛性矣二佛相三佛體上品惡心即中道故四佛力性具大用即八自在五佛作此云從無住本立一切法者欲明順修是佛界作也九界因果皆違本立唯佛因果順本而作以本覺性元離住著即無住本若不順本無住而作則非佛界因緣果

報此是妙修此修起時豁然能絕七種方便智行之作故喻師子筋絃彈絕百獸筋絃師子之乳點化百獸之乳須知地獄之心本具佛界修性之性如大本中以相性體爲佛性三力作以去是佛界修此之修性凡心皆具得此作意則了諸修皆順性起六因者即是順修所顯之理故曰正因七緣者即是順修能資智行故曰緣了而言性德者以地獄心本具故也八果九報即前緣了所尅二果地獄之心無不具也十佛本末究竟等約修性相在釋與前地獄不異二大經下以佛界況餘界十法雪山者極惡心地也妙藥毒草者初後二界也佛法超勝地獄尚具豈不能具餘八界邪二地獄下餘九皆即十界地獄具九已如上說九界各各具餘九界可以意得

二菩薩下起慈悲二初約十界解釋三初深觀善惡境三初法菩薩修慈只於一念徧觀十界修得善惡皆即性具以性照修盡善惡際二如見下喻二以觀下廣運與拔心觀於九界七法因緣及以所生二死果報皆即性德故起大悲欲拔其苦觀於佛界七法因緣及以所生二德果報皆即性德故起大慈欲與其樂問性德善惡及以苦樂皆是法門不生不滅今何與拔答斯之妙談不可輕議以三菩薩觀於苦樂但謂修成故存與拔之功莫運無緣之力是故慈悲俱不名普今知所生苦樂及以能生因緣皆是性德故拔一切苦不損毫釐與一切樂不增微末方得慈悲廣普塵劫忘勞此衆生緣與其無緣無二無別三此十下結成慈悲普二問地下就地獄

料簡二初約重苦妨樂問二約乘機代苦答二初答衆下乘機示因以第三念憶知先罪必有悔心大聖承機現身說法或密警發令起善心即樂因也或即得樂如婆羅門或後得樂如婆藪所化二又菩下代苦與樂請觀音云或遊戲地獄大悲代受苦二法緣慈者前衆生緣若緣六界但生死俗不得名普圓觀十界二乘即眞菩薩是俗佛是中諦既在一念即非次第況復互融而成百界彌顯一假一切假也此衆生緣安得不普今明法緣即於此境而觀於空二乘空俗菩薩空眞佛空二諦既約百界即一空一切空名畢竟空具足言之三千即空名今法緣安得不普初明觀境三初深觀性空三初觀千法空十界必百性相有千觀此皆空畢竟無相二十法下觀三千空上之千法於假於實及於依報即成三千三無我下觀二取空無能觀我無我所觀無智無得離二取相二如幻下舉喻本空不但俗幻眞中亦幻方是圓家法緣之喻三常寂下引證圓空三千蕩相即是今教終歸於空二衆生下起慈悲三初正示慈悲二初明所與拔相生死涅槃本無二相以不覺故唯苦無樂二拔其下明能與拔法即以三諦如幻慈悲拔與十界如幻苦樂二淨名下引證眞實說三諦空慈即眞實三若緣下結成圓普可解三無緣慈者中觀之別名也中則絶待有緣非中間慈悲須對衆生苦樂若其無緣何能與拔答大乘所說同體慈悲心佛衆生三無差別圓名字位學即心佛慈度即心衆生衆生既同體苦樂元性具故無

能緣所緣亦無可拔可與如此慈悲盡未來際拔一切苦與究竟樂圓談不獨無緣若此生法亦然何者生緣假名三諦俱假法緣空寂三諦俱空無緣即中三諦絕待三慈皆照圓融三諦豈可二慈非同體邪但隨宜樂故立三門宜取門者故說生緣宜捨門者故說法緣宜不取不捨門者故說無緣釋此爲二初約三觀示慈悲二初明修相二初約雙遮明觀法若緣六界假名此假定假即有所緣既緣十界假不定假故緣即不緣若緣六界如幻此空定空即有所緣既緣十界空不定空緣即無緣故云不緣十界性相不緣十界之真即邊是中故遮二邊既是即邊復何中道中邊絕跡不可思議強謂無緣二如是下約雙照辯慈悲三初法心無所寄自在雙照無拔偏拔拔一切苦不與偏與與究竟樂二如磁下喻不教喻無緣相應喻與拔三無緣下合二行者下明入位二初約位辯有證應知理性具三慈悲全性起修成三觀智雖則六位無緣不殊必在證悟方彰與拔二不動下引喻顯無緣明鏡如慈體現像即與樂磁石如悲能吸鐵即拔苦二三諦下約三諦明普門三諦名普即是能通復云通至中道者約證爲所通也又即一而三爲能通即三而一爲所通所通絕待強名中道耳二誓願普

二

初釋名二弘誓下明義二初通明誓相三初明四誓功用二初通明誓成慈悲苦集二諦苦因果也道滅二諦樂因果也二若見下別明誓之與拔四初願度苦果二若見下願解

集因三清淨下願安淨道四滅煩下願得涅槃二生死下明四誓銓次二初通示因果前後拔苦二願約知難易易必居前與樂二願先修後證而爲次也二大經下别證由道獲滅鑽摇喻道品漿喻有漏善酪等四味喻四教滅道品不調失方便善況四滅果不云酪及熟酥者文略三明四誓總要二初明四諦依一心世出世間二種因果事類非一原其總要不出自心何者集是四心苦是三受道是定慧滅是證智豈非四諦皆是一心邪二以四諦例四弘二次明下明普不普二初大師約偏圓揀二初偏誓不普三初凡夫厭下等者即六行觀也謂厭下苦麤障攀上勝妙出故四無量約此與拔虚僞淺狹何普之有二二乘者須兼兩教也不言菩薩者與拔分齊只在界内故斥二乘見彼不普三别教以次第故初心不普二若圓下圓誓能普三初一念圓照明普意十界苦集四教道滅即於一念圓頓而觀二偏知下四諦徧知明普相四初集普三初知凡夫集攝大乘師稱有爲緣集體是見愛也二二乘下知二乘集三初示集名攝大乘師稱無爲緣集體是無明也二淨名證不染生死而染涅槃結習者結使之餘習也以小教中未說聲聞别惑正使且寄通惑餘習言之三大經證二乘道品以大望之是邪非正三乃至下知圓集住前似愛住上真愛亦是等者即無爲緣集通至等覺也若攝大乘師立四種緣集前二集上更加自體及以法界今家正意但立二種以自體法界不殊無爲悉是障中無明故也若約無

爲分出二種是亦無失即以第十地爲自體等覺爲法界廣如淨名䟽記二徧知苦下苦普以因對果知之不謬三徧知對下道普二初徧知徧道不普人天例立道滅之名道不動惑滅不出界有名無義三教道滅雖能動出普義不成二圓教下知圓教中道普三千皆中即名實相不動而運方曰大乘以此爲因故稱普道四故所下滅普三千實相究竟顯處名爲圓滅劫火譬中智遺爐喻無明三所觀下依諦徧周起普誓二私用下章安用修性判菩薩起誓欲斷十界衆生之惡欲生十界衆生之善觀此善惡若但修成不知性具者此誓不普何以故修必次第或少或多那得普耶觀此善惡是性具者此誓乃普何以故性既圓融事必徧攝如別教人不知性九故十唯十圓知性九故十即百豈唯界界徧攝亦復性相互收故得一如而收十界以如收界以界收如一一無邊重重莫盡此之界如不出善惡誓斷此惡何惡不斷誓生此善何善不生故知觀性誓願方普章安私簡以師之義成師之説令前徧圓顯然可見故云語異不言義別逭者迭也以性十界與圓四諦迭相顯映也三修行普指行妙者彼約大經五行明次不次且次第五行者一聖行謂戒定慧二梵行謂慈悲喜捨此二皆是地前修因行也三天行謂初地已上證第一義天天然之理由理成行故名天行四嬰兒行謂示同三乘七方便人所修之行也五病行謂示爲九道之身現有三障之相此二皆是從果起應之行也不次第五行者即大經云

復有一行名如來行所謂大乘大般涅槃大乘是圓因涅槃是圓果今文雖示次第意在不次以如來行是修行普四斷惑普二初明二觀斷不普藏通三乘及别住行皆二觀攝十向圓修屬後中觀二若空下明中觀斷方普圓人初心體於見思即是中道正破無明名拔根本根本既動枝葉先摧觀障即德名翻大地既觀中道二觀自成三觀圓修無惑不破故得名普五入法門普二初明偏小不普修不稱性證乃階差我唯知等者華嚴善財尋善知識歷百一十城所見知識皆云我唯知此一法門新經至第五十見彌勒第五十三見文殊普賢則不復云唯知一法故知即是前漸後頓二若入下約圓頓名普三初法大經明二十五王三昧破二十五有顯於我性三昧者此云調直定而言王者妙玄云空假調直不得爲王所以二乘入空菩薩出假不名法王中道調直故得稱王二喻三合三諦之下理定之外各有種種助道禪定名爲眷屬六神通普神通有六謂天眼天耳他心宿命身如意漏盡皆名神通者瓔珞云神名天心通名慧性天然之慧徹照無礙故名神通今文略舉天眼以例餘五初明天眼二初偏教非普大羅漢見大千者準大論第五云大羅漢少用心見二千界大用心見三千大千世界辟支佛亦爾今言見百佛土者大部文句亦云支佛見百佛世界不以風輪爲礙亦無已他界隔前同羅漢人屬三藏此必在通菩薩見河沙佛土者正唯别教義兼於通應知此等天眼見土皆約同居淨穢言之

以有餘土體質是一故二今圓下圓教是普緣十法界等者圓真天眼具足五眼見六道即肉天二眼見二乘即慧眼見菩薩即法眼見佛界即佛眼若爾與佛眼何别答淨名疏云見十法界麤細之色名真天眼見三諦無二名爲佛眼二眼見下例餘五神通妙中明二乘依背捨勝處一切處修十四變化發得神通六度菩薩因禪得五坐道場時得六通教菩薩因禪得五依體法慧得六别教地前依襌得五登地發六圓教不因事禪而發乃是中道之真自有神通任運而發又云三輪不思議化七方便普二初簡通取别毗曇三道方便道伏無礙道斷解脱道證今以無礙而爲道中進行伏惑名前方便於解脱位觀機授法皆後方便二若二下明普不普三初

小教不普小菩薩者藏通二教也不云别者以今正明道後方便别證同圓故不言也二圓教名普二諦爲方便者圓人雖乃三諦頓觀中須是實二諦爲權故二名方便應知三諦是性三因而緣了屬修故三互融離縱横過不同别教三皆在性互不相收是故真則三諦俱破俗則三諦俱立既破既立方便義成收得一切方便者此之破立何所不收若人若天若小若大所有智慧爲俱破攝人等福善爲俱立收以此破立資發中三不破不立故一念圓觀具性具修含權含實思議不絶莫造其門入中道已雙照等者道前自行既以二諦資發於中道後利他亦復如是照真則以真身益物照俗則以應身赴機故神變二字有通有别通則二身皆有神變别則

眞運神靈拔三障苦應能變現與三德樂皆以三千而爲神變故云徧十法界雙照用增雙遮體顯於其法身何損之有圓人始末方便既然故皆名普八說法普二初小教不普此亦指前二教以今說法是別圓分證位中化他之用也二圓教名普一音者即八十好中一音能報衆聲殊方異類莫不獲益起信云圓音一演異類等解九供養普二初標列二華嚴下隨釋二初釋事供分證三千事之本也十方六塵理之用也上獻佛者表因趣果二理解下釋理供二初正釋萬行熏智名爲供佛智具三故名爲一切此智即是十方三世諸佛正體復名一切二淨名下引證食即三諦能發三智理佛事佛咸資咸供十成就普二初舉普不普喻二初舉螢等二舉日

光卉木叢林總舉三草二木花果成就略喻十番利益二外道下明普不普法二初明凡小通別二今圓下明圓聖慈慧三初正明二華嚴下引證因乃稱性發心果則隨機徧益三譬如下重喻此則今經一地一雨衆生謂異聖意無偏二普門下明普門義無量二初明淨名三號難受彼經云諸佛之法悉皆同等是故名爲三藐三佛陀名爲多陀阿伽度名爲佛馱阿難若我廣說此三句義汝以劫壽不能盡受正使三千大千世界滿中衆生皆如阿難多聞第一得念總持此諸人等以劫之壽亦不能受淨名之儔者彼經儔類諸大乘經所稱三號悉應難受二今此下明今題三義同彼今之觀字同彼第三佛馱之號此云覺者故世音同彼第二多陀阿伽度之

號此云如來以令世音即如如境故普門同彼第一三藐三佛陀之號此云正徧知一實相開十門故此之三義若廣說者劫壽莫受三章安就品證十義大章第二釋體二初略示令品體二初示令體靈智者始覺也法身者本覺也同是一覺何所論合但爲本迷覺成不覺圓名字位尋名覺本功非伏斷合義未成五品頓伏得名觀合六根似合分眞證合令觀世音鄰極之合全本爲始實非二體以有不覺故約伏斷而論於合本覺執持生始覺解故名爲法自然集聚三千妙德故名爲身始覺元明故名爲靈令能斷證故名爲智本始不二是所詮體二若餘下異他經二初以三二對辯餘經明三身者金光明經立化身應身法身又云如來遊於無量甚深法性如來是應能遊是報法性是法此經跡門云唯佛與佛乃能究盡諸法實相五佛即應能究是報實相是法本門云如來如實知見三界之相非如非異等如來即應如實知見是報非如非異是法淨名有解脫名不思議是法住是解脫即報能以須彌入芥子中是應大品三般若亦是三身此等衆經皆可三身對體宗用此品但有二身義者名觀世音即眞身義普門示現即應身義眞是內證之智應是外化之身若此諸經即當宗用雖無體文而有體義以智不孤立必合法身豈有蓋無函有光無鑑是則諸經三身故可別以法身爲體此品二身即須法報合而爲體二只此下明理智不二二初約出纏明不二前云靈智合法身者非二物合只此靈智體是

法身以本覺不覺是故在纏名如來藏本覺自覺是故出纏名大法身今既出纏驗智即理二今知下約一物喻不二性德本具權實之相七方便人非性德智是故不知同體權實今之靈智既知權實驗理智不二理智二名只名一體其猶一物人若在右物則成左人若在左物則成右左右名異物未始殊故二智與理名異體一二若明下廣指大本釋三明宗四初正明今品宗二初略指體章既明智合法身斯是出纏之體也此體廣有自在之應此應對於冥顯兩機收一品文罄無不盡故以感應爲此品宗二十界下示相二初示機應相上出纏之體是寂照之知十機若扣即寂之照遂蒙眞智冥拔衆苦十機若扣即照之寂乃蒙應像顯與諸樂寂照不二只是一知與拔雖殊豈須動念致有前後者即二問答說有前後非益時也二益文下二示宗要義七難三毒二求得脫三十三身十九說法得度此之文義喻如網目若牽感應之網目無不動斯爲宗要誰謂不然二餘經下與他經辯異二初示他用因果本部明一乘因果淨名明佛國因果觀經明心觀金光明指果德雖單複不同而不出因果斯是衆經明宗之相二今品下就此明去取二初去因果通義言不爾者明今品宗不用因果也何者若以義推誰無因果從凡至聖能感所感此義通漫非的今宗但經意不至此者出不用因果之意蓋由經文不談觀音自行修證故也以如來答得名之由但云即時觀其音聲尚不明觀音聲觀法豈有觀成入位之

相若佛頂首楞嚴經云昔觀世音佛教我從聞思修入三摩地初於聞中入流亡所所入既寂動靜二相了然不生如是漸增聞所聞盡盡聞不住覺所覺空空覺極圓空所空滅生滅既滅寂滅現前忽然超越世出世間十方圓明獲二殊勝一者上合十方諸佛本妙覺心與諸如來同一慈力二者下合十方一切六道衆生與諸衆生同一悲仰乃至同慈力故能現應身同悲仰故能施無畏又大悲心陀羅尼經云昔千光王靜住如來爲我說此廣大圓滿無礙大悲心陀羅尼以金色手摩我頂上作如是言汝當持此心呪普爲惡世一切衆生作大利樂我於是時始住初地一聞此呪故超第八地乃至身生千手千眼等若今大部跡本二門廣明如來修因證果及諸經中明佛因果文皆可見此品不然故云文意似不至此也二機家下取感應扶文以前答中冥應顯機具詮三業稱名常念及禮拜等文有因也免七種難離三毒根文有果也至後答中顯應冥機是故不說三業現因而感諸身說皆云得度蓋隨淺深悉能到岸此有果文也此因果文以感往收有何所漏聖雖無下文雖不示觀音修證而具談冥顯濟物無窮以應往收更無所失問前釋名章通論十雙慈悲福慧屬因眞應智斷在果至別釋中解人則圓觀初終釋法則十普始末至今明宗何故乃云聖無因果答通別釋名明觀世音及以普門既是等覺無上人法道理須明發心立行從因至果乃取一代教中所詮修證法相解釋人法此乃義推合有

因果也今明宗要理須扶文豈可却取他經因果邪須知今言聖無因果乃是文無不妨釋名義求自有是故今云文不至此應知今宗不取因果特用感應略有三意一者經既不談所證之理故讓靈智合法身爲體既冥理屬體故攝物爲宗二者經不談聖自修證相若用因果則不扶文三者一品始終唯詮冥顯兩應對冥顯二機若用感應宗要善成三感應下指大本四問若下雜料揀顯相共十一番問答分五初四番約機揀四初善惡俱感明微義二初問若言等者即大本釋名中云機是微義故易云機者動之微吉之先現衆生有將生之善此善微微將動而得爲機今以善例惡亦有將生微動之義可得爲機否答然者許亦是機聖心圓照善惡不遺善微將生念欲與樂惡微將生念欲拔苦二性善冥伏明生義二初問不知性善有可生義故興此問二答冥伏未現故須聖應是善性故得將生三善惡慈悲相關義二初問若善已成不須關聖若關聖應微善成著惡關聖應亦微惡成著邪二答聖豈成就衆生之惡但以善性法爾關慈應則善成得樂惡關悲應惡滅離苦同體故關非條然也四感應相稱釋宜義二初問聖智鑑機宜用何法邪將釋感云機宜邪二答宜必相宜何局於應底蓋之喻不在一邊二一番約應簡二初約二身無應問二約二身俱應答法身聚集無量法門能應衆生種種觀智應身聚集無量神變能應衆生種種見聞三三番相對簡三初明感應非一異二初問二答不一故感應

不異故相關二明感應非虛實二初問二答云云者義應例上既非一異亦非虛實然雙非虛實及非一異須得其意心佛衆生三無差別理本無差差約事用三千理同故不異迷悟事異故不一悟故佛法爲應迷故心生是感理本一故非實事暫異故非虛故不二門云幻機幻感幻應幻赴故地住前異相仍存眞位分分同佛體用至于究竟感應既亡復何論於一異虛實三以他下明感應難思議二初叙他問答二初疑凡聖隔異非感應剋論感應其體各別雖互立能所而凡聖定分所感是聖必非能感所應是凡定非能應感應分隔何名道交二答能所存没故道交二初互論能所先立所感所應不實何者所感非凡故不實所應非聖故不實次立能應能感不實何者良以還將所感爲能應所感既不實故能應不實又將所應爲能感所應既不實故能感不實二既不實二亦非異二不異下各論存没既無實無異何名感應道交故以互存互没而立不異而異以由所感而爲能應所應爲能感故感應不異而令聖邊没於所感目爲能應凡邊没於所應目爲能感故成而異就於而異故有感應就其不異故得道交斯是古師情解感應及道交義二私難下章安破立二初難他義不成二初難立義不成二初明存没不成雖以能所互論存没究其體狀只於聖邊没其凡感復於凡邊没於聖應以其聖没能應不得凡没能感不得若爾感應求殊那言不異二又感下明不異不成大意同前二又難下以四性結

過感能應所自屬於機感所應能自屬於應故是自性次之二句雖涉感應義不相由還屬自性次有四句皆從彼生故屬他性第三不獨由自不獨由他須二合生乃屬共性若離自他屬無因性二問若下明今能妙契二初離四句無感應以問二答聖下用四悉立因緣而答大聖圓證三千理事同在一心故心平等一一皆了即空假中故心無住聖既用此平等無住爲能應法故不住著所應機感但隨十界樂欲便宜破惡入理四機扣之即以世界爲人對治第一義四種之法任運而應此之感應豈可以其自他共離而思議邪又復衆生於自生感應有四益者亦可説言自感自應若於三種有四益者亦可説言由感生應由應生感共能生感共能生應離二有感離二有應皆可得説既無四執隨機説四故諸經論談於感應不出此四也四問妄執下一番約機簡二初疑妄執之善非機二答妄執是惡能感五問妄執下二番相對揀二初示妙應隨情所爲二初問二答二問凡下示至聖拔邪歸正二初問二答四慈悲利物用二初標問感應慈悲爲同爲異若其同者那得分對宗用二章若其異者請陳其義答法相開合製立多途今文既以般若法身合之爲體乃於解脱分出宗用雖是一德而有二能感應則通語關宜慈悲則別明與拔若論感應不説慈悲則似仁王降世而無治理之功今明感應則收經義盡故立爲宗次示慈悲則利物義足故立爲用開一爲二其意略爾二二智下釋二初正論冥顯二初

略辯二初對二智辯用二初問妙經之用斷
權疑生實信正當二智那指慈悲二答二智
之用通亘一部具智慈悲今品別用二他釋
下就二身明益二初叙他局解二今明下明
今正義二初法二初明二身皆常間二初明
二身皆常法以寂照爲常應以不休爲常二
若言下明二身皆間二故知下明二益無二
別二譬如下喻二此中下指廣大本明二十
五王三昧破二十五有顯眞常我性通有四
意一出諸有過患二明本法功德三結行成
三昧四慈悲破有觀音自行已破諸有惑業
過患功德三昧皆已成就正以慈悲令他破
有故知今用即第四意也二問觀下兼辯本
跡三初明本跡難知二初問二答二如觀下
明因果異說二初引二經猶在因二若觀下

引一經已成果三二文下用悉檀和會二初
問二乃是下釋或說已成或說未成蓋順機
緣令獲利益勿求其實第五明教相二初定
文相二初泛明部黨二今所下的示所傳二
初示妙經一品二而別下明別行之由二此
品下明教相二初同本經醍醐相二初明品
意通於開權顯實者且舉跡門亦應更云開
跡顯本此乃以方便品訖分別功德品十九
行偈俱爲正宗以十九行偈後俱爲流通本
跡二門也二圓人下明教味圓法即本跡二
門所詮之法也圓教即本跡二門能詮之教
也二問文下覈今品施開義三初覈成施權
相二初約方便乖圓問二答就下約爲實施
權答二初約實人施權答圓聖偏說爲引漸
機豈佛說小令佛是小就能說人判屬圓教

二又付下約權能通實答深信解者即囑累云信如來智慧者若不信者即七方便人二又問下叢成開權相二初約機同鹿苑難說人雖圓稟人通小且如鹿苑佛豈不圓只就稟人判屬三藏今豈不然二約部開權跡答阿含小部未開權跡遂令教味隨機屬小今經開顯即權是實即跡是本雖說小法爲通圓經豈同鹿苑邪三問上下叢成妙用相二初約捨用相乖問二約體用難思答正宗廢權立實故言捨流通爲實施權故須用顯實體後而論權用斯是今經祕妙方便

觀音玄義記卷第四

音釋

婆藪梵語也此華切 慧數思葯也 燼徐刃切 火餘也 迭徒結切 更也

叢胡云天 實切

四念處

隋天台山修禪寺智者大師說

清刻龍藏佛說法變相圖

四念處卷第一

隋天台山修禪寺智者大師說

門人章安灌頂記

一切諸法皆不可思議不可思想圖度不可言語商略何以故言語道斷故不可議心行處滅故不可思大經云生生不可說生不生不可說不生生不可說不生不生不可說既不可說亦不可思大品云色不可說乃至識不可說眼不可說乃至意不可說色不可說乃至法不可說眼界不可說乃至法界不可說當知五陰十二入十八界皆不可說此指俗諦不可說也四念處不可說乃至根力覺道皆不可說須陀洹不可說乃至阿羅漢亦不可說此指眞諦不可說佛十力不可說四無畏十八不共三十二相八十種好等皆不

可說此指中道第一義諦不可說也大論云實法不顛倒念想觀已除言語法皆滅無量衆罪除清淨心常一如是尊妙人則能見般若此總指三諦不可思說也法華云諸法寂滅相不可以言宣又云是法非思量分别之所能解當知不可以心思口議亦不可以無心口思議不可以有無不可以非有非無非方非數非法非諭寂然無爲群經之極說衆聖之誠言深深若此明明若彼境智雙冥能所俱寂淨名諸菩薩以言言於無言文殊以無言言於無言淨名不以言不以無言默然無言文殊歎曰眞入不二法門當知玄妙玄妙不可思議復不可思議但可冥悟不可以彰辯問若不可說不可說何故言滿龍宮若不可思不可思何故雪山深思此義答佛常樂寂而哀於蒙欲訥於言而敏於行慈悲權巧指畫虛空撝方示月作種種說或作生生說或作生不生說或作不生生說或作不生不生說若作生生說時又非一種或作有說或作無說或作亦有亦無說或作非有非無說引諸根性從四方門入清涼池聞悅善生惡亡理顯得四利益餘三句亦如是欲令此義明了更引諸經大經名諸佛法界佛即果人法界即果法於無果中而作果說大品云諸法實相慧名摩訶般若此慧有能度所度今取能度名般若於無因中而作因說大集云菩薩觀一切法平等衆生性同涅槃性若觀平等即因也同涅槃即果也此約亦因亦果說也華嚴云遊心法界如虛空則知諸佛之境界遊心即因佛境界即果如前說法華

云是法不可示言辭相寂滅此即非因非果說也法門甚衆廣說令智退略則義不周我今處中說方則四句略則因果聞而修行名之爲因與法相應名之爲果約果更修故言因因從因又得果故言果果若初若後究竟寂滅故言非因非果初生生四門亦作因果四說乃至不生不生亦作四門門門亦作因果之說一一說中悅種種衆生立種種善根治種種罪垢從於種種入第一義故初中後重說無咎說即是教禀教修觀以修觀故名修四念處此義廣可思之元佛出世爲一大事因緣開發衆生諸覺實藏譬如日出先照高山先喜先利先治先益大經云若欲盛貯先用完淨若欲耕墾先種肥良若欲乘御先駕調壯若欲教詔先教孝明斯皆積習深厚煩惱障薄先聞雷震先沐甘雨先出籠樊先獲正觀皆由往昔數數勤修今世道成最初四益其未度者更設方便而塗慰之隱其無量神德以貧所樂法趣波羅柰便有涅槃音法僧差別名則是從頓次漸而調熟之今從此義粗爲四說說即是教依教修觀即是四種四念處所爲生生四念處乃至不生不生四念處亦名三藏通別圓四念處若三藏四念處更爲三大意五停四念所言三者其義有八謂理教智斷行位因果理三者聲聞謂理在正使外緣覺謂理在習氣外菩薩謂理在正習外三人出三種外方乃見理故言理三也教三者聲聞禀四諦緣覺禀十二緣菩薩禀六度聲聞修總相智緣覺修別相智菩薩修總別智聲聞斷正緣覺斷習菩薩斷正

習聲聞爲自修戒定慧緣覺爲自修獨善寂菩薩爲衆生修六度五通聲聞住學無學緣覺住無學菩薩三僧祇登道場聲聞帶果行因緣覺望果行因菩薩伏惑行因聲聞斷正如燒木爲炭緣覺斷習如燒木爲灰菩薩正習盡如燒木無灰炭具此八三故言三也藏者謂修多羅藏毗尼藏阿毗曇藏修多羅藏謂四阿含增一阿含說人天因果長阿含破邪見雜阿含明諸禪法中阿含明諸深義具如彼云云毗尼藏明持犯輕重如律藏中說阿毗曇藏名無比分別無比分別云云大經云此是契經甚深之義此是戒律輕重之義此是阿毗曇分別法句皆佛自釋三藏名也今不具論然佛臨涅槃阿難心没憂海阿㝹樓馱語云汝持佛法人應問將來事云何啼哭阿難即醒悟乃問四事佛皆具答今出其二比丘當依四念處行道依波羅提木叉住木叉有二一舊二客舊又二一邪二正正謂十善邪謂鷄狗牛馬等云云定有二一舊二客舊又二一正二邪正謂三四十二邪謂邪禪鬼定等云云慧有二一舊二客舊又二一正二邪正謂識因識果邪謂撥無因果三種舊邪墮三惡道佛棄而不用三種舊正昇三善道佛會而取之更說三種客法客戒者謂三歸五戒二百五十等客定者謂九想八背等客慧者謂四諦智也佛之遺囑以戒爲師師訓七支弟子奉行莫令汙染仁讓貞信和雅貞正戰戰兢兢動靜和諧故言以戒爲師也依木叉住者木叉名保得解脫若依木叉住者保脫世間熱惱所謂居家逼迫牢獄熱惱妻子杻

檔繫縛熱惱財業產貨怨賊熱惱王難逼迫水火熱惱若依木叉保脫如此熱惱也又復住者未來住安樂之處也若能住戒者不耐惡聲惟欣善法未來保住四天王住處也若住戒者則是供養三寶供養父母未來保住三十三天也若住戒者能發麤住保得住於炎摩天住處也若住戒者能發細住保住兜率陀天若持戒者能得欲界定保住自在天若住戒者能發未來禪保住他化自在天若持戒者能發四禪四空保得住於色無色界諸天住處也是名依波羅提木叉住也依念處行道者若無念處慧一切行法皆非佛法非行道人皆空剃頭如放牧者空著染衣如木頭旛雖執鉢錫如病人乞具雖讀誦經書如盲人誦賦雖復禮拜如碓上下雖復坐禪如樹木葉雖復興造媒衒客作種樹貿易沈淪生死蠶螢自縛無解脫期捨身命財但得名施非波羅蜜雖復持戒不免鷄狗雖復精進精進無繡媚雖復坐禪如彼株杌雖復知解狂顛智慧常在此岸不到彼岸不降愛見不破取相不得入道品非賢聖位不成四枯樹非波羅蜜何以故無念慧故以念慧能破邪顯正大經云舊醫乳藥其實是毒如蟲食木偶成字耳是蟲不知是字非字更有新醫從遠方來曉八種術謂四枯四榮以新四枯破其舊乳法華亦云大火從四面起即斯例也執倒略有三種一一切智六師故六臣白王我師是一切智王若見者罪垢消滅此執世性也大論云得宿命智見八萬劫事過是已不復能知但見初受胎身中陰之識而自

思惟此識不應無因緣憶想分別有法名世性非五情所知極微細故於世性冥初生覺覺卽中陰識從覺生我從我生五塵謂色聲香味觸從聲塵生空大從聲觸生風大從色觸生火大從色聲觸味生水大從色聲觸味香生地大從空生耳根從風生身根從火生眼根從水生舌根從地生鼻根如是漸漸從細至麤還從麤至細譬如泥丸中具有缾盆等性缾盆等破還爲泥都無所失世性是常無所從來此僧佉所執也復有執微塵微塵常不可破至微細故但待罪福因緣因緣和合故有身若天人地獄等以父毋故罪福盡則散壞復有執自然爲世界始貧富貴賤非願行所得復有人言天主是世界主始造吉凶滅時還天攝取復有人言世世受苦樂盡自到邊譬如山上投縷丸盡自止受罪福命歸於盡是諸邪外皆於禪定知見不從他聞亦不從韋陀中聞執此明利故云是事實餘妄語卽此意也復計自在天復計父毋等皆是一切智之執也二者神通六師修得五通停河在耳十二年變釋爲羊千根在體毗富羅城變爲鹵土等是也三者韋陀六師解星文地理十八大經知吉凶等是也雖知世性無神通是小知世性通是次知三種備足是大六師阿毗曇中明三種念處謂性共緣對破此三外道有人釋性念處謂觀無生淺名爲生深細觀無生見細法皆生死苦諦名性念處有人專用慧數緣無生空理發眞斷結得慧解脫羅漢對破邪因緣無因緣顚倒執性一切智外道也共念處者以禪定助道正

助合修亦名事理共觀發得無漏三明六通八解成俱解脫羅漢對破根本愛慢得五通外道也緣念處者緣佛三藏十二部文言及一切世間名字所緣處廣非如支佛出無佛世不稟聲教但作神通以悅衆生不能說法緣念處人了達根性善知四辯堪集法藏成無疑大羅漢對破世間韋陀星文地理文字鄙狹當知邪正眞僞猶金比鐵螢日跡海故大經云於諸想中無常爲最於諸耕中秋耕爲最於諸跡中象跡爲最無常譬性耕譬神通跡譬文字也經云諸優婆塞善解諸法對治之門所謂常無常等故知心行理外未入正眞破邪之義可解二明五停心者謂數息不淨慈心界方便因緣觀也停名停住行人聞生滅四諦發心觀苦諦欲出生死爲煩惱風摇動慧燈照境不了爲除此障修五停心息門有數隨觀等不淨門有九想八背等慈心界方便十二因緣皆如禪門中廣說今不委論此五停門復有五意謂對轉不轉兼亦對亦轉亦不轉亦兼對者數息對覺觀不淨對貪欲慈心對瞋恚方便對我因緣對癡對治若成煩惱不起又發禪定禪定持心安隱出入故云五停心也心旣調定乃可習觀若對治未益更須用後四種治之行者善用四隨巧修五治煩惱不能障觀心停住即入初賢位具如禪門廣說問此中何不用念佛停心答作五度門則不用作六度門即須用因緣對等分念佛對逼迫障云云問停心得住名初賢者今人數息或得不淨或二三四五是爲賢不答若以愛見心修禪乃至非想尚非

初賢況數息不淨乃發淺法而名爲賢耶經說多修福德名爲愚多修智慧名爲狂豈可以狂愚爲賢舊云隣聖爲賢此語大高今言善直曰賢應作四句一隨愛見破戒亂心此非直非善如無目無足不能入清涼池二持戒修禪而生邪見此善而不直亦不名賢如有足無目亦不能入清涼池三信心正見而破戒心亂此直而不善亦非是賢如有目無足不能入清涼池四信解正智得佛教意持戒清淨修安般不淨等觀心得停住名直名善有目有足能入清涼池是四初賢善直義成也問云何名得佛教意答中論云佛去世後像法中人人根轉鈍深著諸法求十二因緣五陰十二入十八界等決定相但著文字此不知佛意佛意者生生不可說有因緣故作生生說令物離生死得涅槃若著文字與毀諍競則三界火猛不得佛意非賢人也云云

三釋四念處四者數也念者觀慧也處者境也數有開合若迷心不迷色則數爲五陰若迷色不迷心則數爲十二入若俱迷者則數爲十八界如毗婆沙也云云今言四者人於五陰起四倒於色多起淨倒於受多起樂倒於想行多起我倒於心多起常倒舉四倒故言四也若相生次第應言識受想行色若麤細次第者應言色行想受識今從語便故言身受心法文從起倒多如前說然三藏要意正猒生死欣入涅槃須信解正因緣三世二世一世十二因緣因緣支是四諦無明行愛取有是集諦五果是苦諦知苦斷集是道諦無集苦是滅諦識此無明老死破外人邪無因

緣生一切法種種顛倒不隨虚想邪僻深信正因緣也二眞正發心者驚覺無常之火燒諸世間一心求出刹那不懈莫念名利如聾在圍跳透求脱似犢失毋惆惶鳴呼修習禪慧如救頭然云云三巧修定慧出世之行欲界亂心如風中燈是故依静求定若定無慧如闇中無所見巧修二法如二手互相揩摩亦如乘馬亦愛亦策善用四隨信法兩行八句得所云云四破法遍者觀因緣生滅破一切愛見戲論諸法徧知一一愛見中有四諦十二因緣六波羅蜜以其藥去病除云云五善知通塞者知一切愛見之法皆有道滅之理名通悉有苦集名爲塞六善修道品者於諸見動而修念處若別若總乃至三解脱門云云七善修助道即是五停心共念緣念六番觀禪謂八念九想十想八背捨八勝處十一切處等也八善知次位者善識七賢位不叨濫增上慢成慚愧有羞僧内外明照善識邪正佛法非佛法破諸邪外也九安忍强輭兩賊外則眷屬惡名穢稱若不忍者則爲所壞内忍種種證得諸禪著則生愛爲輭賊所壞境界逼迫是强賊也十順道法愛不生發外凡内凡種種順道善法心不愛著也是爲要意云云末代求聲聞人知此十法分明不著文字戲論内有智性求於聖道猒患三界修五停心入初賢位即是善知佛教發種種諸禪境或有增益觸或有增病觸或有二十種壞禪觸或有十種成禪覺行者因得心故得欲界定或得對治心在静中功德法門起即便觀之觀之略爲十一陰界入境乃至第十菩薩境自

有行人或次第或不次第或是善是邪今作十雙料簡一次第不次第乃至第十三障四魔次第者如上不次第者不如上別有所出云云問大乘生死即涅槃得有理即乃至六即之義三藏亦得作六即不答欲作亦得三乘同有偏真之理是理即三藏中習學名相語言是名字即五停心別相總相念處是觀行即四善根是相似即苦忍真明至第九無礙道是分真即至佛三十四心斷煩惱及習是究竟即云云已知三藏要意須識三人念處不同先明聲聞別四念處後說總四念處別者身受心法也云何觀身一切色法名之爲身內身外身內外身已名內身眷屬及他名外身若已若他名內外身此三種色皆從前世不淨業生前世不畏生死不猒繫縛不欣解脫不尚涅槃於四聖諦了無願樂種顛倒業業縛於識將入母胎則有五種不淨謂生處種子相性究竟生處者女人之體是不淨聚蟲膿穢惡合集成立筋纏血塗皮裹其上如彼土壁假以泥治虛莊粉墡經十月日二藏間夾窄隘如獄釋論云此身非蓮華亦不由栴檀糞穢所長養但從尿道出云云種子不淨者攬於遺體赤白二渧於中而住是識隨母氣息是爲受身最初種子不淨也相不淨者頭等六分從首至足純是穢物譬如死狗盡海水洗洗死屍盡唯餘一塵一塵亦臭猶如糞穢多少俱臭從頭至足皆不淨相也性不淨者根本從穢業生託於穢物長養其性自是不可改變身中有三十六物內有十二名性不淨外有十二名相不淨中有十二通於

相性云云究竟不淨者業盡報終捐棄塚間如朽敗木大小不淨盈流於外體生諸蟲唼食其肉狐狼鵄鷲啄裂其外尚不可眼見耳聞況鼻齅耽湎故毗曇偈云是身不淨相眞實性常其始終麤細過患若此而言淨者是大顚倒如狂如醉如癡小兒捉糞唼噉是何可恥云云受念處者領納名受有内受外受内外受緣内名内受緣外名外受緣内外名内外受又意根受名内受五根受名外受六根受名内外受於一根有順受違受不違不順受於順生樂受於違生苦受於不違不順生不苦不樂受於六根即有十八受根塵能所合三十六受約三世有百八受諸受皆苦樂受是壞苦苦受是苦苦不樂不苦受是行苦諸受麤細無不是苦如食有毒食消則苦樂受壞則苦如搔疥初美後苦樂受壞苦亦復如是餘兩苦可知云云心念處者若依麤細應先法念處今依說便明心念處心者心王與乎木石心例上有内心外心内外心心王不住體性流動若麤若細若内若外皆悉無常無奢無促今日雖存明亦難保一比丘不保七日乃至不保一日佛訶皆懈怠一比丘言出息不保入息佛言善哉剎那促時無常老死至近是一期無常佛法欲滅是轉變無常山水溜斷石光若不及時後悔無益云云法念處者法名軌則有善法惡法無記法人皆約法計我我能行善行惡行無記若於心王計我已屬心念處攝若於心數計我從九心數一切善數惡數通大地數並屬行陰法念處攝此等法中求我決不可得龜毛兔角但有名

字實不可得若善法是我惡法應無我若惡法有我善法應無我又惡法是我何容爲惡自害若無記是我者無記不能起業但名因等起因此無記起善起惡善惡業尚非我因等起何得是我當知皆無有我但是行陰故經云起唯法起滅唯法滅但是陰法起滅無人無我衆生壽命雖有法起亦是顛倒顛倒者即是身邊二見名爲汙穢五陰無記亦是汙穢五陰無記緣報法起故皆無我也雖心王心數同時俱起用有强弱若心强屬心念處若數强屬法念處釋論云覺觀雖同時覺時觀不明了觀時覺不明了故分覺觀之異今心念法念逐其强弱亦復如是如是善惡等法求我不可得故名法念處也說別相念處竟總相念處者緣一境總爲四觀此中應四句料簡謂境觀俱別境觀俱總境別觀總觀別境總初是別觀四念處後三句是總四念處也略說如此夫一切衆生生死流轉皆由顛倒顛倒縱横如猪嗜糞肉肥內飽外油祖父之鎧云斯甚惑矣似魚吞鉤如蛾赴火以苦捨苦斯甚惑矣掣電野馬水泡石火以無常爲常斯甚惑矣兔角龜毛黄門子石女兒無人謂有人無物謂有物斯惑甚矣今以念處智慧破之知身受心法是知苦不起倒惑是知集猒苦息集是修道苦集寂然是知滅大經云我昔與汝等不見四眞諦是故久流轉生死大苦海若能見四諦即得斷生死生有既已盡更不受諸有中論云能觀身破二十種身見得須陀洹觀身是知苦身見不起是無集破二十種身見是有得道得須陀

洹是證滅經論彔同當知念處之慧有大利益云云共念處觀者大論云觀身爲首因緣生道若有漏若無漏受心法念處亦如是道從因緣生即是共義觀身爲首共三四十二即是有漏生也共八背八勝十一切處即是共無漏生也南嶽師云九想八背諸對治助開三脫門故名共念處也經云亦當念空法修心觀不淨即此意也云云毗曇有門觀生空名爲空法修心不淨從不壞內外色以不淨心觀之名初背捨若內外色增廣一村乃至多村一禽獸乃至一切飛鳥走獸悉皆不淨是名大不淨若內無色相以不淨心觀外色入二背捨乃至八背捨八勝一切處九次第師子奮迅超越欲界初禪皆不淨破淨顛倒以事助道故名共念處發真之時理慧成就事定具足三明六通俱解脫羅漢堪可結集法藏破神通外道有人弘經云非禪不慧從五停禪生四念處發聞慧也若非慧不禪者此從四念處生四如意足也私謂此禪又慧共修證共修念處應便也緣念處者大論云一切色法名身一入及十入少分既是色色屬身也六受爲受六識爲心想行兩陰及無爲法名法通一切境界皆名緣念處觀有人言十二因緣境慈悲皆緣名緣念處南嶽師云教所詮一切入界事理名義言語音辭因果體用觀達無礙能生四辯於一切色心無所礙成無疑解脫羅漢破韋陀外道齊此約愛使爲觀意次破見惑明三種念處者大論云真空人亦破一切法邪見人亦破一切法云何有異答邪見有三種一破因不破果二因

果俱破三破因果又破一切法瞋處生瞋愛處生愛癡處生癡是爲邪見眞空人破諸法瞋愛癡處不生以此爲異云有人破空有兩門云道非有無畢竟不可説今問空有是斷常者此則瞋處生瞋同彼外道畢竟不可説者此則亦愛處生愛過同邪見又是自然計耳經言於諸見不動而修三十七品此應作四句動修不動修亦動亦不動修非動非不動修四句對四門皆動修是析法道品四句皆不動修是體法道品若論見者四句皆見云何棄兩云是斷常取一句言是清淨若論修道品四句皆得修云何言一句是修道兩句非修道若識四句皆是身邊五陰身邊五陰即有集既識若集即可修於道品若不識四句身邊戒取邪疑者不知若集即是愚癡

與長瓜何異大品云色若麤若細若常無常乃至非常非無常是見皆依色起若起我見若麤若細若常若無常乃至非常非無常是見皆依色起即是身見受心法亦如是常見有三假一假有四句三假十二句四假則有四十八句能所合九十六句受心法一一皆有九十六句觀性念既爾共念緣念亦如是若阿毗曇人善識見有中六因四緣因緣無性無常生滅四諦可得道能破六十二見若成論見空善識見空中四緣三假四諦能破六十二見見有見空俱得道即是於諸見不動而修三十七品成四枯念處若不識者只是有見空見都未入賢況於聖位設極修善只得人天若復爲惡三途是宅佛法無分當知四念處觀邪正分門若得四念處一切法

正若不得者一切法邪今時行人不識此意悲痛奚言若值衆師廣聽多論無能了者尚不成四枯豈得四榮可悲轉深云總四念處者有人言共念處即總相念處今謂不爾應作四句分别前已説今更叙一境别觀别二境别而觀總三境總而觀别四觀總境亦總境觀别者正是别相性念處次境别觀總觀别境總此二是總相四念處之方便四境觀俱總是總相四念處若作一身念處觀或總二陰乃至總五陰是名境觀俱總也受心法念處亦復如是總相緣念處總共相念處亦如是類之可解若解前方便者入總相念處修總相正勤如意根力覺道類前可解總相法深細爲異耳若安隱八正道中行能觀四諦生煖法故大論云八正道中行得善有漏五陰名爲煖法當知有方便者即得三十七品也問八正七覺是修道今何得四念處中説耶答薩婆多云八正在前七覺在後決定是無漏若七覺在前八正在後通有漏無漏也此三賢人並名乾慧地未證善有漏五陰相似之理定水未霑名乾既有觀行能伏諸見故名爲慧住持生善法名之爲地故名乾慧地亦名外凡位云次明支佛觀者佛者此間名覺覺有二種有獨覺緣覺俱有小大小者在人中生是時無佛自能得須陀洹七生又滿不受八生自性成道是人不名爲佛亦非羅漢論其道力不如舍利弗而諸大羅漢呼此爲小辟支迦羅大者於二百劫行行三多倍隆智慧又强得三十二相或三十一相或三十二十九乃至一相於九種羅漢勝於

總相別相能知能入久修習空常樂獨處是名大辟支迦羅皆歷三種因緣十種十二因緣分別大小若聞因緣修性念處觀十二因緣善根淳熟因於遠離自然獨覺成小迦羅若修共念處緣念處事理善根淳熟獨覺自悟具足三明八解六通成大迦羅若聞生滅十二因緣即發四辯在聲聞數中故經云爲求辟支佛者說應十二因緣法法華云若人有福曾供養佛志求勝法爲說緣覺也次論十二因緣觀者初從愛支爲首一推尋二觀破推尋者是人聞正因緣生滅之法信解分明知一切屬愛煩惱皆是十二因緣觀之入空息心達本源求自然慧樂獨善寂修五停心得諸禪定於定中知屬愛煩惱即是無明逆順推尋見十二因緣推此貪愛因何而生即知此貪因愛而生受因何生即知因觸觸因六入六入因名色名色因識識因行行因無明無明因過去一切煩惱又順推此愛能生取取生有有生未來二十五有生死因生有老憂悲苦聚輪迴無際若因停心入深禪定如是逆尋或見歌羅邏初受身乃至見過去身起業煩惱時乃至二生十生百生千萬無量世界順推尋取有若因禪定之力或見未來一生乃至十生百千無量生若見過去未來事其心悲喜道心精進轉復增盛二觀破屬愛十二因緣者即是性念處歷別觀十二緣也性念處如前說觀愛即是汙穢五陰性四念處若觀受觸六入名色即是果報無記五陰性四念處若觀無明即過去汙穢煩惱五陰性四念處若觀於取即是汙穢煩惱

五陰性四念處若觀於有即善不善五陰性四念處若觀未來生死即果報生死無記性四念處是名逆順觀察破四顛倒顛倒滅是無明滅一切煩惱行乃至老死憂悲苦滅是名用性念處歷别觀愛煩惱十二緣觀也二明破屬見十二緣又二一推尋二觀破尋者若見神及世間常無常亦常亦無常非常非無常是則現在生身邊四見因此身邊四見生十四難六十二見此身邊四見即四取逆順尋此四取因四愛四愛因四受四受因四觸四觸因四入四入因四名色四名色因四識四識因四行四行因四無明復順尋四取四取生四有四有生一切二十五有生死憂悲苦聚若深識見惑過去未來生事如前說云云二明性念處觀破四取身邊四見如是次第乃至無明破過去如去不如去亦如去亦不如去非如去非不如去身邊二見汙穢五陰也又順觀四取乃至未來生老死破有邊無邊亦有邊亦無邊非有邊非無邊身邊二見汙穢五陰能如是用性念處破三世身邊二見四見即破十四難六十二見一切屬見煩惱一時皆滅則無明滅乃至老死滅屬見煩惱既滅即還用前觀愛十二因緣性念處觀破欲愛色無色愛三界煩惱道業道名有餘涅槃若苦道滅即是無餘涅槃是名性念處智慧觀十二因緣入涅槃也經云十二因緣其義甚深難解難知佛說涅槃時有外道名富那問云何令我知神及世間常乃至非常非無常佛答汝能畢故不造新即能知神及世間常無常乃至非常非無常梵志悟解

求索出家爲佛弟子又中論明聲聞經入第一義並約觀十二因緣破六十二見入第一義若深得此意不止破外道若佛弟子學問坐禪發種種見取諍論起煩惱作二十五有生死業皆是屬見煩惱十二因緣若覺知者能用性念處檢校即得解脱其迷此者流轉生死無有邊際故中論云眞法及説者聽衆難得故如是則生死非有邊非無邊共念處緣念處觀十二因緣類前可知問宿世自然能悟何須佛説答聞説疾得不説未悟譬如果熟雖自應落急摇即墮問支佛何不制果答聲聞鈍故制果支佛利久習智慧不須制果譬如二人共行身羸須止息處身强者直到故不制果復次總相斷結智慧麤故但除正使名聲聞若别相智慧細侵習氣名支佛

復次聲聞鈍先觀苦諦緣覺利故先觀集問聲聞亦别相爲麤總相故爲勝今那得總相故爲麤别相爲勝答若前四諦中明别相是麤今歷别十二因緣故别爲勝也復次聲聞禪定力淺天眼但見小千支佛久植定力深天眼過三千見他方世界問支佛乘何故無方便道答支佛根利未值佛巳悟道何須前方便入道耶問支佛自悟得道共戒更須受戒不答若發無作未必更受若爾小羅漢沙彌應不受戒耶答受者和僧耳今三藏有門緣覺觀十二緣破屬愛見觀門不具足説之若行者自善思之餘三門例可見三明菩薩異凡聖異聖則四弘誓願異凡行六度行也二乘斷煩惱證眞菩薩不斷惑不入眞故異聖人也凡夫任煩惱流菩薩降煩惱伏生死

作佛事故與凡夫異也於檀中修性念處觀不與二乘斷煩惱證眞同亦不與凡夫隨生死流轉同伏煩惱住下忍中修檀學一切世智調熟衆生若人爲貪應墮地獄菩薩於念處行檀破貪蔽令脫地獄若衆生破戒應墮地獄菩薩修尸令脫地獄若衆生多瞋應墮地獄菩薩修羼破之令脫地獄若衆生多怠應墮地獄菩薩行毗離耶破之令脫地獄若衆生亂想應墮地獄菩薩修禪破之自行教他讚歎行者行法等上四下一皆如是菩薩修念處觀乃至行般若波羅蜜破一切衆生愛煩惱貪著果報作二十五有業受生死苦果菩薩修三種念處破六蔽屬愛二十五有因即是拔苦令修三種念處即是道是名與樂修性念處成四波羅蜜修共念處成禪波羅蜜修緣念處成般若波羅蜜前四度修性力弱不成更修共念處成破愛也又修性念處故爲成大悲拔苦修共念處爲成大慈與樂修緣念處爲雙成兩誓願也第二破屬見煩惱若衆生謂此貪心有無乃至非有非無菩薩爾時修念處行檀破有見中三假無見中三假乃至非有非無中三假自他共無因四十八句若有衆生謂此破戒心有無乃至非有非無菩薩修性念處行尸破有見乃至非有非無見中三假衆生謂此瞋心有無乃至非有非無菩薩修性念處行忍破之若衆生謂懈怠心有無乃至非有非無菩薩行進破之若衆生謂亂心有無乃至非有非無菩薩修禪破之有無三假乃至非有非無四十八句破之若謂癡心有無乃至非有非無

行般若破之從有無乃至四十八句破之無生淳熟然後三十四心斷結成道轉三藏法輪入涅槃此應四門毗曇是有門成論是空門昆勒是亦有亦無門那陀迦旃延是非有非無門二門不度大論標名指之俱舍論破拔和弗多羅部中明非空非有正解此義大論引毗婆沙菩薩品行因證果成論無文若論師破數人見有不得道言見空得道若作此語亙是亙非通論兩見見有只是常見見無只是斷見斷常二見豈不相破故龍樹云若不得般若方便入毗曇墮有中若入無墮空中皆不得道若不用四悉檀對緣不同或用世界入理故云見有得道也大論云色若麤若細總而觀之無常無我即發眞得生空有門入道也麤是事觀細是理觀但得生不

得法者如經云當起法想但有五陰空法用爲人悉檀破有顯空菩薩隨根機有益者宜聞有門得道今宜聞空門入道是故破有明空故兩菩薩作二論伸三藏中空有二門前後雖異得道是同故云斷見之人說一念斷常見之人說異念斷斷結雖異得道是一三假入生空五陰空是平等空爲二聖行生空是假名空法空是實法空是老死誰老死二俱邪見是聲聞經中說生法二空相是老死生空誰老死是法空是三藏中辯四緣三假入空而有門終是鈍只得生空於拙度中空門是利故得法空共念處緣念處亦如是示知大意細作可解但無菩薩義唯明二十七賢聖位若作四句此是一周說法於三藏教中四門修生滅四聖諦四念處竟問何不先

說大乘四念處答經中具二義日照高山則先大若初至鹿苑則先小今先說小其意有十一爲用故如淨名爲國王長者說無常苦空等云云二爲破故無砧寧得運槌如淨名破十弟子云云三爲攝故如淨名室內說身有苦而不樂於涅槃云云四爲會故如大品會宗明諸法皆是摩訶衍云云五爲開故如法華決了聲聞法是諸經之王大經云爲諸聲聞開發慧眼云云六爲學者識外邪內曲不爲邪曲所誤云云七爲聲聞人破曲知其失佛方便聞末世僻說知其壞亂半滿如有人言毗曇見有得道成論見空得道道非有空見有空那得道若從此師之說佛小乘教有無二門便是無用若無用者中論那云欲聞聲聞法中入第一義如後兩品說箇師翳佛四枯之教今爲申之云云八末世禪人內證空解同末括尼揵破戒行惡食糞裸形謂是大乘同戒取尼揵壞亂佛法方便道今雙申之九爲學者令識內外孟浪之說孟浪之行精明枯榮法門云云十爲令學者內證之時懸別邪曲門戶小大碩異取捨得宜不謬持瓦礫謂琉璃珠爲此十意須說四枯觀也私記者雜録聲聞念處苦諦爲首緣覺集諦爲首菩薩道諦爲首通菩薩滅諦爲首別菩薩界外道諦爲首圓菩薩界外滅諦爲首又聲聞總相觀緣覺別相觀菩薩總別雙觀通別界內外次第觀圓界內外圓觀又聲聞因成假觀爲首緣覺相續假爲首菩薩相待假爲首問道品六度何者爲正答大經云一地至十地名智慧莊嚴六度波羅蜜名福德莊嚴法華明五品一念

隨喜爲正兼行六度爲助道淨名道品善知識六度爲等侶凡三經皆以六度爲助道大論云三十七品爲正道三解脫助開門乃至不淨助破貪勝處助緣中不自在十一切處助緣中不廣普無量心助福德並助開門法問道品是有漏是無漏答大論對位各有差降或有漏無漏云云成論明念處不退數人明煖法退爲闡提頂退爲五逆成論明念處伏惑成假名空數人但是聞慧今明若通說從初至後皆是道品逐勝分品節級受名云云大論云初從師受前用念持名念處四種精進名正勤四種定生名如意足五善根生名五根五煩惱破名五力分別道用名七覺安隱道中行名八正道此乃勝者受名皆通念處位只是有漏耳故論云八正道中行初得善有漏五陰名爲煖法若不許四念處通至八道亦不得八道通四念處故婆沙云若八正在七覺前決定是無漏若八正在七覺後亦有漏亦無漏此通修語耳若八正是見道位判在前七覺在後是證道位云云

四念處卷第一

音釋

擨吁爲切手指麾也 衒熒絹切衒賣也 杌五忽切木無枝也 墡時闡切白土也 渧丁歷切與滴同 唼子答切與唧同 鵄處脂切與鴟同 孱鋤山鋤連二切 羼楚限切

四念處卷第二

隋天台山修禪寺智者大師說

門人章安灌頂記

分章為三大意停心念處大意者前性共緣只見生滅之理發真斷結乃至極果猶是四枯拙度今無生四聖諦即事而真麤細等觀皆如幻化四榮巧度大經云聲聞有苦有苦諦菩薩解苦無苦而有真諦大品云欲得聲聞欲得緣覺欲得菩薩皆當學般若故名通教四念處也通義有八謂理教智斷行位因果理通者同緣即色是空故教通者同禀無生之說故智通者諸法不生般若生故斷通者須陀洹若斷同是無生法忍故行通者同乘摩訶衍乘故位通者同是乾慧地乃至佛地故因通者同學般若波羅蜜故果通者同到薩婆若故三人八義不殊故名通也復次通有三義一因果皆通二因通果不通三通別通圓因果俱通者如上八通說近通偏真四枯拙度因通果不通者乃是別果來接通因得見佛性成四榮雙樹通別通圓者別圓因果皆與通異藉通開導得入別圓因成非枯非榮雙樹之果也若通因果正是小大半滿分門亦是析體拙巧聲聞藏菩薩藏羊鹿異路何者三藏未斷惑猶是凡夫住下忍位伏見思惑以誓願乘五通住生死化衆生二乘斷正使拙度保涅槃不能前進故從比分門若三人同以無言說道斷煩惱者是滿字摩訶衍門多所含容即開為三一通二別三圓體諸法如幻化不生不滅不斷而斷三人通位從乾慧性地為伏道見地至七地斷正

盡緣覺根利能侵習位齊八地若菩薩斷正盡留習扶誓受生死化衆生八地九地斷塵沙無知學道種智此即通教通三乘人意也若通別者初因通門得入十住斷界内惑盡十行斷界外塵沙學道種智十迴向學中道十地破無明見佛性是爲通於別意也通圓意者初因通門入十信斷界内惑任運自盡登住見佛性斷無明十行十迴向並斷別惑此通圓意也故知大乘斷伏永異小乘如習應中有菩薩從初發心與薩婆若相應是聲聞一切智通通教意若菩薩從初發心遊戲神通淨佛國土成就衆生者通別意也若從初發心即坐道場轉法輪度衆生是菩薩爲如佛通圓意故大論舉三人諭謂步馬神通馬雖勝步不及神通一念即至譬圓教力大

不妨餘也又大論明燈炷云乾慧爲初炎佛地爲後炎此即通家名乾慧非斷道而爲初炎者乃是論主申含容引外人作此解乃以相似燈炷爲初炎耳若言二地是菩薩斷道者此取性地爲斷道至六地與羅漢齊或取八人地是斷道此以三地爲斷道七地齊羅漢而今不取二地三地乃取乾慧者故知是通三人之初以似道爲初炎耳復有人言歡喜爲初炎佛地爲後炎此約别教斷道爲初炎别家初地見常住理斷無明見中道故名歡喜是初炎復有人言初住爲初炎佛地爲後炎是圓教意初住見中性圓斷一品無明故初住爲初炎此是通教通别通圓之義通教四門者大論云一切實一切不實一切亦實亦不實一切非實非不實爲向道人說聞

即得悟皆名第一義悉檀云中論觀法品又作四句證諸法實相三人共得即其例也若幻化有門則通五人四門門門有五人是則二十人三藏雖四多用有門通多用空門别多用亦空亦有門圓多用非空非有門天親雖説别圓多明别階級龍樹雖明幻化影像十諭諭之有不離無無不失有非有非無不思議之理教也問若爾三藏亦有三人同入何不名通通亦有三人之殊何不名别答三藏三人一人不入故不名通通雖三人而皆入但空不得稱别云問通是滿字門而稱通者何故停灰斷耶答譬如朱雀臺門雖通貴庶有停私室者有至府省者有見天顔者如前所釋通通通别通圓此義可知又譬如因心有眠有夢夢諭於空眠諭於假心諭於中

聲聞觀四諦無生如幻如化以入空緣覺觀十二緣無生如幻化以入空菩薩觀六度無生如幻化以入空不深見假中故同住灰斷若能尋夢得眠尋眠得心非但見空亦見不空亦見非空非不空釋大意竟二五停心者名數同前云何有異魚目明珠質同理别曲直體析巧拙料簡已如前大經明果報五陰已受想行識亦是一法凡夫爲苦爲惱二乘緣不淨無常出生死菩薩觀陰即是於真更無别理如薄福者覩金成蛇爲之所害福人見寶得而用之苦諦既然三諦亦爾衆生不知没在於苦造二十五有輪環宛轉無解脱期菩薩爲此而起大悲發弘誓願拔苦與樂雖發誓願所度如度虚空雖誓斷如空共鬪雖安如空種樹雖滅實無得度觀一切無所

有無所有故空空故不生不生故不滅畢竟清淨行者雖作此觀其心浮逸如犬逐塊若欲攝散睡眠昏熟如鼉得暖當知不修停心心不得住雖作此解是直作善如有眼無足不得入池若善用四悉檀修五停心者即得住觀如密室無風照物得了當知阿那波那三世佛入道初門又云亦爲甘露門光明云即開甘露門入處食等云云既信解已當修五停謂阿那波那等云云覺觀多者當觀入息不生出息不滅不生不滅息即是空無能觀所觀皆不可得不可得即眞眞即心停也多貪欲者當觀貪欲非垢無貪欲非淨非垢故不生非淨故不滅不生不滅故即空空即眞眞故心停多瞋恚者當觀於慈慈恚即不生亦不滅不生不滅即是空空即眞眞故心停又觀罵者是誰誰受罵者何等是罵罵者與諸佛等受罵者與畢竟空等罵法與薩婆若等打者受打者打法亦如是一一音聲不能見罵衆多音聲亦不能罵唯當自責過去煩惱多今世瞋恚盛若不能忍心則螫毒生死無畔應當息之令停也著我多者當觀其身如屠牛四分但見四大六種五陰十二入十八界何處有我即破我見五愚癡者對因緣觀三世因緣破斷常二世破果報我一世破性我善用五法治心心則安住得觀無生無生現前即破煩惱有直有善名爲初賢大論云觀行是智慧性何故言三昧答若不定心中修此是顛倒智慧如前說狂愚之人豈是賢聖善直之意也作是修時種種諸境發一陰界入境乃至菩薩境善當識別去取得宜無

生正觀破之一一皆是摩訶衍故乃至二十種壞禪覺十種成禪覺皆須識知故大經云迦羅迦果有九分鎮頭迦果纔有一分城中人不識食之即死行者若明十法即鎮頭迦十法者一善識無生正因緣境如空無相無方維上下心性亦爾二眞正發心三止觀修習四破愛見諸法徧五善識通塞愛見中苦集爲塞滅道爲通六用三十七品調適七修助道開三脫門八善識次位九安忍十順道法愛不生此十法成乘即入菩薩位得三乘道云問何等煩惱障定慧答有人言愛生煩惱障慧散動無知障定復有人言百八煩惱障定性得繩障慧今不爾但隨偏多爲障也問通家若爲明六即答無生理即幻化名字即乾慧地觀行即性地相似即八人已上爲分眞即佛地爲究竟即云云三明四念處者念是無生觀慧處是所觀境先明屬愛煩惱者大品云即色是空非色滅空色性自空空即是色色即是空觀空無色觀色無空能觀智境並不生不滅智即是境境即是智非智滅境智性自境即生無生故名無生非謂無有生名無生觀內身外身內外身一切色法若麤若細皆如幻化即是約身修性念處受心法皆是苦性苦性即空皆如幻化若作共念處者亦當念空法修心觀不淨背捨勝處一切處皆即空是爲共意緣念處者緣佛無生方等十二部經乃至知衆生根性即空云云何修身性念處色若麤若細總而觀之如夢如幻響化此色緣不淨如我此身歌羅邏時父母二滴爲緣業煩惱爲因因緣和合生此

報身九孔常流膿囊涕唾三十六物性相種子究竟不淨貪愛計淨是顛倒見若見不淨即破淨倒中論劫初穀子不生世間現見故劫初穀不滅世間現見故因緣合集名爲生因緣散名爲滅散故不常集故不斷是名世間不常不斷此文正表内種子十二因緣和合不生不滅也問若種子生即從自生若從遺體生即是他性生自種子遺體合即是共生若非種非遺即無因生若從種子生何用遺體若從和合復屬何緣若無父母之他云何得種子之自無自故從誰生汝種子能自生未有父母之他無種子之自若已有種子之自即不從他也問汝過去業與六識心俱不若其事滅業附心識來於現在難六識生滅業亦生滅不爲自生若滅不應附心來若不依阿梨耶識義不成也若從父母生是從他生汝自性尚不能生云何從他生難猶有自性故即有他性能生若無自性父母爲誰作他若自他共能生者汝於自他若能生共可能生俱既不能和合亦不生若能生即有兩過自既不生他亦不生即兩不能生兩法相助成生爲是自爲是他如兩砂無油合亦無油若自他不能生合時亦不能若合能生者並亦應兩砂無油合時應有油若兩合無油當知自他本不能生合亦不能生如一盲不見二盲亦不見若謂非種子非父母生從無因生難無因得果果復應無如無泥而能生缾者亦應從木生等是無因故從因緣生尚不可況無因耶是則因果倒亂罪人獲福云云壞世間法若無世諦即無出世是大邪見人

若四句責生不可得是則無生無生而生是名假生假生非生但有名字是字不生亦不不生是字無所有故自他共無因畢竟不見身生處不可得若無生處亦無滅處生滅不生滅非生滅非不生滅清淨平等正觀觀身細色如隣虛塵即有十方分若有十方分即具四微所成色香味觸色爲自香味爲他即因成假義若從色生即是自性若從香味生即是從他性生合是共生離色離香味是無因生四句檢之生不可得是故說無生無生而說生是名假生是名細色無生如論云若有極微色是則四微所成又云若有極微色即有十方分則不名極微四微成色此即因成假觀此假因成如夢幻細色麤色無生是苦聖諦思益云菩薩知苦無生名苦聖諦此

色身四句因成中檢無生名身念處問此色爲從滅生爲從不滅生爲從滅不滅生離滅不滅生若從不滅生是自生若從滅生則從他生若從滅不滅生是共生離生則無因生論云不自不他不共不無因四句生皆不可得是故說無生無生而說生是名假生色不淨破淨倒又問此色爲待色待無色乃至共離皆不可得是則無生無生而說生是則假生是皆不淨破淨倒是性身念處以智慧性觀屬愛身色生相得慧解脫須陁洹乃至慧解脫阿羅漢若作是觀時未能得道於中生著是愚癡法名無染若染於法乃至涅槃是則染著隨情三種念處如前三藏中說若隨理三種念處即如通中說隨情是事相隨理是無生念處乃至心法亦如是共念處者行

人觀念處修八背捨事中諸禪乃至熏修等如明眼開倉見穀粟種種不淨不同大論明骨想即解十力四無所畏十八不共法等乃至燒想諸論師疑文誤何意從骨想即解十力無所畏耶今師云人不得論意此中爲修共念處又不壞骨人成俱解脫三明六通八解悉皆具足受心法亦如是爲成摩訶衍故非論誤也緣念處者緣佛十二部經四辯說法悉皆無礙教化衆生心緣普徧也四念處四種精進名四正勤四種定名四如意足五善生名爲根破煩惱名爲力分別道用名七覺安隱道中行名八正道次破屬見煩惱觀身如幻化非垢非淨若起見謂淨不淨亦淨亦不淨非淨非不淨是事實餘妄語是見皆依色若謂此淨等過去如去不如去亦如去亦不如去非如去非不如去未來有邊無邊亦有邊亦無邊非有邊非無邊即陰離陰十四難約三世五陰六十二身見是汙穢無記五陰即具三假淨法塵對意根生意識者爲意生爲塵生爲合生爲離生若意生是自生乃至離生是無因即破因成假若意根滅生不滅生亦滅亦不滅生非滅非不滅生皆隨四句則破相續假若待無有識生若待有有識生若待亦有亦無識生若待非有非無而識生皆墮四句則破相待假所破能破例十二是破有見中十四難六十二見不淨無見中亦三假十二句能破亦例十二句亦淨亦不淨亦有亦無見三假十二句破能觀亦十二句例破非淨非不淨非有非無見亦十二句破能觀亦十二句破用性念處觀之破身

念處九十六句破生見不可得成無生身性念處次觀受念處破生見經云受受受不受受亦受亦不受受非受非不受又云行亦不受云何受受不行亦不受云何受不受行不行亦不受云何受亦受亦不受非行非不行亦不受云何受非受非不受受受故是有見是見依受起受不受故是無見是見依受起受亦受亦不受故是亦有亦無見是見依受起受非受非不受故是非有非無見是見依受起是事實餘妄語過去如去不如去乃至非如去非不如去未來有邊無邊乃至非有邊非無邊即陰離陰爲十四難約三世有六十即陰離陰合成六十二有見中三假能所二十四破生見無見中三假能所亦二十四無生見亦有亦無見中三假能所二十四句亦生亦無生非有非無見中三假能所二十四句破非生非無生合成九十六句破生見成無生受性四念處次觀心性四念處觀心常無常乃至非常非無常是見依識起過去如去乃至非如去非不如去未來有邊無邊乃至非有邊非無邊即離爲十四難約三世爲六十即離爲六十二見常見中三假能所二十四句無常見中三假二十四句亦常亦無常見中三假能所二十四句非常非無常見中三假能所二十四句九十六句破生見成無生也法性四念處觀有我無我亦有我亦無我非有我非無我是見皆依法起過去四見未來四見即離爲上四難約三世五陰爲六十二有見中三假能所破有二十四句破後例爾九十六句破我見是名四念處乃

至八正道是破屬見中三十七品故經言我斷一切諸見纏等以智慧刀割斷破裂也若共念處觀九想八背等一切禪亦名得解觀非實觀也三十七品例前受心法亦如是緣念處觀見中有一切佛法無生四諦教理名字句義通達無壅隨衆生根性樂欲便宜對治第一義而爲説法是爲破屬見煩惱中修三種别相四念處觀問何意通教明非苦非樂是三十七品例前受心法亦如是苦果非苦非樂應是樂答此作四句若通論非苦非樂此意通四句不可説有因緣故説非苦非樂結成生滅苦樂是三藏意若非苦非樂結成無苦無樂之苦樂屬通教攝也淨名云迦旃延五義五受陰通達空無所起是苦義結受念處如大品不淨觀即是摩訶衍皆不可得故以是不淨心觀色自念我身未脱是法未免三界生猶應受百千生死故言未脱引廣乘品成身念處觀諸法不生不滅是無常義結成心念處觀於我無我而不二是無我義結成法念處觀若作非常非無常成常非垢非淨結成淨非苦非樂結成樂非我非無我結成我即成别教義常樂我淨斷惑歷别來證也若作非垢非淨雙照垢淨非苦非樂雙照苦樂非常非無常雙照常無常非我非無我雙照我無我結成圓教圓心修習不斷煩惱而入涅槃也於乾慧地中修總相三種四念處如前三藏中分別但有如幻如化體法即空之異耳是爲無生總相四念處但是總相念處修身即空陰入界一切法亦如是是名身念處受心法亦如是觀此位是總相

念處修四正勤如意根力覺道三十七品共緣念處亦如是雖未發煖相似無漏法水而總相觀五陰智慧深利勝別相念處是故名總相念處屬乾慧地外凡也辟支迦羅名目大小如前亦修三種念處十二因緣過去無明只是不淨煩惱五陰諸行只是善惡五陰從識乃至受是果報無記五陰愛取煩惱五陰有是善惡五陰未來生死是果報無記五陰若麤若細總而觀之如幻如化是名性念處因緣覺也共緣念處例前亦有性共緣三種觀三人大小也菩薩發菩提心慈悲誓願觀此身受心法三種念處修性身時觀此身色若無生如幻如化能發煖頂等法成五停心別總四念處名伏忍四善根名柔順忍發眞斷結八人地名無生忍須陁洹名無生法忍果斯陁含名遊戲神通阿那含名離欲清淨阿羅漢名已辦地八名辟支佛地九地名菩薩地十地名佛地性念處觀成破界內見思通惑得一切智與羅漢齊八地修界內道種智破界內塵沙無知是共念處九地已上學一切種智是緣念處十地當知爲如佛佛是通教佛成就四枯莊嚴雙樹故云四念處坐道場斷通惑正習盡見偏眞之理於二諦中觀照純熟是名坐道場般涅槃者即有餘無餘二種涅槃轉法輪者轉通教無生偏眞之法輪令一切衆生同入偏眞法性非中道不空法性故法華云我等同入法性不見佛性二乘俱得此理並有坐道場轉法輪而羅漢不斷習氣只是四枯莊嚴支佛小深侵習亦是四枯菩薩不斷習以誓願力熏行處處

受生調熟衆生學一切智道種智一切種智是名通教佛只是四枯莊嚴雙樹但三藏是拙度觀門既拙解空亦淺如迦旃延五義是通教體假入空觀門既深三藏是事觀爲踈通教理觀爲密三藏附事爲僞通教緣理爲眞比至證得眞時無復爲别異也

四念處卷第二

音釋

驪（鄰知切馬深黑色）　鼉（唐何切魚名）

四念處卷第三

隋天台山修禪寺智者大師說

門人章安灌頂記

開章爲三一大意二五停三念處大意者四句雖略網羅罄盡若絶若說若世出世已如上辯今依不生生而明別也中論名假名即此句也別家四門且指大經云佛性如闇室鉼盆井中七寶有門也衆生佛性猶如虛空畢竟清淨無門也譬如乳中亦有酪性亦無酪性亦有亦無門也佛性非空非有第四門也雖列四門若說若行多用亦有亦無門也問有門可明佛性空門云何有性復濫通家答別教是不但空所以得見佛性通家但空局不但空廣廣局云何相濫衆經諸門列位位數增減華嚴初無十信後無等覺於十住中多明圓義於登地中多明別義若住若地皆說界外行位不語界內云方等前分對縁散說得道而已未論地位至瓔珞總結階級明五十二地前後數整界內亦分明諸般若前分亦對縁散說亦未有階次勝天王但明十地前無三十心後無等覺新金光明無前無後但明十地仁王般若明五十一位無等覺推諸經意如軍師蕩寇竟方叙勳勞定其爵禄所以前散後結問法華是後經那不明位答前明一部之前後法華是一期之後良以瓔珞結諸方等仁王結般若竟法華在後不明次位但決了諸權而入於實涅槃亦不明次位同開佛性入秘密藏但地義深微非聖證不了凡下莫知對縁增減隨機廣略出沒宜爾但順佛語依修多羅不得執此訶彼

各興諍競非法毁人誣佛謗典云南岳師釋大品三處明位初四十二字門初阿後荼皆具一切法判屬圓教四十二位也次明初地修治地業乃至第十修治地業判屬別教位後明乾慧地乃至佛地判屬通教位此深得經意文義朗然然佛一期諸大經門門不同位位數異行人採用各異若論數整須依瓔珞若扶三觀次第須依大品若凡夫得預須依涅槃數整可解扶三觀者欲以道慧具足道種慧當學般若欲以道種慧具足一切智當學般若欲以一切智具足一切種智當學般若欲以一切種智斷煩惱及習當學般若初五方便伏見思從假入空觀十住是道慧斷見思從空入假學道種慧斷塵沙若從假入空破偏假從空入假破偏空至十迴向中學不假不空一切智伏無明登地得一切種智若至等覺一時斷煩惱及習若不明等覺只十地斷煩惱習也是以三觀相扶云若瓔珞明十信十住爲習種性十行爲道種性十迴向爲性種性十地聖種性等覺性妙覺性略則一位廣說五十二位也依涅槃五行十功五味半滿次第相扶始自凡夫得預修學具有別圓界內界外四四諦意菩薩住堪忍地鐵輪位中修生滅四諦十住中修無生四諦十行中修無量四諦十迴向中修相似無作四諦登地見中得一切種智五行十功問藏通云何得入涅槃中修學耶答涅槃扶律而說故名贖命若別圓有法身慧命何須贖命贖命意在藏通灰斷之命令得法身常住也問三藏生滅慧云何贖成常住慧答今涅

槃引藏通中昔日灰斷不明佛性今俱引見佛性當知三慧被決不同先曰若論戒則五支諸戒小乘所無也若論定從八背捨十信中伏通惑住堪忍地教化衆生豈同二乘問何以得知答一以義推可見二以聲聞相異問別教登地猶用界内通名名四依義何意不用界内方便耶答即得用既以通名名斷道何意不得用方便伏道煖等位耶又復佛法名教通用小乘名教在方便中尚用大乘方便道見諦斷道何意不用耶所言別教其義有八謂理教智斷行位因果云云理別者三諦之理理隔不融信而修之從淺至深歷別有異從淺與後別深與前別當體間隔是名理別教別者佛曰先照菩薩二乘聾瘂豈況凡夫瓔珞仁王地論攝論不明界内故凡聖異聞大論明一與聲聞共說二不共說不共說即教別也大經五行不融大品三慧屬三人釋論釋之實是一法爲向人說令易解故三慧爲三如一時說三相此即教別也智別者圓意難顯要假方便然後可見如因作入無作因無常以入常外人難因無常果云何常佛答汝因是常而果無常何故不聽我法中因無常而果是常云云別菩薩欲學常住佛性先修無量四聖諦後觀諸法實相中道佛性不生不滅不垢不淨次第梯隥先觀空次學恒沙佛法後開如來藏次第修三眼三智是名智別斷惑別者如無量義云衆生欲性無量欲性無量說法無量說法無量故藥病無量藥病無量故通塞無量分別校計生滅無生滅無量無作苦集滅道皆無量覆如來

藏藏闇故造作二十五有業受諸生死愍此
長夜發菩提心與四弘誓自脫無量繫縛亦
脫衆生無量繫縛是名斷惑別行位因果等
別可知也問無作既勝何不緣無作發菩提
心答別家以無作是果果不通因故非發心
正意意者緣無量發心至果方成無作耳問
若爾初地已得無作何意不緣發心耶答初
地分得妙覺時乃究竟例如三藏初生滅果
方無生通則不爾發心即觀無生別人初緣
無量後乃無作圓人發心初則無作大意竟
云二停心者前三藏數息不淨等停心踈遠
事僞通以觀息不生不滅停心即事而理近
容真今別教以持戒之根本若我住世無異
此也即佛依此而住即僧雖爾望於三藏是
容是真望於實相非近非容非真非理與前

別後別居季孟之閒此義可知云大經云菩
薩作是思惟出家閑曠猶若虛空一切善法
因之增長在家逼迫猶如牢獄一切惡法因
之而生往詣僧坊聞佛有無上道無上正法
大衆正行即求出家佛是非果之果人也無
上道是慧聖行正法是定聖行大衆是戒聖
行此是非因之因也菩薩受持時如秉浮囊
度於大海爾時愛見羅剎來乞浮囊若全若
半若手若指若塵令汝安隱得入涅槃謂稱
情暢樂名涅槃鈍使造惡多墮三塗利使執
見破戒亦墮三塗或執見修善多牽天上久
後還墮若不隨愛見能生五支諸戒一根本
業清淨戒謂四重也二前後眷屬餘清淨戒
前後是方便偷蘭遮等餘是諸四篇等也非
諸惡覺覺清淨戒定共戒也護持正念念清

淨戒道共戒也迴向菩提大乘戒也後有九種與釋論十種相似一清淨戒謂受得清淨也二善法戒謂動不動皆毗尼也若護持不犯生止行兩善謂法也三不缺戒謂五篇不破也四不析戒析假入空體假入空皆道共戒也五大乘戒即菩薩初信心經云汝等但發菩提心則出家禁戒具足也六不退戒即十住不退也七隨順戒對十行隨道戒也八究竟戒九迴向戒斷界内正習也十具足諸波羅蜜戒者登初地乃至等覺也於一戒中具足爾許法門即是别家停心如前數息身命之要今戒爲法本道之根源故以戒爲停心也菩薩雖信佛法常住之理内解分明猶自覺觀不住是直而非善爾時更學定聖行停心即共念處也依經即是隨息停心此知

阿那出息入息繩長知長繩短知短元治覺觀發根本淨特勝通明等淨如開倉見穀粟經云復有梵行謂見身中三十六物是修念處實觀也次不淨觀治貪欲經云復有聖行謂除却皮肉諦觀白骨一一節間有我不耶作此觀時即見骨中青黄赤鴿色是背捨欲界定相四色轉明心與色青合故一切皆青餘亦爾是未到地相爾時不壞内色不壞外色内外俱不滅色相以是不淨心觀内外色即見額上骨中八色光明煜煜而出照天下即初禪覺支相聲聞但有光不見佛菩薩多修念佛見佛或爲説法即初背捨初禪攝内無色相以是不淨心觀外色者内滅却骨人以不淨心觀外色外色有二一身外之色即是死屍等二骨人所放八色光明是界外之

色所以須觀者去欲界近用以防過故界內
色外色皆不淨故言以不淨心觀外色若作
修家方便自有觀法滅却骨人今但言證法
見骨人自然消磨不見但有八色及外不淨
故言內無色外觀色此骨人滅時即有未到
地相亦是初禪謝二禪內淨起起時八色一
陪更明青黃赤鴿非復前比亦有內淨喜樂
一心四支不同根本特勝通明中是爲二背
捨二禪攝也云三淨背捨身作證時是三禪
相舊云三禪無勝處四禪無背捨釋論明淨
背捨身作證三禪徧身樂得爲證四禪無樂
何所爲身作證成論人以三禪共爲一淨背
捨今用三四兩禪從容共爲一淨背捨無嫌
三禪身證爲淨背初門成就在第四禪第四
禪具足勝處也何故言淨大論云緣淨故淨
八色是淨法未被練不得淨今三禪四禪法
起來觸此八色爲作淨緣三四禪等此是色
界極淨之色用此爲緣故言緣淨觸八色更
淨故言緣淨是樂徧身受故知是三禪中淨
有四義三如前兩背捨即是緣淨故淨此意
也四空四背捨無色更無別法但以空無相
心修若凡夫人自地地受染聖人深心智慧
利直去不迴故名背捨問舊云此無別法但
以無漏修此可然前何意無別法不可指舊
禪爲別法不可指邪禪鬼定外道事爲別法
云今次四禪得修若不得禪作觀不成設修
雖不發無漏亦名修背捨而不名解脫若有
宿習發此何嫌但滅受一背捨不得無漏修
則不成故不論發宿習也九次第師子超越
等三藏中無有凡夫修得此定大乘或有云

次大不淨亦名大背捨良以假想猒力小若假想猒背大皆由緣處廣狹若觀骨人不淨除却皮肉或觀一屍一兩城邑聚落等所有正報故言小不淨小背捨若大不淨絓是依報國土錢財穀帛山川林園江河池沼大地一切色法悉皆不淨蟲膿流出臭腥流潰山如聚膿河海穢濁衣服如臭屍皮飲食皆蟲汁大經云觀好美羮作穢汁想飯如蟲聚宅如塚墓大地無可愛處若幻術誑人令神通得法道理故酥蠟金鐵遇暖則流遇冷冰結凡夫遇淨緣成淨遇不淨緣便不淨達此道理得其轉變良以昔曾修得令發宿習故大地依正悉是不淨初學作有興廢數習成性任運不淨譬如鑽火發不擇薪乃至江河乾竭此觀亦爾初止一屍二屍一兩聚落若成

大勢一切依正無非不淨故言大不淨觀也又福人感色淨又人心著淨重於穢輕破此大著皆爲不淨不可定執山河國土而言爲淨如僧護見地獄一百二十五所所見大地是身爲他所耕叫喚苦惱是名田地獄又見身是樹衆苦競集宛轉呼吒若山若屋衣裳浴室房法事等悉皆受苦何者昔觸境生著起愛令觸境穢惡受苦令爲轉此愛染修大不淨觀破淨顛倒亦名大不淨大背捨若凡夫所修八禪但除下地不能除自地佛弟子所修能除下地亦除自地未是無漏不能除上地若無漏緣通則自地下上皆能除也若內觀骨人外觀色名初背捨初禪攝若內無色外觀色外八色正依皆不淨時名二背捨二禪攝此兩背約依正判大小若三禪入淨

背捨則不論何者根本是小所得不淨成小背捨若根本是大成大背捨乃至四空滅受例如此云若約兩不淨爲勝處還依依正判大小若約多少好醜成小勝處亦約依正多少好醜成大勝處所以猒背心未能轉變自在勝處更來熟之一屍少二屍多十少百多一國少大千多衣食多少亦爾初未能多少少習既成即能多今發還爾若好若醜者此約兩報爲好醜端陋慧愚富貧貴賤而論好醜好醜皆不淨此亦小不淨耳大則好山惡山好國惡國好醜皆不淨此則大也次依正俱醜骨人所放八色爲好此兩俱不淨者而名好醜此爲勝處初禪攝若內無色外觀色若多若少若好若醜勝知勝見二禪攝雖無骨人而外有八色復有依正若多若少好醜如前云勝知勝見者了此心於色不爲色所縛心能轉色故言勝知勝見淨不淨等皆於已心能得自在觀解成就故言勝知勝見行者如此觀勝之時豈更貪世已身尚不惜何容貪他上古賢隱推位讓國還牛洗耳皆昔經成此今於五欲無復染意若不得此心貪之至死後四勝處在四禪中三禪味樂多不能轉變於聲聞法如此菩薩豈無勝處耶大論云青黃赤白瓔珞云地水火風此亦無在四色是名地水是其體此中但多少轉變無好醜何以故內外色盡故但八色流光故無好醜四勝處在第四禪中十一切處亦在四禪中初禪覺觀多二禪喜動三禪樂動不得廣一切處唯此不動念慧則能一切處以一青徧十方皆青餘色亦如是若一切入者將

一青色入一黄色徧一切處一黄入青亦徧一切處而青黄不失餘色相入亦如是爲一切入此是内心所放八色徧一切處那言取少樹葉爲縁徧一切處若内心無此力外不能徧不應取外色爲縁也大論取優鉢羅華者爲人不解借外諭内不可以諭爲是亦有此義若通明觀中無骨人不放八色是時修八解脱借外爲縁可爾今不壞法人有八色自不用之取外樹葉此不成義今不用云次明菩薩修縁念處於依正中轉變自在具諸波羅蜜慳心既破尚不惜身何得爲身貪求他物是名檀得是觀時終不爲此依正偷殺妄語危他自安順理行心名尸若彼觸巳終不生瞋發言動身口加報是名忍辱終不倚此不淨生身懈逸耽著恣情以自穢雜是名精進善巧方便四隨得所所觀調適念慧現前或不淨背捨勝處神通變化願智重修絓是諸禪於中轉變得成三昧百千變化一切道一切定皆在此禪而得具足是名爲禪作此觀時身受心法非因非果非世出世若苦集滅道悉皆不淨能觀所觀一切諸法皆不可得無所有故畢竟清淨無一可得不生不滅名般若波羅蜜是名於勝處中轉變爲一切法門是心定故隨意自在隨作隨成勝處之觀如好馬能破前陣復能調制其馬欲去欲住迴轉自在作諸法門亦復如是不可窮盡是名菩薩於四念處修勝處觀觀中廣修諸法悉於勝處修習若發宿世善根時亦於勝處中發是時觀淨無魔入壞此法何以故心得自在無障礙故作於心師心使於魔魔

不能破心也行四三昧人多轉入五種佛子之位或即入五品弟子之位何故爾並是助道力大大助開門入清涼池剎此是觀禪發相也若九次第定師子超越等有二位依三藏阿那含人得無漏心地調柔方能修九定凡人修不得大乘人修習者如發心二不別別教菩薩歷別修習但不取證也若案經前有持戒對數息次有不淨觀一一節間求我不得即對界方便光中見佛即是念佛停心剎此是性念處對四停心也次修緣念處觀學四無量心修法緣慈定分明開發觀法無我不可得故是界方便觀四無量心者通論慈悲始終皆有無緣即以實相爲慈慈即如來慈即解脫慈即法身此乃實相之理無緣之慈不修衆生法緣之慈不修衆生法緣事慈正修無緣大慈事慈自發應須識知所言事慈者即衆生緣慈發有兩義一發此慈熏定定法轉深因此慈定即發根本二者或先得欲界或得未到地或得根本於根本中有慈亦言發此慈一切衆生得樂之相無怨無惱歡喜稱心適意或得人中樂或得天中樂若修得慈定分明想其得樂無一衆生而不得樂此名慈心定但此定緣衆生有三種若緣親人得樂名爲廣緣中人得樂名爲大緣怨人得樂與親人等名無量又緣一方衆生得樂名爲廣緣四維名爲大緣十方名無量此定有兩一隱没二不隱没若緣衆生得樂心中明淨決定所緣之處實不見此衆生得受於樂但想而已是爲内不隱没而外隱没自有内心明淨作得樂想而外所緣十方衆

生分明見其得樂或得人中或得天中其相分明是名内外不隱没若慈定中見三種人得此樂相後始復發根本五支五支功德倍勝根本如砂糖石蜜和水豈方單冷悲喜捨附定起亦如是菩薩修此禪定内思力强故住堪忍地在十信位中靡所不作故迦葉問菩薩有緣得破戒不答有緣亦得如仙豫殺五百施甘露鼓十劫之壽乃至爲衆生地獄云次性共念處合修生滅四諦調心探觀無生四諦助伏見惑至斷見時還用無生四諦斷故大經云苦是逼迫相集是能生相滅是寂滅相道是大乘相如三藏中要須禪助伏見惑暖法方得發今亦如此菩薩知此惑障深重不可即斷借生滅方便發十住暖法也問十住十信中退不答經明六心退七心不退問別教只用此戒與聲聞異不答雖同而異菩薩戒具足五支及究竟諸波羅蜜二乘不能究竟或身智俱亡入無餘灰斷問禪復若爲答聲聞法中斷欲界方得修初禪菩薩不爾於十信修共念處觀學背捨安忍成就爲衆生修一切護持正法畏於二乘道如借命者二乘豈能如此菩薩修十信初心即具十行經云十法爲道一信有十十信有百乃至十地只是十法但一受不失勝者受名耳四念處亦如此只是觀解轉深名轉勝即是別家乾慧地初賢位問此十信與圓十信云何答圓伏無明見思自盡六根清淨皆能互用故言若干種一時皆悉知身如淨明鏡能現諸色像唯獨自明了餘人所不見問別與通十觀若爲答通用十法傳傳簡別若三藏

十法上破外道成三乘人外人不知暖法人所行處況有十法通教十法異三藏三藏後心亦不知通家初心通家初心亦不知別教初心況後心耶別教十法異者一善識正因緣無明佛性之境通教但識無生眞諦幻化境耳二眞正發眞正無量四聖諦心求常住佛果能度法界衆生通家只發心緣無生四眞令得有餘涅槃度界内衆生三止觀調適者止成一切禪觀成一切種智通家但通三乘共止觀願智頂禪耳四破法徧者破界内界外法次第徧通家止破界内二諦徧耳五善識通塞者如來藏顯爲通取相塵沙遮障爲塞通家只約四諦見愛中論通塞耳六三十七道品調適者大經云修無量三十七品是大涅槃因通家但是偏眞小涅槃因耳七善修助道者修十波羅蜜一切萬行恒沙佛法開三脱門通家但開四諦助三脱門耳八善識五十二地七位廣略皆知通家只三乘共十位耳九安忍强輭兩賊者忍法界衆生二十五有有空强輭通家只忍愛見爲强輭耳十順道法愛不生者於大涅槃不生貪著況小涅槃通家守果愛小涅槃是生死貪著故如此分別十法大異又具十番觀門入十信成堪忍地上菩薩位亦可以十法對十信菩薩修三種念處發諸境界種種諸法或眞或僞或益或損不出於十十者謂陰界入煩惱病患業相魔禪見慢二乘菩薩等今不委釋如彼具明若不頂墮得入初賢位問別教六即如何答中道佛性爲理即解五十二地文義通暢無礙名字即十信爲觀行即三十

心爲相似即登地至等覺爲分眞即妙覺爲究竟即也第三念處觀者遠緣如來藏理其理難明而假方便眞實得開至如三藏通教用世間方法世間行人五種七種以爲方便別教以出世方法出世行人三十心等以爲方便譬如鑽火暖在前出亦如入海先見平相法華以無漏爲涅槃相當知析假是三藏方便體假是無生方便析體無量是別方便方便性念處顯眞實性念處方便共念處顯眞實共念處方便緣念處顯眞實緣念處生滅無生滅無量皆是別家方便方便若成可稱火相平相方便不成無暖無平大海難得其觀云何初以五停心遮煩惱風善直成就慧燈照了陰身不淨五種穢惡受有百八恐皆是苦介爾違順念念無常善中無我惡中亦無我非善非惡何處有我別相總相循環宛轉寂入涅槃此觀成時開五停成十信亦名外凡亦名乾慧地亦名善有漏五陰能伏界內淨等四顛倒帖然不動聲聞猒苦欲速涅槃菩薩不爾捨生滅四諦觀正修無生四諦觀觀苦本不生不生故不滅不生故不有不滅故不無不常不斷畢竟清淨淨若虛空尚無有苦云何顛倒受想行識亦復如是是觀成時進入十住入理解心名爲內凡亦名暖法亦名亦有漏亦無漏約界內名亦無漏約界外名亦有漏故名似解十行十迴向似解亦漏無漏登地乃名無漏正用無生四諦慧斷界內見思故大經云菩薩解苦無苦而有於眞三諦亦如是故云入理般若名爲住有二種般若若發中道是圓般若若發空是

偏般若於界內爲眞於界外爲假亦名一品相似中道論其所斷斷界內通惑盡與通七地齊亦得界外相似慧眼故須菩提云我從昔來所得慧眼未曾得聞如是經典即此義也又斷界外上品塵沙又伏無明猶是暖法內凡也地人以五佛子謂四果支佛開五爲十對十住今不爾大論云先於五佛子果人中歎今何故獨歎菩薩答聲聞諸菩薩未得果大乘菩薩得果故獨歎菩薩今不用前五佛子對十住若欲作者取法華五品弟子開五品爲十對十信故仁王云十善菩薩發大心長別三界苦輪海十善即十信十信尚斷惑況十住耶云云若欲前進應捨無生四諦正修無量四諦無明與法性合起無量取相惑無量生死無量塵沙招無量果報無量無明受無量報身則有色受想行識皆是苦諦無量受陰所有煩惱皆是集諦無量能觀之智皆是道諦無量集盡苦除皆是滅諦如是無量根性無量藥無量授藥法無量方便菩薩爲此而起大悲發四弘誓未度界內外五陰乃至餘有一生在者皆令得度未解通別見思四諦塵沙無明者皆令得解未安偏道者並令得安未入小涅槃者皆令得入常樂我淨四德具足修是觀時進入十行從理進趣方修一切衆行故名爲行亦名登頂斷界外中品塵沙得界外相似法眼見恒沙佛法相似如來藏云云若進入十迴向者應捨無量四諦正觀無作四諦云何觀初從有門觀佛性但無明重故不見大品云諸法如是有如是無所以是事不知名曰無明無明覆心不見

佛性四門俱塞巧用四隨四門俱開門雖有四只是不二法門也觀此無明爲從無明生爲從法性生瓔珞及地論皆解云從法性生攝論云從無明生依阿黎耶識起此識是無記如地有金土依染如土依淨如金故言依他也黎耶識依業生故言依他也若他依者六識所起善惡業六識謝滅種子依黎耶攝持得生故名他依彼論偈言此識無始時一切所依止三藏學士述難小乘人云汝六識中起善惡業六識謝過善惡亦應隨滅若滅現不得起若不滅無黎耶依何攝持今還難之汝偈道他依汝那道依黎耶黎耶是無明客法爲他法性是本法爲自若法性爲自黎耶成他但依他何處有自若他等是客法喚六識爲他何意不得喚黎耶爲他又難六識依黎耶六識爲他黎耶依法性黎耶亦是他云云若黎耶他是自性自性應是他如此定時隨彼意答若自若他俱被破耳問一切善惡從無明生法性生無明法性共生爲離無明法性生法性生是自生無明生是他性生無明法性合故生是共性生離無明離法性生者是無因生諸法不自生亦不從他生不共不無因是故說無生無生說生假生非生但有名字是字不住亦不不住是字無所有故無明爲自法性爲他者亦作此破云云師云雖四句不立而人多執共生譬如眠法與眠心合即生眠眠故有無量夢事起云云無明與法性合生無量六道事六道事皆從無量煩惱生又生無量不思議塵沙煩惱起無量界外事菩薩修四念處尋此無量煩惱無量事相

依無明起若得無明即得法性得法性故見佛性若通教只尋六識如幻如化即空之觀但斷枝條不尋根本無明不見如來藏以不見故不得無明不得法性不得無明不得法性故不見佛性如尋夢得眠不得眠心良由六識中觀淺但是化城止息不能深觀如來藏恒沙佛法菩薩深觀如來藏破無量取相破無量塵沙破無量無明破無量身相破無量受相無量心相無量法相識無量病相知無量藥作此觀時即入十迴向迴因向果迴事向理迴已濟他故名迴向此位正是解行終心麤惑已融似中慧淨斷界外下品塵沙伏無明轉强如向山趣前漸易見相似中道見恒沙佛法斷恒沙煩惱入相似是自行出界假是化他地持解自性禪是三十心位未至初地大經明初依之人具煩惱性能知如來秘密之藏未得第二第三住處正是三十心位又地持明三十心爲三分一觀分二止分三二分同類正是地前方便道中修三種念處觀分是修性念處止分是修共念處二分同類是修緣念處也相似中道觀於一刹那頃眞解開發登於初地斷一品無明得一分無作四諦解五行成就諸功德滿若通對位一一位中各有三種念處若別對者十住修性念處觀十行修共念處觀十迴向迴別向圓修緣念處觀至初地三種念處分成就若對大品欲以道慧當學般若對十住性念處位欲以道慧具足道種慧對十行共念處位欲以道種慧具足一切智對十迴向緣念處位欲以一切智具足一切種智對十地位

一往如此若登地中道顯時真性法身分成就一切禪一切禪有三一現法樂禪二出生三昧禪三利益衆生禪登初地時名味皆轉觀分轉名現法樂禪能生十力種性三摩跋提破無明法身顯現佛性一法界一切法界一切法界一法界非一非一切三諦自在能百佛世界作佛諸佛加之能爲十地菩薩說法菩薩不諦謂是眞極法華中佛加聲聞爲菩薩說法諸佛子等從我聞法佛爲授記汝於來世當得作佛諸聲聞尚爾況加諸菩薩等色心神通相好光天動地形聲兩益法眼開朗知衆生根有機即應善巧分別猶如虛空不可窮盡聞說法者皆得道果此是觀分亦是觀身內法性理顯名性念處力也止分轉名出生三昧禪出生百八三昧普現色身名三昧王一切三昧悉入其中住首楞嚴修治於心猶如虛空能一法門一切法門一切法門一法門非一非一切無礙自在破無明顯眞我性十波羅蜜諸陀羅尼門如來藏海理內之事皆悉明顯若化衆生假作名字說種種五陰破種種顛倒說種種法藥破種種病作無量醫王應病與藥令得服行皆令悟入菩薩正位是名檀波羅蜜以施衆生故經言有法門名無盡燈即此意也下九波羅蜜例爾彼解十波羅蜜對十地初檀滿但是約位耳直於禪中修具百波羅蜜觀法界神通徧照法界一切衆生衆生蒙光罪垢煩惱皆悉除滅是名止分亦是共念處力云二分同類以修緣念處觀得法界緣起以無緣慈悲修身赴機得如來一身爲無量身無量身爲

一身非一非無量自在能現十法界像處處應現往只同是一五陰用有强弱界內力弱只見偏眞界外力强能見圓滿今時三種念處具足三德性念處顯爲法身共念處顯名摩訶般若緣念處顯名解脫所調伏衆生之處名爲解脫復次亦以性念處爲般若共念處爲解脫緣念處爲法身法身即法性見法性即見佛性即得中道得中道即得菩提得菩提即住大涅槃即得諸佛法界法界即法身法身徧法界用故住大涅槃種種示現三種念處名三點不縱不横爲大涅槃得色解脫受想行識五種涅槃具二十德名四念處坐道場轉法輪若圓爲雙樹非偏非圓中間入涅槃諸行功德莊嚴名常樂我淨是稱歎新醫從遠方來曉八種術遠方者從法身地起慈悲誓願應衆生衆生根緣不同是以現種種身說種種法法華云長者驚入火宅爲度衆生生老病死憂悲苦惱愚蔽三毒之火教化令得三菩提云登初地時得二十五三昧凡十番破二十五有破二十五空破二十五無明得無畏地不畏三惡四趣有邊不畏聲聞緣覺空邊不畏大衆威德二邊中間皆不畏以修性念處故云得自在地若至地獄不受熾然碎身等苦至一切處無一切苦能以須彌入芥子芥子含須彌毛孔注滿四海海內一毛孔以修共念處力云得二十五三昧一切三昧悉入其中一切事一切理皆無所畏皆自在皆名王三昧以本修緣念處故初地既如此從二地乃至妙覺可以意知不俟更說當知四念處有如此大功德力何況

後諸法門耶有眼有意者自當耽味何俟囑耶

四念處卷第三

音釋

隥丁鄧切梯也　煜余六切煜燿光盛也　潰胡對切散也　劑才詣切分劑也

四念處卷第四

隋天台山修禪寺智者大師說

門人章安灌頂記

第四圓教四念處者爲三一大意二停心三念處大意開四門云云若說若行多用非有非無門云云餘法易知別圓須解一明位有高下二明法之偏圓三明斷不斷四明具不具五明通不通位高下者別教十信伏界內見思十住斷界內見思又斷界外上品塵沙十行斷中品塵沙十迴向斷下品塵沙伏無明登初地見中道斷無明乃至等覺妙覺斷無明盡圓教初有五品弟子名外凡十信名內凡皆圓伏無明而界內見思自然而盡如火燒鐵鐵雖未融垢在前去正慧觀無明無明未除見思前盡若登初住斷一品無明乃至十住斷十品無明與別家十地齊若登初行又斷一品無明與別家等覺齊若至二行與別家妙覺齊若登三行所有智斷別人不識其名況知其法四行乃至十行十迴向十地等覺妙覺所有智斷皆非境界但知十二品斷無明爲己家之極果不知是他家之下因譬如構塼石爲基以金寶飾上豈如從基至頂悉累金剛非唯高低有殊亦寶非寶別法說譬說簡別朗然不須惑矣二法偏圓者類如小乘斷通惑不除別惑聞甄迦羅彈琴迦葉起舞天冠問曰耆年解脫何故如此迦葉答言聲聞之惑我已斷盡此是菩薩勝妙功德故吾於此不能自安如四方風不動須彌毗嵐風至碎如腐草當知聲聞斷通不能知別無漏力弱不能自安別教初心止伏見思地

前止斷界內見思登地分分伏無明分分斷無明此則偏斷非圓伏也若作界外別說者登地斷別見二地至六地斷別欲界思七地斷別色無色界思此亦偏斷之義耳又作不思議六塵義者入無量禪作無記變化色住復入力禪捨復入力禪起復入力禪無量百千億刧倒修凡夫事至八地已上猶是無色界果報不可思議六塵何以得知地持解等覺無垢地始得離見見清淨禪當知離欲界色無色惑俱至等覺乃盡方是圓義若八地始離無色界果報者是偏斷之義也故大經云十地爲無我輪惑所轉無我只是見惑若見惑先斷不應至無垢地若見至無垢地者乃圓義耳以是推之偏斷則是別意也圓斷惑者始外內凡即圓伏三界之惑初住即圓斷無明二住至等覺皆圓斷無明以此推之圓別斷則明矣三斷不斷者別但明斷不論不斷圓具二義若教道明斷證道不斷例如小乘方便論斷證眞不論斷不斷今亦如是若不思議觀內不見有煩惱可斷煩惱性不障菩提菩提不障煩惱煩惱即菩提菩提即煩惱故淨名云佛爲增上慢人說斷婬怒癡名爲解脫無增上慢者婬怒癡性即是解脫無行經云婬怒即是道又云六十二見爲如來種即六根六塵而無限礙只眼中見色亦眼中入三解脫門華嚴明十眼乃至六根皆明於一塵中具十方三世諸佛八相成道轉法輪度衆生皆不斷而明了也四具不具者若只作一法不作一切法者此是別意若一法一切法趣一切是趣不過趣尚不可得況

有趣非趣趣一即法性法性即法界無一法出法界外若有一法過涅槃者我亦說如幻如化故知一法具一切法即圓意也五諸功德通不通者若别意只一地不關餘地若圓意一地一切諸地故大品云若聞阿字門即解一切義過茶無字可説初阿具足四十一字後茶亦具四十一字從初地具有住持生長荷負義至後究竟亦具三義大論云有始入中入終入實是一入而有初中後問若作圓意若爲判不思議二諦答偏圓俱通是世諦相非通非塞是眞諦相大意竟二五停心者私謂五品是也即事而理其相自彰何者初教以數息事停散動圓家以信理除疑惑又信是道元故當初品又信是功德母如彼氣命又信順不動即是停心故信品是一停心也初教以不淨事觀停貪欲圓家以讀誦除穢染若著文字染汙法性是爲染法非求法也文字性離即是解脱解脱清淨是第二停心也初教以慈停瞋圓以慈故有説説無秘悋悋有秘恚則非慈相當知慈故能説第三品停心也初教以因緣觀停癡圓以六度度於六蔽闇去明生是第四品停心也初教以念佛停逼迫圓以即事而理理即法佛法佛豈逼迫佛法無能逼所逼無逼無逼者無逼法是第五停心當知信事即理文字即解脱慈即寬弘度蔽彼岸一切平等是圓家五停心也以五品爲停心其義巳顯更重舉四弘四三昧生死苦諦即是涅槃無二無别此則信事順理道元功德母未度苦諦是初停心煩惱即菩提無二無别是爲未解集諦令

解集諦即第二讀誦解脫停心也大悲拔苦兩誓願云云未安道諦令安道諦即是以無恪之慈而說法第三停心也未入滅諦令入滅諦即是兼行六度度蔽彼岸第四停心也大慈與兩誓願云云又指四三昧爲第五停心也此四三昧皆修念佛破障道罪自有人數息覺觀不休若念佛若稱佛名即破覺觀帖然心定故普門品云若有衆生多於貪欲常念觀音即便得離破根本無明淨名云一念知一切法是爲坐道場皆是念佛法門也常行出般舟諸佛倚立現前覩法界佛也常坐出文殊問般若繫緣法界一念法界而念佛也半行半坐出方等法華如是作已却坐思惟諸佛實法法華云當成就四法一爲諸佛護念云云此語初心行人久行道者如安樂行常好坐禪在於閑處修攝其心觀心無心法不住法我心自空罪福無主作是懺悔名大懺悔云云非行非坐通四法一通衆經二通諸善三通諸惡如賢者軍戎家業等不妨用心四通無記行住坐卧語默皆是摩訶衍以不可得故夫達者懸解迷者未悟如囊中有寶不探示人人無見者今更點對兾得超然前三藏中以事緣事謂數息不淨乃至念相好等今則不爾以理觀緣理生死即涅槃煩惱即菩提生死是衆生之息命涅槃是法身之息命雖不可數而可散動明寂對於數息也煩惱是底下之穢惡菩提是尊極之淨理對前顯後故以文字解脫對不淨停心也大悲誓願拔因果苦若有我所尚不自出況拔他若若無我所以慈悲心自拔拔他對前顯後云云

大慈誓願與因果樂者若十二因緣癡尚無自樂況與他樂今自無癡故能與樂耳對前云云行四三昧皆是念佛破障道罪前教念生身應相好今念法身相好事理殊大異故舉四三昧爲第五停心也次修十觀成五停者五停上求上求何等一信順不思議一實四諦是也信一念具十法界生死即苦諦一心具十法界煩惱即集諦集諦即菩提菩提是道諦也生死苦諦即涅槃是滅諦也此四非四此一非一而名實諦煩惱徧一切處一切處皆是菩提棄此菩提更何處求菩提如此生死苦諦徧一切處皆是涅槃棄此涅槃更何處求涅槃畢定停心於此煩惱上求菩提畢定停心於此生死上求涅槃信即是求非別求也是名信一實諦成於停心也又云何停心停心欲下化須發眞正心衆生不知生死即涅槃未度苦諦菩薩爲此而起大悲誓令得解脫既得脫已即是令度苦諦衆生未知煩惱即菩提菩薩爲此而起大悲令得解脫既得脫已即是令度集諦衆生若解煩惱即是菩提即是安於道諦衆生若解生死即是涅槃即是而得滅諦是爲菩薩下化衆生言眞正者無行經云若發心求菩提是人去佛遠譬如大與地蓋指發三方便菩提心也此乃菩提心魔大經云自此之前我等皆名邪見人也若人爲說此法名善知識魔經言涅槃爲生死者指貪著界外涅槃成變易生死也經言生死即涅槃者指分段生死即大涅槃況復變易而非涅槃以眞正菩提心眞正化也將此下化以成停心初名上求次

名下化乘何等法向上向下所謂善修止觀生死即涅槃涅槃名止也止心心性名爲大定大涅槃深禪定窟故涅槃即是止也觀煩惱即是菩提即觀也實相之慧名一切種智一切種智名爲般若法華曰定慧力莊嚴即上求以此度衆生即是下化當知止觀是所乘之法專此止觀成於停心既能乘向上向下向上應得果向下應得度既不果不度者何物妨礙而今不獲當知破法不徧當研生死即涅槃横破十法界鯁塞煩惱即菩提竪破十法界鯁塞菩提涅槃道即通也不即六法那忽即六法是故須破不離六法那忽離六法是故須破不即不離菩提道通以此破法成於停心云云既破法徧應與理會那猶不合當更細檢一切諸法中皆有安樂性那忽併破一切諸法皆魔羅網那忽併取須明識通塞若迷生死非涅槃十法界皆塞迷煩惱非菩提十法界亦塞達生死即涅槃十法界寂滅名之爲通煩惱即菩提十法界癡如虚空不可盡老死如虚空不可盡窮無明無見始見終名之爲通如此善知識不思議險道通塞之相以成停心云云既識通塞云何於坦道中修於道品若生死身不淨乃至心無常此析法四枯道品涅槃即生死指此意也若初修不淨後修於淨乃至初修無常後修於常此即四榮道品生死成涅槃此之謂也若即不淨即修非淨非不淨乃至即無常修非常非無常此是非枯非榮於其中間入般涅槃此之謂也故經言從初發心常觀涅槃行道具百句解脱名百斤金煩惱即菩提名首

楞嚴三昧修治於心猶如虛空亦名王三昧是名善修道品以成停心也既善修道品自能流入三解脫門未入而難起方救他而難起皆何對治若慳蔽難起觀慳即菩提受不受亦受亦不受乃至五不受檀即法界檀義攝於六資生無畏法是中一二三慳即菩提不取不捨餘蔽亦如是又對治轉治不轉兼非等云云是名助道成於停心云云行人未得謂得未證謂證增上慢起當如之何觀生死即涅槃煩惱即菩提理涅槃也能如此解與修多羅合文字涅槃也所觀如文文如觀觀行涅槃也六根清淨相似涅槃也無明破佛性理顯分真涅槃也等諸佛同大覺究竟涅槃也當自觀察是何等位撫臆論心莫自欺欺他是名識次位助成停心也行人行道欲熟未熟多動內外障難每須安忍令內外障不能動搖能忍成道事不動亦不退是心薩埵外謂毀譽八風內謂强軟兩賊生死不能羅煩惱不能染十法界見愛皆爲侍者分段變易二死寂然以安侍者侍者以供給役運是名安忍以成停心也順道法愛不生者夫將登而崩將過而墮此非小事大有所失行者慎之莫起法愛故云涅槃即生死涅槃貪著故生死即涅槃無退不生故於十法界法一無所染名順愛不生而生般若般若者如人有眼能避險從平何須傍教是名十觀成五停心一一停心皆須十觀總有五十觀云云初品觀十法界衆生即是佛十法界五陰即是法衆生與佛無二無別衆生陰佛陰無豪芥之殊三世佛事衆生四儀無不具足諸波羅

蜜是名爲僧大論云衆生無上佛是法無上涅槃是又至名僧者第一義是信順隨喜而無疑惑是名初隨喜品將此心讀誦名第二品能少分說名第三品兼行六度名第四品具足六度造立僧坊四事如理乃至般若名第五品五品成熟名觀行位一品既須十觀四品亦如是十觀成五品如上說以想慧純熟轉爲十信心初隨喜一實之理無二無別轉成信心信慧分別冏冏無滯於此信中具一切佛法如金剛寶藏無所缺減故二眞正發心度下崇上轉成念慧眞正故經云百生千生千萬億生令心正念以正念故如來善護念又如七覺中心沉以念起之破生死即涅槃若心散時以念觀攝之令煩惱即菩提是爲眞正發念也三善修止觀轉成精進心者經言一心勤精進故得三菩提一切衆行精進爲本正觀明白純無間雜爲精不染愛見爲進云云四破法徧轉成定心涅槃即生死菩提即煩惱是大散亂令觀十界生死即涅槃達一切法解脫相究竟常寂滅相終歸於空體常寂滅是名橫破生死轉成定心起染愛煩惱煩惱即菩提是竪破十法界無礙徹至法性轉成定心也五善知通塞轉成慧心若起十界愚癡名爲生死若起十界貪瞋名爲煩惱觀生死即涅槃煩惱即菩提菩提非一非三是名慧心也六善修三十七品轉成不退心若四枯道品雖不退入分段而不進變易猶名爲退今四枯道品又非榮非枯道品出到不生不生彼岸故名不退心也七修對治助道轉成迴向心迴生死向涅槃迴煩

惱向菩提迴因向果迴事入理故言迴向心也八善識次位轉成護心若叨上濫下起增上慢即是菩薩旃陀羅今不執生死作涅槃不執煩惱作菩提又三業於涅槃無染於菩提無著是名護心也九安忍内外强輭轉成戒心菩薩戒具防形心若起二乘心是破戒知諸法不生無心無念不倚不著名不破戒大集云寧捨身命不求小乘名持戒心也十順道法愛不生轉成願心者菩薩發願求大涅槃不取不證大品云願求菩提不以小爲足足即住以不足故涅槃不應住用此十心成一一住十住有百名百法明門十行十向十地展轉增倍千法明門萬法明門千萬百萬不可說不可說明門故瓔珞云十信爲諸道大勝者受名名住行向地耳若復前推十信是内凡相似之位名柔順忍亦名伏忍界内煩惱圓融無明圓伏得六根清淨云何淨眼中取相淨塵沙無明淨乃至意根亦三種淨故不障三身三德三身三德皆與眞相似相似故名六根清淨廣說如法華云何六根互清淨大品云眼中眼不可得眼中耳不可得乃至眼中鼻舌身意皆不可得是爲六根互清淨又眼中眼相不可得眼中耳相不可得乃至鼻舌身意相皆不可得是爲六根相互清淨眼中眼性不可得眼中耳性不可得乃至鼻舌身意性皆不可得是爲六根性互清淨若名不可得是俗清淨相不可得是眞清淨性不可得是中清淨又名相性皆不可得是俗清淨不可得亦不可得是眞清淨非俗非眞不可得是中清淨但以眼爲本互淨

諸根耳鼻舌身意各各爲本各各互淨諸根互淨如上説云何六根互用於眼根中能見無量百千萬億不可説不可説不可思議不可思議虚空等世界中十法界衆生色若依若正若内若外若上若下悉見悉知是爲眼根用即於眼中聞無量百千萬億不可説不可説不可思議不可思議虚空等世界中十法界衆生若依若正兩種音聲地獄燒煑聲大論云考掠聲象馬車牛楚毒聲餓鬼求食聲脩羅鬪諍高大聲無數種人聲苦受等三受聲乃至有頂入禪出禪聲大論云所愛時聲比丘比丘尼讀誦音聲空無我聲菩薩解義聲諸佛演法聲其耳明利故悉能分别知是爲眼能耳用又於眼中知無量百千億不可説不可思虚空十法界香若依若正鐵圍大海地中諸衆生脩羅男女大勢小輪群臣諸宫人乃至於梵世光音及有頂比丘衆菩薩衆在在方世尊聞香悉能知是爲眼有鼻用即於眼中知無量百千萬億不可説不可思虚空世界中衆味法門於食等於法亦等如純陀八斛四斗爲涅槃佛事若好不好若美不美至其舌根變成上味如天甘露無不美者又知十法界衆生堪能法味於大衆中出深妙聲能入其心皆令歡喜又令天龍人神聞其所説言論次第皆樂來聽受又諸菩薩諸佛常樂向其處説法聞皆受持又能出深妙之音是爲眼有舌用即於眼中知十法界衆生百千萬億不可説不可思虚空等觸身如淨明鏡衆生皆喜見其身淨故三千内外依正山林河海皆於身中現地獄已上有

頂巳還所有正報生時死時若好若醜悉於身中現二乘菩薩悉於身中現唯獨自明了餘人所不見十方三世佛從初發心中間行行乃至成道轉法輪入涅槃悉於身中現佛境界既爾況復餘耶是爲眼中有身用又於眼中能知百千萬億不可說不可思虛空等十法界所念若干種一時能悉知是爲眼中有意用其聞聲知香味觸法亦有互用皆如上說當知六識所有無明所有智慧並是緣因緣因種緣因性七識所有無明所有智慧並是了因了因種了因性八識所有無明所有智慧並是正因正因種正因性如是三種種三相三性未發名爲六根清淨三種若發即眞正開佛知見若小乘法門析滅諸根入空取證今大乘報身即是法界不須更滅能於諸根作此互用一根具六六六三十六法門正受清淨能此互用故淨名云或有佛土光明爲佛事或佛土音聲爲佛事或以香味衣服爲佛事或無言寂滅爲佛事皆此意也此有似有眞如法華所明即相似如華嚴所說即是眞故明闇不相除顯出佛菩提只言斷而言即解脫只言不斷復云結習盡者華不著身非斷非不斷中論斷斷中論不斷此乃不思議圓融方便宜斷即斷如此土大士度剛强衆生宜不斷即不斷如香積土聞香即入律行也仁王云十善菩薩發大心長別三界苦輪海十善即十信也三界苦即界內惑圓融也大經云學大乘者雖有肉眼名爲佛眼法華云雖未得無漏而其眼根清淨若此此皆明相似位之文也若觀如來藏心地

法門即是觀如來眼耳鼻舌身豁然真發得見佛性或因聞發三智現前三身具足華嚴云初發心時便成正覺所有慧身不由他悟得如來一身無量身湛然應一切衆生機感即能垂應作八相成道百世界作佛或現二乘身利益衆生乃至作地獄身利益衆生諸佛加之能爲大菩薩說法此即發真之文也三明四念處觀者先約經示大經云其後不久王復得病醫占王病定應服乳王者八倒衆生也其後病者初倒伏後倒起故言不久也定服乳者應授四榮之術也正是今之念處意耳又譬有人以毒塗鼓衆中打之近者死遠者未死後打毒鼓近遠俱死初塗四枯止枯分段故言未死今塗四榮無明根斷故近遠俱死亦是今四念處意也又云如鳥出籠纔得離網今二鳥俱飛高翔遠遊去住自在正是今四念處也又云初枯生死不能照明佛法不能開悟衆生於佛法無工夫於衆生無利益故言枯雙樹今圓顯佛法大益衆生夫有心者皆當作佛八千聲聞得見佛性如秋收冬藏成大果實故言四榮莊嚴雙樹大經不令畋酒糟麥麲不與特牛同共一群不在高原亦不下濕下濕者凡邪四倒也高原者偏曲四倒也酒糟是愚癡麥麲是瞋恚特牛是貪欲選擇中原安處其子法華云正直捨方便但說無上道不令二乘獨得滅度皆以如來滅度而滅度之開示悟入佛之知見解王頂上明珠與之我本立大願普令一切衆亦同得此道無智者錯亂迷惑不信受是故於今日決定說大乘又云諸佛法久後

要當說眞實眞實者非生死非涅槃無邪無偏無倒無正咄哉丈夫示昔繫珠咄哉去來寶處在近是故從本垂迹與法身眷屬隱實揚權藏高設下共化衆生開示正道内秘外現令開顯令得入妙正是此四念處也所言四者不可思議數一即無量無量即一一一皆是法界三諦具足攝一切法出法界外更無有法法界無法界具足法界雖無法具足諸法是不思議數也華嚴云一微塵中具一切塵及一切法於一念具一切念及一切法塵即是色念即是心色心即念處異名耳大品云四念處即摩訶衍摩訶衍即四念處者於一念處與三念處無二無別一切法趣四念處是趣不過念處尚不可得云何當有趣不趣此亦不思議意同也普賢觀云觀心無心法不住法名大懺悔名莊嚴懺悔觀心既然觀色亦爾大經云佛性者亦一非一非一非非一亦一者一切衆生悉一乘故非一者說三乘故非一非非一者數非數不決定故當知四數不可決定即不思議之四也法華經中八千聲聞得見佛性大經云爲諸聲聞開發慧眼天親以七種佛性釋法華當知二經佛性理同同圓同妙同大更不異也而法華以一乘爲宗約智明法相涅槃以常爲宗約定明法相智定左右之異耳法華指前經亦云以方便力故爲五比丘說當文云正直捨方便但說無上道涅槃開前經云爲贖命故說大涅槃明歷別五行十功德當文云復有一行是如來行所謂大乘大般涅槃故知二經是同今取究竟實說處即是圓極不可

思議四念處也釋數竟念者觀慧也大論云念想智者一法異名初録心名念次習行爲想後成辦名智處者境也元從不離薩婆若能觀之智照而常寂名之爲念所觀之境寂而常照名之爲處境寂智亦寂智照境亦照一相無相無相一相即是實相實相即一實諦亦名虚空佛性亦名大般涅槃如是境智無二無異如如之境即如如之智智即是境説智及智處皆名爲般若亦例云説處及處智皆名爲所諦是非境之境而言爲境非智之智而名爲智亦名心寂三昧亦名色寂三昧亦是明心三昧亦是明色三昧請觀音云身出大智光如燒紫金山大經云光明者即是智慧金光明云不可思議智境不可思議智照此諸經皆明念只是處處只是念色心不二不二而二爲化衆生假名説二耳此之觀慧只觀衆生一念無明心此心即是法性爲因緣所生即空即假即中一心三心三心一心此觀亦名一切種智此境亦名一圓諦一諦三諦三諦一諦諸佛爲此一大事因緣出現於世欲令衆生佛之知見開諸佛出世事足

大經云王夷坦道無量義經云行大直道無留難故法華名具足道雖言三智其實一心爲向人説令易解故而説爲三若教道爲言所斷煩惱如翻大地河海俱覆似崩大樹根枝悉倒用此智斷惑亦復如是通別塵沙無明一時清淨無量功德諸波羅蜜萬行法門具足無减佛法祕藏悉現在前大品云諸法雖空一心具萬行大經云發心畢竟二不別

法華云本末究竟等故名妙覺平等道當知此慧即法界心靈之源三世諸佛無上法毋以法常故諸佛亦常樂我淨等亦復如是亦名寶所亦名祕藏佛及一切之所同歸前三藏隘路不得並行通教共禀共行共入入不能深別教紆迴歷別遥遠即不能達今此念處曠若虛空際於無際猶如直繩直入四海故名圓教四念處耳張衡曰翔鵾仰而不逮況青鳥與黃雀當前三念處所不能及唯圓念處孤飛獨運淩摩絳霄無上無等無等等竪無高蓋故言無上橫無儔列故言無等無等等於十方三世諸佛言無等等也欲重說此義更引天親唯識論唯是一識復有分別識無分別識分別識者是識識無分別者似塵識一切法界所有餅衣車乘等皆是無分別識成三無性無性名非安立諦如彼具說龍樹云四念處即摩訶衍摩訶衍即四念處一切法趣身念處即是一性色得有分別色無分別色分別色如言光明即是智慧也無分別色即是法界四大所成皆是無分別等是色心不二彼既得作兩識之名此亦作兩色之說若色心相對離色無心離心無色若不得作此分別色無分別色云何得作分別識無分別識耶若圓說者亦得唯色唯聲唯香唯味唯觸唯識若合論一一法皆具足法界諸法等故般若等內照既等外化亦等即是四隨逐物情有難易大論曰一切法併空何須更用十諭答空有二種一難解空二易解空十諭是易解空今以易解空諭難解空唯識意亦如是但約唯識具一切法門而衆

生有兩種一多著外色少著内識二多著内識少著外色如上界多著内識下二界著外色多内識少如學問人多向外解若約識爲唯識論者破外向内今觀明白十法界法皆是一識識空十法界空識假十法界假識中十法界亦中專以内心破一切法若外觀十法界即見内心當知若色若識皆是唯識若色若識皆是唯色今雖説色心兩名其實只一念無明法性十法界即是不可思議一心具一切因緣所生法一句名爲一念無明法性心若廣説四句成一偈即因緣所生心即空即假即中故般若云受持一四句偈與十方虚空等法華云聞一偈亦與菩提記一句亦然三世亦如是今觀此只一心不可思議十界恒現前入心地法門故能不起寂滅現身八會只是一句一句有無量無量中只一句是爲不思議故如心諸佛然如佛衆生然是三無差别諸佛解脱當於一切衆生心中求衆生心亦當於諸佛解脱中求始是般若究竟等未了者一切法正一切法邪不以心分别即一切正心起想即癡無想即泥洹此不思議非青黄赤白方圓長短無名無相究竟寂滅唯當心知口不能説若有因緣善方便用悉檀亦可得説以方便力爲比丘説衆生無量劫自性心不爲煩惱所染不染而染難可了知迷妄即染染即覆心不見淨性是以久處生死不能返本還源源實難解二乘尚不聞其名何况凡夫今佛爲作習因如大通智所繫珠至釋迦時方成果實今此種子漸漸積習後遇聲光發此種子轉凡入聖漸

漸積功德具足大悲心皆已成佛道若不爾者無明覆法性出十法界五陰重迷積沓若能超悟起二乘五陰乃至佛陰華嚴云心如工畫師造種種五陰一切世間中無不由心造諸陰只心作耳觀無明心畢竟無所有而能出十界諸陰此即不思議如法華云一念夢行因得果在一念眠中無明心與法性合起無量煩惱尋此煩惱即得法性問別圓俱作此譬云何異答别則隔歷圓則一念具如芥子含須彌山故名不思議華嚴性起云一微塵中有大千經卷智人開塵出經是一念無明心有煩惱法有智慧法煩惱是惡塵善塵無記塵開出法身般若解脱法華云如是性相等一界十界百千法界究竟皆等今觀此無明心從何而生爲從無明爲從法性爲共爲離若自若他四皆叵得名空解脱門只觀心性爲有爲無爲共爲離若常若斷四倒不可得名無相解脱門只此心性爲眞爲緣爲共爲離非四句所作名無作解脱門無生而說生生十法界相性也無明性即是實性亦言無明即是明明亦不可得是爲入不二法門但衆生迷倒不見心之無心明成無明云問衆生自性清淨不爲煩惱所染云何有無明生答如前責生相不可得而作十四難佛皆不答設答只長邪見大品中問有亦不得道無亦不得道乃至四句俱不得道將非世尊不得道耶佛答實得非四句耳金剛般若云須菩提於是中無實無虛大論摩乾提云痖法應得道佛答汝若證我法是時自當痖佛有時知利益亦答十四難如答淨梵志

畢故不造新答我已知汝云何知無明名故取有名新若知無明不起取有即知神及世間常無常衆生只爲愛見迷於自性隨逐諸妄緣輪不息去道甚遠五百由旬普賢觀云爲恩愛奴色使我眼法華云貪著生愛則爲所燒諸苦所因貪欲爲本不斷煩惱而入涅槃無明煩惱是如來種若斷煩惱即斷佛種故言煩惱是道場斷煩惱不名涅槃不生煩惱乃名涅槃煩惱即菩提生死即涅槃意在修三種念處觀十界色名身十界受名受十界識名心十界想行名法法性色一色一切色一切色一色一受一切受一切受一受一心一切心一切心一心一想行法一切法一切法一法將智慧性觀十法界色性名爲觀了達色中非垢非淨名爲處智慧性觀十界受性名觀了達受中非苦非樂性名爲處智慧性觀十界心性名爲觀了達心性非常非無常性名爲處智慧性觀十法界法性名爲觀了達法性非我非無我名爲處能所合標名性念處觀也次釋共念處觀觀十法界色非垢非淨雙照二諦垢之與淨其性無二無二之性即是實性次觀十界受非苦非樂雙照二諦苦之與樂其性無二無二之性即是實性次觀十界心非常非無常雙照二諦常與無常其性無二無二之性即是實性次觀十界非常非無常雙照二諦常與無常其性無二無二之性即是實性次觀十法界非我非無我雙照二諦我與無我其性無二無二之性即是實性是名共念處觀次釋緣念處菩薩觀此身受心法無緣慈悲無緣無念如

磁石吸鐵寂而常照雖無念不動而運大慈普覆十界衆生衆生無量慈悲亦無量非一廣大不可盡誓願非一廣大不可盡是名緣念處三種一心具足觀此身受心法智慧性名性念處一性念處一切性念處觀身受心法定慧均和能助大道名共念處一共念處一切共念處觀身受心法所有慈悲名緣念處一緣念處一切緣念處觀此一念無明心即是衆生衆生即法性法性即摩訶衍摩訶衍即十法界性念處利益十法界衆生同於四念處坐道場轉不思議種種法輪一切種智以爲根本無量功德之所莊嚴皆令衆生安置十地十種珍寶以爲脚足枯榮智慧以爲雙樹若見佛性非榮非枯爲中間而般涅槃雙照二諦總結四念處雖别説示人文言難見只一刹那心即是因緣所生法因緣心生滅即是三藏三十七品因緣心空是通三十七品因緣心假是别三十七品因緣心中非空非假即是圓三十七品只是一念心若横無際若竪無窮盡三諦源然此一念不横不竪若心即空即假即中是横觀此心先見空次見假後見中即是縱今諦觀心中三句實不縱不横不前不後畢竟清淨廣大法界究竟虛空觀心實性無有微塵知覺即是法名不覺不覺而覺名爲佛具足恒沙法藏虛空法門十方不可説不可説一微塵中法界佛法僧究盡實相而無積聚譬如貧人多所積聚乃名藏解脱不爾無所積聚無所積聚即眞解脱解脱即是如來無所積聚乃名虛空能觀此藏是大千經卷聞此大藏是開佛

知見知見故五眼具足五眼具足即成菩提
菩提即摩訶般若即得法身法身即眞解脱
三點不縱不横名大涅槃涅槃名諸佛法界
作是觀心是入如來室著如來衣坐如來座
舉足下足從道塲來住於佛法矣如來遺囑
令於念處修道要在茲乎問前五停心六根
互用令念處證何功德答前説似解相貌如
上今修念處進發十住眞位前觀海邊平相
曠蕩若斯況大海深廣渺渺浩浩可以智知
無俟更説

四念處卷第四

音釋

鯁 古杏切介礙也 冏 居永切開明也 掠 力仗切掠搒捶擊也 ⿹弋麦 與職切

磁 音慈鐵石引

天台四教儀

高麗沙門諦觀錄

清刻龍藏佛說法變相圖

時教圖

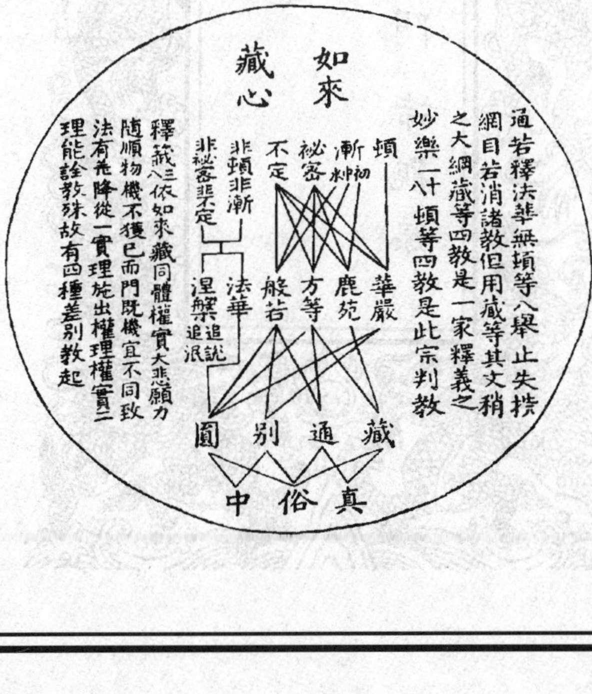

天台四教儀大科分二　初總題二　初正立題　二抄録人　二別文三　初敘時教法義散廣二　初正敘二　初能立教主　二所用判釋二　初總標　二別列二　初五時　二八教二　初正列　二喻顯　二廣結　二依廣文撮録綱要二　三結抄略指廣示異。　初標所依　二示綱要二　初總約五時八教釋教相二

天台四教儀

高麗沙門諦觀録

天台智者大師以五時八教判釋東流一代聖教罄無不盡

言五時者一華嚴時二鹿苑時（說四阿含）三方等時（說維摩思益楞伽楞嚴三昧金光明勝鬘等經）四般若時（說摩訶般若光讚般若金剛般若大品般若等諸般若經）五法華涅槃時是為五時亦名五味

言八教者頓漸祕密不定藏通別圓是名八教

頓等四教是化儀如世藥方藏等四教名化法如辨藥味

如是等義散在廣文

二約化儀明行法。　初分章　二牒釋二　初化儀四教二　二化法四教。　初正釋三　二結前生後。　初四時次第二　二第五開顯。　三料揀時味。　初列釋四　二結齊四時。　初頓教三　二漸教。　三祕密教。　四不定教。　初總標　二別釋三　三引證二　初約部教二　初部

今依大本略録綱要

初辨五時五味及化儀四教然後出藏通別圓

第一頓教者即華嚴經也從部時味等得名為頓

所謂如來初成正覺在寂滅道場四十一位法身大士及宿世根熟天龍八部一時圍繞如雲籠月爾時如來現盧舍那身說圓滿修多羅故言頓教

若約機約教未免兼權

謂初發心時便成正覺等文為圓機說圓教

處處說行布次第則為權機說別教

二教下
初機教兼權
二雙示二
初圓
二別
三雙結

故約部爲頓約教名兼
此經中云譬如日出先照高山第一
時
涅槃云譬如從牛出乳此從佛出
二約時
十二部經一乳味

三約味
初引經徵起
法華信解品云即遣旁人急追將
還窮子驚愕稱怨大喚等此領何
義
二答釋所領
答諸聲聞在座如聾若瘂等是也

二漸教三
初總標
第二漸教者此下三時三味總名爲漸
二別釋三
三總結○
初鹿苑四
初對機示處
次爲三乘根性於頓無益故不動
寂場而遊鹿苑
二約喻顯身
脫舍那珍御之服著丈六弊垢之
衣
初於頓開漸二
示從兜率降下託摩耶胎住胎出

胎納妃生子出家苦行六年已後
初垂世成道
木菩提樹下以草爲座成劣應身
二正明施教
三正施藏教二
初在鹿苑先爲五人說四諦十二
因緣事六度等教
初約部教二
二約時
若約時則日照幽谷第二時
三約味
若約味則從乳出酪此從十二部
經出九部修多羅二酪味
四引證二
初引經徵起
信解品云而以方便密遣二人聲聞
緣覺形色憔悴無威德者汝可詣彼
徐語窮子雇汝除糞此領何義
二答釋
答次頓之後說三藏教二十年中
常令除糞即破見思煩惱等義也

二方等四
初約部教二
初約部
次明方等部淨名等經彈偏折小
歎大褒圓
四教俱說藏爲半字教通別圓爲

二約教
滿字教對半說滿故言對教
二約時
若約時則食時（第三時）
三約味
若約味則從酪出生酥此從九部出方等（三生酥味）
四引證二
初引經徵起
信解品云過是已後心相體信入出無難然其所止猶在本處此領何義
二荅釋
荅三藏之後次說方等已得道果心相體信聞罵不瞋内懷慙愧心漸淳淑
三般若四
初約部教二
初部
次說般若轉教付財融通淘汰
二教
此般若中不說藏教帶通別二正說圓教
二約時
約時則禺中時（第四時）
二約末
約味則從生酥出熟酥此從方等之後出摩訶般若（四熟酥味）
四引證二
初引經徵起
信解品云是時長者有疾自知將死不久語窮子言我今多有金銀珍寶倉庫盈溢其中多少所應取與此領何義
二荅釋
荅明方等之後次說般若觀慧即是家業空生身子受敕轉教即是領知等也
○三總結
已上三味對華嚴頓教總名爲漸
○三祕密教三
初標
第三祕密教者
二釋
如前四時中如來三輪不思議故或爲此人說頓或爲彼人說漸彼此互不相知能令得益
三結
故言祕密教
○四不定教二
初正明三
初標
第四不定教者
二釋

三結

二雙結

亦由前四味中佛以一音演說法
衆生隨類各得解此則如來不思
議力能令衆生於漸說中得頓益
於頓說中得漸益
如是得益不同故言不定教也

○二結齊四時

然祕密不定二教教下義理只是
藏通別圓

○三第五時開顯三

化儀四教齊此

初法華四
初開顯三
初正明三

次說法華開前頓漸會入非頓非
漸故言開權顯實又言廢權立實
又言會三歸一

初總明部教本昔權實二
初開權顯實

言權實者名通今昔義意不同

二權實名通

謂法華已前權實不同大小相隔

別列所闡昔權實二

如華嚴時一權一實（圓實 別權）各不相
即大不納小故小雖在座如聾若
瘂是故所說法門雖廣大圓滿攝
機不盡不暢如來出世本懷

二涅槃○

初總指頓漸隔異
初隔異非本懷

所以者何初頓部有一麤（別教）一妙（圓教）
一妙則與法華無二無別若是一

二麤法須開顯

麤須待法華開會廢了方始稱妙

二別判昔麤妙三
初頓部二
二三漸

次鹿苑但麤無妙（藏教）次方等三麤（藏通別）
一妙（圓教）次般若二麤（通別）一妙（圓教）

三別示能開今經獨妙二
初約教二
初開偏麤成妙

來至法華會上總開會廢前四味
麤令成一乘妙

二示圓體同

諸味圓教更不須開本自圓融不
待開也
但是部內兼但對帶故不及法華
純一無雜
獨得妙名良有以也

初得名

故文云十方佛土中唯有一乘法無二亦無三(一教)正直捨方便但說無上道(一行)但爲菩薩不爲小乘(一人)世間相常住(一理)

二引證

二約部二

時人未得法華妙旨但見部內有三車窮子化城等譬乃謂不及餘經蓋不知重舉前四時權獨顯大車但付家業唯至實所故致誹謗之答也

二斥非

二約時

約時則日輪當午罄無側影(第五時)

三約味

約味則從熟酥出醍醐此從摩訶般若出法華(五醍醐味)

四引證二

初引經徵起

信解品云聚會親族即自宣言此實我子我實其父吾今所有皆是子有付與家業窮子歡喜得未曾有此領何義

二答釋

答即般若之後次說法華先已領知庫藏諸物臨命終時直付家業而已譬前轉教皆知法門說法華時開示悟入佛之知見授記作佛而已

○二涅槃部四

初宗意二

初雙標

次說大涅槃者有二義

二雙釋二

初捃拾殘機

一爲未熟者更說四教具談佛性令具真常入大涅槃故名捃拾教

二追留末代

二爲末代鈍根於佛法中起斷滅見夭傷慧命亡失法身設三種權扶一圓實故名扶律談常教

二同異三

初時味論同

然若論時味與法華同

二部有小異

論其部內純雜小異

三引常經證

故文云從摩訶般若出大涅槃

三時合

四料揀二

初問

二答　○三料揀時味二　初問　二答二　初標　二釋二　初約相生三　初標　二釋　三結　初標　二釋　三結　二取濃淡三　初下根三

前法華合此經爲第五時也

問此經具四教與前方等部具說四教爲同爲異

答名同義異方等中四圓則初後俱知常別則初不知後方知藏通則初後俱不知涅槃中四初後俱知

問將五味對五時教其意如何

答有二

一者但取相生次第

所謂牛譬於佛五味譬教乳從牛出酪從乳生二酥醍醐次第不亂故譬五時相生次第

二者取其濃淡

此則取一番下劣根性所謂二乘根性在華嚴座不信不解不變凡情故譬其乳次至鹿苑聞三藏教二乘根性依教修行轉凡成聖故譬轉乳成酪次至方等聞彈斥聲聞慕大恥小得通教益如轉酪成生酥次至般若奉勑轉教心漸通泰得別教益如轉生酥成熟酥次至法華聞三周說法得記作佛如轉熟酥成醍醐

二中根　三上根　○二結前生後　○二化法四教四　初藏教三　二通教○　三別教○　四圓教○　初標　二釋二　三結○　初教法二　二行位　初示名義四　初列名

此約最鈍根具經五味

其次者或經一二三四

其上達根性味味得入法界實相何必須待法華開會

上來已録五味五時化儀四教大綱如此自下明化法四教

二揀取　三引證　四准判　二教所被機二　初通標三乘　二互示聲聞三　初聲四諦二　二四諦通大〇　三四諦因果〇

第一三藏教者

一修多羅藏（四阿含等經）二阿毗曇藏（俱舍婆沙等論）三毗尼藏（五部律）

此之三藏名通大小今取小乘三藏也

大智度論云迦旃延子自以聰明利根於婆沙中明三藏義不讀衍經非大菩薩又法華云貪著小乘三藏學者

依此等文故大師稱小乘爲三藏教

此有三乘根性

初聲聞人依生滅四諦教

言四諦者

一苦諦二十五有依正二報是

初通標　二別釋四　初苦諦三　二集諦〇　三滅諦〇　四道諦〇　初牒通　二釋別二　三結〇

言二十五有者四洲四惡趣六欲并梵天四禪四空處無想及那舍（四洲四趣成八六欲天并梵王天成十五四禪四空處成二十三無想天及那舍天成二十五）

別則二十五有總則六道生死

一地獄道梵語捺落迦又語泥黎此翻苦具而言地獄者此處在地之下故言地獄謂八寒八熱等大獄各有眷屬其類無數其中受苦者隨其作業各有輕重經劫數等其最重處一日之中八萬四千生死經劫無量作上品五逆十惡者感此道身

二畜生道亦云旁生此道徧在諸處披毛戴角鱗甲羽毛四足多足

初開總出別
初標名體
二列數
二揀別成總
初總示
二別釋
初六道六
二生死○
初地獄道

有足無足水陸空行互相吞啖受苦無窮愚癡貪欲作中品五逆十惡者感此道身

三餓鬼道梵語闍黎哆此道亦徧諸趣有福德者作山林塚廟神無福德者居不淨處不得飲食常受鞭打填河塞海受苦無量諂誑心意作下品五逆十惡感此道身

四阿修羅道此翻無酒又無端正又無天或在海岸海底宮殿嚴飾常好鬭戰怕怖無極在因之時懷猜忌心雖行五常欲勝他故作下品十善感此道身

五人道四洲不同謂東弗婆提壽二百五十歲南閻浮提壽一百歲西瞿耶尼壽五

二畜生道
三餓鬼道
四脩羅道
五人道
六天道
○二生死
○三結
○二集諦三
初總標名體二

百歲北鬱單越壽一千歲命無中天聖人不出其中即八難之一皆苦樂相間在因之時行五常五戒五常者仁義禮智信五戒者不殺不盜不邪淫不妄語不飲酒行中品十善感此道身

六天道二十八天不同欲界六天色界十八天無色界四天初欲界六天者一四天王天居須彌山腹二忉利天居須彌山頂自有三十三天已上二天單修上品十善得生其中三夜摩天四兜率天五化樂天六他化自在天已上四天空居修上品十善兼坐未到定得生其中次色界十八天分爲四禪初禪三天梵衆梵輔大梵二禪三天少光無量光光音三禪三天少淨無量淨徧淨四禪九天無雲福生廣果已上三天凡夫住處修上品十善坐禪者得生其中無想天外道所居無煩無

初略名示體
二名異體同
二別釋見思二
初見惑三
初標名列使
初通略名數
二別列十使
二約界釋惑
初通示

熱善見善現色究竟已上五天第三果居處上之九天離欲麤散未出色籠故名色界坐三無色界四得禪定故得禪名天空處識處無所有處非非想已上四天只有四陰而無色蘊故得名也

上來所釋從地獄至非非想天雖然苦樂不同未免生而復死死已還生故名生死

此是藏教實有苦諦

二集諦者即見思惑

又云見修又云四住又云染汚無知又云取相惑又云枝末無明又云通惑又云界内惑雖名不同但見思耳

初釋見惑有八十八使

所謂一身見二邊見三見取四戒取五邪見已上利使六貪七瞋八癡九慢十疑已上鈍使

二別明二
初欲界
二上界
三結
二思惑三
初略名示數
二約界釋體二
初通示九地
二約界釋惑二

此十使歷三界四諦下增減不同成八十八

謂欲界苦十使具足集滅各七使除身見邊見戒取道諦八使除身見邊見四諦下合爲三十二

上二界四諦下餘皆如欲界只於每諦下除瞋使故一界各有二十八

二界合爲五十六并前三十二合爲八十八使也

二明思惑者有八十一品

謂三界分爲九地欲界合爲一地四禪四定爲八共爲九地

初欲界
欲界一地中有九品貪瞋癡慢言
九品者上上上中上下中上中中
中下下上下中下下
二上界
上八地各有九品除瞋使
三結
故成八十一也
二結
上來見思不同總是藏教實有集
諦
○三滅諦三
初牒名
三滅諦者
二示體
滅前苦集顯偏真理
三揀非
因滅會真滅非真諦
○四道諦三
初牒名
四道諦者
略則戒定慧廣則三十七道品
此三十七合為七科
一四念處一觀身不淨(色蘊)二觀受
是苦(受蘊)三觀心無常(識蘊)四觀法無
我(想行蘊)二四正勤一未生惡令不
生二已生惡令滅三未生善令生
四已生善令增長三四如意足(欲念進慧)四五根(信進念定慧)五五力(同上根名)六
七覺支(念擇進喜輕安定捨)七八正道(正見正思惟正語正業正精進正定正念正命)
二示體三
初標廣略
二別釋廣三
初標科
二列釋
三結
已上七科即是藏教生滅道諦
○二四諦通大
然如前所列四諦名數通下三教
但是隨教廣狹勝劣生滅無生無
量無作不同耳故向下名數更不
再列
○三四諦因果二
初正示
然四諦之中分世出世前二諦為
世間因果(苦果集因)後二諦為出世間
因果(滅果道因)
二料揀二
初問
問何故世出世前果後因耶
二答

一行位三　初通標　二別釋三　三總結。　初聲聞三　二支佛。　三菩薩。　初標位分科　二釋所禀法三　三結。　初標　初五停心　二別相念處　三總相念處　二釋三

答聲聞根鈍知苦斷集慕果修因
是故然也
略明藏教修行人之與位
初明聲聞位分二初凡二聖凡又
二外凡內凡
釋外凡中自分三
初五停心一多貪衆生不淨觀二
多瞋衆生慈悲觀三多散衆生數
息觀四愚癡衆生因緣觀五多障
衆生念佛觀
二別相念處知前四念處是
三總相念處一觀身不淨受心法
皆不淨乃至觀法無我身受心亦
無我中間例知已上三科名外凡亦名資粮位
二明內凡者有四謂煗頂忍世第

初凡三　二內凡　三結　初凡三　二聖三　初標　二釋三　初見道　二修道二　初二果　二三果　三無學道　三結。

一此四位爲內凡亦名加行位又名四善根位
上來內凡外凡總名凡位亦名七
方便位
次明聖位亦分三一見道初果二修
道二三果　三無學道四果
一須陀洹此翻預流此位斷三界
八十八使見惑見眞諦故名爲見
道又名聖位
二斯陀含此云一來此位斷欲界
九品思中斷前六品盡後三品猶
在故更一來
三阿那含此云不來此位斷欲殘
思盡進斷上八地思
四阿羅漢此云無學又云無生又
云殺賊又云應供此位斷見思俱

○二支佛三　初雙標　二別釋二　三同異○　初緣覺稟法四　初正明所稟　二諦緣開合三　初標　二徵釋　三重釋　三正示境觀二

盡子縛已斷果縛猶在名有餘涅槃若灰身滅智名無餘涅槃又名孤調解脫

略明聲聞位竟

次明緣覺亦名獨覺

值佛出世稟十二因緣教

所謂一無明煩惱障煩惱道二行業障業道此二支屬過去三識託胎一分氣息四名色名是心色是質五六入六根成此胎中六觸出胎七受領納前境好惡等事從識至受名現在五果八愛愛色男女金銀錢物等事九取凡見一切境皆生取著心此二未來因皆屬煩惱如過去無明十有業已成就是未來因屬業道如過去行十一生未來受生事十二老死此是所滅之境

與前四諦開合之異耳

初順推境　二順推觀　四結　二獨覺自觀　○三同異二　初二種自揀　二對聲聞揀二　初斷正同　二侵習異

云何開合謂無明行愛取有此之五支合為集諦餘七支為苦諦也既名異義同何故重說為機宜不同故

緣覺之人先觀集諦所謂無明緣行行緣識乃至生緣老死此則生起

若滅觀者無明滅則行滅乃至生滅則老死滅

因觀十二因緣覺眞諦理故言緣覺

言獨覺者出無佛世獨宿孤峯觀物變易自覺無生故名獨覺

兩名不同行位無別

此人斷三界見思與聲聞同

○二菩薩二

更侵習氣故居聲聞上

初能弘所弘

次明菩薩位者從初發心緣四諦境發四弘願修六度行

二釋所弘法二

初行二

初發願

一未度者令度即衆生無邊誓願度此緣苦諦境二未解者令解即煩惱無盡誓願斷此緣集諦境三未安者令安即法門無量誓願學此緣道諦境四未得涅槃者令得涅槃即佛道無上誓願成此緣滅諦境

二修行二

既已發心須行行填願

二成道。

初結前生後

於三阿僧祇劫修六度行百劫種相好

二正明修行二

言三阿無僧祇數劫時者且約釋迦修菩薩道時論分限者

初總標

二釋相三

初三祇行行二

初總牒

從古釋迦至尸棄佛值七萬五千佛名初阿僧祇從此常離女身及四惡趣常修六度然自不知當作佛若望聲聞位即五停心總別念處外凡

二示相二

初初祇

次從尸棄佛至然燈佛值七萬六千佛名第二阿僧祇此時用七莖蓮華供養布髮掩泥得受記莂號釋迦文爾時自知作佛口未能說若望聲聞位即煗位

二二祇

次從然燈佛至毗婆尸佛值七萬七千佛名第三阿僧祇滿此時自知亦向人說必當作佛自他不疑若望聲聞位即頂位

三三祇

二百劫種相二

經如許時修六度竟更住百劫種

初緒前生後
相好因修百福成一相
二別示福相
福義多途難可定判又云大千盲人治差爲一福等
三六度滿相三
初總標
修行六度各有滿時
二示相
如尸毗王代鴿檀滿普明王捨國尸滿羼提仙人爲歌利王割截無恨忍滿大施太子抒海弃七日翹足讚弗沙佛進滿尚闍梨鵲巢頂上禪滿劬嬪大臣分閻浮提七分息諍智滿望初聲聞位是下忍位
○二成道四
初八相
二第六
次入補處生兜率託胎出胎出家
三第七
降魔安坐不動爲中忍位次一刹那入上忍位次一刹那入世第一位
四第八
發眞無漏三十四心頓斷見思習氣坐木菩提樹下生草爲座成劣應丈六身佛受梵王請三轉法輪度三根性住世八十年現老比丘相薪盡火滅入無餘涅槃者即三藏佛果也
○三結
上來所釋三人修行證果雖則不同然同斷見思同出三界同證偏眞只行三百由旬入化城耳
○三結
略明藏教竟
○二通教三
初標
次明通教者
二釋四
初名丁
初前後
通前藏教通後別圓故名通教
二當教
又從當教得名謂三人同以無言說道體色入空故名通教
二位二
依大品經乾慧等十地即是此教位次也

三揀藏通〇
四所屬文〇
初當教四
初總標
二細釋二
初九地

一乾慧地未有理水故得其名即外凡位與藏教五停心總別等三位齊二性地相似得法性水伏見思惑即内凡位與藏教四善根齊三八人地四見地此二位入無間三昧斷三界八十八使見盡發真無漏見真諦理與藏教初果齊五薄地斷欲界九品思前六品與藏教二果齊六離欲地斷欲界九品思盡與藏教三果齊七已辦地斷三界見思惑盡但斷正使不能侵習如燒木成炭與藏教四果齊聲聞位齊此八辟支佛地更侵習氣如燒炭成灰九菩薩地正使斷盡與二乘同扶習潤生道觀雙流遊戲神通淨佛國土

二佛地三
初成佛

十佛地機緣若熟以一念相應慧頓斷殘習坐七寶菩提樹下以天衣為座現帶劣勝應身成佛

二說法

為三乘根性轉無生四諦法輪

三涅槃

緣盡入滅正習俱除如炭灰俱盡

三引證

經云三獸渡河謂象馬兎也喻斷惑不同故又經云諸法實相三乘皆得亦不名佛即此教也

四同異
二前後二
初標

此教三乘因同果異證果雖異同斷見思同出分段同證偏真

二釋二
初鈍根通前

然於菩薩中有二種謂利鈍

二利根通後二
初正釋

鈍則但見偏空不見不空止成當教果頭佛行因雖殊果與藏教齊故言通前

二揀位二
初問
二答二
初通定三根

若利根菩薩非但見空兼見不空不空即中道分二種謂但不但若見但中別教來接若見不但中圓教來接故言通後

問何位受接進入何位

答受接人三根不同若上根三地四地被接中根之人五地六地下根之人七地八地

二入位真似

所接之教真似不同若似位被接別十迴向圓十信位若真位受接別初地圓初住

○三揀藏通二
初問

問此藏通二教同是三乘同斷四住止出三界同證偏真同行三百由旬同入化城何故分二

二答二
初許所問

答誠如所問

二立答同異二
初雖同而異

然同而不同所證雖同大小巧拙永異此之二教是界內教

二別釋異義二
初藏小拙

藏是界內小拙不通於大故小析色入空故拙此教三人雖當教內有上中下異望通三人則一槩鈍根故須析破也

二通大巧二
初正釋

通教則界內大巧大謂大乘初門故巧謂體色入空故雖當教中三人上中下異若望藏教則一槩為利

二所揀位二
初問

問教既大乘何故有二乘之人

二答

答朱雀門中何妨庶民出入故人雖有小教定是大大乘兼小漸引入實豈不巧哉

○四所屬文

般若方等部內共般若等即此教

○三結
三別教三
初標
二釋二
三結○

也

初略辨名義二

初正釋

略明通教竟

次明别教者

此教明界外獨菩薩法教理智斷行位因果别前二教别後圓教故名别也

二引證

涅槃云四諦因緣有無量相非聲聞緣覺所知

二正列位行二

三别示隨機。

初總指

諸大乘經廣明菩薩歷劫修行行位次第互不相攝此並别教之相也

二别列二

初總列諸經二

初正列

華嚴明十住十行十迴向爲賢十地爲聖妙覺爲佛瓔珞明五十二位金光明但出十地佛果勝天王明十地涅槃明五行

二辨意

如是諸經增減不同者界外菩薩隨機利益豈得定説

二别依瓔珞二

初分科二

初準經

然位次周足莫過瓔珞經故今依彼略明菩薩歷位斷證之相

二分科

以五十二位束爲七科謂信住行向地等妙又合七爲二初凡二聖就凡又二信爲外凡住行向爲内凡亦名爲賢約聖亦二十地等覺爲因妙覺爲果大分如此自下細釋

二細釋二

初凡二

初言十信者一信二念三精進四慧五定六不退七迴向八護法九戒十願此十位伏三界見思煩惱故名伏忍位(外凡)與藏教七賢位通教乾慧性地齊

初外凡　二内凡三　初十住　上十行　三十回向

次明十住者一發心住（斷三界見惑盡與藏教初果通教八人見地齊）二治地三修行四生貴五具足方便六正心七不退（已上六住斷三界思惑盡得位不退與藏通二佛齊）八童眞九法王子十灌頂（已上三住斷界内塵沙伏界外塵沙）（前二不知名目）亦名習種性用從假入空觀見眞諦理開慧眼成一切智行三百由旬

次明十行者一歡喜二饒益三無違逆四無屈橈五無癡亂六善現七無著八難得九善法十眞實（斷界外塵沙惑）亦云性種性用從空入假觀見俗諦開法眼成道種智

次明十迴向者一救護衆生離衆生相二不壞三等一切諸佛四至一切處五無盡功德藏六入一切平等善根七等隨順一切衆生八眞如相九無縛無著解脫十入法界無量（伏無明習中觀）亦名道種性行四百由旬居方便有餘土（已上三十位爲三賢）（亦名内凡從八住至此爲行不退位）

二聖二　初因二　初十地

次明十地者一歡喜（從此用中道觀破一分無明顯一分三德乃至等覺俱名聖種性）此是見道位又無功用位百界作佛八相成道利益衆生行五百由旬初入實報無障閡土初入寶所二離垢地三發光地四燄慧地五難勝地六現前地七遠行地八不動地九善慧地十法雲地（已上九地地地各斷一品無明證一分中道）

二等覺　二果二　初成佛　二說法　三別示隨機二　初正明隨機三　初點示教道　二借別名通　二借別名圓　二勸審斷證　三結。　四圓教三　初標　二釋二　三結。

更斷一品入等覺位亦名金剛心
亦名一生補處亦名有上士
更破一品無明入妙覺位坐蓮華
藏世界七寶菩提樹下大寶華王
座現圓滿報身
為鈍根菩薩衆轉無量四諦法輪
即此佛也
有經論說七地已前名有功用道
入地已上名無功用道妙覺位但
破一品無明者總是約教道說
有處說初地斷見從二地至六地
斷思與羅漢齊者此乃借別教位
名名通教位耳
有云三賢十聖住果報唯佛一人
居淨土此借別教名明圓教位也

初名義　二功用　初名用二　二位次二　初總指　二列釋二　初位次二　二六即。　初列　二結　初通列諸經二　二別依二經二　初標　二釋二　初凡二

如此流類甚衆須細知當教斷證
之位至何位斷何惑證何理往判
諸教諸位無不通達
略明別教竟
次明圓教者
圓名圓妙圓滿圓足圓頓故名圓
教也
所謂圓伏圓信圓斷圓行圓位圓
自在莊嚴圓建立衆生
諸大乘經論說佛境界不共三乘
位次總屬此教也
法華中開示悟入四字對圓教住
行向地此四十位華嚴云初發心
時便成正覺所有慧身不由他悟
清淨妙法身湛然應一切此明圓

二聖。
初外凡三
二內凡。
初牒
二釋五
三結位對判。
初隨喜品二
二讀誦品。
三說法品。
四兼行六度。
五正行六度。
初標
二釋二
初正行二
二助行。

四十二位維摩經云薝蔔林中不嗅餘香入此室者唯聞諸佛功德之香又云入不二法門般若明最上乘涅槃明一心五行又經云有人入大海浴已用一切諸河之水又娑伽羅龍澍車軸雨唯大海能受餘地不堪又擣萬種香爲丸若燒一塵具足衆氣

如是等類並屬圓教

今且依法華瓔珞略明位次有八

一五品弟子位外凡出法華經 二十信位內凡 三十住位聖初 四十行五十迴向六十地七等覺是因位末 八妙覺是果位

初五品位者

一隨喜品

初引經
二徵釋二
初徵
二釋三
初總答
二別釋二
三結。
初心體
二示體德
三喻顯
初心法二
二生佛
初約所隨立妙解二
二約能隨立妙行二
初標境觀

經云若聞是經而不毀訾起隨喜心

問隨喜何法

答妙法

妙法者即是心也

妙心體具

如如意珠

心佛及衆生是三無差別

此心即空即假即中

常境無相常智無緣

無緣而緣無非三觀無相而相三諦宛然

初心知此慶已慶人故名隨喜

內以三觀觀三諦境外以五悔勤加精進助成理解

二境智俱亡　三境智俱立　三結示　二助行三　初結前義　二正釋二　三例後　初總標　二雙釋二　初理懺　二事懺二　初正明五　二結　初懺悔二　初正釋三

言五悔者有二一理二事
理懺者若欲懺悔者端坐念實相
衆罪如霜露慧日能消除即此義
也
言事懺者晝夜六時三業清淨對
於尊像披陳過罪無始已來至于
今身凡所造作殺父殺毋殺阿羅
漢破和合僧出佛身血邪淫偷盜
妄言綺語兩舌惡口貪瞋癡等如
是五逆十惡及餘一切隨意發露
更不覆藏畢故不造新
若如是則外障漸除內觀增明
如順流舟更加櫓棹豈不速疾到
於所止
修圓行者亦復如是正觀圓理事

初法二　初首罪　二能助　二喻　三合　二斥非二　初總斥　二別斥二　初撥無因果斥　二撥謬執法斥　初擧執計二　初擧所執法　二擧能計情　二約教斥二　初判屬理即

行相助豈不速至妙覺彼岸
莫見此說便謂漸行謂圓頓無如
是行謬之甚矣
何處天然彌勒自然釋迦
若纔聞生死即涅槃煩惱即菩提
即心是佛不動便到不加修習便
成正覺者
十方世界盡是淨土觸向對面無
非覺者
今雖然即佛此是理即亦是素法
身無其莊嚴何關修證者也
我等愚輩纔聞即空便廢修行不
知即之所由鼠喞鳥空廣在經論
尋之思之
二勸請者勸請十方諸如來留身

二重斥所計
久住濟舍識

二勸請
三隨喜者隨喜稱讃諸善根

三隨喜
四迴向者所有稱讃善盡迴向菩

四回向
提

五發願
五發願者若無發心萬事不成故

○二結
須發心以導前四

○二例後
是爲五悔

○二讀誦品二
下去諸位直至等覺總用五悔更

初標
不再出例此可知

二釋二
二讀誦品者

初引經
經云何況讀誦受持之者

二釋意
謂內以圓觀更加讀誦

三喻顯
如膏助火

○三說法品三
三說法品者

初標
經云若有受持讀誦爲他人說

二釋二
內解轉勝導利前人化功歸巳心

初引經
倍勝前

二釋意
四兼行六度

○四兼行六度品四
經云況復有人能持是經兼行布

初標
施等

二釋二
福德力故倍增觀心

初引經
五正行六度者

二釋意
經云若人讀誦爲他人說復能持

○五正行六度品五
戒等

初標
謂自行化他事理具足觀心無閡

二釋二
轉勝於前不可比喻

初引經
此五品位圓伏五住煩惱外凡位

二釋意
也與別十信位同

○三結位對別
次進六根清淨位即是十信

○二內凡二
初信斷見惑顯眞理與藏教初果

初總標
二別釋二
初七信二
初初信

通教八人見地別教初住齊證位不退也

次從二信至七信斷思惑盡與藏通二佛別教七住齊三界苦集斷盡無餘

二後六
初正釋二
二引證
初仁王二

故仁王云十善菩薩發大心長別三界苦輪海

二釋二
初正解十善

解曰十善者各具十善也

二定屬圓信

若別十信即伏而不斷故定屬圓信

初引
二本期三
初正明

然圓人本期不斷見思塵沙意在入位斷無明見佛性

二喻

然譬如冶鐵麤垢先去非本所期意在成器器未成時自然先落雖見先去其人無一念欣心所以者何未遂所期故

三合

圓教行人亦復如是雖非本所望自然先落

次永嘉二
初引

永嘉大師云同除四住此處爲齊若伏無明三藏則劣即此位也

二釋二
初同齊

解曰四住者只是見思謂見爲一名見一切處住地思惑分三一欲愛住地欲界九品思二色愛住地色界四地各九品思三無色愛住地無色界四地各九品思此之四住三藏佛與六根清淨人同斷故言同除四住也

二伏劣

言若伏無明三藏則劣者無明即界外障中道之別惑三藏教止論界內通惑無明名字尚不能知況

三三信
三聖二
初因位三
初十住二
初初住三
二行向地。
三等覺。
二果位。

復伏斷故言三藏則劣也

初正釋二

次從八信至十信斷界内外塵沙惑盡假觀現前見俗諦理開法眼成道種智行四百由旬與别教八九十住及行向位齊行不退也

初內證

次入初住斷一品無明證一分三德謂解脱般若法身此之三德不縱不横如世伊三點若天主三目

二外化

現身百界八相成道廣濟羣生

二引證二

初引經

華嚴經云初發心時便成正覺所有慧身不由他悟清淨妙法身湛然應一切

二解釋二

初約成二

初正釋二

解曰初發心者初住名也便成正覺者成八相佛也是分證果即此

初正釋

教眞因

二斥謬二

謂成妙覺謬之甚矣若如是者二住已去諸位徒施

初因為果

若言重説者佛有煩重之咎

二引教重詰

雖有位位各攝諸位之言又云發心究竟二不别須知攝之所由細識不二之旨

三引文勸審

龍女便成正覺諸聲聞人受當來

二引同

成佛記莂皆是此位成佛之相

二三身

慧身即般若德了因性開發妙法身即法身德正因性開發應一切即解脱德即緣因性開發如此三身發得本有故言不由他悟

三結成

二在

中觀現前開佛眼成一切種智行五百由旬到寳所初居實報無障

○二行圓地二

閡土念不退位

初行三
次從二住至十住各斷一品無明增一分中道與別教十地齊
初明二行與別同
次入初行斷一品無明與別教等覺齊次入二行與別教妙覺齊
二明後位與別異
從三行已去別教之人尚不知名
三釋同所以二
字何況伏斷以別教但破十二品無明故
初以因爲果
故以我家之真因爲汝家之極果
二因果所以二
只緣教彌權位彌高教彌實位彌下
初所以
譬如邊方未靜借職則高定爵論勲其位實下
二喻顯
故權教雖稱妙覺但是實教中第二行也
三結同
次從三行已去至十地各斷一品
二三行至十地
無明增一分中道即斷四十品惑也
○三等覺
更破一品無明入等覺位此是一生補處
○三果位二
進破一品微細無明入妙覺位永別無明父母究竟登涅槃山頂諸
初明成智斷
法不生般若不生不生不生名大涅槃
二座身土圓
以虛空爲座成清淨法身居常寂光土即圓教佛相也
○二六即四
然圓教位次若不以六即判之則多濫上聖故須六即判位
初略明所以
謂一切衆生皆有佛性有佛無佛性相常住又云一色一香無非中道等言總是理即次從善知識及

二正判位次

從經卷聞見此言爲名字即依教修行爲觀行即五品位 相似解發爲相似即十信位 分破分見爲分證即從初住至等覺 智斷圓滿爲究竟即妙覺位

二重釋二字

約修行位次從淺至深故名爲六約所顯理體位位不二故名爲即

四識勸

是故深識六字不生上慢委明即字不生自屈可歸可依思之擇之

三結

略明圓教位竟

二別約化法略明行法二

初總明法被四機

然依上四教修行時各有方便正修謂二十五方便十乘觀法若教教各明其文稍煩義意雖異名數不別故今總明可以意知

二從略述一種二

初方便二

初分科

言二十五方便者束爲五科一具五緣二訶五欲三棄五蓋四調五事五行五法

二牒釋五

初具五緣五

初持戒清淨

初明五緣者一持戒清淨如經中說依因此戒得生諸禪定及滅苦智慧是故比丘應持淨戒有在家出家大小乘不同

二衣食具足

二衣食具足衣有三一者如雪山大士隨所得衣蔽形即足不遊人間堪忍力成故二者如迦葉等集糞埽衣及但三衣不畜餘長三者多寒國土如來亦許三衣之外畜百一衆具食亦有三一者上根大士深山絶世菜根草果隨得資身二常乞食三檀越送食僧中淨食

三閑居靜處

三閑居靜處不作衆事名閑無憒閙處名靜處有三例衣食可知

三結意〇

二正修〇

四息諸緣務

四息諸緣務息生活息人事息工巧技術等

五近善知識

五近善知識有三一外護善知識二同行善知識三教授善知識

二訶五欲五

初訶色

第二訶五欲一訶色謂男女形貌端嚴脩目高眉丹脣皓齒及世間寶物玄黄朱紫種種妙色等

二訶聲

二訶聲謂絲竹環珮之聲及男女歌詠聲等

三訶香

三訶香謂男女身香及世間飲食香等

四訶味

四訶味謂種種飲食肴膳美味等

五訶觸

五訶觸謂男女身分柔輭細滑寒時體温熱時體涼及諸好觸等

三棄五蓋

第三棄五蓋謂貪欲瞋恚睡眠掉悔疑

四調五事

第四調五事謂調心不沉不浮調身不緩不急調息不澀不滑調眠不節不恣調食不饑不飽

五行五法五

初欲

第五行五法一欲欲離世間一切妄想顛倒欲得一切諸禪定智慧門故

二精進

二精進堅持禁戒棄於五蓋初中後夜勤行精進故

三念

三念念世間欺誑可輕可賤禪定智慧可重可貴

四巧慧

四巧慧籌量世間樂禪定智慧樂得失輕重等

五一心

五一心念慧分明明見世間可患可惡善識禪定智慧功德可尊可

貴

三結意

此二十五法爲四教前方便故應須具足若無此方便者世間禪定尚不可得豈況出世妙理乎然前明教既漸頓不同方便亦異依何教修行臨時審量耳

三正修二

初總標法被四機

次明正修十乘觀法亦四教名同義異今且明圓教餘教例此

二別明圓教十

初觀不思議境

一觀不思議境謂觀一念心具足無減三千性相百界千如即此之境即空即假即中更不前後廣大圓滿橫竪自在故法華經云其車高廣（上根正觀此境）

二發菩提心

二真正發菩提心謂依妙境發無作四弘誓願憫已憫他上求下化故經云又於其上張設幰蓋

三巧安心

三善巧安心止觀謂體前妙理常恒寂然名爲定寂而常照名爲慧故經云安置丹枕（車內枕）

四破法徧

四破法徧謂以三觀破三惑三觀一心無惑不破故經云其疾如風

五識通塞

五識通塞謂苦集十二因緣六蔽塵沙無明爲塞道滅滅因緣智六度一心三觀爲通若通須護有塞須破於通起塞能破如所破節節撿校名識通塞經云安置丹枕（車外枕）

六調道品

六道品調適謂無作道品一一調停隨宜而入經云有大白牛等（已上五中根）

七對治助開

八知位次

七對治助開謂若正道多障圓理

不開須修事助謂五停心及六度
等經云又多僕從此下爲下根

九能安忍

八知位次謂修行之人免增上慢
故

十離法愛

九能安忍謂於逆順安然不動策
進五品而入六根

○三結杪略指廣示意三

十離法愛謂莫著十信相似之道
須入初住真實之理經云乘是寶
乘遊於四方遊四十位直至道場妙覺位

初結杪略

謹案台教廣本杪録五時八教略
知如此

二指廣

若要委明之者請看法華玄義十
卷委判十方三世諸佛說法儀式

三示諸家

猶如明鏡及淨名玄義中四卷全
判教相

自從此下略明諸家判教儀式耳

天台四教儀

音釋

淘汰淘音桃汰他蓋切淘汰漸灡也　禺中禺元俱切日在巳曰禺中　捃居運切拾取也　啖徒濫切與噉同食也　哆丁可切　煗㬉並乃管切與暖同　莂彼列切　鴿古沓切鳩屬　抒神呂切挹也　憒鬧憒古對切心亂也鬧奴教切不靜也

天台四教儀集註

南天竺沙門　蒙潤　集

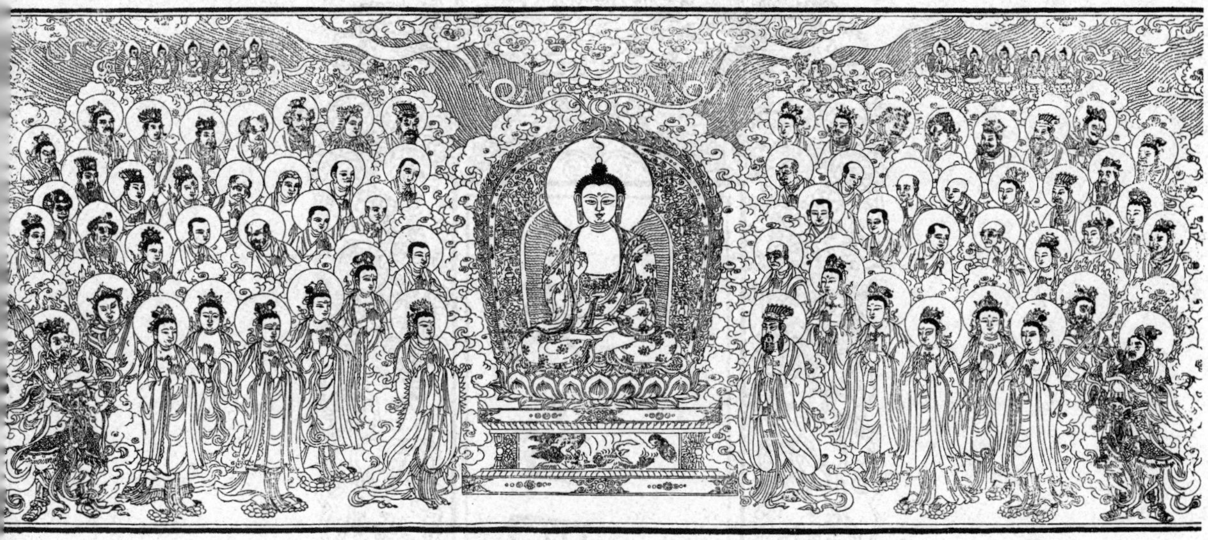

清刻龍藏佛說法變相圖

天台四教儀集註序

天台四教儀者實教門之要道也自昔至今註釋者衆或略而不備或博而太繁剏又節去正文但標初後苟非精誦者莫之能閱也今集諸部之文註於其下將無便於披覽者歟其間一二與諸家有同異者蓋述所聞於先德非任胸臆也若夫文末正修初來觀法文雖簡約理亦備焉諸新學人究心於玆忘言忘思筌罤俱擲奚以是爲然能爾也則無適而不可亦豈離是云乎哉時元統甲戌夏五南天竺白蓮華沙門蒙潤謹序

天台四教儀集註卷第一

南天竺沙門　蒙潤　集

天台四教儀

天台山名也天者顛也元氣未分混而爲一兩儀既判清而爲天濁而爲地此本俗名且依俗釋台者星名也其地分野應天三台故以名焉如輔行一上十七此山即大師棲身入寂之所蓋以西方風俗稱名爲尊此土避名爲敬故以此處顯其人也復以人命家則天台爲宗矣今題意在焉四教者別文明化儀化法有乎八教今但言四教者以通名立題義攝兩種蓋非化儀無以判非化法無以釋一書之旨莫越於斯教者聖人被下之言亦詮理化物爲義問或約化儀立題乃據籤文化儀四教文義整足任運攝得三藏等四爲證或謂須宣藏等以爲頓等謂化儀無體又謂頓等四教古師亦用藏等四教起自天台以此爲化法立題今何以從通名耶荅化儀化法有體無體或彼此相攝文各有意皆不爲此立題而設況古師所立頓等與今不同故妙樂以頓等藏等爲天台一家判釋之綱目今此一書既明判釋立題四教豈偏屬乎儀者天台一家四教判釋儀式也文末既云自從此下畧明諸家判教儀式顯今一書明判明釋在乎天台豈可謂如來施化次第儀式耶

高麗沙門

諦觀録高麗東夷國名沙門此云勤息謂勤行衆善止息諸惡故又沙門復以釋爲

姓者始於晉安法師也後增一阿含來此土云四河入海同一鹹味四姓出家皆名爲釋文顯性録以四句揀云一是沙門非釋子出家外道二是釋子非沙門在家釋種此王種之釋也三是釋子是沙門兩土之僧此四姓出家通稱爲釋四非釋子非沙門兩土之俗四句揀之無遺矣或謂是釋子是沙門乃釋種出家且梵土餘種出家及此土之僧皆稱沙門釋子爲何句收耶録謂觀師抄録台教綱要也

天台智者大師

拾遺記云天台棲真之處智者隋主所稱大師羣生模範亦帝王大臣所師也

以五時八教判釋東流一代聖教罄無不盡

五時八教本是如來所説之法大師依義立名用此判釋一代聖教故云以也然上天台智者乃能判能釋之人東流聖教乃所判所釋之法五時八教乃判釋之儀式也蓋天台準法華意判釋諸經如籤文云判釋準乎部教部教之義唯在法華判謂剖判釋謂解釋妙樂云頓等是此宗判教之大綱藏等是一家釋義之綱目如以化儀判華嚴爲頓以化法別圓解釋乃至判法華爲非頓非漸以純圓獨妙解釋

五時八教判釋之圖

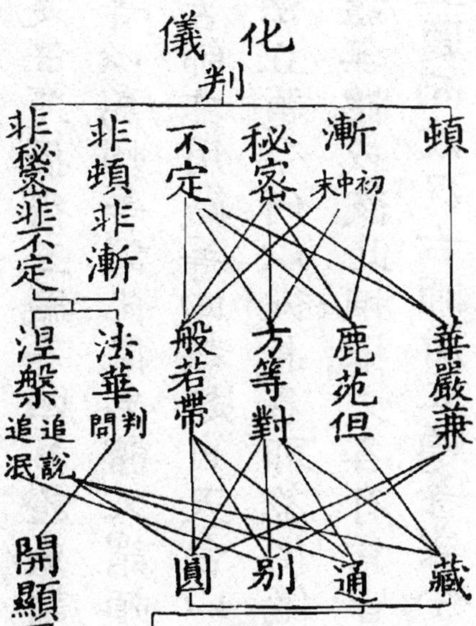

東流者佛法自西而流東也代者更也如來五十年說法爲一代今以五時八教判釋無遺若爾妙玄何云柰苑之前不預小攝耶須知妙玄約時破古謂說提謂經時乃未轉法輪已前未有僧寶故破古師不應於鹿苑前別立提謂爲人天小教若約法收經則如四教義云三藏明世間布施持戒禪定即是人天之教並正因緣所生善法此已爲三藏所攝故先達云約時破古不當五時所收約法收經義當三藏所攝也

言五時者一華嚴時

從經題立時雖歷七處八會（新經九會）秖是一經因行如華莊嚴果德具云大方廣佛華嚴經此人法譬三具足立題更有單三複三

七種立題
- 單三
  - 人—佛說阿彌陀經等
  - 法—涅槃經等
  - 譬—梵網經等
- 複三
  - 人法—文殊問般若經等
  - 法譬—妙法蓮華經等
  - 人譬—如來獅子吼經等
- 具足
  - 人法譬—大方廣佛華嚴經等

舊經晉譯五十卷或六十卷成新經唐譯八十卷成若龍宮三本上本十三世界微塵數品中本四十九萬八千八百偈下本十萬偈四十八品今但有三十九品如釋籤十（十八）舊立四種華嚴祖無顯文考大師荊溪之意則有約時約處約理之不同約理則曰法界約處或曰寂場約時曰三七

曰或時長盡未來際何得認此名言便謂華嚴有四種之別且其間於義有妨不應以後分時長華嚴而爲寂場又不應將通五時中通後之義爲時長也問華嚴時長爲至何時答如妙樂云義當轉教時也經家取後分部類相從結歸前分華嚴部内此即通五時中文通之類也若般若明華嚴海空及日若垂沒餘輝峻嶺與夫蓮華藏海通至涅槃之後此於他部明華嚴義不可結歸本部乃通五時中義通之類非時長也

二鹿苑時

從處立時說經雖多同一處故乃如來昔生垂化之地緣如輔行輔行羣鹿所居故名鹿苑從樹爲名亦名柰苑二仙所居亦名仙苑

說四阿含

阿含翻無比法妙玄十初云增一明人天因果中明真寂深義雜明諸禪定長破外道而通說無常知苦斷集證滅修道文

三方等時

廣談四教均被衆機說經既多處亦不一故約法立時也若普賢觀稱方等者從理得名如釋籤六十五云此以理等名方等典若止觀二六云四門入清涼池曰方所契之理曰等此約行理合論今是生酥調斥之方等義應屬事

說維摩

具云維摩詰所說經人法立題此云淨名亦翻淨無垢稱

思益
具云思益梵天所問經綱明菩薩答
楞伽
翻不可往
楞嚴三昧
楞嚴翻健相三昧翻調直定亦云正心行
處
金光明
金即法身光即般若明即解脱單法立題
玄文順古復約譬喻一釋格他譬法不周
其如經題是法非譬又不可以被利鈍機
雙存法譬也
勝鬘等經
具云勝鬘獅子吼一乘大方便方廣經勝
鬘夫人即舍衛國波斯匿王女末利夫人
所生爲踰闍國妃
四般若時
説摩訶般若光讃般若金剛般若大品般若等諸般若經從經題立時
般若翻智慧般若尊重智慧輕薄即五種
不番之一也摩訶翻大多勝以多含故不
翻光讃經云於是世尊從其舌本悉覆佛
土而出無數百千光明照三千界其光明
中自然而植金蓮華其蓮華上各有諸佛
講説此經光即光明讃即講説即大品上
帙金剛從喻立名以金中精剛能斷難斷
喻般若斷疑蕩相亦名小般若乃大部六
百卷中第五百七十七卷大品輔行五上
七云大品凡列法門無不皆以五陰爲首
等諸般若經者謂等於小品放光仁王天
王文殊問般若等

五法華涅槃時

從經題立時以此二經同醍醐故具云妙法蓮華經妙名不可思議法即十界十如權實之法蓮華譬上權實法也涅槃具云摩訶般涅槃那此云大滅度大即法身滅即解脫度即般若即三德秘藏也

是爲五時

結也

亦名五味

五時在大部中或作五味列故云亦也五時說法頌云阿含十二方等八二十二年般若談法華涅槃共八年華嚴最初三七日

言八教者頓漸秘密不定藏通別圓是名八教

初總標不從漸來直說於大時部居初故名爲頓中間三味次第調停破邪立正(鹿苑)引小向大(方等)會一切法皆摩訶衍(般若)故名爲漸不思議力同聽異聞互不相知名秘密教聞小證大聞大證小得益不同名不定教經律論三各含文理條然不同名三藏教三乘共行鈍同三藏利根菩薩通後別圓故名通教獨菩薩法別前藏通次第修證別後圓教故名別教教理智斷行位因果滿足頓妙一切圓融故名圓教

頓等四教是化儀如世藥方藏等四教名化法如辨藥味

化儀化物儀式化法化物方法義例(五)云頓等四教是佛化儀藏等四教是佛化法如是等義散在廣文今依大本畧錄綱要

廣文一家教部即下文廣本也大本即法華玄義今文所録通依一家廣文如文末云謹案台教廣本的依大本玄義如云請看法華玄義十卷

初辨五時五味及化儀四教然後出藏通別圓

此明今文抄録之法化儀屬部故與時味兼明化法屬教故後別明也

第一頓教者即華嚴經也

此判部屬頓

從部時味等得名爲頓

此釋出屬頓所以也部唯約法時兼法譬味專約譬最初說大時味俱初故得頓名

此下所謂如來等約部判頓此經中云下約時判頓涅槃云下約味判頓後準法華判也

所謂如來初成正覺在寂滅道場四十一位法身大士及宿世根熟天龍八部一時圍繞如雲籠月爾時如來現盧舍那身說圓滿修多羅故言頓教

如來乘如實道來成正覺文句九十一初成正覺三七日說大化之始故曰初成離邪曰正背妄曰覺寂滅道場寂五住煩惱滅二種生死得道之場故曰道場即摩竭提國阿蘭若處處隨法轉名寂滅場四十一位圓教住行向地等覺別地已上證道同圓四念處云華嚴後無等覺者乃部中談位不可以此而難今文經前列衆也法身大士破無明惑得無生忍捨生身已居實報土受法性身故曰法身上求下化建立

大事故曰大士宿世根熟佛化衆生種熟脱三時時不廢謂種在久遠熟在宿世脱在今日天龍八部天龍別名八部總稱總別兼舉也天一龍二夜叉三乾闥婆四阿修羅五迦樓羅六緊那羅七摩睺羅伽八人非人等總結八部龍鬼等得預法會者乘急戒緩故大師準涅槃經云於戒緩者不名爲緩於乘緩者乃名爲緩之文遂開乘戒四句

乘戒緩急四句
- 一乘急戒緩——四趣聞法由乘急故
- 二戒急乘緩——人天着樂不聞法由乘緩故
- 三乘戒俱急——人天聞法悟道戒乘急故
- 四乘戒俱緩——四趣不聞法戒乘緩故

如雲籠月月喻教主具智斷二德初一至十五謂之白月智光漸增故譬智德十六至三十日謂之黑月邪光漸滅故譬斷德爾時如來指丈六身即境本定身也現盧舍那身現即現起盧舍那翻淨滿謂諸惡都盡故淨衆德悉圓故滿自報亦翻光明遍照他報亦名尊特亦名勝應新譯華嚴云毘盧遮那妙樂九廿七破云近來翻譯法報不分二三莫辨文然華嚴教主經疏諸文或云釋迦或云舍那者蓋是釋迦現起舍那故也而淨覺謂本是實報土身應下二土故解謗破云汝執藏塵爲尊特相樹下之身有此相否故昇須彌山頂品云爾時世尊不離一切菩提樹下而上昇須彌向帝釋殿豈非華嚴是千百億應身所說此身既被別圓之機見是尊特何須獨指花臺

受職身耶文蓋指千百億應身中之一身
所說月堂云境本定身則是釋迦機感見
相乃是舍那此即釋迦境本定身現起舍
那尊特也上品相好下品尊特二現言之
正當須現圓滿修多羅約圓實部主說釋
籤云華嚴頓部正在圓真兼申別俗修多
羅翻契經聖教之都名若十二部中直說
法相者名修多羅今非此意故言頓教結
部屬頓也

若約機約教未免兼權

機是所被教是能被機有別圓教兼權實
輔行曰約部約味得名爲頓部内之教教
仍兼漸

謂初發心時便成正覺等文爲圓機說圓教

此釋能兼之圓如後釋等文者等於三無
差別之文

處處說行布次第則爲權機說別教

此釋所兼之別凡經文處處所說行列排
布恒沙法門歷劫修行次第之義皆別教
也今文欲顯部中機教兼權故指經中別
圓各說顯文爲證若別圓間說及分圓即
別融別即圓義非一槩也

故約部爲頓

此結從部爲頓

約教名兼

此結部中機教兼權

此經中云譬如日出先照高山第一時

晉譯華嚴二十九寶王如來性起品文有
四照合法有五今家約義引經但作三照
又復義開平地爲三用對涅槃五味妙玄

一六釋籤一十七別行義疏記云彼經預叙一代始終故立譬云猶如日出先照高山次照幽谷後照平地今家義開平地爲三對於涅槃五味文曰譬於佛光譬說教照物譬被機高山譬別圓衆此譬兼於機應也若釋籤用兩經二義相成者旻智行云若不用涅槃五味則不顯華嚴演三成五若不用華嚴三照則不顯涅槃後之四味皆從牛出舊謂今家合四爲三而諸文直作三照引經何嘗云合四耶又有以經中譬如日月出現世間乃至深山幽谷無不普照之文謂是經文合四爲三殊不知此文只是照幽谷也

三照　經文四照　約義引經但作三照

先照諸大山王—普賢菩薩等—高山—乳—旁追—華嚴

五味相成圖

次照一切大山—聲聞 緣覺—幽谷—酪—誘—鹿苑

平地—義開平地爲三

食時—生酥—體信—方等

禺中—熟酥—領知—般若

正中—醍醐—付業—法華

次照金剛寶山—決定善根衆生

然後普照大地—一切衆生

涅槃云譬如從牛出乳此從佛出十二部經一味乳牛譬於佛乳譬於教釋籤云此五味相生之文在十三卷聖行品末佛印無垢藏王菩薩竟云譬如從牛出乳乃至醍醐譬如佛出十二部經乃至涅槃十二部經頌曰長行重頌并授記孤起無問而自說因緣譬喻及本事本生方廣未曾有論議俱成十二名廣如大論三十三華梵名義具如妙玄六此十二部經通論大小各具十二部別而言之小乘讓三存九小乘灰

斷無方廣經說必假緣無無問自說雖有授記作佛者少此以小九望大三也玄文又以大九望小三者謂大乘根利無因緣譬喩論議之三也又以大一望小十一者謂小乘但讓廣經一部耳釋籤云如上所說一往赴機據理應以通說爲正

信解品云即遣旁人急追將還窮子驚愕稱怨大喚等

譬喩周中四大弟子具領五時今領華嚴文也即遣說華嚴教以擬宜也約教理爲所依智爲能遣教爲所遣約人師弟相望佛爲能遣菩薩爲所遣傍人約教理智爲正說教爲旁約人化主爲正菩薩爲旁謂加被四菩薩說四十位法慧說十住功德林說十行金剛幢說十向金剛藏說十地是四菩薩說此位時並云佛力故說故名爲遣然加被四菩薩者一表旁追義便二彰主伴互融急追將還直將大教擬宜小機故云急追昔有大種故曰將還況復性德本有窮子無大乘功德法財故驚愕文句六廿二云縱昔曾發廢久不憶卒聞大教乘心故驚不識故愕稱怨大喚等文句六廿一云小乘以煩惱爲怨生死爲苦若勸煩惱即菩提即大喚稱寃枉若聞生死即涅槃即大喚稱苦痛等者等於我不相犯何爲見捉之文

此領何義

徵此信解品文爲領何等之義

答諸聲聞在座如聾若瘂等是也

答出華嚴擬宜也謂有耳不聞圓頓教故

如聾有眼不見舍那身以不見故不能讃歎故若瘂問妙玄十廿三云華嚴初分永無聲聞今何云聲聞在座耶答華嚴不入二乘人手聲聞若聞華嚴則非聲聞故不可云有若據華嚴擬宜小機其最鈍根具經五味故不可云無是則顯對則無擬宜則有今四大弟子領解如來擬宜之時故云聲聞在座也所以摩訶迦葉却叙小機蒙大擬時迷悶躃地若聾瘂文出經後分妙玄云後分則有後分狀當聾瘂況前分耶故别行疏記云以後顯前機未堪大昔惠覺謂前分乃有根性聲聞此則不可若云聲聞根性義亦有之如下文云所謂二乘根性在華嚴座也

第二漸教者此下三時三味總名爲漸

次頓之後總名三漸者寢頓施漸也

次爲三乘根性於頓無益故不動寂場而游鹿苑脫舍那珍御之服著丈六弊垢之衣

三乘乘以運載爲義聲聞以四諦爲乘緣覺以十二因緣爲乘菩薩以六度爲乘運出三界歸於涅柈根性輔行云能生爲根數習爲性於頓無益此三乘人於華嚴座不信不解是故如來不動寂場而游鹿苑此顯雙垂兩相二始同時也脫舍那珍御之服此明寢大施小化儀次第也約佛意則寢法華之實而施權據化儀次第則寢華嚴之頓而施漸處說不動而游衣論脫珍著弊文互顯耳然若不明不動而游無以見二始同時不明脫珍著弊無以見寢大施小此文曲盡如來妙應無謀設化之

相也舍那勝應尊特智定莊嚴故譬珍御丈六劣應生身忍生法惱故譬弊垢蓋法譬雙明也

示從兜率降下託摩耶胎住胎出胎納妃生子出家苦行六年已後木菩提樹下以草爲座成劣應身

此明小始也本是圓佛垂爲三藏初成之相故云示也兜率翻知足此天有內苑外苑菩薩居內苑而降神也然在六欲梵世七天之中以佛常居中故從彼下生托摩耶胎摩耶翻天后淨飯王之后也妙樂云一切諸佛皆不在餘二賤姓故尚尊貴時在刹利尚多聞時在婆羅門又濁難調時在刹利清易調時在婆羅門文托胎菩薩自右脇入正慧托胎小乘見乘白象貫日之精大乘見乘栴檀樓閣等住胎若小乘八相合住胎在托胎内今示小始垂化事迹非正明八相也出胎四月八日右脇降神出瑞應經納妃有三一瞿夷二耶輸三鹿野生子即羅睺羅也佛出同居示同人法出家時年十九二月十五日夜半乘天馬踰城苦行須六年者文句七十九云但諸佛道同爲緣事異釋迦苦行六年草生攢髀至肘不覺諸天哭喚動地不聞移座得道彌勒即出家日成道彼佛十劫猶不現前非根有利鈍道有難易緣宜賒促應示長短耳文輔行云六年苦行所以伏見爲調外道過其所行文頌云十九踰城六苦行五歲遊歷三十成說法度生五十年是則共當八十壽木菩提樹菩提翻道佛於

樹下成道故名道樹草座因果經說帝釋化爲吉祥童子以草施佛坐以成道木樹草座皆表三藏詮生滅故劣應對大乘勝應判爲劣也

初在鹿苑先爲五人說四諦十二因緣事六度等教

五人頌曰頞鞞跋提并俱利此三屬在父之親陳如十力母之親初轉法輪先度此文句五二云問何故初爲五人轉法輪答人先見諦故人是現見故人爲證故佛所行事業與人同故諸天從人中得善利故人中有四衆故妙樂五一卅問雖涉五意正在人故皆以人答文若唯就五人應有三意妙樂一十六一酬釋尊行因本願二赴五人本願先悟三報今日侍奉之勞

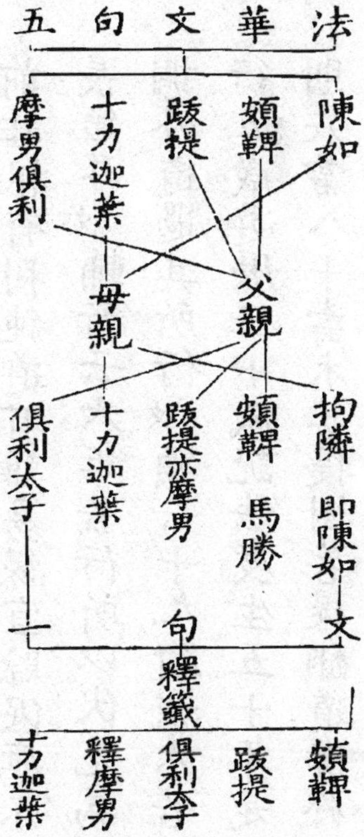

摩男長子之通稱以摩訶翻大故俱利斛飯王之長子跋提甘露飯王之長子故皆稱摩男釋摩男即陳如也以四姓出家同名釋氏佛初成道最先得度在一切人天羅漢之前如妙樂一三十七引分別功德論云佛最長子即陳如也諦緣度三具在下文五人是聲聞只應說四諦今通舉鹿苑所說之法也事六度者三藏教談實有事不即理故

若約時則日照幽谷第二時

舊譯華嚴出現品云譬如日月出現世間

乃至深山幽谷無不普照文輔行一上廿八云幽谷者山川之幽邃也文若約味則從乳出酪此從十二部經出九部修多羅二酪味從乳出酪蓋譬如來施教次第從頓施漸相生之義若約機者濃淡在焉如下文云一者但取相生次第二者取其濃淡從十二部出九部亦且相生其實九部從佛出也

信解品云而以方便密遣二人聲聞緣覺形色憔悴無威德者汝可詣彼徐語窮子顧汝除糞而以方便方法也便用也善用其法逗會衆生亦善巧之謂也密遣文句六廿三云初擬大乘云即遣旁人表一實諦一大乘教一菩薩人今明方便隱實爲密指偏真爲遣約教隱滿字爲密半字爲遣約人內秘菩薩行爲密外現是聲聞爲遣約化儀寢大施小爲遣小不測大爲密文二人文句六廿三云四大弟子齊巳分領不涉菩薩故言二人約法是因緣四諦約理是有作真俗約人是聲聞緣覺文今且約人形色憔悴文句六廿三云二乘教中不修相好但說苦空無常不淨即形色憔悴又廿五云內怖無常曰憔外遣八苦曰悴文無威德者無有十力四無所畏故汝可詣彼徐語窮子文句六廿四云即以小教擬小機也大教明理直實故言疾走往捉小教明理紆隱故言徐語文顧汝除糞顧賃也文句六廿四云除苦集之糞取道滅之價文

此領何義答次頓之後說三藏教二十年中

常令除糞即破見思煩惱等義也

二十年中用八忍八智斷見合爲一無碍一解脱用九無碍九解脱斷思總成二十經中更有兩處明二十年若住二乘位轉大乘教名爲於二十年中執作家事從有二乘之機而來感佛故云自見子來已二十年皆取二乘各有十智見思煩惱分别曰見貪愛曰思止觀八初云昏煩之法惱亂心神文此破見思容上除糞糞能染汙故以譬之謂染汙真理也

次明方等部淨名等經彈偏斥小歎大褒圓四教俱說藏爲半字教通别圓爲滿字教對半說滿故言對教

次明方等部等判部收經也彈偏等明部意也四教俱說等明部中用教也蓋以大斥小逗大逗小須四教故收經雖廣淨名有彈斥功特標爲首彈偏斥小歎大褒圓妙樂四三十六云今家八字判盡經理謂斥小彈偏歎大褒圓文釋籤十二云如觀衆生品即是歎大稱歎文殊淨名即是褒圓故令小根恥小慕大文須彈斥者蓋爲小機執真保果取證入滅故纔證小果便堪彈斥未必須在十二年後後因維摩示疾毘耶佛令弟子詣彼問疾故皆述昔被訶辭不堪往此是述昔訶乃容彈也若當座訶如禮座去花等也四教俱說方等說三藏者一爲彈斥之本二爲横來之機如釋籤云復有漸中初入小行及俗衆室外說無常道輔行十廿四云方等傍用三藏正用三教以斥二乘令二乘人容成通益不語

菩薩者轉戍衍中人也對半説滿以滿斥半也故雖兼斥大正在斥小釋籤引大經云譬如長者唯有一子心常愛念將詣明師懼不速成尋便將還以愛念故晝夜殷勤但教半字而不教誨毘伽羅論良由其子力未堪故毘伽羅論翻字本謂世間文字之根本即滿字也若合喻者半字謂九部經毘伽羅論謂方等典即滿字也此據方等以大斥小故以衍門三教之滿而對三藏之半若文句云無方等所對之三者乃顯法華部妙唯一圓乘不同方等對三之圓也

若約時則食時（第三時）

即華嚴照平地中初食時也（辰時）毘羅三昧經有四食時早起諸天食日中三世佛食日西畜生食日暮鬼神食今是諸天食時也

若約味則從酪出生酥此從九部出方等（三生酥味）

約教論相生約機論濃淡既恥小慕大如烹酪作生酥

信解品云過是巳後心相體信入出無難然其所止猶在本處

過是巳後過鹿苑三藏之後即今方等也心相體信父子互相體悉信順子信父故得果不虛父信子故聞大不謗入出無難文句六（廿九）云由是見尊特身聞大乘教名此爲入復被訶斥猶見丈六説小乘法名此爲出大小入出皆無疑難也（文）釋籤三（廿三）云不同畏懼王等之時故云無難（文）然

而修空觀用事識見生身住權理修中觀用業識見尊特住實理今二乘人雖修空觀入見尊特者由業識故蓋事業二識爲見相之本故解謗云入見尊特功由業識教未開故且住草庵猶在本處猶居羅漢果保證真空也

此領何義答三藏之後次說方等已得道果心相體信閒罵不瞋内懷慙愧心漸淳淑

已得道果真空寂滅之道小乘羅漢果也閒罵不瞋妙玄十十八云恣殃掘之識任淨名之折内懷慚愧釋籤云謂受彈斥令歎大自鄙即其益相心漸淳淑客得通益也

次說般若轉教付財融通淘汰此般若中不說藏教帶通別二正說圓教

次說般若等明部意也此般若中等部中用教也轉教融通約法付財淘汰約喻所以令其轉教菩薩意在二乘領知法門故曰付財二乘本所不知但謂加被令說故曰轉教妙樂七十二云於佛即是付財二乘自謂加說故般若中云豈聲聞人敢有所說有所說者皆是佛力由機未轉且言被加文般若會一切法皆摩訶衍故曰融通以空慧水蕩其執情故曰淘汰不說藏教光明記四三云諸部般若廣示衍中三教空慧復以三藏爲助道觀又仁王般若說四無常偈恐其各國正助合行帶通別二正說圓教此約圓實部主而說蓋一代教主意在圓若輔行十廿四云般若傍用通教正用別圓加於二乘客成別益文釋籤三廿三云前於方等義已成通故至般若唯須

此二明不共者說部意也（即不共般若意也正用別圓）意雖不共猶有方等新受小者至此須通亦有衍門傍得小者是故兼用文（傍用通教）此皆部中用教意也共部部釋籤云諸部般若以但不但二種中道不共之法與二乘共說例方等部非無此義以方等經多順彈訶共義稍踈般若於菩薩則成共說（此據三根解源）

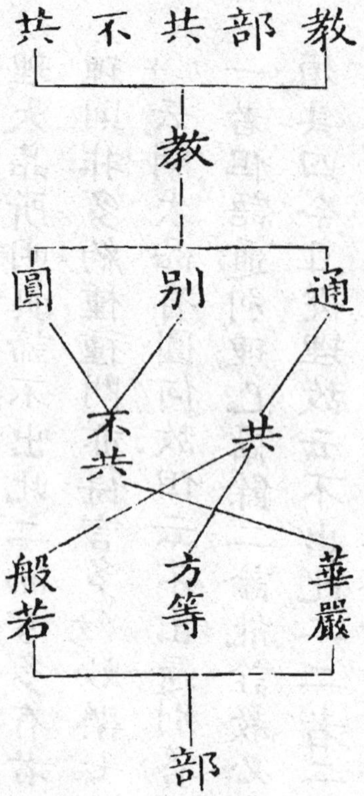

約時則禺禺中時（第四時）

禺中說文云日在巳曰禺中

約味則從生酥出熟酥此從方等之後出摩訶般若（四熟酥味）

約教生熟二酥相生次第約機則二乘心漸通泰自知螢火不及日光敬伏之情倍更轉熟如從生酥轉成熟酥也

信解品云是時長者有疾自知將死不久語窮子言我今多有金銀珍寶倉庫盈溢其中多少所應取與

長者喻如來世間長者具十德如來具十號有疾者法身無病隨機權示也自知將死不久文句六（廿九）云有機則應爲生機盡應謝爲死今化機將畢應謝非久也多有金銀文句六（廿九）云金即別教理銀即通教

理大品所明真諦不出此二而言多有者理則非多約種種門亦得言多文妙樂七十九云問大品有圓何故但云不出通別答一者但語通別理已攝餘二論能詮教必須具四今且從理故云不出此二二者二乘至此多成通別亦且言之文珍寶者文句六廿九云勸學中明一切法門皆是珍寶文倉庫盈溢等文句六廿九云倉是定門即百八三昧庫是慧門即十八空境也通別兩種定慧倉庫包藏一切禪定智慧無所缺少內充外溢故云盈溢其中多少者說於般若則有廣畧二門畧則爲少廣則爲多自行爲取化他爲與文

此領何義答明方等之後次說般若般若觀慧即是家業空生身子受敕轉教即是領知等也

般若觀慧妙玄十十八云大品或說無常無我或說於空或說不生不滅皆歷色心至一切種智句句回轉明修行法文即觀慧義也家業長者宅爲大乘家諸珍寶爲不思議業妙樂七十二云前云付財今云付業財從所營業即造作皆是菩薩修德三因之作業也名異義同故得互舉空生身子須菩提翻空生解空第一舍利弗翻身子亦云鶖子智慧第一受敕轉教受如來之敕命轉教菩薩即加被說也以空慧爲入道之主故加二人輔行六上十二云凡言加者加於可加須菩提空與般若空相應相似是故佛加令其說空般若是智慧故亦加身子所以但加此二人也文領知妙樂

二十八云被加爲奉命所說名領知名說爲領無別領也文此是熟酥益相得此益已義成別人淨名疏云大品二乘已有入假之義文觀音玄記上十二云聲聞轉教密破塵沙文大品會法八十一科皆摩訶衍不會人而無希取一食之意

已上三味對華嚴頓教總名爲漸

總結漸中三味

第三秘密教者如前四時中如來三輪不思議故或爲此人說頓或爲彼人說漸彼此互不相知能令得益故言秘密教

隱密赴機互不相知故名秘密釋籤一廿二云不定與秘並皆不出同聽異聞但互相知互不相知以辨兩異文若不堪於顯露入者須秘密說令對前頓漸顯露即明秘密若大本中先明不定對前頓漸定教爲次第也此據說相次第雖爾秘密不定遍前四時初無前後具足應云秘密不定顯露不定今皆畧標然秘密之名起自龍樹如釋籤一廿一引大論釋大品經諸天子歎云我見閻浮提第二法輪轉今轉似初轉問初轉少今轉多云何以大喻小而言似耶答諸佛法輪有二種一者顯二者密初轉聲聞見八萬及一人諸菩薩見無量阿僧祇人得二乘無量阿僧祇人得無生忍無量阿僧祇人發無上道心行六波羅密阿僧祇人得初地乃至十地一生補處坐道場是名爲密文故知初見八萬一人屬顯露攝秘密者如次明之文如前四時中指秘密教橫在四時別無部帙三輪光明

記一三十云身業現化名神通輪口業說法名正教輪意業鑒機名記心輪三皆摧碾衆生惑業故名爲輪下地不測亦名三密或爲此人說頓等妙玄先約頓漸三說相對次約說默相對各有三義謂此座十方多人一人及俱三相對

天台四教儀集註卷第一

音釋

淑時六切漉也　禺牛具切

天台四教儀集註卷第二

相　南天竺沙門　蒙潤　集

三說相對
- 初此座十方相對
  - 文云此座說頓十方說漸說不定頓座不聞十方十方不聞頓座或此座說漸十方說頓說不定各各不相知聞如前
  - 於此是顯於彼是密玄文又於彼是顯於此是密據記義加
- 二多人一人相對
  - 文云或為一人說頓或為多人說漸說不定或為一人說漸
  - 為多人說頓說不定各各不相知聞互為顯密如前一方既爾餘方亦然
- 三俱三相對
  - 或俱頓俱漸俱不定各各不相知聞互為顯密此記文義加

說默相對
- 初此座十方
  - 或一座默十方說
  - 或十方默一座說
- 二多人一人
  - 或對一人默多人說
  - 或多人默一人說
- 三俱說默
  - 或俱默或俱說

義加
- 各不相知
- 互為顯密

通示不定秘密之相
- 同聽（金口梵音）
  - 不定——互相知
  - 秘密——互不相知
- 異聞

如釋籤云不定與秘並皆不出同聽異聞但有互相知互不相知以辨兩異

大論叙出鹿苑顯密之相
- 顯——聲聞見八萬一人據聲聞見邊但可云得法眼淨不可云八萬悟大亦不可以此作不定說
- 密——諸菩薩見無量阿僧祇人得二乘等

此以般若對鹿苑說即鹿苑中密說般若義該三教故云諸菩薩見等也

玄籤明鹿苑顯露定不定相對
- 定——陳如得初果
- 不定——八萬諸天得無生忍

此約鹿苑聞小證大而說如籤云略中雖無二別不妨以八萬及一人以辯定不定也

別行玄記涅槃疏明鹿苑顯密相對
- 顯——說生滅——鈍根
- 密——說常住——利根別行玄云利人密去記釋云八萬諸天獲無生忍是也

此以法華涅槃對鹿苑說即鹿苑中密說圓常與法華涅槃悟入是同如別行玄記云若八萬諸天獲無生忍故云密去又大疏云利根人於三藏中宜聞常住聞即得解如初轉法輪時八萬諸天得無生忍乃

是密教意據此豈可謂同聽生滅耶問鹿苑會上只一八萬諸天何故諸文或定不定顯密有異耶答如來赴機難思祖師釋義非一據諸天得法眼淨即顯露定教如云聲聞見八萬是也據聞小證大即顯露不定教如云八萬諸天得無生忍是也若曰密聞圓常即秘密教如云利人密去是也經意多含不可一準然八萬諸天既是利根密爲正意蓋於三藏中宜聞常住故也且秘密教何以得傳如妙樂一十八云秘密不傳降佛已還非所述故尚非阿難能受豈弘教者所量文蓋用後叙出故可傳耳如妙樂云阿難非不傳秘赴機之秘非所傳耳故秘密所用全是顯教是故傳秘祇名傳顯文

第四不定教者亦由前四味中佛以一音演説法衆生隨類各得解此則如來不思議力能令衆生於漸説中得頓益於頓説中得漸益如是得益不同故言不定教也

蓋一類機宿世於頓有漸種於漸有頓種故今聞小證大聞大證小推功歸教教名不定矣如大經置毒發毒大論八萬諸天得無生忍等皆不定義古師以金光明等別爲一縁名偏方不定教今家不然一時一説一念之中備有不定一音通大小因果當分跨節顯之與密定與不定今是不定一音該乎大小是果人所用於漸説中得頓益妙立云雖説四諦生滅而不妨不生不滅等釋籤云此指鹿苑雖施於漸不起於頓於頓説中得漸益妙立云雖髙山

頓說不動寂場而遊鹿苑釋籤云此指頓後漸初不動於頓而施漸化若方等般若雖爲菩薩說佛境界而有二乘智斷此二時中俱有小果新得舊得如常所明雖五人證果不妨八萬諸天得無生忍此重指漸初對般若說前文約法此中約人當知即頓而漸即漸而頓

然秘密不定二教教下義理只是藏通別圓上指四時爲秘密不定之部今明部中之教故此二教以藏等四教爲當體體眞中二理爲所依體如妙樂一十九云不定秘密義各含四顯之與密定與不定相對論故

化儀四教齊此

此以法華相待之意判前四時不出頓等八教意顯法華超八教外出四時表故釋籤一十六科玄文云初明八教以辨昔次約今經以顯妙若釋籤一十七云秘密橫被無時不遍者此約方等對前二時爲言考彼問辭自見又釋籤十廿四云五味則一道竪進味味有半滿相成復於味味皆有秘密及以不定文蓋約五味對半滿以論相成故玄文云雖復俱遊行藏得所俱遊論相成行藏論用捨華嚴唯滿不半乃至法華廢半明滿半有成滿之功非謂味味各有半滿又云味味皆有秘密不定者此且據前四時爲言或顯密相成則以昔時秘密不定成今法華是顯非秘密是定非不定矣妙玄六之二十引大論云餘經非秘密法華是秘密者釋籤七十三云非八教中之秘密但是前所未說爲秘開已無

外爲宻次說法華妙法難解取喻蓮華蓮華華果同時妙法則權實一體故有迹門三喻本門三喻

迹門	三喻	本門
爲實施權	一爲蓮故花	從本垂迹
開權顯實	二花開蓮現	開迹顯本
廢權立實	三花落蓮成	廢迹立本

開前頓漸會入非頓非漸故言開權顯實又言廢權立實又言會三歸一

一妙名一唱待絕俱時故相待論判出前三教四時之上絕待論開復能開前令皆圓妙今文但云開者蓋上既云化儀四教齊此則顯法華出前四時況復下文歷部揀教即是判也然待絕二妙妙體無殊約義而論開爲正意凡論開權有約部約教約界約理等今云頓漸者乃約部通開頓漸是權屬前四時非頓非漸是實即今法華又三即是權一即是實故以開廢會三而結云故言開權顯實等也開者發也拓也昔不言三是方便故方便門閉今言三是方便故方便門開廢者捨之别名開已俱實無權可論義當於廢約法乃開時即廢約喻必義須先開若約理者開廢俱時開時已廢故也或謂今文開廢會三準彼玄籤第一對於四一義雖無妨但在彼不對其文則重在今但作結上開部義似稍允蓋法華部開廢會三法應爾也如下文云總開會廢前四味猶𦾔於開權有同體異體之辨然約所開法體及能開之妙佛意邊論皆同體也但所開機情在昔執之爲異故不得不開如釋籤云法本自妙麤由物情但開其情理自復本 文 玄文云開

昔之異顯今之同故開機情的開異體也

言權實者名通今昔義意不同

權謂權謀暫用還廢實謂實録究竟指歸昔有偏圓自他權實等義今有為實施權開權顯實等義義不同也在昔權實各趣在今權皆趣實意不同也妙樂十二十三云權實之語非獨今經相即之言出自於此文

謂法華已前權實不同大小相隔

此下釋出今昔權實義意不同文初約部通開故以頓漸為權法華為實此揀昔日部中之教有權有實然在昔實妙權麤在今開麤即妙方顯義意不同也今且先明昔之權實故云謂法華已前權實不同等權實約偏圓大小約半滿亦可權實約法大小約人在昔之中皆有此義然文意正明昔部權實而復明大小者須知權通偏教而未的顯權中三藏小機歷前四時與大相隔直至法華方得入圓故論權實復明大小雖明大小不出權實如下文云重舉前四時權蓋指此小機也

如華嚴時一權一實圓實別權各不相即大不納小故小雖在座如聾若瘂是故所説法門雖廣大圓滿攝機不盡不暢如來出世本懷

一權一實釋權實不同大不納小釋大小相隔今此正當大隔於小故小雖在座如聾若瘂釋籤一十一云華嚴大機尚隔於別小機被隱一向不聞是故但立頓大之名不立一乘獨妙之稱非佛本懷良由於此華嚴頓大尚非本懷況復鹿苑故三藏

教首及以部内麤尚未周故妙號都絶方等般若比說可知文

所以者何初頓部有一麤(別教)一妙(圓教)一妙則與法華無二無別若是一麤須待法華開會廢了方始稱妙

所以者何此徵起釋出不暢本懷之意皆由在昔不能開觕顯妙故此以下歷部揀教明判明開初頓部等於此別明頓中觕教須待開會者以時人謂華嚴勝故也

次鹿苑但麤無妙(藏教)次方等三麤(藏通別)一妙(圓教)次般若二麤(通別)一妙(圓教)此約相待判前部中麤妙也

來至法華會上總開會廢前四味麤令成一乘妙諸味圓教更不須開本自圓融不待開也

此開前四味部中三教之麤成今一乘妙也且昔部中三教既開昔部中圓還須開否故下即云諸味圓等也以今圓昔圓二圓不別此約教別與也若妙樂云圓人初心須聞開顯諸法實相者蓋昔圓人義有兩向名字初心謂圓隔偏聞佛開權隔偏情泯非開圓體也若觀行去已入實者但論增進如經揀衆云除諸菩薩衆信力堅固者是也(信力五品 堅固十信)若昔部中三教權人來至法華一向須開若三教權果本是圓果豈可更開令成圓佛若對機之權亦不妨論開如云開丈六垢衣等也又妙樂云今經是圓復須開顯者蓋顯法華中圓非但出前四時復須開顯諸教也

但是部内兼但對帶故不及法華淳一無雜

獨得妙名良有以也
正判昔部屬麤除鹿苑外雖皆有圓以兼等故不得稱妙麤人細人二俱犯過此約部通奪也釋籤一十云始自華嚴終至般若雖多不同但爲次第三諦所攝今經會實方曰圓融文是故文初約部通開須云開前頓漸等也如上相待論判絶待論開約教別與約部通奪番覆抑揚方顯法華出諸教上部圓教圓妙絶羣經出世本懷於此暢矣故即引經四一爲證

故文云十方佛土中唯有一乘法無二亦無三一教正直捨方便但說無上道一行但爲菩薩不爲小乘一人世間相常住一理以純一故獨得妙名故引一以顯妙蓋一即妙也十方佛土等據其同者而言亦約佛意也一乘法者部圓教圓故無二亦無三者約教則無通教半滿相對之二無三藏之三乘無有餘乘即無別教及圓入別也約部則無般若所帶之二無方等所對之三方等之藏則攝鹿苑二酥之別則該華嚴唯一佛乘故云教一正直捨方便但說無上道者文句五五云五乘是曲而非直通別偏傍而非正今皆捨彼偏曲但說正直一道也文疏據說邊屬教一今據道名能通故屬行一但爲菩薩者約佛意但爲菩薩據昔方便謂教化三乘今此同一菩薩人故云人一世間相常住者十界依正隔歷差別之相名世間相以即理故皆常住也若乃情見生滅遷流廓爾情忘諸相常住常既即性非常無常言偏意圓斯

之謂矣學者於此宜解會焉

時人未得法華妙旨但見部內有三車窮子化城等譬乃謂不及餘經蓋不知重舉前四時權獨顯大車但付家業唯至寶所故致誹謗之咎也

當代弘教之人未解法華開權絶待微妙㫖趣但見經中有三車等喻乃謂不及華嚴等經蓋不知三車等喻乃重舉昔日之權意在指權即實故舉三車顯大車窮子付家業化城至寶所不知此意故有謗法之愆也三車羊車譬聲聞乘鹿車譬緣覺乘水牛車譬菩薩乘即鹿苑三乘也化城文句七十八云以神力故無而欻有名之爲化防非禦敵名之爲城文譬真諦涅槃能防見思也寶所譬寂光大經中名寶渚

前四時權且三車等指昔三藏三乘而云重舉前四時權者須知三周開顯藏圓相對雖正開小機然舉昔之權則該四時又此小機歷前四時名四時權也妙樂五十三云立一開權之言於今乃成二意一者騰昔施權二爲顯實之所不指所開無由説實况指權是權知非究竟既顯實已權全是實文誹謗釋籤十三云當知法華約部則尚破華嚴般若約教則尚破別教後心文人不見之故致誹謗

約時則日輪當午罄無側影第五時

十界咸開無不成佛如日方中無處不南周禮用一尺五寸土圭立八尺之表夏至午時以側日影求地之中以建國宋嚴觀二師與太史何承天用此法測日影以定

中國表北得影一尺五寸與土圭等地上餘陰一寸天上萬里則知天竺方爲地中今云罄無側影據天竺說

約味則從熟酥出醍醐此從摩訶般若出法華

五醍醐味釋籤一十九問彼經自以醍醐譬於涅槃今何得以譬於法華答一家義意謂二部同味然涅槃尚劣何者法華開權如破大陣餘機至彼如殘黨不難故以法華爲大收涅槃爲捃拾若不爾者涅槃不應遥指八千聲聞於法華中得授記莂見如來性如秋收冬藏更無所作文然彼經本無出法華之語今約義說故但云此從摩訶般若出法華

信解品云聚會親族即自宣言此實我子我實其父吾今所有皆是子有付與家業窮子歡喜得未曾有

文句六三十一云十方法身菩薩影響者爲親族影響之衆多是釋迦昔日同業並共如來於二萬億佛所共開化之於其即是伯叔之行故用此爲親族文此實我子我實其父結會父子文句六二十一云實從我受學實是我子從我起解是我所生我實曾於二萬億佛所常教大法故我實是父文吾今所有皆是子有正付家業文句六三十一云一切大乘萬德萬行故云所有文又如來藏子性不殊故云皆是子有當知如來所有即子本有

此領何義答即般若之後次說法華先已領知庫藏諸物臨命終時直付家業而已譬前

轉教皆知法門說法華時開示悟入佛之知見授記作佛而已

臨命終時靈山唱入涅柈時也譬前轉教皆知法門文句六三十一云追指昔日大品領教所委有廣畧般若共不共法是汝所知即汝所有故法華但明佛之知見更不廣說一切行相也文開示悟入文句四十三約四意消之一約四位住行向地二約四智道慧道種慧一切智一切種智即上圓位能契之智也三約四門四約觀心妙樂云約智約位唯聖方開約觀約門乃通名字不妨高位不棄衆生文又二紙云若作餘釋爲令之說徒施佛之知見安在文佛之知見佛知即一切種智具足三智佛見即佛眼具足五眼亦名真實知見若通途被開其不在座展轉爲說或在界外亦得聞之或佛滅後敦逼令信乃至久遠四惡麤智人天世智若不開之則佛之知見永埋四趣長沒人天若别開者則在座得益當機妙悟得受記者授記聖言說與曰授果與心期曰記若通途記如法師品初八部四衆三乘之類在座聞佛一句偈者皆與授記當得菩提乃至滅後聞一句偈亦與授記若别記者如迹門别授應身記本門授法身記又總與七百别與劫國名號等記五百也妙樂四廿六云二乘且與八相記者更令與物結淨土緣菩薩已於多劫利物隨熟隨脫不假八相淺近之記二乘不爾是故須之文

次說大涅槃者有二義

佛出淨土不說涅槃即以法華爲後教後味如燈明迦葉等今佛熟前番人以法華爲醍醐更熟後番人重將般若淘汰方入涅槃復以涅槃爲後教後味

一爲未熟者更說四教具談佛性令具真常入大涅槃故名捃拾教二爲末代鈍根於佛法中起斷滅見夭傷慧命亡失法身設三種權扶一圓實故名扶律談常教

一爲未熟者即五千起去人天被移者更說四教法華廢竟今經復用故云更說而具追說追泯兩種四教妙玄二廿二云涅槃聖行品追分別衆經故具說四種四諦施權德王品追泯衆經俱寂四種四諦文開權即四不可說也釋籤三十三云追者退也却更分別前諸味也泯者會也自法華已前諸經皆泯此意則順法華部也至大經中更分別者爲被末代故大經中具斯二說文具談佛性令具真常涅槃經首廣開常宗令一切衆生皆知常住佛性入秘密藏止觀云涅槃寄滅談常輔行云寄應迹滅度談法身圓常捃拾釋籤一十九云法華開權如已破大陣餘機至彼如殘黨不難故法華爲大收涅槃爲捃拾文二爲末代鈍根妙玄十廿一云涅槃臨滅更扶三藏誡約將來使末代鈍根不於佛法中起斷滅見廣開常宗破此顛倒令佛法久住文起斷滅見一者破戒撥無因果斷見二者說於無常滅見夭傷慧命無戒門也亡失法身無乘門也若常途論自報慧命理體法身在衆生不滅諸佛不增以迷

背故夭傷亡失今此爲無乘戒兩門以致慧命法身夭傷亡失意與常途自不侔矣設三種權扶一圓實輔行三下廿一云彼經四教皆知常住本意在圓權用三教以爲酥息實不保權以爲究竟文扶律談常教釋籤云以彼經部前後諸文扶事說常若末代中諸惡比丘破戒戒門說於如來無常乘門及讀誦外典則並無乘戒失常住命賴由此經扶律說常則乘戒具足故號此經爲贖常住命之重寶也如釋籤三引經應有單複二義所言複者謂乘及戒以律助常意也若言不許畜八不淨此是戒門事門若說如來畢竟入於涅槃及遮外典此是乘門理門此扶律談常意也所言單者唯約戒門彼經扶律律是贖常住命之重寶四念處三二云若別圓有法身慧命何須贖命贖命意在藏通灰斷之命令得法身常住也文既扶律說常則以律助常也如義例云佛世尚以涅槃爲壽況末代鈍根非助不前然上云設三種權扶一圓實何故結云扶律談常且三權俱律耶須知上明經中具用四教則以偏助圓後以乘戒兩門重扶三藏之意結歸爲末代鈍根故云扶律談常也

然若論時味與法華同論其部内純雜小異故文云從摩訶般若出大涅槃前法華合此經爲第五時也

妙玄十廿一云然二經教意起盡是同如法華三周說法斷奠聲聞咸歸一實後開近顯遠明菩薩事涅槃亦爾先勝三修常

樂我斥劣三修若無常無我斷莫聲聞入秘密藏後三十六問明菩薩事文論其部内純雜小異妙玄十八云涅槃猶帶三乘得道此經純一無雜涅槃更不發迹此經顯本義彰妙樂七十九約十六意揀云云故文云等别行義疏記云彼經就般若部後分結撮五味次第也文前法華等者今經時味旣同法華故此文中更不别立時味但云前法華合此經爲第五時也

問此經具四教與前方等部具説四教爲同爲異答名同義異方等中四圓則初後俱知常别則初不知後方知藏通則初後俱不知涅槃中四初後俱知妙玄十二二十三云問涅槃追説四方等正開四别教復有四若爲分别答涅槃當四通入佛性别教次第後見佛性方等保證二不見性文今以涅槃追説四與方等中四對揀答名同義異四教名同知常不知常異圓則初後俱知常初心名字知五品觀行知六根相似知住上分證知妙覺究竟知别則初不知後方知初即地前人也輔行三下二十九云别亦知中今言不知者前三不知圓理故也文若妙玄四三十一云别教初心即知常住者但中常住耳後即登地人也若得意者回向薄知藏通則初後俱不知觀音玄記上十二云凡言别圓初後知常蓋知人法不可灰斷藏通反是故曰不知涅槃中四初後俱知輔行三下二十二云彼經四教皆知常住本意在圓文觀音玄記上二十七云涅槃四教雖俱知常初心

用觀不無差別藏通且須順於二諦別初心人未即圓法文釋籤二二十八云涅槃解即而行不即文

問將五味對五時教其意如何答有二一者但取相生次第所謂牛譬於佛五味譬教乳從牛出酪從乳生二酥醍醐次第不亂故譬五時相生次第

南本涅槃第十三卷聖行品中無垢藏王菩薩對佛稱歎涅桙教勝佛印可竟佛言譬如從牛出乳從乳出酪從酪出生酥從生酥出熟酥從熟酥出醍醐醍醐最上佛亦如是從佛出十二部經從十二部經出修多羅從修多羅出方等從方等出般若波羅蜜從般若波羅蜜出大涅槃猶如醍醐文是則五味對教出自於佛也相生釋籤一十九云此五味教相生之文在大經聖行品末文此約教論相生也妙玄十十八云漸機於頓未轉全生如乳三藏中轉革凡成聖喻變乳爲酪即是次第相生爲第二時教不取濃淡優劣爲喻也文此約機論相生也

二者取其濃淡此則取一番下根劣性所謂二乘根性在華嚴座不信不解不變凡情故譬其乳次至鹿苑聞三藏教二乘根性依教修行轉凡成聖故譬轉乳成酪次至方等聞彈斥聲聞慕大恥小得通教益如轉酪成生酥次至般若奉敕轉教心漸通泰得別教益如轉生酥成熟酥次至法華聞三周說法得記作佛如轉熟酥成醍醐此約最鈍根具經五味其次者或經一二三四其上達根性味

味得入法界實相何必須待法華開會義例六云五味唯喻一代五時濃淡文蓋言經文相生雖顯意取濃淡以譬涅槃教勝即約教論濃淡也今文教論相生機論濃淡者今易顯故其實約機約教皆具二義下劣根性天親呼爲下劣小乘衆香稱爲貧所樂法不信不解非其境界故維摩疏一初引華嚴云此經不入二乘人手垂裕記二十云手以受物表信力故受法二乘不聞從何起信文慕大恥小得通教益釋籤三二十三云謂受彈斥令其歎大自鄙即生酥益相文輔行十二十四云密成通益文心漸通泰得別教益釋籤三二十三云至般若中不復同前悲泣之時故云通泰又云皆使令知即熟酥益相得此益已義成別人文輔行云密成別益文蓋顯二乘人於法華前不論改觀故云密也三周說法法說周爲上根人作三乘一乘說身子得悟譬說周爲中根人作三車一車說四大弟子得悟因緣周爲下根人作宿世因緣說千二百聲聞得悟皆授初住入相之記最鈍根妙玄十二十四云自有一人歷五味如小乘根性於頓如乳三藏如酪乃至醍醐方得究竟文即最鈍根性也其次者妙玄十二十四云自有利根菩薩未入位聲聞或於三藏中見性是歷二味自有方等中見性是歷三味般若中見性是歷四味文據此則一味不得入至於二味乃至三味不得入至於四味皆名次根也上達根性妙玄十二十四云自有一人

稟一味如華嚴純一根性即得醍醐不歷五味也大經云雪山有草名曰忍辱牛若食者即得醍醐文即上達根性也前四時中鹿苑容入餘皆顯入故云味味得入於法華中但論增道也法界實相一體異名上有味味之言故重云耳若輔行云實相是別理法界是圓理據大經十千菩薩得一生實相初地同住是接入別五千菩薩得二生法界圓教二住是接入圓以教判文理還不異

上來已録五味五時化儀四教大綱如此

籤云言次第者華嚴初云於菩提道場始成正覺在初明矣諸部小乘雖云初成自是小機見爲初耳據信解品脫妙着麤故居其次大集云如來成道始十六年故知方等在鹿苑後仁王云如來成道二十九年已爲我說摩訶般若故知在方等後亦知仁王在大品後法華云四十餘年大經云臨滅度時當知次第有所據也文此乃別論次第通則不然如妙玄十二云若華嚴頓乳別但在初通則至後故無量義云次說般若歷劫修行華嚴海空法華會入佛慧即是通至二經乃至天日初出先照高山日若垂沒亦應餘輝峻嶺故蓮華藏海通至涅柈之後況前教耶若修多羅半酪之教別論在第二時通論亦至於後何者迦留陁夷於法華中面得受記後入聚落被害作結戒緣起又如身子法華請主後入滅均提持三衣至佛問五分法身滅不答云不滅雖云五分不滅終是小乘中

意豈非三藏至後耶若方等教別論在第三時通論亦至於後何者陀羅尼云先於正城授聲聞記今於舍衛國復授聲聞記故知方等至法華後般若別論在第四時通論亦至初後何者始從得道夜至泥洹夜常說般若若涅槃別論在第五時通論亦至於初何者釋論云從初發心常觀涅槃行道此則通至於前若法華顯露不見通前秘密邊論理無障碍故身子云我昔從佛聞如是法見諸菩薩受記作佛豈非證昔通記之文文若論方等亦通於前淨名畧記下之上初云鹿苑理須容說彈斥又華嚴中四何須更論亦是其例旣其一切俱通初後豈可方等不通於初文然只一五時論通論別別則次第通則互通並是如來赴機之相但於通中有文通義通若文通者如結集經家乃取部類相從之文收通歸別如時長華嚴方等陀羅尼等是也若義通者如蓮華藏海通至涅槃之後與天日若垂沒餘輝峻嶺等是也此則不可收歸於別也然非別五時無以見如來說法次第非通五時無以見教法融通

自下明化法四教

妙玄十二十八云問四教名義出何經答長阿含行品佛在圓彌城北尸舍婆村說四大教者從佛聞從和合衆聞從多比丘聞從一比丘聞是名四大教文釋籤十三十一云但同有四非即藏等亦一往語耳然教定體與今不同文妙玄十二十九云月燈三昧經第六明四種修多羅謂諸行

訶責煩惱清淨私釋會之諸行是因緣生法即三藏義也訶責是體知過罪即通教義也煩惱者若無煩惱即無智慧即别教義也清淨者既舉一淨當名任運有常樂我等即圓教也然則四教在小乘中有名無義在大乘中有義無名是故經家引傍經論立此藏通別圓則名義備矣

第一三藏教者一修多羅藏（四阿含等經）二阿毘曇藏（俱舍婆沙等論）三毘尼藏（五部律）

四教義一初云此教明因緣生滅四聖諦理正教小乘傍教菩薩文修多羅此云法本出世善法言教之本也又翻契經契理契機也契理合於二諦契機符彼三根觀經疏初云經者訓法訓常文凡聖之所軌則曰法魔外不能攺壞曰常此釋訓經者由也經由聖人金口故言經也此釋義阿含如前阿毘曇翻無比法聖人智慧分別法義不可比故俱舍翻藏即包含攝持之義婆沙翻廣說亦名五百說毘尼此翻爲滅佛說作無作戒能滅身口之惡故即八十誦律也文南山云毘尼翻滅從功能爲名非正譯也正翻爲律律法也從教爲名斷割重輕開遮持犯非法不定文五部律如來滅後上座大迦葉等五百聖人於畢鉢羅窟內命優波離結集名上座部大衆婆尸迦等一千凡聖窟外結集名大衆部此二通稱僧祇即根本也迦葉阿難末田地商那和修優波毱多五師體權通道故不分教後毱多有五弟子各執一見遂分律藏爲五部焉

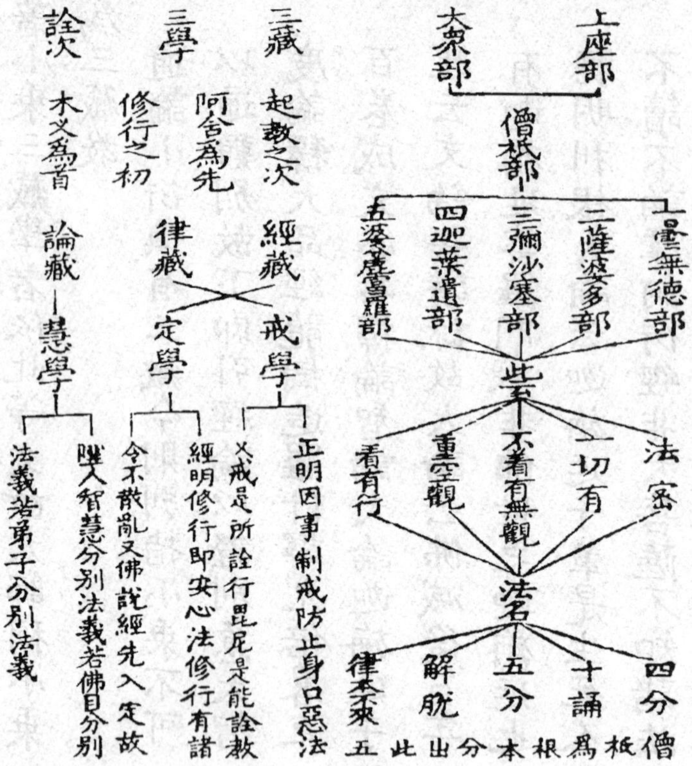

四教義云然此三法通名藏者以皆各含一切文理也又經通五人說妙樂一二十五云佛及聲聞天仙化人下四印定即名佛說文律唯佛制降佛已還不許措辭如禮樂征伐自天子出論通佛世滅後文句九二引出曜經云佛在波羅奈最初爲五人說契經修多羅藏佛在羅閱祇最初爲須那提說毘尼藏佛在毘舍離彌猴池最初爲跋耆子說阿毘曇藏文妙樂九十云故知別有阿毘曇藏是佛自說五百羅漢結集名相續解脫經後廣集法相乃名爲論文今此三藏皆是佛說若云佛說名經弟子所作名論一往語耳

天台四教儀集註卷第二

音釋

拓 音摭義同又他各切 犏 昌欲切㧢入也 渚 之與切水洲也 侔 莫侯切

天台四教儀集註卷第三

南天竺沙門　蒙潤　集

此之三藏名通大小今取小乘三藏也大智度論云迦旃延子自以聰明利根於婆沙中明三藏義不讀衍經非大菩薩又法華云貪著小乘三藏學者依此等文故大師稱小乘

爲三藏教

通論小衍俱有三藏今則別指小乘不可以通難別故下即引經論以證別意大智度論釋大品經龍樹造羅什譯九倍畧之百卷成文亦名釋論智論大論迦旃延子此云文飾善讚詠故大論云佛滅後百年有迦旃延婆羅門文非佛世之迦旃延也聰明利根大論云迦旃延子輩是生死人不讀不誦摩訶衍經非大菩薩不知諸法實相自以利根慧智於佛法中作諸論議文則知天台以小乘爲三藏本乎經論背靜法苑師毀之於前清涼觀師讚之於後苑師謂法華云貪著小乘三藏學者乃以小乘爲能別之言明知三藏不唯屬小天台此名濫涉大乘特違至教指法華爲至教清涼華嚴疏云此師立義理致圓備但三藏名義似小濫以後三教亦有三故所以爾者良以智論之中多名小乘爲三藏教成實論中亦自說云我今欲說三藏中實義故有據初對舊醫戒定慧故立此三事條然不同異後三教通教意融三故別教依一法性而顯三故圓教三一無礙故所以不名小乘教者此教亦有大乘六度菩薩三十四心斷結成真佛故文釋籤十七云三

藏通大小何故但屬小今明如法華云貪著小乘三藏學者又大論中處處以三藏對衍而辯大小故準此文以三藏爲小若通論者小衍二門俱有三藏但是通途非別意也若唯通途如何消通法華大論具如四教本中廣明文然論別意有三一小乘三藏部別故二小乘三藏隔異故三小乘三藏破舊醫故苑師謂法華以小乘爲能別之言且法華大論皆羅什譯論中既以小乘名三藏教故至譯經二言雙舉爲成偈文即別義也又大論云佛在世時無三藏名法華何云三藏學者須知三藏之名起於結集法藏者故大論云摩訶迦葉將諸比丘在耆闍崛山中集三藏文殊尸利彌勒諸大菩薩亦將阿難集摩訶衍三

藏是聲聞法摩訶衍是大乘法復次佛在世時無三藏名但有持修多羅比丘持毘尼比丘持摩多羅比丘文是則結集經家既立三藏之名故譯經者作此譯耳故法華云三藏學者

此有三乘根性

此是總標三乘聲聞四諦教苦爲初門支佛因緣教集爲初門菩薩六度教道爲初門又三人亦通諦緣度三文句七一廿四念處一二云所言三者其義有八謂教理智斷行位因果理三者聲聞理在正使外緣覺理在習氣外菩薩理在正習外教三者聲聞稟四諦教緣覺稟十二因緣菩薩稟六度智三者聲聞總相智緣覺別相智菩薩總別相智斷三者聲聞斷正緣覺斷習

菩薩斷正習行三者聲聞爲自修戒定慧緣覺爲自修樂獨善寂菩薩爲衆生修六度位三者聲聞住學無學緣覺住無學菩薩三僧祇登道場因三者聲聞帶果行因緣覺望果行因菩薩伏惑行因果三者聲聞斷正如燒木爲炭緣覺斷習如燒木爲灰菩薩正習盡如燒木無炭灰也文

初聲聞人依生滅四諦教

聞佛聲教故曰聲聞生滅四諦止觀一十云苦則三相遷移生異滅集則四心流動貪瞋癡等分道則對治易奪滅則滅有還無雖世出世四皆變異故名生滅文自性不虛四皆諗實故名爲諦也

言四諦者一苦諦

大經云凡夫有苦而無諦聲聞有苦而有諦凡夫不見苦理故言無諦聲聞能見無常苦空故言有諦法界次第中十云苦以逼惱爲義一切有爲心行常爲無常患累之所逼惱故名爲苦謂三苦八苦等

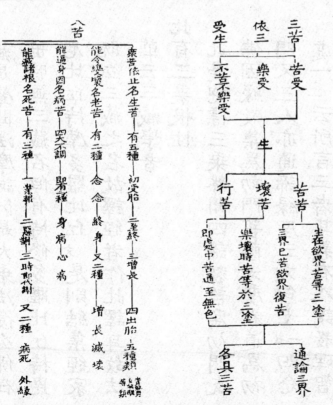

三苦　依三受生
- 苦受
- 樂受
- 不苦不樂受

生
- 苦苦
  - 生在欲界苦等三塗
  - 三界已苦欲界復苦
- 壞苦
  - 樂壞時苦等於三塗
- 行苦
  - 即處中苦通至無色

通論三界　各具三苦

八苦
- 衆苦依止名生苦—有五種—一初受胎—二至終—三增長—四出胎—五種類貴賤貧富好醜等類
- 能令變壞名老苦—有二種—念念—終身—又二種—增長—滅壞
- 能逼身因名病苦—四大不調—又有二種—身病—心病
- 能滅諸根名死苦—有三種—一業報—二緣對—三時節代謝　又二種　病死　外緣

名義——
非愛共聚名怨憎會——即是苦苦——苦心領於苦境故也
可愛相違名愛別離——捨所愛故——即是壞苦
希望不遂求不得苦——還約愛離——怨會以説
是衆苦相名五盛陰——經釋前七是五盛陰　前七有別體後一總總無後別體今以經文以五盛陰是其別體也

二十五有依正二報是言二十五有者四洲四惡趣六欲并梵天四禪四空處無想及那含四洲四趣成八六欲天并梵王天成十五四禪四空處成二十三無想天及那含天成二十五別則二十五有總則六道生死輔行一下廿一云因果不忘故名爲有文畧云三有欲色無色或云九有三界分九地故國土名依報五陰假名是正報即苦諦之體四洲水中可居曰洲四惡趣三途加修羅以修羅一日一夜三時受苦故六欲希須名欲六天各有三種欲一飲食欲二睡眠欲三婬欲梵王無想及五那含總在四禪經教別爲三有者爲破外道計梵王爲生萬物之主計無想無心爲涅槃計五那含爲真解脱故六道輪轉相通故名爲道輔行二上廿五引大論三十三問云云何六道復云五道答佛去世後五百年中部別不同各由佛經以從己義故使修羅一道有無不同文楞嚴中更開神仙一類爲七趣又六道不出胎卵濕化四生倶含頌云人旁生具四地獄及諸天中有唯化生鬼通胎化二文

一地獄道梵語捺落迦又語泥黎此翻苦具而言地獄者此處在地之下故言地獄謂八寒八熱等大獄各有眷屬其類無數其中受苦者隨其作業各有輕重經刦數等其最重

處一日之中八萬四千生死經刦無量作上品五逆十惡者感此道身地獄從處爲名婆沙云贍部洲下過五百踰繕那乃有地獄梵語釋籤八十二云元梵天種還作梵語及以梵書文輔行七十八云光音初下展轉出生是故五天並名梵種文翻彼梵語成此華言故云翻也周禮有象胥氏通四方之語東方曰寄南方曰象西方曰狄鞮音低之言知也北方曰譯今翻西語諸經皆云譯者從通稱也如周禮四官通稱象胥氏若具造惡之者受苦具度亦云若器八寒八熱偈云頞部陁尼剌部陀寒逼身皰及皰裂頞哳吒并嚯嚯婆虎虎婆三皆痛聲六嗢烏沒反鉢羅鉢特摩第八摩訶鉢特摩青蓮紅蓮大紅蓮如次對三

種身色已上八寒等活斬剌磨擣吹活等前黑繩黑繩絣量後方斬鋸三衆合苦具衆至合黨相殘嘷叫衆苦所逼悲嘷發聲大叫極苦所逼大叫稱怨六炎熱火隨身轉熱苦難堪七極熱若內若外自身他身俱出猛火互相燒害下八阿鼻或云阿鼻旨亦云阿毘成論明趣果受苦時命及形五皆無間也此八寒熱根本獄各有眷屬其類無數等活等八獄各有四門四門各有四獄謂煻煨屍糞鋒刃烈河增一獄十六總有百二十八皆名遊增有情遊彼其苦增故準妙玄第六云八寒亦具百二十八而正理論等但云眷屬故倶舍圖熱竪寒橫於八寒邊不列遊增更有孤獨禹子輕繫等獄遍在江海山林空中等處婆沙七云南洲有正有邊東西二洲唯邊無正北洲邊正倶無三洲人若造重罪皆來南洲正獄及東西南洲邊獄受苦妙玄

六廿八云此正地獄在地下二萬由旬其傍地獄或在地上或在鐵圍山間輕重傍輕正重重者遍歷百三十六獄中者不遍下者復滅經劫數等俱舍云等活等上六如次以欲天壽爲一晝夜人間五十歲爲四天王一晝夜四天王五百歲爲等活一晝夜當人間九百萬歲又人間百歲爲忉利天一晝夜忉利天一千歲爲黑繩一晝夜當人間三千六百萬歲壽量亦同彼等活壽同四天王五百歲黑繩壽同忉利天千歲等活等苦壽如此可不畏耶一極熱半中劫無間中劫全旁生極一中難陀龍等壽一住劫鬼日月五百鬼以人間一月爲一日積日爲月壽五百年頞部陁壽量如一婆訶麻斛婆訶翻篇紵二十胡麻今俗所用盛米者是百年除一盡假使有人百年除一粒麻二十斛盡名爲頞部陀壽後後倍二十第二皰裂二十婆訶麻後之六獄倍增可知八萬四千生死毘婆沙云五道各有自爾之力地獄色斷還續妙樂五十三引毘曇云一切地獄初生之時皆有三念知此處是地獄由其因所生從其處來文句四二十四云初皆衆生若受苦時痛聲不復可分別妙樂五十三云初入地獄如本有語後時但作波波等聲不復可辯文句云獄卒是變化令見非衆生數初將罪人縛至閻王所者是衆生數若受苦時非衆生數妙樂五十三云有情非情並是共業所感而爲心變文衆生常爲熱苦所逼小獄通寒熱大獄唯在熱四解脫經稱爲火途且從熱爲名也五逆殺父殺母殺阿羅漢出佛身血破和合僧十惡身業三種謂殺盜淫口業有四妄言綺語兩舌惡口意業有三貪嗔癡上品善不善業皆有三品而復有三如撫華鈔

逆惡三品
- 一約境 ─ 善則於劣不殺爲上謂蚊螞等於勝不殺爲下謂父母等餘者爲中不善反此
- 二約心 ─ 無間善不善但猛利心作爲上泛爾心作爲下餘者爲中
- 三約時 ─ 此通善不善但三時無悔者爲上作已方悔爲中正作能悔爲下三時者欲作正作作已

二畜生道亦云旁生此道遍在諸處披毛戴角鱗甲羽毛四足多足有足無足水陸空行互相吞啖受苦無窮愚癡貪欲作中品五逆十惡者感此道身

梵語底栗車輔行二上廿五云畜生者褚六許六向究三反並通作褚六音即六畜也謂牛馬雞豚犬羊則攝趣不盡今通論此道不局六也旁生婆沙云形旁行旁此道徧在諸處婆沙云遍五道中有之故也文句四三十四云四天三十三天悉有而上天所乘象馬等是福業化作非衆生數也披毛如走獸等戴角如牛羊等鱗甲如魚鱉等羽毛如飛禽等水陸空行此三是畜生所依處也妙玄云陸有三品重者土內不見光明中者山林輕者人所畜養大論以三類攝畜生晝謂晝行夜行晝夜行互相吞啖文句四三十四云畜生者多盲冥盲冥者無明也强者伏弱飲血啖肉怖畏百端四解脫經稱爲血途從相啖邊爲名也中品其心劣前作已少悔俱舍頌云旁生極一中旁生壽量多無定限其極長者亦一中劫謂難陀龍等諸大龍王皆住一劫能持大地文句四三十五云劫初時皆解聖語後飲食異諂心而語皆變或不能語妙樂五三十云諸教相中畜生能言皆此時也又畜生能飛空自爾力也

三餓鬼道梵語闍黎哆此道亦徧諸趣有福德者作山林塚廟神無福德者居不淨處不得飲食常受鞭打填河塞海受苦無量諂誑心意作下品五逆十惡感此道身

輔行二上廿五云梵語闍黎哆此翻祖父後生云祖父者從初受名又後生亦是後生之祖父也爾雅云鬼者歸也尸子曰古者名死人爲歸人又云人神曰鬼地神曰祇天神曰靈又云饑餓謂餓鬼也恒被驅使此道亦遍諸趣輔行三下云此處在閻浮提下五百由旬有閻王界縱廣量亦等是根本處亦有住閻浮提洲者有德者住花果樹林無德者居不淨處東西二洲亦有鬼壯洲唯有威德者諸天亦有隨生處形或居海渚或在人間山林中或似人形或似獸形不得飲食重者鐵火節啖不聞漿水之名中者伺求蕩滌膿血糞穢輕者時薄一飽加以刀杖驅逼塞海填河四解脱經稱爲刀途從被刀杖驅逼爲名也下品正作能悔故云下品俱舍頌云鬼日月五百以人間一月爲一日壽五百歲更有三類九種内障外障無障如蘭盆疏今水陸施食正爲燄口鬼神婆羅門仙出生所供爲曠野鬼神鬼子母等

三類九種
- 無財三——炬口——針咽——臭口
- 少財三——針毛——臭毛——大癭
- 多財三——得棄——得失——勢力

四阿修羅道此翻無酒又無端正又無天或在海岸海底宮殿嚴飾常好鬪戰怕怖無極在因之時懷猜忌心雖行五常欲勝他故作下品十善感此道身

文句廿二云四天下採花醞於大海魚龍業力其味不變嗔妬誓斷故言無酒無端正男醜女端舍脂是也無天淨名䟽二十四云此神果報最勝隣次諸天而非天也妙樂二廿九云無天德故文或在海岸海底輔行二上廿五云世界初成住須彌頂亦有宮殿後光音天下如是展轉至第五天修羅嗔便避之無住處下生此文文句二廿一云鬼道攝者居大海邊畜生道攝者居大海底準此則知妙玄明或居半須彌山邑窟應天種攝妙樂引阿含四修羅次第住於海底各於海下二萬由旬以爲一宮居止處殊勝必兼多福方得生彼又楞嚴經明胎卵濕化四種之異屬於鬼畜人天四趣所攝具如彼文宮殿嚴飾妙樂長阿含十八云南洲金剛山中有修羅宮所治六十由旬欄楯行樹等然一日一夜三時受苦苦具自來入其宮中屬四趣者良有以也文常好鬪戰文句二廿二云毗摩質多生舍脂帝釋納爲妻後讒其父遂交兵脚波海水手攻善見帝釋以般若呪力不能爲害文怕怖無極淨名䟽二十四云往昔嫉妬惱他故常多怖畏文猜忌輔行二上廿五云又嫉佛說法佛爲諸天說四念處則說五念處佛說三十七品則說三十八品常爲曲心所覆猜者疑懼也詩傳云以色爲妬以行

爲忌害賢曰嫉故知修羅嫉賢忌行五常輔行一下三云以慈育物爲仁以德推遷爲義進退合宜爲禮權奇超拔爲智言可反覆爲信內德俱脩方成人道慢強無德判屬修羅又據善心仍居下品外揚五德本在輕他文十善對十惡立謂不殺等又十皆有止行二善如不殺止善放生是行善等

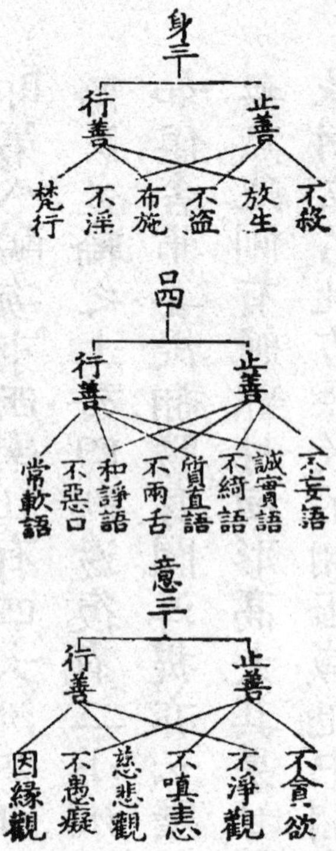

五人道四洲不同謂東弗婆提(壽二百五十歲)南閻浮提(壽一百歲)西瞿耶尼(壽五百歲)北欝單越(壽一千歲命無中天聖人不出其中即八難之一)皆苦樂相間在因之時行五常五戒五常者仁義禮智信五戒者不殺不盜不邪淫不妄語不飲酒行中品十善感此道身

輔行二上(廿六)云梵語摩㝹賖此云意人中所作皆先意思易曰唯人爲萬物之靈禮云人者天地之心五行之端此亦未知五道故也婆沙云五道多慢莫過於人又云五道中能息意者亦莫過人文法苑云人者忍也於世違順人能安忍四洲此世界下有三輪下風次水上金輪金輪之上有九山八海須彌居中鐵圍在外中繞須彌有七金山七香水海第七山外鐵圍之內

即第八醎海東西南北有四大洲四洲土輪居金輪之上於四洲邊復有二小洲具如俱舍弗婆提翻勝身閻浮提亦云贍部無熱池側有贍部林樹形高大其果甘美依樹立名此方無故不翻西域記中翻為穢樹瞿耶尼翻牛貨俱舍鈔云刦初時高樹下有一寶牛為貨易故欝單越亦云俱盧翻勝處勝三洲故俱舍頌云贍部洲人量三肘半四肘(尺八)東西北洲人倍倍增如次(東洲八肘西洲十六肘北洲三十二肘)唯有北洲人壽定一千歲餘三且據極分為言未必全爾聖人不出其中不生於彼而闡化非不居彼準寶雲經頗羅墮將弟子六百人住欝單越八難三途以為三人中則有四一盲聾瘖瘂二世智辯聰三佛前佛後四北俱盧洲天上一無想或指長壽天受此諸果報不得於聖化苦樂相間輔行(四九上)云若論果報南洲為下下若得值佛南洲為上上故大論六(十二)云閻浮提以三事故尚勝諸天北洲不及一能斷婬欲二識念力三能精進勇猛復有書般若是故諸天下來聽法故大經云下下因緣故生北洲乃至上上因緣故生南洲(文)妙玄六(廿九)云四天下人雖果報勝劣俱有生老病死同是輕報泥犂(文)五常五戒常者不易戒乃防非仁則不殺義則不盜禮則不婬信則不妄語智則不飲酒酒能昏性起過故也又五戒四性一遮酒乃遮制餘性是惡大小乘禁戒此為根本止觀四(二)云性戒者莫問受與不受犯即是罪受與不受持即是善若

受戒持生福犯獲罪不受無福不受犯無罪文輔行四上三云所言性者即舊戒也不待佛制性是善惡故名爲性又云五戒者四性一遮故俱舍云遮中唯離酒爲護餘律儀若論制已性上更加一箇制罪文性戒輪王亦用遮戒如來所制五戒十善開合之異身三可見不妄語則攝口業四種酒防意地則攝意三

六天道二十八天不同欲界六天色界十八天無色界四天輔行二上廿六云今釋典中所言天者亦名最勝亦名光明文文句四末云天者天然自然樂勝身勝文二十八天不同舉竪包橫也若統論一佛化境則有三千大千世界三千者小千中千大千也二禪統一小千三禪統一中千四禪統一大千三千是總大千是別總別雙舉以別顯總也俱舍頌云四大洲日

月蘇迷盧欲天梵世各一千名一小千界謂一千四洲一千日月一千須彌一千六欲天一千初禪天總名小千世界此小千千倍說名一中千一千箇小千世界名中千世界此千倍大千一千箇中千世界名大千世界小千爲一二禪所覆中千爲一三禪所覆大千爲一四禪所覆例此應云千箇初禪爲小千千箇二禪爲中千千箇三禪爲大千小千如千錢中千如千貫大千如千箇千貫然以十萬爲億則大千有萬億日月而光明經云百億日月乃至百億非非想天等者蓋億有四種一十萬爲億中千有十億大千萬億二百萬爲億中千有一億大千有千億三千萬爲億大千則有百億光明據此數也四萬萬爲億大千世界但有十億又復四禪非想唯一亦言百億者光明記五七云以下望上言之耳又恐翻譯之訛也以義淨重翻則無百億非想之言又瑞應經云三千日月萬二千天地之中央者萬即大千謂萬億二千即中千小千也蓋言佛生迦維衛國是三千世界之中央也皆同一成壞須知成住壞空各二十劫爲一大劫一增一減爲一小劫於住劫中二十增減每一增一減有小三災壞於有情住劫盡時乃有大三災壞於世界經二十劫空劫成劫各二十劫並約住劫數重而論業道增壽減至十三災

現刀疾飢如次七日月年止據瑜伽論人壽減至三十歲饑饉災起七年七月七日止減至二十歲時疾疫災起七月七日止減至十歲時刀兵災起七日七夜止今俱舍云至十三災現者乃據滅劫之極爲言也故自十十歲返次逆對則十歲刀兵乃對七日二十歲時疾疫乃對七月三十歲時饑饉乃對七年則與瑜伽初無異也垂裕記十二十引什師云婆須蜜從忉利天下生王家作太子化衆人言我等祖父壽命極長以今嗔恚無慈故至此短壽是故汝等當行慈心衆人從命惡心漸薄此後生子壽二十歲如是展轉增至八萬四千歲也文論增則子年倍父年增則自十歲增至八萬四千論減則百年減一年則自八萬四千歲減至十歲故一增一減爲一小劫三災水火風上三定爲頂二禪爲火災頂三禪爲水災頂四禪爲風災頂如次內災等四無不動故初禪內有覺觀能燒惱心等外火災二禪內有喜受與輕安俱潤身如水故偏身猗重等外水災三禪內有動息息亦是風等外風災四禪無內患故亦無外災然彼器非常情俱生滅故彼器即依報雖云不動非是常住不壞之法情即有情正報彼天宮殿情生則生情滅則滅要七火初禪已下七經火災是則七番成住壞空當七一水七水火後風大劫第八水災齊於二禪又一番成壞當八大劫如是初禪已下七七四十九火二禪已下七番水災成五十六劫初禪已下又七火災當六十三劫第六十四劫風災壞至三禪也又火災與由七日並現劫末壞時六日隱在雙持山下世界壞時後六日漸出水災起時由雨霖注風災生時由風相擊從下風輪有猛風起又業力盡遀處生風

初欲界六天者一四天王天居須彌山腹二忉利天居須彌山頂自有三十三天已上二天單修上品十善得生其中三夜摩天四兜率天五化樂天六他化自在天已上四天空居修上品十善兼修未到定得生其中俱舍頌云六受欲交抱執手笑視婬初如五至十色圓滿有衣輔行六上二云地居形交忉利以風爲事夜摩抱持兜率執手化樂視笑他化但視文六欲天化生時四天王天如五歲兒乃至他化如十歲兒後則漸長如其身量色界初生身量即成且具天衣如梵衆天初生長半由旬四天王天東方提頭賴吒天王此云持國護持國土故居黃金埵領乾闥婆

富單那南方毘留勒义天王此云增長令他善根增長故居琉璃埵領鳩槃茶薜荔多王有九十一子（如靈感傳）西方毘留博义天王此云廣目亦云非好報亦云雜語能作種種語故居白銀埵領毘舍闍毒龍等壯方毘沙門天王此云多聞福德之名聞四方故居水晶埵領夜义羅刹諸處建立天王堂事見唐天寶元年如僧史畧俱舍頌云妙高層有四相去各十千（梵語蘓迷盧亦云須彌此云妙高妙謂四寶所成高謂出衆山表始從水際至山半腹分爲四級相去各十千）由旬旁出十六千八四二千量（此橫廣也旁即是橫最下一層廣十六千踰繕那第二層八千第三層四千第四層二千也）堅首及持鬘恒憍大王衆如次居四級（堅首第三皆藥义衆大王即四天王堅首最下級乃至四王居最上級）亦住餘七山（諸藥义衆亦住餘七金山是四王所部衆故）又日月宮城五風所

持（一持二養三受四轉五調）濟雙持山頂旋環山腹照四天下雙持山高四萬二千由旬須彌七金及鐵圍山入水皆八萬四千由旬須彌出水亦八萬四千由旬餘之八山半半論减乃至鐵圍山高三百二十八由旬二俱盧半九山廣濶皆等高量（俱盧舍此云二里）日宮廣五十一由旬月宮廣五十由旬俱舍頌云夜半日沒中日出四洲等（輔行引長阿含二十二云鬱單越夜半弗婆提日沒閻浮提日中瞿耶尼日出經文次第四方適說彼經又云閻浮提爲東弗于逮爲西乃王單越爲西于逮爲東以由日月轉故皆謂日出處爲東文）近日自影覆故見月輪缺（如新月則西近於日自影覆東故見東缺殘月則東近於日自影覆西故見西缺）忉利此云三十三山頂四角各有八宮中帝釋殿昔世三十三人天帝爲主於摩竭陀國修勝業故故同生此俱舍頌云妙高頂八萬（徑過八萬）

踰繕那(小字)三十三天居四角有四峯金剛手所住(有藥叉神名金剛手執金剛杵止住其中護諸天故)中宮名善見(見者稱善故)周萬踰繕那高一半金城(善見外城墻以金爲之高一由旬半城有千門)雜飾地柔軟中有殊勝殿周千踰繕那外四苑莊嚴衆車麤雜喜(城外)(四苑一衆車苑隨天福力種種車現二麤惡苑麤澁戰器天欲戰時刀杖等現三雜林苑雜受欲樂故四喜林苑極妙之境觀者無厭名曰喜林也)妙地居四方相去各二十(苑邊有地去苑各二十由旬)東北圓生樹(城外東北樹名圓生挺葉開花妙香芬馥順風遍滿百踰繕那逆風猶遍五十踰繕那)西南善法堂(三十三天時集於彼議論如法不如法事)單修上品十善(捒夜摩已上兼修定故)夜摩此翻善時亦名時分時時唱快樂故兜率此云妙足新云覩史陀此云知足於五欲境知止足故化樂於境變化自娛樂故他化自在欲得境時餘天爲化假他所作以成己樂即

魔王也淨名云多是不思議解脫菩薩住赤色三昧不取不捨應爲魔王(文)未到定未入根本禪也止觀九(四)云住欲界定從是心後泯然一轉虛豁不見欲界定中身首衣服床鋪猶如虛空冏冏安隱身是事障事障未來障去身空未來得發是名未到定相(文)然生上四天自是欲界定力今從欲天極處爲言云未到定不必四天皆爾俱舍頌云欲天俱盧舍四分一一增(四分之一即半里也初四天王長半里上五並半里論增)人間五十年下天一晝夜承斯壽五百上五倍倍增(四天王等五百歲以人間五十年爲一日忉利千歲以人間百年爲一日乃至他化十六千歲以人間千六百年爲一日)法華文句(二十九)云三光天子是帝釋內臣如鄉相四王是外臣如武將(文)又帝釋爲地居天主魔王爲六欲天主

雖主欲界帝釋四王欲行佛法魔不得制如感通傳次色界十八天分爲四禪初禪三天梵衆梵輔大梵二禪三天少光無量光光音三禪三天少淨無量淨徧淨四禪九天無雲福生廣果已上三天凡夫住處修上品十善坐禪者得生其中無想天外道所居無煩無熱善見善現色究竟已上五天第三果居處上之九天離欲麤散未出色籠故名色界坐得靜定故得禪名妙玄云正報之身是清淨色非如欲界垢染色也十八天此準上座部立若薩婆多宗唯立十六天以梵輔大梵合爲一無别處故無想廣果合爲一身壽同故若經部宗佛滅後四百年初從一切有部復出立一部名爲經部立義準經不依律論立十七天梵輔大梵身量别故上座部中須明十八者以廣果無想身壽雖同因果有異廣果以無尋伺爲因果無想以無心爲因果四禪梵語禪那此翻爲定攝心專注不流散故世出世間此禪爲根本各有支林功德如法界次第

初禪五支
- 覺支
- 觀支
- 喜支
- 樂支
- 一心支

二禪四支
- 内淨支
- 喜支
- 樂支
- 一心支

三禪五支
- 捨支
- 念支
- 慧支
- 樂支
- 一心支

四禪四支
- 不苦不樂支
- 捨支
- 念清淨支
- 一心支

輔行九上九引婆沙中問初三何故五二四何故四答自古相承云欲界五欲爲外亂二禪喜爲内亂初禪治外亂之始三禪治内亂之始故各有五二禪外亂息四禪内亂息是故二四但立四支初禪三天梵

者淨也無欲染故十八天皆淨無欲此當其首偏得淨名梵衆是民梵輔是臣大梵即王也劫初先王劫盡後滅主領大千然通論有萬億梵王唯此是大千之中王名尸棄得爲大千之主降此不得橫論又初禪有語言號令能統上冠下故也如法華云娑婆世界主梵天王尸棄大梵若摩醯首羅居色界頂報勝爲王無統主義以二禪已上無言語法是故諸禪亦各以報勝爲主非統御也豎辯具如法華文句淨名疏明若涅槃疏云娑婆世界主正是首羅又云梵王只領小千而已乃古師之說非經家正意二禪三天少光光明少故無量光光明轉增無限量故光音以光當語音故新譯云極光三禪三天少淨意識嗜樂離喜而純樂受故無量淨淨勝於前不可量故徧淨樂受最勝淨周普故四禪九天無雲者下難空居依雲而住此無雲首特號無雲業疏云第四禪上雲居輕薄如星散住不同下天如雲密合文福生者修勝福力方生此天從因彰名廣果者凡夫之果無勝過故無想者一期中間心想不行故無煩雜無熱惱善相見善現相究竟無極此五天三果所居名五不還天若俱舍舊圖次第而上若準楞嚴第九皆横在四禪中彼四禪天獨有欽聞不能知見如今世間曠野深山聖地道場皆羅漢所住持故世間粗人所不能見文又色究竟中有摩醯首羅此翻大自在天俱舍頌云色天踰繕那初四增半半謂梵衆半踰繕那梵輔一大梵一半少光二也此

上倍倍增無量光四光音八乃至徧淨六十四唯無雲減三下徧淨天既六十四無雲倍應百二十八身壽但有一百二十五者謂從變易受入不變易受難故各減三變易不變易約三災壞不壞說少光上下天大全半爲劫少光已上大全爲劫謂少光二大劫乃至色究竟萬六千大劫少光已下大半爲劫以由身量與壽量等大梵身既一由旬半故壽當一劫半故以四十小劫爲一大劫則六十小劫成劫半也梵輔壽一劫身一由旬四十小劫也梵衆身半由旬故壽半劫二十小劫也三無色界四天空處識處無所有處非非想已上四天只有四陰而無色蘊故得名也若厭色籠修四空定生四空天名無色界輔行六上四云從第四禪欲入空處必作方便滅三種色一可見可對色色塵二不可見可對色五根四塵三不可見無對色法入火分無表色也此之三色並在色界欲入無色故滅此三文無色界色小乘空有二宗各計不同

大衆部云但無觕色非無細色妙玄四六引毘曇云無色有道共戒戒是無作色以無漏緣通故此戒色隨無漏緣至無色也文釋籤四一三十云言無漏緣通者通九地也既通九地豈隔無色文妙樂六九云無色雖無四大造色定果所爲皆是墻壁欲色二界業果所爲三界皆以意識維持若約諸宗無色非全無四大色雅合其宜文有門計有色合經墻壁譬此是有宗計有色也妙玄引成論云色是無教法此是空宗牒有宗計不至無色此是空宗難有宗也難云應不至無色耶如讀教記戒體中辯此是空宗計無色也然小乘計有是不了義說無色者乃名了義大乘反此楞嚴經云是四空天身心滅盡定性現前無業果色孤山釋云謂無業果色者顯有定果色也此與小乘有宗義

合若大經云無色界色是佛境界非諸聲聞緣覺所知者此是大乘說有色義也空處禪門六九云此定最初離三種色心緣虛空既與無色相應故名虛空定也文識處禪門六十一云捨空緣識以識爲處正從所緣處受名故名識處文無所有處行者厭於識處無邊於是捨之入無所有處亦名不用處禪門六十二修此定時不用一切內外境界外境名空內境名識捨此二境故言不用處文非非想止觀六四引阿毘曇婆沙云非無想天之無想非三空之有想故言非想非無想也人師云無想是色天異界不應仍此得名就同界釋名前無所有定已除想今復除無想想無想兩捨故言非有想非無想文輔行六上五人師尚不許引色無想天況總引四禪既是論文取亦無失人師釋義亦未全非今家俱存故無破斥文止觀九八云此定不緣識處故非想不緣不用處故非非想文只有四陰輔行五上廿四云蘊之與陰新舊異譯文積聚名蘊蓋覆名陰積集有爲蓋覆真性然諸文或云四禪八定或云四定者輔行九上初云若色無色二界想對則色界名禪無色界名定若總以上界望於下欲則上二界俱名定地下界爲散文

上來所釋從地獄至非非想天雖然苦樂不同未免生而復死死已還生故名生死此是藏教實有苦諦

一往言之三途唯苦諸天純樂人中苦樂相間通而言之天亦有苦妙玄六廿九云六

欲天者地天别有修羅鬬戰之難通有五衰死相苦等地獄色天雖無下界諸苦而爲色所籠若命盡時不樂入禪風觸吹身唯除眼識餘皆有苦四空諸天雖無欲色界等苦如瘡空處如癰識處如病無所有處如箭入體非非想成就細煩惱文及非想有八苦等文句六云三藏教詮生滅故云實有也

天台四教儀集註卷第三

音釋

鞮丁奚切單履也 哳陟鎋切鳥鳴也 嚯許畧切 嗢乙骨切咽也 唬虎交切 箠市規切 冋古熒切象遠界也

天台四教儀集註卷第四

南天竺沙門　蒙潤　集

二集諦者即見思惑又云見修又云四住又云染汚無知又云取相惑又云枝末無明又云通惑又云界内惑雖名不同但見思耳集者招集爲義惑與業俱能招生死而今但云惑者前苦諦中已明善惡業故即見思惑示集諦之體也見者若云見理時能斷此惑即從解得名若云見秪是假（謂因成相續相待三假也）假者不實爲義即當體受稱

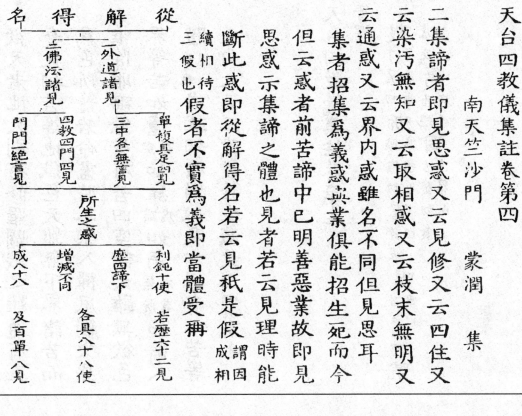

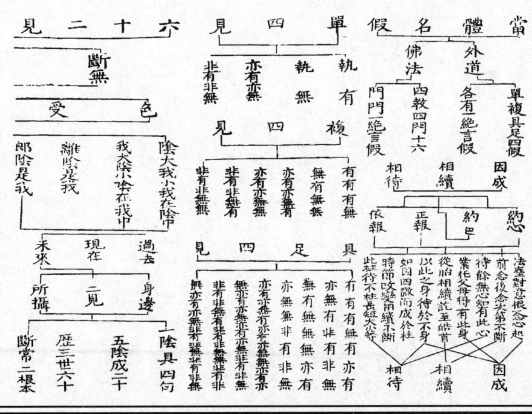

從解得名
- 一外道諸見
  - 單複具足四見
  - 三中各一無言見
- 二佛法諸見
  - 四教四門四見
  - 門門一絶言見

所生之惑
- 利鈍十使　若歷六十二見
- 歷四諦下
- 增減不同　各具八十八使
- 成八十八　及百單八見

當體名假
- 外道
  - 單複具足四假
  - 各有一絶言假
- 佛法
  - 四教四門十六
  - 門門一絶言假

因成　相續　相待
- 約心
- 約色
- 正報
- 依報

- 法塵對意根念心起
- 前念後念次第不斷
- 待餘無心知有此心
- 業托父母得有此身
- 從胎相續訖至皓首
- 以此之身待於不身
- 如因四微而成於柱
- 時節改變相續不斷
- 此柱待不柱長短大小等

相待　相續　因成

單四見
- 執有
- 執無
- 亦有亦無
- 非有非無

複四見
- 有有有無
- 無有無無
- 亦有亦無有
- 亦有亦無無
- 非有非無有
- 非有非無無

具足四見
- 有有有無有亦有
- 亦無有非有非無
- 無有無無無亦有
- 亦無無非有非無
- 亦有亦無有亦有亦無無亦有亦
- 無亦有亦無亦有亦無非有非無
- 非有非無有非有非無無非有非
- 無亦有亦無非有非無非有非無

六十二見
- 斷無
- 色　受
- 陰大我小我在陰中
- 我大陰小陰在我中
- 離陰是我
- 即陰是我
- 過去　現在　未來
- 身邊二見所攝
- 一陰具四句
- 五陰成二十
- 歷三世六十
- 斷常二根本

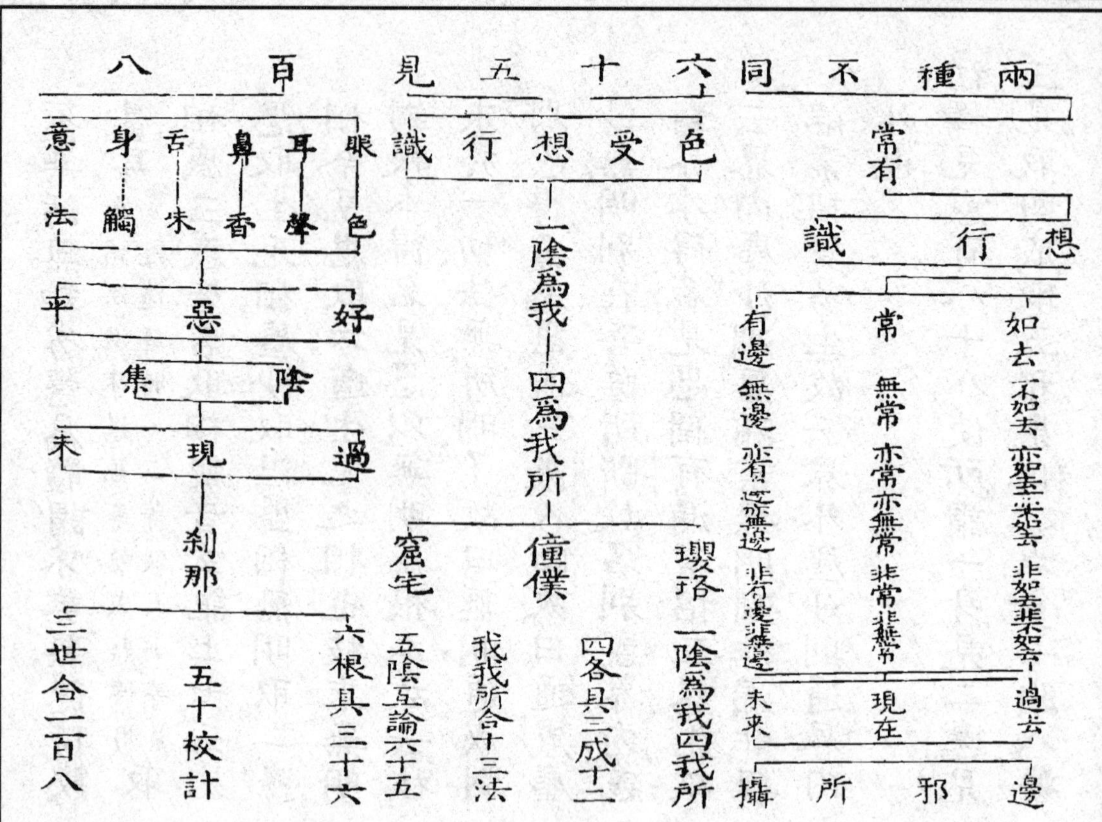

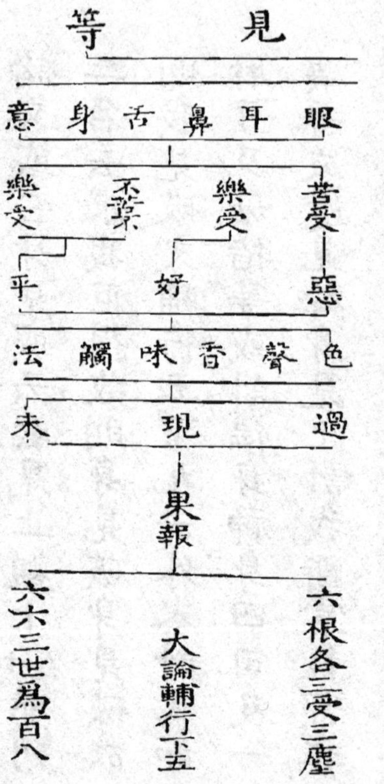

思惑入修道位重慮緣眞輔行云慮謂思慮見道觀眞巳發無漏今復重觀故云重慮此惑即除名思惟惑此從解得名若云思假及愛惑者此當體受稱然見惑從法塵起能障眞理思惑從五塵起能韋三界此皆約欲界多分說細論不拘見修見惑是道所斷思惑修道所斷約能斷位名所斷惑也四住見爲一住思惑分三因此二惑故住著三界染汚無知妙樂一廿四云然小乘中立二無知染汚無知無明爲體

不染污無知劣慧爲體謂味勢熟德時數量耳（文諸法滋味損益等勢成熟德用近遠等時一二等數大小等量）取相惑三惑皆名取相觀音玄記上七云見思取生死相塵沙取涅盤相無明取二邊相令見思取六道生死之相也枝末無明對根本得名見思以無明爲根本故云枝末於一切法無所明了故曰無明通惑對別惑得名見思通三乘人斷故曰通惑塵沙無明別在菩薩所斷故名別惑界內惑對界外得名見思潤有漏業招三界生故云界內塵沙潤無漏業無明潤非漏非無漏業招變易生故云界外塵沙則通界內外也

初釋見惑有八十八使所謂一身見二邊見三見取四戒取五邪見（已上利使）六貪七瞋八癡九慢十疑（已上鈍使）此十使歷三界四諦下增減不同成八十八謂欲界苦十使具足集滅各七使除身見邊見戒取道諦八使除身見邊見四諦下合爲三十二上二界四諦下餘皆如欲界只於每諦下除瞋使故一界各有二十八二界合爲五十六并前三十二合爲八十八使也

法界次第上七云使以驅役爲義能驅役行者心神流轉三界故通受使名身見於陰入界中妄計爲身强立主宰恒起我見諸文或云身見或云我見止觀十（十六）雙列二名云求我叵得故則身見破身見破故則我見破文輔行五下九云外人計我如麻豆及母指等或計徧身神身四句及一異等文邊見於身見上計我斷常執常非

斷執斷非常隨執一邊也見取謂因此見通至非想信此非餘執劣爲勝戒取執邪爲道名非因計因及雞狗等戒名戒取邪見由計斷常不信因果復計此我以爲自然冥初世性世性即是二十五諦一冥初二從覺等如圖子及六諦等或計從於父毋微塵梵天等生皆名邪見貪是已法者愛即指五見爲已法也嗔非已法故嗔癡不識見中苦集慢我解他不解疑猶豫不決利鈍利則造次恒有鈍則推利方生五鈍亦名見中思亦名推利思亦名背上使利使若去鈍使亦亡故屬見攝四諦下惑增減不同前云集諦雖在惑業今歷四諦者集是能迷苦是所迷又道滅雖是出世間因果由迷苦集道滅亦迷如不識病亦迷於藥此四諦惑俱舍頌云苦下具一切集滅各除三道除於二見上界不行嗔輔行五下九問四諦下惑依何理教增減不同耶答依阿毘曇上界不行嗔無相害故有善欲故性寂靜故心滋潤故然止而不行非能斷也故法華中蜈蚣喻嗔通三界妙樂六三十二云小乘中云上界無恚非盡理也問何故身邊唯在苦耶答此見依身故名身見依於身見而起邊見餘三非身故無此見又見苦斷故故在苦下四空無色有身見者雖無麁色而有細色所執未云即是身見非想八苦其義可知問戒取何故唯在苦道答唯彼所起問戒取計因苦諦是果何故在苦答計多苦行望爲實因故在苦下非出世道妄爲出道是故復於道處能起

集滅異此故無身見無身見故亦無邊見集滅非道不生戒取又復戒取在於苦道二諦下者本是內道見苦能斷本外道者見道能斷故惟在二此有親踈之義孤山作六十四句解云云八十八使且據見惑婆沙中云九十八使者兼十思故也輔行五下十云以十纒爲九十八論文所出不同或名三結止觀云初果所破如竭四十里水功夫甚大恐聞者生疑畧斷三結謂身見戒取疑如下圖示

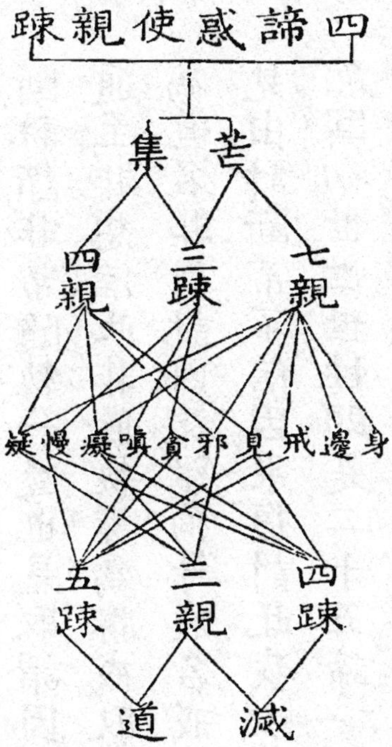

二明思惑者有八十一品謂三界分爲九地欲界合爲一地四禪四定爲八共爲九地欲界一地中有九品貪嗔癡慢言九品者上上上中上下中上中中中下下上下中下下八地各有九品除嗔使故成八十一也

此界繫思亦名迷事思亦名正三毒異俱生思及推利思也九地所依處得名欲界同一散地故合爲一於九地中各有九品貪瞋癡慢但上八地無嗔耳不言疑者見道已斷理合無疑斷此惑時或直緣一眞諦或於四諦中隨緣一諦故止觀中云見惑如四十里水思惑如十里水大經云初果所斷如四十里水其餘在者如毛一渧

上來見思不同總是藏教實有集諦此惑有爲有漏之因故云實有上明見惑

八十八使思惑八十一品乃見思俱開若云九十八使乃開見合思若云四住開思合見但云見思俱合義也或云三漏欲有無明或云四流見欲有無明或云上下五分妙樂七十八云上五分中色染無色染一向唯上掉舉等三雖復通下不能牽下故云上分言下分者貪雖通上不是惟上嗔一唯下不通於上餘三遍攝一切見惑雖復通上而能牽下故名爲下故俱舍云由二不超欲由三復還下縱斷貪等至無所有由身見等還來欲界 文

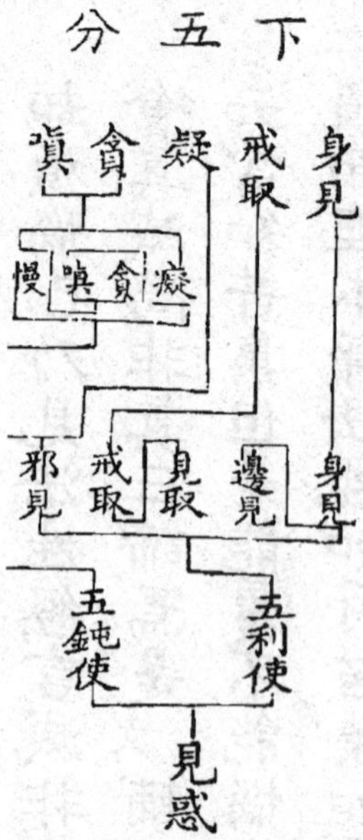

頌曰
身攝邊見戒攝取
邪見元從疑惑生
四鈍皆由利使生
是故三結攝見盡

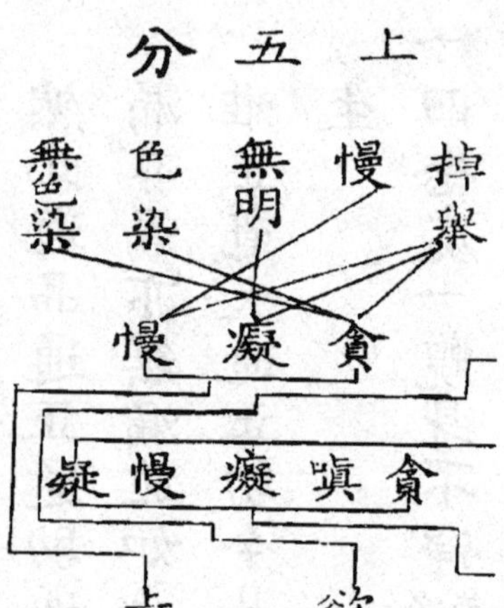

癡起貪嗔二生慢
舉二攝二成欲思
無明即癡染即貪
掉舉遍三俱定愛

三滅諦者滅前苦集顯偏眞理因滅會眞滅非眞諦

法界次第中十一云滅以滅無爲義結業既盡則無生死之累故名爲滅妙玄二十二云二十五有子果縛斷是滅諦 文 觀音玄記上十七云滅諦之體是二涅槃雖非眞諦能寘於理故云因滅會眞滅非眞諦因滅苦集方能會眞非謂此滅便是眞諦止觀一十二云法性自天而然集不能染苦不能惱道不能通滅不能淨如雲籠月不能妨害

却煩惱已乃見法性經言滅非眞諦因滅會眞滅尚非眞三諦焉是文輔行一下一十云當知苦集但是能覆不能惱染道滅能顯而理本淨法性如月苦集如雲道如却除滅如却已文

四道諦者畧則戒定慧廣則三十七道品此三十七合爲七科

法界次第中十云道以能通爲義正道及助道是二相扶能通至涅槃故名爲道文妙玄二十二云戒定慧無常苦空能除苦本是道諦文畧則戒定慧釋籤九三道品雖多戒等攝盡戒攝三正語正業正命定攝十四如意足定根定力除覺定覺捨覺正定慧攝十八四念處四正勤進根慧根進力慧力擇覺進覺喜覺正見正思惟正精進通定慧念根念力念覺正念止觀七九云念通緣兩處通三學信根信力輔行云一切諸法信爲本故文廣則三十七道品三四二五單七隻八若六度攝三十七具如輔行七上一廿道品者法界次第中二十云品者類也此七科法門悉是入道淺深之氣類故云道品也文

四種道品
- 當分—多人所修當分得道故
- 相攝—法門相攝各能攝諸法門故
- 對位—對當位次四念對念處位四勤對煖四意對頂五根對忍五力對世第一七覺對二三果八正對初果
- 相生—三四二五單七隻八次第相生不亂也

然此道品通正通助通大通小通漏通無漏亦漏亦無漏並如止觀第七具釋又小唯正道大通正助今是小乘道品義當相生

一四念處一觀身不淨色蘊二觀受是苦受蘊三

觀心無常識蘊四觀法無我想行蘊

四念處一五云四者數也念者觀慧也處者境也今言四者人於五陰起四倒故於色多起淨倒於受多起樂倒於想行多起我倒於心多起常倒舉四倒故言四也若相生次第應言識受想行色若麤細次第應言色行想受識今從語便故言身受心法文若迷心不迷色則數爲五陰不迷色不迷心則數爲十二入若心色俱迷者則數爲十八界如婆沙論俱舍頌云聚生門種族是蘊處界義愚根樂有三故說蘊處界諸有爲法和合是聚義生長門是處義以能生長心心所法種族是界義如一山中有金銀銅鍊等名多界等補註十三卷十二紙

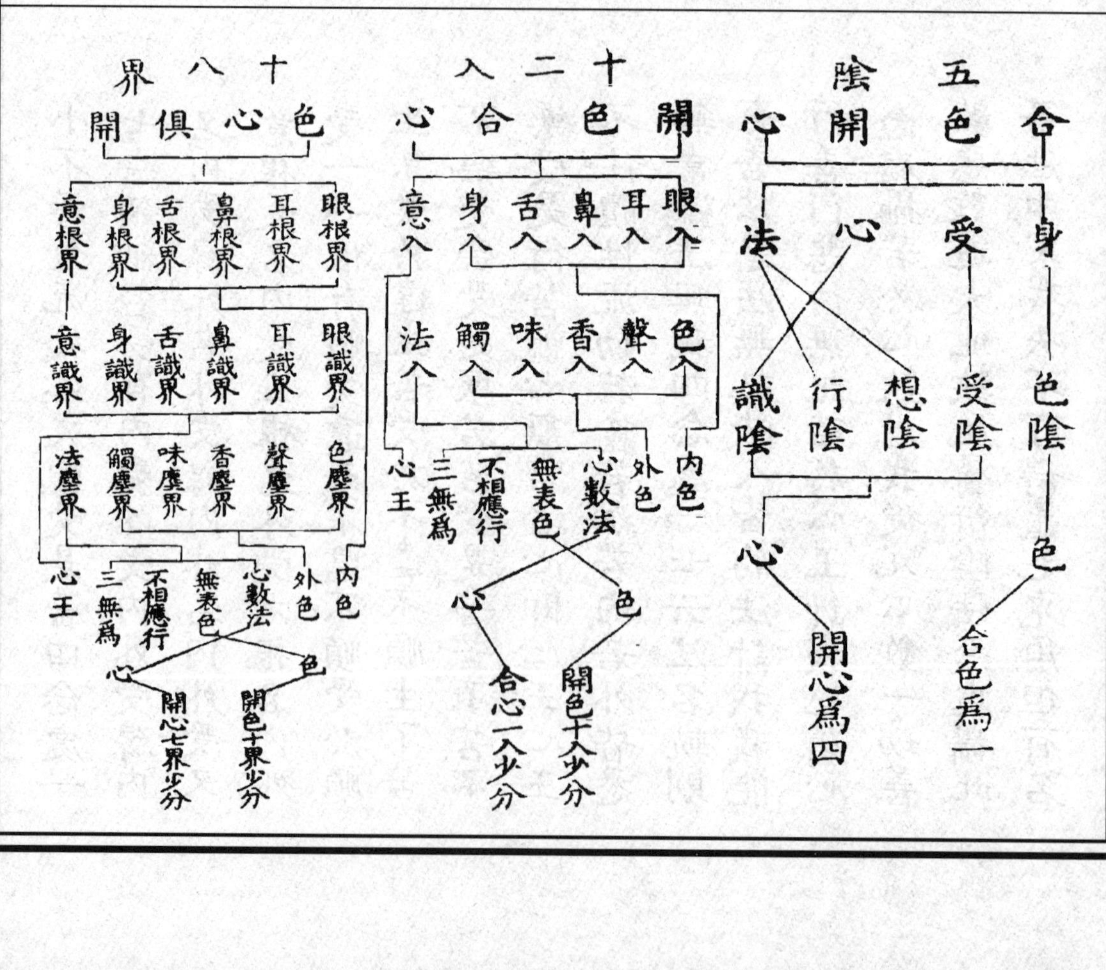

觀身不淨四念處一六云一切色法名之爲身内身外身内外身已名内身眷屬及他名外身若已若他名内外身此三種色皆從前世不淨業生則有五種不淨謂生處種子相性究竟生處者女人之體是不淨聚蟲膿穢惡合集成立經十月日二臟間夾迮隘如獄釋論云此身非蓮華亦不由旃檀糞穢所長養但從尿道出種子不淨者攬父母遺體赤白二渧於中而住是識隨毋氣息出入是爲受身最初種子不淨也相不淨者頭等六分從首至足純是穢物譬如死狗盡海水洗洗死屍盡唯餘一塵一塵亦臭性不淨者根本從穢業生託於穢物長養其性自爾不可改變究竟不淨者業盡報終捐棄塚間如朽敗木大小不淨盈流於外文觀受是苦四念處一七云領納名受有内受外受内外受緣内名内受緣外名外受緣内外名内外受又意根受名内受五根名外受六根名内外受一一根有順受違受不違不順受於順生樂受於違生苦受於不違不順生不苦不樂受樂受是壞苦苦受是苦苦不苦不樂受是行苦觀心無常者心即心王心王不住體性流動若麤若細若内若外皆悉無常觀法無我四念處一七云法名軌則有善法惡法無記法人皆約法計我我能行善行惡行無記若於心王計我已屬心念處攝若於心數計我從九心數一切善數惡數通大地數並屬行陰法念處攝此等法中求我决不可得龜毛兎角但有名

字實不可得若善法是我惡法應無我若惡法是我善法應無我若無記是我無記不能起業但名因等起因此無記起善起惡善惡業尚非我因等起何得是我當知皆無有我但是行陰故經云起惟法起滅惟法滅但是陰法起滅無人無我衆生壽命雖有法起亦是顛倒顛倒者即是身邊二見想行蘊者止觀五八云想取相貌行起違從文念處居初者一佛囑佛將入涅槃阿難請問佛去世後比丘依何修道佛答比丘當依四念處行道二依經止觀五二云大品云聲聞人依四念處行道菩薩初觀色乃至一切種智章章皆爾故不違經文三現前止觀五連云又行人受身誰不陰入重擔現前是故初觀文輔行七上十二云以四念處能爲大小觀行初門如來殷勤遺囑意在於斯文

二四正勤一未生惡令不生二已生惡令滅三未生善令生四已生善令增長

正則不邪勤則不怠輔行七上二十云只是於前念處精勤除惡生善文從語便先除二惡次生二善據行必以已生善惡居先未生善惡居次並先明滅惡次明生善文止觀七二十六引十住毘婆沙偈云斷已生惡法猶如除毒蛇斷未生惡法如預防流水增長已生善如溉甘果栽未生善爲生如鑽木出火文一未生惡令不生四念處觀時若懈怠心起及諸煩惱惡法雖未生恐後應生遮信等五種善根今爲不令生故一心勤精進方便遮止不得令生也二

已生惡令滅四念處觀時若懈怠心起諸煩惱覆心離信等五種善根如是等惡若已生一心勤精進方便除斷令盡也三未生善令生四念處觀時信等五種善根未生爲令生故一心勤精進方便修習令善根生也四已生善令增長四念處觀時信等五種善根已生爲令增長故一心勤精進方便修習令不退失增長成就法界次第中十三

三四如意定

欲念進慧法界次第中十三云智定力等所願皆得故名如意足此四屬定六神通中身如意足藉茲而顯又通因定生亦可六通因茲並發四正勤是慧慧觀不勤念處不成反招散動如風中燈令修如意如加密室定慧均等欲者希向慕樂莊嚴彼法言彼法者謂念處境言莊嚴者修希向心令法端美凡所修立一切諸法若無樂欲事必踈遺念者專注彼境一心正住若無一心觀法斷絶進者唯專觀理使無間雜無雜故精無間故進凡所修立一切諸法若無精進事必不成慧者止觀法界次第皆名思惟思惟彼理心不馳散當知四法是入定方便出輔行七上十二析玄下三十六云四觀神足心所中慧以覺察爲義妙樂二八云思是慧數文

四五根信進念定慧

輔行七上十二云修前諸品縱善萌微發根猶未生根未生故萌善易壞令修五法使善根生故此五法皆名爲根文信者信於

諦理能生一切無漏根力禪定解脫三昧等然此信根必依念處若無信境根何能生進者信諸法故倍策精進念者但念正助之道不令邪妄得入定者攝心在正道及諸助道善法中相應不散慧者念處之慧爲定所攝以觀自照不從他知

五五力（同上根名）

前不入故進修五力令根增長則能排障同上根名者輔行七上（十三）云問名同於根何須更立答善根雖生惡猶未破復更修習令根增長是故此五復受力名根成惡破故名爲力（文）釋籤一（九）云信解品云無有欺怠嗔恨怨言欺爲信障怠爲進障嗔爲念障恨爲定障怨爲慧障若根增長能破五障故名爲力（文）信力信諦不爲邪外諸疑所動進力觀諦心無間雜本求道果未證不休念力持諦破邊邪想不令煩惱之所破壞定力若成能破欲界一切諸散能於諸禪互無妨碍不同單修根本之相慧力能破一切邪外等慧能破一切見愛等執

六七覺支（念擇進喜輕安定捨）

修前不入由定慧不調故用七覺均調覺謂覺了支謂支分法界次第中（十四）云無學實覺七事能到（文）止觀七（九）云心浮動時以除覺除身口之麤以捨覺捨於觀智以定心入禪若心沉時以精進擇喜起之念通緣兩處（文）輔行七上（十三）云定慧各三各隨用一得益便止無假徧修若全無益方趣後品念能通持定慧六分是故念品通

於兩處文

七八正道正見正思惟正語正業正精進正定正念正命正以不邪爲義能通至涅槃故名爲道正見修無漏十六行故明見四諦正思惟以正思惟發動此觀正語以無漏智除四邪命常攝口業住正語中正業以無漏智除身邪命住於清淨正身業中正精進勤修涅槃善入正諦正定正住於理決定不移正念心不動失正直不忘正命以無漏定慧通除三業中五種邪命見他得利心不熱惱而於已利常知止足住清淨正命

四邪
- 方口食——曲媚豪勢通使四方
- 維口食——種種咒術卜筭吉凶
- 仰口食——仰觀星宿以自活命
- 下口食——種植田園合和湯藥

五邪
- 爲利養故現奇特相
- 爲利養故自說功德
- 卜相吉凶爲人說法
- 高聲現威令人畏敬
- 說所得供養以動念

已上七科即是藏教生滅道諦

輔行一下十一云菩提煩惱更互相傾故名生滅

然如前所列四諦名數通下三教但是隨教廣狹勝劣生滅無生無量無作不同耳故向下名數更不再列

釋籤三八云問何故立四種四諦之殊答諦本無四諦秖是理理尚無一云何有四故知依如來藏同體權實依大悲力無緣誓願物機所扣不獲而用機宜不同致法差降從一實理施出權理權實二理能詮教殊故有四種差別教起涅槃實後暫用助圓故須具用偏圓事理故今引之以顯誠證三偏一圓界內界外各一事理故成四種文廣狹等者以藏通造六故狹別圓

造十故廣藏別不即故劣通圓談即故勝於廣狹境各論勝劣則成四種四諦迷眞有重輕故論生滅無生迷中有重輕故論無量無作不可作尋常迭論勝劣釋也生滅妙玄二十二云迷眞重故從事受名如前釋無生妙玄二十二云迷眞輕故從理得名苦無逼迫相集無和合相道不二相滅無生相無量妙玄云迷中重故從事得名苦有無量相十法界不同故集有無量相五住煩惱不同故道有無量相恒沙佛法不同故滅有無量相諸波羅密不同故文無作妙玄云迷中輕故從理得名止觀一三云陰入皆正無苦可捨無明塵勞即是菩提無集可斷邊邪皆中正無道可修生死即涅槃無滅可證文

然四諦之中分世出世前二諦爲世間因果（苦果 集因）後二諦爲出世間因果（滅果 道因）

釋籤三八云苦集只是世間一法道滅秖是出世一法世出世法因果性殊而因必趣果因果類異故值四殊文

問何故世出世前果後因耶答聲聞根鈍知苦斷集慕果修因是故然也

聲聞根鈍苦爲初門支佛以集菩薩以道通菩薩以滅別菩薩以界外道圓菩薩以界外滅慕果修因且據凡位若初果去則云帶果行因支佛不立分果乃云望果行因四諦果前因後此且一途餘亦不定

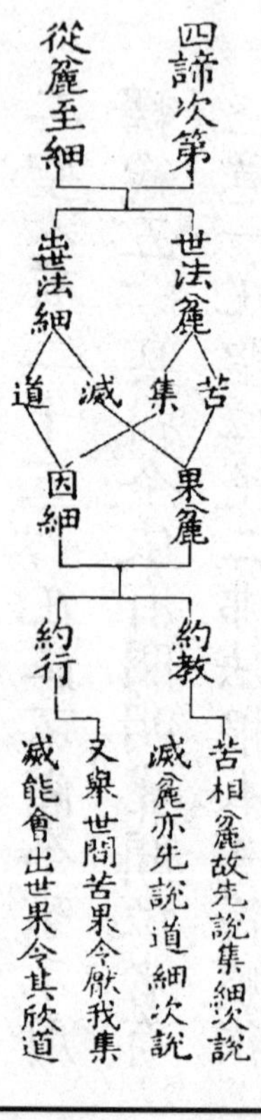

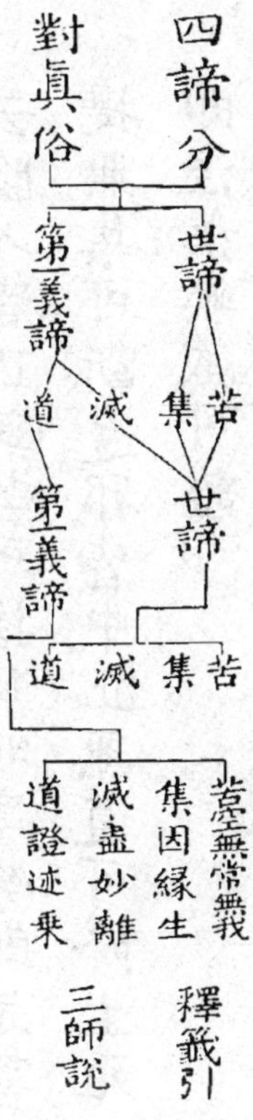

畧明藏教修行人之與位

通標一教修行之人及三乘位次妙玄四三十二云爲破行人增上慢心爲消經文引物希向文釋籤五廿二云若無位次將何以爲見賢思齊將何以越增上慢罪文

初明聲聞位分二初凡二聖凡又二外凡內凡

凡有四門明位一毘曇有門明七賢十聖二成論空門明二十七賢聖三毘勒論明雙亦門四車匿論明雙非門後二門大論雖指論文不度若空門二十七賢聖者學人十八無學有九四教義二十七云賢人有二聖人有二十五文凡位不備今家不用釋籤五二十具引今依有門明聲聞位者有三意一凡聖位足二佛法根本三符順教旨佛法根本者有門所說世間諸法乃是無明正因緣生不同外道邪無因緣生也又四教義云大乘經論破小用小多取有門少用空門故須畧出毘曇有門佛法根本賢聖之位文又二初云三藏四門雖俱入道而諸經論多用有門乃至圓教多用非空非有門今不列七聖直作四果釋者名義顯故

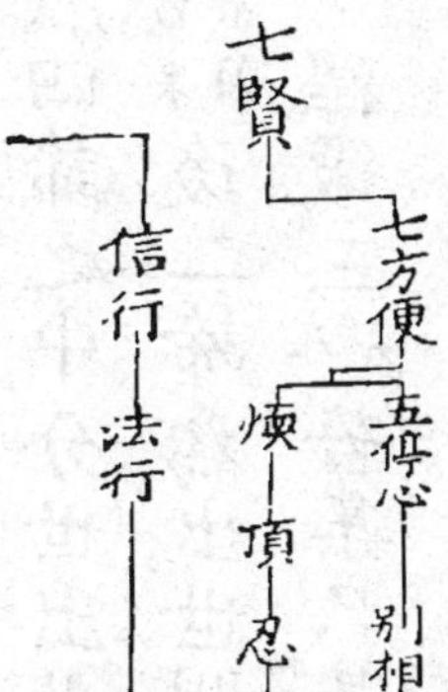

七聖
信解—見得—三果
身證—四向
時解脫—不時解脫—四果
學人大
得初果向二果得二果向三果
得二果　中般　生般　行般
不行般　上流般

三藏
有門—毗曇明七賢七聖位
空門—成論明二十七賢聖位
無學有九
退　思　護　住
進　不動　不退
慧解脫　俱解脫
四門
亦空亦有門—毗勒論—大論雖指
非空非有門—車匿論—論文未度

此依釋籤五（十八）列成論二十七賢聖若輔行準俱舍列則無身證故料揀云何緣身證不預其數答無漏三學是聖者因擇滅涅槃是聖者果滅定有漏不是依因是故身證不預其數中阿含（卅一）云長者問佛福田有幾佛答同俱舍且據學無學二十七人是同然福田經列身證俱舍則無也凡者常也亦名爲賢賢者善直亦曰鄰聖分內外者相似見理名內未得似解名外

釋外凡中自分三初五停心

停者止義住義修此五法止住五過心者有四種一草木二肉團三積聚精要四慮知今是慮知心也此五停心通於四教具如四念處明妙玄五（三）以五停心對圓五品禪門三（五）以停心名五門禪義該大小通於凡聖菩薩等修今是三藏聲聞助道也貪等是境不淨是觀四教義二（四）云心既調停乃可習觀猶如密室之燈入道根本無過此五法也（文）或云五停心觀則從慧或云五門禪則從定定慧調適故名停

心

五停心諸文列次

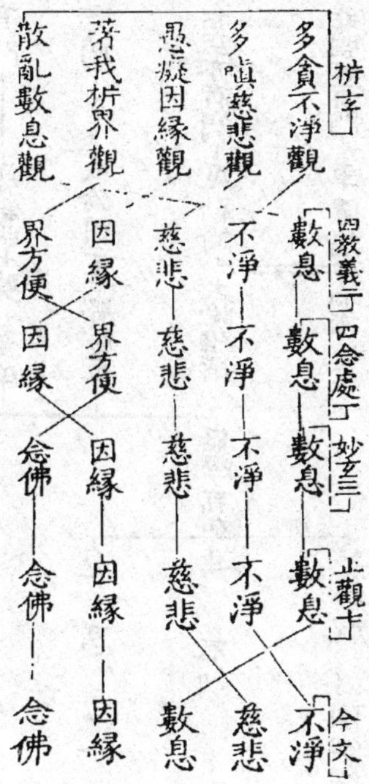

然上列次析玄以不淨觀居初者約三不善根次第也第四明析界觀者約不善根後辨第五明數息者散亂是隨煩惱故於煩惱後辨四教義等文皆以數息居初者順修禪人必先攝散入定故四教義二云今依禪門辨次第也以病先後隨人不須定執前後次第也又諸文專以不淨數息居初者妙樂六十引俱舍云入道要二門不淨觀數息析界與念佛互存沒者四教義二（四）問此處何不說念佛三昧爲五種耶答開因緣出界方便代也（以二世因緣與界方便皆破著我能破雖異所破是同故開二世因緣以破著我却出界方便代念佛也且界方便何以能代念佛耶故下即釋出云）界方便與小乘念佛相同亦破境界逼迫障（以界方便能破之相與念佛所破境界之相是同以皆不出六界十八界故念佛破境界逼迫障界方便亦破也）又四念處一云問此中何不云念佛停心答作五度門則不用作六度門則須用因緣自對等分（性實斷常著我此三皆有故云等分）念佛對逼迫障（文）止觀七（十七）云毘曇以界方便破我（謂觀破六界十八界也）如輔行七上對治不同今圖示

之一

止觀煩惱境中明六種治八十四 四教義二四念處五三明五種第五與具治名異義同

小乘

一對治一藥對一病如不淨對貪等 一對治

二轉治一病不轉藥轉藥病俱轉 二轉治

三不轉治病雖轉而藥不轉 三不轉治 禪門更有藥病俱不轉名不轉治如不淨治貪不息更修大不淨也

四兼治病兼二三藥亦兼二三 四兼治

五具治具用五法共治一病 五亦對亦轉亦不轉亦兼治

大乘

六第一義治非對等五如阿伽陀藥遍治衆病

一多貪衆生不淨觀

六識妄心於順情境上引起無厭故言多

貪禪門第四明三種貪一外貪男女身分互相貪著用九想觀治觀他身九想者一胮脹二青瘀三壞四血塗漫五膿爛六噉七散八白骨九燒二內外貪於他已身而起貪愛用八背捨治先觀內身骨鎖故能治內三遍一切處貪貲生五塵等物用大不淨觀治即八勝處因於自身骨人觀成斷見十方依正故能治自他貪欲析玄上八明四種一顯色謂青黃等作青瘀想二形色長短等形作壞爛想三妙觸自他身分細軟光澤作蟲蛆想四供奉祇承適意用死想治也此四望大論六種缺人相音聲姿態等此不淨觀與念處觀身有異一正助不同彼正此助二自他境別彼觀自身此想他境三假實觀異彼是實境此是假想

二多嗔衆生慈悲觀

於違情境上忿恨不已名曰多嗔佛令修慈悲觀可以對治若準禪門第四一義通大乘境觀有三一非理嗔欻起嗔心不問可否修衆

生緣慈一切衆生如己眷屬二順理嗔人實來惱我修法緣慈見一切法皆從緣生三諍論嗔著己所解爲是謂他說行爲非修無緣慈能所一體慈即無緣今是小乘助觀當彼第一衆生緣慈若法界次第則具明慈悲喜捨四無量心今但慈悲析玄準俱舍論七周行慈輔行九下五依婆沙明九周行慈而皆不出七境三樂謂上親父母師長中親兄弟姊妹下親朋友知識中人非冤非親下冤害下親者中冤害中親者上冤害上親者三樂者析玄十一上謂諸佛上菩薩中諸天下輔行引婆沙云三禪上四事中經行處下輔行九五引婆沙云問與衆生何處樂答有說與三禪樂樂中勝故有說與四事樂已曾得故有說與經行處所有樂至所住處思惟令得文若析玄三樂恐成過分隨機之說貴在治障不可槩論

天台四教儀集註卷第四

天台四教儀集註卷第五

南天竺沙門　蒙潤　集

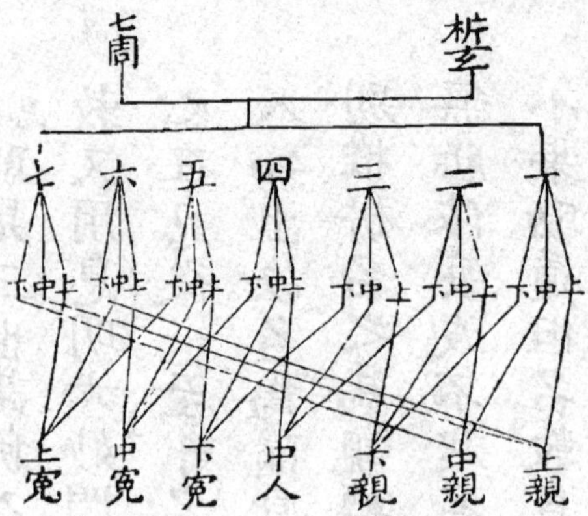

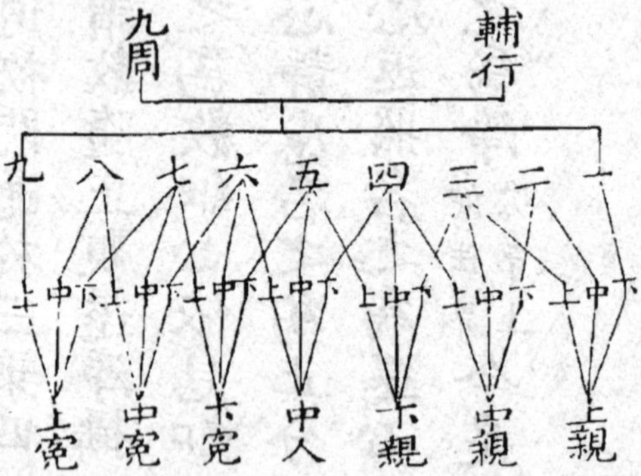

先親後寃者從易至難順心成觀若析玄第六觀方與上親下樂第七上親中樂中親下樂者一者次第修觀未暇與故二者順七周次第每一畨用觀先與上樂中下非要故在後時與雖前後境境皆三使寃親平等以破嗔障輔行開爲九周者一順從親至寃次第與樂不待六七却緣前親又復前境爲得不得盖爲破障且爾運心其實前人實未得樂故析玄上云問自身有樂可施於他忽若自身無樂將何施與荅自身若無樂可施即運心將餘諸天菩薩等樂而惠施之願彼寃親平等衆生得受如是等樂故又涅槃疏云雖欲拔苦實未拔苦皆是虛言雖欲與樂實未得樂此是假說又行者用觀當念寃讐如過去父母等方能寃親平等與樂廣如析玄上云云

三多散衆生數息觀

攀緣思慮與定相違故名多散息有四相止觀八十七云有聲曰風守之則散結滯曰氣守之則結出入不盡曰喘守之則勞不聲不滯出入俱盡曰息守之則定文數者

從一至十不多不少令心不散禪門第五二有四師一師數出息不急不脹身則輕利易入三昧二師數入息隨息內斂三師出入無在但取所便而數四師依四時用數經家正依第三師又不許出入俱數恐生病故梵語阿那波那此云遣來入息遣去出息即是三世諸佛入道初門通於三乘四教又用息明六妙門謂數隨止觀還淨攝心在息從一至十名之爲數細心依息知入知出故名爲隨息心靜慮名之爲止分別推析名之爲觀轉心返照名之爲還心無所依妄波不起名之爲淨如法界次第上今是小乘助道但名數息

四愚癡衆生因緣觀

迷倒不了撥無因果故曰愚癡須知着我及計斷常并執性實三皆迷倒因緣者法界次第中十七云展轉感果爲因互相由藉爲緣文如無明爲因能與行支爲緣乃至生支爲因能與老死爲緣四教義二十八云十二因緣有三種不同一者三世十二因緣過去二支因現在五支果現在三支因未來二支果二者二世十二因緣現在有十未來有二三者一念十二因緣此約現在隨一念心起即具十二因緣三世破斷常二世破着我一念破性實也文輔行七上末云三世破斷常者三世相續故不斷三世迭謝故不常又過去破常未來破斷現在雙破斷常二世破我者現未二世具十二因緣於父生愛於母生嗔名爲無明父遺體時謂是已有名之爲行從識支去至老死支與二世同文輔行八上十一云言一念者非謂

極促一刹那時謂善惡業成名爲一念異於三世二世連縛等相故名一念皆是無常故無性實文如妙玄二十六禪門三九然此三種因緣破愚癡者着我在內準大集及禪經說若毗曇大經乃以界方便破着我此皆隨機宜樂也若束十二爲三道輪轉相生者俱舍云三煩惱二業七事亦名果雖有十二而二三爲性三謂惑業事二謂因果畧果及畧因由中可比二後際畧果前際畧因中間廣說可比知也比準俱舍缺畧義若準婆沙前際畧果後際畧因〻全畧義補注十一引論具釋又云從惑生惑業從業生於事從事事惑生有支理惟此十二因緣通名有支道理惟若此也此名束十二輪爲三道以能通義與輪轉義同廣如輔行三下十四釋

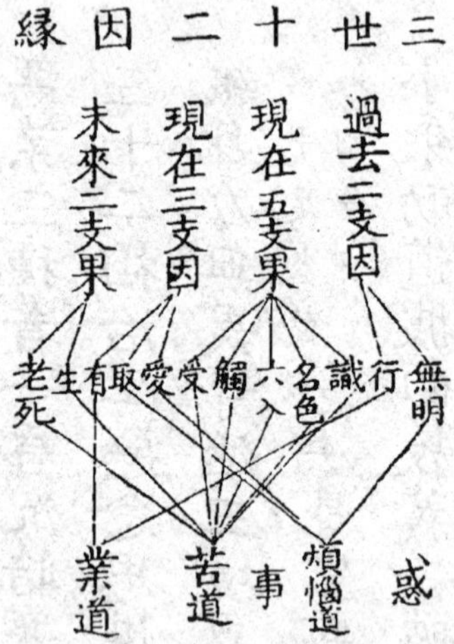

古頌云無明愛取三煩惱行有二支屬業道從識至受并生死七世同名一苦道此十二支亦名十二重城十二棘園十二牽連十二苦事十二輪束縛不窮故名爲輪

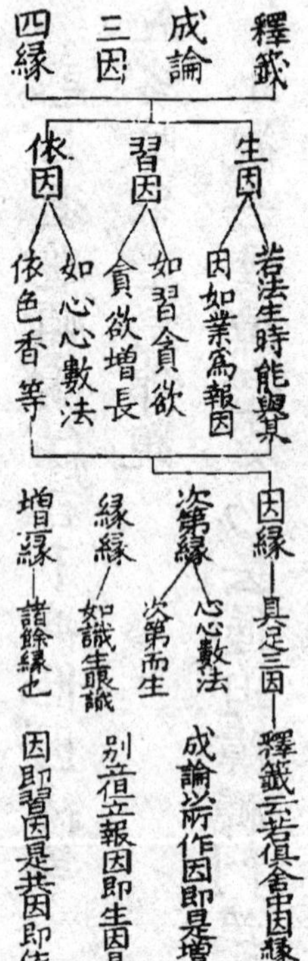

釋籤云若俱舍因緣五因性成論以所作因即是增上緣不別立報因即生因是自分因即習因是共因即依因是

輔行引俱舍云能作及俱有同類與相應偏行并異熟許因唯六種今且依大論畧出六因相以大論是一家承用名字稍同故且依之乃至云復次心心數法從四緣生無想滅定從三緣生除於緣緣諸餘心數不相應行及色從二緣生除次第緣及緣緣餘有為法劣故無有從於一緣生者報生心心數法從五因生除於偏因無漏心心數法從三因生謂相應共及無障碍淨名記云十二秖是四六而已故知但是離合說也且如無明秖是行家之能通也即同類因行必四相即俱有也行中五部亦同類也見歷四諦思歷一諦無明行中心心數法共行共感所作必同行有必招識等異熟此行必有偏行五部之惑若四緣中論云增上即能作因緣五因性比六因說可知

輔行八上十一云大論問佛說因緣甚為難解云何令於癡人觀耶答非如牛馬等禪門但云聰明利根分別籌量不得正慧邪心取理名為愚癡文此因緣觀與支佛何異今是助道破障畧論三世支佛正觀破惑必須逆順兩緣百千萬世因緣等

五多障衆生念佛觀

止觀云睡障念處乃云逼迫障禪門第四明三種障念三身治彼通大乘今且明小乘助道障即惡業三種者一昏沉暗塞障昏睡無記念應身三十二相治二惡念思惟障欲作五逆十惡等事念報身力無畏等治三境界逼迫障身忽卒痛或見無手足火焚水溺等也念法身空寂無為治文今明小乘助道據四教義云破境界逼迫障合

念真空法身若以身對教如輔行一下七云前之三教各念一身謂生應報圓念法身諸身具足文

二別相念處如前四念處是妙玄四二十三云五障既除觀慧諦當能觀四諦而正以苦諦爲初門作四念處觀破四顛倒文析玄上十二云別謂各別身受心法不同故相謂行相觀此四法作不淨等行相故言念觀者然觀體非念觀是其慧推求觀察知不淨等故乃至處謂處所謂身受心法是念所緣住止之處故文於五陰境修四念處爲破四倒合五爲四受則六根對六塵義兼內外故獨爲一想行一向居內故合爲一又此念處別名屬慧通亦有定輔行三下十一云四境止心故名爲定文

三總相念處一觀身不淨受心法皆不淨乃至觀法無我身受心亦無我中間例知已上三科名外凡亦名資粮位

此有四句四念處一云一境別觀別正是別相念處二境別觀總三境總觀別此二是總相之方便四境觀俱總是總相念處文初則一藥對一倒中間二句觀心漸熟或別於一境總用四觀或別用一觀總觀四境第四境觀純熟舉一俱得也若析玄準俱舍疏前三皆別相攝第四句方是總相位今依妙玄四念處初句是別後三皆總今此正當境總觀別謂別用一觀總觀四境又上停心破障四念處惟觀苦諦至內凡位方觀四諦妙玄四三十三云七賢位

人明識四諦此約解說心行理外名外凡資粮者從喻也欲越三有此爲資粮二明內凡者有四謂煖頂忍世第一（此四位爲內凡）亦名加行位又名四善根位漸見法性心遊理內身居有漏聖道未生故名內凡以定資慧加功用行故名加行聖道根本亦曰善根煖從喻妙玄四（二十四）云以別總念處觀緣四諦境能發似解伏煩惱惑得佛法氣分如鑽燧先煙春陽煖發以慧鑽境發相似解解即喻煖（此喻慧行）又如春夏積集花草自有煖生以四諦慧習衆善法善法熏積慧解得起故名煖也（此喻行行）頂妙玄四（二十四）云似解轉增得四如意定十六諦觀轉更分明在煖之上如登山頂觀矚四方悉皆明了故名頂法（文）忍妙玄四（二十四）云亦是似解增長五種善法增進成根於四諦中堪忍樂欲（文）亦忍可義世第一釋籤四五云此是有漏故名世間於中最勝故云第一（文）此四位觀行者俱舍頌云從此生煖法（從總相後生煖善根）具觀四聖諦修十六行觀（四諦爲所緣十六行爲能緣釋籤謂煖八諦十六行相有解八字字恐誤或約上二界四諦体同通解云八耳其實只觀欲界四諦此位有三品）次生頂亦然（用觀同前亦有三品）下中忍同頂（下忍遍觀八諦中忍縮觀明減緣行今皆云同頂者下忍雖上下遍觀不出四諦下忍雖滅緣行約初觀說）上惟觀欲苦一行一剎那（此上忍合有一行二剎那心言一剎那此據滿說）世第一亦然（上忍位中有二剎那一剎那盡餘一剎那在名上忍滿即入世第一今一剎那引入無漏故云亦然也）

七賢
- 一五停心—觀破貪等五障
- 二別相念—唯觀三界苦諦

立修觀行相

三總相念——具觀三界四諦修十六行
四煖位——具觀三界四諦修十六行
五頂位——具觀三界四諦修十六行
六忍位——下忍上二界同定地合四諦并欲界四諦通觀諦三十二行
　　　——中忍滅緣行至行二剎那在名中忍滿即上忍修觀位說其相(釋籤云云行者約當忍滿猶有行者)
　　　——上忍唯有行二剎那在前一剎那盡名上忍滿即入世第一
七世第一——行剎那引見道(此位雖剎那時促亦可分三品如妙玄三八問答云云)

中忍滅緣行者若遍觀八諦修三十二行名下忍位若初依欲界苦修四行次倒觀上二界苦亦四行又觀欲集四行次上二界集四行乃至上二界道下不用最後乘之一行名爲一周減一行也復從前觀從後滅至第四番滅上二界道諦下道之一行到此能緣之行既無所緣之諦亦滅此道行與道緣同名亦與緣同滅故云滅緣必滅行(據初一行)滅行未必滅緣(據後三行)第五番滅欲界道諦下乘行乃至最初欲界苦下空行總有三十一周減緣減行皆名中忍唯留一行并所緣苦境入上忍位(此位所留一行隨行者所宜如釋籤第四云云)是則上四下三七緣與初行同名行與緣同滅故釋籤四(四)云七周滅緣二十四周減行

中忍滅緣行之圖

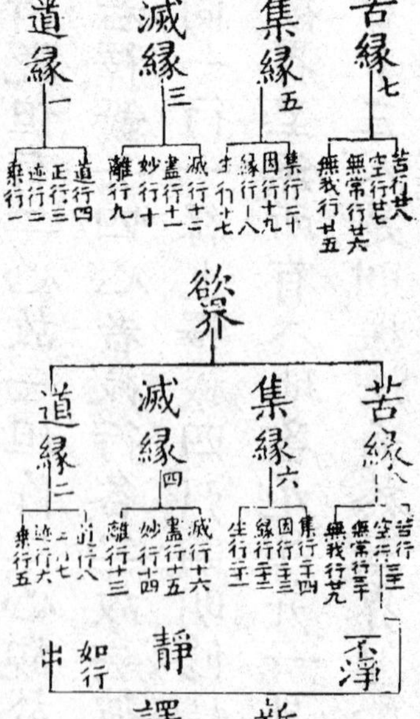

十六行義如輔行三下(十七)及枏玄上具釋文上二界合一四諦者同一定地故以欲界現前比上而觀故枏玄五義備釋(云云)此則伏三界四諦下惑至發真時故上二界同名比法忍智等又十六行只是觀門湼

槃疏名十六諦者取諦審觀察義故又此滅緣行妙玄三八合作八番者以行從緣但約八諦爲八周也四教義一二十云中忍作十番縮觀者約後七諦以行從緣爲七周開欲界苦下所滅三行爲三周總爲十番妙玄八八云三番縮觀進成上忍者以三界不出四諦亦以行從緣滅後三諦故曰二番諸文詳畧不同盖赴機異耳四善根勝利者俱舍頌云煖必至涅槃頂終不斷善釋籤四云忍位是進煖位是退頂位是進退兩際猶如山頂文四教義二云煖頂退者何云忤地荅此人雖造惡墮地獄一入受罪不復重入有性地善根故能得聖果入且必至涅槃與終不斷善有何異邪盖煖雖造惡入獄終不久留後必生人天證涅槃果若到頂位雖退入惡必不起大邪見斷善根故但有明昧淺深之殊其善根一也忍不墮惡道四教義二十云下中二忍雖起煩惱惡業而不受三途猶受人天百千萬生若上忍成但有人六七生業在第一入

離生此一剎那即入見道故同見道離四趣生問前中忍中玄文云但作二心觀於一行釋籤何云彼四心同一行一緣耶荅中忍二心似於忍智二心也以由忍智二心雖在世第一後心發眞而得今中忍位有此似解故云如似約一行說但有二心故云但作二心觀於一行若釋籤云四心者緣行各二故云彼四心同一行一緣也釋籤四引論明修煖法從欲界至無所有八地各九品并一具縛總七十三人是則煖法通於三界涅槃經何云如是煖法是色界法非欲界有文須知能修之人通於三界所發煖法依色界定發也釋籤引評家云盡是色界法住定地法文涅槃疏作三義釋云一多用定發煖法觀從多爲言二據中間三界皆能

發於煖法而色界居中故言色有三據處爲語色發煖法易欲界則難文上來内凡外凡總名凡位亦名七方便位一以此七位爲入聖道之方便諸文或云五方便者蓋停心破障故不論總别念處但合爲一文次明聖位亦分三一見道初果二修道二三果三無學道四果

四教義云通名聖者聖以正爲義捨凡性入正性初果見理破惑名見道二三果去重慮緣真名修道四果惑盡名曰無學文四句八云研真斷惑名爲學真窮惑盡名曰無學文然初果位從世第一後心苦忍真明或云苦忍明發即欲界苦諦下苦法忍也明發即苦法智也謂真智明發也於八諦下發八忍八智總十六心有門以十五心名見道爲初果向十六心是修道初果攝析云空門以十六心名見道爲初果二果去方屬修道宗計不同不須和會經家雖多用有門高麗師欲令易解且準空門註見道是初果也八忍八智者俱舍頌云前十五見道見未曾見故世第一無間即緣欲界苦生無漏法忍忍次生法智次緣餘界苦生類忍類智緣集滅道諦各生二亦然

世第一後　心用八忍　八智斷見　謂十六心

上界

苦　苦類忍三　苦類智四
集　集類忍七　集類智八
滅　滅類忍十一　滅類智十二
道　道類忍十五　道類智十六

忍因智果　亦名無礙　道解脫道

見道　修道　有門
見道　空門

欲界

苦　苦法忍一　苦法智二
集　集法忍五　集法智六
滅　滅法忍九　滅法智十
道　道法忍十三　道法智十四

七聖位對三道四果及向次第超越住果勝進委如妙玄四教義明今圖示之

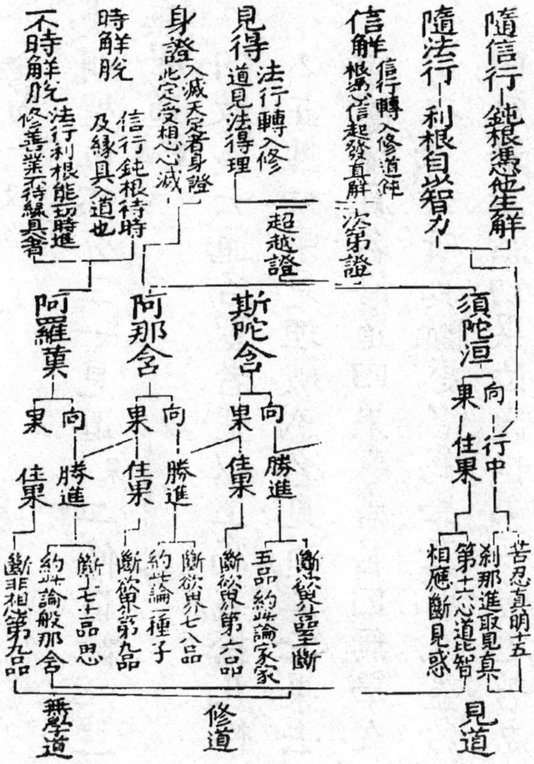

一須陀洹此翻預流此位斷三界八十八使見惑見真諦故名爲見道又名聖位

預流者預入聖道法流金剛云入流或翻逆流逆生死流也枏玄下入名抵債不受三途業債故斷三界八十八使者何故婆沙論云二十八使見道斷餘六十使修道斷耶先達云有二種根性若等觀四諦者見道斷八十八使若不等觀四諦者見道中唯斷三界苦諦下二十八使餘三諦下見隨修道斷乃是鈍根

二斯陀含此云一來此位斷欲界九品思中斷前六品盡後三品猶在故更一來

此果斷欲界九品思惑前之六品於初果之後此果之前須論家家今先明欲惑潤七番生死次通示超次根性後別釋家家之義惑有麁細故分九品無漏智力故經七生所以須七生者如輔行引成論云於七世中無漏智熟如服酥法七日病消如歌羅邏七日一變如親族法限至七代如七步蛇四大力故行至七步蛇毒力故不

至八步惑力至七道力非八婆沙云應云十四何故云七荅中有本有數不出七故但云七 乃至 若總論生應云七人七天十四中有合二十八生且依前說不出七故故但云七

以惑潤生

大三品
- 上：上上品 一；上中品 二；上下品 三
- 中：中上品 四；中中品、中下品 五
- 下：下上品 六；下中品、下下品 七

經生損惑

古德頌
初品潤二生
二三四各一
五六共潤六
第七斷三品

斷
- 任斷：得初果已不起加行任運經於七生斷九品惑即止觀中 引舊婆沙對超所論之次也既非斷惑損生無斷惑緣
- 次斷：得初果已不欲經生起大加行斷二必三斷五必六必無不 斷大品惑盡而命終者前任斷以經生損惑今次斷以 斷惑損生三緣具足得論家家即輔行所引俱舍所頌之以斷也
- 本斷超：本在外道修世禪時用六行觀已斷思惑隨其本斷品數多少立超

超斷
- 小超：果不同有漏智弱抑退一位雖本得非想定今但極至三果也無次緣 是內弟子因時習定伏於見思若未得禪今入初果見惑斷時
- 大超：隨所伏思與見同斷超至五品功齊四品以五六三品共生故 此亦論家家若至八品名一種子乃至無學向果超果不定 本在凡地聽法聞唱善來成阿羅漢果無受生緣
- 大大超：如佛一念正習俱盡輔行云正習盡者是三藏佛耳

任斷者此人非全無觀行但不及次斷勤加功行耳次斷者雖異任斷乃對超斷越次得名本斷超者輔行六上 十 云本得非想定即是已斷下八地思至十六心應名阿羅漢向但名阿那含者以凡地時有漏智弱但名那含若本斷九品今名三向若七八品得名二果斷六品等名二果向斷五四等但名初果 文 須抑退者意令此人此生必定起無漏聖道故 文出俱舍 小超者止觀六 九 云若凡地未得禪十六心滿超能

無除欲惑諸品或三兩品輔行云應云三四或恐文誤或婆沙不同即是家家一種子等即是小超文及前文云超斷至五品名家家乃至八品名一種子文輔行上六釋云今文中言超斷者只是下文小超之人此定止觀超斷屬小超也本在凡地未得色定或修欲定欲惑未斷此人至十六心超斷五品名爲家家此之五品同四品故此文別釋小超中斷五品惑論家家者一種人也不可據此之文通定小超之人皆未得色定如止觀云若凡地未得禪若已得禪豈止三向蓋小超人其非一類隨其本斷品之多少而得名爲家家種子及以無學向果等名此文通釋小超果不定蓋止觀文明小超人至一種子義猶未盡故此點云隨其本斷等也蓋隨其小超本位斷惑品數多少則斷五品名家家多則乃至極果則知小超不可惟局三果向也故止觀云十六心後即有一念超果至那含或超至羅漢問小超若超至四果者止觀何故但云若凡地未得禪超能無除欲惑諸品答此據小超中未得色定者而言故云若凡地未得禪超能無除欲惑諸品若之爲言乃不定之辭也況諸品之言豈惟八品故下即云一種子等問或謂小超只至三向乃判輔行隨其本斷品之多少謂雙點超次而得名爲家家種子乃別點小超及以無學向果等名乃別點次斷如此可乎答止觀雖超次對辯輔行唯指小超如云今文中言超斷者即是下文小超之人乃至云此之五品同四品故隨其本斷品之多少等乃釋小超一連之文豈可分擘對當耶問止觀超次對辯何故小超只至一種子耶答小超一種子已前與次斷異若三果後與次斷同故止觀不論也問或謂十六心後一念超果至

那含屬本斷超超至羅漢屬大超者且小超何不預耶答本斷超人豈止那含若大超人凡地聞唱善來即證羅漢何得云十六心後問小超既至羅漢與大超何別答以小超凡地修觀伏於見思至十六心超果不定若大超人凡地一呼善來直超四果與小超自不侔矣次釋家家之義家家者受生處不一也人中三洲張王不同天上六欲宮殿等別故論天家家人家家不等家家平等家家輔行六上(六)云家家者有二不同謂天及人天謂欲天三二家生而證圓寂(此天家家)人謂人處或三二家或三二洲而證圓寂(此人家家已上皆平等家家也)若天三生天三人二若天二生天二人一(天不等家家)人生三二反此可知(人不等家家)故天家家先於人中得見道已若超若次進斷三四後於天中三二處生人中反此天家家者於最後生天中餘殘結斷名得圓寂人中家家準此可知(然輔行云三二生而證圓寂即四果也此是家家種性不可作尋常斷九品惑得三果釋也)俱舍頌云斷欲三四品三二生家家(此二句正頌家家斷三品則損四生後三生在論三生家家若斷四品則損五生後二生在論二生家家)斷五至二向(斷至五品名二)(果向)斷六一來果斷七或八品一生名一間(斷至七品或八品猶有一生間隔此據命終者)此則第三向(此據不命終者而向三果)斷九不還果已上論頌正頌加行次斷備乎九種根性輔行問何緣無斷一品二品及斷五品名家家耶答加行次入斷二必三斷五必六必無不斷大品惑盡而命終者輔行云此次斷義與今文同蓋指俱舍加行次斷與止觀所引婆沙小超

是同問次斷之人必斷大品惑盡何故斷四不至五六又斷八品何不至九荅斷初大品已既有餘力故更進斷第四也不至九者以有得果越界二義故六唯得果無越界義是故斷五必至於六二三品中全無二義斷二必三於理無疑問還有斷一二品論五四生家家否荅既斷二必三豈惟一耶問還有斷六品論一生家家否荅家家者受生處不一既唯一生則不論也問斷五至二向還可於此論功齊四品論家家否荅加行次人既斷五必六不同小超也三緣具足方論家家俱舍云即預流者進斷修惑若三緣具轉名家家一斷惑緣斷欲修惑三四品故（此揀異任斷）二成根緣得能治彼三四成無漏根故（此揀異本斷超）三受生緣更受欲有三二生故（此揀異大超）頌中但說初後緣者（斷欲三四品即斷或緣三二生家家即受生緣）論中既云預流果後進斷修惑即是治彼三四成無漏根義準已成故不具說三緣缺一非家家之義若斷七八亦具三緣轉名一間此約次斷若小超人既論家家三緣必具輔行六上若超若次進斷三四（文）得非小超亦至三四品耶彼釋家家三二處生故以五品功齊四品而總言耳非謂小超至四品也又復小超至五品而不至六者由得果義故止觀六引婆沙云次斷五品名斯陀含向超斷五品名家家次第六品名斯陀含果超斷六品名一往來次斷七品八品名阿那含向超斷八品名一種子（文）問次斷五品名二向超斷五品名家家

人斯陀含與一往來那含向與一種子其義無别何分超次答由命終不命終經生不經生異也蓋次斷五品名二向者此人既不命終向二果也超斷五品名家家者此既命終雖斷五品功齊四品以論家家下二例説故三緣具足得受一間正取命終一生間隔三緣不具不受一間之名但名阿那含向正取不經生者向三果也然教門方便論家家者爲令聖者畏經生故速得證果若任斷人既經生損惑故不説也

三阿那含此云不來此位斷欲殘思盡進斷上八地思

此果斷欲界下三品思盡進斷上八地思取證四果而般涅槃（此云滅度）就此釋般那含

此名從畧乃是般涅槃之阿那含也舊對家家稱爲般般義無所準又此且論有餘涅槃俱舍論云般涅槃者謂有餘依有餘師説亦無餘依此不應理彼應捨壽無自在故止觀六（五）云次斷初禪初品至非想第八品凡七十一品悉名阿羅漢向六種那含位在其中（此是任斷根性）輔行六上（六）引大論七種一中般二生般三有行般四無行般五上流般（色界）六現般（欲界）七無色般俱舍七種前五如大論第六却取無色般（輔行脱一無字乃云但取色般并五爲六）第七方立現般荆溪謂俱舍不立現般指七種中第六不立耳非謂論文不明現般據二論六種一立一不立對釋止觀六種那含故有此言但諸文種數多少今準俱舍三界七種圖示然後對

揀頌云此中生有行無行般涅槃上流若雜修能往色究竟超半超遍没餘能往有頂（餘字指不雜修有頂非非想處）行無色有四住此般涅槃（輔行六上析玄具釋論頌七種先次無色後欲般今圖順三界次第色善善善無無無廣福無遍無少光無少大梵梵究竟現見熱煩想果生雲淨量淨音量光梵輔○衆）

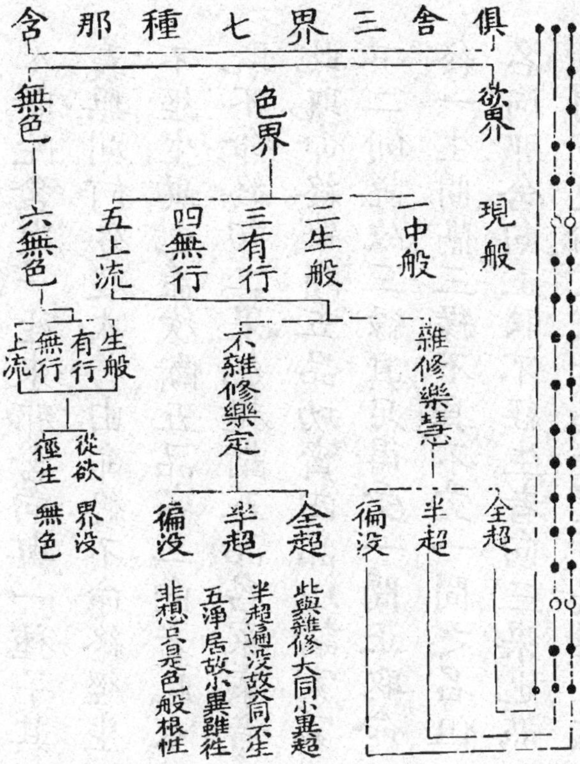

大論七種名同俱舍列次小異（知下圖示）俱舍論云行無色者差別有四謂在欲界離色界貪從此命終生於無色此并前五成六不還復有不行色無色界即住於此現般涅槃并前六爲七全超謂在欲界於四禪中已徧雜修遇緣退失從梵衆没生色究竟中間盡越故名全超半超梵衆没已中間漸受十四天處或超一二乃至十三後乃方生色究竟天皆名半超非全超故通受半名徧没全不能超名爲徧没色界徧没即十六天大梵是天主我慢無想是外道所居聖者不生此二天也俱舍復有九種即於色般合五爲三有行無行皆生般攝即開三爲九頌云行色界有九謂三各分三業惑根有殊致成三九別

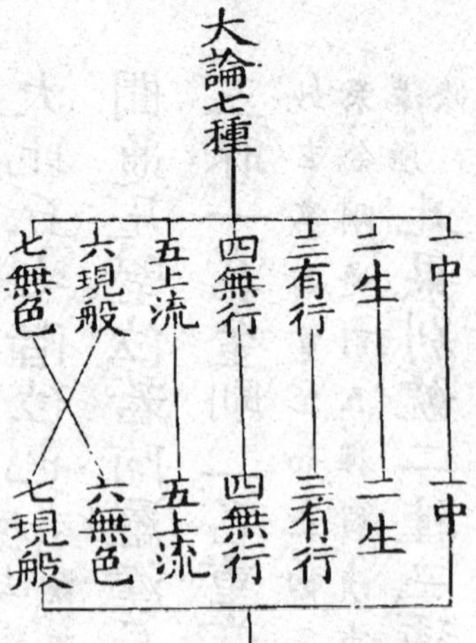

荊溪特指第六種者對

止觀六種那含位在其中也

色界九種般圖

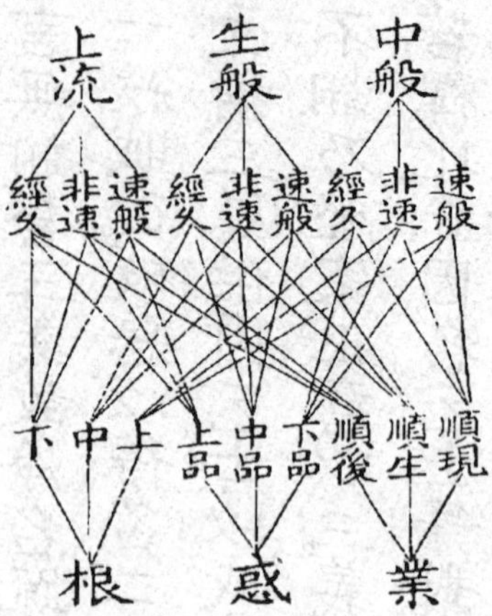

即於色般合五爲三

有行無行皆生般

攝即開三爲九

釋籤五十八引論備釋

諸文或云五種獨指色般或云八種三界七中加不定般（補注十四初引婆沙三界般中遍有不定進老示不定相乃約期心欲界便般涅槃或謂能克即生上界而取證也或期生上界忽發宿習欲界即證色無色準說可知）雜心論七種妙玄所用於色界五初開中爲三（速非速經久）并後四成七

毘曇有一萬二千九百六十種般如釋籤第五具示色界中般者初離欲界生色界時厭苦心切即在中有而般涅槃故屬色攝若至色界上生餘天雖有中有不得論般爲無宿習厭苦力故（如枏玄下）無色不立中般者指歸鈔（十八）云經云無色衆生無有中陰者毘曇法中說除四空餘一切處定有中陰以無色界無處所故（文）俱舍明隨於何處得無色定於命終時即生無色圖中引五差者謂下中上上勝上極輔行六（上三）枏玄下（十三）委釋行相由此五禪生五淨居又樂論議者恐就下界修觀時說非生淨居有論議也以二禪上無語言故（文）

四阿羅漢此云無學又云無生又云殺賊又云應供此位斷見思俱盡子縛已斷果縛猶

在名有餘涅槃若灰身滅智名無餘涅槃又
名孤調解脫畧明聲聞位竟
此位斷上八地七十二品思俱盡四智已
圓我生已盡梵行已立所作已辦不受後有無法可學名無學
果亦名究竟如析玄下阿羅漢者文句一云或
言無翻含三義故淨名疏十引智論釋云
一殺賊從破惡以得名二不生從怖魔以
受稱三應供因乞士以成德文因果對釋多含
不翻乃經家正意以三義翻之乃順古耳
若釋比丘因名乞士等對舉果名蓋欲顯
大比丘之階位也如法華文句又觀經疏又前標聲
聞通凡聖位若阿羅漢局第四果此位修
三昧一名金剛二名重空三名電光上二名如妙玄第四電光如止觀第九電光義通初果金剛通前五種羅漢重空別在不動羅漢所修此果別號二種三種六種九種及果

性退不退義今歷示之先明二種

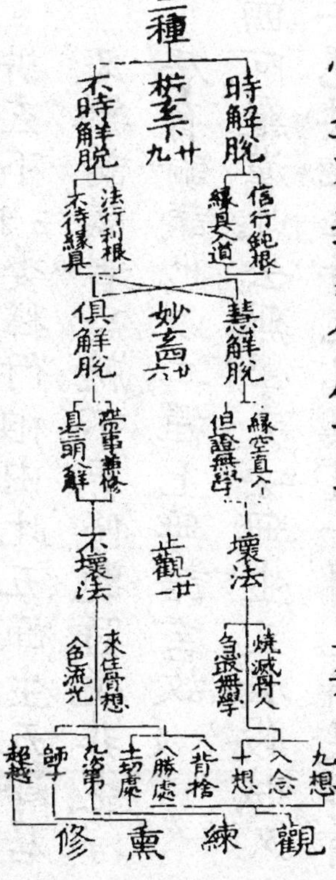

初時不時從緣得名次慧俱約觀立號三
壞不壞依境受稱也或準正理論以時不
時敵對慧俱若準妙玄四廿六及四教義二
十六信行法行各二不得滅盡定者但是慧
解脫得滅盡定者名俱解脫舊云敵對乃
從正從多各對則旁正無舉以信行亦有
帶事無修法行亦有緣空直入若壞法不
壞法與慧俱同舊約五義揀判慧俱一約
性共慧人修性念處俱人修共念處四教義
二約正助慧人正道斷結俱人兼修助道

光明句中四教義二三約事理直緣直理名慧解脫帶事無修名俱解脫事者一帶根本四禪俱人亦依世禪修六行觀故二帶無漏禪慧人但至觀禪俱人具修觀練熏修止觀第九婆沙亦有少分慧脫全分慧脫此有三根至無四禪下根也能修一禪至四禪中根也能修無漏禪至九想十想上根也俱人能修一二三禪下根具四禪中根修觀練熏修上根也妙樂二云四禪一切羅漢三並得次觀等四俱解脫人方乃具足得滅盡定如妙玄四廿六已上三事俱人無得也四約神變慧人十四變化俱人十八變文句一五約三明八解俱人則具慧人則無若輔行云通通於六明唯局三天眼宿命漏盡三也諸羅漢皆能得之文此有闕具之義婆沙云若有一明二明名慧解脫文準知俱人三明具足次明三種

三種：慧解脫、俱解脫、無疑解脫
修：性念處、共念處、緣念處
破：一切智外道、神通外道、文字外道

性念處者亦名自性念處緣理斷結除自性過共念處者正助合修緣念處者緣佛三藏及世間文字所緣處廣也具如四念處四教義二俱舍亦有三種羅漢各論三念處

慧俱略如上無疑者三藏教法四韋陀典天文地理一切通達故曰無疑四教義二云問不應別說無疑九種羅漢無此名目荅此出智度論明欲結集法藏集千羅漢皆得共解脫無疑解脫也文既是大論開出在佛世時俱人所攝佛世且明自行入道是故諸文只云慧俱六種九種皆無此名若集論明六種中有無疑法者與不動法名異義一非今無疑釋籤五十九云得滅盡定但名俱解脫人以未修緣念處終非無疑解脫也文故知無疑乃俱人中勝者耳小大言之慧俱並小無疑乃名大阿羅漢妙樂一三十一引中阿含舍利弗問五百

比丘幾三明幾俱解脫幾慧解脫佛言九十人三明九十三俱解脫餘但慧解脫荊溪云三明者即無疑解脫文須知三明是俱人得取其勝者復云無疑也後明六種附揀七種及列九種然後約六種明果性退否

天台四教儀集註卷第五

音釋

喘充兖切說文疾息也　侔莫侯切齊等也

天台四教儀集註卷第六

南天竺沙門　蒙潤　集

- 信行
  - 退法
    - 析玄云因遇退緣退失所得法故籤主謂退思法心生厭故文婆沙明憍底迦六反退失阿
    - 羅漢果第七恐退方自害纔至咽半已得漏盡又至斷頭已般涅槃者同此失捨命而已
  - 思法
    - 常自思惟所得之法恐有退失故婆沙亦云心生厭故持刀自害成論稱
    - 爲死法舊婆沙云憶法舊俱舍名自害法集論名念法其義一也
  - 護法
    - 於已所證心生愛樂善守護故故舊俱舍稱守護法
- 籤四六十二
- 六種
  - 住法
    - 住所證法不退不進故舊俱舍稱住不動法顯揚聖教論稱不動法非後之不動也
  - 進法
    - 能進至不動故新俱舍稱堪達法析玄所用集論稱分別法明了能進法故
- 釋籤五十九
- 法行
  - 不動法
    - 本住不動不被煩惱所退動也舊俱舍稱不壞法顯揚聖教論稱不
    - 退法集論名無疑法利根不動於法無疑譯師不同以義會之可也
- 附明七種
  - 新婆沙於第六本住不動又開練根不動則成七種正理論云不動分二
  - 後先別故先不動性及後練根得不動性文既第六開出故不別示七種也
- 九種
  - 釋籤五引福田經九無學思進退不退不動住護慧俱
    - 思死只是一種恐脫一進
  - 補行三下引成論無學爲九退護住思死不退慧俱不壞
    - 字列次少殊義皆可會

六種約根性慧俱約觀行九種乃根性觀行兼舉耳又九是空門二十七賢聖中之無學爲荅福田長者所問顯福田之多赴機生善故又六種明二加行差別如析玄下廿九一者恒時加行即勤修行二者尊重加行即猛利修行六種羅漢前二種俱無加行第三護法惟有恒時無尊重第四住法惟尊重無恒時第五第六皆具二加行也果性退否者俱舍頌云阿羅漢有六退法至不動前五信解生信行轉入修道名信解總名時解脫後不時解脫從前見至生見得亦名見至亦是法行轉入之名有是先種性有後練根得六種羅漢有先世種性定者有後來修練根性轉劣成勝者如本是退法練成思法乃至不動或思練成護乃至進練成不動唯初退法是先種性無練根者又練根通資加修三位唯除見道以時速不能轉根故四從種性退第一退法最下無處可退第六利根不退唯中間四種根性有退如第二退爲第一乃至第五退爲第四又此退性乃是前五種練根非先定根性也五從果非先從無學

果退居學位第六則不退也亦是練根論退非先種性也非先二字總頌果性二種退者若析玄辯果退非先中云如第三護法若先是退法至果練成護法則有果退若先是思法後練成護法則無果退乃至結云即知果退惟約先是退法若先是思法等四性必無果退之文此似即就退法根性論之**據餘四說**此釋伏疑也蓋上云五從果非先然於退法本先種性何故併**非先有退者但**云五從果非先故即釋云非先有退等也則果退雖在前五若論非先唯中間四第一退法雖無練根不論性退亦論果退思護住進若退法練入尚論果退況本是退法豈不退耶**不動盡智後必起無生智**第六於盡智後能起無生智所以果性皆不論退餘五有退以不起無生智故本住不動練根不動皆無退義**餘盡或正見**五種盡智後或但起正見**此應果皆有**盡智後正見六種應果皆有**已上頌語取析玄意畧**

注具羅漢見思已盡已證無學所以有退者考論祖詰妙玄四十六**止觀**九上十二**輔行**九上十五**蓋信行慧解脱人不修事禪不得滅盡定或世智斷惑但得盡智不得無生智遇着**

遠緣還起煩惱故有退也遠緣者一長病二遠行三諍評四營事五多讀誦又大經明五緣一樂多事二樂說世事三樂睡眠四樂近在家五樂多遊行**又析玄謂非先種性者但是無學一道所成不得堅固故有退若是先種性由學無學二道資持堅固故無退**彼文更有果退性不退等四句分別

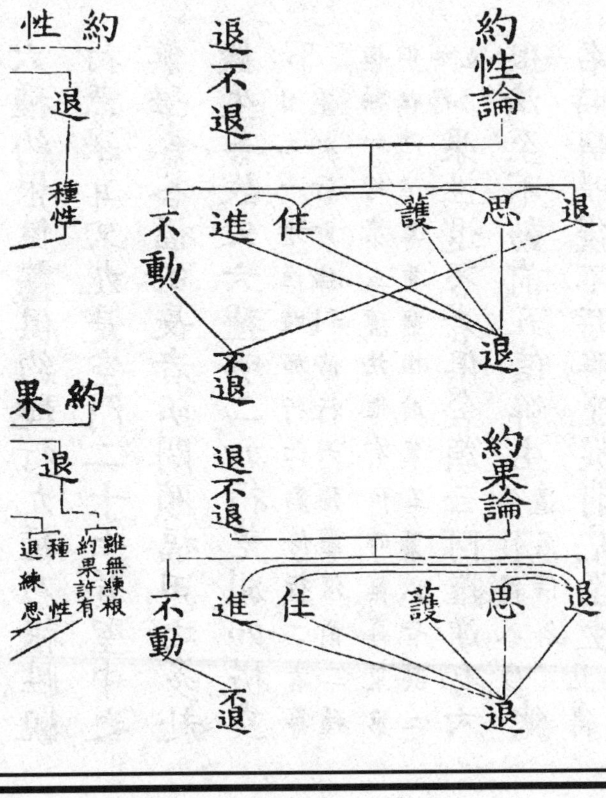

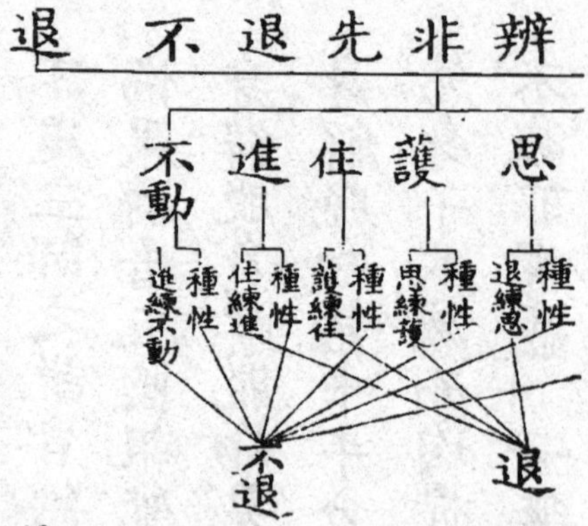

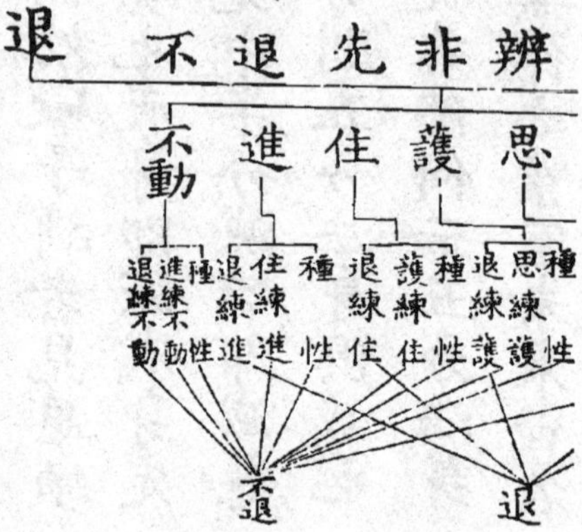

然前五種未必全退有遇違緣者故有退耳故輔行九上十五云然慧解脫亦不併退有退義故故說有退文又退者非久輔行云問退經幾時荅經少時乃至自不知退若自知退當修勝進方便復次彼煩惱現在前時心生慚愧速作方便如明眼人晝日平地顛蹶尋即還起文釋籤云此生之中必得無疑極至臨終亦得無學故也文五十九或曰前時不時各有慧俱不動既從時解脫生得非六種皆有退義耶荅慧人未必一向論退恐只鈍根有漏智斷遇違緣者退今復圖示

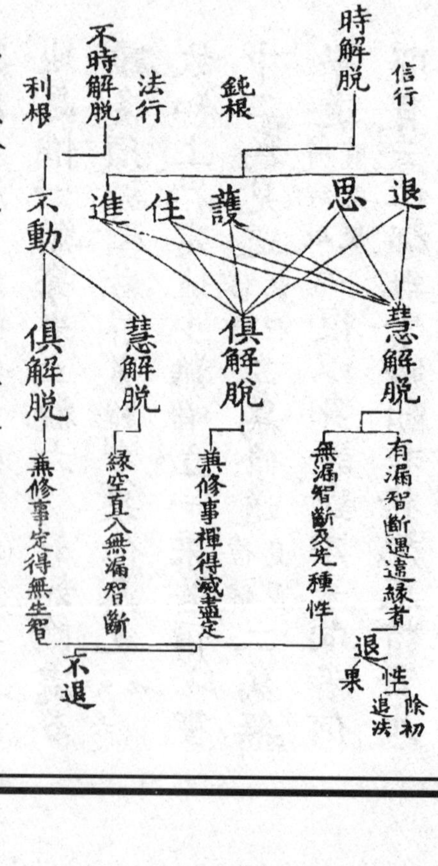

六種論退局第四果通辨四果退不退者析立引三家一薩婆多云初果不退後三果退二大衆部云前三果退第四不退三經部宗云初四兩果不退中間二果有退廣如彼文彼但註云三師難定今恐成諍畧爲和融輔行九上十五引婆沙云阿羅漢退韋二

三果退猶如井沙上下有甎中間唯沙上甎若頹從上至下其中間沙豈得不頹四果如上甎二果如中沙初果如底下乃至初果之前更無有退若彼退時更無住處文不可聖退爲凡夫也合彼初師然見道既有不等觀四諦如婆沙云二十八使見道斷餘六十使修道斷先斷三界苦下見惑見既分盡果理未圓例如身子六住尚退又後三界中斷惑之智通漏無漏是則四果俱退俱不退三師之說皆無妨礙子縛者見思煩惱果縛者五陰報質也灰身即滅戒身定身解脫身解脫知見中半分滅智即滅慧身解脫知見中半分則五分法身俱滅也然身子入滅而均提荅佛何云五分法身不滅耶釋籤十云無作之業至未來世名

爲不滅非常住不滅也文無作業者乃功熏耳云云孤調解脫者輔行三上十一云灰身故無身滅智故無智獨一解脫故曰孤調妙玄取獨滅義亦名孤調涅槃名獨滅者輔行引大論云小乘戒爲自調禪爲自淨慧爲自度文然斷欲九品立二三果上八地思惟一無學者止觀六七云如險處多難多須城壁欲界多難多果休息也文六七故知上界定地少難唯立一果若爾七聖中二爲見道信行法行二爲修道信解見得二爲無學道時解脫不時解脫不復以身證對四果向者何耶有云位鄰無學將斷非非想惑特立此位如別圓之有等覺也今謂空有二論設位不等敎門方便多少隨宜耳妙玄明身證得滅盡定約似證也成論云不得滅盡

定名身證者對四果真證奪而言之

次明緣覺亦名獨覺

輔行九下十五引大論二十一云迦羅此翻緣覺亦名獨覺文四教義二十八標云辟支迦羅此翻緣覺釋中開二謂緣覺獨覺新譯華嚴音義云二名各有梵語畢勒支底迦此名各各獨行佛者覺也鉢羅底迦此翻緣覺翻譯名義亦開二名辟支迦羅名通二種若畢勒支底迦局在獨覺此皆梵音賖切故也緣覺者觀內因緣稟佛教法獨覺者觀外因緣無師自悟文句四七引大論云獨覺者出無佛世緣覺者願生佛世文俱舍明獨覺自有二種一麟喻二部行如析玄上已上名義各釋若集解云慈恩基師引仁王經列獨覺衆又云釋迦出世五百獨覺從山中來至於佛所學者如何消釋此耶文

補註云亦引而釋曰本是聲聞根性以緣悟菩提故名支佛文然仁王經初本無獨覺之名但云復有八百萬億大仙緣覺慈恩意以緣覺一衆諸經兼聲聞而列之若二乘別列如仁王也然經云緣覺慈恩稱獨覺者盖根性不異名義互通如緣覺稱獨覺者雖值於佛樂獨善寂故即慈恩所云是也獨覺稱緣覺者雖無師教觀外因緣故如光明經云或不恭敬緣覺菩薩智者科爲懺無佛世敬田惡業是也又獨覺亦通見佛文句四七引華嚴等獨覺有三類一者知佛出世即先入滅或佛神力從於他土二者無佛世三者雖生佛世願見佛故不即捨壽亦不被移文中東具此三五百獨覺

從山中來者即第三類通義雖爾別釋如前又二辟支各有大小準輔行九下十五有三義一具相名大不具名小二兩大中現通者大無通者小三現通中說法者大不說者小又四教義四宿世偏修性念處者小兼修共念處者大又先達立漸頓二義如輔行等七生初果後方極證爲小頓證爲大若與聲聞對辨者如文句七廿六云二乘六義同十義別同出三界同盡無主同斷正使同得有餘無餘同得一切智同名小乘別開十義者行因久近六十劫百劫故一根利鈍二從師獨悟三無悲鹿羊四聲聞如羊鶩絕奔走支佛如鹿並馳並顧有相無相五觀廣畧六能說得四果法不能說法得煗法七有云支佛能說法令人得四果聲聞不能說法不能令人得煗法在佛世不在佛世八頓證漸證九多現通少說法聲聞不定十文中六十劫百劫者析立上一明修行聲聞利者三生鈍者六十劫支佛利者四生鈍者百劫文然則聲聞勝支佛耶聲聞但入見道支佛極證無學還以支佛爲勝又有相者支佛無相者聲聞分別功德論五卷初謂字函云身子有七相目連有五相阿難二十相獨難陀有三十相難陀金色阿難銀色文是則聲聞亦有相耶須知元是聲聞根性不論種相若是支佛轉爲聲聞不妨有相四教義一云迦葉舍利佛等皆是辟支根性人也文若文句解形色憔悴謂二乘不修相好此以大形小不可爲並又根利鈍者別對支佛是法行聲聞是信行通論各有信法二行文句五三十妙樂六二十八諸

文更有侵習不侵習亦由根利鈍故支佛不制分果四教義二釋小獨覺云本是學人在人間生或須陀洹七生既滿不受八生自悟成道（輔行亦云七生初果）此是聲聞根性出無佛世後證支佛是故云爾非分果也若般若經明獨覺向（此則無妨）大乘同性經明支佛十地（此乃兼說耳）別行疏云支佛侵習爲淺處通教菩薩正習盡名彼岸文（此以三藏支佛與通菩薩共論）疏記上云支佛修行不立分果深觀緣起久種三生（作福供佛聞法）福慧既隆預侵二習（預進也此釋支佛侵習之所以也不可連下文作難）雖未發眞（眞無漏智）四流莫動（欲有見無明）名得淺處（支佛中伏惑向）頓證極果名到彼岸（此以支佛向與支佛自論）通教菩薩正盡得淺處習盡到彼岸文（此約通菩薩正盡習盡自論舊謂支佛必須發眞方侵習氣別行疏記云預侵一習復云難未發眞此爲難也須知疏中以三藏支佛與通菩薩共論淺處彼岸記中義開二人各論不可謂記文正釋疏中支佛侵習爲淺處以預侵二習連下雖未發眞而作難也若如上注釋則無妨矣）

値佛出世稟十二因緣教所謂一無明（煩惱障煩惱道）過去一切煩惱皆是無明體即是癡迷暗爲性無所明了故曰無明註云煩惱障煩惱道者輔行三下（十四）云能從聖道故名爲障展轉互通故名爲道並從過患功能立名文

二行（業障業道此二支屬過去）造作名行於過去世造作諸業也

三識（託胎一分氣息）既有惑業以生垢心故父母交會時意識妄念投託母胎一剎那間有了別義名之

爲識託胎一分氣息止觀九廿一云初托胎名歌羅邏此時即具三事一命二煖三識是中有報風依風名爲命精血不臭不爛名爲煖是中心意名爲識文此時便隨母氣息上下出入也

四名色名是心色是質

從託胎後五箇七日名形位生諸根形四支差別故雖有身根及意根未有眼等餘四根故六處未圓皆是名色攝名是心色是質者四蘊是心一蘊是色質礙曰色心但有名也

五六入六根成此胎中

從名色後至第六七日名髮毛爪齒位七七日名具根位五根圓滿故六根成者輔行四下廿一云十九七日諸根具足文此胎中總有名色六入皆胎中位故輔行八云三十八箇七日皆胎中位

六觸出胎

出胎已後至三四歲由根對塵情塵識合然於違順中庸差別境上未能了知生苦樂捨是名爲觸

七受領納前境好惡等事從識至受名現在五果

從五六歲至十三歲因六塵觸六根即領納前境於三受違順中庸境上已能了別然未能起淫貪之心故名受也

八愛愛色男女金銀錢物等事

從十四五歲至十八九歲貪於種種勝妙資具及婬欲等境然猶未能廣遍追求不名爲取皆是愛支所攝

九取凡見一切境皆生取着心此二未來因皆屬煩惱如過去無明

即從二十歲已後貪欲轉盛於五塵境四方馳求名之爲取

十有業已成就是未來因屬業道如過去行體即是業爲馳求諸境起善惡業積集牽引當生三有果故名爲有注云是未來因者雖屬現在却爲未來苦果之因也

十一生未來受生事從有還受後世五衆之身是名生所謂四生六道中受生也

十二老死從生五衆之身熟壞是名老死

此是所滅之境以能滅之觀順推此境故此十二即所滅境也不立病支者妙玄二十六云問何不説病爲支答一切時一切處盡有者立支自有人從生無病如薄拘羅生來不識頭痛況餘病是故不立問憂悲是支否答非也以終顯始耳如老死必憂悲文釋籤三三云問愛取何别答愛增廣名取文然上一往似論三世在支佛逆順兩緣百千萬世觀因緣等

與前四諦開合之異耳云何開合謂無明行愛取有此之五支合爲集諦餘七支爲苦諦也

止觀一二十云總説名四諦别説名十二因緣苦是識名色六入觸受生老死七支集是無明行愛取有五支道是對治因緣方便滅是無明滅乃至老死滅文輔行一下十云離苦集爲十二支觀因緣智以爲道諦十二支滅以爲滅諦文文句七一廿云十

二因緣者還是別相細觀四諦耳約苦集即有無明老死約道滅即有無明滅乃至老死滅也文

既名異義同何故重說爲機宜不同故緣覺之人先觀集諦所謂無明緣行行緣識乃至生緣老死此則生起若滅觀者無明滅則行滅乃至生滅則老死滅因觀十二因緣覺眞諦理故言緣覺

聲聞總觀四諦緣覺別觀十二因緣緣覺之人等者此觀十二因緣生若滅觀者等此觀十二因緣滅諸文更有順逆等異如阿含明始無明終老死名順觀始老死終無明名逆觀又止觀禪境以有支在初推因知果也釋籤先從受支起觀此推果知因也（此知輔行又四念處約十二支觀因愛觀見明推尋觀破之義也文）

觀十二等以觀因緣生滅覺悟眞空而結名也

言獨覺者出無佛世獨宿孤峯觀物變易自覺無生故名獨覺

觀外因緣無師自悟未必一向獨宿孤峯如國王花飛釧動等（如釋籤七廿一云）兩名不同行位無別此人斷三界見思與聲聞同更侵習氣故居聲聞上

雖緣覺獨覺之異而同修因緣之行同證侵習之果習氣者慣習氣分如器中香其香雖盡餘氣尚存統論諸文有三家二即今是見思家習耳大經云我衣我鉢見習也舍利弗嗔畢陵伽慢思習也

次明菩薩位者

菩薩具云菩提薩埵摩訶薩埵舊翻大道

心衆生亦大道成衆生新譯云覺有情以上求佛道下化衆生故此菩薩於當教内亦稱大乘然此菩薩全不斷惑三祇百劫伏惑行因四教義三六云三藏正化二乘傍化菩薩若說菩薩斷惑受生二乘即疑若結盡而得受生者諸聲聞人得羅漢果將不更受生耶是故不說菩薩斷結受生也文又妙玄五十三云今生事善故作是說欲求佛者改惡從善文又四教義三二云雖修性念處而不斷結爲生三界度衆生故文由教不詮中道應本故留結惑受生利物故三藏菩薩不斷惑明矣此乃立權則有若大論云聲聞人言菩薩不斷結使乃至坐道場然後斷者是爲大錯又云豈有菩薩具足三毒能集佛法文此盖龍樹申通摩訶衍義以大破小故作此說當彼鹿苑禀教之時雖謂實歷三祇百劫伏惑不斷若方等般若轉入衍中來至法華會歸一實定無始終三祇伏惑故得大論約實斥權此乃斥權則無若釋迦果後權示利生不妨自歷三祇百劫故有尸棄然燈等事今之所辨且順立權義邊故約鹿苑三藏明不斷惑如法華文句六廿七引阿含五佛子釋更與作字名之爲皃四果支佛名佛眞子菩薩不斷惑子義未成文妙樂七十七云阿含至子義未成者疊踈引經既阿含中亦明不斷惑菩薩而大論斥權非謂全無此會同經論明破立意謂非但婆沙明不斷惑菩薩而阿含亦明此對婆沙而云亦也以阿含會同婆沙而判大論則知大論斥權云無非謂全無乃立權則有論云迦旃延造者從所造論及所計者說此由上文阿含婆沙明不斷惑菩薩

則經論相符而大論斥之者蓋斥其執權之人耳故曰論云迦旃延造者從所造論及所計者說即出其斥權之意蓋從其所造論及所計故大論謂是迦旃延造是則大論斥其計論執權之非也豈以會二還歸阿含法華準舊十二年前一何可笑此由他師不分大小菩薩之殊及昧水牛白牛之異謂法華會二乘歸菩薩故此破云豈可會二乘斷惑之人還歸阿含不斷惑菩薩若以會二乘還歸阿含法華四十餘年之後開顯之教還復準舊十二年前阿含之教故云一何可笑止觀三十六云煩惱脂消者名伏爲消也故別行下三云但伏惑不斷如無脂肥羊取世智爲般若即此意也又俱舍婆沙意云下八地惑初修禪時先已斷竟此有漏斷亦是伏義如輔行三下會釋云云然不斷見思還斷塵沙否答須知三祇百劫亦但伏而不斷故至樹王下斷見思時於塵沙法上證四眞諦方斷塵沙也若止觀三十六云得法眼照俗諦文得相似法眼有漏智照耳

從初發心緣四諦境發四弘願修六度行

生滅四諦爲所依境弘者大也要制其心志求滿足名爲誓願度者越生死流到彼岸也誓若無境名爲狂願不行六度其願則虛又此化他四門徧學異乎二乘一門自行又二乘雖無破戒乃至愚癡行非利生不名六度蓋奪而言之別對諦緣三祇百劫名四階成道

一未度者令度即衆生無邊誓願度此緣苦諦境二未解者令解即煩惱無數誓願斷此緣集諦境三未安者令安即法門無量誓願學此緣道諦境四未得涅槃者令得涅槃即佛道無上誓願成此緣滅諦境

四教義三初云一未度者令度即是度天魔

外道愛見二種六道衆生未度三界火宅之苦諦令得度也二未解者令解即是愛見二種衆生未解愛見二十五有業令得解也三未安者令安即是愛見二種衆生未安三十七品一切諸道令安道諦也四未得涅槃者令得涅槃即是愛見二種衆生未滅二十五有生死因果皆令得滅諦涅槃也

既已發心須行行填願於三阿僧祇刧修六度行百刧種相好言三阿無僧祇數刧時者觀音玄記上七云若匪行山莫填願海文輔行三下初云阿僧祇此翻無數刧翻時俱舍云八十中大刧謂一增一減爲一小刧二十增減爲一中刧今此一增一減亦名中刧如刧章具小刧名自有十種當詳大刧三無數謂六十數中第五十二數名阿僧祇謂積此大刧成無數時故云三阿僧祇文俱舍問云既積無數何復言三荅非無數言顯不可數文諸經更有拂石刧芥子刧具如輔行一上六紙若大乘亦有一百二十零三數如華嚴

且約釋迦修菩薩道時論分限者從古釋迦至尸棄佛值七萬五千佛名初阿僧祇從此常離女身及四惡趣常修六度然自不知當作佛若望聲聞位即五停心總別念處外凡輔行六上十三云彼婆沙中釋菩薩義明因則指釋迦三祇百刧明果則指彌勒當成何故爾耶釋迦果已成是故指因行爲令慕果而行因故彌勒因已滿是故指當果皆使觀因以知果故故諸聖教並明釋迦之因如說菩薩昔苦行等並明彌勒之果

如說彌勒下生經等文從古釋迦等者發軫鈔云釋迦翻能仁牟尼翻寂默能仁是姓寂默是字姓從慈悲利物字取智慧冥理以利物故不住涅槃以冥理故不住生死文尸棄此翻寶髻非七佛中第二尸棄也緣載四教義三初并大論第三文從此常離女身者妙玄四廿七釋籤三十五四教義三二云第三僧祇始離五障一惡道二貧窮三女身四形殘五喜忘方乃不墮如戒疏上三云初僧祇得五種功德一生人天二生貴家三男身四根具五知宿命舊云初僧祇有遇緣不遇緣異不遇違緣即離五障如戒疏若遇違緣至第三祇方離如釋籤又初僧祇離障且約功能三祇方離乃據定位又文句二十二云不生三惡道位不退不生邊地諸根完具不受女身即行不退常識宿命即念不退文妙樂二廿二云第三祇時橫得三不退故文成論以念處爲位不退煖頂爲行不退忍爲念不退數論以下中上忍爲三不退淨名疏以煖頂忍爲三不退各隨義對也然自不知作佛四教義三二云爾時未發煖解位在外凡故不

自知已身當作佛不作佛

次從尸棄至然燈佛値七萬六千佛名第二阿僧祇此時用七莖蓮華供養布髮掩泥得受記莂號釋迦文爾時自知作佛口未能說

若望聲聞位即暖位

梵語提洹竭此云燃燈大論云太子生時一切身邊光如燈故故云燃燈以至成佛亦名燃燈文瑞應經翻爲錠光七莖蓮華等者初儒童爲五百道士講論得銀錢五

百後問王家女名瞿夷買得五花并女寄二花供養於佛故云七莖諸文但云摩納五花奉散也(如集解瑞應經)布髮掩泥稽首佛足見地濯濕即解皮衣欲以覆之不足掩泥乃解髮布地令佛蹈而過(文)得受記莂等瑞應經云佛因記曰汝自是後九十一刧刧號爲賢汝當作佛號釋迦文菩薩已得訣言疑解望止爐然無想寂而入定便建清淨不起法忍(文)妙玄七(十一)既云斷惑故知通佛行因之相也(文)釋籤八(三)云燃燈授記得無生忍故知是通佛行因也(文)發軫鈔據此判瑞應經屬方等攝若明降生之相蓋約三藏境本而言此時自知等者戒疏上三云爾時雖自知作佛而口不說準位在煖法性地既有證法之信必知作佛修行六度心未分明口不向他說也(文)

次從然燈佛至毗婆尸佛七萬七千佛名第三阿僧祇滿此時自知亦向人說必當作佛自他不疑若望聲聞位即頂位

毘婆尸翻勝觀亦云徧見優婆塞戒經云於迦葉佛滿三僧祇者隨機異說耳此三祇等義並出大論倶舍婆沙此時自知等者戒疏上三云是時內心了了自知作佛口自發言準望位在頂法位中修行六度四諦解明如登山頂了見四方故曰向他說(文)觀音玄記下(四)云聲聞但於一境一門修念處等故易成就菩薩徧於一切境界一一四門復加六度久遠熏修使一一行攝諸衆生令種熟脫故三祇內凡化幾人超凡入聖自身此岸度人彼岸故經刧

長證位猶下 文

經如許時修六度竟更住百刼種相好因修百福成一相福義多途難可定判有云大千盲人治差爲一福等

輔行三下三云過三祇已百刼種相種即修也於欲界人中南洲男身佛出世時能種相業也前後不拘 文 百福成一相者四教義三 二 云修行六度成百福德用百福德成一相以爲三十二相之業因也 文 福義多途等者輔行三下 三 云問幾許爲一福乃至菩薩修十善各有五心謂下中上上上上中上初發五心乃至具足五心如是百心名爲百福成於一相如是至三十二名身清淨 文 觀音玄下 二 云凡用三千二百福修成三十二大人相現時方稱菩薩摩訶薩 文

修行六度各有滿時

六度滿文在種相後者蓋種相時亦修六度也

如尸毗王代鴿檀滿普明王捨國尸滿羼提仙人爲歌利王割截無恨忍滿大施太子抒海并七日翹足讚弗沙佛進滿尚闍梨鵲巢頂上禪滿劬嬪大臣分閻浮提七分息諍智滿望初聲聞位是忍位

觀音玄記下 三 云徧割身肉就鷹貿鴿至盡一身不惱不沒自誓真實感身平復是檀滿相 尸毗翻與 檀翻爲施 如須摩提王以身就死持不妄戒是尸滿相 尸羅翻好善 即戒善也 如忍辱仙人被歌利王 番惡世 無道 割截身體慈忍不動作誓即感血化爲乳是羼提滿相 羼提 翻忍

辱如大施太子求如意珠雨寶濟貧得珠墮海抒海取之（抒音汝酌取也）筋骨斷壞終不懈廢諸天問之云吾生生不休故助抒海海水減半龍恐海乾送珠與之是毘離耶滿相尚闍黎（螺髻仙人名也）得第四禪出入息斷鳥謂爲木於髻生卵定起欲行恐鳥母不來即更入禪鳥飛方起是禪滿相劬嬪大臣分閻浮提七分城邑山川均故息諍是般若滿相所言滿者度本治蔽行期滿願令蔽已離與拔遂心即知六度其功尅滿（文）七日翹足等者觀音玄記下（四）云婆沙云爾時有佛號曰底沙有二弟子一名釋迦樂修利他行所化機先熟二名慈氏樂修自利行所化機在後熟彼佛念曰多人就一人難一人就多人則易欲令釋迦先成道故於是捨二弟子入至山中時釋迦菩薩隨後入山尋求本師不見蹤跡正行之次忽見彼佛在寶龕中入火界定威光赫奕特異於常行次忘下一足經於七日說於一偈歎彼世尊云天地此界多聞室逝宮天處十方無丈夫牛王大沙門尋地山林遍無等因此精進超於九刼在彌勒前成佛（文）是下忍位者戒疏上（三）云若過三僧祇種三十二相業準望此是下忍位（文）大論云三阿僧祇時六波羅密者此乃事禪事智滿耳俱舍云道樹已前四波羅密滿至佛果位二波羅密滿此約緣理禪理智始滿觀音玄下（三）云問依三藏說釋迦彌勒同時發心一超九刼何意二佛俱成賢刼中佛耶答釋迦值弗沙促百刼彌勒

值諸佛何必不促為九十一劫耶(文)記下(四)云彌勒值佛必有超劫恐梵文未至(文)次入補處生兜率託胎出胎出家降魔安坐不動為中忍位次一刹那入上忍位次一刹那入世第一位發真無漏三十四心頓斷見思習氣坐木菩提樹下生草為座成劣應丈六身佛受梵王請三轉法輪度三根性住世八十年現老比丘相薪盡火滅入無餘涅槃者即三藏佛果也

補處者前佛既滅而此菩薩即補其處故云補處(文)此下具八相一從兜率天下二託胎三出生四出家五降魔六成道七轉法輪八入涅槃然此八相通大小乘舊謂大無降魔了魔即法界故小無住胎不談常住故且華嚴中列降魔相豈小乘耶故先達云成道必降魔托胎必住胎若開住胎即合降魔在成道內若開降魔即合住胎在託胎中但存沒不同耳若大小義約真中分以華嚴中所列八相是大乘故但小乘八相皆劣大乘八相難思若爾別相亦難思耶以同詮中故證道同圓故今是小乘八相也降魔者四教義三(五)云即於菩提樹下破萬八千億鬼兵魔衆魔王敗績鬼兵退散(文)安坐不動等四教義三(五)云魔衆散已攝心端坐於第四禪住中忍修觀成中忍一刹那上忍一刹那世第一法一刹那(文)言刹那者止觀三(十六)云經言念六百生滅成論師云一念六十刹那(文)俱舍云壯士一彈指六十五刹那(文)發真無漏等輔行三下(四)引大論云下八地

諸惑因時未斷至樹王下時乃以九地九品思惑通名一九以九無礙九解脫合爲十八見道中八忍八智合爲十六心總前合成三十四心聲聞見思前後各斷支佛雖見思頓斷習猶未盡故皆不得論三十四心三藏菩薩至樹王下正習俱盡方得論也受梵王請正法念經云昔有國王有二夫人第一夫人生一千子試當來成佛次第釋迦探籌居第四第二夫人生二子第一子願作梵王請千兄轉法輪其次願爲密跡金剛護千兄教文梵王通爲一代請轉法輪主今別在小三轉法輪者淨名經云三轉法輪於大千其輪本來常清淨文輪者佛證四諦法有可轉之義故名爲輪又能壞煩惱名之爲輪三轉者一示轉謂此是苦等二勸轉謂此是苦汝應知等三證轉謂此是苦我已知不復更知乃至此是道我已修不復更修一一皆生眼智明覺三轉則成十二行法輪如文句及記釋化城喩品云云度三根性文句七二十云爲聲聞三轉爲緣覺再轉爲菩薩一轉何故爾由根利鈍此一往說耳通云例皆三轉何故三轉諸佛語法法至於三爲衆生有三根故文住世八十年文句上廿一云世壽有三品下方四十中方八十上方百二十下方少夭上方太老中方不少不老表常又中方表中道佛樂中道爲此義故方八十年也文老比丘妙樂一二十四云老比丘者從後異故文薪盡火滅者佛身名薪智慧名火身滅智亡名無餘涅槃也大乘則

云機薪既盡應火云亡

上來所釋三人修行證果雖則不同然同斷見思同出三界同證偏真只行三百由旬入化城耳畧明藏教竟

妙玄一五云三因大異三果小同文釋籤一十五云諦緣度殊故因大異俱斷見思三乘徹異故果小同文偏真望大說故三百由旬文句七廿六約三義明一約生死處以三界果報處爲三百二約煩惱謂見思三約觀智謂空觀由旬即踰繕那此云限量如此方之驛大論云由旬三別大者八十里中者六十里下者四十里文

天台四教儀集註卷第六

天台四教儀集註卷第七

南天竺沙門　蒙潤　集

次明通教者

四教義一（二）云此教明因緣即空無生四眞諦理是摩訶衍之初門也（遠通常佳故）正爲菩薩傍通二乘（通機）故諸大乘方等及諸般若有二乘得道者爲同稟此教也（通部）問何故不名共教答共名但得二乘近邊不得遠邊若立通名近遠俱便言遠便者通別通圓也

通前藏教通後別圓故名通教

此望前望後獨就菩薩釋通教名釋籤九（二十）云通近同三藏通遠如別教四念處二（初）有三通義一因果俱通通當教是二因通而果非通即被接者是三通別通圓即藉通開導人是謂別圓用通而爲方便但成別圓因果人也此三通義唯在菩薩今文通後別圓者下文釋出雖但被接意亦該於藉通開導也

又從當教得名謂三人同以無言說道體色入空故名通教

此通就三乘釋通教名若三藏諦緣度三法分三乘今通教三乘同觀無生四諦同體假入空觀十二因緣同觀六波羅蜜見第一義而分三乘之別者但總相別相等智斷結侵習自行化他根性不同耳言說是是事即空故無輔行六上（六十）云通人既觀諸法如幻幻本不生今無所滅名之爲體（文）謂體六凡依正之色如幻如化當體即空而入眞理也

依大品經乾慧等十地即是此教位次也

當教三乘共位

聲聞　支佛　菩薩

乾慧：三乘之初同名乾慧通是外凡未有理水故名為乾
性地：三乘之人得相似無漏性水通名内凡薄有似解故名為性此兩位共伏見惑
八人：三乘信法二行體見假發真斷惑在無間三昧中八忍具足智少分止觀云八者忍也因也從世第一轉入無間三昧故名八人
見地：三乘同見第一義無生四諦之理
薄地：三乘之人體愛假即真發六品無礙斷欲惑六品證第六解脫欲惑稍輕故名為薄
離欲：三乘之人體愛假即真斷欲五下分結盡欲惑全盡故名離欲
已辦：三乘之人體色無色愛即真發真無漏斷上五分結三界事惑究竟智斷功畢故言已辦
支佛：緣覺菩薩發真無漏功德力入福慧深利故能侵除習氣習未都盡故名為侵
菩薩：從空入假福慧深利道觀雙流深觀二諦進斷習氣色心無知得法眼道種智乃至學佛力無畏等法殘習將盡如餘炭
佛地：大功德力資利智慧得一念相應慧觀真諦究竟習亦究竟如劫火燒木無復炭灰

此是三乘共位若明三借等義者一三乘共借別教始終位次二單借別教十地亦三乘共三別為菩薩借別一教又別為菩薩立忍名別明菩薩燋炷十地大品更說十地菩薩為如佛併圖于后

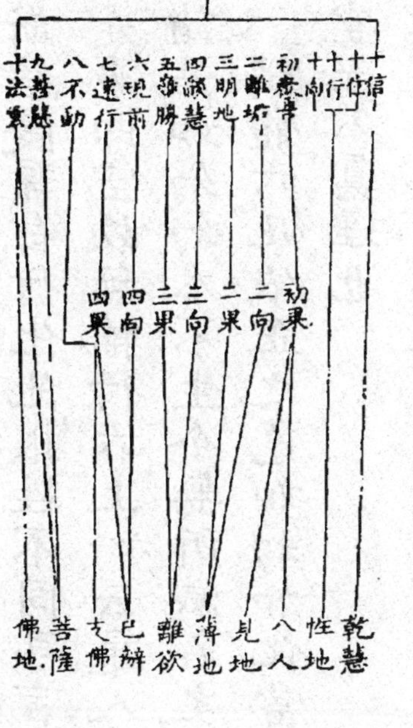

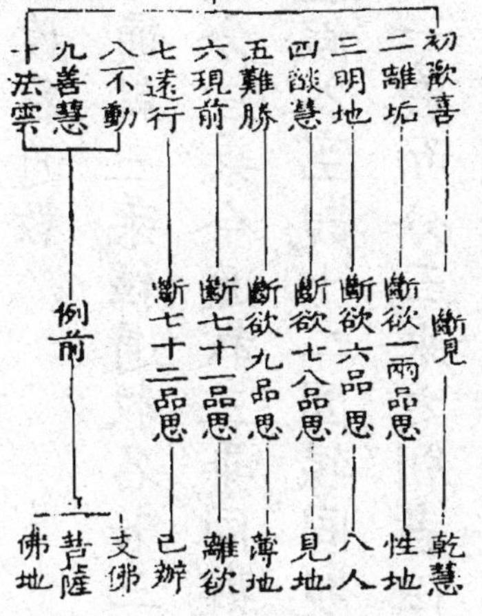

單借十地既乾慧斷見何位伏惑如輔行六上八云彼此地前通為伏惑通雖無位即未斷惑不入地故文意指地前修觀伏惑也妙樂三云或指地前假立七賢文

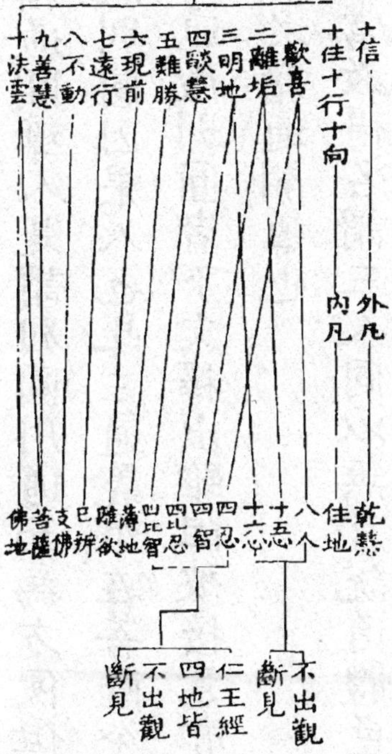

別爲菩薩立忍名
一伏忍——乾慧　如大論玄文具出
二柔順忍——性地
三無生忍——三地至十地皆菩薩位

別明菩薩燋炷十地妙玄四（三三十）云別圓各逗一種根性故用發眞爲初餤（別初地圓初住）通教爲逗多種根性所謂別圓入通故含容取乾慧耳（大品明初地燋炷大論明三處初餤餤約能燋譬智炷約所燋喻惑三處者通別圓也三教含容通說故曰別圓入通非被接義）若鈍根者八人見地是初餤利者於乾慧即能斷結即是初餤（文）且乾慧初餤三通言之是何根性須知論釋燋炷雖通三教乾慧初餤自是一途不必三通收也以通教機雜故又乾慧初餤何位伏惑倒如單借十地如輔行或云利根即伏即斷大品更說十地菩薩爲如佛輔行明通二種如佛以釋大品一別爲菩薩立忍名第十亦名菩薩地對共佛地故云如也又被接人至十地破無明能八相作佛似通佛教故云如也釋籤亦明圓教觀行如佛相似如佛但非今通教所論

一乾慧地未有理水故得其名即外凡位與藏教五停心總別等三位齊

三乘之初同名乾慧用體法念處等觀雖未得煖法相似理水而總相智慧深利故稱乾慧也

二性地相似得法性水伏見思惑即内凡位與藏教四善根齊

性地中無生方便解慧善巧轉勝於前得

相似無漏性水故言性地也

三八人地四見地此二位入無間三昧斷三界八十八使見盡發眞無漏見眞諦理與藏教初果齊

三乘信法二行體見假以發眞斷惑在無間三昧中八忍具足智少一分故名八人即八忍也位也三乘同見第一義無生四諦之理同斷見或八十八使盡也無間三昧等者止觀六六云若言三地者據斷見初言四地者據斷見後皆不出觀文輔行六上七云通雖二地斷時仍促二乘共故雖促復長是故須分三地四地

五薄地斷欲界九品思前六品與藏教二果齊

體愛假即眞發六品無礙斷欲界六品證第六解脫欲界煩惱輕薄也

六離欲地斷欲界九品思盡與藏教三果齊

體愛假即眞斷欲界五下分結盡離欲界煩惱也

七巳辦地斷三界見思惑盡但斷正使不能侵習如燒木成炭與藏教四果齊聲聞位齊此

三乘之人體色無色愛即眞斷五上分結七十二品盡也斷三界事惑究竟故言巳辦地文燒木成炭四教義三十二引智論云聲聞智慧力弱如小火燒木雖然猶有炭在聲聞位齊此者輔行六上七云通教二乘七地巳前與菩薩共名共聲聞若爾八地巳上過二乘地何故亦名共菩薩耶答以初名後從立本名不同別圓始終別故

八辟支佛地更侵習氣如燒炭成灰

緣覺發眞無漏功德力大故能侵除習氣也燒炭成灰者四教義三十二引大論云緣覺智慧力勝如大火燒木木然炭盡餘有灰在

九菩薩地正使斷盡與二乘同扶習潤生道觀雙流游戲神通淨佛國土

從空入假道觀雙流深觀二諦進斷習氣色心無知得法眼道種智遊戲神通淨佛國土成就衆生學佛十力四無所畏斷習氣將盡也扶習潤生者輔行五下廿四云大品云留餘殘習以誓願力及扶餘習而生三界利樂有情文此教亦無中道應本以誓扶習而生三界道觀雙流者道謂化道觀謂空觀帶空出假故曰雙流遊戲神通者遊諸世間譬如兒戲亦如幻師種種變現神名天心通名慧性天然之慧徹照無礙淨佛國土者一切諸行無非菩薩淨土之行如以布施攝衆生菩薩成佛時布施衆生來生其國等是也

十佛地機緣若熟以一念相應慧頓斷殘習坐七寶菩提樹下以天若爲座現帶劣勝應身成佛爲三乘根性轉無生四諦法輪緣盡入滅正習俱除如炭灰俱盡

上釋諸位具如妙玄四廿八過菩薩地則入佛地用誓扶餘習生閻浮提八相成道五相同三藏唯六成道樹下得一念相應慧與無生四諦理相應斷一切煩惱習盡具足力無畏等名之爲佛頓斷殘習者觀音玄記下五云前斷正使今侵二習至于佛

地見思習盡眞諦究竟塵沙習盡俗諦究竟七寶天衣者表殊勝自然也現帶劣勝應者通佛亦是丈六之身或十里百億神通變現耳住空故劣住中故勝以通教有合身義故云帶劣勝應舊問別圓成道在初寂場鹿苑唯明三藏成佛今通教佛爲何處成如法師云只一金剛土臺成道四機所見不同若寂場鹿苑自論大小兩始轉法輪處不可以難成道也然通教佛合明八相今但明成道等者以由此三稍異三藏前五不異故畧不論緣盡入滅者第八涅槃相妙玄四三十云雙樹入無餘涅槃薪盡火滅留舍利爲一切人天福田也正習俱除兼前總舉炭灰俱盡四教義三十二云大論云諸佛智慧力大如刦燒火炭灰俱盡

經云三獸度河謂象馬兎也論斷惑不同故又經云諸法實相三乘皆得亦不名佛即此教也

河喻空理菩薩正習俱盡如象得底支佛侵習如馬次深聲聞斷正使如兎最淺如涅槃經又經云者文出華嚴彼云諸法實性相三乘亦皆得而不名爲佛幻有之俗名爲諸法即空之理名爲實相乃眞空實相也菩薩至果名佛言不名佛者以中奪偏耳彼經不共二乘那作此說如拾遺記云彼部雖無小機稟教何妨說於三乘捔淺顯圓佛乘文彼後分經明四乘品故斥三乘非佛乘也

此教三乘因同果異證果雖異同斷見思同

出分段同證偏眞
三因大同三果小異異則習盡不等同乃
共觀即空不同三藏諦緣度別分段者支
分形段三界生死也
然於菩薩中有二種謂利鈍
此約接不接而分利鈍
鈍則但見偏空不見不空止成當教果頭佛
行因雖殊果與藏教齊故言通前
修因克果果在於上故曰果頭通教菩薩
扶習潤生雖異藏教伏惑行因斷惑證理
不別故言通前結釋前文通前藏教也
若利根菩薩非但見空兼見不空不空即中
道分二種謂但不但若見但中別教來接若
見不但中圓教來接故言通後
利根被接被字去聲如來被下之義此約

應說如云說圓中道被而覆之也若上聲
呼此就機論如云通教利根被別圓接接
即點示接入也然被接義散出諸經大品
八地閒中大經空不空一切法趣非漏非
無漏楞伽三種意生身大經三十六文末
一生二生等若具明者謂大經十二明四
諦後列八二諦章安作七二諦消之初一
是總餘七是別此於四正復論三接故名
七種二諦古來二十三家明乎二諦唯莊
嚴開善擅風流之名莊嚴謂佛果出二諦
外即今被接開善謂佛果不出二諦通當教佛吾祖
曲盡如來逗機設化之相故名被接則於
諸經無所壅矣古明被接不出三義以含
中爲發源點示爲機要發習爲根性以通
教巧故一眞含二中利根菩薩纔證眞空

即爲點示如妙玄明別接通中寄三法以示三根解源謂非漏非無漏空不空一切法趣如釋籤三十九具釋然由利根發昔所習方可點示若鈍根菩薩同二乘人直至法華方乃被會非但見空等者止觀三十六引大經云二乘之人但見於空不見不空智者非但見空能見不空不空即大涅槃文離邊名但即邊名不但

問何位受接進入何位答受接人三根不同若上根三地四地被接中根之人五地六地下根之人七地八地所接之教眞似不同若似位被接別十迴向圓十信位若眞位受接別初地圓初住初問所接次問能接答中就被接機發習遲速以論三根輔行以四地爲上六七爲中八九爲下今進一位者敎位從容文或進退故此答初問所接之敎等者答次問也所即語辭別向圓信接位接也別地圓住勝進接也據上似位被接眞位受接應作被字盖以能從所也輔行三下八云若接入敎道在回向中若接入證道即在初地若接入圓亦分敎證比說可知文又別圓接通接聖不接賢接眞不接俗若圓接別接俗不接眞接賢不接聖又妙玄順能詮敎約敎道邊具明三接止觀爲成觀故從所詮理約證道邊唯明一接然圓頓止觀亦明被接者爲知通塞復以思議顯不思議也如釋籤三十七

問此藏通二敎同是三乘同斷四住止出三界同證偏眞同行三百由旬同入化城何故

分二答誠如所問然同而不同所證雖同大小巧拙永異此之二教是界內教藏是界內小拙不通於大故小析色入空故拙此教三人雖當教內有上中下異望通三人則一槩鈍根故須析破也通教則界內大巧大謂大乘初門故巧謂體色入空故雖當教中三人上中下異若望藏教則一槩爲利

然藏通三乘斷惑出界證理雖同教行有異大小約小衍巧拙論體析對界外方便等土名界內教以此二教化界內也不通於大故小不能遠通常住故析色入空者外計鄰虛不出斷常今總觀色心生滅非斷非常對破外道汝析非正如止觀三廿六輔行下三廿四通後別圓故是初門了知諸法如幻如化當體即空

問教既大乘何故有二乘之人答朱雀門中何妨庶民出入故人雖有小教定是大大乘兼小漸引入實豈不巧哉般若方等部內共般若等即此教也畧明通教竟

天子南門謂之朱雀漸引入實明佛意也

釋籤四十九云不同三藏四阿含等別有部帙今以諸部方等諸般若中但是三乘共行即判屬通文今文通指般若方等下但云共般若蓋方等彈斥共義稍踈故

次明別教者此教明界外獨菩薩法教理智斷行位因果別前二教別後圓教故名別也

涅槃云四諦因緣有無量相非聲聞緣覺所知諸大乘經廣明菩薩歷劫修行行位次第互不相攝此並別教之相也

四教義一三云別者不共之名也若名不

共但異藏通未異圓教故但名別此教明因緣假名無量四聖諦理的化菩薩不涉二乘別義畧明有八謂教理智斷等也教則獨被菩薩理則隔歷三諦智則三智次第斷則三惑前後行則五行差別位則位不相收因則一因迥出果則一果不融釋籤一十五存因說理不在二邊故云迥出復說果理諸位差別故云不融獨被菩薩故別前隔歷次第故別後涅槃云等乃聖行品明四種四諦中無量四諦即別教義謂苦集滅道各各因緣皆有無量相是菩薩法豈二乘所知乃以涅槃對鹿苑說故云非聲聞等也此證別前藏通諸大乘經等者釋籤四二十指華嚴方等般若中歷別行法即是其相然方等中多以別行斥於小行般若中多以別法展轉融通華嚴正當歷別之行文如別行玄下四別行記下六既時長行遠次第隔歷此證別後圓教

華嚴明十住十行十迴向爲賢十地爲聖妙覺爲佛瓔珞明五十二位金光明但出十地佛果勝天王明十地涅槃明五行如是諸經增減不同者界外菩薩隨機利益豈得定說此出諸大乘經行位次第之義華嚴前無十信後無等覺於十住品前明十梵行自古講者指爲十信四念處三初於十住中多明圓義於登地中多明別義文故華嚴位義通圓別今且示別故云住行向爲賢十地妙覺爲聖本業瓔珞亦明六輪如法數對金光明指眞諦所譯者勝天王即般若也五行者聖梵天病嬰兒也又仁王般若明

五十一位但無等覺然上諸經隨機明位雖增減不同莫非次第故屬別也然位次周足莫過纓絡經故今依彼畧明菩薩歷位斷證之相以五十二位束爲七科謂信住行向地等妙又合七爲二初凡二聖就凡又二信爲外凡住行向爲内凡亦名爲賢約聖亦二十地等覺爲因妙覺爲果大分如此自下細釋

瓔珞凡聖位足故今依彼以明別義然凡聖位中有教證二道此本出乎地論今家借用有二義焉一者玄文借證權實部二者輔行借消別門良由地論兩種教道皆爲方便兩種證道皆爲眞實義同部味昔權今實是故借用若輔行借消別教教證者由今別教教權證實既與三教一向不同其義難曉而地論師教道方便證道眞實名義宛同故借用之如輔行云是故今家借用地論教證二道以消別門於中先須知於二意一者約行地前爲教登地爲證二者約說爲地前說始終屬教乃至結云若讀玄文善須曉此教證二道則別門可消應知地論雖有四種玄文借用證權實部但成二意輔行借用但成三義何者以由此教行分教證說唯教道是則能詮之教始終是權所被之機地前屬權初地證實舊於借消別門亦立四種者且約說證道爲權爲實若權則違教權證實借證權實之義若實則皆有教無人之文況地論正申華嚴十地論師不分圓別之異但約教證明方便眞實如云若說十地已證

之法彼爲實證安可約彼立别說證既云借證可全同耶又别位中復有竪入横學兩種四教釋籤十廿七云别教十住修生無生十行修於無量十向修於無作登地證於無作故云有四又十行中習諸佛法具足入於一十六門亦名爲四問住已習八何故行中更習十六答前是自行隨用一門後爲化他是故行中更習前八是故十六俱須廣習文更有三根出假十信上根十住中根十行下根四教俱論三根出假如止觀六廿三又對五忍十信伏忍十住信忍十行去柔順忍十地無生忍妙覺寂滅忍妙宗中十八亦對圓位若論真緣二修則地前爲緣修登地爲真修緣謂作意緣念真謂任運相應元是地師之義今家復加觀義空假爲緣中道

爲真通圓亦有此之二義云云六種性習如下對初言十信者四教義四三云此十通名信心者信以順從爲義若聞說别教因緣假名無量四諦佛性之理常住三寳隨順不疑名信心也文

一信二念三精進四慧五定六不退七迴向八護法九戒十願

信常住理名曰信心憶念無忘名曰念心真精進趣名精進心心精智慧名曰慧心周徧湛寂名曰定心定光無退名不退心保持不失名護法心回向佛地名迴向心今文回向在護法前此依舊譯瓔珞經說安住無失名爲戒心十方隨願名曰願心文此依楞嚴釋十信名但彼在圓

此十位伏三界見思煩惱故名伏忍位外凡與藏教七賢位通教乾慧性地齊

妙玄四卅三二此十信習從假入空觀伏愛見論文觀音玄下四云十信通伏諸惑正伏四住文伏忍位輔行九下十五云仁王用五忍以判別位文妙宗中十八云若依別教十信伏忍仁王經疏中十一云未得無漏未能證但能伏不能斷故爲伏忍智也與藏通齊者格量伏惑義齊也下去格量集此此位出假即名上根淨名疏七二十云菩薩化物心重自行則輕故慈悲重者不務斷結從相似空解即便出假見思未斷故言有疾文

次明十住者

四教義四五云此十通名住者會理之心名之爲住

一發心住斷三界見惑盡與藏教初果通教八人見地齊二治地三修行四生貴五具足方便六正心七不退已上六住斷三界思惑盡得位不退與藏通二佛齊

於諸劫中行十信心不作邪見廣求智慧名發心住常隨空心淨諸法門名治地住長養衆行名修行住生在佛家種性清淨名生貴住多習無量善根名具足方便住成就第六般若法門名正心住入於無生畢竟空界名不退住得位不退者初住至七住位不退八住至十向行不退初地已上念不退妙玄四十一見思破故得位不退眞諦三昧成惡業塵沙破故得行不退俗諦三昧成無明破故得念不退中道三昧成文

八童眞九法王子十灌頂已上三住斷界內塵沙伏界外塵沙

前二不知名目

不生邪倒破菩提心名童眞住從佛王教

而生於解當紹佛位名法王子住觀空無相得無生心法水灌頂名灌頂住斷界内塵沙等者正修假觀爲伏觀成俗顯爲斷輔行一下九云塵沙者譬無知數多文然塵沙惑只是通别見思就所化衆生得名妙宗上廿六云衆生見思重數如塵若沙究論其體即劣慧也如妙樂云不染汙無知劣慧爲體以其不能分别藥病等也若知病識藥應病授藥令得服行即斷塵沙相也懶於化導爲塵沙習且三品塵沙與三根出假何異蓋三品塵沙約一人竪論三根出假約三人横辯又三根出假通乎四教三品塵沙局在别論

亦名習種性用從假入空觀見眞諦理開慧眼成一切智行三百由旬

習種性者纓絡經上卷賢字函明六種性以對別位淨名疏第九亦借別名以顯圓今家玄籤四教義戒疏等並依經列四念處中少有不次又地持論畧明二種亦名經彌勒造賢字函如戒疏列六種後復用二種及對教證前後生報佛法佛併圖示

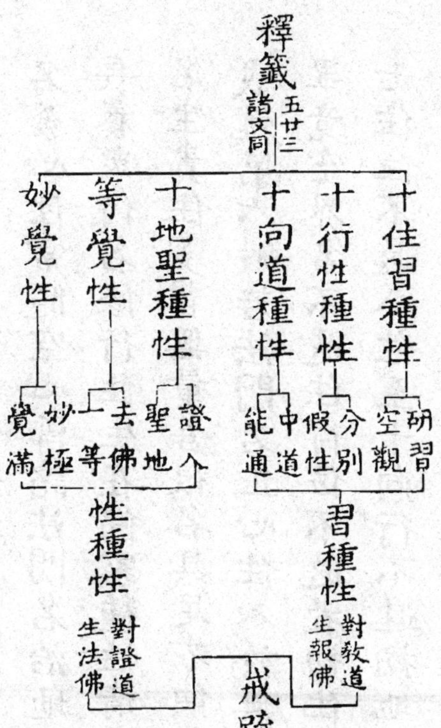

六種性者種別性分也地持第一云種性

者名爲種子名爲界名爲性（文種子不同有六界分）又性通六位種局在因故前四名中等覺雖因望前稱覺二種者地持經云畧說二種性種性者是菩薩六入殊勝展轉相續無始法爾是名性種性習種性者若從先來修善所得是名習種性（文）戒疏以六種對位後復用二種者以六位不出地前修習登地證性故用地持結攝六種雖不顯標意必如是況梵網是華嚴結經地持正宗華嚴故宜用彼地持二種結攝瓔珞六種又與約行教證其義宛齊故復例之自古以戒疏文難今準舊註戒疏云性習二種若據位分習種在前性種在後若據行論性習同時前後不定（標約行中義）依體起用（緣中道理起觀行用）先明性種後明習種尋用取體

（從自行用取中道體）先習後性（自依體下釋同時不定義）與教證二道相似就位以論教道在前證道在後（約行教證）據行論之教證同時前後不定（此標）依體起用先證後教（望證道理起教道用）尋用取體先教後證（尋教道用證中道體）習種能生報佛性種能生法佛（文地前既論自行修習至果念生報佛登地證性合生法佛智與體冥任運起用故不論應佛也異解備諸章藻）梵網經中更有六種一習種性二長養性（只是研習增長與習種性通對十住）三性種性四不可壞性（俗諦建立故不可壞與性種通對十行）五道種性（十向）六正法性（通収聖種等妙三種）

四念處（二三）
- 信住習種性
- 十行道種性
- 十向性種性
- 十地聖種性
- 等覺性
- 妙覺性

前六釋義依經對位諸文並同今四念處扶大品三觀約義結對故少不同信住同習空觀成一切智故對習種十行修假觀成道種智故對道種十向觀中道一性成一切種智故對性種由道性二字義通兩向道有化導道性論種性一性故得互通取義而對也

從假入空觀者次第三觀出纓絡經觀經疏三云假是虛妄俗諦也空是審實眞諦也今欲去俗歸眞故言從假入空觀妙宗上廿六云見思取境無而爲有虛假凡俗知虛名諦二空之理是審實法知實名諦不究俗虛莫知眞實要須照假方得入空是故名曰從假入空觀妙玄三十一云十住正修空傍修假中十行正修假傍修中淨名畧記下之上十五若約別教爲語正觀中道爲慧眼者於十住中遠所期耳慧眼者古德頌云天眼通非礙肉眼礙非通法眼唯觀俗慧眼了知空佛眼如千日照異體還同一切智者觀音玄義下初云知一切內法內名一切能知能解一切外法外名能知能解但不能用一切道起一切種故名一切智玄記下具釋初住斷見即離四趣身子昔生至六住有退者此見思俱斷思既未盡見亦餘殘故有退墮如四明答曰本難敘行錄

次明十行者

四教義四六云此十通名行者行以進趣爲義前既發眞悟理從此加修從空入假觀無量四諦

一歡喜二饒益三無違逆四無屈撓五無癡亂六善現七無着八難得九善法十眞實斷界外塵沙惑

始入法空不爲邪動名歡喜行常化衆生使得法利名饒益行常修忍法謙下恭敬名無違逆行行大精進令一切至究竟涅槃名無屈撓行不爲無明之所失亂名無

癡亂行生生常在佛國中生名善現行於我我所一切皆空名無着行菩薩成就難得善根名難得行說法授人成物軌則名善法行二諦非如亦非非相名眞實行亦云性種性用從空入假觀見俗諦開法眼成道種智

性種性者假觀分別十界差別種性也從空入假觀者觀經疏三云若住於空與二乘何異不成佛法不益衆生是故觀空不住於空而入於假知病識藥應病授藥令得服行故名從空入假觀文道種智者觀音玄下初云能知一切道種差別則分別假名無謬故名道種智文諸文云十住修空斷見思十行修假破塵沙十向修中伏無明此以觀對位也若云初住斷見二住至七住斷思八九十住斷界內塵沙十行斷界外塵沙此斷惑分齊也四念處四云十住斷界外上品塵沙十行斷中品塵沙十向斷下品塵沙文言三品者生無生八門爲上品無量四門爲中品無作四門爲下品此以惑從教也以別是界外教或純用假觀攝故又此十行明橫學四且無作四門爲圓爲但若圓無作十行位淺尚未修中如何能說以此化他耶若謂但中釋籤五初云各附彼教而爲相狀文既附彼圓豈應是但雜編五四十云十向圓修可由實道智轉行融乃修圓中十行無作且順權方只是但中無作良以修中之位已深出假之位尚淺位深故知昔日化他無非妙行位淺故知將來自行亦是但中不可以實難權以他妨自文其說切當學者知之附彼圓

教但爲明於無作相狀能附豈可全同深位然此出假若果但中圓機起時何以赴之當知圓機自感圓應十行出假乃教道說無稽之問不足評矣

次明十回向者

四教義四七云此十通名回向者回事向理回因向果回巳功德普施衆生事理和融順入法界故名回向四念處三十一云別向圓修文霅川云可由實道雜編但不合云只緣被接方曰圓修此據得意者智轉行融及證道說也若三觀次第惟修但中據不得意者及教道說也

一救護衆生離衆生相二不壞三等一切諸佛四至一切處五無盡功德藏六入一切平等善根七等隨順一切衆生八眞如相九無縛無著解脫十入法界無量伏無明習中觀以無想心常行六道而入果報不受而受名救護衆生離衆生相觀一切法有受有用念念不住名爲不壞三世佛法一切時行名等一切諸佛以大願力入一切佛土供養一切佛名至一切處以常住法授與前人名無盡功德藏行無漏善善而不二名入一切平等善根以觀善惡無二一相名等隨順一切衆生心得自在等三世佛常照有無名眞如相以般若照三世諸法是一合相名無縛無著解脫覺一切法中道無相名入法界無量伏無明習中觀者集解云空假之心既巳滿足正修中道第一義觀無明不起悉伏故也文

亦明道種性行四百由旬居方便有餘土巳上

二十位爲三賢亦名内凡從八住至此爲行不退位

道種性者始正修中故名道能生佛果故名種行四百由旬必約生死處加方便土約煩惱加塵沙約觀智加假觀以此增前爲四百也方便有餘土者觀經疏五云修方便道斷四住惑故曰方便無明未盡故曰有餘行不退者化他行滿無退轉也前七住還斷惑證空名位不退後初地去名念不退中道正念二邊莫動

次明十地者

四敎義四八云此十通言地者一能生成佛智住持不動二能與無緣大悲荷負一切故名爲地也文

一歡喜從此用中道觀破一分無明顯一分三德乃至等覺俱名聖種性此是見道位又無功用位百界作佛八相成道利益衆生行五百由旬初入實報無障閡土初入實所

捨凡入聖四魔不動到有無邊平等雙照名歡喜地從此用中道觀者四敎義四七云從此見佛性發中道第一義諦觀雙照二諦心心寂滅自然流入薩婆若海證無作四諦一實平等法界圓融文破一分無明顯一分三德者無明乃是障中道之别惑無明分破中道分顯法身般若解脱是爲三常樂我淨故稱德應知初地所破無明細分三品中上雖破猶在回向後心至三品盡方入初地俱名聖種性者據同證論準經必須開等覺性見道位者四敎義四七云從初地至佛地皆斷無明但以約位分爲三道初地名見諦道二地至六地

名修道從七地已去名無學道文初地斷無明別見發眞中道故云見道大經云自此已前皆名邪見人也故知兩教三乘別教地前未見中道未斷別見皆名邪見人也此約證道同圓初地即同初住故也又無功用者既至初地不加功力任運流入薩婆若海百界作佛者四教義四八云初發眞中道見佛性理斷無明見惑顯眞應二身緣感即應百佛世界現十法界身入三世佛智地能自利利他眞實大慶故名歡喜地也文輔行七下廿四引瓔珞云如初地百界二地千界乃至萬億等界現身亦爾文行五百由旬者約生死處加實報土約煩惱加無明約觀智加中觀實報無障礙土者觀經疏六云行眞實法感得勝報色心不相妨故言無障礙文寶所者喻分證寂光也

天台四教儀集註卷第七

音釋

擅　視戰切專也　編　卑綿切連也　霅　大洽切又斬也

天台四教儀集註卷第八

南天竺沙門　蒙潤　集

二離垢地三發光地四燄慧地五難勝地六現前地七遠行地八不動地九善慧地十法雲地（已上九地地地各斷一品無明證一分中道）

以正無相入衆生界同於虛空名離垢地光慧信忍習佛之道極淨明生名發光地順無生忍觀一切法名燄慧地順忍修道三界無明莫不皆空名難勝地上順諸法觀於三世寂滅無二名現前地觀諸煩惱不有不無常向上地念念寂滅名遠行地以無生觀捨於三界名不動地入於上觀光光佛化無生忍道名善慧地入中道觀受佛職位既同真如亦等法界妙雲普覆名法雲地

更斷一品無明入等覺位亦名金剛心亦名一生補處亦名有上士

於十地後心用觀更斷一品方入等覺四教義四（十四）云即是邊際智滿入重玄門若望法雲名之爲佛望妙覺名金剛心菩薩亦名無垢地菩薩三魔已盡餘有一品死魔在斷無明習也（文）集解云解入百千三昧照一相無相寂滅無爲望于妙覺猶有一等比下名覺故名等覺所修觀智純一堅利踰若金剛名金剛心（文）一生補處者猶有一品無明故有一生過此一生即補妙覺之處觀音玄記上（四）云猶儲君之義也（文）妙宗上（卅三）云有惑可斷名有上士（文）

更破一品無明入妙覺位坐蓮華藏世界七寶菩提樹下大寶華王座現圓滿報身爲鈍

根菩薩眾轉無量四諦法輪即此佛也四教義四十五云金剛後心朗然大覺妙智窮源無明習盡名真解脫翛然無累寂而常照名妙覺地文藏者包含十方法界悉在中也文七寶菩提樹者七寶眾多表無量故大寶華王座者妙玄二十云或言寂滅道場七寶華為座身稱華臺千葉上一一菩薩復有百億菩薩如是則有千百億菩薩十方放白毫及分身光白毫入華臺菩薩頂分身光入華葉菩薩頂此名受法王職位窮得諸佛法底而得成佛華臺名報佛華葉上名應佛報應但是相關而已不得相即此是別佛果成相也文鈍根菩薩者迷中重故次第修證達通實所對圓名鈍

有經論說七地已前名有功用道八地已上名無功用道妙覺位但破一品無明者總是約教道說

華嚴云菩薩未至第八地時如人乘船欲渡大海未至大海多用功力若至八地從大方便近佛智慧無功用心不加功力妙覺位但破一品無明未審據何文說諸文但云斷十二品稱為妙覺也

有處說初地斷見從二地至六地斷思與羅漢齊者此乃借別教位名名通教位耳

至六地斷思與羅漢齊者取十度義以第六般若空慧斷惑故也如止觀第六借位中云云十度者六度外加願智力方便

有云三賢十聖住果報唯佛一人居淨土此借別教名明圓教位也

三賢者別住行向住果報上義則屬圓此
仁王經偈文
如此流類甚衆須細知當教斷證之位至何位斷何惑證何理徃判諸教諸位無不通達此乃觀師示人判教之方能知此者不但別門可通於一切教皆無壅矣

略明別教竟

此教明縱橫者別論不出性橫修縱因縱果橫通論因果各具縱橫性但有橫修具縱橫初性橫修縱者妙句九云若但性德三如來是橫修德三如來是縱（前後而得）先法次報後應亦是縱（一性二修）記九云性德之名名通別教別教雖有性德之語三皆在性而不互融故成別義若三在修前後而得道理成縱又妙宗云別人不知本覺之性具染惡德是故染惡非二佛性別修緣了顯本法身（修縱）亦爲不知本覺之性具染惡德不能全性起染惡修乃成理體橫具三法（性橫）次因縱果橫者光明記一云行智理三次第資發修時縱也法報應三果中齊顯證時橫也良由此教本有法身爲惑所覆故須別作緣了之功相資顯發復由此教性具三法而不相收故使三身橫顯此指修縱只是因縱性橫成於果橫修性因果相對別論也次因果各有縱橫者文句二云別家因時三法縱橫果時三法亦縱橫因縱如向因橫即性橫也果縱如妙玄九云法身本有般若修成解脫始滿果橫亦如向說須知此教因果三法次第即縱各異即橫妙玄五云資成在前觀照居次

真性在後此三竪別縱非大乘此三並異橫非大乘次性但有橫修具縱橫者性橫如上性中三法未論起修無前後故則無縱義凡言修者通因通果因果既具各有縱橫修任運有也

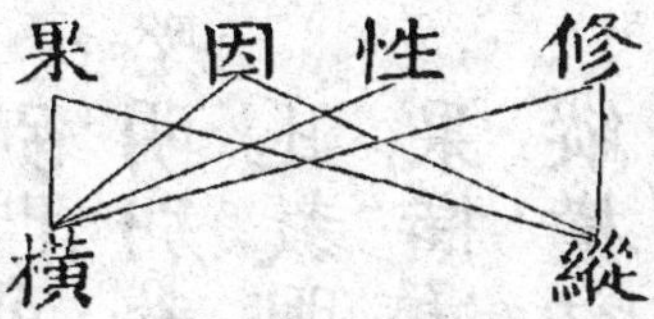

修縱者即修德三如來也性橫者即性德三如來也因縱者智行理三次第資發果橫者法報應三果中齊顯也修縱者如前修橫者即果橫也因縱者如向因橫者即性橫也果縱者法身本有般若修成解脫始滿果橫者如向若別論修縱性橫因縱果橫通而言之修具縱橫性但有橫因果各具縱橫也

次明圓教者

四教義一三云圓以不偏爲義此教明不思議因緣二諦中道事理具足不別但化最上利根之人故名圓教也文又云圓教詮因緣即中道不思議佛性涅槃之理菩薩稟此教門理雖非淺非深而證者不無淺深之位今明入道亦具四門而諸大乘經意多用非空非有門以明位也文釋籤五十二云圓教菩薩以界外滅諦爲初門文

圓名圓妙圓滿圓足圓頓故名圓教也此釋圓名

三諦圓融不可思議名圓妙三相即無有缺減名圓滿圓見事理一念具足名圓足體非漸成故名圓頓

所謂圓伏圓信圓斷圓行圓位圓自在莊嚴圓建立衆生此釋圓法

圓伏五住圓常正信圓斷五住圓行一行一切行圓位位位相攝妙用華嚴故云自在四悉普益故云建立如止觀一三

諸大乘經論說佛境界不共三乘位次總屬此教也

一代教中唯除鹿苑顯露無圓諸大乘經凡說圓法皆佛境界也不共三乘位次者揀異别教不共二乘今圓是佛乘故不共三乘也

法華中開示悟入四字對圓教住行向地此四十位華嚴云初發心時便成正覺所有慧身不由他悟清淨妙法身湛然應一切此明圓四十二位維摩經云薝蔔林中不嗅餘香入此室者唯聞諸佛功德之香又云入不二法門般若明最上乘涅槃明一心五行又經云有人入大海浴已用一切諸河之水又婆伽羅龍澍車軸雨唯大海能受餘地不堪又擣萬種香爲丸若燒一塵具足衆氣如是等類並屬圓教

開示悟入如前釋初發心者三因性開發即初住位二住已去莫不皆然故結云圓四十二位薝蔔等者薝蔔翻黄花觀衆生品天女訶身子之文淨名空室表常寂光入不二法門者彼經三十一菩薩各說入不二法門已問文殊師利何等是菩薩入不二法門文殊曰如我意者於一切法無言無說無示無識離諸問答是爲入不二法門於是文殊問維摩詰我等各自說已仁者當說何等是菩薩入不二法門時維摩詰默然無言文殊歎曰善哉善哉乃至無有文字語言是真入不二法門文須知三十一菩薩乃以有言言於無言文殊乃以無言言於無言淨名乃以無言無言故文殊歎云是真入不二法門也般若明最上乘者金剛經云如來爲發最上乘者說

涅槃云復有一行是如來行所謂大乘大般涅槃佛性之理又經云者大經云譬如有人在大海浴當知是人已用一切諸河之水輔行一上廿七云理具諸法如海水修觀行者如在浴也行攝一切名爲已用文娑伽羅此翻鹹海如來龍王圓頓教雨爲上根性不雨三教下類之地首楞嚴云擣萬種香爲丸若燒一塵具足衆氣文輔行一上廿七云理性如丸觀行如燒諸法頓發名具衆氣文

今且依法華瓔珞略明位次有八一五品弟子位外凡出法華經二十信位內凡三十住位聖初四十行五十迴向六十地七等覺是因位末八妙覺是果位

法華但有五品六根瓔珞具明五十二位妙樂一一四云若云圓位六即亦足何須更列四十二耶以分真位長故借別位分其品秩文或者據此謂圓教本無位次但借別顯圓然妙樂意以五十二位在經論中多被別人祖師用釋圓位故云借耳又有云五十二位名雖在別圓亦同用以分淺深豈可圓教全無位次大品四十二字華嚴初住八相法華五品六根皆圓位義也故曰顯一理則始終無二存諸教則因果歷然既稟教修行安得無位耶又揀諸文開合有四一開前合後如大經三十三天住行向爲三十地等妙爲三二合前開後如仁王十四般若合三十心爲三十地爲十等覺爲一總十四忍轉入佛心名之爲智三前後俱開如大品四十二字對四十二位四前後俱合如法華開示悟入及遊四方對四

十位妙宗上廿三又楞嚴明位有六十前加三
漸次名字即及立乾慧地觀行即向後地前立
四加行并常五十二位共成六十
初五品位者一隨喜品經云若聞是經而不
毀呰起隨喜心問隨喜何法答妙法妙法者
即是心也妙心體具如如意珠心佛及衆生
是三無差别此心即空即假即中
文句說隨順事理無二無别喜是慶已慶
人文妙樂十十三云事理祇是權實異名了
此權實即非權實故無二無别即隨順開
權顯實之事理也言已人者理有事故故
能慶人事有理故故能自慶又不二而二
故慶已他二而不二了非已他妙玄五二
云若人宿植深厚或植善知識或從經卷
圓聞妙理謂一法一切法假一切法一法

空非一非一切中不可思議起圓信解一
心中具十法界如一微塵有大千經卷欲
開此心而修圓行圓行者一行一切行謂
十法成乘十心成就其心念念悉與諸波
羅密相應是名圓教初隨喜品位文妙法
即是心者指要鈔上四云經家釋經題法
字約此三法各具三千互具互融方名妙
法然雖諸法彼彼各具若爲觀體必須的
指心法三千起信論云所言法者謂衆生
心妙心體具者止觀五十三云一心具十法
界一法界又具十法界十法界具百法界
一界具三十種世間百法界即具三千種
世間此三千法在一念心若無心而已介
爾有心三千具足亦不言一心在前一切
法在後亦不言一切法在前一心在後輔

行五中七云言無心而已者顯心不無言介爾者謂刹那心無間相續未曾斷絶纔一刹那三千具足若具三千即具三德又介爾者介者弱也謂細念也但異無心三千具足文如如意珠止觀五十七云如如意珠天上勝寶狀如芥粟有大功能淨妙五欲七寶琳琅非内畜非外入不謀前後不擇多少不作觕妙稱意豐儉降雨穰穰不添不盡蓋是色法尚能如此況心神靈妙寧不具一切法耶文記中表法約理解釋須者尋之心佛衆生三無差别者釋籤二云當知三法即是不思議廣大法界應了此理具足佛法及衆生法雖復具足心性冥妙不一不多又衆生及佛不出於心故無差别名心法妙是故結歸三無差别方名爲妙十義書云以我一念心法及一切衆生十方諸佛各各論於事造人人説於理具而皆互具互攝方名三無差别又指要云是則三法各具三造方無差别此心

即空假中拾遺記下八云三觀之首皆言即者指一念心即三諦故言即空者非即偏空乃觀一念即圓空也此空能破三諦相著故云一空一切空三觀悉彰破相之用也言即假者非即偏假乃觀一念即妙假也此假能立三諦之法故云一假一切假三觀悉彰立法之功也言即中者非即但中蓋指一念即具德中此中能妙三諦之法故云一中一切中三觀悉是絶待之體也

常境無相常智無緣

此境智冥一

無緣而緣無非三觀無相而相三諦宛然而言境智也止觀第一常境常智後復云以無緣智緣無相境以無相境相無緣智智境冥一而言境智輔行釋云實相無相無相亦無實智無緣無緣亦絶何者境雖無相常爲智緣智雖無緣常爲境發智雖緣境稱境無相境雖發智令智無緣無緣而緣照境無間故云以無緣智緣無相境無相而相發智宛然故云以無相境相無緣智

初心知此慶已慶人故名隨喜

此結成隨喜也五品初心知此妙心體具事理三千境觀之法慶已有智慧慶人有慈悲

内以三觀觀三諦境

大意云三諦三觀三非三三一一三無所寄諦觀名別體復同是故能所二非二

外以五悔勤加精進助成理解

止觀七云唯法華別約六時五悔重作方便(光約四種三昧相對而說不可以光明彌陀亦論五悔爲妨)修懺要旨云所以悉稱悔者蓋皆能滅罪故也勸請則滅波旬請佛入滅之罪隨喜則滅嫉他修善之愆回向則滅倒求三界之心發願則滅修行退志之過(文)輔行二上八云於法無染曰精念念趣求曰進(文)助成理解一往分之五悔爲事名助諦觀爲理解名正

言五悔者有二一理二事

止觀二云事懺懺苦道業道理懺懺煩惱道理事不出三種懺法理謂無生妙懺事

謂取相作法光明文句三十四云行者應知三種懺法無生是主二爲助緣灰汁皂角助於清水若缺妙觀不名大乘便同外道無益苦行須近善師學懺悔處及懺悔法方可行於道場事儀故於諸事皆用妙觀照而導之使作法等皆順實理悉爲佛因又云正助二懺修逐根緣自有一向修於正道直登圓住或内外凡自有一向修於助道如南嶽立有相安樂行不入三昧但誦持故亦能得見上妙色像此二隨根修入不同若悟理時必兩捨也自有正助相兼而修或先正後助或先助後正或同時而修今之所立意在同修耳懺悔名光明文句中初云懺者首也悔者伏也不逆伏順從爲首又懺名白法悔名黑法白法須尚黑法須捨又懺名修來悔名改往又懺名披陳衆失悔名斷相續心又懺者名慚悔者名愧慚則慚天愧則愧人文光明記三七云然懺悔二字乃雙擧二音梵語懺摩華言悔過以由悔過是首伏等五種之義今既華梵二音並列是故大師以首釋懺以伏釋悔乃至慚愧對釋懺悔欲令稟者修首伏行及慚愧等斯是善巧說法之相故不可以華梵詁訓而爲責也文懺悔處光明文句引普賢觀是名大懺悔約中道爲處也名莊嚴懺悔約俗爲處也名無罪相懺悔約空爲處也若三種差別者此是歷別論處爾即一而三即三而一此圓妙懺悔也記云若於三諦歷別而解乃次第觀非今妙觀其妙觀者空即三諦假

中亦然名即一而三三諦俱空假中亦然名即三而一行者應知三一相即爲彰懺悔處絕乎思議若以此語增於言想則永不識懺悔處也然懺悔處誰人不具何法暫非但爲本迷滿目不見全心不知是故經云於十力前不識諸佛勸求覓者須親善師須資妙教勤聽勤聞審讀審思若其然者必於能詮識所詮體脩然處外無以狀名斯乃所求法性道理此理至妙爲懺法所依故名爲處若依此處而立行門方得名爲大乘懺也又懺之所依如器淳朴非砧不成以何爲砧謂一實相無别實相即罪相是得此處者罪無不滅德無不顯

文 懺悔法要旨云一作法懺謂身口所作一依法度二取相懺謂定心運想相起爲期三無生懺謂了我心自空罪福無主觀業實相見罪本源法界圓融眞如清淨法雖三種行在一時光明記云此三種懺同時而修無生是正二爲助緣斯乃正助一合而行如膏益明證理彌速也又須了知大乘三懺後一雖可獨修不進須假前二前二不可暫離無生得此意已方可說行

三種懺法

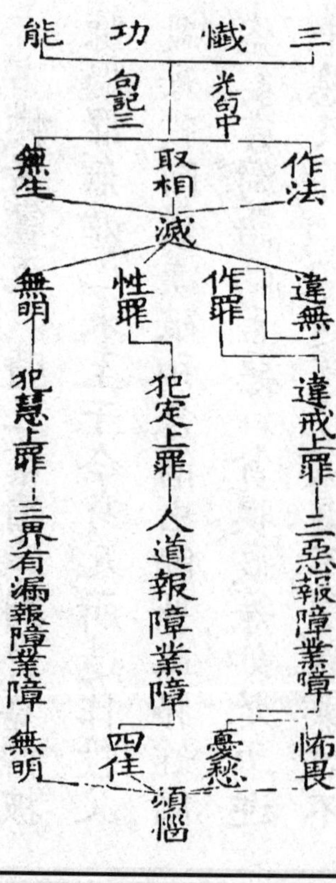

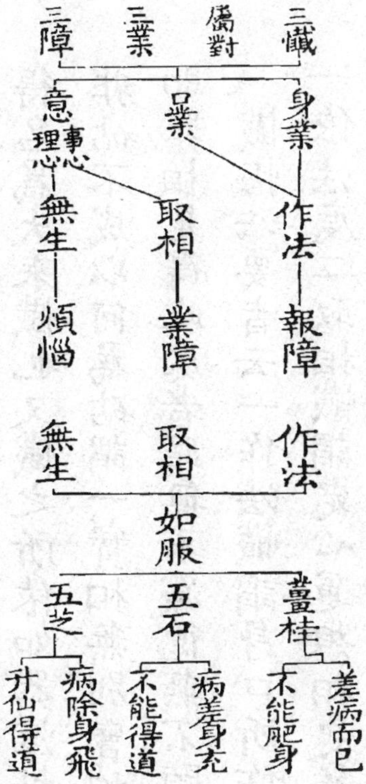

理懺者若欲懺悔者端坐念實相衆罪如霜露慧日能消除即此義也

光明記三八云端坐者身儀也禪波羅密具出坐法須者宜檢念實相者懺罪觀也實相無相當云何念必以無念之念念無相之相以無相之相相無念之念若於念外別有實相實相之外別有於念則非此經念實相也衆罪等者滅罪所以也前念實相蓋體修惡即是性惡性惡照明斯爲慧日修惡體虛如消霜露文

言事懺者晝夜六時三業清淨對於尊像披陳過罪無始已來至于今身凡所造作殺父殺母殺阿羅漢破和合僧出佛身血邪婬偷盜妄言綺語兩舌惡口貪瞋癡等如是五逆十惡及餘一切隨意發露更不覆藏畢故不造新

晝夜六時等四句明首伏泆無始下明首伏辭殺父下明五逆罪音試下殺於上也妙樂八引俱舍云五並業障攝約處人除北約人除扇搋此云黄門勑佳反四身一語業三殺一虛誑一殺生加行出佛血無間一刦熟隨罪增若增八比丘分二破僧以爲所破僧具如補注釋九五光明文句中三云人從父母稟身十月懷抱三年鞠養撫念惟惟始能升頭戴髮教方教數始解作人那忽違

恩背義而行弑逆天雖大不覆此人地雖
厚不載此人此人命終直入地獄文 十惡
中應明殺生釋十惡名如法界次第上九云云
口有四惡或云五者加無義語發露者
要旨四云罪根宜露則衆罪皆滅文 若不
發露犯覆藏罪如律中說畢故不造新者
斷相續心也已作之罪願乞消除未起之
惡更不敢造
若如是則外障漸除內觀增明如順流舟更
加櫓棹豈不速疾到於所止修圓行者亦復
如是正觀圓理事行相助豈不速至妙覺彼
岸
若如是等者光明文句中云若純用正懺
亦不須助若正道暗昧不明了者修助以
助之所謂灰汁澡豆皂莢木槵以助清水

爾文 如順流舟等者光明文句記三七二云
正解如順水正觀如順風可喻正道能趣
妙理篙棹可喻旋禮等善助於風水舟豈
不疾文
莫見此說便謂漸行謂圓頓無如是行謬之
甚矣
此斥偏執理性無修無證者謂即心是佛
若別修習則成漸次非圓頓行輔行七下
十八云圓教位次者先明五悔為入位之方
他人圓修都無此意將何以為造行之始
但云一念即是如來空談舉心無非法界
委檢心行全無毫微文
何處天然彌勒自然釋迦
輔行一下二十二引彌勒問經云彌勒昔行
菩薩道時但晝夜六時勤修五悔而得菩

提文彌勒釋迦既是果人由因克故非天然等也唯今天台建立解行了修即性全性起修正助兼行從因至果故清涼國師云撮台衡三觀之玄趣使教合忘言之旨心同諸佛之心不假更看他面

若纔聞生死即涅槃煩惱即菩提即心是佛不動便到不加修習便成正覺者十方世界盡是淨土觸向對面無非覺者

舉其所執之法須知理雖平等事有迷悟何得便謂即是不加修習凡言即者以顯於離如水不離水理須融水義同於離十方世界盡是淨土此是依報論即觸向對面無非覺者此是正報論即謂三土皆即寂光九界無非佛界理實如然非修莫克故即云

今雖然即佛此是理即

妙宗上三十云然理即佛貶之極也以其全乏解行證即但有理性自爾即也文亦是素法身無其莊嚴何關修證者也

無緣了功德莊嚴法身體素天龍之所忍劣

我等愚輩纔聞即空便廢修行不知即之所由鼠喞鳥空廣在經論尋之思之

重斥所計鼠喞鳥空者止觀八七云諸位全無謬謂即是猶如鼠喞若言空空如空鳥空文輔行八上一十云不達諦理謬說即名何異恠鼠作喞喞聲即聲無旨濫擬生死即是涅槃亦如恠鳥作空空聲豈得濫同重空三昧文此斥執理廢行之者所謂即之所由意開妙解而立妙行行可廢乎

二勸請者勸請十方諸如來留身久住濟含識

輔行七下十九云大爲二意一者請住於世二者請轉法輪大論十五問諸佛之法法應說法何須勸請又若諸佛現見在前請佛可爾今乃不見云何可請答佛雖必說而不待請請者得福何得不請復次佛法待請爲說又衆生雖不面見諸佛諸佛何嘗不見其心聞其所請假令諸佛不聞不見請亦得福何況聞見而無益耶

三隨喜者隨喜稱讚諸善根

輔行七下二十云佛轉法輪衆生得三益我助彼喜者喜前勸請也過去下種現在重聞得成熟益未曾下種現在成種未來方益故三世益皆因法輪故我隨喜衆生得益要旨云隨他修善喜他得成文

四廻向者所有稱讚善盡廻向菩提

止觀七三十云回衆善向菩提一切賢聖功德廣大我今隨喜福亦廣大衆生無善我以善施施衆生已正向菩提如回聲入角響聞則遠回向爲大利文輔行七下廿一云如回聲入角等者大論三十二云回向者如少物上王如回聲入角問菩薩功德勝於二乘有何奇特答今此不以功德比之但以隨喜回向心比如巧匠指示倍得價直執斧之人倍用功力直不足言聲聞自行如執斧者菩薩教他而行回向猶如大匠文要旨六云所謂回事向理回自向他回因向果文

五發願者若無發心萬事不成故須發心以

導前四是爲五悔

止觀七十三云願者誓也如許人物若不分劵物則不定施衆生善若不要心或恐退悔加之以誓又無誓願如牛無御不知所趣願來持行將至所在如坯得火堪可盛物二乘生盡故不須願菩薩生生化物須總願別願四弘是總願法藏華嚴所說一一善行陀羅尼皆有別願一切諸願四弘攝盡故名爲總故知一切菩薩凡見諸佛無不發於總願別願

下去諸位直至等覺總用五悔更不再出例此可知

光明文句中四二云當知懺悔位長其義極廣云何而言止齊凡夫是故五十校計經齊至等覺皆令懺悔即其義也文記三三十云從造無間業者上至圓教等覺故云位長位位橫論各有三障煩惱頭數結業流類苦報等差故云義廣古人何爲但在凡夫大師本以三昧總持說懺悔位該一切凡聖自然與校計經合實匪尋經作此安布行者知之文

二讀誦品者經云何況讀誦受持之者謂內以圓觀更加讀誦如膏助火

止觀七十三云善言妙義與心相會如膏助火是時心觀益明名第二品也讀誦如膏圓觀如火文句八五看文爲讀不忘爲誦信心故受念力故持文

三說法品者經云若有受持讀誦爲他人說內解轉勝導利前人化功歸已心倍勝前

文句八五宣傳爲說聖人經書難解須解

釋文妙玄五三云行者内觀轉强外資又著圓解在懷誓願熏動更加說法如實演布說法開導是前人得道全因緣化功歸已十心則三倍轉明是名第三品位文止觀七一三十云更加說法轉其内解導利前人以曠濟故化功歸已釋籤五云故知以說法力内熏自智令倍清淨爲說圓常内心無著故名爲淨化功歸已意在於斯問南嶽天台皆云爲他損已及止觀中令修三術誡勿領徒又輔行七下六廿云早領衆者名成損已益他蓋微其如玄文止觀及今說法品皆云說法開導化功歸已耶須知以慈忍無著之心說法則可如云三軌備足方可宣通如四安樂行方許說法否則不許若南嶽天台所云蓋寄自以誡他也如妙樂一云今問弘經者爲名利壅已爲大悲益物自行暗於妙宗何殊無目而導衣座室誡思之自克問今五品位說法品中化功歸已彼止觀安忍中正於五品令修三術誡勿領徒何耶須知雖於品中令修三術意誡初心爲他損已又品位雖說須守觀心若逐外有妨是亦須誡

四兼行六度經云況復有人能持是經兼行布施等福德力故倍增觀心

妙玄五三云上來前熟觀心未遑涉事今正觀稍明即傍兼利物能以少施與虛空法界等使一切法趣檀檀爲法界餘五亦如是事相雖少運懷甚大此則理觀爲正事行爲傍故言兼行布施事福資理則十心彌盛是名第四品位文

五正行六度者經云若人讀誦爲他人說復能持戒等謂自行化他事理具足觀心無閡轉勝於前不可比喻

妙玄五三行人圓觀稍熟理事欲融涉事不妨理在理不隔事故具行六度若布施時無二邊取著十法界依正一捨一切捨財身及命無畏等施若持戒時性重譏嫌等無差別五部重輕無所觸犯若行忍時生法寂滅荷負安耐若行精進身心俱淨無間無退若行禪時遊入諸禪靜散無妨若修慧時權實二智究了通達乃至世智治生產業皆與實相不相違背具足解釋佛之知見而於正觀如火益薪此是第五品位文釋籤第五六廿云事理不二方名正行若取其意但用三戒事六度相皆以實相融令不二無非法界即是其相無畏等施者論有三施謂資生無畏法捨於依正名施資生畧不言法故云等也文止觀七三十一云正修六度自行化他事理具足心觀無礙轉勝於前不可比喻名第五品也文

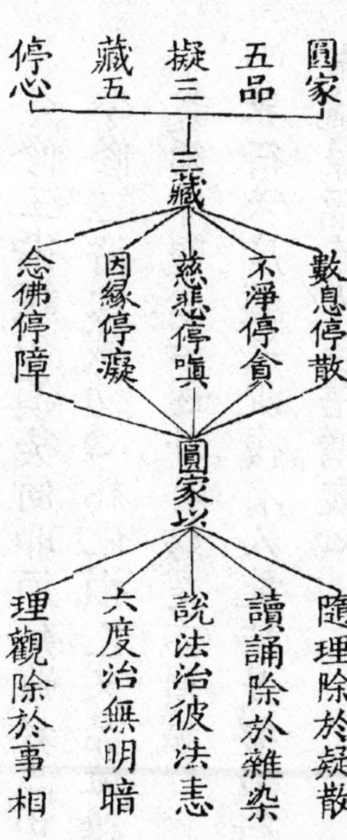

四信五品對三慧文句十云初二是聞慧位廣聞廣說是思慧位觀行想成是修慧位自淺之深成六根清淨十信位也又云前三人是聞慧位兼行六度是思慧位正

行六度是修慧位

現在四信
初一念信解
二畧解言趣
聞慧
三廣爲他說
思慧
四深信觀成
修慧
初隨喜品
二讀誦品
三說法品
四兼行六度
五正行六度
滅後五品

妙樂十十二云何故現在唯四信滅後立五品答其義既齊四五無別但是滅後加讀誦爲第二品耳文

此五品位圓伏五住煩惱外凡位也與別十信位同

妙玄五八云五品已圓解一實四諦其心念念與法界諸波羅密相應徧體無邪曲偏等倒圓伏枝客根本惑故名伏忍諸教初心無此氣分文又十紙云五品之位理雖未顯觀慧已圓具煩惱性能知如來祕密之藏堪爲世間作初依止文妙玄五十一云五品六根爲初依十住爲二依十行十回向爲三依十地等覺爲四依文釋籤六三云四依位者以此四人並能化他故以此位釋於因人功用文此約觀行成就五品在十信前若普賢觀品信合說蓋赴機異爾又吾祖位居五品而云獲旋總持者然旋假入空約位豎論雖在六根七信已前約觀橫辨不妨通於五品

次進六根清淨位即是十信初信斷見惑顯真理與藏教初果通教八人見地別教初住齊證位不退也次從二信至七信斷思惑盡與藏通二佛別教七住齊三界苦集斷盡無餘故仁王云十善菩薩發大心長別三界苦輪海解曰十善者各具十善也若別十信即

伏而不斷故定屬圓信
妙玄五四云十信位者初以圓聞能起圓
信修於圓行善巧增益令此圓行五倍深
明因此圓行得入圓位以善修平等法界
即人信心乃至善修無著即入願心是名
十信位瓔珞云一信有十十信有百百法
爲一切法之根本也是名圓教鐵輪十信
位即是六根清淨圓教似解煖頂忍世第
一法普賢觀明無生忍前有十種境界即
此位也文普賢釋迦分身多寶四聖及六根清淨共爲十種仁王
云者波斯匿王所說偈也十善者仁王疏
中十九云十信善者有三品上品善鐵輪王
化一天下中品善粟散王下品善人中王
文妙樂十八云信信通皆具足十善非謂
專以人天不殺盜等用對十信即云長別

三界苦輪當知須是斷惑十信文釋籤五
廿七云亦有人云六根清淨名爲頓義十善
菩薩此是漸義今文所引十善菩薩以證
六根豈應引漸而證於頓故知二文俱頓
明矣但仁王經語其初後法華經意論其
中間人不見之徒生異見文
然圓人本期不斷見思塵沙意在入住斷無
明見佛性然譬如冶鐵捔垢先去非本所期
意在成器器未成時自然先落雖見先去其
人無一念欣心所以者何未遂所期故圓教
行人亦復如是雖非本所望自然先落
此明圓斷之義輔行六上九云從初已來
三諦圓修與次第義永不相關此論觕惑
任運斷處與次第齊文又七下廿四云五品
已能圓伏五住豈至此位別斷見思但是

圓修犓惑先斷猶如冶鐵犓垢先除文別行玄記下六云圓譬冶鐵作器別諭燒金作器冶謂鎔鑄淳朴頓融任運犓垢先落燒謂鍛鍊物體猶堅持要犓塵先去然後融金以除細垢圓觀頓窮法界無異先觀二諦二惑任運先落別觀次第顯中有意先觀二諦故使二惑先除文指要鈔下五云圓人始終用絶待智頓亡諸法理果尚亡惑何次第只由此智功力微著故成疎親由疎親故惑落前後名迷厚薄智疎惑厚智親惑薄轉轉明之此乃約智分惑也文

先達云修觀惑智一如功成惑落前後

永嘉大師云同除四住此處爲齊若伏無明三藏則劣即此位也解曰四住者只是見思謂見爲一名見一切處住地思惑分三一欲愛住地欲界九品思二色愛住地色界四地各九品思三無色愛住地無色界四地各九品思此之四住三藏佛與六根清淨人同斷故言同除四住也言若伏無明三藏則劣者無明即界外障中道之別惑三藏教止論界內通惑無明名字尚不能知況復伏斷故言三藏則劣也

永嘉集云然三藏之佛望六根清淨位有齊有劣同除四住此處爲齊若伏無明三藏則劣二乘可知此本是妙玄位妙中文永嘉集中引用之耳昔傳唐末五代台教湮沒因錢氏讀永嘉集至此不解問於韶國師國師指爲台教中語當問螺溪羲寂法師師奏海東盛行遂求於高麗由是觀師賫教部來使始復興焉今稱永嘉蓋有

由矣釋籤六四云有齊有劣者惑盡處齊觀行聞教是則爲劣亦以佛位格者爲順教道故也文

天台四教儀集註卷第八

音釋

詁姑五切訓故言也 砧音碪 搋古獲切 喞子栗切

天台四教儀集註卷第九

南天竺沙門　蒙潤　集

次從八信至十信斷界内外塵沙惑盡假觀現前見俗諦理開法眼成道種智行四百由旬與別教八九十住及行向位齊行不退也雖約位斷證格量似齊圓別即離不可一混又此六根明下根出假功逾十向此是相似圓融三諦不同次第出假之位又五品明中根出假五品之初爲上根亦約觀行論坐道場度衆生等又輔行五上云以初住爲眞出假位

次入初住斷一品無明證一分三德謂解脫般若法身此之三德不縱不横如世伊三點若天主三目現身百界八相成道廣濟羣生

此明斷惑證理全體起用三德次第本法身般若解脫今順初住緣了正三心開發而爲次也言不縱不横者異乎別教非縱即横也釋籤六十二云雖一點在上不同點水之縱三德亦爾雖法身本有不同別教爲惑所覆雖二點在下不同烈火之横三德亦爾以（釋籤中作雖字者誤妙宗引作以字者正）二德修成不同別人理體具足而不相收如妙宗云三雖性具緣了是修二雖是修非適今有二若非修三法則横二若非性三法則縱三點三目出大經哀歎品西方有新舊二伊舊伊如横川走火點水之縱新伊如此方草書下字細畫相貫不縱不横摩醯首羅有三目八臂八相者華嚴云或見入胎等皆云或者一一相中皆有八相故文華嚴經云初發心時便成正覺所有慧身不

由他悟清淨妙法身湛然應一切解曰初發心者初住名也便成正覺者成八相佛也是分證果即此教真因謂成妙覺謬之甚矣若如是者二住已去諸位徒施若言重說者佛有煩重之咎雖有位位各攝諸位之言又云發心究竟二不別須知攝之所由細識不二之旨龍女便成正覺諸聲聞人受當來成佛記莂皆是此位成佛之相慧身即般若德了因性開發妙法身即法身德正因性開發應一切即解脫德即緣因性開發如此三身發得本有故言不由他悟中觀現前開佛眼成一切種智行五百由旬到寶所初居實報無障閡土念不退位

此下引經釋出就斥他謬雖云各攝諸位須知攝之所由者由理具故雖云發心究竟不別細識不二之旨者旨在於即即具之理雖爾淺深之事位那不分即故初後不二六故初後不濫位位各攝諸位者如大品初阿後荼中四十字初阿字門具四十二字後荼字門亦然又如華嚴一地具諸地功德大經云發心究竟二不別如是二心前心難發心即初住究竟即妙覺龍女成佛文從權說以證圓經成佛速疾若實行不疾權行徒施權實義等理不徒然如妙樂八卅五云云諸聲聞授封國名號與物結緣文發得本有者妙宗上二卅云今初住所發三法皆性具故發則俱發從智證法從法起應即非一時三身頓得故非前後不縱不橫復見於此從始圓修一心三觀令圓三智一心中得即以此智證得法身

智性即色三一體融名妙色身此身湛寂如鑒無情形對像生山毫靡間名應一切三身三德體離縱横文中觀現前者既三因開發應三智圓明五眼洞照今但云佛眼種智者中必雙照三智具足四眼入佛眼同名爲佛眼輔行三上廿五云如河入海失本河名何以故肉天二眼有漏因緣慧法二眼習氣未盡故捨本位入佛眼中文

次從二住至十住各斷一品無明增一分中道與別教十地齊次入初行斷一品無明與別教等覺齊次入二行與別教妙覺齊從三行已去別教之人尚不知名字何況伏斷以別教但破十二品無明故故以我家之眞因爲汝家之極果只緣教彌權位彌高教彌實位彌下譬如邊方未靜借職則高定爵論勳其位實下故權教雖稱妙覺但是實教中第二行也次從三行已去至十地各斷一品無明增一分中道即斷四十品惑也更破一品無明入等覺位此是一生補處

次從二住等者妙玄五五云即是十番進發無漏同見中道佛性第一義理以不住法從淺至深住佛三德及一切佛法故名十住位文次入初行等者妙玄五五云即是從十住後實相眞明不可思議更十番智斷破十品無明一行一切行念念進趣流入平等法界海諸波羅蜜任運生長自行化他功德與虛空等故名十行位也文我家眞因等者妙玄五十二云若十地十品破無明圓家十住亦十品破無明設開十地爲三十品秖是圓家十住三十品齊若

與而爲論圓家不開十住合取三十心爲三十品與别家十地三十品等者則十地與圓家十回向齊若奪而爲論别家佛地與圓家初行齊與而爲論别家佛地與圓家初地齊故知别教權說判佛則高望實爲言其佛猶下譬如邊方未靜授官則高定爵論勳置官則下别教權說雖高而猶圓家實說雖低而妙以我之因爲汝之果文爵者封也爵有五等謂公侯伯子男勳者功也十向者妙玄五 六 云即是十行之後無功用道不可思議真明念念開發一切法界願行事理自然和融回入平等法界海更證十番智斷破十品無明故名回向也十地位者即是無漏真明入無功用道猶如大地能生一切佛法荷負法界衆生普入三世佛地又證十番智斷破十品無明故名十地位也 文 等覺者妙玄五 六 云觀達無始無明源底邊際智滿畢竟清淨斷最後窮源微細無明登中道山頂與無明父母别是名有所斷者名有上士也文 等覺位中正習俱斷如今文云更破一品無明并上妙玄 文 斷正也淨名疏 二四 云無復餘習者圓教始從初住終至法雲圓斷諸見猶有習在等覺入重玄門千萬億刦重修凡事見理分明習氣微薄事等微煙 文 此斷習也又淨名疏五 五卌 云住等覺地餘有一品及習氣在 文

進破一品微細無明入妙覺位永别無明父母究竟登涅槃山頂諸法不生般若不生不生不生名大涅槃以虛空爲座成清淨法身

居常寂光土即圓教佛相也
觀經疏三云究竟佛者道窮妙覺位極於茶故唯佛與佛乃能究盡諸法實相邊際智滿種覺頓圓無上士者名無所斷無上士者更無過者文妙宗上二十三云今此極位乃究竟具諸位功德故引法華唯我釋迦與一切佛乃能究盡諸法之權實相之實達無明底到諸法邊名邊際智不思議權智也今已究竟故名爲滿於種種法證本圓覺不思議實智也此覺極滿名爲頓圓復用第七無上士號顯智斷極有惑可斷名有上士等覺位也無惑可斷名無上士即是妙覺斷德究竟名大涅槃云云無明父母者楞伽經云弑無明父斷貪愛母文涅槃山頂喻更無過上也諸法是境般若是智境智寂滅名大涅槃以虛空爲座者義彰法身體徧也成清淨法身者指修即性增勝而說也若論教主亦名尊特亦名勝應妙玄七十三云或言道場以虛空爲座一成一切成毗盧遮那徧一切處舍那釋迦成亦徧一切處三佛具足無有缺減三佛相即無有一異法華八方一一方各四百萬億那由他國土安置釋迦悉是遮那普賢觀經云釋迦牟尼名毗盧遮那此即圓佛果成相也文文句一八云隱前三相唯示不可思議如虛空相即圓佛自覺覺他文妙樂一廿四云若隱前三相從勝而說非謂太虛名爲圓佛文光明記一八云此教所說世間相常故一切法無非中道雖與別人同見尊特彼兼別修此皆性具故

龍女云微妙淨法身具相三十二欲彰全性是故從勝特名法身文常寂光土者觀經疏六云常即法身寂即解脫光即般若是三點不縱橫並別名秘密藏諸佛如來所遊居處眞常究竟極爲淨土文

然圓教位次若不以六即判之則多濫上聖故須六即判位

六即位者義蘊佛經名出智者如貧女寶藏力士額珠等在諸文所明或顯法門高深或明修觀位次文今備明圓位之後後明六即欲越上慢自屈之過輔行一下卅三云此六即義起自一家深符圓旨永無衆過暗禪者多增上慢文字者推功上人並由不曉六而復即文輔行一上十六云即者廣雅云合也若依此釋仍似二物相合名即其理猶踈今以義求體不二故故名爲即文妙宗上十三云六種即名皆是事理體不二義文

謂一切衆生皆有佛性有佛無佛性相常住又云一色一香無非中道等言總是理即

金錍云言佛性者佛是果人言一切衆生皆有果人之性文觀經疏二云斯理灼然世間常住有佛不能益無佛不能損得之不爲高失之不爲下故言衆生即是佛理佛也文妙宗上十五云世間常住者即十法界三十世間一一皆住眞如法位法位常故世間亦常文今云性相者十如中舉初二也性以據内自分不改相以據外攬而可別色香等者輔行一上十二云此色香等世人咸謂以爲無情然亦共許色香中道

無情佛性惑耳驚心文六塵中趣舉二種圓觀諸法無非中道故經云處第四明唯色唯聲唯香等義如觀經疏二又涅槃經云一切皆衆生如佛如貧女舍寶衆物具存力士額珠圓明頓在如來藏經舉十喻幣帛裹黃金土模內像暗室缾盆井中七寶本自有之非適今也淨名云一切衆生皆如也寶篋云佛界衆生界一界無別界文理即者妙宗上三十云良由衆生性具染惡不可變異其性圓明名之爲佛性染性惡全體起作修染修惡更無別體全修是性故得迷事無非理佛即以此理起惑造業輪回生死而全不知事全是理長刦用理長刦不知不由不知便非理佛以全是故名理即佛以不知故非後五即然理即佛貶之極也以其全乏解行證即但有理性自尒即也又理即佛非於事外指理爲佛蓋言三障理全是佛又復應知不名障即佛而名理即佛者欲障後五有修德是此之一位唯理性是也又障即佛其名猶通以後五人皆了三障即是佛故文

次從善知識及從經卷聞見此言爲名字即止觀一廿二云理雖即是日用不知以未聞三諦全不識佛法如牛羊眼不解方隅或從知識或從經卷聞上所說一實菩提於名字中通達解了知一切法皆是佛法是爲名字即文妙宗上六十云名字即佛者修德之始聞前理性能詮名也然有收簡收則耳歷法音不簡明昧異全不聞俱在此位簡則未得圓聞齊別內凡尚屬理即以

七方便未解妙名豈知即佛 文

依教修行爲觀行即 五品位

止觀一 廿三 云但若聞名口說如蟲食木偶得成字是蟲不知是字非字必須心觀明了理慧相應所行如所言所言如所行是名觀行 文 妙宗上 十七 云始自圓聞觀佛妙境至識次位勤行五悔若未發品此等行人皆屬名字故知名字其位甚長境觀相資塵念靡間方能得入觀行位也 文

相似解發爲相似即 十信

止觀一 廿三 云以其逾觀逾明逾止逾寂如勤射隣的名相似觀慧 文 觀經䟽 二 云相似者二物相類如鍮似金若瓜比瓠猶火先暖涉海初平 文 妙宗上 十二 云約四喻明相似行人本覺寂照及雙相似而發成相似位三種之覺此覺似眞若鍮若瓜比金比瓠此之二物喻始似本如將至火先覺暖氣行欲近海預覩平相此之二事喻於相似近乎分眞前二約法論似後二約位論似 文

分破分見爲分證即 從初住至等覺

止觀一 廿三 云因相似觀力入銅輪位初破無明見佛性開寶藏顯眞如名發心住乃至等覺無明微薄智慧轉著若人應以佛身得度者即八相成道應以九法界身得度者以普門示現 文 妙宗上 十二 云雖得相侶尚屬緣修今則親證屬於眞修分破無明起信論中稱隨分覺寂照雙融本覺眞佛分分而顯從所顯說名爲分眞從能顯言名爲分證四十一位皆受此名 文

智斷圓滿爲究竟即妙覺位
如前引觀經疏釋妙覺義
約修行位次從淺至深故名爲六約所顯理體位位不二故名爲即是故深識六字不生上慢委明即字不生自屈可歸可依思之擇之略明圓教位竟
約修行位次等者止觀大意一云即故初後俱是六故初後不濫理同故即事異故六文六種即名既皆是事理體不二義是故六即皆具事理兩種三千故理同故即理造也事異故六事造也如義書云修善修惡事造三千六也理即迷逆是修惡名字已去順性是修善性善性惡理造三千即也但即不妨六六處常即故得六而復即也
然依上四教修行時各有方便正修謂二十五方便十乘觀法若教教各明其文稍煩義意雖異名數不別故今總明可以意知
然前明四教釋經方軌正爲開解若依解立行必須各明方便正修故所列方便則通四教但十乘且就圓論蓋立行以圓爲正也不明四種三昧常坐常行半行半坐非行非坐及十境者陰煩病業魔禪見慢乘薩蓋錄大本綱要非止觀意故不委也妙玄明入體之門四教四門門門十乘若止觀十境境境十乘惟明圓行義例云若無十境乘則無體若無十法名壞驢車文以陰等十爲所觀境以不思議境等爲能觀觀故
言二十五方便者束爲五科一具五緣二訶五欲三棄五蓋四調五事五行五法
止觀四初方便名善巧善巧修行以微少

善根能令無量行成解發入菩薩位文止觀四初云圓教以假名五品觀行等位去真猶遥名遠方便六根清淨相似隣真名近方便約內外凡位今就五品之前假名位中復論遠近二十五法爲遠方便十種境界爲近方便橫竪該羅十觀具足成觀行位能發真似名近方便文輔行四上初具釋又二十五法爲通方便通四三昧故方等夢王法華六時五悔爲別方便四三昧中別於一種三昧所用故束爲五科者止觀四初云夫道不孤運弘之在人人弘勝法假緣進道所以須具五緣緣力既具當割諸嗜欲嗜欲外屏當內淨其心其心若寂當調試五事五事調已行於五法必至所在乃至三科出大論一種出禪經具五緣一是諸禪師立文調五事止觀云譬如陶師若欲得器先擇良處具緣息餘際務訶欲治身內疾棄蓋調於泥輪調五事作而不廢行五法得此譬意五如指掌若欲造修當尋止觀云云

初明五緣者

禪經云四緣雖具足開導由良師故用五法爲入道梯凳一缺則妨事文輔行四上二云大小兩乘以戒爲本是故先明內禁雖嚴必資衣食進修定慧須藉空閑處雖空閑假絕緣務四緣雖具開導由師文止觀大意四云一衣食具足離希望緣故二持戒清淨離惡道因故三閑居靜處離憒閙事故四息諸緣務棄猥雜業故五須善知識有諮疑地故文

一持戒清淨如經中說依因此戒得生諸禪

定及滅苦智慧是故比丘應持淨戒有在家出家大小乘不同法界次第上十二云戒以防止爲義文戒疏上初云梵音尸羅大論云秦言性善亦云清涼以其能止破戒熱惱從能得名亦名波羅提木叉譯言保解脫又名淨命亦言成就威儀文如經中說者遺教經也輔行四上五云引證道定復以律儀而爲根本文在家戒者五戒八戒於五更加不坐高廣床不着花鬘衣不往觀聽歌舞故名八戒出家戒者比丘比丘尼沙彌沙彌尼式叉摩那此云學法女小乘沙彌十戒比丘二百五十戒頌曰四重夷十三殘二不定三十九十提四提尼尼一百衆學吉七滅諍揔論二百五十戒若論五篇者夷四波羅夷婬盜殺妄

殘十三僧殘提三十尼薩耆九十波逸提共百二十尼四提舍尼吉突吉羅即一百衆學若論六聚更加偷蘭遮若云七聚開吉羅爲惡作惡說結罪齊五報劫齊六因果雜攝齊七蘭有三品不入正篇不定七滅諍篇聚不攝亦屬吉羅報劫齊六者以六聚受報劫數與等活等上六獄劫數相齊因果雜攝齊七者以惡作惡說是吉聚之因并前五聚之果故爲七聚如翻譯名義大乘即梵網十重四十八輕凡有心者皆得受之更有大論十戒大經十戒及五支戒通大小乘具如妙玄三末釋籤四廿四止觀四三輔行四上六

二衣食具足

止觀四十五云衣以蔽形遮醜陋食以支命塡飢瘡身安道隆道隆則本立形命及道賴此衣食此雖小緣能辦大事裸餒不安道法焉在故須衣食具足也

衣有三一者如雪山大士隨所得衣蔽形即

足不游人間堪忍力成故二者如迦葉等集
糞掃衣及但三衣不畜餘長三者多寒國土
如來亦許三衣之外畜百一衆
具雪山大士絕形深澗不涉人間結草爲
席披鹿皮衣無受持說淨等事堪忍力成
不須溫厚不遊人間無煩支助此上人也
十二頭陁但畜三衣不多不少出聚入山
披服齊整故立三衣此中士也多寒國土
聽百一助身要當說淨趣足供事無得多
求多求辛苦守護又若妨亂自行復擾檀
越少有所得即便知足下士也文輔行四
上十九云十二頭陀等者此云抖擻一蘭若
二常乞食三糞掃衣四一坐食五節量食
六中後不飲漿七塚間八樹下坐九露坐
十常坐十一次第乞十二三衣今文以十

二頭陁中糞掃三衣合爲中士言三衣者
但三衣也出聚落則著僧伽黎加二衣上
入大衆則著欝多羅僧加五條上入山林
則唯著安陀會爲慚愧故爲多寒故許其
重著皆威儀整肅長物善根故云披服齊
整下根者此土多寒根性又薄大聖一許
三品通開故三衣外聽畜百一及許畜長但三衣爲上畜百一爲中畜長
爲下故云通開此依律說與今少異今取雪山爲上品故若畜百一記
憶而已有云加法薩婆多云百一之物各得畜一百一之外皆是
長物言記憶者於百一物心中但自記憶一種謂是我物有云加法者加法受持加
六物圖若畜長說淨則加法受持百一之外若畜長物
定須說淨詞云大德一心念此是某甲長衣未作淨爲淨故施與大德糞掃
衣者南山云世人所棄無復堪用義同糞
掃體是賤物離自貪著不爲王賊所貪常
得資身長道文三衣者一僧伽黎此云雜

碎衣條相多故從用則名入王宮聚落衣二欝多羅僧名中價衣從用名入衆衣三安陀會名下衣從用名院内行道雜作衣若云袈裟此云不正色染亦名壞色即戒本中三種染壞皆如法也一者青色二者黒色三者木蘭色如六物圖若據律文以糞掃衣及但三衣爲上百一爲中餘長爲下今文以雪山大士披鹿皮衣爲上故以糞掃衣但三衣爲中畜百一及畜餘長爲下上云不畜餘長應更云不畜百一下畜百一衆具亦應更云畜餘長也

食亦有三一者上根大士深山絶世菜根草果隨得資身二常乞食三檀越送食僧中淨食

止觀四十六云一深山絶迹去遠人民但資甘果美水一菜一果而已或餌松栢以續精氣如雪山甘香藕等如是食者上士也二阿蘭若處頭陀抖擻分衛自資七佛皆明乞食法方等般舟法華皆云乞食也路遥若遠分衛勢妨若近人物相喧不遠不近乞食便易是中士也三既不能絶穀餌松栢不能頭陀乞食外護檀越送食供養亦可得受又僧中如法潔淨食亦可得受下士也文輔行四下初云分衛者此云乞食十住婆沙云乞食有十利云云僧中淨食仍爲下根豈可安坐房中私營別味文

三閑居靜處不作衆事名閑無憒鬧處名靜處有三例衣食可知

止觀四十七云若深山遠谷途路難險永絶人蹤誰相惱亂恣意禪觀是處最勝二頭

陀抖擻極近三里交往亦踈覺策煩惱是處爲次三蘭若伽藍閑靜之寺獨處一房不干事物正諦思惟是處爲下文

四息諸緣務息生活息人事息工巧技術等止觀四十八云緣務妨禪由來甚矣蘭若比丘去喧就靜云何營造緣務壞蘭若行非所應也緣務有四一生活二人事三技能四學問一生活緣務者經紀生方觸途紛糾得一失一喪道亂心二人事者慶吊俯仰低昂造聘此往彼來來往不絕三技能者醫方卜筮泥木彩畫棊書呪術等是也四學問者讀誦經論問答勝負等是也領持記憶心勞志倦言論往復水濁珠昏何暇更得修止觀耶此事尚捨況前三務文今云等者等於學問也

五近善知識有三一外護善知識二同行善知識三教授善知識

止觀四十九云大外護者不揀白黑但能營理所須如母養兒如虎啣子調和得所舊行道人乃能爲耳是名外護二同行者更相策發不眠不散日有其新切磋琢磨同心齊志如乘一舡互相敬重如視世尊是名同行三教授者內外方便通塞妨障皆能決了善巧說法示教利喜轉破人心於諸方便自能決了可得獨行妨難未諳不宜捨也文教授者輔行四下六云宜傳聖言名之爲教訓誨於我名之爲授文通名善知識者法華疏云聞名爲知見形爲識是人益我菩提之道名善知識文

第二訶五欲一訶色謂男女形貌端嚴修目

高眉丹脣皓齒及世間寶物玄黃朱紫種種妙色等

止觀四十二云五塵非欲而其中有味能生行人須欲之心故言五欲常能牽人入諸魔境雖具前緣攝心難立是故須訶乃至此五過患者色如熱金丸執之則燒聲如塗毒鼓聞之必死香如憋龍氣嗅之則病味如沸蜜湯舌則爛如蜜塗刀舐之則傷觸如卧師子近之則齧上代名僧詩云遠之易爲士近之難爲情香味頹高志聲色喪軀齡文五中皆有依正二報

二訶聲謂絲竹環珮之聲及男女歌詠聲等

絲竹者絲曰絃竹曰管具有八音金石絲竹匏土革木環珮者在指者爲環佩謂佩帶並是飾女身者歌詠者止觀四廿一云即是嬌媚妖詞婬聲染語文輔行四下十二引提波延那僊人聞舍脂語失通五百僊人在雪山中住聞甄迦羅女歌聲失諸禪定云云

三訶香謂男女身香及世間飲食香等

輔行四下十三云人謂着香少過今則不然開結使門杜真正路百年持戒能一時壞文

四訶味謂種種飲食肴膳美味等

輔行四下十二云以着味故當受洋銅灌口以着味故墮不淨中又

五訶觸謂男女身分柔耎細滑寒時體溫熱時體涼及諸好觸等

輔行四下十三云觸欲者生死之本繫縛之緣何以故餘欲於四根各得其分惟此觸

欲徧滿身受生處廣故多生染着此着難捨若墮地獄還以身觸受苦萬端此觸名爲大黑暗處 文

第三棄五蓋謂貪欲瞋恚睡眠掉悔疑

止觀四 廿二 云通稱蓋者蓋覆纒綿心神昏暗定慧不發故名爲蓋前訶五欲乃是五根對現在五塵發五識今棄五蓋即是五識轉入意地追縁過去逆慮未來五塵等法爲心内大障乃至貪欲蓋起追念昔時猗弊五欲思想計較心性悴慼忘失正念等嗔恚蓋者追想是人惱我惱我親稱嘆我怨三棄五蓋謂貪欲恨心熱氣猗忿怒相續等睡眠蓋者心神昏昏爲睡六識染著氣猗相續爲眠眠名增心數法烏暗沉塞容來覆人難可防衛等掉悔疑以甚掉故起屬前蓋攝今覺觀等起徧縁諸法作縁貪欲又想瞋恚蓋者追想是念不停卓卓無住乍起乍伏種種紛紜身無趣遊行口無益談笑是名爲掉掉而無悔則不成蓋以其掉故心地思惟謹慎不節云何乃作無益之事實爲可恥心中憂悔懊結繞心則成悔蓋疑蓋者此非見諦障理之疑乃是障定疑也疑有三種一疑自者謂我身底下必非道器是故疑身二疑師者此人身口不稱我懷何必能有深禪好慧師而事之將不悞我三疑法者所受之法何必中理三疑猶豫常在懷抱禪定不發設發永失此是疑蓋之相也若貪欲蓋重當用不淨觀棄之若瞋恚蓋多當念慈心滅除恚火若睡蓋多者當勤精進策勵身心

若掉散者應用數息若三疑在懷當作是念我身即是大富盲兒具足無上法身財寶煩惱所翳道眼未開要當修治終不放捨又無量刧來習因何定豈可自疑失時失利若疑師者我今無智上聖大人皆求其法不取其人若疑法者我法眼未開未別是非憑信而已佛法如海唯信能入文

第四調五事謂調心不沉不浮調身不緩不急調息不澁不滑調眠不節不恣調食不飢不飽

止觀四廿九云土水不調不任爲器五事不善不得入禪眠食兩事就定外調之三事就入出住調之調食者增病增眠增煩惱等食則不應食也安身愈疾之物是所應食略而言之不飢不飽是食調相調眠者眠是眠食不可苦節增於心數損失工夫復不可恣上訶盖中一向除棄爲正八定障故此中在散心時從容四大故各有其意略而言之不節不恣是眠調相三事合調者三事相依不得相離初入定時調身令不寛不急調息令不澁不滑調心令不沉不浮調觕入細住禪中隨不調處覺當檢校調使安隱若出定從細至觕備如次第禪門也文輔行四下三廿云故禪門中調身云夫坐者須先安處使久無妨若半跏以左壓右牽來近身使與左右髀齊若欲全跏更[illegible]右以壓左寛衣帶周正身勿令坐時更有脫落手以左壓右重累相當置右脚上亦令近身當心安置挺動支節七八許度如按摩法勿曲勿聳正頭直項

令鼻對臍不偏邪不低昂身如矴石無得騷動無寬急過是身調相調息者身既調已次開口吐肖中氣自恣而出使身中百脉處皆悉隨氣出次閉口鼻中納清氣如是至三若息已調一度亦足次閉口脣齒纔相拄舌向上齶閉眼纔令斷外光次簡息風氣息若調者則易入定次調心者一者調亂令不越逸二者調心令沉浮得所若心沉時繫念鼻端若心浮時安心向下云云

第五行五法一欲欲離世間一切妄想顛倒欲得一切諸禪定智慧門故二精進堅持禁戒棄於五蓋初中後夜行勤精進故三念念世間欺誑可輕可賤禪定智慧可重可貴四巧慧籌量世間樂禪定智慧樂得失輕重等五一心念慧分明明見世間可患可惡善識禪定智慧功德可尊可貴

止觀四一卅云上二十法雖備若無樂欲希慕身心苦策念想方便一心決志者止觀無由現前若能欣習無厭曉夜匪懈念念相續善得其意一心無異此人能進前路一心譬舡柁巧慧如點頭三種如篙櫓若少一事則不安隱文

此二十五法爲四教前方便故應須具足若無此方便者世間禪定尚不可得豈況出世妙理乎然前明教既漸頓不同方便亦異依何教修行臨時審量耳

止觀四末云此二十五法通爲一切禪慧方便諸觀不同故方便亦轉譬如曲弄既別調絃亦別文

次明十乘觀法亦四教名同義異今且明圓教餘教例此

大本十乘雖通四教但十法名同偏圓義異今揀偏明圓故云且明圓教輔行五上廿六云觀法非十對根有殊雖復根殊但是一不思議觀觀不思議境乃至離愛不離境故又次位下三雖非觀法並由觀力相從名觀故名十觀又備此十令觀可成故名成觀亦名成乘前之四法用無前後通塞等三成就前四次位等三以判前七文輔行七下廿七云故知前七正明車體及以具度後三只是乘之所涉若無所涉運義不成是故十法通名乘也文

一觀不思議境謂觀一念心具足無減三千性相百界千如即此之境即空即假即中更不前後廣大圓滿橫豎自在故法華經云其車高廣上根正觀此境

此初乘觀忘能所故從境受名又爲九乘本稱本修九方堪入位謂觀一念心等者即現前陰妄一刹那心稱性而觀具三千法不唯三科揀境明一念心正當於此揀思議心取不思議心也故妙樂一云揀境及心光句記一云須去思議取不思議方名揀心文即達陰境成不思議境也既云三千性相復云百界千如者以三千法約百界千如歷三世間而論也即此之境等者即境爲觀即空假中境觀不二三一互融更不前後亦不一時不縱不橫絕思絕議此境周徧故廣大無法不備故圓滿橫周十界豎徹三諦橫豎相即故云自在法

華車體其在是歟其車高廣文句五(廿七)云假名車有高廣相譬如來知見深遠橫周法界之邊際竪徹三諦之源底(文)上根等者義例云上根之人即於境種而生於果爲中下根復論九乘大意云又此十法雖俱圓常圓人復有三根不等上根惟一法中根二或七下根方具十(文)然此不思議境在止觀中具明三境一性德境觀一念心具三千法二修德境推本具心離四性計三化他境解離四性無妨四說盖即性德而爲修德如輔行云其實但推本具理心(文)當修德時而有化他之解非即說法也如輔行云初心依理生解與起教後心不同(文)雖分三境只在一心用觀推求正在修德蓋末代行者離四句外無修觀處

今文云具足無減等即性德也即空假中即性而修也如義書(第二義云)心具三千是假此之三千(假觀)非法性(自生)無明(他生)自他共離而造故(空觀)約此空假遮照不偏名爲中道(文)又輔行釋修德云不得而得三諦宛然(文)不得者空觀遮情也而得者假觀照性也遮照不偏中道在焉今缺明化他境者修德離四性時而有無妨四說之解即化他也

二真正發菩提心謂依妙境發無作四弘誓願憫已憫他上求下化故經云又於其上張設幰盖

輔行五中(四十)問應先起誓後觀妙境何故境後方云發心荅境前非不發心具如五畧中意今發重爲成觀故須緣理益他(文)

大意五云觀境不悟須加發心此人無始已起弘誓今由觀境不契於理重須發誓於靜心中思惟彼我鯁痛自他無量刼來沉迴生死縱發小志迷菩提心我今雖知行猶未備故重發誓言等文張設幰蓋者文句五廿七云譬四無量衆德之中慈悲最高普覆一切也

三善巧安心止觀謂體前妙理常恒寂然名爲定寂而常照名爲慧故經云安置丹枕車内枕輔行五中七十云善以法性自安其心故云安心文大意六云安心者先總次別所言總者以法界爲所安以寂照爲能安若知煩惱及以生死本性清淨名之爲寂本性如空名之爲照此煩惱生死復名法界即此法界體用互顯體是所安之法界用是能安之寂照所言別者雖復安之彌暗彌散良由無始習性不同故今順性逐而安之謂宜聽宜思宜寂宜照隨樂隨治隨第一義何以故有因寂照而善根增長有不增長有因寂照煩惑破壞或有不破見理亦然或聞思而回轉或聞思相資未可卒具細尋方曉文今文畧明總安心故云常恒等也安置丹枕者文句五廿七云若車內枕者休息身首譬一行三昧息一切智一切行也丹即赤光譬無分別法也妙樂六廿四云智首行身三昧如枕所息得理法理而然赤光等者無他法間名無分別以光譬智故云智光朱正紫間故以赤表無雜之光南山注經音云西方無木枕皆以赤

皮內羞綿毛用倚卧也赤而且光文輔行七下廿七云若車內枕休息衆行即安心也四破法徧謂以三觀破三惑三觀一心無惑不破故經云其疾如風

大意七云衆教諸門大各有四乃至八萬四千不同莫不並以無生為首今且從初於無生門徧破諸惑復以無生度入餘門縱橫俱破令識體徧文輔行七上六云今一心具三破次第之三故云一心三觀破竪通塞三觀一心能破横者彼横三觀離屬三人並在初心故三不合一今以三只是一破彼分張之三故云三觀一心破横通塞應知一心三觀與三觀一心言互理同為破横竪翻對而說文八正道中行速疾到薩婆若故其疾如風

五識通塞謂苦集十二因緣六蔽塵沙無明為塞道滅滅因緣智六度一心三觀為通若通須護有塞須破於通起塞能破如所破節節檢校名識通塞經云安置丹枕車外枕

大意七云雖知生死煩惱為塞菩提涅槃為通復應須識於通起塞此塞須破於塞得通此通須護如將為賊此賊豈存若賊為將此將豈破節節檢校無令生着著故名塞破塞存通非唯一轍有心皆爾念念常須檢校通塞文安置丹枕者文句五廿十云車若駕運隨所到處須此支昂譬即動而靜即靜而動文妙樂六廿四云丹枕云支昂者即車外枕車住須支支之恐昂故云支昂支持也昂舉也譬動靜相即者車行枕閑即動而靜車息枕用即靜而動用時常靜閑時

常動實體與用亦復如是自因之果法性無動所以如風不移寂然而到萬行無作衆智莫觀此則三德俱不二也以三即一故使爾耳文輔行七下廿七云若車外枕或動或靜動靜秖是通塞義也文

六道品調適謂無作道品一一調停隨宜而入經云有大白牛等已上五中根

大意七云約門偏破於理又昧應須七科次第調試若不爾者此之道品爲誰施設以破徧門雖觀陰境陰上未分念處名故況有牛車運轉調停故用此門檢校銓擇文實相爲車體道品爲前導故喻白牛白牛等者等於經中膚色充潔形體姝好有大筋力行步平正文也大意以中根至七乘今至第六者以正助分中下也

七對治助開謂若正道多障圓理不開須修事助謂五停心及六度等經云又多僕從此下爲下根

大意八云七助道對治者涅槃云衆生煩惱非一種佛說無量對治門夫不信有對治之人當知此人未曉正行若識已身正行未辦良由事惡助於理惡共蔽理善令不現前事惡若去理善易明故先修事度以治事惡事惡傾已理善可生文

八知位次謂修行之人免增上慢故

大意八云下根障重非唯正助不明却生上慢謂已均佛未得謂得未證謂證須知次位使朱紫不濫若未證得而謂證得非唯失位却墮泥犁故小乘經中四禪比丘謂爲四果大乘經中魔與菩薩授跋致記

若生取著必用涅槃尚夫人天何關至道故大小經論咸明次位文於此知位次中彌修五悔

九能安忍謂於逆順安然不動策進五品而入六根

大意九云圓頓行人初入外凡外招名利内動宿障宿障縱薄名利彌至爲衆圍繞廢損自行因茲破敗豈能進道外人視之猶謂大聖如樹抱蝎表似内虛唯當自勉不爲所動得入内凡名爲似位文謂於逆順等者逆是煩惱業定見慢等從内來破者當以内三術治之謂空假中也順則名譽羅罥利養毛繩眷屬集樹妨蠹内侵枝葉外盡從外來破者當以外三術去之一莫受莫著二縮德露玼三一舉萬里如止觀七

十無法愛謂莫著十信相似之道須入初住真實之理經云乘是寶乘遊於四方遊四十位直至道場妙覺位

大意九云若專住似位名爲法愛已得相似六根互用已破兩惑永無墜苦愛此似位名爲頂墮若修離愛進入銅輪名爲十住分身百界一多相即身土既爾已他亦然十身利生四土攝物文

謹案台教廣本抄録五時八教略知如此

此結所録五時八教天台判釋儀式也

若要委明之者請看法華玄義十卷委判十方三世諸佛説法儀式

所判聖教一期施化之相也

猶如明鏡及淨名玄義中四卷全判教相

妙樂一十七云淨名前玄總有十卷因爲晉

王著淨名疏別製略玄乃離前玄分爲三部別立題目謂四教六卷四悉兩卷三觀兩卷後人合六爲四今云淨名玄義中四卷是也

自從此下略明諸家判教儀式耳

今依大本玄義抄録綱要彼文今師判教之後備叙諸家今略去而不明也如是則顯上一書判釋儀式在今天台然所判是如來說法儀式能判是大師判教儀式兩種不分而分須善識焉

天台四教儀集註卷第九

音釋

錍四迷切 糾他口切 憋裨列切急性也 齧魚結切 絉莫割切

蹩蒲結切足擊也 矴丁定切石也 鯁古杏切魚骨也 詮七全切 玼且禮切玉色鮮也

妙法蓮華經玄義釋籤

隋天台智者大師說

清刻龍藏佛說法變相圖

釋籤緣起序

君山除饉男普門子屬辭

四教成列開合之旨蘊乎其中十子既往幽賛之功在人方絶惟三轉遂周一乘載導經文顯而約玄記博而深後進難窺蒙求尚壅不遠而復存乎其時我哲匠湛然公當之矣公孩提秀發志學名成淵解得於自心博瞻振於先達無適不可以虛受人洎毘壇以至于國清其從如雲矣間者島夷作難海山不寧徇法之多仄身巖宇或謂身危法喪莫如奉法全身僶俛遂行暴露原野是樂法者請益悅隨且法實無邊身則有待弘敷未暇籤訪有憑因籤以釋思逸功倍美哉洋洋乎登門者肯綮未甞望涯者恥躬不逮秉是以訓文其可廢

耶先德既詳雖大科不舉諸生未達在小疑必疏凡十卷不忘於本以天台命家善繼其宗以釋籤順學信所謂觀象得意俾昏作明汞代不朽者也普早歲在塵後時從道徒欲擊其大節獨不愧於心乎天王越在陝郛之明年甲辰歲紀月貞于相

法華玄義序釋籤

沙門灌頂述

天台沙門湛然釋

昔於台嶺隨諸問者籤下所録不暇尋究文勢生起亦未委細分節句逗晚還毗壇輒添膚飾裨以管見然所記者莫非述聞兼尋經論但識用暗短而繁略頗馴呈露後賢敢希添削

私記緣起

私記者章安尊者於江陵自記大師所說不與他共故名爲私緣起者述所記之興致序教法之所由

○此中先序師德及傳述之意名爲總序次正序玄文不過五義及本迹奥旨初序分二初序師德次幸哉下明傳述之意初文又二初列十德次唯我下結歸我師

大法東漸僧史所載詎有幾人不曾聽講自解佛乘者乎

初十德中初云大法者通指佛教以爲大法東漸者自漢明夜夢迦竺初臨洎乎隋文御㝢台衡誕應諸有習禪義解翻譯之徒漸被此方弘宣教法僧史所録未有不曾聽講自解佛乘佛乘者即是今典求異餘教不同三五七九等乘仍開會之使歸乎一極故云佛乘言僧史者如宋文宣王記室三簡棲所集百卷如俗史書左史記事右史記言禮云動則左史書之言則右史書之凡所集者不出言之與事今亦例之故云僧史又嘉祥皎法師所集高僧傳十三卷開爲十科終無不聽自解如天台

大師此不聽自解即是今文十德中之一也及從縱令已下九德並在大師別傳章安撮之用序師德初德之中詎者正云無也下之九德德德之中皆云縱者謂與而言之縱有第一終無第二乃至第十故下結云唯我智者具諸功德

縱令發悟復能入定得陀羅尼者不發悟者謂於大蘇法華道場三昧開發悟解一乘代受法師講金字大品陀羅尼者此云總持從三昧起以證白師師云此是法華前方便陀羅尼

縱具定慧復帝京弘二法不

縱具定慧者發悟屬慧入定是定

縱令盛席謝遣徒衆隱居山谷不

盛席者盛弘定慧二法謝遣等者自省不能益他爲謝推衆不受曰遣隱居華頂佛隴唐溪

縱避世守玄被徵爲二國師不

避世等者捨名利爲避世進己道爲守玄陳少主再敕頻迎隋文帝有敕請住故云被徵爲二國師

縱帝者所尊太極對御講仁王般若不

太極殿者陳朝正殿名爲太極

縱正殿宣揚爲主上三禮不

三禮者陳少主敕云國家一年舊有仁王兩集仰屈於太極殿開講法式處分一聽指揮初開法筵主上親於衆中三禮

縱令萬乘屈膝百高座百官稱美讚歎彈指喧殿不

天子爲萬乘之主故云萬乘屈膝言萬乘

者論語包氏引王制云古者井田方里爲井十井爲乘百里之國適千乘也諸侯之國千乘天子之國萬乘故云萬乘之主

縱道俗顒顒玄悟法華圓意不

道俗等者百高座爲道百官爲俗玄悟法華圓意者五義釋經統收五味故名爲玄非兼非帶開發諸典名爲圓意

縱得經意能無文字以樂說辯晝夜流瀉不

樂說辯如止觀第一記晝夜等者舉譬也如懸河流瀉晝夜不竭此之十德通舉悟解弘經之相故初德云自解佛乘最後德云晝夜流瀉諸有託胎靈瑞誕育徵祥髫齔精誠從師訪道臣主珍敬緇素歸心臨終示相滅後應驗具如別傳

唯我智者具諸功德

○次傳述中分三初述歎所受功微次並復下正明傳述以益當三或以下述巳添助以勸信初自斥巳名謙恭所學

幸哉灌頂昔於建業始聽經文次在江陵奉蒙玄義晚還台嶺仍值鶴林荊揚往復途將萬里前後補接纔聞一徧

幸者自省之詞建業亦云建康即晉宋等稱爲業都今江寧是也舊稱揚州隋滅陳後移揚州名額過京江比江陵即荊州也故下句云荊揚往復途將萬里將猶當也謂依俙髣髴將一萬里漢南曰荊自漢南至衡山之南江南曰揚自京江至南海巳來台嶺鶴林具如止觀第一記

○非但未聞不聞等者歎恨不聞者絕分

非但未聞不聞

如止觀禪門淨名疏等各有餘分說未終者名爲不聞

○亦乃已去謙已聞者未能盡意

亦乃聞者未了卷舒鑽仰彌覺堅高

卷舒鑽仰者章安總歎再治再讀理堅意高如孔子諸弟子歎孔子智深如窺其宮墻鑽之彌覺其堅仰之彌覺其高如飲大河水飽腹而歸不測深淺

○猶恨緣淺下明私記緣起

猶恨緣淺不再不三諮詢無地如犢思乳

今雖欲記但恨一聞而已屬大師滅度不獲重聞諮決無從如犢思乳△次正明傳述以益當

並復惟念斯言若墜將來可悲涅槃明若樹若石今經稱若田若里聿遵聖典書而傳之玄文各十卷

並復惟念者自惟及念彼故云並也自惟不足念彼未聞若不記其所聞念彼當來有不聞佛乘之苦故云可悲若樹若石等者如涅槃雪山童子聞半偈已傳於石壁又如今經隨喜品初隨其所聞聚落田里爲父母宗親隨力演說聿循也聖典者依今經及大經等皆令傳授△三述已添助以勸信

或以經論誠言符此深妙或標諸師異解驗彼非圓後代行者知甘露門之在茲

甘露門者實相常住如天甘露是不死之藥今釋妙法能通實相故名爲門初總序竟

○次正序玄文總有三序初一是大師別行經序次私序王去是記者所序三此妙法去玄文本序

序王

初中云王字去聲謂起也初也序起衆文之始故云序王

○就初序爲二初總攬五義以釋名次記者下就總名以别解初文又三初釋妙法次釋蓮華三釋經初文又二先妙次法下文廣釋先法次妙者從義便故今既略解且從名便

所言妙者妙名不可思議也

初釋妙者但舉一不思議則已簡於可思議也彼止觀爲成觀故乃以相待爲可思議麤唯一絕待爲不思議妙今則不爾圓中約時待絕俱妙餘味約部或妙或麤若前三教時之與部一向爲麤至法華被開方稱爲妙止觀相待義似於别故判爲麤

今此妙名兼於本迹彼文妙觀獨在於圓雖異而同細尋可了下文廣釋不俟多云

所言法者十界十如權實之法也

次釋法者略舉界如具攝三千廣如後釋妙歎於法法秖是妙權實之言兼於施等三義不同譬中復論故未别出

○次釋蓮華又爲六初總立次用譬意三從一爲下别釋四是以下結法譬先後以明法譬意五蕩化城下採取經旨以顯法譬六一期下總結用譬本意以示結歸

蓮華者譬權實法也

初文者妙法不出權實故蓮以譬實華以譬權

良以妙法難解假喻易彰況意乃多略擬前後合成六也

次意者良者發起之端何以立華譬法爲難解法故假謂假籍彰猶顯也若非蓮華無以顯於妙法故也譬之所顯曰況具顯本迹十妙十麤總含因果體宗用三故云乃多今此序文未暇廣述略況本迹以攝多途擬亦譬也所對前後秪是本迹二門各十四品前三後三故云合六

○次廣釋中二先迹次本一據經文次第故爾二據化儀必先垂後拂三據機緣則先淺後深若以華譬於迹蓮譬於本未可辨其前後何者從本垂迹則本前而迹後由迹顯本則迹前而本後約機雖爾約佛終以本居於初則蓮前而華後非譬次第然望劫初種子皆從化生等是化生蓮之與華皆可爲始故並順二義迹中權實取譬蓮華迹亦非實無以施權非權無以顯實然終以理實爲本而一體權實前後同時蓮華前後比說可知今從事說現蓮爲譬以順譬故先施後開又先開後廢亦且順喻據其法體開廢俱時此據最後開廢而說若中間迭廢則唯廢無開非今喻意具如下說

一爲蓮故華譬爲實施權文云知第一寂滅以方便力故雖示種種道其實爲佛乘

今初云爲蓮故華者約時且寄華嚴頓後而說頓中之別理實教權且置未論鹿苑施小方等般若已爲開廢而作方便如此說者且在於小若約教者通前四時三教皆權二乘唯在法華菩薩處處得入而今文引且從引小小難引故故寄說之知第

一寂滅約佛自行自行即是理實以方便力故正明施權應云爲五比丘說文中略者爲欲即說施權意故即以下句種種之言兼之從雖示下明施權意也雖復施權本爲於實種種道者即兩教因人別教教道五時八教故云種種

二華敷譬開權蓮現譬顯實文云開方便門示眞實相

次明開者指實爲權權掩於實名方便門閉今指權爲實於權見實名方便門開示謂指示示其見實之處故云也

三華落譬廢權蓮成譬立實文云正直捨方便但說無上道

第三廢者捨是廢之別名開已俱實無權可論義當於廢權轉爲實所廢體亡若留逗後緣復屬於施非此中意若爾開廢何別答約法乃開時即廢約喻必義須先開若爾法喻差違何成喻法答據理似與喻有違據事似先開後廢如先示方便即是眞實既識實已永不用權若約理者開廢俱時開時已廢故也

○次又蓮下本中譬者初句總標

又蓮譬於本華譬於迹

○次從本下正明垂迹

從本垂迹迹依於本

迹依於本者示迹不孤立即垂迹之意本擬顯本是故今云迹依於本迹非究竟

○文云下引證者初先明本

文云我實成佛來久遠若斯

言若斯者指壽量塵點

○但教下正明垂迹
但教化衆生作如是說我少出家得三菩提
作如是說者總舉所說我少等者別示說
相十九踰城三十成道不說爾前故云我
少
○次開迹中引文初述迷迹故云皆謂
二華敷譬開迹蓮現譬顯本文云一切世間
皆謂今始得道
○我成佛下正明開迹
我成佛來無量無邊那由他劫
不可具彰略云無量等
○三廢迹者如後如前
三華落譬廢迹蓮成譬立本
○引文中初諸佛下引同
文云諸佛如來法皆如是

○爲度下正明廢迹
爲度衆生皆實不虛
廢已無迹故云皆實實秖是本權秖是迹
若辨同異廣如第七卷明
○四結中云是以先標等者總結六譬△四結法譬先後以明法譬意
是以先標妙法次喻蓮華
非蓮華無以譬於權實本迹妙法非此妙
法無以取喻於蓮華如金剛經則喻先法
後今且順此故云是以等也
○五以經旨釋者一部之旨不出本迹蕩
化城者譬前法譬初蕩化城至記莂釋迹
門也從又發衆聖至隣大覺釋本門也且
就迹門三周攝盡三周次第法說居初今
從屬對二喻先說△五採取經旨以顯法譬

蕩化城之執教廢草菴之滯情開方便之權門示眞實之妙理會衆善之小行歸廣大之一乘上中下根皆與記莂

言化城等者化城是導師權說故經云今此大城可於中止是故屬教草菴是行者所執故經云猶處門外止宿草菴是故屬情蕩執教本爲除其滯情遣滯情本令不執權教化城述昔草菴譬現時機不同故互舉耳開方便者開於五乘初文是開方便三乘從會衆善去是會人天小善蕩是廢之別名開廢會三同異之相具如下文本迹用中各有十義又開方便近理故云妙理對人天小行故云大乘小行非不歸理方便亦入一乘綺文互對其意恒通理者單從體說乘者從事以明事以體爲所依體必藉事方顯人天本在於事從事開事爲便三乘已證權理從理開理易明是以經開人天但云佛道若開三乘乃云實相若爾何故經文二乘卻云菩薩道等耶答道名則通義理則局局故二乘開已授八相記人天但約過去通論又若按位開者二乘得在似位人天但在觀行故授記二乘更經若干劫數供養人天無此是故不同同乘佛乘是故不異上中下根等者前蕩化城是爲下根作宿世譬前廢草菴是爲中根作譬喻說前開方便是爲上根但作法說三周說竟各授記莂具如疏文三根互轉得利鈍名具如疏第四卷十門解釋

○次又發下本門又二初正明開迹次故

增道下授記

又發衆聖之權巧顯本地之幽微

初文者本門開其所覆故名爲發佛及弟子名爲衆聖頭角聲聞本是菩薩如富樓那等菩薩本是古佛如文殊等並屈曲施設故云權巧寂場已來爲迹所覆今始拂之故曰顯本昔未曾說故曰幽微

故增道損生位隣大覺

次授記者分別功德位至一生近於妙覺故名爲隣大秖是妙

一期化導事理俱圓蓮華之譬意在斯矣

六總結中始自寂場終乎鶴樹故曰一期誘物入實故云化導顯本爲事圓開權爲理圓又化事已周名爲事圓本迹理顯故云理圓不以餘華爲喻者以蓮華六譬元譬本迹故一代教法咸歸實本非蓮華無以喻之故云意在於斯斯此也此謂本迹

△三釋經

經者外國稱修多羅聖教之都名有翻無翻事如後釋

三釋經字者五味教法並稱爲經故云都名具在第八故云如後

○次就總別解者從記者去章安釋大師序意

記者釋曰蓋序王者敘經玄意玄意述於文心文心莫過迹本仰觀斯旨衆義泠然

然大師所序似但釋名而已意含別故章安所釋具體宗用以釋名是總體等是別別別於總總總於別故於總中所釋兼具五章當知體等三章秖是三德乃至秖是

一切三法故下文云釋名總論三法體等開對三法故總名中通冠一部一部終始不出二門是故二門以文心立號如止觀發心初云積聚精要名之爲心今之法聚以本迹爲要又本中體等與迹不殊故但於名以分本迹餘體宗用直釋而巳故章安述大師意得經文心故玄意五章莫過本迹如釋妙字本迹各十本迹二體其理不殊昔日因果名爲本宗中間今日所論因果名爲迹宗本迹二用不論麤妙及以廣狹但據近遠以判本迹教相但是分別權實久近相耳故知經心不過本迹仰觀本迹之旨三世設化文義泠然泠謂泠泠覽而可別

○妙法巳去牒前序文以示五義

妙法蓮華即叙名也示眞實之妙理叙體也歸廣大之一乘叙宗也蕩化城之執教叙用也一期化圓叙教也六譬叙迹本也文略意周矣

故知叙名通冠始末如前一序但叙於名體等三義合在名中體既屬理理豈無宗一乘屬宗宗豈無體蕩化是用且據實邊據理立化亦在用攝尋文可見

○從私序王去章安私序

私序王

○又爲二先序次釋序初又爲二先談始末次釋經題大師序中總以經題含於始末大師從義題中義必含於體等章安從說說必體等與釋名異文義因依故復重釋初文者法譬二周略而不叙且寄宿世

以爲與致法譬二周得益之徒莫非往日結縁之輩以退大流轉故惑寂理而耽無明酒以失大悲心故迷妙因謂生死曠遠世尊憐愍接其小機小尚昧初故猶倒惑觀宿種故體業付財妙行復初故現瑞駭動故此序中愍斯之言其意該括△初寄宿世以爲與致

夫理絶偏圓寄圓珠而談理極非遠近託實所而論極極會圓冥事理俱寂

初言夫者發語之端理絶等者既開顯已絶偏圓名爲形華嚴方等般若偏圓對明往結法華絶待之縁今寄圓珠而談絶理極非等者然一極至理非凡小之近非佛果之遠託五百由旬引化城之近説寶渚之遠極會等者凡談圓説遠爲接近廢偏若冥眞契極事理寂然化周爲事寂顯實爲理寂又寄圓珠以顯理冥其理故爲理寂託實所爲談事會其事故爲事寂此之二解義意大同寶渚本爲廢於化城化城若廢名化儀畢衣珠本譬昔聞實相實相若顯名契寂理此明中間已入實者

○而不寂者去明退大後流轉五趣

而不寂者良由耽無明酒雖繫珠而不覺

耽障中道微細無明故失於大志復耽現行麤欲無明忘本所受

○迷涅槃道去明流轉後忻樂小乘

迷涅槃道路弗遠而言長

如人迷故謂東爲西則東西俱失三德涅槃即理而具謂理爲遠背大取小則大小俱迷謂大爲遠爲迷大謂小爲極爲迷小

○聖主去明今日開顯
聖主世尊愍斯倒惑四華六動開方便之門
三變千踊表眞實之地咸令一切普得見聞
先以四味調熟來至法華迹序四華六動
先表四位六番至流通中變土地裂表顯
實相實相通被故云一切覩瑞聽法故云
見聞
○從發祕密去次釋經題初妙法兩字通
詮本迹蓮華兩字通譬本迹今以久本喻
蓮會圓譬華
發祕密之奥藏稱之爲妙示權實之正軌故
號爲法指久遠之本果喻之以蓮會不二之
圓道譬之以華聲爲佛事稱之爲經圓詮之
初目之爲序序類相從稱之爲品衆次之首
名爲第一

發祕密等者發者開也昔祕而不說故部
皆屬麤昔權實相帶權實隔異是故不名
權實正軌本果久成但爲迹覆今但指本
名之爲顯法是現在受者計異故須會之
位猶在因故名爲道聲爲佛事且據佛世
義通滅後故名爲經色唯滅後故且置之
前大師序云有翻無翻指第八卷初則唯
在於色次則徧於六塵故大師序意一往
似局而實通章安序意一往似通而猶局
圓詮之初等者且從迹說具存應云本迹
詮初前大師序不釋序品第一者雖在題
名之下自屬品之次第非題中之義故缺
不論故玄文末亦不釋之至疏文初方乃
略解章安承便故略論之序類相從等者
一往亦且釋品所以若有品之由具在文

句此不合論衆次等者二十八品生起不雜生起非一故云衆次於中最初故云之首第一可知△次釋序

釋曰談記是敘名會冥是敘體圓珠是敘宗俱寂是敘用四華六動是敘敎本迹可知談記者恐誤應云談託謂託實所談理極也圓是妙之別名極是妙法之果今寄果法以歎妙如經唯佛能知故云敘名作此敘字者敘謂敘述申作者之意作此序者序謂庠序如六瑞等爲正說庠序此非今意故不書之會冥者謂得經體也通則徧爲諸法諸經諸行等體別則唯在因果所取見於實相方名得體今置通從別故云會冥以會冥故名宗家體闡法繫珠是爲圓因得記示珠名爲圓果故以珠敘宗又若論珠體非繫非示還約於珠以論繫示故成體家之宗化周理顯法華之力故云俱寂是敘用也良以權實雙運故調機入寂乃成於宗家之用四華六動居一經之首故云敘教通序別序咸皆敘教通由通漫故略通從別別序具五餘四尚寬現瑞表報其相最切就六瑞中餘四尚寬未若四位天華六畨破惑動地教意在此故略引之前開方便門引意故爾本迹但是遠近之異大師所釋其義已顯故云可知

○次從此妙法去一序是譚玄本序得下文意此序不難於中亦二初序次釋初文者爲三初敘有經之由次正明今經三所言下釋題初由本證故能說之

此妙法蓮華經者本地甚深之奥藏也

迹中雖說推功有在故云本地
○文云下引迹證本
文云是法不可示世間相常住
約自證邊無法可說
○三世下通舉證同
三世如來之所證得也
○次文云下正明說經復先引文以內證
故而爲他說
文云是第一寂滅於道場知已
○大事下明說本意意在佛乘故舉始終
意在佛慧中間調斥非佛本懷故云助顯
大事因緣出現於世始見我身令入佛慧爲
未入者四十餘年以異方便助顯第一義△(次正明今經)
○次今下正說

今正直捨方便但說無上道△(三釋題)
○次釋名中初釋妙字
所言妙者褒美不可思議之法也
○次又妙下釋法及蓮華并經皆以妙字
冠之以無非妙故爾
又妙者十法界十如之法此法即妙此妙即
法無二無別故言妙也又妙者自行權實之
法妙也故舉蓮華而況之也又妙者即迹而
本即本而迹即非本非迹或爲開廢(云云)又妙
者最勝修多羅甘露之門故言妙也△(次釋)
釋曰妙無別體體上褒美者叙妙名也妙即
法界法界即妙者叙體也自行權實者叙宗
也本迹六喻者叙用也甘露門者叙教也
釋中亦約一題之內而四義存焉六喻叙
用者如下文云迹中斷權疑生實信爲用

本中斷近疑生遠信爲用故下文明本迹各十義不同甘露是理教是理門故云甘露門也

妙法蓮華經玄義釋籤卷第一

隋天台智者大師說
門人灌頂記
唐天台沙門湛然釋

○次正釋五重玄義者先列

釋名第一　辨體第二　明宗第三

論用第四　判教第五

○次釋釋中先判次正釋初判中二初列

釋此五章有通有別

○次判判中又二初通約諸經次正約今經初文三初釋名次如此下出體三例衆經下引例

通是同義別是異義如此五章偏解衆經故言同也釋名名異乃至判敎敎異故言別也例衆經之初皆安五事則同義也如是詮異我聞人異一時感應異佛住處所異若干人聽衆異則別義也

初二可知三舉例中云例衆經之初等者舉經初通序五義以爲例釋問阿難既同云何人異答具如疏文四種阿難餘意可見

○次約今經通別中爲五初釋名次辨異三出體四引例五簡示

又通者共義別者各義如此通別專在一部通則七番共解別則五重各說例如利鈍須廣略二門也衆敎通別今所不論一經通別今當辨

初云通者共義者七義共釋五章各者五義不相雜亂次辨異者雖有通別同釋一經故云專在一部餘文可知

○次正釋中先通次別初通中四初標次一下列三對五心四廣釋七番
就通作七番共解一標章二引證三生起四開合五料簡六觀心七會異
初二可知
○三對五心中二初正對次結成
標章令易憶持起念心故引證據佛語起信心故生起使不雜亂起定心故開合料簡會異等起慧心故觀心即聞即行起精進心故
初中開合等三起慧心者此三性是分別簡擇故也觀心者隨聞一句攝事成理不待觀境方名修觀無事間雜故云精進△

次結成

五心立成五根排五障成五力乃至入三脫門

法不孤立以七章依於五心五心若立如草木有根莖幹則立故心立名根既五心名根根必至力言排障者如信解品云無有欺怠瞋恨怨言欺爲信障怠爲進障瞋爲念障恨爲定障怨爲慧障若根增長能破五障故名爲力既成根力必具覺道以開三脫故云乃至以小準大亦應可知
○四廣解中二初結前生後次正解
略說七重共意如此廣解五章者一一廣起五心五根令開示悟入佛之知見耳
初文者結前可知廣解下生後亦名用章意也以此七番共解五章既起五心至別解五章一一無不成於五心既以七番略解五章當知廣解五章皆悉具七是故得至圓門三脫入於初住開佛知見初所以

竟

○次正釋中文自爲七初標名者即初標五章也於五章中此初標名於中文自爲四初標列

初標五章云云標名爲四

一立二分別三結四譬○次解釋者此句冠四科釋初立方是初科

○次解釋

立名者原聖建名蓋爲開深以進始咸令視聽俱得見聞尋途趣遠而至於極故以名名法施設衆生

釋初立中云原聖等者所言立者即妙法之名也原者本也建者立也大聖立名蓋爲開深理以進始行一實相處名爲深理七方便人皆名始行視聽兼現未佛在唯聲益益通二世故云視聽俱得見聞使尋聲色之近名而至無相之極理故以此妙法之名名實相法施設妙機應入實者若從通說則一代教門莫不爲開實相深理今唯從別即此經意也

○次分別中二初以今經對明前教次約五味重顯今經初文又五但法有麤妙通標也

分別者但法有麤妙

○次若隔歷下簡

若隔歷三諦麤法也圓融三諦妙法也

始自華嚴終至般若雖名不同但爲次第三諦所攝今經會實方曰圓融

○三此妙諦下歎釋今經一實之理

此妙諦本有

○四文云下引證
文云是法住法位世間相常住唯我知是相十方佛亦然
○五尚非下引經舉況
尚非不退菩薩入證二乘所知況復人天羣萌之類
尚非别教行位不退所知況復人天之類羣者衆也萌謂種子未剖之相人天全爲無明所覆故曰羣萌
○次别約五味又二初通舉不即說實之意次所以下具歷五味明說不說之意初文又二初略明不說次引文釋不說所以
佛雖知是不務速說文云我若讚佛乘衆生没在苦謗法不信故墜於三惡道
初文者直牒前文如云唯我知是相十方佛亦然而不忽忽即說者何故引文釋廣如方便品
○次所以下正約五味又二初四味次醍醐初又二初列四味次明四味意
所以初教建立融不融小根併不聞次教建立不融大根都不用次教俱建立以融斥不融令小根恥不融慕於融次教俱建立令小根寄融向不融令大根從不融向於融
初文中四味並有融不融名不無小異乳中以别爲不融酪教一味全是不融生酥中融即有二義若以圓斥三及以圓斥藏即以圓融爲融或以三教斥藏即以融通爲融雖兼斥大正在斥小故云令小根恥小慕大熟酥中云令小根寄融向不融者通教小乘寄於融通之融而得小果即指

小果名爲不融令大根從不融向於融者即指通别以爲不融即是令通别菩薩向圓融之融問若説佛乘恐其墮苦者説華嚴教可非佛乘耶答若約教論方等般若亦有佛乘何獨華嚴令墮苦之言但據不堪唯一佛乘故聞别等三教猶免生謗仍用祕密之力且隱小以説之雖曰大機尚隔於别小根被隱一向不聞由隱小故不名俱立是故但立頓大之名不立一乘獨妙之稱非佛本懷良由於此華嚴頓大尚非本懷況復鹿苑唯立不融故三藏教首及以部内麤尚未周故妙號都絶方等般若比説可知

○次從雖種種至非佛本懷者次明用四味意

雖種種建立施設衆生但隨他意語非佛本懷故言不務速説也

探取法華説彼四味本懷未暢故歸會法華所以施設之言通於麤妙爾前猶用權施設故言隨他等三者此隨他等三有通有别若歷七重及以四教一一説之此依諸教通總而説令别約法華别相而説自法華已前皆曰隨他故前教中雖並有融以兼帶故並屬隨他未堪開顯名不務速務事速也唯至今經開諸不融唯獨一融使前諸部同一妙法出世意足是故下文云乃暢也故言等者結歸初文不説之意務亦急也

○次今經下明醍醐味又三初正明今經次令一下明説佛本意三故建下結立名

也

今經正直捨不融但說於融

初文捨者捨秖是廢故知開廢名異體同令一座席同一道味乃暢如來出世本懷

次文者事不獲巳使一音異解既調熟竟道味無殊餘生滅度想若五千起去並付待後會及彼土方聞乃暢等者經云一大事因緣故出現於世大事既遂出世意周故建立此經名之爲妙

三結者既此經名妙驗前四猶麤 △三結

結者當知華嚴兼三藏但方等對般若帶此經無復兼但對帶專是正直無上之道故稱爲妙法也

三結中總結四味不立妙名爲何所以以兼等故判部屬麤如細人麤人二俱犯過從過邊說俱名麤人此經異彼故云無復方得獨立妙名故也 △四譬

○譬中言例者爲法立譬故譬例於法故例前三章咸以華爲譬初例前立名次云何下例前分別三如是下例前結也

譬蓮華者例有麤妙

初文者初文立中但約妙名兼歷五時開深進始方至於極今譬亦略例但云麤妙總攝前多 △次例前分別

云何麤狂華無果或一華多果或多華一果或一華一果或前果後華或前華後果初喻外道空修梵行無所剋獲次喻凡夫供養父毋報在梵天次喻聲聞種種苦行止得涅槃次喻緣覺一遠離行亦得涅槃次喻須陀洹却後修道次喻菩薩先藉緣修生後真修皆

是麤華不以爲喻

次譬例分別中前具約五味今但從人簡諸外道及前三教以諸部中妙不異故狂華無果可知又應更加有果無華可譬外道計果自然如吳録地理誌云廣州有木名度不華而實實從皮而出如石榴大色赤可煑食若數日不食皆化爲蟲如蟻有翅能飛著人屋外道雖計自然之果此果無實一華多果如胡麻等多華一果如桃李等一華一果如柹等前果後華如瓜稻等故南岳四安樂行云餘華或有狂等蓮華不然又云餘華成實顯露易見如方便諸乘蓮華隱密如一佛乘

○次蓮華下譬醍醐者爲二初通舉多奇次別對三義

蓮華多奇

初文者可以譬本迹十妙及體宗用三章奇秖是妙十妙三章無不皆妙非多奇華果何以擬之今總以爲蓮等三攝彼本迹故標多奇。前云別對今云次列三義一科兩名前後諸文類多如此

○次列三義

爲蓮故華華實具足可喻即實而權又華開蓮現可喻即權而實又華落蓮成蓮成亦落可喻非權非實

初義云華實具足等者爲蓮故華華掩於實爲實施權實在權內體復不異故云即實而權機熟須開開彼能覆情希近果名之爲覆拓彼近謂名之爲開開何所開即彼能覆又華落蓮成等者華落譬非權蓮落譬非實開巳即廢時無異途開教行人

理同一理故故實立巳同寘三德故知三德不當權實△三例前結

如是等種種義便故以蓮華喻於妙法也

○標體中先列

體者爲四一釋字二引同三簡非四結正

○次釋釋中先敘大師釋次章安私釋初文自四初從體字去初釋字也次從故壽量品下第二引同從今言實相下第三簡非從斯乃下第四結正初釋字中又三初釋字訓次各親下引例爲類三出世下正出經體以同字義

體字訓禮禮法也

初文可見

各親其親各子其子君臣撙節若無禮者則非法也

次文者雖用儒宗不同彼意彼明道喪故使獨親各子之局所以禮與今借彼禮法以譬體同一切諸經咸歸實體如各親其親此之實體生一切法如各子其子故禮記第七云孔子曰大道之行也天下爲公選賢與能講信修睦故人不獨親其親不獨子其子注云孝慈之道廣也今大道既隱天下爲家各親其親各子其子禮義以爲紀以正君臣以篤父子故義同也△三正出經體以同字義

出世法體亦復如是善惡凡聖菩薩佛一切不出法性正指實相以爲正體也

○次引同中二先引壽量同次引二論同

初文又二初引壽量次出方便文以辨同

故壽量品云不如三界見於三界非如非異

若三界人見三界爲異二乘人見三界爲如菩薩人見三界亦如亦異佛見三界非如非異雙照如異

初文中云不如三界者不同三界人所見也故三界人但見異相二乘見如如即空也佛菩薩可知所以但引壽量不引他部者他部已與迹實相同故下文云今經迹門與諸經有同有異異謂兼帶同邊不殊故不須引然下文云本門與諸經一向異恐人疑云若意異者體等應殊故今引之令知不異所言異者所謂遠壽諸經永無故一向異若爾本門亦有實相同邊何故不名有同有異答迹門正意在顯實相故以所顯之理與諸部文以辨同異本門正意顯壽長遠長遠永異故用比之實相雖在迹門辨竟今須辨同故今但取實相同邊長壽秖是證體之用未是親證實相體也

○次今取下辨同

今取佛所見爲實相正體也

取壽量所見與方便實相體同所見者經云如斯之事如來明見正明佛有能見之德故須云見取所見邊以證體同經中廣明如來如實知見等相云云

○次引二論者地論中論也問既不引諸部佛經何須復引菩薩二論答諸經同異下文自判諸論同異未有誠文地論別申華嚴中論通申諸教但引此二足顯其諸況二論此文言約意廣況辭異意同最堪況例初地論文者初列四句

金剛藏說佛甚微智辭異意同其辭曰空有不二不異不盡

○次釋

空非斷無故言空有有即是空空即是有故言不二非離空有外別有中道故言不異徧一切處故言不盡此亦與龍樹意同中論云因緣所生法即空即假即中因緣所生法即空者此非斷無也即假者不二也即中者不異也因緣所生法者即徧一切處也

釋中應以畢竟空不思議假相對以成圓融三諦問雖云辭異意同空假如何得爲經體答既是不思議空假還指空假即中中爲經體中即空假亦指於中三諦無非徧一切處若得此意中論四句義可準知若四句對教自是別途非此中意

○今言下簡非者舉離四謗謗即是非謂實相中無四謗也四即是謗故云四謗今言實相體即權而實離斷無謗也即實而權離建立謗也權實即非權實離異謗也雙照權實徧一切處離盡謗也

兩教二乘不能即權而實名爲斷無藏通菩薩不能即實而權名爲建立別教菩薩棄邊取中名之爲異地前爲權實登地爲雙非並語地前不能權實即中及中照權實故不免異及以盡謗

四結正

斯乃總二經之雙美申兩論之同致顯二家之懸會明今經之正體也

次結中云斯乃等者本迹爲二經迹經謂方便品中實相是也本經謂壽量品中非如非異是也金剛藏及中論爲兩論致猶

得也謂兩論二經同得實體△次章安私釋

○次私釋爲四初標能破所破次破凡下釋所破以顯能破三此等下簡異四今經下正出經體

私謂實相之法横破凡夫之四執竪破三聖之證得

初文中横破凡夫四執等者如前簡非中四謗是也法雖通深執成凡見故横在初心名凡四執亦云有無等四見是也言三聖者謂前三教聖人

○次釋破中三聖爲三

破凡夫可解破聖者三藏二乘指但空爲極譬玻瓈珠一往似眞再研便僞身子云我等同入法性失於如來無量知見空有之旨正破此證也

初破三藏中玻瓈如意二珠相似譬法性名同初聞混大故云一往似眞被斥茫然故云再研便僞方等尚止宿草庵般若猶無心希取故至法華方知昔失以昔不知空即有故故爲空即有之所破

通敎人指但空不但空共爲極譬雜色裹珠光隨色變緣所見之光亡其本體逐玄黃之色墮落二乘大經云聲聞之人但見於空不見不空菩薩之人非但見空亦見不空所見既殊不二之旨正破此證也

次通教理通故名爲共通機如雜色但眞如色變圓理如珠體機發如物裹故通教二乘亡實相體逐詮小之教墮落二乘鈍根菩薩義同二乘復能出假文略不說次引大經明利根菩薩一教之内利鈍不同

空中既殊故爲所破初不知中故不及別別教人指不但空爲極逈出二邊如雲外月棄邊取中如捨空求空不異之肯正破此證若彼有此無則正法不徧不盡之旨亦破此證也

次別教人雖不但名同但中異故故云逈出是故三教並爲圓教所破然破別者但破教道邊本是中今棄邊中之中而別求於中故以雲外之月譬教道中以捨空求空譬方便智若知邊中不異即破此意彼理有中此邊無中則實相正法不徧一切故不名不盡故以不盡破於不徧前金剛藏四句破中別教得二句即此意也

○此等下簡異中二先簡次重判

此等皆非佛甚微智不與金剛藏意同非佛證得本有常住不與方便品同不徧一切處不與壽量品同

初文者金剛藏四句雖異皆云是佛甚微智故故前釋云皆被空有等破故也本有常住權實不二前之三教體皆不融是故不與方便品中妙權實同壽量實相徧於三界前之三教體皆不徧是故不與壽量品中雙非義同

○既不下重判

既不會正體攝屬何法但空是化他之實但不但是自行化他之實出二邊中是自行之權並他經所說非今體也

但空於化他中是實於自行中是權三藏唯有一但眞故但不但等者若自他相對但是他實不但是自實通教眞中有二實

故是故二教並非經體出二邊中等者說中道故名爲自行云出二邊故名爲權此是判權實意也

○從今經體去正出今經實體

今經體者體化他之權實即是自行之權實如垢衣内身實是長者體自行化他之權實即是自行之權實如衣内繫珠即無價寶也自行之權即自行之實如一切世間治生産業皆與實相不相違背一色一香無非中道況自行之實而非實耶

今經體者此之體字正指經體體化他下兩體字謂體達之體由開故達故云體也初文即是開丈六垢衣垢衣正是示爲小乘化他權實今開即是同體權實纓珞長者體自行化他等者但不但空名自行化他權實今皆開之示以衣珠唯一不但無更求於小乘衣食故云無價珠在衣内如不但猶求小果如但空同在一身義當於共自行之權猶存教道亦違實相今亦開之無非實相此等三教皆開及以世間資生産業尚皆是實況圓中自行而非實耶

○標宗中二初標列

宗者爲三一示二簡三結

○次釋釋中三初文是示從然諸因果下第二簡從略舉下第三結初文爲四初釋名次所謂下依名辨相三如提下舉譬四總結

宗者要也

初文可知

○次文者先釋宗次釋要

所謂佛自行因果以爲宗也
若開權顯實無非自行若爲實立權故須
化他正指因果以爲宗故
云何爲要無量衆善言因則攝無量證得言
果則攝
次釋要者以要釋宗宗義雖明要義未顯
故重釋之還指因果徧攝故云要也
如提綱維無目而不動牽衣一角無縷而不
來
次譬中云綱維等者維繫也綱中之要莫
若綱維衣角準知
○故言下結
故言宗要
○然諸下簡中二先卻次取卻中一先迹
次本△籤迹中先誡令通識此句是科

然諸因果善須明識尚不取別教因果況餘
因果
迹中先誡令通識若無通識安能別知尚
不下況也
○餘因果下正卻三教因果何故卻之各
不能攝一切法故藏通兩教以或同或異
故當教三人因果尚別況能各攝一切法
耶
餘因果者昔三因大異而三果小同
初三藏中諦緣度殊故因大異俱斷見思
三乘微異故果小同
又三因大同而三果小異
次通教中俱學般若故因大同同坐解脫
習盡不等故果小異
又一因迥出一果不融因不攝善果不收德

則非佛自行之因非佛道場證得之果
次別教中在因說理不在二邊名爲迴出
復說果理諸位差別故云不融因不下重
釋所以以迴出因不攝地前衆善登地諸
位互不相收乃至果地萬德互不相關則
非下正明欲意以非迹中自行之因又非
寂場證得之果是故不名迹門因果
○又簡下本門也
又簡者諸經明佛往昔所行因果悉皆被拂
咸是方便非今經之宗要
通簡迹中一切因果若橫若豎俱非本故
○取意下次簡取先本次迹取中先明本
者承前簡卻迹文之後便拂迹以簡本承
簡迹之後取本便故故在前明也
取意爲言因窮久遠之實修果窮久遠之實
證如此之因豎高七種方便橫包十法界法
久遠者必指壽量塵點方顯實本如此下
明功能
○初修下明取迹也
初修此實相之行名爲佛因道場所得名爲
佛果但可以智知不可以言具
本宗如迹故云此也但可下歎迹若本則
非不退智知△三結
略舉如此因果以爲宗要耳
略舉下總結所取本迹因果也
○標用中二先標列
用者爲三一示二簡三益
○次釋釋中三初文是示從於力用中下
第二簡從非但下第三益初文二先釋名
用者力用也

經有斷疑生信之力

○次三種下正出用相不同宗體宗體唯獨在圓始終俱經力用故至簡中自明三種權實二智皆是力用

第二簡中有法譬合△初法

於力用中更分別自行二智照理理周名為力二種化他二智鑒機機徧名為用秖自行二智即是化他二智化他二智即是自行二智照理即鑒機鑒機即照理

初法中自他相即者並成體內之用故也故先明用相為攝機徧故須取化他及自他二此二必以自行為力無力則無用是故相即△次譬

如薩婆悉達彎祖王弓滿名為力中七鐵鼓貫一鐵圍山洞地徹水輪名為用

譬中文引佛本行經捔力爭婚品云悉達調達及諸王子爭婚瞿姨種種捔力瞿姨爾時在高樓上觀其捔試是諸王子彎常人弓或滿不滿一切諸弓皆悉不任悉達所彎淨飯王曰汝祖王廟中有輪王弓堪任汝彎悉達得之滿彎此弓箭勢一發貫七鐵鼓箭之餘勢仍至水輪乃至斫樹諸王子斫或一或二隨斫隨倒悉達一刀斫過七樹而樹不倒乃至擲象等此並用中示為凡力未關聖力力中之大不過悉達故今借喻此經力用昔三教及近成力用如諸王子

○三合譬中二初略合次何者下釋

諸方便教力用微弱如凡人弓箭

初略合方便教之失以顯實教之得

○次何者下釋中二初舉昔顯失次舉今顯得

何者昔緣稟化他二智照理不徧生信不深除疑不盡

初文者即以法華已前俱名爲昔並屬化他故昔教中望今迹門則三教照理不徧故三教人實信未生權疑未盡望今本門昔經圓機亦名爲失是則四教俱不知有本時之果生信未遠近疑未除

○今緣去正顯今得

今緣稟自行二智極佛境界起法界信增圓妙道斷根本惑損變易生

言稟自行者約機極邊說必至佛自行方乃名得約化主照機故通語自他極佛下正出用相通論本迹各有斷疑生信別論增道損生唯在本門今從省要故以起信增道爲迹門斷疑損生爲本門極佛境界者秖是十如權實故云唯佛與佛△三益

非但生身及生身得忍兩種菩薩俱益法身法身後心兩種菩薩亦俱益化功廣大利潤弘深蓋茲經之力用也

次益中云生身生身得忍等者地前住前爲生身登地登住爲生身得忍謂生身中能破無明得無生忍也言法身等者謂登地登住破無明捨生身居實報土名爲法身位居等覺名爲後心若迹門唯益生身及生身得忍本門進至法身及法身後心所益通兼故云非但自垂迹已來受化者漸廣得久近益者功在法華

○標教中三意於中又四初標次一根性

下列三教者下釋總名四云何下廣釋教相爲三初如文△次列一根性融不融相二化道始終不始終相三師弟遠近不遠近相

○列中三意者前之兩意約迹門後之一意約本門△三釋總名

教者聖人被下之言也相者分別同異也三中云分別者分別既是教相同異教相既通分別義徧即是分別融不融等乃至遠近

○四正釋中初文根性中爲二初明八教以辨昔次明今經以顯妙初又三初五味次不定三祕密即八教也五味即漸頓故也漸中開四并不定等二即爲八也初五味中又三初約五味次引同涅槃三問答料簡辨異初文五味者還約華嚴日照三譬開爲五味問應還取涅槃本文何以卻取華嚴文耶非但數不相當亦恐文意各別答涅槃五味轉變而秖是一乳華嚴三照不同而秖是一日今演華嚴平地之譬以對涅槃後之三味數雖不等其義宛齊又涅槃以牛譬佛乳從牛出譬佛初說大乳出已後其味轉變猶成分譬故此下文義立五味皆從牛出未若華嚴日譬於佛光譬說教日無緣慈非出而出衆機所扣非照而照故使高山幽谷平地不同同稟教光終歸等照故用兩經二義相成

妙法蓮華經玄義釋籤卷第一

音釋

籤七廉切標也
仄阻力切與側同仄身謂不安處也
僶俛僶彌盡切俛美辨切僶俛猶勉強也
肯綮肯苦等切綮棄挺切肯綮骨肉會處也
陜失冉切州名
郛芳無切郭也
句逗逗正作讀大透切凡經書文語絕處謂之句語未絕點之以便誦詠謂之讀
裨賓彌切附益也
馴徉遵切順也
寓王矩切天地四方曰寓
壟力踵切丘壟也
髫齔髫徒凋切小兒髫也齔初覲切毀齒也
迭徒結切互也
郤乞約切與却同
駭下楷切驚也
忻許斤切喜也
柹鉏里切果名
捔古岳切競也
縷隴主切綫也
東漸漸將廉切流入也
顒魚容切仰也
聿以律切惟也
耽都含切過樂也
褒補刀切揚美也
謗補曠切毀也
斥昌石切黜也
撙祖本切裁抑也
豎臣庾切立也
研倪堅切窮究也

妙法蓮華經玄義釋籤卷第二

隋天台智者大師說
門人灌頂記
唐天台沙門湛然釋

云何分別如日初出前照高山厚殖善根感斯頓說頓說本不爲小小雖在座如聾如瘂良由小不堪大亦是大隔於小此如華嚴約法被緣緣得大益名頓教相約說次第名從牛出乳味相

初文云何下至出乳味相者此文以華嚴說大未遊鹿苑名之爲頓此是頓部非是頓教以彼部中兼一別故人不見者便謂華嚴頓於法華者悞矣下去準說初文牒譬厚殖下以感應合譬一往總以別圓爲厚頓說下明說頓意良由下說頓之由由相隔故言大隔小者小人未轉爲大所隔此如華嚴下結華嚴譬以同涅槃故云如也下去例爾約法去明機感相應得益以結部名約說下結說次第同涅槃譬

次照幽谷淺行偏明當分漸解此如三藏三藏本不爲大大雖在座多跢婆和小所不識此乃小隔於大大隱於小約法被緣名漸教相約說次第名酪味相

次照幽谷亦先提華嚴譬淺行下亦舉感應以合譬乃至法華文中皆有結譬同法得益結名結說次第尋初頓教意以對下四味比說可知唯三藏結部名在前餘文或闕說意等尋之可見大雖在座等者大人示迹隱在小中多跢是學行之相婆和是習語之聲示爲三藏始行初教而三藏

實行者謂之爲實故云不識

次照平地影臨萬水逐器方圓隨波動靜示一佛土令淨穢不同示現一身巨細各異一音說法隨類各解恐畏歡喜猒離斷疑神力不共故見有淨穢聞有褒貶嗅有薝蔔不薝蔔華有著身不著身慧有若干不若干此如淨名方等約法被緣猶是漸敎約說次第生酥味相

影臨萬水至方等者至方等中具說四敎以未融故故見不同問華嚴鹿苑大小永隔纔說方等則同座並聞者何答若以祕密橫被無時不徧若約橫論竪則隱顯在機佛本意在大故遂本居初然由一分漸機致使聖慈未暢前已專大次復專小今雖同座大小仍隔但小被大彈爲成生酥以此爲次耳故知於創禀者仍互不相知故有此諸喻意不同影臨萬水譬現身不同逐器方圓譬示土不同隨波動靜譬說法不同示一佛土至不共合譬也從故見有下明機見不同對前三相初見淨如梵王見穢如身子開彼三相總引經文兼約六根明斥小也見有淨穢對前現土眼根也亦應更云觀相優劣已舉見土身必稱土故不繁文聞有褒貶耳根也嗅有薝蔔鼻根也華有著身身根也慧有若干意根也唯闕舌根以褒貶兼之若語身者應云如須彌山巨身也始坐佛樹細身也一一根中並一褒一貶尋之可見又佛歎文殊淨名褒也聲聞菩薩被折貶也其例蓋多不能具記隨其心淨即佛土淨入此室者

不嗅餘香結習盡者華不著也聲聞有若干其無礙慧無若干也即是褒貶之意世人判楞伽或同華嚴或同法華具如止觀記已有二處引楞伽文判屬方等以彼經文具四教故有彈訶故此中闕說意應云方等本折小彈偏圓無所闇又闕說由應云良由小未全轉致使五百聞大成斥

復有義大人蒙其光用嬰兒喪其睛明夜遊者伏匿作務者興成故文云但爲菩薩說其實事而不爲我說斯眞要雖三人俱學二乘取證具如大品若約法被緣猶是漸教約說次第名熟酥味相

復有義者華嚴經譬但云平地令離彼平地以譬方等般若法華方等如食時般若如禺中法華如正中於彼義上更加二義

故云復有言大人蒙其光用等者菩薩大人蒙般若光諸法之用二乘之人既無此用是故譬之如七日嬰兒若覩日輪令眼失光故名爲喪外人暗證譬如夜遊菩薩利他譬如作務務者運役也故文云下引信解聲聞自述以合嬰兒喪其睛明一切智明於般若光無明全在義之如喪雖三人俱學下說意也仍闕說由亦應云良由小稍通泰致使被加令說

復有義日光普照高下悉均平土圭測影不縮不盈若低頭若小音若散亂若微善皆成佛道不令有人獨得滅度皆以如來滅度而滅度之具如今經若約法被緣名漸圓教若說次第醍醐味相

次譬法華中土圭等者圭者累土也故字

從重土謂之爲圭如宋嚴觀法師與此太史官何承天共論此土是邊是中觀乃引周公測影之法以一尺二寸土圭用測日影夏至之日猶有餘陰天竺此日則無餘陰故叡法師云如日方中無處不南此指中方無餘陰處準此筭法地上寸影天上萬里若低頭若微善者總結散亂小善之類無不開之以成佛因以用合譬同入一實故無盈縮不令下說意亦闕說由應云良由大機已熟衆無枝葉致使一切佛知見開若約法被緣名漸圓教者此文語略具足應云鹿苑漸後會漸歸圓故云漸圓人不見之便謂法華爲漸圓華嚴爲頓圓不知華嚴部中有別乃至般若中方便二教皆從法華一乘開出故云於一佛乘分別說三故疏云於一佛乘開出帶二帶三今法華部無彼二三故云無二亦無三又上結云華嚴兼等此經無復兼但對帶此非難見如何固迷又今文諸義凡一一科皆先約四教以判麤妙則前三爲麤後一爲妙次約五味以判麤妙則前四味爲麤醍醐爲妙全不推求上下文意直指一語便謂法華劣於華嚴幾許悞哉幾許悞哉約說次第名醍醐味相者此五味教相生之文在第十三聖行品末佛印無垢藏王菩薩竟云譬如從牛出乳乃至醍醐譬從佛出十二部經乃至涅槃問彼經自以醍醐譬於涅槃今何得以譬於法華答一家義意謂二部同味然涅槃尚劣何者法華開權如已破大陣餘機至彼如殘黨不難

故以法華爲大收涅槃爲捃拾若不爾者涅槃不應遥指八千聲聞於法華中得授記莂見如來性如秋收冬藏更無所作

○次引同中二初總結同次引文別釋

當知華嚴之譬與涅槃義同

初言當知華嚴之譬與涅槃義同者華嚴日出等譬與涅槃五味義同但有廣略之殊故廣開平地以爲三譬譬三味也△次引文證同

三子三田三馬等譬皆先菩薩次及二乘後則平等凡聖云云

次引文證同中言三子三田三馬等者涅槃迦葉白佛如來憐愍一切衆生不調能調未脫能脫善星是佛菩薩時子斷欲界結證得四禪如來何故記說是一闡提地獄劫住不可治人何不先爲演說正法後爲菩薩若不能救善星比丘云何得名有大慈悲有大方便佛言善男子譬如有人唯有三子一者有信順心恭敬父母利根智慧於世間事能悉了知其第二子無信順心不敬父母利根智慧於世間事能悉了知其第三子不敬父母無信順心鈍根無智父母教告應先教誰迦葉白佛應先初次及第二後及第三而彼二子雖無信順恭敬之心以慈念故次復教之如來亦爾其三子者先譬菩薩次譬聲聞後譬闡提如修多羅中微細之義我先已爲諸菩薩說淺近之義爲聲聞說世間之義爲闡提說今雖無益作後世因善男子譬如三田一者渠流便易無諸沙鹵瓦石棘刺種一得百二者雖無沙鹵瓦石棘刺渠流嶮

難收實減半三者渠流嶮難多諸沙鹵種一得一又有三器一者完二者漏三者破若受用時先用何器又有三病人一者易治二者難治三者不可治醫師若治先治何者又有三馬一者調壯大力二者不調大力三者不調羸老王若行時先乘何馬合譬如前善男子如大師子若殺香象則盡其力乃至殺兔亦盡其力如來亦爾爲諸菩薩及一闡提功用無二故今文中初說華嚴如先爲菩薩次在鹿苑如爲聲聞方等已後大小普被乃至涅槃名爲平等故涅槃云功用無二經文雖列多種三譬譬意不別重列來耳日光無私高者先照後及平地非不照高從後爲言故云平地涅槃亦爾佛智無偏大機先被後及闡提通前後說故云平等△三問答料簡辨異

問既以五味分別那同稱漸

三料簡中初問既以五味那同稱漸者問前五味教相味既有五何故中間三味皆名爲漸

答約漸得明五味耳

答意者秖以漸入故有中間更加前後故得有五

○從又若去重以五句分別漸頓且約一期五味相生則漸頓一向若當部橫辨則漸頓互通雖曰互通各有其意故須更以五句分別

又若小不聞大大一向是頓若大不用小小一向是漸若以大破小是漸頓並陳若帶小明大是漸頓相資若會小歸大是漸頓泯合

故無量義云漸頓二法三道四果不合今時則合即此義也

初二句可解然仍存略且以大小相對得作此説若以別教當教之漸相對説者應云頓中兼漸漸不妨頓且爲成五句顯五味故也若言漸中有頓則下方等句同故略不列且云一向初句華嚴也次句鹿苑也次句方等也若以大破小具如弟子品以三教訶小且據調熟小乘邊説復有以圓訶偏如菩薩品復有漸中初入小行如見土復穢得法眼淨及俗衆室外爲説無常以小對大故云並陳陳猶列也相資即般若也相資之義後更料簡若會等者法華也初句略出次句引證初云合者秖是會之別名次引證中引不合以證合者如

疏云開爲合序無量義既重序前開不久必合譬如筭者下巳必除今時合者今文更以法華意結

○次問下料簡中間般若

問云何相資

可解

○答意者義兼方等

答小聞於大恥小而慕大是爲頓資小佛命善吉轉教大益菩薩是爲漸資頓

方等則大資於小般若會中聞加二人爲菩薩説名小資大亦應云頓資漸互出無在

○次明不定文三初結前生後次雖下釋相三味味中下結

如前分別但約顯露明漸頓五味之相若論

不定義則不然

初文者爲對祕密須安顯露之言故知通論顯露俱攝漸頓令於五味義後欲別明不定亦是顯露故初標之以冠不定相異漸頓故曰不然

○雖高山頓説等者正釋也又三初正釋次大經下引證三一時下破古

雖高山頓説不動寂場而遊化鹿苑雖説四諦生滅而不妨不生不滅雖爲菩薩説佛境界而有二乘智斷雖五人證果不妨八萬諸天獲無生忍當知即頓而漸即漸而頓

初文者此指華嚴不動不離而升而遊者此指頓後漸初不動於頓而施漸化此中古人多有異釋有云本釋迦不動而化身升天有云法身不動而化用升天有云不往而往往而不往故升故往近代藏法師四釋一約處一處中有一切處則天宮本來在樹王下但先未用此天宮處二者約佛樹王下佛徧一切處故樹王佛本在天宮先未用彼天宮佛耳三者約時樹王下時即天宮時四者約法界謂無自性此未必全爾前之三義何不論機而但約佛後約法界何故但云無自性耶而不云無他乃至無無因耶無謀而化感應道交非應而應非感而感何論時處身土性等耶雖轉四諦指鹿苑此指雖施漸化而不起於頓此二味既然諸味準此雖爲菩薩指方等般若彼二時中倶有小果新得舊得如常所明雖五人證果不妨八萬諸天獲無生忍此重指漸初對般若說前文約法此

中約人得果不同證法不定應引大論顯密法輪義釋此中意故大論六十五云於閻浮提見第二法輪轉初轉法輪八萬諸天得無生忍陳如得初果今轉法輪無量諸天得無生忍今轉似初轉問初轉少今轉多云何以大喻小而言似耶答諸佛有二種法輪一者顯二者密初轉聲聞見八萬及一人諸菩薩見無量阿僧祇人得二乘無量阿僧祇人得無生忍無量阿僧祇人發無上道心行六波羅蜜阿僧祇人得初地乃至十地一生補處坐道場是名爲密故知初見八萬一人屬顯露攝祕密者如次明之又大論三十一云欲得一音徧十方恒沙世界當學般若論問若爾與佛一音何别答有限無限問若爾何故閻浮提人來佛邊聽法答佛有二種音聲一者密如向所說二者不密須來佛邊此據别說約體而論二義俱時故今文中相即而說

大經云或時說深或時說淺應問即遮應遮即問

次引大經證中云或時說深或時說淺等名不定者以由彼此互相知故若祕密者即如下文互不相知是故名密不定與祕並皆不出同聽異聞故名爲即令亦淺深同席故著或言應問謂開其問端應遮謂置其所問亦開置同席故成不定

○三示相破古中先示相次破古

一時一說一念之中備有不定不同舊義專判一部

示相中云一時等者從廣之狹時謂五味之一亦是一部一會說謂一句一言念謂一刹那頃具如前文不定教相此顯如來不共之力問此與方等恐畏歡喜等爲有何別答不定徧前四味若直語方等但彈斥而已既以身土令物殊途正當不定般若亦然思之可見次破古中云不同舊義專判一部者如第十卷判教中云南北通用漸頓不定不定者即指勝鬘及金光明故今家判義味味之中皆有不定故不同舊專指二經△三結

味味中悉如此

言味味者乳中則約圓別相對以辨不定酪中教門雖無二別乃與八萬對辨不定生熟二酥三四對辨其意可見

○次此乃下祕密爲四初結前生後次如來下略歎三此座下釋相四雖復下結歎

此乃顯露不定祕密不定其義不然

初文可見

如來於法得最自在若智若機若時若處三密四門無妨無礙

次略歎中云若智若機等者智謂大聖權謀機謂不同次第不擇時處身口意密隨何四門無礙自在適時稱會皆無虛設

○三正釋相中且寄三法以出其相何者以此三法對祕密故則化儀四教文義整足任運攝得三藏等四於中復二先約三說相對次約說默相對初三說中二先約十方相對次或爲下於一方中多人相對一方既爾十方亦然二文各先正釋次各

各下結

此座說頓十方說漸說不定頓座不聞十方十方不聞頓座或十方說頓說不定此座說漸

各各不相知聞於此是顯於彼是密

或爲一人說頓或爲多人說漸說不定或爲一人說漸爲多人說頓

各各不相知互爲顯密

或一座黙十方說十方黙一座說或俱黙俱說

次約說黙相對中亦應具有十方及人二義不同無人相對者文略而言俱黙俱說者理合如之前三法相對準此亦應云俱頓俱漸俱不定文無者亦略既云俱黙俱說互不相知名之爲密何妨俱頓互不相知

○各各下亦結也

各各不相知互爲顯密

云互不相知者前文但云於此於彼者亦應互說舉一以例驗知不定與祕密但有互知與互不知以辨兩異此中顯露亦義通餘七以祕不出此七故也故前文云顯露漸頓及顯露不定故七並是顯露意也若爾何妨法華亦與諸教十方一席互爲顯祕而云法華是顯非祕密耶答十方容有一席定無言容有者何妨餘方未宜開權廢近等說則彼不知此若此間法華席中初發心者及人天被開豈可盡知十方世界開與不開然已聞法華本門施化非適一世縱不現見亦可比知開不開相義

當於知況同居分身寂光地涌覩已咸信一道無偏不同華嚴云是眷屬大集亦無分身之言般若但云問者加說名字咸同故知此經與餘經異顯密意別思之可知

○四雖復下結歎中三初舉廣以歎

雖復如此未盡如來於法自在之力

○次但可下許證附理故可知言說依事故莫辨

但可智知不可言辨

故知證一照極略得大猷言不累施卒何可具

○雖復下覽言說以從意故意不出漸等

雖復甚多亦不出漸頓不定祕密△次明等者前明八教以辨昔竟今科次明今經以明妙所以下文結云此即對於八教簡也

○次明今經爲二初總明教顯勝次別約迹顯勝

今法華是顯露非祕密是漸頓非漸漸是合非不合是醍醐非四味是定非不定

初文云今法華是顯露等者對非祕密故云顯露於顯露七中通奪而言之並非七也別與而言之但非前六何者七中雖有圓教以兼帶故是故不同此約部說也彼七中圓與法華圓其體不別故但簡六此約教說也次言是漸頓非漸漸者具如前判今法華經是漸後之頓謂開漸顯頓故云漸頓非法華前漸中之漸何者前判生熟二酥同名爲漸此二經中亦有圓頓今法華圓與彼二經圓頓不殊但不同彼方等中三般若中二此之二三名漸中漸法華異彼故云非漸漸耳人不見之便謂法

華爲漸頓華嚴爲頓頓恐未可也是合等者是開權之圓故云是合不同諸部中圓故云非不合合者秖是會之別名此即巳當約藏等四以簡權實故不復云是圓非三既知非是法華之前顯露巳竟則了法華俱非七教此即對於八教簡也

○如此下顯迹

如此分別此經與衆經相異也

可知△二化道始終不始終相

○次約化道中二初正辨異

次指教誠證

又異者餘教當機益物不說如來施化之意此經明佛設教元始巧爲衆生作頓漸不定顯密種子中間以頓漸五味調伏長養而成熟之又以頓漸五味而度脫之並脫並熟並種番番不息大勢威猛三世益物。○言初文爲五者初重舉餘經以對辨次明今經意三又以下明今世復以七教調伏四並脫下結初及以中間今日等相五更引涌出助顯迹文

初文爲五初重舉餘經以對辨次此經下正明今經意且指迹中大通爲首雖寄漸及不定不以餘教爲種故云巧爲結緣巳後退大迷初故復更於七教之中下調停種復云巧爲所以中間得受七教長養調伏因調而熟名爲調熟調實未熟因中說果是故云也又以下明今世復以七教調伏令至法華得度故云度脫也並脫等者約多人說於彼是種於此是熟互說可知是故云並及番番不息此即結初及以中間今日等相故更引涌出助顯迹文故云大勢威猛等也此涌出品中三世益物之

文大勢威猛即未來師子奮迅即現在自在神通即過去此中略舉未來一文而總通三世故世世時時念念皆有種等三相故也△次指教誡證

具如信解品中說與餘經異也

次指信解者即信解中云又以他日於窻牖中即指法身地鑒機久矣故此一語即兼三世益物之相又信解具領一代五味則知三世五味並然義須兼於述成之文以述成中先直述所解次明領所不及則十法界七方便等皆得五味之益即其意也餘教無此故不同之△三師弟遠近不遠近相

○次又衆經下本門爲五初正明本地長遠次補處下舉不知之人以顯長遠三經云下引壽量證因聞方知四慇勤下引迹門歎意以證長遠難聞五當知下結初文

又二初正明次衆經尚不下泛引衆經況出遠相初又二初師次弟子初師中二先

引昔經

又衆經咸云道樹師實智始滿起道樹始施

權智

以自證爲實化他爲權

○次今經下明今經一體權實久久已滿

今經明師之權實在道樹前久久已滿迹中三千界墨點尚已爲久今本中五百億塵界故云久久又一節已久況節節相望故云久久

○次諸經下弟子中亦先引昔

諸經明二乘弟子不得入實智亦不能施權智

二乘猶住小果故云不入豈能化他故不
施權
○次明今經
今經明弟子入實甚久亦先解行權
如滿願等先已入實說法第一故先解行
權△次泛引衆經況出遠相
○次況中亦先舉昔
又衆經尚不論道樹之前師之與弟近近權
實
不說道樹之前一節兩節故云近近爾前
一節兩節望今尚近況無中間遠中之近
故云近近
○次況出今經
況復遠遠今經明道樹之前權實長遠
言遠遠者秖是久久又言異者約時長短
爲久近約所行處爲遠近成已化迹爲所
行處俱有二意故互說之△次舉不知之人以顯長遠
補處數世界不知況其塵數
次不知之人中云補處數世界不知者如
壽量中五百億那由他阿僧祇三千大千
世界盡抹爲塵復過爾所世界乃下一塵
塵數已多況下塵不下塵界寧當可數下
塵不下塵界尚不可知況界中塵寧當可
數況如塵數以一塵爲一劫佛成道來復
過是數億阿僧祇未發迹來彌勒不知雖
發迹竟補處智力不知界數況知塵耶所
以開迹顯本皆入初住故云作佛本門發
迹於果不疑故皆發願求此實果故云願
我於未來說壽亦如是△三引壽量證因聞方知
經云昔所未曾說今皆當得聞

三引證者近以迹門尚得爲昔況伽耶已
前已被開者自是一邊若據未曾開會者
自退大已來小起已後皆名爲昔△四引迹門歎意以證長遠難聞
殷勤稱讚良有以也
四引迹門歎者方便品初雖近歎五佛權
實意實密歎師弟長遠
○五當知下結一向異
當知此經異諸教也
七番共解中初標五章竟
○次第二引教證五章者又爲二初引二
文通證五章次引藥王別證教相初文又
二初正引二文次所以下明引二文意初
文二先明序品次明神力初文自爲四初
證名中二初正證名次何但下略引同

二引證者如文殊答問偈云我見燈明佛本
光瑞如此以是知今佛欲說法華經
初文者彌勒初以伏疑潛難文殊因以潛
釋伏疑難云四衆忻仰瞻仁及我世尊何
故放斯光明文殊釋云我見等也
何但二萬億大通智勝及五佛章中三世佛
說皆名法華也
次引同中言何但者何但如文殊引二萬
燈明同爾大通及五佛其名咸同問大通
名同在文可見五佛章中未聞其同答釋
迦既名法華餘之四佛並云亦以故知同
也況妙法秖權實一體四佛皆云爲令衆
生得一切種智及開示悟入佛之知見故
下釋云開示悟入即其文也名同義同其
意在此

○次文云引證經體中總引三文
文云今佛放光明助發實相義又云諸法實
相義已爲汝等說又云無量衆所尊爲說實
相印此亦今古同以實相爲體也
引今文者亦是文殊釋伏疑中釋體疑也
今是今佛之文餘二並是燈明之文故云
古也
○次文證宗中二先引次即是下釋
文云佛當雨法雨充足求道者
初文亦是文殊釋伏疑文也
○次釋中先約迹次約本
即是會三歸一之法雨令求佛道因者充足
乃至一切皆會令充足若開近顯遠之法雨
令求佛道果者充足
迹門約弟子因本門約佛果也師非無因
弟子有果且互舉耳
○次文云下證用中亦二初引次釋初文
二初引釋伏疑文正證
文云諸求三乘人若有疑悔者佛當爲除斷
令盡無有餘
○次引方便品略開權文以助成
又云諸佛法久後要當說真實
即化終爲久
即是斷三乘五乘七方便九法界等疑皆令
生信此證經用也
次釋中前引經文但云三乘以三乘義含
故今釋出若五若七但是開合異耳五開
人天七開菩薩九合菩薩復開四趣若不
開人天四趣斷九法界上佛法界疑不盡
問若爾經何不說答餘趣會實諸經或有

二乘全無故合菩薩對於二乘從難而說釋據盡理故須論九斷此等疑生一乘信

○次引神力品先列經

又如來神力品云以要言之如來一切所有之法如來一切自在神力如來一切祕要之藏如來一切甚深之事皆於此經宣示顯說

○次釋

一切法者權實一切法皆攝也此證經名一切自在神力者內用名自在外用名神力即證用也一切祕要之藏者非器莫授爲祕正體爲要多所含容而無積聚名藏此證體也一切甚深之事者實相名甚深爲實相修因名深因究竟實相名深果又法師品云若聞此經乃是善行菩薩之道深因也求佛道者咸於我前聞妙法華經一句乃至一念隨喜我皆與授記乃至須臾聞之即得究竟三菩提深果此證宗也

一切之言即權實相攝相攝故妙內用自在故除疑等方偏即自在神力具含三千通攝三德故名爲藏爾前非器不授斯要甚深之事者因果名事實相名深是實相家之因果名甚深事若非此因果則非今經宗也次重引法師品者助成二文耳非無餘文所以但引宗文助釋者聖人垂教意在修行故名體用教以宗爲主修行莫過因果故也

○次明引文意中所以引二文等者序及流通於中又二先正明引用所以次明不引所以

所以引二文者古佛事定舉要略以釋疑令

佛說竟舉要略以付囑

初二文之中引其要意燈明佛事謝在過去其事已定故文殊引來釋彌勒之疑今釋迦佛說本迹竟總撮樞要付諸菩薩

○次中間下明不引意又二初正明不引之意次若引者下釋疑

中間正當機廣說故不引證耳

初文者當機廣說一部之文居于序及流通之中故云中間凡有所說豈過能詮名及所詮體并依體起用耶故不俟引之

○次釋疑者恐人疑云廣說雖爾豈無略要故引顯實四一而爲釋之先引

若引者開示悟入即其文也

○次釋

爲大事因緣故證名佛之知見證體開示悟入證宗爲令衆生證用此異餘經證敎也

釋中云言大事者諸佛出世本在開權故名妙法佛所知見即是體也開示等四䟽文四釋今且用約位一釋開即十住眞因也入即十地眞果也又開等四位眞因也直至道場眞果也若爲令衆生至七方便非今經用開佛知見方屬今經又爲大事因緣故證名者上文無數方便種種因緣是權是法非思量分別之所能知是實次所以者何去釋云諸佛世尊唯以一大事因緣故出現於世故知出世本意意在佛乘佛乘方得名爲大事當知佛乘秖是妙法故可證名次又釋云云何名爲至佛之知見當知大事是能詮名佛所知見即是實相證理明矣取能知見開示悟入始從

初住終至後心證宗甚便
○次引藥王中爲二初正引證次引諸下以四例教初文二先引次釋初又二先總舉數去取次列
又藥王品舉十譬歎教今引其六
初文者藥王品佛爲宿王華說十喻今但引六者餘四望六猶成分喻是故合四在此六中何者以輪王釋王不及梵王故合入梵王喻中五佛子及菩薩不及於佛故合在法王喻中
大如海高如山圓如月照如日自在如梵王極如佛
次列中經中一一皆云此法華經故知歎教今此列文略出名耳
○次釋中一一文皆先舉譬次釋譬經中譬文廣合文略但云法華亦爾最大最上最明等耳今出譬則略合文稍廣準經望之可以意得
海是坎德萬流歸故同一鹹故法華亦爾佛所證得萬善同歸同乘佛乘江河川流無此大德餘經亦爾故法華最大也
海言德者德者得也得衆水故萬善合萬流佛乘合一鹹不合江河川流流通三處應云三教各有所歸而不及法華也
山王最高四寶所成故純諸天居故法華亦爾在四味教之頂離四誹謗開示悟入純一根一緣同一道味純是菩薩無聲聞弟子故
次山譬者經中具列土山黑山小大鐵圍及十寶山以比須彌今文略無但云四寶者從所比說餘山並無四寶故也天居四

寶頂如醍醐在四味上反以四寶譬四誹
謗天居其上如教離謗也四謗如前金剛
藏意又更卻以四寶譬位一根緣等以譬
諸天諸天不離四寶山故若盡消經者應
以土等四山如四味須彌在十山之內而
最高如佛界在十界之內而最勝
月能虧盈故月漸圓故法華亦爾同體權實
故會漸入頓故
次月譬者實如盈權如虧同體權實如月
輪無缺會漸入頓如月明相漸圓故知前
標教相中云是漸頓者與月譬意同經中
以星比月天子雖舉天子經合既云此法
華經最爲照明故今但取圓亦兼以明爲
譬
燈炬星月與闇共住譬諸經存二乘道果與
小竝立日能破闇故法華破化城除草庵故
又日暎奪星月令不現故法華拂迹除方便
故
次日譬中復加燈炬星令合日譬中但云
破化城故但取日明能映諸明故耳若更
合者亦可以燈等四譬二乘及通別菩薩
竝與無明共住故也故次重引中略舉星
月而除方便故知方便所收復廣
輪王於四域自在釋王於三十三天自在大
梵於三界自在諸經或於俗諦自在或於真
諦自在或於中道自在但是歷別自在非大
自在今經三諦圓融最得自在譬大梵王
次梵王譬中經云如梵王爲一切衆生之
父今亦能生一切諸教故也今文但云自
在者以對簡二王非自在故耳輪王地居

如俗釋王居天如眞梵於三界如中若眞
俗自在中未必自在若中自在眞俗必自
在故以今經譬於梵王文中便簡歷別中
道亦非自在且約教道故知梵王兼譬二
中今譬圓融故云最也
餘經拔衆生出生死如五佛子於凡夫第一
或拔衆生出涅槃如菩薩居無學上今經拔
出衆生過方便教菩薩上即成法王最爲第
一
次法王譬中五佛子經文自列四果支佛
此等所說不及佛故
○次例又二先例四
引諸譬喻明教相最大例知用宗體名亦大
如海境智乃至利益亦大如海教相如山在
四味教上用宗體名境智利益亦復如是教
相虧盈圓滿如月用宗體名境智利益亦復
如是教破化城用宗體名境智利益亦復如
是教相自在餘亦如是教相王中王餘亦如
是
可見
○次非但下結
非但引文證教餘義亦成
○三生起中爲五初釋名次明生起意三
肇師下正明生起四神力下明生起所依
不同五今之下正明能依所從
三生起者能生爲生所生爲起
初如文
前後有次第麤細不相違
次言麤細者明五章次第也凡生起者或
從麤至細或從細至麤但使不亂皆名生

起今之五章是從麤至細能詮之名於中最麤是故居首所詮之體次細於名是故居次體但是理取理之行莫過因果是故居次因果之宗雖細於理自行因果猶是總略用是益他兼於權實逗會衆生久遠根性故細於宗教相既是分別前四故細於四所以居後是則展轉遞爲生起

肇云名無召物之功物無應名之實無名無物名物安在蓋第一義中無相意耳世諦爲言無名無以顯法故初釋名名名於法法即是體尋名識體體非宗不會會體自行已圓從體起用導利含識利益既多須分別敎相也

三正明生起者既言展轉名既居初復從何生則名從理出初引肇公意者法本無名名假無實故云名無召物之功物體性空無應假名之實名實俱無但眞諦意耳今論世諦故須辨名理雖無名假名顯實是故須立妙法之名以顯本迹妙法之實

問名既依理理復依誰答理性無體全依無明無明無體全依法性理徧一切而無所依是則名之與體互爲因依名即是體文字解脱色爲法界等云云

○四所依中三謂神力等

神力品中約敎文第一切法本皆佛法大經云一切世諦若於如來即是第一義諦衆生顛倒謂非佛法今明言示之故言一切法也欲説此法先以神力駭動故言一切自在神力既見變通醒悟渴仰得爲説敎敎詮實相故言祕密之藏也稟敎修行即有因果故言

甚深之事也欲分別四義與餘經同異次明教相耳序品約行次第初從經卷若善知識有所聞見即聞名也聞故推理體顯顯體須行行即因果宗也行自排惑亦利衆生是用也分別同異教相也開示悟入亦約行次第法本無開閉今呼爲方便門開此聞名也示眞實相體也自迷得悟悟因也由因故悟果宗也悟故深入亦令他入用也分別同異教也

言約教及行者但以用居第二第四爲異耳餘次第同然約教中以妙法爲在纏之法故云欲說此法若約行中以妙法爲能詮之名故云聞名故推理雖談經玄義而前四章屬行故且從行說若教若行俱須判教方顯妙旨故教行二途並判教居後教行並以體前而宗後者若說若行並須先知體而方辨因果故也開示亦約行準序可知若不開權妙名不立餘如文所以神力品已去判前引證各有所以神力約教故先名次用次體次宗序品約行故如文中所立次第又更重引開示悟入助成序品下去凡言云云者如止觀第一記△

五正明能依所從

今之五義依序品扶行次第也

○次開合中爲四先標次明開合意

四開合者五章共釋一經種種分別令易解故

○三凡三下列

凡三種開合謂五種十種譬喻

○四初釋下釋釋中文自爲三

初釋名通論事理顯體專論理宗用但論事教相分別事理釋名通說教行顯體非教非行宗用但行教相但教釋名通說因果顯體非因非果宗自因果用敎他因果教相分別上法耳釋名通論自行化他體非自非他宗是自行用是化他教相分別自他釋名通論說黙體非說非黙宗黙用說教相分別云云

初五種者始從事理終至說黙秖是自行化他之事理耳然五章玄義亦不出自他事理今更以此事理等五雙橫判五章以一一雙皆攝五章故也雖自他事理稍同而一一章則不攝五雙故知法相文義各別雖並攝五章而五雙生起次第宛別由有事理故有教行由教行爲因故感於果由因果滿故能化他由他機異故宜說宜黙而釋名恒通教相分別體徧無偏秖由宗用對五雙殊因茲成異

十種者釋名總論三軌體宗用開對三軌教相分別三軌釋名總論三道體宗用開對三道教相分別三道乃至第十釋名總論三德體宗用開對三德教相分別三德云云

十種者謂道識性般若菩提大乘身涅槃三寶德如下三法妙中釋

譬喻者譬如總名人身開身則有識命煖分別諸身貴賤賢愚種種差降人身譬名識以譬體命以譬宗煖以譬用分別譬教相云云

又若以蓮華喻三軌者蓮譬眞性華譬觀照鬚譬資成乃至九三例應可見若爾前五雙中釋名總於五雙當知亦可以蓮華鬚三對彼體等一一釋之可見

○次料簡中合十二重問答初三重料簡名次一重料簡體次一重料簡宗次五重宗用對簡次二重都簡五章

五料簡者若爲蓮故華華果必俱將不墮因中有果耶答因中有果舊醫邪法已爲初教所破尚非麤權實義況是妙因妙果新醫眞乳法耶

初問意者爲實施權權不離實乃至開權顯實實不離權廢權顯實權若廢已權實不二豈不墮因中有果耶答意者因果名同時異教異外人因果既爲初教所破尚非三藏麤因麤果況復通別況妙因果耶新舊醫如餘聞說

問華以喻權權是小乘之法則不應破於草庵草庵既破何得以華喻權答小乘是化他之權是故須破今明自行之權故以華喻耳

次問者此問依前答生前答妙因妙果因果俱時華果體即小乘屬權權亦即實菴城亦小何不即耶若破菴城則無華唯蓮破權方實即義安在答小乘是化他乃至喻耳者且約初說小隔於大是故云破以大破之故云須破自行即是體內之權故以華喻然化他之權據佛本意並屬自行又初約施權故屬化他今論開權故屬自行施開被緣其理不二

問文內從火宅至醫子凡七譬悉不明蓮華何以取此爲題答七譬是別蓮華是總舉總攝別故冠篇首也

七譬者一火宅二窮子三藥草四化城五繫珠六頂珠七醫子須以七譬各對蓮華

權實之義方得顯於總別意耳何者蓮華秖是為實施權開權顯實七譬皆然故得名別如譬喻中初設三車是施權後賜大車是顯實窮子中雇作已前是施權體業已後是顯實藥草中三草二木是施權一地一雨是顯實化城中為疲設化是施權引至寶所是顯實繫珠中得少為足是稟權後示衣珠是顯實頂珠中隨功賞賜是施權解髻與珠是顯實醫子中父去留藥是施權其父還來是顯實非生現生非滅現滅各有形聲權實二益生滅迹也非生非滅本也故前六約迹後一約本故知蓮華總譬本迹權實本迹同異之相具如後簡故知但語蓮華則兼別矣△次一重料簡體

問一切法皆佛法何意簡權取實為體答若開權顯實諸法皆體若廢權顯實如前所用

次問體者此問準文及理為問一切諸法皆是法界無非實相則諸法皆體何意簡權答意者若為實施權未識經體開權顯實實如所問廢權顯實如前所用者謂約廢說則簡權取實以為經體何者廢已無權簡於為實施權之權如前標體中簡於自行化他及化他體故云如前所用△次一重料簡宗

問何故雙用因果為宗答由因致果果為因所辦若從能辦以因為宗若從所辦以果為宗二義本是相成不得單取又迹本二文俱說因果故

次問宗者宗猶尊也主也如國無二王何以用二法為宗耶答意者因果雖二而不二也以單因單果不獨成故有果可取因

爲果因果若有因果爲因果故知能辦藉所爲期所辦藉能而顯如臣辦王事王能理臣君臣相藉共經一國異類爲譬其理亦成況下文日月綱天等譬文意可知又引本迹文證具如下引△次五重宗月對簡

問論宗簡化他因果明用俱取自他權實答宗論自行故須簡他用是益他是故雙取

問論宗去以用難宗論字平聲論宗既取自行論用何故俱取自他答如文此下諸問對簡者正爲簡用兼爲顯宗

又問用是化他亦不須自行權實答欲以自利利他故

問用是化他等者牒答重徵宗是自行既不取化他用是益他應簡自行答中意者若自破惑但用實道名爲自用自必簡他若破他惑他宜用大亦名爲用是故化他不可純小是故亦用自行權實若用於實即以此實自利利他

竝宗亦應然欲自行化他因果是故應取他也答化他因果不能致佛菩提是故不取

次並意者宗是因果亦可示他名化他宗亦應俱取化他因果自利利他何故簡他唯取於自答意者化他因果非一乘宗是故不取並意者因果屬宗何不亦以化他因果共爲經宗而利於他答意者宗屬自行唯求佛果尚不取自行化他況以化他因果而自行耶以化他邊即屬用故

竝用他權實亦不能令他至極亦不應取答他宜須此利是故取也

次並者用中亦不應俱取答意者化他漸

誘事不獲已是故取之

問宗用俱明智斷云何分別答自行以智德爲宗斷德爲用若化他自行智斷俱爲宗化他智斷俱爲用

問宗用俱明智斷等者正由向文或以宗難用或以用難宗恐法雜亂故須此問宗是自行用是化他各有智斷爲同異耶此文正問宗用智斷然下答中於自於他各有智斷宗是自行用是化他故也故以宗用釋於自他智斷不同得名各別前文既以自行爲宗化他爲用今此自他各有智斷乃成自他各有宗用宗雖有用用屬於斷此乃名爲宗家之用自他智斷俱爲宗者自行以智德爲宗化他以斷德爲宗化他智斷俱爲用者以自望他智斷俱爲智以他望自智斷俱爲斷文從以他望自而說是故單云化他智斷俱爲用也

○次總料簡五章者前是料簡四章已竟初問答

問何故五章不四不六答設作四六亦復生疑墮無窮問非也

可見

○從問經經去復似料簡教相教相秖是分別四章四章若異教相亦異故云經經各異以教對四即是料簡五章故也

問經經各有異意那得五義共釋衆經耶答若經經別釋但得別不得同今共論五義得同不失別

若經經各立則名義俱別故云得別失同今名同義別故云得同不失別

○觀心者初示用觀處
六明觀心者從標章至料簡悉明觀心七番共解已釋五章會異居後今所未論故總將第六觀心一章以消前五令一一文俱入觀門然須細釋令成妙觀問若爾何不以此觀心之文居於第七以消前六答會異文廣故不越之所以會異文中自立起觀一門則全悉檀體是於觀不假附事而爲理觀
○依前文起自爲五段初約標章者復爲五章
心如幻燄但有名字名之爲心適言其有不見色質適言其無復起慮想不可以有無思度故故名心爲妙妙心可軌稱之爲法心法非因非果能如理觀即辦因果是名蓮華由一心成觀亦轉教餘心名之爲經釋名竟
初約標名中言幻燄者幻燄之名通於偏圓如二十五三昧中有如幻三昧仍義通圓別今從圓說一心三幻破一心三惑理惑體一境智如如適言下觀法心性觀之但有名字言有則一念都無況有十界質像也言無則復起三千慮想況一界念慮耶不可以此有無思故則一念心中道泠然故知心是妙也妙即三千三千即法法故三軌故云可軌此之心法非因非果此舉因果所依之體能如理觀此語能取因果之觀故得名爲體家之宗用者但是宗體功能因華果蓮可以意得是故名中本含三義由一心等者研一刹那既成觀已即以此觀復觀後心後心成觀所復成能

後後相續名教餘心經是被下之教故觀
下惑名經
心本無名亦無無名心名不生亦復不滅心
即實相
次別約體中心本等者秖是實相雙非有
無雙非生滅轉釋有無
○初觀下宗也
初觀爲因觀成爲果
○以觀下用也
以觀心故惡覺不起
惡覺之名不局於淺不起之相意實在深
故得觀心爲今經用
○心數下教相
心數塵勞若同若異皆被化而轉是爲觀心
標五章竟

教相分別故云同異分別此教無不會實
故云而轉
○次引證五章
觀心引證者釋論云一陰名色四陰名名心
但是名也大經云能觀心性名爲上定上定
者第一義定證心是體大經云夫有心者皆
當得三菩提心是宗也遺教云制心一處無
事不辦心是用也釋論云三界無別法唯是
一心作心能地獄心能天堂心能凡夫心能
賢聖覺觀心是語本以心分別於心證心是
教相也
不得率爾從近而解△三生起
觀心生起者以心觀心由能觀心有所觀境
以觀契境故從心得解脫故若一心得解脫
能令一切數皆得解脫故分別心王心數同

起偏起等即是敎相故
次約生起中以心觀心名也境體也觀契
因也得脫果也此因果宗也令餘亦脫用
也分別王數是教相者心既是妙王數亦
妙妙而分別故屬教相
觀心開合者心是諸法之本心即總也別說
有三種心煩惱心是三支苦果心是七支業
心是二支苦心即法身是心體煩惱心即般
若是心宗業心即解脫是心用即開心爲三
也分別十二因緣心生即有六道差降分別
心滅即有四聖高下是爲教相兼於開合也
次約開合中約十二緣一念爲總別即三
道者即十界三道以下文分別約十界故
分別文中言教相兼於開合者秖此教相
一文兼前開合約分別邊名爲教相秖一
生滅名之爲合離爲十界名之爲開
○次料簡中不復料簡五章但簡用觀之
意又爲二初約根性不同次又論下理須
具足
觀心料簡者問事解已足何煩觀心答大論
云佛爲信行人以樹爲喻爲法行人以身爲
喻今亦如是爲文字人約事解釋爲坐禪人
作觀心解
初文中云爲信行人等者如樹一根開衆
枝葉於一實相開無量名若爲法行以身
喻身能喻所喻皆生觀解
○次文又四先引三論次引兩經三何者
下責失四若欲下示得
又論作四句評有慧無多聞是不知實相譬
如大闇中有目無所見多聞無智慧亦不知

實相譬如大明中有燈而無照多聞利智慧是所說應受無聞無智慧是名人身牛今使聞慧兼修義觀雙舉百論有盲跛之譬牟子有說行之義

初文大論四句評聞慧者具如止觀第一記此四句中具舉得失第三句得餘三並失次引百論單引兩失云百論有盲跛等者百論外人計云若神無觸身不能到如盲跛二人相假能到內破曰盲跛二觸二思惟故是故能到身神無二故不能到今借喻邊相假能到不取所計神我及身今言盲而不跛如有行無解跛而不盲如有解無行若解行具足猶如二全次引牟子雙失顯得云牟子有說行之義者如止觀第一記以此二喻例釋大論四句可知△

次引兩經

華嚴云譬如貧窮人日夜數他寶自無半錢分偏聞之失也下文云未得謂得未證謂證偏觀之失也

次引華嚴及今經可知△三責失

何者視聽馳散如風中燈照物不了但貴耳入口出都不治心自是陵人增見長非把刃自傷解牽惡道由其不習觀也若觀心人謂即心而是已則均佛都不尋經論墮增上慢此則抱炬自燒行牽惡道由不習聞也

次何者下責失中以言教之風吹無室之燈室如定也照於理境諸法不了且略舉一慢應具足諸惑執妙教之刃傷智照之手若但暗證觀心之人起增上慢前是我慢與此中別抱暗證之炬燒勝定之手△

○若欲下示得爲二先示次結初文先略示（四示得）
若欲免貧窮當勤三觀欲免上慢當聞六即
○次釋六即
世間相常住理即也於諸過去佛若有聞一句名字即也深信隨喜觀行即也六根清淨相似即也安住實智中分證即也唯佛與佛究盡實相究竟即也
○脩心下結又二初結
修心内觀則有法財正信外聞無復上慢
○次益
眼慧明聞其足利益何得不觀解耶
眼明慧聞隔字爲對所益蓋廣何得不以觀解五章之文令眼智具耶

妙法蓮華經玄義釋籤卷第二

音釋

嗅（許救切以鼻擸氣也）　薝蔔（薝之廉切蔔蒲墨切薝蔔梔子花也）　鹹（胡喦切）　駭（下楷切驚也）　煗（乃管切溫也）　竝（皮命切皆也）　盲（眉庚切目無童子也）　跛（補火切足偏廢也）　殖（丞職切培壅也）　瘂（於假切病不能言也）　跢（丁佐切）　褒貶（褒博毛切揚美也貶悲撿切抑也）　捃（居運切拾取也）　鹵（郎古切沙鹵謂确薄之地也）

妙法蓮華經玄義釋籤卷第三

隋天台智者大師說

門人灌頂記

唐天台沙門湛然釋

○釋會異中二先問起

七會異者問佛有所說依四悉檀今解五義與彼會不

○次答出答中自分二前對五章次解四悉初文又二先對五章

答此義今當說先對五章次解四悉檀世界悉檀對釋名名該一部世界亦冠於三第一義對體最分明爲人對宗宗論因果爲人生善義同對治對用用破疑滯與治病事齊分別悉檀對教相教相如後說

云名該一部世界亦冠於三者如五重玄義名最居初冠於一部部內不出體宗用三世界亦在四悉之初生善等三不出世界是故同也此並須以圓妙四悉方同此經五章意也

○次問答料簡中二初一問答明四悉五章次第不同次一問答明經論異同初問

問何不次第

可解

○次答中四初雙標兩根

答悉檀是佛智慧對利鈍緣則成四種

○次釋對利鈍

利人聞世界解第一義此對釋名辨體即足若鈍人未悟更須爲人生善對治破惡乃入第一義則具用四也

○三五重下判不同

五重玄義意兼利鈍四悉檀法專爲鈍者
○四對義下結酬
對義是同次第則異△次一問答明經論異同
問論專釋大品不涉法華何得指彼悉檀通
此五義中論通申諸經何意不用
次問者若以大論四悉通大品經五章可
爾何得將通法華經耶麤妙既殊通義安
在中論通申用之即是何不用耶
○答中先申四悉意
答釋論云四悉檀攝八萬法藏十二部經法
華何得不預耶
○次還用通申以申今意
中論通申理宜須用若具引論博而未巧今
取論題申於五章中字申體觀字申宗論字
申用瓔珞云破法方便立法方便利益衆生
方便論有研覈破執立三寶四諦得四沙門
果故知論字申用
言中觀者謂觀中之觀名爲中觀故用所
觀以申於體能觀因果以申於宗所以引
瓔珞助申論者破立之義與用義同利益
衆生具須破立復同用也論有下次引論
意同經別以三字申三章竟
○次中觀下總以三字共申於名
中觀理不可思議申妙觀境是權實申法觀
智是因果申蓮華觀詮申經論之三字合四
悉檀以對五義通申意顯若更以論申餘經
者取偈初句申三藏次句申通次句申別次
句申圓法華又爲第四句所申也豈止兩論
申此五章五章通申諸經論也
文闕教相教相秖是分別前四意思之可

知故不別釋更復以論四句申者論題是總故總題中含於三觀具如止觀第五卷破古師中意兩論正申五章也經但助成

○次解四悉中列章別釋

次解四悉檀爲十重

一釋名　二辨相　三釋成

四對諦　五起教觀　六說默

七用不用　八權實　九開顯

十通經

初標列十章通亘一代於中爲二前七章通約諸經後之三章獨今經意前七又四初二正明悉檀次二名義同異次二所起功能次一自證與利他得失初二者前總名次別相次二名義同異中初一名有同異義一向同次一名一向異而義同次二初凡夫起觀聖人起教次唯聖人說默次一凡聖得失次後三中初二明今經意後一明今經文於前二中初一判權實次一開權實得此意已方知一代悉檀不同雖前七門義及今經妙未獨顯別明當部故有後三思之思之△二別釋

○初釋名中三初泛引古師次引論破三引南岳正解

釋名者悉檀天竺語一云此無翻例如修多羅多含一云翻爲宗成墨印實成就究竟等莫知孰是

初如文

○次文者先引地持證謬次正破謬

地持菩提分品說一切行無常一切行苦一切法無我涅槃寂滅是名四優檀那此翻爲

印亦翻爲宗印是楷定不可改易佛菩薩具此法復以傳教此就教釋印如經世智所説有無無二此法楷定以此傳授經過去寂默諸牟尼尊展轉相傳此就行釋印也經增上踊出乃至出第一有最上衆共歸仰世間所無此釋宗義

初引地持四優檀那者彼第十七菩提分品云餘之一切所行所學悉入三三昧門所謂聲聞所行所學有四優檀那法諸佛菩薩爲衆生故亦説此四謂一切行苦是優檀那法乃至涅槃寂滅是優檀那法諸佛菩薩具足此法復以此法轉授衆生是名優檀那過去寂默諸牟尼尊展轉相傳是名優檀那增上涌出乃至具足出第一有是名優檀那論文無經字但題云地持經故今引云經也地持此四名爲印者如下所引大論所明法印不同大乘一印小乘三印此地持文雖是大乘欲明所攝之法及爲初行菩薩且脩此四四秖是三更立苦印故爲四也三印印生死一印印涅槃生死以無常爲初印無我爲後印又名爲宗故知此與四悉名義全别印是下釋印義教行兩文不同説屬世智故云世智所説問約教約行俱云傳授有何差别答教是所傳之法故云佛菩薩具此法行是能傳之功故云經過去寂默諸牟尼秖是佛佛皆有化他傳教之行增上等者並是歎釋宗義故也言第一有者謂三界頂此有難出故云第一居極頂故復云第一

○次彼明文下正破

彼明文了義釋優檀那諸師何得用宗印翻
四悉檀
○如此下例破
如此既謬餘翻亦叵信
○南岳下正釋
南岳師例大涅槃梵漢兼稱悉是此言檀是
梵語悉之言徧檀翻爲施佛以四法徧施衆
生故言悉檀也
可見
○二辨相中二先引大師釋次私釋初文
四悉自爲四段初文二初釋次料簡
二辨相者世界如車輪輻軸輞和合故有車
無別車也五衆和合故有人無別人也
初文中言世界者謂五陰差別界入亦然
△次料簡
若無人者佛是實語人云何言我見六道衆
生當知有人人者世界故有非第一義第一
義可是實餘不應實答各各實如如法性等
世界故無第一義故有人等第一義故無世
界故有有於五陰十二入十八界一切名相
隔別名爲世界外人迷此世界不達法相或
計無因緣有世界或計邪因緣有世界大聖
隨順衆生所欲樂聞分別爲說正因緣世界
法令得世間正見是名世界悉檀相
次文者若無下問人者下答第一義下問
答下答也外人下因釋外人横計不名世
界不達差別但總計我無因謂自然邪因
謂梵天等此四悉文全出大論
○爲人中三標釋結
二各各爲人悉檀者

○釋中二初正釋次如雜業下立傍正相以釋疑

大聖觀人心而爲說法人心各各不同於一事中或聽或不聽

初文云或聽不聽者聽謂聽許雖復雙舉意在於聽聽是所宜宜即生善

○次釋疑者恐引此爲疑生善文中復有破惡者何耶於中先出相狀次正判

如雜業故雜生世間得雜觸雜受更有破羣那經說無人得觸無人得受爲二人疑後世不信罪福墮斷常中故作此說

初文言如雜業等者文引二經云如經中說以雜業故雜生世間及更有破羣那經問此二經云何通答有人不信罪福墮於斷見斷彼疑故說雜業等若計有神我墮於常見如破羣那來問佛言誰受若佛說言其受更增其邪是故不說受者觸者但說無觸無受此之二人雖有此疑機在生善

○次此意下正判

此意傍爲破執正是生信增長善根施其善法也

傍爲二人不信罪福破其斷常正爲二人令生善根故爲人中非無破惡但有傍正故云正爲生善傍爲破惡△三結故名各各爲人悉檀

○三對治中亦標釋結

三對治悉檀者

○釋中二初辨有無次對治下正釋相

有法對治則有實性則無對治者貪欲多敎

觀不淨瞋恚多教修慈心愚癡多教觀因緣
初文中云有法對治則有等者有能治所
治故名爲有第一義中既無能所故云則
無此中實性但是對辨爲顯對治有能所
耳△三結
對治惡病說此法藥徧施衆生故名對治悉
檀相也
次結中云說此法藥等者通論四悉無非
法藥今從別說從對治邊立名便故且作
此說
○次第一義中亦標釋結
四第一義悉檀者
○釋中二初立三種不同次不可下釋二
種相
有二種一不可說二可說

初文言有二者意說今文言第一義者從
教法邊正當可說不可說者當內證邊非
今文意故須辨異
○初釋不可說中初正出相次引論證
不可說者即是諸佛辟支佛羅漢所得真實
法引偈云言論盡竟心行亦訖不生不滅法
如涅槃說諸行處名世界說不行處名第一
義
初文者證法無憑須寄人辨故云諸佛等
所得之法所引偈者亦是論第一義文中
引之初之二句明證法功能能離言說妄
想故也次二句者明所證法體上句正明
法體次句引例況釋如過去諸佛所得涅
槃不生滅法在我身中說諸下一偈與世
界互辨前明世界亦與第一義互辨故今

亦然

○次可說者正明今意

二約可說者一切實一切不實一切亦實亦不實一切非實非不實皆名諸法之實相佛於如是等處處經中說第一義悉檀相此亦是一家明四門入實之意故中論云爲向道人說四句如快馬見鞭影即入正路

○四句皆實故無非第一義也佛於下引證此亦是一家明四門入實者判也謂一切實等四句次第以對有等四門上皆名等者入實也故中論下證入實意謂爲利根故也快馬見鞭影如止觀第二記

○若聞下結反以無結有故云豈第一義耶

若聞四句心生取著皆是戲論豈第一義耶

△二私釋

○十五番者又二初正釋次問下料簡初文者總十五番謂一事理二假實三善惡人四善惡陰五善惡法六三世七内外凡八見脩聖九凡及聖非學非無學即凡位也十至十三四悉各爲一番十四以四悉通爲一番十五別約四諦此十五番爲欲令人了四悉義徧一切法若得此意觸境皆成自行化他法皆具足然須細釋此十五番皆使順於歡喜生善破惡入眞又此十五番雖趣舉一法不無次第於中爲四初之六番約所觀人法次内外凡下三番約能觀凡聖三五番約所施方法四一番約所觀諦非所觀法無以成能觀人非能觀人無以用所施法非上三故不成於諦

諦是所觀義通能所人法迷悟故也今畧出相狀不可具記△初六番約所觀人法于中一事理私十五番釋其相令易解隨說事理聞者適恱是世界舊善心生是爲人新惡除遣是對治得悟聖道是第一義

初事理者名通迷悟因果等法今且在迷爲迷說於事中有理而理異於事直聞此法心生歡喜屬世界聞能生善破惡入眞即屬後三△二假實

雙說假實是世界論輪輻軸輞故有車五陰和合故有人單說假人即爲人論或說有人或說無人單說實法即對治論對治則有實性則無雙非假實即第一義論言語道斷心行亦訖云云

假實異故聞復歡喜即屬世界輪等譬實法車即譬假名五陰及人共譬和合有人也從人邊說即爲人論既云或說有人無人人能生善故也單說實法實法虛幻可以觀治雙非下明第一義論中既云言語道斷故云雙非即第一義故一一悉並引論證此假實相對爲一番△三善惡人

因緣和合有善人惡人之異是世界善緣和合有善人是爲人惡緣和合有惡人是對治雙非善惡是第一義

次單約假人△四善惡陰

五陰實法隔歷是世界從善五陰生善五陰是爲人以善五陰破惡五陰是對治無漏五陰是第一義

次單約實法從外凡陰生內凡陰以內外凡陰破三界陰無漏即初果等陰雖有內

外等不同然陰終是所觀之境△五善惡法
善法惡法異是世界說令善法生後善法是
爲人以令善法破令惡法是對治非善非惡
是第一義
○次問下畧料簡△初一問答
問曰人通善惡何得言生善是爲人答善業
爲人所乗令生其善故言爲人
初問者人名既通何故生善獨得人名答
意者惡是所破非所爲故不立人名人能
生善非無惡人△二問答
問爲人生善秖應生善那復斷惡答爲人者
生善是舊是正斷惡是傍是新治中治惡是
舊是正生善是新是傍云云
次問者生善唯在爲人何故令人破惡答
意者有傍正故得名不同△六三世

三世隔別是世界來世是爲人現世是對治
非三世是第一義
次約三世中來世是爲人者爲人本生其
宿善現種微善當來可生以當望現故現
名宿若治現惡名爲對治可見△次三番約能觀
凡聖於中七内外凡
四善根内外凡隔別是世界煖頂是爲人總
別念處是對治世第一法近眞是第一義
次約凡位者以四善根内用對於外凡名
内外異煗法已去善陰漸生義當生善總
別念中以無常等治故云對治以第一義
通初後故凡位中亦得通用△八見修聖
見道修道異是世界見道是爲人修道是對
治無學道是第一義
次約聖位者見道生理善脩道治事惡既

純約聖位故聖位中極方名第一義△九凡及聖

非學非無學是世界見學是爲人修學是對治無學是第一義

次凡聖共立雙非即是內外凡位

○次世界下料簡釋疑非十五番數

世界悉檀中有爲人爲人中有對治對治中有第一義第一義中無三悉檀云云

由前文云世界中無第一義今問爲人對治爲有第一義第一義有三耶故今文云展轉相生由觀世界故生善由生善故破惡由惡破故見理理中則無世界等也是則善生惡滅若互有無終不見理

○次約四悉各立四悉者還引前大論本文文自各具故作此釋之△三五番約所施方法於中

第十世界中四

一悉檀通有四悉檀論云陰入界隔别是世界因緣和合故有人是爲人正世界破邪世界是對治聞正世界得悟入是第一義△十一

爲人中四

爲人有四者雜業因緣得雜觸雜受是世界於一事中或聽是爲人或不聽是對治無人得觸無人得受是第一義△十二對治中四

對治中有四者佛三種法治人心病藥病異故是世界治人是爲人對病是對治實性則無是第一義△十三第一義中四

第一義中四者一切實乃至四句是世界佛支佛心中所得法豈非理善是爲人一切語論一切見一切著皆可破一切不能通第一義能通是對治言語道斷法如涅槃是第一義△十四以四悉通爲一番

又通作者四悉檀不同通是世界悉檀也四悉徧化衆生通是爲人四悉檀皆破邪通是對治隨聞一種皆能悟道通是第一義也次通以四悉作者問令四悉相異以爲世界容可異前下三通三與前何別答前一悉各四逗十六人今四通四但對四人法相雖爾在人不定或通或別或一人具四或三二一或多人共一或二三四若隨所宜始終而論何人不假聞法歡喜生善惡破見第一義耶但根有利鈍或超或次耳

△四一番約所觀諦是第十五番別約四諦

別作者約苦集諦明世界約道諦能治明爲人約道諦所治明對治約滅諦明第一義約諦中能治屬人故△次問下料簡

問依論解相巳足何用多釋答論云四悉檀攝八萬四千法藏私約十五法分別何咎

料簡如文

○三釋成者問大師淨名疏中云世人多以經釋論令人謂論富經貧今以論釋經令知經富論貧此中何以將經釋論答言釋成者以義同故引來相成令論意可識非謂將經解釋論也況復此是申經別論於理無傷於中爲三初來意次列經三樂欲下正釋成

三釋成者四悉檀是龍樹所說四隨禪經佛所說今以經成論於義彌明所謂隨樂欲隨便宜隨對治隨第一義

初二如文

○正釋成中前二名異義同須會後二名義俱同不會初二爲二初世界爲三初明

得名不同即是名異次引證三佛經下正
明相成
樂欲從因得名世界從果立稱
初如文○引證
釋論云一切善惡欲爲其本淨名云先以欲
鉤牽後令入佛道
引證二文文雖似因意兼因果善惡果也
欲即因也果以因爲本佛道果也淨名本
文謂行於非道今以欲名通於深淺道體
無欲欲能爲因△三正明相成
佛經舉修因之相論明得果之相舉隨樂欲
釋成世界悉檀也
三釋成中因必得果故以因成果
○次爲人中四初名異
隨便宜者隨行人所宜之法各各爲人者是
化主鑒機照其可否
○次論云下引證
論云於一事中或聽或不聽宜聽不宜不聽
文似單證化主意兼行者所宜聽不聽屬
化主宜不宜屬行者
○三如金師下引事
如金師子宜數息浣衣子宜不淨
金師之子等如止觀第五記
○四經舉下應必待機故以機釋應
經舉行者之堪宜論明化主之鑒照以釋成
也△後二名義俱同不會
餘兩種經論名義同云云
○四對諦中二先別次總別中二先畧次
廣
四對諦者直對一番四諦如前說

畧中言如前者如前私釋

廣對四種四諦者四種四諦一一以四悉檀

對之

次廣者前不分教故畧今教教具故廣

復總對者生滅四諦對世界無生四諦對爲

人無量四諦對對治無作四諦對第一義

總者以一一悉同對四諦

○五起觀教中二先觀次教觀中二先敘

意次正起

五起觀教幽微之理非觀不明契理之觀非

悉檀不起

初文者觀假悉成理由觀顯

○次文者又二先次第次一心次第中三

觀爲三初空觀廣餘二觀畧初中二先釋

次結釋四悉爲四初世界中六初標

修從假入空觀時

○次先觀下觀境

先觀正因緣法

○三此法下明用世界所以

此法內外親疎隔別

因內緣外因親緣疎親疎隔別即顯世界

意也

○四若不下正明觀意

若不殷勤樂欲則所習不成

○五必須下勸忻

必須曉夜精勤欣悦無斁

斁字音易亦音度也猒也

○六結

此即世界悉檀起初觀也

如文

○爲人中三初明爲人意
若欲觀假入空須識爲人便宜
○次若宜下正明生善
若宜修觀即用擇精進喜三覺分起之若宜
修止則用除捨定三覺分起之念通兩處
止觀各三隨一可辦
○三是爲下結
是爲隨宜善心則發
○三對治中三初明治意
若有沈浮之病須用對治悉檀
○次正明用治
若心沈時念擇進喜治之若心浮時念捨除
定治之
亦隨一可辦
○三若善用下與爲人對辨

若善用爲人善根則厚若善用對治煩惱則
薄
○四第一義中二初正明第一義
於七覺中隨依一覺怳然如失
不得三悉之相故云如失此是證前第一
義相
即依此覺分研修能發眞明見第一義
次即依下由此是證前第一義相故云發
眞△次結
是爲用四悉檀起從假入空觀成一切智發
慧眼也
○餘二觀及一心並畧
若從空入假觀巧用四悉檀取道種智法眼
亦如是若修中道第一義觀巧用四悉檀取
一切種智佛眼亦如是△次心

若一心三觀巧用亦如是
○次起教中二先不可說約理理即向來
脩觀所證故不可說次又下明可說說即
教也初不可說中二先通次大經下別
起教者大論云佛常樂默然不樂說法淨名
亦論杜口此經云不可以言宣
先通文中初引大論義通諸教次淨名下
彼經義在於圓雖有此義以不分對諸教
直言不可說故屬通也
大經云生生不可說乃至不生不生不可說
生生等十因緣如止觀第五記
○次可說者爲二先明說因即十因緣所
成衆生
又云亦可得說十因緣法爲生作因亦可得
說十因緣者從無明至有此十成於衆生

○次正明說又二先經次論先經中復二
先四教次十二部
具四根性能感如來說四種法若十因緣所
成衆生有下品樂欲能生界內事善拙度破
惑析法入空具此因緣者如來則轉生滅四
諦法輪起三藏教也若十因緣法所成衆生
有中品樂欲能生界內理善巧度破惑體法
入空具此因緣者如來則轉無生四諦法輪
起通教也若十因緣所成衆生有上品樂欲
能生界外事善歷別破惑次第入中具此因
緣者如來則轉無量四諦法輪起別教也若
十因緣所成衆生有上上品樂欲能生界外
理善一破惑一切破惑圓頓入中具此因緣
者如來則轉無作四諦法輪起圓教也
初四教者起教秖是轉法輪耳即是四佛

當分各轉當教法輪亦應對於頓漸祕密不定但是文畧

○次約十二部中三先標次釋三大論下指論證成

復次一一教中各各有十二部經亦用悉檀起之

○釋中先四教次五時

若十因緣法所成衆生樂聞正因緣世界事如來則爲直説陰界入等假實之法是名修多羅或四五六七八九言偈重頌世界陰入等事是名祇夜或直記衆生未來事乃至記鴿雀成佛等是名和伽羅那或孤起偈説世界陰入等事是名伽陀或無人問自説世界事是名優陀那或約世界不善事而結禁戒是名尼陀那或以譬喻説世界事是名阿波陀那或説本昔世界事是名伊帝目多伽或説本昔受生事是名闍陀伽或説世界廣大事是名毗佛略或説世界未曾有事是名阿浮陀達磨或問難世界事是名優波提舍此是世界悉檀爲悦衆生故起十二部經或作十二種説生衆生善或作十二種説破衆生惡或作十二種説令衆生悟是名四悉檀起三藏十二部經△次通教

若十因緣法所成衆生樂聞空者直爲説五陰十二入十八界無不即空或四五六七八九言偈重頌陰界入即空或説能達陰入界即空者便與授記或孤然説陰界入即空或無問自説陰界入即空或説知陰界入即空名爲禁戒或舉如幻如化等喻陰界入即空或説本昔世間國土即空或説本生陰界入

即空或說即空廣大或說陰入界即空希有或難問陰界入即空是爲隨樂欲世界悉檀起通教十二部經或作十二種說即空生善或作十二種說即空破惡或作十二種說即空令悟理是爲四悉檀起通教十二部經也

△三別教

若有十因緣法所成衆生樂聞一切世界一切陰界入及不可說世界不可說陰界入等事者如來即直說一切正世界及陰入等一切翻覆世界及陰入等一切仰世界及陰入等一切倒住世界及陰入等一切穢國一切淨國一切凡國一切聖國如是等種種世界不可說世界種種陰入界不可說陰入界云云或作四言乃至九言偈重頌或孤起偈或能知國土陰入界者即與記成佛或能知者即具禁戒或譬喻說或說昔國土事或說昔受生事或說廣大事或說希有事或說論議事如是等十二種說悅其樂欲或生其善或破其惡或令悟入是名四悉檀起別教十二部經

△四圓教

若十因緣所成衆生樂聞不可說國土不可說陰界入皆是眞如實相即直說一切國土依正即是常寂光一切陰入即是菩提離是無菩提一色一香無非中道離是無別中道眼耳鼻舌皆是寂靜門離此無別寂靜門或作偈重頌或作孤起偈或作無問自說或知者與記或知者具戒或作譬說或指昔世界或指本生或說廣大或說希有或作論議是爲赴樂欲世界悉檀起圓教十二部經或作十二種說生妙善或作十二種說頓破惡或

作十二種說頓會理是爲四悉檀起圓教十二部經△次五時

復次用別圓兩種四悉檀說十二部經者是起華嚴教也但用一番四悉檀說十二部經者是起三藏教也若用四番四悉檀說十二部經者是起方等教也若用三番四悉檀說十二部經者是起般若教也若但用一番四悉檀說十二部經者是起法華教也

先四教中文相可見細論不可具盡前別教中言仰覆世界等者具如華嚴常寂光者普賢觀云有佛世界名常寂光毗盧遮那之所住處眼耳鼻舌皆是寂靜門如止觀第二記△三指教證成

大論云四悉檀攝十二部經其義如是

○次起論中四初明所依三昧次菩薩下造論意三天親下正出論相四又五通下明論所攝

地持云菩薩入摩得勒伽造不顛倒論爲令正法得久住禪而作論也

初文云摩得勒伽此云智母菩薩入此智母三昧作論申經令法久住故云正法得久住禪故地持九種大禪中第八此世他世禪復有九種第七造不顛倒論微妙讚頌摩得勒伽爲令正法得久住禪

○次造論意

菩薩住是禪觀衆生於佛去世後根緣不同作論通經

可見△三正出論相

天親用兩番四悉檀造地論通華嚴舍利弗用初番四悉檀造毗曇五百羅漢造毗婆沙

通三藏見有得道意也訶黎跋摩亦用初番四悉檀造成實論通三藏見空得道意也迦旃延亦用初番四悉檀造昆勒論通三藏見空有得道意也龍樹用四番四悉檀造中論三番正通大乘一番傍通三藏彌勒用二番四悉檀造地持通華嚴無著亦用二番四悉檀造攝大乘龍樹用三番四悉檀造大智度通大品天親用一番四悉檀通法華世人傳天親龍樹各作涅槃論未來此土準例可知地持釋華嚴十地品此下一代四時皆有論申唯方等部未有別論可以唯識通用申之無性之文全同敗種故也五百羅漢造毗婆沙如止觀第六記△四明論所攝又五通神仙種種諸論釋天善論大梵出欲論皆用初番悉檀方便利益意也書云文行誠信定禮刪詩垂裕後昆即世界也官人以德賞延于世即爲人也叛而伐之刑故無小即對治也政在清靜道合天心人王無上即是世間第一義悉檀也

通攝世間有漏法輪中云五通等者明服餌長生等釋居欲界唯說十善梵居色天故說出欲此且據迹文依華嚴等經本是菩薩云云文行誠信者孔子四德也定禮樂刪詩書裕猶益也饒也昆者爾雅云後也周人謂兄弟爲昆季昆兄季弟裕字亦作衮有德者賞義同生善背叛者罰義同斷惡君臣道合似第一義

○六說默中二初明默次問答料簡初文又二先明來意次正釋初文三初引教雙立

六起聖説聖默者思益云佛告諸比丘汝等當行二事若聖説法若聖默然

○次聖説下簡示

聖説如上辨聖默然者夫四種四諦並是三乘聖人所證之法非下凡所知故不可説

○三假令下明默意

假令説之如爲盲人設燭何益無目者乎故不可説名聖默然

以自證法不可爲他説故

○次正説中具約五時並約當部具教多少以大經四不可説而貼釋之

華嚴中數世界不可説不可説明理極不可説不可説約無量無作兩沓四諦不生生不生不生法明不可説不可説名聖默然

初文可解

若三藏中憍陳如比丘最初獲得眞實之知見寂然無聲字身子云吾聞解脱之中無有言説者是約生滅四諦生生之法明不可説不可説名聖默然

次三藏中云陳如等者大集云甚深之理不可説第一義諦無聲字陳如比丘於諸法獲得眞實之知見

淨名杜口大集無言菩薩不可智知不可識識言語道斷心行亦訖不生不滅法如涅槃此約四沓四諦不可説不可説名聖默然

大集無言菩薩者第十三云王舍城中師子將軍產生一子尋有天來作如是言善男子常應念法守口愼言童子聞已不復啼泣無嬰兒相乃至七日眼不視瞬是時有人語父母言是兒不祥瘂不能言父母

答言是兒雖復瘂不能言身相具足當知是兒必有福德因爲立字名曰無言年至八歲人所樂見以佛力故與父母眷屬往至欲色二界中間寶坊之中見釋迦牟尼并見十方一切諸佛因身子問廣現神變說偈讚佛等今謂此之無言即是契理

若大品句句悉不可得不可得者不可以身得不可以心得不可以口得此約三番四諦生不生不生生不生不生不生法明不可得不可得故不可說不可說名聖默然

大品不可得者第十經憍尸迦白佛言菩薩行般若時知一切衆生心不可得乃至知者見者色乃至無上菩提悉不可得何以故般若不爲得法故

此經明止止不須說我法妙難思是法不可示言辭相寂滅不可以言宣非思量分別之所能解此約無作四諦不生不生法明不可說不可說故名聖默然

二文中皆云諦者諸佛所說無不依諦四諦中世出世間因果具故縱長途散說四諦之中必在一諦

○料簡中二問答△初一問答

問爲樂他故有聖說法爲自樂故名聖默然默然則不益他答正爲自樂傍亦益他若人猒文不好言語爲悅是人故聖默然如律中爲福他故受供聖則默然如脇比丘對破馬鳴是故默然如佛結跏正念身心不動令無量人得悟道跡是故默然皆是四悉檀起此默然利益一切何謂無益

初問可知由前文云並是三乘所證之法

以自利利他俱有默故故須問起答中具出四悉勝比丘對破馬鳴者相傳釋云馬鳴未有大信之時來至勝比丘所自立宗云有言者屈斬首以謝比丘便默馬鳴久久乃至云比丘於我有屈故默不言比丘猶默於是馬鳴便出其門自思惟曰本我立默彼竟不言而我有言乃成我屈卻至比丘所求自斬首比丘曰我法仁慈不斷汝首汝當剃髮爲我弟子若準付法藏傳勝比丘法付富那奢奢論勝馬鳴剃髮爲弟子馬鳴初於閑林之中自思惟言智慧殊絶有難能通計實有我甚自貢高來至奢所奢言諸法無我馬鳴言所有言論我皆能破此言若虛要當斬首奢言佛法之中凡有二諦世諦有我第一義諦無我鳴猶未伏奢云汝諦思惟無出虛言定爲誰勝鳴思惟二諦然後乃伏欲自斬首奢令剃髮以爲弟子若準傳意但以二諦破非默破也若婆沙中云曾聞有大論師名奢提羅至罽賓國于時佛跡林中有阿羅漢名婆夷秀羅具足三明通達三藏時奢提羅聞彼林中有大論師即往其所到已慰問在一面坐時奢提羅語尊者曰誰先立論答我是舊應先立論奢提羅言一切論有報時婆夷秀羅默然而坐婆夷秀羅諸弟子輩唱言汝師若是奢提羅者自當知從林起去展轉前行其師作是思惟沙門釋子何故作是言汝師若是奢提羅者自當知即便自憶我作是言一切論有報彼沙門默然便是我論無報沙門已勝即報

弟子言我還往彼弟子曰已於衆中得勝何故更往師言我寧於智者邊負不於愚者邊勝即時詣彼作如是言汝是勝者我是負者汝是我師我是弟子此婆夷秀羅正當黙破但與今文名字不同△次一問答

問論云四悉檀攝八萬四千法藏其相云何次問者準大論云四悉攝八萬四千法藏十二部經攝十二部已如上說攝八萬四千其相如何

○答中引經具出數相既云初心乃至舍利故知四悉攝一期教故云八萬四千也於中初引賢劫經次引異說初文二初引賢劫通難

答賢劫經云從佛初發心去乃至分舍利凡三百五十法門一一門各有六度合二千一百度用是度對破四分煩惱合成八千四百約一變爲十合八萬四千也

○次若作下廣集諸教別對四悉

若作八萬四千法藏名是世界悉檀攝若作八萬四千塵勞門名爲人悉檀攝八萬四千三昧八萬四千陀羅尼門亦如是若作八萬四千對治八萬四千空門對治悉檀攝若作八萬四千諸波羅蜜八萬四千度無極第一義悉檀攝

止觀文中用對四諦今對四悉者以四悉義同四諦故具如對諦中說餘諸八萬四千更有不同之相如止觀第一記度無極者賢劫經中列三百五十度無極然後對六度四分煩惱爲八萬四千法門亦在止觀第一記又大瓔珞經六度皆云度無極

故晉宋譯經皆翻波羅蜜爲度無極

又一說佛地三百五十法門一一門有十善合三千五百善治四分則一萬四千又治六根即八萬四千也

妙法蓮華經玄義釋籤卷第三

音釋

覈下華切考實也　楷口駭切式也　輻方六切輪轑也　輞扶紡切車輞也

浣胡管切濯衣垢也　斁夷益切厭也　析先的切分也　鴿古沓切鳩

屬刪師姦切除削也　裕俞成切寬饒也　脇虛業切　叛蒲半切背叛也

罽居例切

妙法蓮華經玄義釋籤卷第四

隋天台智者大師說

門人灌頂記

唐天台沙門湛然釋

○七得用不得用者得謂自證用利他也
於中爲二先標

七明得用不得用者

○次釋釋中又二初舉極果

夫四悉檀獨有如來究竟具得微妙能用

○次舉因人因人中二先標列四句

下地已去得用不同凡有四句不得不用得而不用不得而用亦得亦用

○次解釋釋中凡夫及四教不同

凡夫外道苦集流轉尚不能知四悉檀名字誰論其得既其不得云何能用也

○初藏通兩教各分二乘與菩薩別釋初三藏二乘中先聲聞次支佛初聲聞中二初明得而不能用次假令下明用而不當同不能用

若三藏教二乘殷勤自行者知苦斷集修道證滅入真亦名爲得不度衆生故不能用

初文可解

○次文具明不能用四悉之相能稱機故方名能用聲聞借使欲利於他而差機故不能用故云假令於中初舉滿願通明差機

假令用者差機不當故淨名訶滿願云不知人根不應說法無以穢食置於寶器

○次如富樓那下約四悉一一皆先出人次結不能用

如富樓那九句化外道反被蚩笑文殊暫往師徒皆伏此是不知樂欲不能用世界悉檀也如身子敎二弟子善根不發更生邪疑此不能用爲人悉檀也如五百羅漢爲迦絺那說四諦都無利益佛爲說不淨觀即得破惡此不能用對治悉檀也如身子不度福增大醫不治小醫拱手五百皆不度佛度即得羅漢此不能用第一義悉檀也

初文云如富樓那九句化外道如止觀第六記身子差機如止觀第七記迦絺那如止觀第九記如身子不度福增者論云此比丘宿生爲魚身長七百由旬宿曾聞法雖墮魚中宿種猶在時有商主將諸商人入海採寶忽見流急船向白山兼見三日並現即白海師海師曰禍哉非三日也二是魚目一是天日白山者魚齒也必入魚腹船中諸人各稱所事中有優婆塞稱南謨佛魚聞佛名即自念言此佛弟子我昔亦佛弟子即忍死合口水流便退魚因捨命風吹屍上岸神生値佛身子及五百皆不度佛度得果佛令按行海畔見骨山高七千由旬山北日所不照迴來白佛佛言是汝身骨問曰魚身長七百由旬所見骨山高七千由旬何故身小而骨山大耶答或恐字悞應是七十耳大醫等者身子爲大醫五百爲小醫△次支佛

支佛亦然是名得而不用也

支佛亦然者據理既不知機明知不能用四雖有部行但是悲心如身子云我非知機但憐愍故而爲說法可以比聲聞知也

次明三藏教菩薩者雖知苦集修道止伏結惑未有滅證但得三悉檀雖未得一而能用四所以者何如病導師具足船栰身在此岸而度人彼岸常以化人爲事自未得度先度人是爲不得而用

次明三藏菩薩未得滅諦名未得一具能用四所以者何下釋不斷煩惱稱病導師

通教二乘體門雖巧得而不用與三藏同也

通教菩薩初心至六地亦得亦用用而未巧七地入假其用則勝也

通教菩薩六地未巧者與羅漢齊雖亦說法不能稱機故云未巧

若別教十住但得析法體法兩種四悉檀而未能用十行方能用十迴向進得相似四悉檀亦能相似用登地分眞得亦分眞用

別教十向既進脩中道故相似中道其用勝前登地已去任運眞應

圓教五品弟子未能得用六根清淨相似得用初住分眞得用也唯佛究竟得究竟用

○八明權實者先標

八明四悉檀權實者

○次釋釋中二先正釋次料簡先正釋中二初重指前對諦

四諦各辨四悉檀者此通途說耳未判權實故云通途

○次正釋中二初四教次五味初文自四初三藏中又四初引論總判

釋論云諸經多說三悉檀不說第一義者此指三藏

言釋論云諸經多說三悉檀等者此是大

小相對而說即指三藏經爲諸經般若爲第一義各有其意

○次三藏下示教觀體

三藏多說因緣生生事相滅色取空少說第一義

非無空理但非即空故云少耳

○三就三藏菩薩下且許當教以論三四

就三藏菩薩但約三悉檀明四若就佛即具四

言約三悉以明四者非但無中道第一義諦亦無眞諦第一義諦且據緣眞伏惑邊說立第一義名耳故云約三明四又明四者能爲他說四故云明四自行但得三耳

○四雖爾下正判屬權

雖爾終是拙度權逗小機也

○次通教中亦四初形前立名

若通教四諦明四悉檀體法即眞其門則巧

○次故下引論證巧

故釋論云今欲說第一義悉檀故說摩訶般若波羅蜜經

且約即空明第一義

○三就佛下當教判得

就佛菩薩皆得有四

○四而約下正判屬權

而約方便眞諦以明悉檀猶屬權也

○次別教中三初形前

若別教四諦明四悉檀約於中道此意則深

○次而猶下望後

而猶是歷別別相未融

○三教道下正判屬權

教道是權此則非妙

○次圓教中二初亦形前

今圓教四諦明四悉檀其相圓融最實之説

○次故四悉下正判是妙

故四悉檀是實是妙△次五味

若用此權實約五味教者乳教則有四權四實酪教但有四權生酥則有十二權四實熟酥則有八權四實涅槃十二權四實法華四種俱實云云

次約五味中可見

○次料簡中五重問答△初一問答

問三藏菩薩雖得四悉檀望通教但成三悉檀今通教望別教云何答有二義當通是得四望別但得三

初問中云菩薩雖得四此亦約三論四如前答中通教既無中道義當無第一義△二一問答

問別教望圓亦爾不答不例圓別證道同故

△三一問答

並曰三藏通教俱證真諦亦應俱得四答三藏真諦雖同菩薩不斷惑故闕一圓別俱斷惑是故俱四

三藏菩薩不斷惑者若以二乘望通即同得四△四一問答

又並三藏通等雖四而三可是權別教四而不三應非是權答三藏通教教證俱是權故但三無四別教教道權證道實從證則四從教則權

言從證則四從教則權而不云從教則三者教道證道俱説有四但權實不同故不

云三△五一問答

又並證道有四教道應三答若取地前爲教道應如所問云云

若取地前爲教道者既有若取之言當知初地以去仍有教道之義具如止觀第三記

○九開顯中二初標

九開權顯實者

○次釋釋中二初正開次料簡初正開中二初明施開之意次正約前四時論開以會法華初文又三初通明諸法本實次大悲下施權三今開下顯實

一切諸法莫不皆妙一色一香無非中道衆生情隔於妙耳

初文者法既本妙麤由物情故知但開其情理自復本

○施權中二初正施

大悲順物不與世諍是故明諸權實不同

○次無量義下引證

故無量義云四十餘年三法四果二道不合

○三今開下正開開中又二初約法通開明施化本意

今開方便門示眞實相唯以一大事因緣但說無上道開佛知見悉使得入究竟實相

○次除滅下寄二乘難開以明開相

除滅化城即是決麤皆至實所即是入妙麤既即是妙化城即是寶所故也

○次若乳下正約四時明開又二初正開次方等下明開分齊

若乳教四妙與今妙不殊唯決其四權入今

之妙是故文云菩薩聞是法疑網皆已除即此意也決酪教四權生酥十二權熟酥八權皆得入妙故文云千二百羅漢悉亦當作佛又云決了聲聞法是衆經之王聞已諦思惟得近無上道

乳及二酥中別教四悉雖有第一義並約教道故云唯決四權生酥十二權熟酥八權皆得入妙生熟酥中決權引證但云千二百羅漢及決了聲聞法者前證乳教已引菩薩菩薩義同不繁文故不重引之既云菩薩亦除疑網驗知菩薩亦須會三△

次明開分齊

方等般若所論妙者亦與今妙不殊開權顯實其意在此

方等般若至在此者開分齊中亦應云華嚴文無者畧驗彼三部圓教無殊法華之圓判頓獨在華嚴信是妄生疣贅況法本妙隔在物情法華已開翻降爲漸十如實境妙卻爲麤佛之知見貶歸菩薩藥王十譬歎教聖說成虛法師三世校量通爲不實分身佛集寶塔涌空徒屈來儀證斯漸教同異之相不可具論一家教門足堪搜檢如何獨異點茲妙經

問曰決諸權悉檀同成妙第一義爲當爾不

次料簡中問決諸權悉檀至不爾者問意者若決麤入妙爲決諸麤四悉同入妙第一義悉爲自決世界入世界乃至決第一義入第一義耶云不爾者若不如此爲如後意耶亦有本云爲當爾不恐人悞改耳

答決權入妙自在無礙假令妙第一義不隔

於三三不隔一一三自在今且作一種解釋也

答意者二意俱通故云自在言假令者如初問意縱令盡入妙第一義妙第一義既不隔三與第二義亦何別故云一三自在今文且作一種解者順第二意對開五章名義順故若唯入第一義但得對體餘義則闕

○若決下用第二意一一別對初世界中二初正會次亦是下示相會入

若決諸權世界悉檀爲妙世界悉檀者即是對於釋名妙也

世界秖是諸法決彼諸麤同入此妙故成妙名

○次示相會入中二初約法說周意次譬說周意

亦是九法界十如是性相之名同成佛法界性相攝一切名也

初法說中七方便同成佛乘

亦是會天性定父子更與作字名之爲兒我實汝父汝實我子也

譬說中二乘之名同稱菩薩汝等所行是菩薩道所行既成菩薩之道行人豈獨猶名二乘

若決諸權第一義悉檀爲妙第一義悉檀者即對經體妙也即是開佛知見示眞實相引至寶所也

次決第一義中以四悉義隨於五章故第一義居次佛所知見及所至寶所並屬理故

若決諸權爲人悉檀爲妙爲人悉檀者即是對宗妙也如此經云各賜諸子等一大車也次會爲人中引證云大車者車方爲因道場爲果

若決諸權對治悉檀入妙對治悉檀者即是對用妙也文云以此寶珠用貿所須又云如此良藥今留在此可用服之勿憂不差經云正直捨方便但說無上道動執生疑佛當爲除斷令盡無有餘又云我已得漏盡聞亦除憂惱也

次會對治中引證云以此寶珠用貿所須者方便教中法有限量非即非妙是故艱難如勤力求索實理無竭疑盡信全如寶珠無價貿物無盡究除貧苦莫若如意此良藥等思之可知是故貿麤病差並是對治之別名

若是分別諸權四悉檀同異決入此經妙悉檀中不復見同異昔所未曾說今皆當得聞即是妙不同異即對敎相妙也即如文云雖示種種道其實爲一乗雖分別諸同異爲顯不同異說無分別法也

此中判教以辨同異本顯於同故本迹二門爾前未說因兹開廢莫不咸聞

○十通經者又二初問

十通經者問今以四悉檀通此經此經何文明四悉檀耶

○次答答中二先總舉

答文中處處皆有此意不能具引今略引迹本兩文

○次別釋釋中先釋次結釋中二先迹次

本迹中二先列經次釋本文亦然
方便品云知衆生諸行深心之所念過去所習業欲性精進力及諸根利鈍以種種因緣譬喻亦言辭隨應方便說此豈非是四悉檀之語耶△次釋
欲者即是樂欲世界悉檀也性者是智慧性爲人悉檀也精進力即是破惡對治悉檀也諸根利鈍即是兩人得悟不同即是第一義悉檀也△次本中先列經
又壽量品云如來明見無有錯謬以諸衆生有種種性種種欲種種行種種憶想分別故欲令生諸善根以若干因緣譬喻言辭種種說法所作佛事未曾暫廢△次釋
種種性者即是爲人種種欲者即是世界種種行者即是對治種種憶想分別即是推理轉邪憶想得見第一義
迹之與本俱以性爲生善善性在往故也俱以進力及行爲對治並舉能治行也根舉能悟之人想舉能見之心此少異耳故同有四悉
○兩處下結
兩處明文四義具足而皆言爲衆生說法豈非四悉檀設教之明證也△七番共解竟可知
○次第二別解者初重略標五章前已列竟今於五中初廣釋名中二初開章
第二別解五章初釋名爲四一判通別二定前後三出舊四正解
○次解釋釋中自四初釋初門中爲三初於今經自立次立此下明立名意三問下

料簡
妙法蓮華名異衆典別也俱稱爲經通也
初文者雖在今經與他對辨不無通別若
妙法蓮華名之與義俱異他經經之一字
名與他同義與他異今從名通故云通耳
○次立名意者以何緣故立此經名名既
該乎一部一部意不逾三故名既通別不
同三意亦隨名通別故釋此三意麤妙甄
分教行理殊通別異轍今釋此三又爲四
意初標次列三釋四結△立此下標謂教下列
立此二名凡約三意謂教行理
初二如文
○三釋中二先通解通別次別解通別通
謂通於諸經教行及理別謂別在圓詮之
教初通釋中二先略次廣

從緣故教別從說故教通從能契故行別從
所契故行通理從名故別名從理故通略說
竟
初略者一代聖教諸名之下無不具此教
行理三無不以別而契於通無不以通而
應於別故此三中通攝佛法故教則機應
相對行則因果相對理則名實相對亦是
事理相對若無此三雙通別虛設
○次廣釋中自三初約教中二釋結釋中
二初明別
夫教本應機機宜不同故部部別異
○次金口下通
金口梵聲通是佛說
○次故通下結也
故通別二名也

○次約行中亦二釋結釋中初別次大論下引小以例初別中又二先立次引證並是約通論別且從別以明別如云法寶即通種種故別

約行者泥洹眞法寶衆生以種種門入

○次引證中先寄小各說即別俱正故通

如五百比丘各說身因佛言無非正說

言各說身因者涅槃三十二釋隨自意語中云如五百比丘問身子云佛說身因何者是耶身子答云汝等亦各得正解脫自應知之何緣方更作如是問有比丘言我等未得正解脫時意謂無明即是身因作是觀時得阿羅漢果有說愛有說行乃至飲食五欲如是五百各各說已所解已共往佛所稽首右遶而坐各說已解身子曰誰爲正說佛言無非正說

○次寄大中各入故別不二故通

二十二菩薩各入不二法門文殊稱善

三十二菩薩入不二法門者既有能入之門門皆趣理準例五百三十二亦無非正說此舉大小兩乘能趣之行△次引小爲例

大論明阿那波那皆是摩訶衍以不可得故

次例中不可得即是理也舉劣況勝觀息尚即是理況大小兩乘能趣之行

○當知下結又二先結

當知從行則別所契則同

○次引證

求那跋摩云諸論各異端修行理無二云云

○次理中三初立次引證三結

約理者理則不二名字非一

初文不二故通非一故别

○證中二文例立可知

智度云般若是一法佛說種種名大經云解脫亦爾多諸名字如天帝釋有千種名

先引大論次引大經中云解脫亦爾多諸名字者大師在靈石寺一夏講百句解脫每於一句作百句解釋是則解脫有萬名字如天帝釋有千種名者亦名憍尸迦亦名婆蹉婆亦名婆佉婆亦名因陀羅亦名千眼天亦名舍脂夫亦名金剛寶頂亦名寶幢等

○名異下結名異故别體一故通

名異故别理一故通△（次别解通别）

今稱妙法之經即是敎之通别各賜諸子等一大車乘是實乘直至道場即行之通别或言實相或言佛知見大乘家業一地實事實所繫珠平等大慧等即是理之通别

别中云今稱等者妙法是别異餘經故經即是通通名經故故知今經通别始自如是終乎而退莫非佛說俱是妙法從始至終咸别並通於此教通别中詮於行理通别故知本迹無非因果及名實故不可徧引故略示方隅粗引譬喻以示行之通别及方便中實相等爲理通别譬喻中者諸子習因不同即是行别等賜大車直至道場即是行通大車是所乘通理道場是所契實相乃至大慧之名亦是名别一一别名咸從理立即是理通此是今經理之通别具如下釋中更廣明之

○四約此下結

約此三義故立兩名也
○次料簡中先問次答
問教主不同設教亦異云何而言金口梵聲名爲教通
問中所以但問教者教行理三展轉互通教既居初但從教問餘之二種憑教自顯初廣略二解泛通諸教是故通以一佛爲通今即離爲四佛不同佛佛自有諸門教別故云教主不同設教亦異云何下難者以前通途難今四別
○次答中意者即具當分跨節兩義應知兩義即與待絶二妙不殊又前二釋亦具二義何者若依施權即當分義若據佛意即跨節義雖具二義不談其意而以此意泛釋復未甄衡二途其意似通而未灼然開顯以是義故故須分於二義而答當分通於一代於今便成相待跨節唯在今經佛意非適今也釋此二義先標
答此有兩義
○次列△妙樂云當分二字皆去聲讀
一當分二跨節
○三釋釋中先當分次跨節一一皆約教行理三初當分者順前問意爲顯跨節以當分難四教當分皆具三意於中先正釋次融會不可即具故與後義俱立難易初文三藏廣餘三例初三藏中三初正釋相次經言下引證三此則下明當分意
當分者如三藏佛赴種種緣説種種教緣異故教別主一故教通依此教行有能契所契種種名理理無種種

初文可見
經言即脫瓔珞著弊垢衣語言勤作勿復餘去并加汝價及塗足油
引證中言即脫瓔珞等者報身四十一地戒定慧陀羅尼以爲瓔珞寂滅忍爲柔輭上服大小相海爲嚴飾之具丈六相好爲麤生空法空爲弊現有煩惱有爲有漏爲塵土分身實無生死煩惱似有生死煩惱爲狀有所畏如成論無畏品云如經云善來比丘隨順我法我則歡喜者此似有貪如語調達汝爲癡人食人涕唾此似有瞋自言我是人中師子此似有慢善持我法如擎油鉢又如語調達言我尚不以法付舍利弗等況當與汝此似有見也文中但略舉垢衣一句耳語言勤作等者即是小乘七科道品即除見思糞之法器也語言即念處勤作即正勤咄男子等即如意好自安意即五根所以者何等即五力更與作字即八正雖忻此遇即七覺當加汝價即煖法不能發眞如意能發故云加價令文甚略言塗足油者下偈文中得如意足觀如油塗足則能履水能得神通又油能除風如定除亂廣如信解品疏釋此則唯譬三藏說教行理可知△（三明當分意）此則身口行理齊分而說不得作餘解也△

（二三教例）
通別圓等教行理當分亦爾
次三教例中云通別圓等亦爾者具如下本門果妙中釋四種身相不同△（次融會）
斯義易解而理難融（云云）

融會可知
○次跨節中四先斥當分次若開下立跨
節相三如此下結意四作如此下融會初
文又二初正斥
二跨節者何處別有四教主各各身各各口
各各說
○次秖隱下明當分意立當分者以施權
竟權實相對故有四主各各不同故明意
者無別當分秖是隱實施權且云當分
秖隱其無量功德莊嚴之身現爲丈六紫金
輝不說甘恬常樂之味說於鹹酢無常辛辣
棄王者服飾執持糞器名爲方便
初至金輝現當分身也不說下說當分法
也略語身法餘二略無不說甘甜常樂之
味說於鹹酢無常辛辣者大經第四云苦
爲酢味無常鹹味無我苦味樂爲甜味我
爲辛味常爲淡味煩惱爲薪智慧爲火以
是因緣成涅槃食彼破三脩故但三味勝
劣相對故成六味故略不說淨及不淨今
文從劣故云不說甘甜等也棄王者服飾
重語隱妙現麤亦與前隱功德現丈六意
同如窮子見父豪貴尊嚴等無量功德莊
嚴瓔珞爲王者服飾當知秖是一種身口
行理更無別途今棄此服飾即當分義施
權意也言糞器者生滅道品
若開方便門示眞實相即向身是圓常之身
向法是圓法向行向理皆即眞實
若開方便下正明跨節相此句總開即向
身向法向行等者指前方便身口行理等
也

○三結意中歷三意結

如此通是一音之教而小大差別能契有長短所契唯一極種種名名一究竟唯一究竟應於衆名

初言通是一音之教而小大差別者今此是法華跨節一音不同小乘當分一音具如止觀第一記故依婆沙但三藏佛一音耳準例通別皆應有當分一音

作如此論教行理通別者相則難解理則易明云云

前當分義中分四教主各有所說所行理體故義易解理無種種何故四教各有所詮所詮異故理不應異故云難融跨節義中不分四教各別詮理故云易明諸經所說因果各別令越彼別義唯論一理故相難解若二義相成則理相俱易若二義隔越則二俱難明是故二義相須當分乃成今經相待義邊跨節乃成今經開權義邊又若方等般若及華嚴等當分義者仍是施權若來至法華當分義邊成判權實判已即廢廢已即開開廢相即不可異時

○二定妙法先後中四初標次若從義下辨先後三從今題下正明今意四雖復下融通二途

二定妙法前後者

初如文

○次文者從義從名各有其致從義中先立

若從義便應先明法却論其妙

○次引證

下文云我法妙難思
○從名中亦先立
若從名便應先妙次法
○次引事事中二先證從名
如欲美彼稱爲好人
○次篤論下復順從義
篤論無人何所稱好必應先人後好
言篤者爾雅云固也老子云守靜曰篤篤
貞正也
今題從名便故先妙後法解釋義便故先法
後妙
三明今意者應知題名須從名便故先妙
次法已如題中今欲解義故須從義所以
下正釋中先法次妙
雖復前後亦不相乖云云

四融通者秖緣前後無乖故解釋中則從
義便故知前後並不乖理
○舊解中二初出諸師次今家難
三出舊解舊解甚多略出四家道場觀云應
物説三三非眞實終歸其一謂之無上無上
故妙也引經云是乘微妙清淨第一於諸世
間爲無有上又云寄言譚於象外而其體絶
精麤所以稱妙又引經是法不可示言辭相
寂滅會稽基云妙者表同之稱也昔三因異
趣三果殊別不得稱妙北地師云理則非三
三教爲麤非三之旨爲妙此意同而辭弱
初文中前三師大師不破者以下文云餘
者望風故也若欲薄知得失者例光宅意
破無非不遣如道場觀云三非眞實不知
何教之三爲非眞實既不知三外別有菩

薩歸一與無上顯妙未彰若引今經以證妙者理稍可然其如所證無妙可論餘皆不了無上故妙者引經是乘微妙清淨第一具足應云於諸世間爲無有上有本無第三句并前二句方可證無上故妙也又云寄言談於像外等者意云妙理無形言談託像寄有形言以談像表像表爲妙有形爲麤但像表之理精麤是亡亡精麤故故名爲妙亦不知像表絶精絶麤爲何所請引經文證義亦如前會稽基即法華寺基也言表同者不知昔何教三爲異表會何教令同亦不知指何爲昔三因故亦令妙不成北地師三意趣亦爾三師之三並不出光宅之見故云望風如順風破陣陣首既破餘者望風

○次光宅師者所感天華志公尚云嚙蚤武帝欲請雨問志公志公云雲能致雨便請雲公講法華經至其雨普等四方俱下降雨便足又雲法師未生之前有人於水中得法華疏題云寄與雲法師廣如別傳感應若斯猶不稱理況他人乎驗靈山親承理無差忒然三師稍同光宅而不及光宅菩薩用三僧祇故知光宅有三可會但無一可歸無一可歸故破不成妙指昔通漫故破麤非麤所以招於二十四難良有以也於中先總立

光宅雲云妙者一乘因果法也待昔因果各有三麤今教因果各有三妙

○次廣釋釋中先釋昔日因果各有三麤次釋今日因果各有三妙初文者先因次

果初因中先標次釋次結

昔因果麤者因體狹因位下因用短

初如文

聲聞修四諦支佛修十二因緣菩薩修六度三因差別不得相收因體是狹昔第九無礙道中行名菩薩伏道不斷未出三界故名因位下第九無礙止伏四住不伏無明故言用短

釋中體則具列三乘位用則但舉菩薩者舉勝兼劣以三祇菩薩不斷惑因與二乘凡位似同故名因同並是初明諦等爲體位中言第九無礙者三祇之內伏惑時長乃至非想第九品並伏而未斷位未出界況復變易故名爲下用短可知當知二乘位用下短比此可知△三結

是爲昔因三義故麤也

○昔果三義者初標列次釋後結

昔果麤者體狹位下用短△次釋

有餘無餘衆德不備故言體狹位在化城不出變易故言位下第九解脫止除四住不破無明又八十年壽前不過恒沙後不倍上數是故用短

釋中體者縱至佛果亦但有餘無餘故與二乘其體是狹佛果亦同位在化城佛果亦同止除四住又下重釋用耳八十等者以壽量意用斥昔果本行菩薩道時所成壽命爲前過恒沙今猶未盡復倍上數名之爲後八十年佛無此壽故故名爲短△三結

是爲昔果三義故麤

○次明今因果各三義者爲二先釋次結

釋中二先因次果因中三列釋結

今因體廣位高用長者△次釋

會三爲一收束萬善故言體廣不止界內無礙道中行出於界外行菩薩道故言位高無礙伏惑不止四住進伏無明故用長

釋中言界外行菩薩道者若自行者必在界外若兼化物則自在受生△三結

今因三義妙也

○次果中亦先標列次釋三結

今果三義妙者體廣位高用長△次釋

體備萬德衆善普會故言體廣位至寶所故言位高斷五住惑神通延壽利益衆生故言用長

言神通者在因則以伏斷爲用在果則以利物爲用光宅意以壽量品爲神通延壽利益衆生△二結

今果三義故妙

○即是下總結

即是一乘因果之法妙也

○次今古下破中三先舉難例易次因體下正破三彼作下結成難勢

今古諸釋世以光宅爲長觀南方釋大乘多承肇什肇什多附通意光宅釋妙寧得遠乎

今先難光宅餘者望風云云

初文中南方者南朝即江東是舊總云南朝後分兩道故云江東承肇什者取語便耳關中四子即生肇融叡後人承用四子之義故時人語曰生肇發天眞若以今意望之多附於通不必全是故云多附附謂

附近光宅亦附近肇什故云寧遠時人以為光宅得旨故抑云不遠先破得旨之難餘易自啓

○次正破中二先因次果因中三重謂體位用一一各以四一難之初破因體中先通責光宅昔言通漫復泛許之故云可然因體廣狹四難者若謂昔因體狹為麤指何為昔若指三藏等可然若指法華已前皆稱為昔此不應爾

○何者下正破中三初舉昔有四一次舉今無四一三結難初昔中二先列次結何者般若說一切法皆摩訶衍靡不運載思益明解諸法相是菩薩徧行華嚴入法界不動祇洹淨名一念知一切法是為坐道場初文者般若舉乘乘即是教故云運載既言一切靡不徧行及法界等當知體廣般若有教一思益有行一華嚴有人一淨名有理一

○昔因如此下結昔因如此無所不收若為是狹

○若言下責今經無四一又二先列次釋若言今因體廣那忽言法華明一乘是了不明佛性是不了那復言法華明緣因是滿不明了因是不滿那復言前過恒沙後倍上數猶是無常因既以無常因那得常果因果俱無常此無常人那見佛性

列中並是光宅疏意下去例知△次釋

非了義故體不收行一非滿字故體不收教一非常住故體不收人一不見佛性故體不收理一

○當知下難勢△三結難

當知今因狹中之狹狹則是麤昔體既廣昔還是妙

還以彼義而難於彼

○次難位中四先來意次標三釋四結

此一難已知麤妙遂復具作後難耳

因位高下四難者

初二可知

○釋中亦二先昔次今昔中亦先釋次結

般若是無上明呪無等等明呪上人應求上法因教則不下大論云菩薩出三界外受法性身行菩薩行因位則不下淨名歎菩薩德近無等等佛自在慧十方作魔王者皆是住不可思議解脫則因人不下淨名云雖成佛道轉法輪而行菩薩道又云諸佛祕藏無不得入則見理不下

釋中初文云無上是法舉法取人言般若是無上明呪者大論問釋提桓因何故以般若爲無上明呪答諸外道聖人有種種呪術利益人民誦是呪者能隨意所欲使諸鬼神諸仙有呪得大名聲人民歸伏貴是呪故故名般若以之爲呪帝釋白佛是般若呪常與衆生道德樂故餘諸呪術能增長惡般若神呪能滅諸禪涅槃之著何況貪等是故名爲大明呪也無上明者大或有上故次名無上無等等者等此無等名無等等皆破無明故並云明又外道有呪能知他心有呪能飛變有呪能住壽於諸呪中般若出過無量無邊故云無等又諸佛於一切衆生中無等故般若名無等

又無等等者妙覺位也無能等此無等之位故云無等等故淨名中所歎菩薩皆是等覺位隣妙覺故云近無等等佛自在慧此呪無上義同妙覺故云無等等是爲呪義無等等故也次引大論中應云因行而言位者恐悞受法性身行菩薩行如前釋引淨名中近無等等者佛名無等無等中最故云等等等覺近之舉彼所近故云佛自在慧十方魔王者不思議品文入地菩薩能作魔王魔王不盡是彼入地菩薩故但云多以實行者不能惱於深位菩薩故云非驢所堪所以今云皆是等也次淨名文者初住八相末是極位故名爲雖是故仍須行菩薩道自行化他以進後位此由初住見理故也故舉理以顯德祕藏正當

所見之理

○如是下結

如是因位四一皆高云何言麤△次今若言今因位高者教那忽是第四時位那忽住無礙道伏無明人那忽是生死身非法性身理那忽無常不見佛性

次若言下明今經中亦應云行亦但云位者應是以位顯行前文亦然

○當知下結

當知今因皆無四一其位下而麤昔因具四一高而妙

○次明用中三謂標釋結

因用長短四難者

○釋中二先昔次今先昔者又二釋結初教

釋論云處處説破無明三昧是教用長
是事不知名爲無明佛一切種智知一切法
明無明無二若知無明不可得亦無無明是
爲入不二法門是則行長
次明行長中初云無明舉失顯得一切種
智正明能知之行一切法即兼舉所觀以
顯能觀明無明下出觀相若知下釋觀相
是爲下結觀相者並是中道觀故亦應合
有用字但是文略
又一日行般若如日照世勝螢火蟲若人入
薝蔔林不嗅餘香誰復樂二乘功德座不須
禮華不著身皆是阿惟越類則人用長
次明人一中云一日等者並是斥奪之辭
舉能奪所以明人勝初云一日行般若如
日照世等者大品習應品云菩薩行般若
一日出過二乘之上二乘如螢火蟲不作
是念我力能照閻浮提普令大明二乘亦
爾不作是念我行六度乃至菩提菩薩照
世洞照法界如照三千故云如日照世故
勝二乘一切智光拙度菩薩尚未見空故
如螢火若入薝蔔等者若入淨名常寂光
土之室故唯聞諸佛法界萬德之香尚不
嗅地前教道之香豈樂拙度小行功德故
法身菩薩立種智之身如實相之座不假
燈王之威見思塵沙諸習先盡故分段方
便二土五塵不能染於實報法身故知此
等皆是法身念不退類故云阿越
色無邊故般若亦無邊受想行識無邊故般
若亦無邊是則理長
理一中云色無邊故等者五陰是理故即

陰是實相般若故皆無邊以由理故令法
無邊
○當知下結
當知昔教行人理俱長長故是妙
○次若謂下破今教無四一故麤
若謂今因用長那復言法華是覆相教教則
短行覆相行則短覆相不明佛性理則短
文闕人一以行兼之行必有人故也言覆
相者覆卻常住眞實之相而用於權亦略
用字如前可知△三結
四一既闕今短而麤昔用既長長則是妙
○次果體廣狹四難者亦標釋結
果體廣狹四難者
○釋中二先昔次今初又二初難次結
若昔果體是有餘無餘不備衆德爲狹爲麤
者此豈然乎般若是佛毋十方佛皆護淨名
云未曾聞此實相深經
初難中全具四一文且引般若淨名但是
理一教一餘二比於上下諸文類之可知
故略不說△三結
當知昔果體備衆德也
○次從若謂今果去難今經果上四一不
成初不滿不了教一不成
若謂今果體廣應備滿了何故復言亦滿不
滿亦了不了
光宅疏中云明一乘故滿了不明佛性故
不滿不了
○從何故復言去行一不成
何故復言佛果無常亦無我樂淨等衆德缺
然廣義安在

○從若體廣去人一不成

若體廣者法身應徧一切處何故復言壽止八十或七百阿僧祇灰斷入滅去此不至彼耶

此等並是光宅疏意言七百阿僧祇者首楞嚴下卷堅首菩薩白佛言世尊佛壽幾何何時入滅佛告堅首東方去此三萬二千佛土國名莊嚴佛號照明莊嚴自在王十號具足今現說法如彼佛所有壽量我壽亦爾又問彼佛壽命幾何佛言汝自往問彼自當答堅首承佛神力於一念頃即往彼國頂禮遶佛白佛言世尊壽命幾何幾時入滅彼佛答言如釋迦壽我亦如是汝欲知者我壽七百阿僧祇劫釋迦亦爾堅首還白佛竟阿難言如我解佛所說彼佛是釋迦異名佛告阿難汝承佛力乃如是事乃至上方有土名一燈明等並釋迦分身

○從若言去理一不成

若言體廣應備五眼見佛性

言應備五眼見佛性者據不見佛性則無佛眼

○當知下結

當知今果闕於四一狹而是麤將今望昔昔還是妙

○次果位中亦三標釋結

果位高下四難者

今果位若高設教何得在第五教下行那不出無常人那不出變易理那不窮祕藏

釋中亦應先舉昔有次序今無文中從略

直舉今無準前諸釋驗知昔破△三結
當知今果之位闕四一皆下皆麤昔果位具四一皆高皆妙
○次果用中亦三標釋結
果用長短四難者
○釋中亦不出昔直舉今文準前可知於中二先正破無四一次廣破神通初文二先破
若今果用長教何不明常住行何不頓破無明人何不即是毗盧遮那理何不即是祕藏
○次結
當知今果無有妙法豈非麤耶云云
可知
而復言神通延壽是何神通若作意神通同彼外道若無漏神通同彼小乘若實相神通則非延非不延能延能不延能延何止延壽而不延眼令見佛性何不延舌說於常住眼不見性則知非實相神通非麤何謂
次破神通中云何止延壽而不延眼奪其無理何不延舌奪其無教亦應更云何不延智知於常住奪其無行何不延身令契法身奪其無人文無者略眼不見性一句略牒無理具足亦應盡牒四句
○三前一下總結也
前一難已知麤後難重來耳
○三結成難勢者又二先釋
彼作因果六種以判麤妙又以四一專判妙今難其麤皆備四一則昔麤非麤難其妙全無四一則今妙非妙
○次結數又二先結數次釋今意

於其一句設四句難四六二十四耳
初文者然二十四難中所破之義並在光宅疏中今直引來爲難而不委悉言二十四者且據相對今昔合論故二十四若今昔別論難昔因果各三合成六難難今因果亦成六難合一十二難一一四番成四十八又今文中果上三義但難今位及用略不語昔則闕二處四番現文乃成四十番也
用彼矛盾自相擊故不盈不縮應爾許耳
矛盾如止觀第五記今還以彼四一難彼妙成麤還以彼昔三難彼麤成妙故無盈縮

妙法蓮華經玄義釋籤卷第四

音釋

蚩充之切笑也 絺抽遲切 錯謬錯七各切謬靡幼切乖也誤也 跨苦化切越也 弊毗祭切衣敗也 恬徒兼切安也 辣郎葛切辛也 逗大透切投合也 辣盧達切辛味也 酢倉故切 疣贅疣羽求切贅之芮切瘤也 甄之人切明也 跨苦化切 齧倪結切噬也 逶音委遠也

妙法蓮華經玄義釋籤卷第五

隋天台智者大師說

門人灌頂記

唐天台沙門湛然釋

○四正論今意又二先借光宅義以顯今妙次正釋初文爲三先標次釋三結

四正論今意爲二先略用彼名顯於妙義

○釋中二先釋次初約下判初文自四初約十界釋中二先釋次結初釋中二先因次果先因中二先釋次融通

因具三義者一法界具九法界名體廣九法界即佛法界名位高十法界即空即假即中名用長

初釋中三體位用也於一念中一法攝九故名廣一念中九無非佛法故名高十法無非三諦並有破三惑現三身之用△次融通

即一而論三即三而論一非各異亦非橫亦非一故稱妙也

次融通中意者前廣義似於橫次高義似於縱用中似獨具三故須合前二義共成一意秖是三諦一心有體位用耳△次果

果體具三義者體徧一切處名體廣久已成佛久遠久遠名位高從本垂迹過現未來三世益物名用長

次果三義中言體徧者本法身也即本地已成法身也非但高廣等殊指本迹二門因果亦異

○是爲下結

是爲因果六義異於餘經是故稱妙

可知

○次約五味以判麤妙者二先列五味次

又醍醐下重辨同異

又乳經一種因果廣高長一種因果狹下短則一麤一妙云云酪經唯一種因果狹下短但麤無妙生酥經三種因果狹下短一種因果廣高長則三麤一妙熟酥經二種因果狹下短一種因果廣高長則二麤一妙醍醐經一種因果廣高長但妙無麤

初文者因果二門並約迹說故得乳中亦有一妙因果餘味例然故下結云與醍醐妙同△次重辨同異

又醍醐經妙因妙果與諸經妙因妙果不異故稱爲妙也

○次約觀心委明十境十乘

復次觀心釋若觀已心不具衆生心佛心者是體狹具者是體廣若已心不等佛心是位下若等佛心是位高若已心衆生心佛心不即空即假即中者是用短即空即假即中者是用長

若論觀境則不如止觀委悉若以體位用三而判麤妙則此文顯要如其體等不廣高長不名爲妙非今經觀若得此意法華三昧於茲現矣一經樞鍵於茲立矣一代教旨於茲攢矣佛出世意於茲辨矣十法成觀之精髓矣十不思議之導首矣是則前約十界五味二釋咸入其中後約六即是觀心之位故前二義假茲方立是故行者常觀一念介爾起心以具一切心故等於佛心以等佛心故六皆名即成究竟即

已能巧設五味思之思之
○次約六即釋
復次於一法界通達十法界六即位者亦是
體廣亦是位高亦是用長
亦是體廣者具十界故亦是位高者皆佛
界故亦是用長者皆究竟故同在一念故
皆云亦△次判
初約十法界是顯理一次約五味是約教一
次約觀心是約行一次約六即是約人一
次初約下判前四釋義同四一何者今經
體具十法界如云實相如是相等由此經
用有前四味由觀此經成於妙行始終六
即四一義顯是故四釋成今四一況廣高
長徧於四釋所以今教具足有於體廣等
三皆成四一方知光宅絕此氣分△三結

略示妙義竟廣說者先法次妙
次略示下結前廣說下生後釋云先法次
妙亦是後文標也△次正釋
○次釋中二先舉南岳分三次今師順南
岳意廣解初文中二初標列
南岳師舉三種謂衆生法佛法心法
○次釋釋中自三初衆生法妙中六先明
妙有所憑次又經下引今經相似之文以
驗衆生法成妙也三引大經證衆生法位
麤而行妙初學大乘位居肉眼從行而說
故云佛眼四殃掘下舉果以勸脩妙行五
引大品二文明行妙之相六此即下結
如經爲令衆生開示悟入佛之知見若衆生
無佛知見何所論開當知佛之知見蘊在衆
生也

初文可解

又經但以父母所生眼即肉眼徹見内外彌樓山即天眼洞見諸色而無染著即慧眼見色無錯謬即法眼雖未得無漏而其眼根清淨若此一眼具諸眼用即佛眼此是今經明衆生法妙之文也

次文者既云父母所生即是衆生清淨若此故即名妙△（三引大經證衆生法位麁而行妙）

大經云學大乘者雖有肉眼名爲佛眼耳鼻五根例亦如是

第三文者既云肉眼故名衆生名爲佛眼故即是妙△（四舉果以勸修妙行）

殃掘云所謂彼眼根於諸如來常具足無減修了了分明見乃至意根亦如是

四引殃掘經具如止觀第七記△（五引大品二文）

大品云六自在王性清淨故又云一切法趣（明行妙之相）眼是趣不過眼尚不可得何況有趣有非趣乃至一切法趣意亦如是

五引大品二文中初言六自在王者凡夫爲六所使不名爲王亦非自在純行染汙又非清淨令六根得理理無過上故名爲王徧一切處故名自在自性無染不爲惑拘故云清淨别在行成通具六即又云一切法趣等者即是六根皆具三諦故妙趣義具如止觀第二記具引本文委釋當知諸經並有衆生妙文但部兼帯不受妙名耳

○六此即下結

此即諸經明衆生法妙也

可知

○次佛法妙者先釋次如是下結

佛法妙者如經止止不須說我法妙難思佛法不出權實是法甚深妙難見難可了一切衆生類無能知佛者即實智妙也及佛諸餘法亦無能測者即佛權智妙也

釋中意者攝前四味並是今經權智所攝而與實理相即故妙△次結

如是二法唯佛與佛乃能究盡諸法實相是名佛法妙△三心法妙

心法妙者如安樂行中修攝其心觀一切法不動不退又一念隨喜等普賢觀云我心自空罪福無主觀心無心法不住法又心純是法淨名云觀身實相觀佛亦然諸佛解脫當於衆生心行中求華嚴云心佛及衆生是三無差別破心微塵出大千經卷是名心法妙也

次心法妙意者大論云衆生心性猶如利刀唯用割泥泥無所成刀日就損理體常妙衆生自麤初引安樂行中既云觀一切法不爲生死所動不爲煩惱所退以煩惱生死是法界故又一念心隨喜等者即觀行位初秖於貪瞋一念心起體即權實諸皆例然隨順三諦故云隨喜是故隨喜名心法妙普賢觀意者心體即理故云自空誰執罪福故云無主應徧十界以明罪福在一念心方成妙觀觀心無心等者能緣之心既無所緣之法安在能所不二故云純是以心體本妙故可於心行而求解脫破心微塵如止觀第三記

○次明大師依南岳意更廣分別於中爲三初標次釋三問下略料簡

今依三法更廣分別

○釋中二初略明得名所依

若廣衆生法一往通論諸因果及一切法若廣佛法此則據果若廣心法此則據因

言若廣衆生法一往通論諸因果及一切法等者然衆生義通故云通論若其通論義非究竟故云一往一往雖通二往則局不通於佛及唯在因佛法及心不云一往者佛法定在於果心法定在於因故此三法得名各別何者如衆生身中佛法心法猶通因果況衆生名通通凡通聖若佛身中衆生心法亦定在果心法之中佛法衆生法此二在因若爾何故經云三無差別答理體無差差約事用此義廣明具如止觀十法成乘中說即是心法及衆生法彼佛法界亦兼於果而不專於果彼文寄果明理性故也

○次正廣釋中自三初廣衆生中文又自標二謂列數次釋

衆生法爲二先列法數次解法相

○初列數中二初通論諸經增數次正約今經初通諸經者此中釋法唯立三門釋妙則本迹各十且如下文通釋妙數中云本迹三中一一各十十中復各待絕不同故有一百二十重妙當知諸經所列法數一往且從增數而說據其道理須論四教四教之中皆有迹中三十麤法三十妙法更約五味以論麤妙兼但對帶依此等法

而生增數始從一法乃至百千不出心佛衆生法故增數之相略如止觀第六記故宜樂不同令增減異於中又二初略至三數者經論或明一法攝一切法謂心是三界無别法唯是一心作或明二法攝一切法所謂名色一切世間中但有名與色或明三法攝一切法謂命識煖

○次廣例百千

如是等增數乃至百千

○次明今經又爲四先依經列數次南岳下釋十如名三次判下判權實料簡四皆稱下釋法界名

今經用十法攝一切法所謂諸法如是相如是性如是體如是力如是作如是因如是緣如是果如是報如是本末究竟等

初如文

○次釋如名中二初出南岳次騰巳見

南岳師讀此文皆云如故呼爲十如也

今一家相承皆云如者猶依南岳通云十如△次騰巳見

○次大師意者爲六初章安述所依標數次一云下釋出讀相三分别下融通大意四唯佛下稱歎五是十下明法功能六若依下明讀文所以

天台師云依義讀文凡有三轉

初如文△次釋出讀相

一云是相如是性如乃至是報如二云如是相如是性乃至如是報三云相如是性如是乃至報如是若皆稱如者如名不異即空義也若作如是相如是性者點空相性名字施

設邐迆不同即假義也若作相如是者如於中道實相之是即中義也

次讀相中約假雖有邐迤之言但是約空論假

○三融通中二先出文意

分別令易解故明空假中得意爲言空即假中

○次約如下正明融通又二初融三諦

約如明空一空一切空顯如明相一假一切假就是論中一中一切中

○次非一下複疏也

非一二三而一二三不縱不橫名爲實相

兩義相成方名實相△四稱歎

唯佛與佛究竟此法△五明法功能

是十法攝一切法

四五可解△六明讀文所以

若依義便作三意分別若依讀便當依偈文云如是大果報種種性相義云云

第六意者偈文既以性相爲句故令讀者大分依之

○三判權實中二先出古師次明今解初文二師各先出次破

次判權實者光宅以前五如是爲權屬凡夫次四如是爲實屬聖人後一如是總結權實引偈證云如是大果報大故知是實種種性相故知是權

初師初文可見

○次今恐下破破中先約法

今恐不爾大義有三大多勝若取大爲實者亦應取多取勝種種之名豈非多義

○次若言下約人

若言權屬凡夫凡夫何意無實若實屬聖人聖人何意無權如此抑没義不可依

言凡夫何意無實等者經云一切衆生皆有佛性則衆生有實而生五道以現其身則聖人有權觀音妙音三十三身並是聖人有權之文也如此抑没等者抑凡無實没聖無權

○次破地師亦二先出

又地師以前五爲權後五爲寶

○次破

此皆人情耳

破中大意可見不能委細但總云人情而已不應聖理故也△次明今解

今明權實者以十如是約十法界謂六道四聖也

次明今文正解者但明一心具足十界若且約界判則九界爲權佛界爲實一一界中又各具十尚權實相即何况具耶一心既爾諸心例然是故不同舊人所見是知舊人不知以如約界界界互有而但約如以分權實△四釋法界名

○四釋十法界名約三諦者具如止觀第五記如無别體全依於界前釋本末等已約三諦即是十界皆三諦竟今重明者按十法界三字解義使十界中三諦分明則令如中三諦復顯彼此相成令知不異故止觀中不思議境一念三千非思量分别之所能解是故立此不思議名釋中文又爲四初標數

皆稱法界者其意有三

○次十數下釋

十數皆依法界法界外更無復法能所合稱故言十法界也二此十種法分齊不同因果隔別凡聖有異故加之以界也三此十皆即法界攝一切法一切法趣地獄是趣不過當體即理更無所依故名法界乃至佛法界亦復如是

○三若十數依下判對

若十數依法界者能依從所依即入空界也十界界隔者即假界也十數皆法界者即中界也

○四欲令下以文融通

欲令易解如此分別得意爲言空即假中無一二三如前云云

初列法數竟△次釋

○次此一法下正解法相於中爲五初重舉千如次束爲五差三判五差權實四然此下歎五差權實五次解下正廣解十如

此一法界具十如是十法界具百如是又一法界具九法界則有百法界千如是

束爲五差一惡二善三二乘四菩薩五佛

初二如文

判爲二法前四是權法後一是實法細論各具權實且依兩義

三判中言細論各具權實且依兩義者相即如向所説且依九界爲權佛界爲實若不然者謂佛尚亦不説況復下地故且依顯説△四歎五差權實

○四稱歎中爲八先約人歎境故云諸佛

次以此下約行歎境故云發智三故文云下重舉境智深廣四其智下歎智令妙以顯妙境欲明智契故重舉境若境爲智門即正歎境也五方便下總以二境通歎經文六如來下總明如來能照二境七殃掘下引證佛智八當知下結歸稱歎

然此權實不可思議乃是三世諸佛二智之境

以此爲境何法不收此境發智何智不發故文云諸法諸法者是所照境廣也唯佛與佛乃能究盡者明能照智深窮邊盡底也其智慧門難解難入者歎境妙也我所得智慧微妙最第一者歎智與境相稱也

前四可見

○五總歎經中二先歎次如是下結

方便品長行略説此法後開示悟入廣説此法火宅譬喻此法信解領解此法長者付子此法藥草述成此法化城引入此法

初文中具約三周所言方便品略説等者品初長行略歎廣歎權實二智次重頌中二十一行頌前二智於中前二十行重頌廣略二歎末後一行略開權顯實云佛以方便力示以三乘教衆生處處著引之令得出後開示悟入廣約五佛開權顯實望後二周仍成略説言長者付子此法者付彼般若彼般若中雖未開權依彼法體不出權實

如是等種種秖名十如權實法耳

總結可知△六總明如來能照二境

如來洞達究十法底盡十法邊明識衆生種

非種芽未芽熟不熟可度脫不可度脫如實知之無有錯謬

六明如來能照中云如來洞達究十法底等者於一一界一一法善知法相自行化他諸法具足名爲盡邊無非實相名爲究底種芽等者皆以二法爲種熟脫故也聞法爲種發心爲芽在賢如熟入聖如脫於十方界十界衆生無不了知橫竪種脫△

七引證佛智

殃掘摩羅雖是惡人實相性熟即時得度四禪比丘雖是善人惡性相熟即不堪度

七引證中且舉善惡二人餘皆倣此言殃掘雖是惡人善性相熟等者殃掘經中如來說偈問殃掘偈答佛命善來成阿羅漢即地獄人成聲聞界若依大乘得無生忍即成佛界四禪比丘謂爲四果此即天界成就地獄且略舉此以爲事端他皆例也

○八當知下結中二初結衆生是妙

當知衆生之法不可思議雖實而權雖權而實實權相即不相妨礙

○次不可下誡勸

不可以牛羊眼觀視衆生不可以凡夫心評量衆生智如如來乃能評量何以故衆生法妙故

言不可以牛羊眼等者普超經下卷佛授闍王記已因告舍利弗人人相見莫相平相所以不當相平相者人根難見唯有如來能平相人賢者舍利弗及大衆會驚喜踊躍而說斯言從今日始盡其形壽不觀他人不敢說人某趣地獄某當滅度所以

者何羣生之行不可思議
○五正廣解中文自爲二
次解十如是法初通解後別解
○初通中二初廣釋十如
通解者相以據外覽而可別名爲相性以據
內自分不改名爲性主質名爲體功能爲力
構造爲作習因爲因助因爲緣習果爲果報
果爲報初相爲本後報爲末所歸趣處爲究
竟等云云
○次若作下廣以三諦釋究竟等以顯十
如又爲二先寄釋等
若作如義初後皆空爲等若作性相義初後
相在爲等若作中義初後皆實相爲等
○次今不下正出實理釋究竟又二先釋
今不依此等三法具足爲究竟等

○次夫究竟下重釋
夫究竟者中乃究竟即是實相爲等也
從勝立名方名究竟所以本末究竟皆空
假中者如於夢中脩因得果夢事宛然即
假也求夢不可得即空也夢之心性即中
也此之三法不前後不合散
○次別解者爲二初文復合五差爲四
次別解者取氣類相似合爲四番初四趣次
人天次二乘次菩薩佛也
以菩薩與佛菩提器同故復合之
○次初明下解釋釋中爲三初正解次復
次下開權三復次百界下以諸教偈結初
依四文爲四先解四趣十如自爲十惡相
者文爲二先法次譬
初明四趣十法如是相者即是惡相表墮不

如意處
初法中不如意處即是後報相表於報故
云也
○次譬中二謂譬合
譬人未禍否色已彰相師覽別能記凶衰
○合中惡相下合否色
惡相若起遠表泥黎
報不即受故云遠表泥黎者此翻不如意
此處咸苦無適意法故云也亦云地獄新
譯云捺落迦翻苦具等云云四惡之業感報
不同今且從重說故云也
○凡夫下合相師
凡夫不知二乘髣髴知菩薩知不深佛知盡
邊
若不舉相師則不預知有相師有分與究
竟故舉凡夫用世相法亦有分知況二乘
菩薩唯佛究竟
○如善下重譬佛
如善相師洞見始終故言如是相也
洞者鑒幽也始終者秖是相報耳又地獄
相報如迦葉等千人出家先本事火皮膚
皴裂淨飯王曰是諸人等雖復出家不足
光顯我之太子乃令千釋種出家入道此
千釋種出城之時提婆達多瞿伽離其馬
仆其冠脫衆人皆云是二人者必於佛法
無大利益此亦地獄之前相也此世間相
者尚亦似知未現之相況極聖乎如善相
師具如止觀孫劉曹等第五記
○惡性者約理則本有之法不可改故如
木等者明以性爲因假於外緣不同今此

明染中之惡即脩惡也具如止觀第五記
不思議境初然十如十界皆有脩性此中
但以脩爲性耳於中爲二初正釋次譬功
能

如是性者黒自分性也純習黒惡難可改變

初如文

○次文又二先順譬次反譬初又二先譬

如木有火遇緣即發

○次大經下合於中先引教

大經云有漏之法以有生性故生能生之

○次合

此惡有四趣生性故緣能發之

○若泥木下反以不可生爲譬以顯可生

亦先譬

若泥木像雖有外相内無生性生不能生

○次合

惡性不爾

合中但云不爾即略合也

○故言下結

故言如是性

○體中二謂釋結

如是體者攬彼摧折麤惡色心以爲體質也

復次此世先已摧心來世摧色又此世華報

亦摧色心來世果報亦摧色心

初釋中文出三釋各有其意

故以被摧色心爲體也

○次明力中四先法次舉譬引事三合後

結

如是力者惡功用也

初如文

○次文先引譬

譬如片物雖未被用指擬所任言其有用

○次引事

大經云作舍取木不取縷線作布取縷不取泥木

云大經云作舍取木不取縷線等者涅槃二十三云欲造墻壁則取泥土不取彩色欲造畫像則取彩色不取草木作衣取縷不取泥木作舍取泥木不取縷線彼敘外人而執定計今借因緣助成義邊各有力用能生之性當知力者功能爲義亦是堪任

○地獄下以三趣合仍略脩羅故知一一並以四趣言之

地獄有登刀上劍之用餓鬼吞銅噉鐵之用畜生强者伏弱魚鱗相咀牽車挽重

○皆是下結

皆是惡力用也

○次明作中二法譬

如是作者構造經營運動三業建創諸惡名之爲作

○譬中譬合

大經第八云譬如世間爲惡行者名爲半人旣行惡行名地獄作也

譬云爲惡行者名爲半人者大經第八云譬如世間爲惡行者名爲半人爲善行者名爲滿人經文本譬半滿二教今借譬義不用於法文且引地獄故諸惡之言義兼四趣

○次明因中二初正釋

如是因者惡習因也△次功能

目種相生習續不斷以習發故為惡易成故名如是因

次功能中云自種相生習續不斷者自分因也俱舍名為同類因具如止觀第八業境中

○次緣中三法譬結法中二先正釋

如是緣者緣助也

○次所謂下功能

所謂諸惡我我所所有具度皆能助成習業

△次譬

如水能潤種

言如水能潤等者習因如種助因如潤單有習因未能成報故加緣潤堪受後果是故報因名之為緣

○三故用下結

故用報因為緣也

○次明果中二先略釋

如是果者習果也

○次如多下相狀

如多欲人受地獄身見苦具謂為欲境便起染愛謂此為習果也

○次明報中亦二先略釋

如是報者報果也

○次相狀

如多欲人在地獄中趣欲境時即受銅柱鐵牀之苦故名如是報也

○次明本末中為三謂標釋結

本末究竟等者即有三義

○釋中三即三觀

本空末亦空故言等

初空觀中相本報末始終俱空此四趣十如本無性故乃至四中一一具十此四既空四中之十安得不空

○次又惡下明假等中三正釋引事結

又惡果報在本相性中此末與本等本相性在惡果報中此本與末等

初文者初相後報更互可識故四中之十相表皆然

○次若先無後下引事

若先無後事相師不應預記若後無先事相師不應追記

言追記者追退也卻記往事也亦云隨記故書云雖悔可追及也

○言當知下結

當知初後相在此假事論等

○三中實下釋中道等

中實理心與佛果不異一色一香無非中道此約理論等

此四趣及十界之十無非實相言約理者中名附理故云約理究論此三無不是理也△三結

以是義故故言本末究竟等三義具足故言等也

○次人天中為二先與四趣辨異

次辨人天界十法者但就善樂為語異於四趣

○次正釋

相表清升性是白法體是安樂色心力是堪任善器作是造止行二善因是白業緣是善

我我所所有具度果是任運酬善心生報是自然受樂等者如前說云云

釋中言自然者此言通用何必外計即任運之異名耳因必剋果之相也委以四趣意例之可識

○次明二乘中二先總明所依

次辨二乘法界十法者約眞無漏

○次正釋釋中二先正釋次廣料簡有報無報

相表涅槃性是非白非黑法體是五分法身力能動能出堪任道器作是精進勤策因是無漏正智緣是行行助道果是四果二乘既不生是故無報

初文中云體即五分法身者無作戒爲戒身無漏淨禪爲定身無漏慧爲慧身二種解脫爲解脫身一者有爲解脫謂無漏智相應二者無爲解脫謂一切煩惱無餘也又盡智爲解脫身無生智爲解脫知見身

二乘既不生則無後報者中含二十七具如止觀第五記

○何故下辨報有無又爲三初徵起次正釋三三果下疑

何故發眞是果而不論報

初文中意者凡果必剋報何故二乘已受果名而不論報△次正釋

無漏法起酬於習因得是習果無漏損生非牽生法故無後報

次無漏下釋意者果名仍通報名則別是故凡夫有果則定有報若二乘之人亦通名果而不得論報以彼教中不說二乘有

生處故習因在相似位習果在見道已後三果皆以方便勝進而爲習因斷六斷九若復斷盡而爲習果言無漏損生等者且據小乘中不説生處名爲損生然但無漏無於分段可即令無變易生耶故且依小教立無報也△三釋疑三果有報者殘思未斷或七生或一往來或色界生非無漏報也是故唯九不十三三果下釋疑中先釋疑三果者前三果人並得無漏何故猶有七生一生及上界生耶釋云由殘思力非無漏力殘思爲漏緣而受生也

○次大乘下釋大小不同疑又二先釋次引證

若依大乘此無漏猶名有漏

初文者然大乘中説二乘有生者由有界外無明漏故

大經云福德莊嚴者有爲有漏是聲聞僧既非無漏不損别惑猶受變易之生則無漏爲因無明爲緣生變易土即有報也

大經下引證中云有爲有漏是聲聞僧者大經第五文若福慧相對空假二觀俱屬福德況復二乘是故二乘屬福德莊嚴又望大乘猶是苦集名爲有漏則無漏爲因者仍本爲名故名無漏爲因生方便土若生實報則不以小乘無漏爲因餘如文説兩教二乘觀行小異大體可知故不别出至菩薩中方分三别以斷伏不同故

○次明菩薩佛中以菩薩十如中報義當佛果前性相等即是佛因故令初釋菩薩

報亦但名菩薩者以菩薩中得八相佛復通權實權非佛界之因實方招於佛報是故須分三教菩薩屬菩薩界圓教菩薩即屬佛界前標雖以佛與菩薩合爲一類今釋還開初釋三菩薩中二先標次釋

次明菩薩佛界十法者此更細開有三種菩薩云云

標中云細開有三菩薩者即三藏等三菩薩也下文自具不預列名故注云云

○次釋中一先正釋次夫下辨界外二土伏斷不同初文自爲三例前通釋及類四趣相狀可知故不委悉

若六度菩薩約福德論相性體力善業爲因煩惱爲緣三十四心斷結爲果佛則無報菩薩即具十也

初三藏約福德論性相等者以事六度爲相以人天善爲性以三十二相爲體生滅四弘爲力事六度行爲作餘如文佛同二乘灰斷故也菩薩猶有正使故報在三界

若通教菩薩約無漏論相性六地之前殘思受報六地思盡不受後身誓扶習生非實業報故唯九無十

次通教以有餘無餘爲相無漏慧爲性勝應色心爲體無生四弘爲力無生六度爲作無漏習因爲因生滅助道爲緣斷餘殘習爲果佛亦無報雖觀少勝同皆未得法身故也是故滅後亦歸灰斷六地已下斷疑與前二乘義同唯不斷習不同支佛以留此習潤餘生故既生三界非漏所牽故不名報

若别教菩薩約修中道行次第觀而論十法此人雖斷通惑自知有生則具十法云云

别菩薩十法者行既次第從假入空同前二教但不得無報爲異耳故云此人雖斷通惑自知有生若從空出假以恒沙佛法爲相定入生死爲性變易色心爲體無量四弘爲力無量六度爲作眞無漏慧爲因助假觀爲緣假觀成爲果變易爲報若入中道即以三因爲相性體無作四弘爲力無作六度爲作因緣如止觀第五文無上菩提爲果大涅槃爲報

○次辨二土不同中云夫生變易土三種不同者於中二先標

夫生變易則三種不同

○次釋釋中自分三類不同

一全未斷别惑生變易者即是三藏二乘及通教三乘是也類如分段博地凡夫不伏見思者云云

未斷别惑義當入空準例説者别教十住應在其中以此五人無伏别惑義及以發心所期不同故自爲一類弁别十住及圓七信乃成七人而不論者在下第二義及佛界中明

二伏别惑生變易者即是别教三十心人習於中道伏而未斷類如分段小乘方便道也云云

次伏者言伏别惑者即是迴向兼於十行十住十行義當出假此即塵沙無明共爲别惑縱斷塵沙但伏無明亦秖名伏故别三十人同名爲伏據理應攝圓教八信已

上而不論者亦在下圓教中明

三者斷别惑生變易者如初地初住斷惑是也類如初果雖斷見諦猶有七生彼亦如是若未斷伏生者用方便行眞無漏爲因無明爲緣若伏斷者順道法愛爲因無明爲緣生變易土云云

三斷别惑者義當入中故别教菩薩雖有次第三觀若作十法從勝爲名多從假中據理秖云初地已上何用兼論初住位耶又初住亦應在下文佛界中明故知不合在此而今文中通云初地初住仍有少殊思之可見以證道同故且合論之應須細簡次第不次第意約下釋究竟等作之是故二土通明變易據於伏斷以判生處若斷伏者重辨二土因緣不同言若斷伏者用順道法愛爲因者從斷説故初地初住證一分中道法性以無明未盡有中道法愛以之爲因言云云者不斷伏者則有五人不同若斷伏者則有二土位行不同細分比説故云云云

○次佛界相性體爲三軌者理性三軌也由觀理性以至究竟於中爲二先標佛界十法者皆約中道分别也

○次釋釋中十法又二初釋十法次廣料簡報

淨名云一切衆生皆菩提相不可復得此即緣因爲佛相性以據内者智願猶在不失智即了因爲佛性自性清淨心即是正因爲佛體此即三軌也云云力者初發菩提心超二乘上名爲力作者四弘誓願要期也因即智慧

莊嚴也緣即福德莊嚴也果即一念相應大覺朗然無上菩提爲習果也報即大般涅槃果果斷德禪定三昧一切具足是報果也

初釋十法不同者初三以對三軌餘七成就三軌若據引淨名以衆生爲菩提相豈得以聞法種子爲了因耶不失之名雖通脩種語其本性即取煩惱即菩提也故知此是本有性德後七秖是脩德三法若因若果如是釋者可不異前故知即指圓教爲佛界也是故前明生方便土應論圓信故也力中亦合云發三菩提弘誓之心具如止觀第一卷四弘中簡約無作四諦以誓自要期心極果因緣云是二莊嚴者據顯說智應亦具三照本有三福亦具三助智嚴本果文可見也

○次釋本末中初總舉本末等者即相性三諦與究竟三諦不異故言等也△次別釋

空諦等者元初衆生如乃至佛如皆等也

次空諦下別釋中空等者凡聖皆如也等者空等也大論八十云菩薩以何力故能令佛與畜生等耶答菩薩以般若之力故於一切法中脩畢竟空故於一切法無所分別如畜生法陰界入和合故名爲畜生佛亦如是善法和合假名爲佛若人憐愍衆生得無量福若著心於佛起惡因緣得無量罪故於一切法畢竟空故不心輕畜生不著心貴佛復次諸實相中無相於無相中不分別是佛是畜生若分別即是取是故等觀復次菩薩有二種法門一者畢

竟空法門二者分別法門入空法門則等觀一切無復分別若入分別法門二乘尚不及佛況畜生耶故今文中約不分別邊衆生至佛皆悉如也如即空也

俗諦等者衆生未發心佛記當作佛佛既已成佛說佛本生事即是初後相在假等也次俗等中佛記衆生當作佛此是生與佛等佛說本生事此是佛與生等生與佛等此是初在於後佛與生等此是後在於初故云相在

中等者凡聖皆實相也

中等可知

○次廣料簡報中二先正釋次何者下以諸所表釋成初又為二先標佛地就佛界亦九亦十

○次釋釋中先明下地定十次明佛地不定初文者於中二初正明下地有報

通途為語從地地皆有萬行福德為因無明為緣習果報果分得十法無不具足此經云得無量無漏清淨之果報法王法中久修梵行始於今日得其果報又云久修業所得大經云我今所獻食願得無上報仁王云三賢十聖住果報

徧在諸位故云通途所言分者以下後文釋報究竟在佛故下地為分以報名通故故下地定十此中所引諸文皆通云報唯大經文云無上報既其初後皆云分得當知無上之言亦是望下

○次攝大乘下釋下地有報所以先引論次何者下釋有生滅初文中言就佛界亦

九亦十者通途爲語從初地去皆屬佛界地地有報故定具十故引此經大經仁王攝論並論初住已上文也故下文從何者下釋云無明分盡等也

攝大乘云因緣生死有後生死皆是分論果報果報即是生滅

攝大乘云因緣生死等者如止觀第七記既云生死秖是生滅△次釋有生滅

○次何者下釋中又二初正釋次引大論證初正釋中二重者前約智斷爲生滅何者無明分盡是故論滅真明轉盛是故言生

○次又殘下全約惑邊以論生滅

又殘無明在是故言生一分惑除是故言滅

○次引大論中有喻有合

大論云一人能耘一人能種

喻中耘如滅種如生萬行資成如種智慧破惑如耘增道損生意在於此四十一地皆有十法也

合可見又增道損生亦如生滅生故感報也△次明佛地不定

若就妙覺亦九亦十何者中道智慧乃是損生生既未盡故有諸地生滅不同妙覺損生義足最後那得論報故云唯佛一人居淨土三十生盡等大覺無後有生死煩惱盡故智德已圓無復習果不受後身故無報果又約現生後論九論十云云若按涅槃經文願得無上報者即明佛界報無上也佛報既言無上佛相性等九法悉皆無上

次從若就去別約妙覺位亦九亦十者損

生義足是故唯九約現生後既有現報亦可爲十如大瓔珞慧眼菩薩問文殊具如止觀第五記三十生盡等大覺者有本云四十生盡四十一生盡等並悞也言三十者仁王經中一地中分爲三品即以一品爲一生仁王經中不立等覺故三十生盡即入妙覺他不見之便以四十位或四十一位爲四十生等又約現生後論九論十者有現報故名爲有報無生後故亦言無報始自初入變易土中受法性身既並無復隔生之義故無生後二種報也故涅槃中純陀品云我今所獻食願得無上報是則報中無上不過於佛△次以諸所表釋成

○何者下并四復次作所表釋佛報無上復引賢聖集釋五文意復約五味判賢聖集意故至法華方名無上稱歎之意良有以也○文分五段初約五住惑次約生死涅槃次約善惡業次約中論四句次約具不具

何者六道相性全表五住二乘相性表破四住全表無明菩薩相性表次第破五住佛相性表一切種智淨若虛空不爲五住所染故佛十法最爲無上云云復次六趣相表生死苦二乘相表涅槃樂佛界相表非生死非涅槃中道常樂我淨故言佛界最是無上復次四道表惡人天表善二乘表無漏善菩薩佛表非漏非無漏善故佛界最爲無上復次六道表諸有因緣生法二乘表即空菩薩表即假佛表即空即假即中故佛界最爲無上復次四趣但表惡不能表善人天相但表善亦不能表惡二乘但表無漏不兼善惡佛相兼表

一切相若解佛相即徧解一切相是故佛界最爲無上△三引賢聖集釋五文意故賢聖集云地獄中陰但見地獄不能知上趣若天中陰能知天及下其相表之不名正徧知佛相表正徧知也佛智既徧知諸相而經教應徧說之

賢聖集意者亦如俱舍云下無升見上例知二乘下智不了上智非正徧知△三約五味判賢聖集意

若用此法歷五味教者乳教說菩薩界佛界兩性相或入即假等或入即中等入中乃是無上而帶一方便未全無上酪教但明二乘相性得入析空等尚不明入即空等況復餘耶故非無上生酥明四種相性或入析空等或入即空等或入即假等或入即中等唯佛相性得入即空即假即中而帶三方便故非無上熟酥明三種相性或入即空或入即假或入即中唯佛性相得入即空即假即中而帶二方便故非無上此法華經明九種性相皆入即空即假即中汝實我子我實汝父一色一味純是佛法更無餘法故知佛界最爲無上

約五味中初約乳云或入即假或入即中者依中論偈汎用即名其實華嚴二教未即機緣未合故著或言部中雖有無上之教爲帶別故部非無上酪唯析空故無或言生熟二酥言即言或例乳可知唯至法華體方是即涅槃解即而行不即△次開權

復次餘經所明九性相不得入佛性相即空即假即中者此經皆開方便普令得入又按

其相性即是即空即假即中不論引入是故如來殷勤稱歎此法華經最爲無上意在此也

復次下開權者至法華經復有二種入妙不同引入及按位入故也言又按其性相不論引入者如從伏位來入伏位名爲按位從伏惑位入斷惑位名爲引入今不論引入當位即妙妙體稱本無隔異故厶三以諸教偈結

妙法蓮華經玄義釋籤卷第五

音釋

掘其月切　邐迆邐輦爾切迆移爾切邐迆因循也　分齊分扶問切齊才詣切分齊限量也　髣髴髣妃兩切髴敷勿切髣髴猶依俙也　噉徒濫切食也　咀在呂切　挽武遠切引也　搆居候切架也　創楚亮切始造也　纖芥纖思廉切芥居拜切纖芥細微也　鍵巨偃切戶鑰曰鍵　矛盾矛莫浮切勾兵也盾食尹切干櫓之屬　皴七倫切皮細起也

妙法蓮華經玄義釋籤卷第六

隋天台智者大師說
門人灌頂記
唐天台沙門湛然釋

○三以偈結中二先明結意

復次百界千法縱橫甚多以經論偈結之令其易解

云縱橫甚多者於一一界各具十法故名爲橫按次第起名之爲縱雖若縱若橫無非三諦故知實非縱橫義言縱橫雖非縱橫以交互起不可分別故雖千萬起不可分別若以下文諸意結之則令可識

○次正結中二先正結次總結初中云以經論偈結者復有多意一者法不孤立立必有由二者以偈結廣令易攝持三者知此無上十界徧一切教收大小乘爲實施權開權顯實等意並可見

中論偈云因緣所生法我說即是空亦名爲假名亦名中道義六道相性即是因緣所生法也二乘及通教菩薩等相性是我說即是空六度別教菩薩相性是亦名爲假名佛界相性是亦名中道義結要雖少攝得前多義則可見云云

中論偈意本是一實不可思議徧申諸經故今用結百界千如以成一心稱一切教故云攝得前多

又涅槃偈云諸行無常是生滅法生滅滅已寂滅爲樂六道相性即是諸行二乘通教相性即是無常別教菩薩相性即是生滅滅已佛界相性即是寂滅爲樂又生滅滅已寂滅

爲樂即是别教相性即於生滅仍是寂滅不待滅已方稱爲樂是爲圓教佛界相性云云大經偈云通教同稱無常者未見常理故别教次第滅於生滅先内次外佛界一切衆生即滅盡定又生下重釋者别教登地亦得寂滅故須此釋也

又七佛通戒偈云諸惡莫作衆善奉行自淨其意是諸佛教四趣相性即是諸惡人天相性即是衆善自淨其意即有析體淨意是二乘相性入假淨意是菩薩相性入中淨意是佛界相性云云

七佛通戒偈者過現諸佛皆用此偈以爲略戒徧攝諸戒故名爲通如增一第一迦葉問阿難增一阿含具三十七品及以諸法四含亦出乎阿難言且四含一偈盡具佛法及聲聞教所以然者如諸惡莫作是戒淨衆善奉行是意淨自淨其意是除邪是諸佛教是去愚當知一期廣教不出此也小乘既爾例大亦然故用結之今對十界其理盡也一切大小咸入其中△次總結

若能解十相性與衆經論律合者即通達三藏通别識一切法無有障礙廣明衆生法相竟

○次廣明佛法中爲三初標所照次唯佛下能照三是事下結意指廣

二廣明佛法者佛豈有别 法秖百界千如是佛境界

初文者還指前衆生是佛智所照故云境界

○次明能照中二先總明境智相契次歷

三語以明智相文但二語者以自他相對即名自他故闕不論初文中二先法

唯佛與佛究竟斯理

○次譬

如函大蓋亦隨大

當知三法秖是不思議廣大法界

○次二語中二先正釋次從二法下結意

立妙

以無邊佛智照廣大佛境到其源底名隨自意法也若照九法界性相本末纖芥不遺名隨他意法

初文者照佛界名自照九界名他者亦約顯說何者佛非無九九非無佛攝屬異故故各得名△次結意

從二法本垂十界迹或示已身或示他身或說自意語或說他意語自意他意不可思議已身他身微妙寂絕皆非權非實而能應於九界之權一界之實而於佛法無所損減諸佛之法豈不妙耶

次結中雖有本迹之名此是迹中之本亦名權實亦名自他也以不言久遠之本但云二法為本故但屬迹化儀不過現身說法故約此二以明自他故知且約果邊明佛法也△三結意指廣

是事可知無勞廣說至方便品中當更明之

至方便品釋十如中委明

○三明心法者為三初標次來意三正釋

三廣釋心法者

初如文

前所明法豈得異心但衆生法太廣佛法太

高於初學爲難然心佛及衆生是三無差別者但自觀己心則爲易

次文者言前所明法者秖衆生法佛法不出於心故先示之若爾何須復述故但衆生下正述來意

○次涅槃下正釋又二先明心體次上能下明心所攝

涅槃云一切衆生具足三定上定者謂佛性也能觀心性名爲上定

初文者向言前法豈得異心今言心性名爲上定故心性之言其言甚略應了此性具足佛法及衆生法雖復具足心性冥妙不一不多以心性觀則似可見若以衆生及佛而爲觀者則似如不遠若以心性觀彼界如界如皆空常具諸法非空非具而空而具雙遮雙照非遮非照亦秖是一念心性而已如斯之定豈不尚耶言涅槃云一切衆生具足三定者謂上中下上定者謂佛性即心法本妙如止觀第五記

○次明所攝者既異前法故須明攝示心是攝非謂攝他先攝衆生但略指而已上能兼下即攝得衆生法也

○次攝佛法中二先引華嚴次釋經意顯佛法界

華嚴云遊心法界如虛空則知諸佛之境界

初引華嚴等者引華嚴二句三諦具足也

○從法界去釋又二先釋經意次又遊心等者下重釋二句結歸經意以顯心法妙

法界即中也虛空即空也心佛即假也三種

具即佛境界也是爲觀心仍具佛法又遊心法界者觀根塵相對一念心起於十界中必屬一界若屬一界即具百界千法於一念中悉皆備足此心幻師於一日夜常造種種衆生種種五陰種種國土所謂地獄假實國土乃至佛界假實國土行人當自選擇何道可從又如虛空者觀心自生心不須藉緣藉緣有心心無生力心無生力緣亦無生心緣各無合云何有合尚叵得離則不生尚無一生況有百界千法耶以心空故從心所生一切皆空此空亦空若空非空點空設假假亦非假無假無空畢竟清淨又復佛境界者上等佛法下等衆生法又心法者心佛及衆生是三無差別是名心法也

初釋遊心者心之所遊體是法界不得更計能遊所遊此法界體是畢竟空故云如空法本無名假立心佛故云即假經文雖爾語猶總略故重釋云又遊心等即百界千法三千世間次所謂去略引示相假即衆生實即五陰及以國土即三世間也千法皆三故有三千釋遊心竟次重釋如虛空者具如止觀不思議境以自他四句推三千法縱横乃至非縱非横四句叵得次重釋諸佛境界者徧法界故故云上等佛法下等衆生法次重釋心者衆生及佛不出於心故無差別名心法妙是故結歸三無差別方名爲妙思意可見云云

○問下料簡

問一念心云何含受百界千法耶答借三種爲譬如止觀中說云云

雖對心料簡意實亦應對餘二簡何者亦應問言一一衆生何故各具百界千法佛果已滿何須復云百界千法已云心法即餘二故若不問餘二心法之二既其不妙欲令心法亦未爲妙故知義言應兼問二具如止觀不思議境若理若脩若結若譬須來此中若失此意至釋十妙妙反成麤乃至第七卷末同申此旨何者乃至蓮華同譬此旨乃至本門久證此旨體宗用三同顯此旨

○次釋妙者今一家釋義名通義別蓋是常談又更略引小乘名通以示其相如中含第三諸比丘歎舍利子所說妙中之妙然舍利子但說事中行忍是巧方便不損他境名妙中妙又四十三佛告諸比丘莫求欲樂極下賤法爲凡夫行亦莫自苦苦非聖行離此二邊則有中道成於眼智歷一切法皆悉如是又四十九歷一切法皆云不空又婆沙中問佛何故說四諦爲食答爲滿法身如村落食但養人身故禪中善根能養法身豈以如是妙中之妙中道不空法身等名能定法體是故須以名下之義而簡別之今尚不取別教教道通教舍中況三藏教離斷常中及阿含中離苦樂中等耶又約部者尚不取帶二對三兼一之中況但空偏假而爲妙耶又約本門尚不取中間今日相待絕待況復今日兼帶妙耶下去例然正釋中先列通別二門

二明妙者一通釋二別釋

○次依門解釋初通門中文自列二妙

通又爲二一相待二絶待
○次釋釋中二先略敘二意次正釋初文
又二初正敘次破古
此經唯論二妙更無非絶非待之文若更作
者絶何惑顯何理故不更論也
初文者既云此經當知妙題兼此二義故
使今釋諸妙以二冠初故迹門十妙一一
妙中開多科目無不二釋言更無非待非
絶等者理性實是非待非絶秖向待絶約
理論二不同雙非二邊更有中道之理恐
有人疑應更別有雙非待絶之理故便釋
云文理俱無此待絶理已破無明已顯中
道故知雙非無復所顯故云破何惑等
光宅用法華之妙待前諸教皆麤巨有所妨
已如前難云云

次破古中牒前破意以前教中有麤有妙
故知光宅破昔意謬如前
○次正釋中自二先待次絶初待中二先
釋次問答料簡初文又三初總敘來意次
正釋三妙義下結意
今待麤妙者待半字爲麤明滿字爲妙亦是
常無常大小相待爲麤妙也
初文意者今家即以三教爲滿故對三藏
爲半簡之亦是常無常等者大小可爾常
等仍含以通教遠能通常理故故且對藏
以爲無常餘例可知
○次正釋中即以鹿苑對後三味中三教
爲滿下文以涅槃在法華前者以同味故
前後無殊又欲以今經顯獨妙故在後明
之

淨名云說法不有亦不無以因緣故諸法生即是明滿字也始坐佛樹力降魔得甘露滿覺道成即提昔之半待出於滿也般若云於閻浮提見第二法輪轉亦是對鹿苑爲第一待般若爲第二也涅槃云昔於波羅柰初轉法輪今於尸城復轉法輪衆經皆共以鹿苑爲半爲小爲麤待此明滿大妙其義是同

淨名滿中云說法等者具如淨名疏止觀第一記略釋次般若云於閻浮提見第二法輪轉者大品十二諸天子云我於閻浮提見第二法輪轉是中無量百千諸天子得無生忍乃至方等法華亦望鹿苑以爲初轉

○次明今經

今法華明昔於波羅柰轉四諦法輪五衆之生滅今復轉最妙無上之法輪此亦待鹿苑爲麤法華爲妙

如文所以重敘前諸經者明今經相待不應對三教文亦且同諸教所待故亦指鹿苑而爲所待△三結意

妙義皆同待麤亦等文義在此也

結中意者一往以所待之麤對圓爲能待之妙△次問答料簡

○諸味不殊與法華何別故須更有料簡釋疑於中有兩重問答先約法次約譬

問齊方等來滿理無殊者悉應稱妙

初約法中先問者如上釋不應法華獨稱爲妙

○答中二初總責次別答

答今亦不剋教定時那忽云齊方等耶縱令

爾者別有所以

初總責云今亦不剋教定時者但云從通教去且名爲滿亦不剋定通別圓中俱取三教生酥已去的取一時那忽難云齊方等來滿理無殊又更與之故云縱令爾者別有所以

○從何者下別答中三先釋次引證三判麤妙初釋中二先約機次約教初約機中又三先總立利鈍二機次歷味分別三此妙下判同異

何者利根菩薩於彼入妙與法華不異鈍根菩薩及二乘人猶帶方便諸味調伏

初言利根者即圓別也二乘之人及通菩薩即此以論方便別教雖帶地前方便處處得入是故此等更須生熟二酥調之故此二味復名方便△次歷味分別

方等帶生酥論妙以待麤般若帶熟酥論妙以待麤今經無二味方便純眞醍醐論妙以待麤

云方等帶生酥論妙以待麤者二乘鈍根於方等中得生酥益帶此益故以論圓妙熟酥比說△三判同異

此妙彼妙妙義無殊但以帶方便不帶方便爲異耳

今經既無方便故判文中今經與諸經雖同名滿帶不帶異故復不同△次約教

復次三藏但半字生滅門不能通滿理故名爲麤滿字是不生不滅門能通滿理故名妙能通滿理復有二種一帶方便通滿理二直顯滿理方等般若帶方便通滿理今經直顯

滿理
次約教者既並云門故知是教可見△次引證
故中論云爲鈍根弟子說因緣生滅相爲利
根弟子說因緣不生不滅相云云中論偈云云
次引論證中雙證機教爲說即教弟子是
機不生不滅帶不帶等已如前簡故註云
云中論偈云云者不能列名直釋其義證
利鈍根意初句爲鈍餘三爲利亦且一往
故云云耳△三判麁妙
若不即空爲通眞方便是故言麁若能即空
是通中方便通中方便若帶即空即假通中
者麁不帶空假直通中者妙云云
三判中還以論偈意判初句對析故云不
即此析拙故故名爲麁若能即空去釋下
三句初且通舉言此即空能通中道爲中
方便次從通中方便去釋通別菩薩雖能
通中以帶麁故故總名麁通教中根帶於
即空下根帶假別教亦然是故皆麁言直
通者空即假中是故名妙此亦是判未得
名開開無復麁空假皆妙△次約譬
問乳至醍醐同稱爲滿是譬云何
次問者問乳至醍醐同稱爲滿者約五味
爲問也由前釋云方等般若及以今經俱
通滿理是則除三藏外俱名爲滿其義既
混此云何通
答今以譬解譬如官有三航及以私船從於
此岸度人彼岸乳教如大中兩航共度人彼
岸酪教如私船度人中洲生酥如四種小航
與私船度人於中洲兩航度人於彼岸熟酥

如三航一航中洲二航彼岸醍醐如大航度人彼岸三航同是官物故俱稱爲滿私船非官物是故言半官物之中二航小所容蓋寡大航壯麗容載倍多獨稱爲妙智者以譬喻得解其譬義如是云云

答意者滿名雖同不無差別故作四航之譬以解五味之譬四航之中三官一私雖同名官不無差別教門亦爾通雖名滿所通處近如至中洲別圓通遠如至彼岸若簡教道別到彼岸其路紆迴圓教官航方名直往雖同名官所通既近及教道別何妨同滿而滿不同

○釋絶待中爲七先通明四絶次明二妙妙上三法三將四絶約五味判四開權五會諸絶成妙六將本迹等妙妙上三法七判横豎初文約教顯圓問若明絶待秪應但一何故開四以四相形與待何別答若相待中展轉明妙前麤猶存今論絶待絶前諸麤無可形待又所以漸明四種絶者爲知圓絶極妙無過前三被絶圓外無法

細消文意各有深致言隨情等者三藏生滅生滅是事事附物情故云隨情通教即空空即附理故云隨理三假之義今不暇釋意但且論展轉相望以明諸絶顯於圓教無復能絶若委釋三假且如止觀第五記故此中圓絶廣引文證譬類釋出圓絶相狀於中初正釋四教不同

二絶待明妙者爲四一隨情三假法起若入眞諦待對即絶故身子云吾聞解脫之中無有言説此三藏經中絶待意也二若隨理三

假一切世間皆如幻化即事而眞無有一事而非眞者更待何物爲不眞耶望彼三藏絶還不絶即事而眞乃是絶待此通教絶待也三別教若起望即眞之絶還是世諦何者非大涅槃猶是生死世諦絶還有待若入別教中道待則絶矣

前三如文

○四圓教中爲二初正釋次以空有二門判前所釋初文爲三初依圓教出絶待體次今法下出今文意三降此下斥僞初又三初引正教出體次大經下引經三妙亦下以今意會經初文又二初正出體次明絶相

四圓教若起説無分別法即邊而中無非佛法亡泯清淨

初文者既云圓教若起説無分別教所談絶絶前諸教故云亡泯

○次豈更下明絶待相狀

豈更佛法待於佛法如來法界故出法界外無復有法可相形比待誰爲麤形誰得妙無所可待亦無所絶不知何名强言爲絶

明法界體一無復形待待誰爲麤等者明無能待能即是妙法外無法待誰麤妙無所可待等者明無所絶所即是麤法外無法故無所絶

○次引大經中三謂法譬合

大經云大名不可稱量不可思議故名爲大譬如虚空不因小空名爲大也涅槃亦爾不因小相名大涅槃

○三會今經意中二先會

妙亦如是妙名不可思議不因於麤而名爲妙

○次若謂下破情計

若謂定有法界廣大獨絕者此則大有所有何謂爲絕

若謂有能絕此計大於所絕何者若於所絕起計猶有能絕之大於能起計計大於所故云大有所有能翻成所故不名絕△

○次令下正出令文絕妙之相又二先出次出令文意

令法界清淨非見聞覺知不可說示

○次引證證中二先證非見聞等次證不可說示初文二先引

文云止止不須說我法妙難思

○次釋

止止不須說即是絕言我法妙難思即是絕思

○次文二先引

又云是法不可示言辭相寂滅

○次釋釋中二先總次別

總中但云亦是絕歎之文即指經中絕歎亦是絕歎之文

○別中又二先釋次引文三證文也

不可以待示不可以絕示滅待滅絕故言寂滅

初文者不可以相待示不可以絕待示待絕俱絕故名滅待滅絕

又云一切諸法常寂滅相終歸於空此空亦空則無復待絕中論云若法爲待成是法還

成待今則無因待亦無所成法華首云既得無生忍亦不生無生無生即無生是名絕待

次又云下引文三中初引今經空爲能絕此空亦空能所俱絕次引中論者借成今文待不名絕若法爲待成者待麤而得妙是法還成待者是妙還成待今妙不因麤故云無因待既無所待麤亦無能待妙妙即所成法既能所俱亡故云亦無所成法此引中論以絕破待待謂緣生故唯絕無待故且引絕以證今經待絕俱妙同在法華亦非碩異由待知妙妙體是絕絕亦無寄妙體無二華首文意亦同此也故引華首成中論意

○次從降此巳下斥僞顯正若未見理徒謂爲絕若論文意非必見理但應六即以判絕理是則六即名爲六絕於中又二先明斥僞次若能下舉正顯僞各有法譬初文法中又二先直明僞

降此巳外若更作者絕何物顯何理流浪無窮則墮戲論

○次乃是下出僞相僞即不絕又二先出僞相

乃是迷情分別絕待不絕非絕非待待於亦待亦絕言語相逐求無絕矣

○次何者下釋僞所以由心慮故

何者言語從覺觀生心慮不息語何由絕

○次舉譬僞故不絕

如癡犬逐塊徒自疲勞塊終不絕△次舉正顯僞

○次若能下復初顯正如黠下舉譬顯正

若能妙悟寰中息覺觀風心水澄清言思皆

絶

初言衆中如止觀第六記

如黠師子放塊逐人塊本既除塊則絶矣名字如塊眞理如人無明癡犬逐名言塊種智師子得理亡名故知言語從覺觀生息覺觀則名言絶言思絶則待絶亡△次以空有二門判前所釋

○妙悟下明二門

妙悟之時洞知法界外無法而論絶者約有門明絶也是絶亦絶約空門明絶也如快馬見鞭影無不得入是名絶待妙也

門能入絶門從教入故如快馬下譬入門之人此中多意不復委釋尋意可見△次明二妙妙上三法

用是兩妙妙上三法衆生之法亦具二妙稱之爲妙佛法心法亦具二妙稱之爲妙

次二妙妙上三法者欲明三妙在於法華方得稱妙故須二妙以妙三法故諸味中雖有圓融全無二妙三被妙巳故三即妙故上文云此妙即法此法即妙故得三法皆具於十成三十妙良由於此問向釋妙云待絶俱絶方名爲絶今何以言待絶二耶答前明絶待故須俱絶今述經意故須雙明經意雖雙理無異趣以此俱絶對前稱待所待未會會方名絶是故此部得二妙名△三將四絶約五味判

若將上四種絶待約五味經者乳教兩絶酪教一絶生酥四絶熟酥三絶此經但有一絶

三將四絶約五味者應更判云乳味二絶一麤一妙乃至熟酥二麤一妙今經唯妙

但是文略△四開權

若開權絶者無不入一妙絶也

四開權者開諸味中麤耳△五會諸絶成妙

○五從問下會絶成妙中先問

問何意以絶釋妙

○次答答中又三先會

答秖喚妙爲絶絶是妙之異名如世人稱絶

能耳

○次從又下判能所

又妙是能絶麤是所絶此妙有絶麤之功故

舉絶以名妙

○三從如迹下約本迹以釋能所之意

如迹中先施方便之教大教不得起今大教

若起方便教絶將所絶以名於妙耳又迹中

大教既起本地大教不得與今本地教與迹

中大教即絶絶於迹大功由本大將絶迹之

大名於本大故言絶也又本大教若與觀心

之妙不得起今入觀緣寂言語道斷本教即

絶絶由於觀將此絶名名於觀妙爲顯此義

故以絶爲妙

教與本迹及以觀心展轉相絶何者不由

迹中圓融之說故不能知本地長遠之本

若本遠教與故使迹絶本雖絶迹豈即說

遠能知心性若語心性迹本俱絶故云本

迹雖殊不思議一一彼殊故故知徒引遠

近未了觀心遠近自彼於我何爲如貧數

寶此之謂也△六將本迹等妙妙上三法

今將迹之絶妙妙上衆生法將本地之絶妙

妙上佛法將觀心之絶妙妙上心法

第六今將下意者迹中意者九界衆生皆

開顯故本中意者雖開權竟事須顯本權
迹望本迹猶名麤觀心意者若不觀心安
知已他因果心妙△七判橫竪
前四絕橫約四教今三絕竪約圓教云云
第七意者四各有絕故名爲橫今三從圓
迭至觀心故名爲竪△別釋者即依門解釋中第二別門也
○次別釋中二先結數示妙次正釋妙初
文中三麤一妙者且以但麤對獨妙說餘
之三味麤妙相帶故略未論下文具列於
中二先結數次若破下示妙
別釋妙者爲三若鹿苑三麤鷲頭一妙皆迹
中之說約迹開十重論妙此妙有迹有本本
據元初元初本妙十重論妙迹本俱是教依
教作觀觀復有十重論妙迹中有衆生法妙
佛法妙心法妙各十重合三十重此與衆經
論妙有同有異本中三十妙與衆經一向異
此六十重一一復有待妙絕妙則有一百二
十重
初文中云本迹等者本迹各十具列在文
若觀心十並皆附在諸文之末或存或沒
不別開章既其觀心寄在諸文之下今但
約迹本兩門各具十妙義各攝於心佛衆
生△次示妙
若破麤顯妙即用上相待妙若開麤顯妙即
用上絕待妙云云
○今初迹門十妙者爲二先列
迹中十妙者一境妙二智妙三行妙四位妙
五三法妙六感應妙七神通妙八說法妙九
眷屬妙十功德利益妙
○次釋釋中爲五者第一中云廣解五章

一一廣起五心者故今釋名迹十妙中望前七番以成五心唯少開合及觀心等並散在諸文故也故今標章起念引證起信生起起定況諸妙下處處皆然并觀心起進開合起慧五心足也故更列五番意在於此

釋十妙爲五番一標章二引證三生起四廣解五結權實標章者云何境妙謂十如因緣四諦三諦二諦一諦等是諸佛所師故稱境妙智妙者所謂二十智四菩提智下中上上上七權實五三智一如實智以境妙故智亦隨妙以法常故諸佛亦常函蓋相稱境智不可思議故稱智妙行妙者謂增數行次第五行不次第五行智導行故故言行妙位妙者謂三草位二木位一實位妙行所契故言位妙三法妙者謂總三法縱三法橫三法不縱不橫三法類通三法皆祕密藏故稱爲妙感應妙者謂四句感應三十六句感應二十五感應別圓感應水不上升月不下降一月一時普現衆水諸佛不來衆生不往慈善根力見如此事故名感應妙神通妙者謂報通修通作意通體法通無記化化通無謀之權稱緣轉變若遠若近若種若熟若脫皆爲一乘故言神通妙說法妙者謂說十二部法小部法大部法逗緣法所詮法圓妙法如理圓說咸令衆生開示悟入佛之知見故言說法妙眷屬妙者謂業眷屬神通眷屬願眷屬應眷屬法門眷屬如陰雲籠月羣臣豪族前後圍遶故言眷屬妙利益妙者謂果益因益空益假益中益變易益猶如大海能受龍雨故名

利益妙

初標章者非獨直標十名而已兼標章内一一諸科如境具標六智列二十等觀文可知釋者事須略述諸科文相大體攬下觀今粗亦可見乃至一一妙中皆先列竟末後說意如境妙云境是所師智云導行等尋之可知標感應中水譬感月譬應不升不降感應道交神通中報得在天脩得如仙作意在藏體法在通無記在别圓初地初住遠近者大通名遠爾後名近

○二引證中先指處

二引證者但引迹文尚不引本文況引餘經耶

○次正引證

文云諸法如是相等唯佛與佛乃能究盡諸法實相實相是佛智慧門門即境也又云甚深微妙法難見難可了我及十方佛乃能知是相即境妙也我所得智慧微妙最第一又以此妙慧求無上道無漏不思議甚深微妙法唯我知是相云云即智妙也本從無數佛具足行諸道道行此諸道已道場得成果又云合掌以敬心欲聞具足道又諸法從本來常自寂滅相佛子行道已來世得作佛即行妙天雨四華表住行向地開示悟入亦是位義乘是實乘遊於四方四方是因位直至道場是果位是名位妙佛自住大乘如其所得法定慧力莊嚴大乘即眞性定即資成慧即觀照是爲三法妙我於三七日中思惟如是事又我以佛眼觀見六道衆生又一切衆生皆是吾子又遥見其父踞師子牀即感應妙也今

佛世尊入于三昧是不可思議現希有事神通妙也如來能種種分别巧説諸法言辭柔輭悦可衆心身子云聞佛柔輭音深遠甚微妙又其所説法皆悉到於一切智地又但説無上道又已今當説最爲難信難解即説法妙但教化菩薩無聲聞弟子即眷屬妙現在未來若聞一句一偈皆與三菩提記又須臾聞者即得究竟三菩提又若以小乘化我即墮慳貪此事爲不可又終不令一人獨得滅度皆以如來滅度而滅度之即利益妙也

境中言智慧門者慧家之門即理爲門意也三法中且指乘體以爲眞性感中我即是應思衆生衆生即感也佛眼六道等思之可見神通中六瑞且舉入定

○三生起中二初正生起

三生起者實相之境非佛天人所作本自有之非適今也故最居初迷理故起惑解理故生智智爲行本因於智目起於行足目足及境三法爲乘乘於是乘入清涼池登於諸位位何所住住於三法祕密藏中住是法已寂而常照照十法界機機來必應若赴機垂應先用身輪神通駭發見變通已堪任受道即以口輪宣示開導既霑法雨禀敎受道成法眷屬眷屬行行拔生死本開佛知見得大利益

○次前五下結成

前五約自因果具足後五約他能所具足法雖無量十義意圓自他始終皆悉究竟也

自行化他各有始終故知心佛衆 生皆有此意也

○次正釋中十文不同初釋境者先列章
次列數次數意次生起後廣解
四廣釋境又爲二一釋諸境二論諸境同異
△次列數
釋境爲六一十如境二因緣境三四諦境四
二諦境五三諦境六一諦境△次數意
然衆經赴緣明境甚衆豈可具載略擧六種
○生起中初正生起次始從下結示始從
無明即十二因初也實際即一諦也
六種次第者十如是此經所說故在初次十
二因緣三世輪迴本來具有如來出世分別
巧示四諦名與從廣至略次辨二諦二諦語
通別顯中道次明三諦三諦猶帶方便直顯
眞實次明一諦一諦猶有名相次明無諦
初正生起中云初十如是此經所說者此
是今經實相之境又是一部三妙之文次
因緣境雖擧三世生滅因緣巳下三種以
三世爲本次四諦者示其因果令脩道滅
非佛出世焉知此名苦集是俗道滅是眞
餘文可見△次結示
始從無明終至實際略用六種足△後廣解一明十如境
一明十如境巳如前說云云
○次正釋因緣中自爲四章初列四章
二釋因緣境又爲四一正釋二判麤妙三開
麤顯妙四觀心
○次釋釋中先雙擧界內界外各二種以
定根性
正釋又爲四一明思議生滅十二因緣二明
思議不生不滅十二因緣三明不思議生滅

十二因緣四明不思議不生不滅十二因緣
○次釋釋中三先重立界内利鈍二根
思議兩種因緣爲利鈍兩緣辨界内法也
○次引論
中論云爲鈍根弟子説十二因緣生滅相
○三釋釋中二先簡次釋
此簡異外道外道邪謂諸法從自在天生或
言世性或言微塵或言父母或言無因種種
邪推不當道理
簡中言自在天者一切外道皆悉尊於三
仙二天如止觀第十記世性者計二十五
諦如止觀第十記微塵者計於衆塵和合
而成以外人不知業力緣故也
○此正下正釋釋中爲二先正釋次料簡
初正釋中四初略立次引證三過患四釋
名
此正因緣不同邪計唯是過去無明顛倒心
中造作諸行能出今世六道苦果好惡不同
初文者以知無明造故不同外計
○○次引證中三先引次釋三結
正法念云畫人分布五彩圖一切形端正醜
陋不可稱計原其根本從畫手出六道差别
非自在等作悉從一念無明心出
初文中非自在者諸邪計中且舉初計
○次無明下釋
無明與上品惡行業合即起地獄因緣如畫
出黑色無明與中品惡行業合起畜生道因
緣如畫出赤色無明與下品惡行合起鬼道
因緣如畫青色無明與下品善行合即起脩
羅因緣如畫黄色無明與中品善行合即起

人因緣如畫白色無明與上品善行合即起天因緣如畫上上白色
○當知下結
當知無明與諸行合故即有六道名色六入觸受愛取有生老病死等隨上中下差別不同
○三人天下明過患又二先出過
人天諸趣苦樂萬品以生歸死死已還生三世盤迴車輪旋火
○次引瓔珞文證
故經言有河洄澓没衆生無明所盲不能出經又稱爲十二牽連更相拘帶亦名十二重城亦名十二棘園
言經又稱等者生已復生生生不已故云十二牽連等也

○此十二下釋名
此十二因緣新新生滅念念不住故名生滅十二因緣也
新新秖是念念續起△次料簡
料簡者瓔珞第四云無明緣行生十二乃至生緣老死亦生十二是則一百二十因緣初是癡乃至老死亦是癡不覺故癡初亦不覺至老死亦不覺癡故生癡故死若能覺因緣因緣即不行癡不行故則將來生死盡名爲黠黠即隨道
次料簡中云瓔珞中無明緣行生十二則一百二十支者準彼經第四釋十二因緣云從無明緣行便生十二支乃至有緣生老死便生十二既以未來二支合說則始從無明來至老死有十一番此十一番但

十箇中間一一皆生一十二支故十中間有百二十若依今文乃成一百三十二支以開生死爲二番故雖開合不同大意不別今雖開生死結數依經是故但云一百二十初是癡等者既十二支無明爲本一一復具一十二支當知支支皆具無明乃至老死

又十二緣起十二緣生爲同爲異此同是一切有爲法故無異亦有差別因是緣起果是緣生則二緣起五緣生三緣起二緣生又無明是緣起行是緣生乃至生是緣起老死是緣生又四句緣起非緣生未來二支法是也緣生非緣起過去二支現在阿羅漢最後死陰是也緣起緣生者除過去現在羅漢死五陰諸餘過去現在法是也非緣起非緣生者無爲法是也

緣起緣生者先問也從此同是去答婆沙雜揵度中問云緣起緣生有何差別彼文答云或有說者無有差別何者如伽羅那經說云夫緣起法一切皆是有爲法故云何緣生一切緣生亦是有爲法故今文略云同是有爲法故亦有差別去彼論云然亦有差別故有說者云因是緣起果是緣生如因果義事所事相所相成所成續所續生所生取所取亦如是事如因所事如果乃至取亦如是（論中初但云因果次開對二因二果）復有說者過去是緣起現在是緣生（不云未來）復有說者現在是緣起未來是緣生（不云過去）今文略無此二解復有說者無明是緣起正是今文第二解復有說者無明是緣起老死

是緣生十支是緣起緣生(今文無此解)又尊者富那奢說應作四句(具如今文)四句中初句以未來果支爲緣起等者謂因能起果非果生因以過去爲緣生等者因能生果非果起因故阿羅漢果不復起因第三句者謂除前二句相已取過現果及餘凡夫現在五支等此是論文諸師異解不須和會法身經說諸無明決定生行不相離常相隨逐是名緣起非緣生若無明不決定生行或時相離不相隨是名緣生非緣起乃至老死亦如是尊者和須蜜說因是緣起從因生法是緣生和合是緣起從和合生是緣生十二因緣支二是過去則止常二是未來則止斷現在則顯中道推現三因則說未來二果推現在五果則說過去二因

次引法身經說與論文同因是緣起即無明也從因所生即是行也和合謂結業成就從和合生謂識等是愛取至老死亦復如是言中道者離斷常耳論文又云復次起所起等如前

三世皆有十二支爲推因果故作如是說

次推三世中云三世皆有十二者推因知果等如今所說三世俱名因果而支數多少不同者具如俱舍云略果及略因由中可比二如止觀第三記現在既望過未成十二當知過未亦自相望各有過未故各十二今且從現故但十二

十二時者無明是過去諸結時行是過去諸行時識者相續心及眷屬時名色者已受生相續未生四種色根六入未具一歌邏羅二

阿浮陀三毘尸四伽那五波羅奢訶如是等時名名色六入已生四種色根具足六入此諸根未能爲觸作所依是時名六入此諸根已能爲觸作所依未別苦樂不能避危害捉火觸毒把刃不淨是時名觸能分別苦樂避危害等能生貪愛不起婬欲於一切物不生染著是時名受具上三受是時名愛以貪境故四方追求是時名取追求之時起身口意是時名有如現在識在於未來是時名生如現在名色六入觸受於未來是時名老死

次釋十二時中識心眷屬者謂三陰也論文又問云何具上三受答三受悉能爲愛作緣何者愛有五種一者求樂受愛未生樂受欲令生故愛二者不欲離樂愛已生樂受不欲離故生愛三者不生苦愛苦受未生欲令不生故生愛四者欲速離苦愛已生苦受欲令速滅故生愛五者愚愛未生不苦不樂欲令未生不生已生欲令不失故生愛爲是義故三受緣愛問愛取何別答愛增廣名取復有說者下者名愛上者名取復有說者若愛能生煩惱是名受緣愛若愛能生業是名爲取

一刹那十二緣者若以貪心殺生彼相應愚是無明相應思是行相應心是識起有作業必有名色起有作業必有六入彼相應觸是觸彼相應受是受貪即是愛彼相應纒是取彼身口作業是有如此諸法生是生此諸法變是老此諸法壞是死

次釋一刹那者俱舍亦云連縛等四刹那是其一也具如止觀第七記

問何不說病爲支答一切時一切處盡有者立支自有人從生無病如薄拘羅生來不識頭痛況餘病是故不立問憂悲是支不答非也以終顯始耳如老死必憂悲問無明有因不老死有果不若有應是支若無則墮無因無果法答有而非支無明有因謂不正思惟老死有果謂憂悲又無明有因謂老死老死有果謂無明現在愛取是過去無明現在名色六入觸受此四若在未來名老死如說受緣愛當知說老死緣無明也猶如車輪更互相因也欲界胎生者具十二支色界者十一無名色也無色界有十除名色六入又言具有色界初生諸根未猛利時是名名色無色界雖無色而有名當知悉具十二支也問無明行與取有何異答過現新故已與果未與果等異

次料簡問答中論又問何故不立病爲支答具如今文欲界衆生尚有如薄拘羅者況色無色界故不以病爲支準例老亦不是一切常有故不立支問憂悲是支不答以終顯始者始謂老死終謂憂悲以見憂悲必有老死憂悲既苦老死必苦又云憂悲等法散壞有支猶如霜雹是故非支論又問三有爲相何故生相獨爲一支老死二法共爲一支尊者波奢說佛知法相無能過者復有說者生能使法成立老死使法不立復有說者法起時生勢用勝法滅時老死勢用勝論又問無明有因不等具如今文若有云何不立十三十四支若無無明不是無因老死不是無果耶答應作是說無明

有因老死有果但不在有支中何者餘如今文復有說者無明有因謂老死等如文彼料簡文又約增數釋十二緣當知有一種緣起法謂一切有爲法復有二種緣起法謂因果復有三種緣起法謂煩惱業苦復有四種緣起法謂無明行生老死以現八支攝在過未故也又有五種緣起法謂愛取有生老死以過現七支攝在現未故也復有六種緣起法謂三世各二謂因果也復有七種乃至十一文中不列指在他經大經十四增數文同婆沙次文又料簡問此十二支幾欲界色界無色界答有說唯有欲界胎生具有十二有說欲界十二色界十一無色界十色界應云識緣六入無色應云識緣觸評者曰應作是說三界皆十二又問如色界無色界無名色云何具十二答初生色界衆生諸根未猛利名名色無色界雖無色而有名故云雖無色根而有意根彼應作是說識緣名名緣意入意入緣觸以是義故一切十二又婆沙中毗婆闍婆提說無色有色若育多提婆說無色無色何者是耶答佛經中說名色緣識亦應有色又餘經說壽煖識三常相隨逐無色既有壽識云何無煖又餘比丘說除四陰說識有去來生死者不應爾如從欲界生無色界經二四六八萬劫斷色後生欲界還生色者入無餘界應更與行相續欲令無此過故說無色有色言無色者此依何經答經云解脫寂靜過色入無色者故知無色又云色離欲無色離一切入涅

槃故知無色此三云何通何者爲勝答說無者勝若爾說有者云何通答未了義故問引經云何通答欲有名色無色無也欲有三法隨逐無色無也色續論者有四句分別無色續色色續無色餘二句可見故知無咎論又譬樹者過去二支爲根現在五支爲質現在三支爲華未來二支爲果有華有果謂凡夫無華有果謂學人無華無果謂無學

○無生中六先立意次立根三正釋四引證五舉譬六結名總而言之秖是四句破假相性二空故得幻化即空之名

二思議不生不滅十二者此以巧破拙△次立根

中論云爲利根弟子說十二不生不滅△三正釋

癡如虛空乃至老死如虛空無明如幻化不可得故乃至老死如幻化不可得△四引證

金光明云無明體相本自不有妄想因緣和合而有不善思惟心行所造△五舉譬

如幻師在四衢道幻作種種象馬瓔珞人物等癡謂眞實智知非眞無明幻出六道依正當知本自不有無明所爲

前五文可見△六結名

○結中先譬次合

如知藤本非蛇則怖心不生不生故不滅

譬中云如藤蛇者亦可喻圓門本有今通喻無生辨異可知△次合

是名思議不生不滅十二因緣相也

妙法蓮華經玄義釋籤卷第六

音釋

叵普火切不可也　航胡剛切方舟也　塊苦怪切土塊也　黠胡八切慧也　鷲疾救切　籠盧紅切罩也　輭乳兗切

妙法蓮華經玄義釋籤卷第七

隋天台智者大師說
門人灌頂記
唐天台沙門湛然釋

○三不思議生滅中五亦先立意次爲利下通立兩根三正釋四諸論下行相五結名

三不思議生滅因縁者破小明大△次通立兩根

爲利鈍兩縁說界外法也

前二可見

○三正釋中二先引經

華嚴云心如工畫師作種種五陰一切世間中莫不從心造

○次釋經意

畫師即無明心也一切世間即是十法界假實國土等也

○四行相中三初敘性計

諸論明心出一切法不同或言阿黎耶是眞識出一切法或言阿黎耶是無没識無記無明出一切法

略述兩計餘兩可知言無没等者無始時有未曾斷絶故云無没非善惡性故云無記含藏種子出生一切

○次若定下略斥性過又二初略斥次況出過相

若定執性實墮冥初生覺從覺生我心過

初言若定執性實者計黎耶爲眞是自性計爲無明是他性定計自他能生諸法法則有始有始故同於冥初則不出二十五諦當知此計不出三藏所破豈得成於別

教因緣耶

○次尚不下況出

尚不成界内思議因緣豈得成界外不思議因緣感既非不思議境翻惑之解豈得成不思議智破此如止觀中說

可見

○三今明下立正行相又二先自破計次若有下爲他四說

今明無明之心不自不他不共不無因四句皆不可思議

初文四句推無明如四句求夢具如止觀第五文彼意在圓今文在别

○次爲他中三法譬合

若有四悉檀因緣亦可得說△次譬

如四句求夢不可得而說夢中見一切事

○合中二先總

四句求無明不可得而從無明出界内外一切法

○次出界下别明相狀又二初出界内次界外

出界内十二因緣如前說

此界内外義通四種故云界内如前即前二種前二指前竟

○次出界外中二先略標

出界外十二因緣者

○次引論釋相又二先引論文

如實性論云羅漢支佛空智於如來身本所不見二乘雖有無常等四對治依如來法身復是顛倒顛倒故即是無明住無漏界中有四種障謂緣相生壞

○次緣者下釋彼論文以成今意論列四障今具釋對於中二先正釋次過患初正釋中二先略釋次還如下與界内辨同異緣者謂無明住地與行作緣也相者無明共行爲因也生者謂無明住地共無漏業因生三種意生身也壞者三種意生身緣不可思議變易死也

初中言三種意生身如止觀第三記

○次辨同異中二初明相同

還如界内十二因緣從無明至老死也緣者即無明支也相者行支也生者即名色等五支也愛取有三支倒前可知也壞即生死支也

○次此十二下明義異

此十二支數同界内義意大異

○次彼論下明過者由此十二故障於四德由無四德故不得入於無障礙土彼論云三種意生身未得離無明垢未得究竟無爲淨無明細戲論未永滅未得究竟無爲我無明細戲論集因無漏業生意陰未永滅未得無爲樂煩惱染業染生染未究竟滅未證甘露究竟常以緣煩惱道故不得大淨以相業道故不得八自在我以生苦道故不得大樂以壞老死故不得不變易常者由不思議生滅十二因緣也

○五是爲下結名

是爲界外不思議生滅十二因緣相云云可知

○明圓十二緣中爲四先立根次即事下立意三引證四結名

不思議不生不滅十二因縁者爲利根人△
次五意
即事顯理也
初二如文
○引證中三先引次無明下釋三故言無
明下結
大經云十二因緣名爲佛性者
初者大經十二因緣名爲佛性佛性即三
因也△次釋
無明愛取既是煩惱煩惱道即是菩提菩提
通達無復煩惱煩惱既無即究竟淨了因佛
性也行有是業道即是解脫解脫自在緣因
佛性也名色老死是苦道苦即法身法身無
苦無樂是名大樂不生不死是常正因佛性
△三結

故言無明與愛是二中間即是中道無明是
過去愛是現在若邊若中無非佛性並是常
樂我淨無明不生亦復不滅
即是中道者二十五云善男子生死本際
凡有二種一者無明二者有愛是二中間
即有生老病死之苦是名中道如是中道
能破生死故名中道以是義故中道之法
名爲佛性章安釋云中間唯有識等云何
言老死答下文云現在世識名未來生現
在六入等名未來老死又作三德三觀以
對三道又如寶篋經中釋十二支一一並
明三觀之義彼去來品文殊白佛去來是
何義佛言來者向義去者背義不來不去
是聖行處癡是去義不癡是來義非癡非
不癡是聖行處乃至老死亦如是又約我

無我常無常等皆作此說當知向是生死背是涅槃不向不背即是中道又下文中道品云佛說中道無二法故二乘乃至凡夫亦能生信佛告文殊明無明無二故成無三智此謂中道具足眞實觀於三諦乃至老死亦復如是又云若無明有者是一邊無者是一邊離邊此二中間無有色相可見無相無待是爲中道乃至老死亦復如是問中道是何義答末陀摩經中自注云末者莫義陀摩者中義莫著中道名末陀摩釋之可見△四結名

是名不思議不生不滅十二因緣也

○次判中先重敘

二判麤妙者因緣之境不當麤妙取之淺深致有差降耳

○次判判中二先判後結判中先四教次五味初四教者又二先列次判先列即是展轉迭出巧拙最後方妙初中三藏次若無明下通教次若無明下別教次若言下圓教一一皆先釋次引經論證成可見△初三藏中先釋

若從無明生諸行乃至老死從三生二從二生七從七生三更互因緣煩惱業因緣業苦因緣無常生滅

初三藏中者從三生二謂煩惱生業從二生七謂業生苦從七生三謂苦生煩惱三世合說故也△次引證

中論判此教鈍根法涅槃稱殷勤半字此經但離虛妄名爲解脫故知此境則麤△次通教中先釋

若無明體相本自不有妄想因緣和合而有境既如幻智亦叵得△次引證經言若有一法過於涅槃我亦說如幻如化中論明教利根涅槃稱長者教毗伽羅論大品名爲如實巧度此經名小樹斯境則巧毗伽羅論如下第六記△次別教中先釋若無明是緣從緣生相從相有生從生故壞滅緣故淨除相故我盡生則樂無壞故常△次引證中論云因緣生法亦名爲假名大品稱十二緣獨菩薩法涅槃稱因滅無明則得熾燃此經則是大樹而得增長比前爲妙方後爲麤△次圓教中先釋若言無明三道即是三德不須斷三德更求三德△次引證

中論云因緣所生法亦名中道義大品說十二因緣是爲坐道場涅槃云無明與愛是二中間即是中道此經佛種從緣起是故說一乘亦名最實事豈非妙耶

○次判

前三是權故爲麤後一是實故爲妙可見△次五味

用此麤妙歷五味教者乳教具二種因緣一麤一妙酪教一麤生酥三麤一妙熟酥二麤一妙法華但說一妙五味如文△後結

是名待麤因緣明妙因緣也

結文可見

○次開中爲二初總敘三麤

三開麤顯妙者如經我法妙難思前三皆是

佛法豈有思議之麤異不思議之妙無離文字說解脱義

○次正開又二初開前兩因緣次開第三緣初又爲四初略開次引信解譬三如來下釋四結

秖體思議即不思議

初如文△次引信解譬

譬如長者引盆器米麵給與窮子成窮子物若定天性窮子非復客作人盆器還家安是他物

次引信解中具如品中釋云成窮子物者本是長者之物謂如來藏子性不殊故云子物當知如來本有即子本有故一切諸法皆摩訶衍又大經二十五云善男子觀十二因緣智慧是阿耨多羅三菩提種子

以是義故十二因緣名爲佛性又云一切衆生雖與十二因緣共行不知以不知故無有始終十住菩薩但見其終不見其始諸佛世尊見始見終以是義故佛了了見衆生不見是故輪轉

○次如來下釋意

如來於不思議方便說麤何得保麤異妙

○次從今決了去即是開兩種因緣論妙者結也

今決了聲聞法是諸經之王即是開兩因緣即論於妙

前之兩教雖有佛菩薩大判並屬二乘之法故今決了即是開彼藏通兩種十二緣也

○次開第三中二先略引大經明開次結

初文二先引經
又大經云爲諸聲聞開發慧眼者
○次昔慧眼下釋經意又二先釋
昔慧眼但見於空不見不空今開慧眼即見
不空不空即見佛性
○次故云下重引經文以證所釋
故云慧眼見故而不了了佛以佛眼見則了
了
言慧眼見故而不了了者此是别教十住
慧眼之位全未見性名爲不了又若約實
道即是相似見性亦得名爲見不了了今
皆開之令見不空
○此即下結
此即决菩薩慧眼開第三因緣即絶待論於
妙

此即是開别教故云第三
○第四觀心中三先法次譬如下譬三一
念下結位初文二先立
四觀心者觀一念無明即是明
○次引證證中二先證
大經云無明明者即畢竟空
○次空慧下釋經意
空慧照無明無明即淨
○次譬中二先譬
譬如有人覺知有賊賊無能爲
○次既不爲下合
既不爲無明所染即是煩惱道淨煩惱淨故
則無業無業故無縛無縛故是自在我我既
自在不爲業縛誰受是名色觸受無受則無
苦既無苦陰誰復遷滅即是常德

具足四德
○結中四初結成觀境
一念之心旣具十二因緣
○次觀此下結成能觀之觀
觀此因緣恒作常樂我淨之觀
○三其心下結成祕藏
其心念念住祕密藏中
○四恒作下結成六即位
恒作此觀名託聖胎觀行純熟胎分成就若
破無明名出聖胎云云
○第三卷釋四諦境自爲四別
三明四諦境爲四一明四諦二判麤妙三開
麤顯妙四觀心
○初文自爲二
初又二一出他解二四番四諦

○先出他解中又二先述次略斥
有師解勝鬘無邊聖諦對二乘有餘彰佛究
竟二乘是有作四聖諦作者有量四聖諦也
無作四聖諦者無量四聖諦也作無作就行
量無量就法二乘觀諦得法不盡更有所作
故名有作得法不盡則有限量
初文者有勝鬘師釋彼經中聖諦之義名
爲無邊彼經但與二乘對辨故唯得立作
無作名古人旣無四教判釋但以大小相
對明諦然勝鬘師於大乘中唯以佛果而
爲究竟即對二乘名爲有作經文自以有
量轉釋有作二乘旣是有量有作當知大
乘秖是無作無量次即判釋約行約法分
作無作作謂造作故是行也量謂數量故
屬法也小行未窮不名無作法未究竟不

名無量

○經言者亦勝鬘經也依經重釋作無作等彼經云有二種聖諦義謂有作無作有作者有量四聖諦也何以故非因他知能知一切苦斷一切集證一切滅脩一切道今文除上非字改下能字爲非字者意顯小乘從教得故經云非因他知者意顯所證非從他得自知已法亦可分名能知一切今初先釋有作

經言因他知知是有作行也

言因他知者二乘既未堪聞法界理但從佛聞四諦聲教依此教行知是有作行也

△次釋有量

因他知非一切知不知無量法也故言有作有量

次釋有量者上來但聞小乘之法攝法不徧故云非一切知當知行法兩種相顯共成小乘人也

○次釋無作無量者對小明大故言無作無量經云無作聖諦者無量四聖諦也何以故自知一切受苦一切受集脩一切道證一切滅如是四聖諦義唯有正覺事究竟也非二乘事究竟古人不了見經唯有正覺之言便推極果此是別教教道之說非初發心畢竟不別於中先釋無作

無作無量者佛知無窮盡更無所作故名無作

佛所知滿不復更作故名無作

○自力知去重釋也

自力知一切知者無作行也一切者是無量

法也
有二義故名無作一者自力知異從他聞二者一切知異有量法從知者去釋能知者以屬於行即是無作所知一切即屬於法是無量也此即大乘行法相成成大乘人也
如此釋者雖唱四名但成二義非今所用
次云如此釋者雖唱四名者略結斥也謂作無作量無量但成二義者大小二義也此且略斥後猶廣破
○次正釋四種四諦中標列釋
四種四諦者△次列
一生滅二無生滅三無量四無作
○釋中二先正釋次破古先正釋中三先所依正教次明立法差別意三正釋
其義出涅槃聖行品
初文云其義出涅槃聖行品者第十一第十二經廣明聖諦今多依彼然聖行中明四諦義兼含大小若解生滅及以無量其文則顯無生無作文稍隱略具如止觀第一記然彼經文三藏四諦文中以略明四種四諦竟後文廣釋耳具如止觀第一記
△次明立法差別意
約偏圓事理分四種之殊
次文者問何故立四種四諦之殊答諦本無四諦秖是理理尚無一云何有四故知依如來藏同體權實依大悲力無緣誓願物機所扣不獲而用機宜不同致法差降從一實理開於權理權實二理能詮教殊故有四種差別教起涅槃實後暫用助圓

故須具用偏圓事理故今引之以顯誠證三偏一圓界内界外各一事理故成四種

○正釋中文自爲四初明生滅四諦者又爲五初立名所從次然苦集下明立四所以三雜心下釋相四次第下明安立次第五聖者下釋名近代章疏皆釋名居初次出體辨相此一家立義不以釋名等爲要但在立意所以得經宗要明觀行所歸若釋餘經當機說法一處一會一門一行隨稟隨入並益並當故若諦若緣若度若品當文咸會若依法華凡銷一義皆混一代窮其始末施開廢等教觀之相是則說者眞得法華之正教行者眞得此經之正理教行相循佛旨斯在故一一義下皆先分別次明開顯次約觀心如此釋經方名弘教五意不同初文可見△初立名所從

所言生滅者迷眞重故從事受名△次正明立四所以

然苦集是一法分因果成兩道滅亦然

次意者苦集秖是世間一法道滅秖是出世一法

○三釋相中二釋結釋中總有三文

雜心偈云諸行果性是說苦諦因性說集諦一切有漏法究竟滅說滅諦一切無漏行說道諦大經云陰入重擔逼迫繫縛是苦諦見愛煩惱能招來果是集諦戒定慧無常苦空能除苦本是道諦二十五有子果縛斷是滅諦遺教云集眞是因更無別因滅苦之道即是眞道

初雜心者世出世法因果性殊而因必趣

果因果類異故使四殊次大經者陰入是重擔凡夫不捨二乘不荷菩薩捨巳能荷故云捨擔能擔逼近迫驅也在近不離常爲驅逐三界恒爲此苦繫縛見愛二種和合聚集故招當果道品雖多戒等攝盡故略舉三以明法相四諦之下八相雖異除苦集觀不過苦等故略舉之果以因爲本苦以集爲本道諦能除故得名也苦本若去其苦自亡故但須除本子謂二十五有因果謂二十五有果因若滅巳其果必喪自有因亡果身仍在今從遠說故云子果故知但脩出世因以除世因故引遺教以證二因又此諦名有通有別別在身心通約一切如四含中歷一切法無非諦觀又婆沙中舍利子爲摩訶拘絺羅說多聞法聖弟子如實知食知食集知食滅知食滅道云何知食謂摶等四食云何知食集謂若當來與愛喜貪俱云何知食滅謂如實知當來有愛喜貪俱彼彼樂著無餘斷捨吐盡離欲滅息没是名食滅云何知食滅道謂八支道乃至約八苦等悉皆如是此是約十二頭陀中初乞食釋餘文一一乃至十二緣無非四諦又如思益四諦品中云四諦者謂世間世間集世間滅世間滅道世間者五陰也世間集者貪著五陰也世間滅者五陰盡也以無二法求五陰名世間滅道又婆沙中云四諦體性何者是耶答阿毗曇者作如是說五取陰是苦諦有漏因是集諦數緣滅是滅諦學無學法是道諦譬喻者作如是說色是苦諦煩惱

業是集諦煩惱業滅是滅諦定慧是道諦
阿毗曇中正量部異師爲譬喻者毗婆闍
婆提說八苦是苦是苦諦餘有漏法是苦
非苦諦生後有愛是集是集諦餘有漏法
是集非集諦生後有愛盡是滅是滅諦餘
一切滅是滅非滅諦學人八支道是道是
道諦餘一切法是道非道諦若爾諸阿羅
漢但成就苦滅不成集道何者後有愛已
斷故羅漢非學人故學人八道非羅漢得

△次結

此皆明生滅四聖諦相也

○四四諦次第義者又二意前約教
次第者從麤至細苦相麤故先說滅雖非眞
因滅會眞滅相麤亦先說

○次約行

又舉世苦果令厭世集滅能會出世果令其
欣道作如此次第也

準此二義俱先麤後細婆沙廣說世法麤
出世法細故前明世間就世出世法各論
因果果前因後者果麤因細故也

○五聖諦者下釋名

聖者對破邪法故言正聖也諦者有三解云云
謂自性不虛故稱爲諦又見此四得不顛倒
覺故稱爲諦又能以此法顯示於他故名爲
諦大經凡夫有苦無諦聲聞緣覺有苦有
諦當知凡夫不見聖理不得智不能說但苦
無諦聲聞具三義故稱爲諦此釋與經合也

聖者正也人既是出世聖人故法亦是出
世聖法從對他邪而立名也諦有三解注
云云者不先列名次直釋云自性不虛四

皆實故次義具如遺教云由見諦故得不顛倒法既云聖正故見者無倒第三義言能轉示他者由前二義爲因故自行滿則能轉於四諦法輪又前二義中以由此四性是眞實故能令見者得不顛倒覺覺者諦智也故知四法皆須審知又轉法輪時於一一諦皆生四行謂眼智明覺今文語略故但云覺故婆沙云諦是何義答審義是諦義實義不顛倒義不異義是諦義今文合初兩義審實不異故但三義第二與論名同第三名者如云苦我已知不復更知如汝所得與我不異餘例可知○次無生者又爲四初得名次苦下釋相三又無生下結名四聖諦下指廣無生者迷眞輕故從理得名

初文者從界内理以立名△次釋相

○次釋中二先釋次引證

苦無逼迫相集無和合相道不二相滅無生相

初文準思益等經如思益云無生四諦者知苦無生名苦聖諦知集無和合名集聖諦於畢竟滅中無生名滅聖諦於一切法平等不二名道聖諦今云苦無逼迫者對破三藏苦逼迫相餘文依經但語略耳△次引證

又習應苦空三亦如是

次引證中言習應苦空等者大論三十七云習者隨般若波羅蜜脩習不息不休是名相應譬如弟子隨順師教是名相應又如大品舍利子問菩薩摩訶薩云何脩習

與般若相應論釋曰舍利子知般若波羅蜜難可受持恐行者悞故作是問大品佛告舍利子菩薩摩訶薩習應色空受想行識空是名與般若相應乃至種智亦如是今釋四諦引彼中間四諦一科即通教義也

○三結名中亦三先略結次引證三正結又無生者生名集道集道即空空故不生集道集道不生則無苦滅即事而真非滅後真由因生故而果得生是故生名從因而得故今釋無生兼從因滅因本不生況復果耶故云集道即空空故不生集道△次引證

大經云諸菩薩等解苦無苦是故無苦而有真諦三亦如是

次引證者四諦既本不生故舉解苦無苦

三例可知

○三是故下結

是故名爲無生四聖諦△四指廣

聖諦義如前說

四指廣者前生滅中已釋聖諦名及以次第故今略指不指次第者雖俱無生而不無次第但是文略無量無作準此可知

○次無量四諦者又爲四初得名次苦有下釋相三大經下引證四是名下結名

無量者迷中重故從事得名

初從界外事以立名又無量之名從豎從橫具如後說△次釋相

苦有無量相十法界果不同故集有無量相五住煩惱不同故道有無量相恒沙佛法不同故滅有無量相諸波羅蜜不同故

次文可見△(三引證)

大經云知諸陰苦名爲中智分別諸陰有無量相非諸聲聞緣覺所知我於彼經竟不說之三亦如是

第三引證者大經十二云善男子知聖諦智凡有二種一者中智二者上智中智者聲聞緣覺上智者諸佛菩薩善男子知諸陰苦名爲中智分別諸陰有無量相悉是諸苦非諸聲聞緣覺所知是名上智如是等義我於彼經竟不說之知諸入爲門亦名爲苦知諸界爲分亦名爲性亦名爲苦知諸色壞相知受覺相知想取相知行作相知識分別相(已如苦諦)知愛因緣能生五陰(餘如苦諦)知滅煩惱是名中智分別煩惱不可稱計滅亦如是不可稱計(餘如苦諦)知是道相能滅煩惱是名中智分別道相無量無邊所離煩惱亦無量無邊(廣如苦諦)亦可分於中智爲二聲聞屬藏緣覺屬通上智分二菩薩屬別諸佛屬圓今從總說且言分別名爲上智以屬於別

○四結

是名無量四聖諦

如文

○次無作者又爲四初得名次以迷下釋相三大經下引證四一實下結名

無作者迷中輕故從理得名

初文者從界外理以立名爲對前三立當分義故云界外理理實全指界內生死煩惱是也△(次釋相中二先釋)

以迷理故菩提是煩惱名集諦涅槃是生死

名苦諦以能解故煩惱即菩提名道諦生死即涅槃名滅諦

次釋相中二先釋者以迷理故菩提是煩惱即理性眞智菩提何者是耶界內見思是也生死涅槃例此可解

○次即事下略結

即事而中無思無念無誰造作故名無作煩惱生死是事菩提涅槃是中無始時來任運而然非久思非暫念無有宰主故云無誰性本自然故無造作是故此四俱名無作問此即結名何故下文復更結名答此中爲成無作相故便云無作下文總結唯一諦故名無作△三引證四結名

大經云世諦即是第一義諦有善方便隨順衆生說有二諦出世人知即第一義諦一實諦者無虛妄無顚倒常樂我淨等是故名爲無作四聖諦

次引證中云大經云世諦等者彼又約世諦即第一義諦廣釋釋世諦即苦集第一義諦即道滅欲令衆生於苦集中而見道滅故云即耳其實無有二法相即故總結名中四諦秖是一實一實秖是三德四德是故雖有四名四實無四一尚無一云何四耶故亦不次而論次第若釋名出體亦具當分跨節二義四教審實理四教種智覺四教教主轉秖是一音之教如前可知

○次從然下廣破古師先依勝鬘重立無作四諦彼勝鬘師但以一滅爲無作者故知非圓於中爲四先重敘勝鬘師意次敘達磨破三答下明勝鬘師救四今難下今

家判初文爲二先指彼所立次何者下釋
彼所立
然勝鬘説無作四諦中別取一滅諦是佛所
究竟是常是諦是依三是無常非諦非依
初文者觀彼經意合從無作以立義旨彼
師別指一滅歎釋是常是諦是依△次釋彼所立
○釋中二先釋三
何者三入有爲相中故無常無常則虛妄故
非諦無常則不安故非依
○次釋一
滅諦離有爲故是常非虛妄故是諦第一安
隱故是依故名第一義諦亦名不思議也
○次引達磨鬱多羅難者又二初難次結
達摩鬱多羅難此義然經説佛菩提道三義
故常一惑盡故常二不從煩惱生故常三解
滿故常如衆流歸海
初文難者依彼經文道亦是常何故總判
三爲無常言如衆流入海等者以道常故
諸法皆常如衆流入海同一鹹味
○次那云下結
那云道諦無常
彼判道等三皆是無常道既是常故知餘
二謬判△三明勝鬘師救
答勝鬘作此説者前苦滅諦非壞法滅無始
無作等過恒沙佛法成就説如來法身不離
煩惱藏説苦諦隱名如來藏顯名爲法身二
乘空智於四不顛倒境界不見不知今欲顯
説説一是常是實是依有對治除障身顯故
明三非常非實一是常是實耳

三勝鬘師救意者若以理爲言四諦皆常何但道諦前苦滅諦下釋滅是常從無始無作下釋道是常說如來法身下釋集是常言如來藏理本是法身是故名常說苦諦隱下釋苦諦是常明如來法身爲陰所覆理體是常二乘於四不顛倒境不見不知者明二乘人非但不見亦乃不知如來藏理此是有量不知無量今欲顯說下明向雖說四諦是常猶未顯現若顯說者灼然如前一常三無常從有對去次約顯說苦集道三猶是無常有對治故道是無常障須除故集是無常身須顯故苦是無常是故且說滅諦爲常

○四今師難又爲三先斥

今難若爾一諦顯是無作諦三諦未顯非無作諦一是了義三非了義

○次從當知下今師結判

當知勝鬘所說說於次第從淺至深歷別未融乃是無量四諦中之無作非是發心畢竟二不別之無作

乃是無量四諦之中別指滅顯位在初地名爲無作

○三從涅槃下引大經證結

涅槃云有諦有實當知四種皆稱諦稱實稱常也

○次判中然前所列四四諦相從淺至深是辨優劣未是灼然判其優劣所以判者

今法華經約此四諦爲是何教四諦所攝故今此經獨得稱妙所以須此判麤妙來

若秖判四教中圓名之爲妙諸經皆有如

是圓義何不稱妙故須復更約部約味方顯今經教圓部圓是故判中又分爲二先約四教判次約五味判若不約教則不知教妙若不約味則不知部妙下去一切判麤妙文悉皆例此

二判麤妙者大小乘論諦不出此四或教行證不融者爲麤教融行證未融亦麤俱融者則妙

初約四教判麤妙中教行證等例下乘妙應約位判四教並以外凡爲教內凡爲行聖位爲證前之兩教但證眞諦是故俱麤別教若準上下諸文應云證融教行不融以從初地證道同故此之玄文凡判別義未開顯邊多順教道今此亦然教談中理是故名融行證次第故名不融若作證同應如前說俱融是圓是故稱妙△次約五味判

若約五味者乳教兩種二乘並不聞以大隔小則一麤一妙酪教一種大乘所不用以小隔大根敗聾瘂是故爲麤生酥教四種一破三二不入二一雖入一教不融故三麤一妙熟酥教三種一破二一入一一不入一一雖入一教不融故二麤一妙醍醐教但一種四諦唯妙無麤是爲待麤明妙云云

次約五味中言一破三者圓破通等二不入者藏通不入中也二一雖入一教不融者於圓別二教雖俱入中別教不融熟酥一破二者圓破通別一入一者別入中也一不入一者通鈍根也一雖入一教不融者重判別也

○次開麤者二標釋

三開麤顯妙者

○釋者若但判不開妙是麤外之妙待對宛然諸不了者咸謂待麤爲妙妙反成麤如前引中論云若法爲待成是法還成待故今開之無復所待即彼所待是能待故能所名絶待對體亡故中論云今則無因待亦無所成法是故須此一門開前三教之麤及彼四味中麤下去諸法例此可知又欲開諸經先敘諸經不開之意方顯今經開義異前今文先敘諸經意次如是下正開初文者準例亦應通敘華嚴方等二種四種文無者略於中二先敘諸經意次重約教約理等判今且敘二味四經一論不同

先敘諸經意大品止明三種四諦文云色即是空非色滅空無生意也一切法趣色是趣不過無量意也色尚不可得何況有趣有不趣無作意也

初大品中云一切法趣本是圓教三諦之文今且離開以證三義初即空文即是下色尚不可得文也經文不次故前釋即空後列二義以對三句

○次引論文釋成大品

中論偈亦有三意後兩品明小乘觀法即生滅意也

然中論偈文本是三意諸文義用以初證藏下文既云已聞大乘十二因緣故知偈文局在三教故今依文且證三意下文自有兩品屬藏

無量義明一中出無量是從無作開出三種

四諦也

無量等者無量則從圓出三此下三經同

醍醐味經意具如諸餘所說

法華明無量入一是會三種四諦歸無作一

種四諦也

法華可見

○涅槃言追者退也卻更分別前諸味也

泯者合會也自法華已前諸經皆泯此意

則順法華部也至大經中更分別者爲被

末代故大經中具斯二說於中又二先列

二品文意次解釋

涅槃聖行追分別衆經故具說四種四諦也

德王品追泯衆經俱寂四種四諦

初如文

○釋中但釋追泯於中又三先列次釋三

如此下結意

文云生生不可說生不生不可說不生生不

可說不生不生不可說

○釋中二先釋次料簡

經釋初句云云何生生不可說生生故生生

生故不生故不可說若依文但舉生不生釋

生生此之生生即生不生那可偏作生生而

說佛爲利根人舉一而例諸若取意者生生

即生不生亦即不生生亦即不生不生那可

偏作生生一句而說若得此意下三句例皆

如此

釋中但釋初句次餘三句例初句中意其

理既即故說不可偏言那可偏作生生而

說者此中意圓不偏說故名不可說若止

觀破法徧中明圓理無說故不可說今爲

成教從說便故故知一句皆具四句△次料簡
問佛何故作偏釋耶答爲利根故亦是有因緣故宜須如此時衆如快馬見鞭影不俟徹骨耳
次料簡中問佛何故作偏解耶者問意者義意既通佛於經中何故但將第二句而解初句答意者若解第二即是初句即解三四同於初句△三結意
如此追泯何說而不寂耶△次重約教約理等判
○次或三種下重判權實
或三種可說爲麤一可說爲妙或三不可說爲麤一不可說爲妙或四皆可說爲麤四皆不可說爲妙或四可說有麤有妙或四不可說有麤有妙或四可說皆非麤非妙或四不可說皆非麤非妙
前已明諸經若開若合今欲開顯故更重判多種權實是權咸開皆令使妙初可說不可說兩番可解次從或四皆可說爲麤者有言教故或四皆不可說爲妙者契無說理故或四可說有麤有妙者實語是虛語故麤如說而證故妙或四不可說有麤有妙者契如實理故妙起黙然見故麤或四可說非麤非妙者當教文字體非麤妙故或四不可說非麤非妙者當教之理亦不當麤妙雖有妙及非麤非妙猶屬相待有麤有妙
○次從如是等下皆開其麤令入今妙於中又二先開
如是等種種皆決了入妙開權顯實

○次借光宅義以顯成妙

四皆不可說是位高四皆可說是體廣四亦可說亦不可說是用長四非可說非不可說是非高非廣非長非短非一非異同稱爲妙也

言四皆不可說是位高等者既開權已皆至究竟不可說理即與妙經廣高長同故用所開次第對之準例諸科並應皆對廣高長義但此元是光宅立之於此非急故餘不論句句至極故是位高皆可說者一句皆可作四句說故是體廣亦可說亦不可說者隨機說故故是用長△四觀心

觀心可知不復記也

觀心可知者觀心即空故見生無生觀心即假故見於無量觀心即中故見於無作一心三觀於一念心見四四諦前是廢權觀後是開權觀若論觀諦豈無觀心但上來諸說皆約教門若施若廢今辨觀心則向所明居于一念若境若智同在一心故須更明以顯妙行

○次釋二諦先標列

四明二諦又爲四一略述諸意二明二諦三判麤妙四開麤顯妙

○次正釋自四四中初文者又二先敘他失次辨今得初文又三先通明失次別顯失相三古今下總結

夫二諦者名出衆經而其理難曉世間紛紜由來碩諍

二諦之名顯於餘教故一代所出其名最多能詮既多所詮難曉故弘教者爲茲諍

生碩大也

○次妙勝下別明失中二初明聖者往因

次然執者下近代凡執初文又三初引經

次二聖下況斥三問下料簡釋妨

妙勝定經云佛昔與文殊共諍二諦俱墮地獄至迦葉佛時共質所疑

初文引妙勝定經如止觀第三記△次況斥

二聖因地尚不能了況即人情強生去取

次文可見

○三釋妨中二重問答以辨諍位

問釋迦值迦葉即是二生菩薩云何始解二諦爾前復不應墮惡道

二聖在因何位生諍故須從近以二生爲問復重遮言二生之前又亦不應墮於惡道

○答中二先通指二生之前次又二生下別約教簡示

答爾前語寛何必齊二生之前始惡道出

初意者自始發心至此已來皆名爲前何必近惡道出即至二生△次別約教簡示

又二生菩薩將隣補處補處位多別圓永無此理通教見地已免惡道亦無墮落應是三藏菩薩至二生時猶未斷惑始解二諦此義無咎爾前墮惡道亦有其義

次文中言爾前者齊初僧祇初皆名爾前故容有墮以此菩薩至第三祇始離五障方乃不墮何必第三阿僧祇末始惡道出

△次一問答

問三藏菩薩有墮落餘三教無者金光明經那云十地猶有虎狼師子等怖耶

次問答中先問中引金光明者難後三教無墮落者何故十地猶有虎狼等畏後之三教並有十地故以爲難畏故具惑具惑故墮何故云無墮落惡道故引彼經第四爲難彼金勝陀羅尼品十方諸佛同時說十番陀羅尼以護十地如護初地云若有善男子得陀羅尼名依功德力是過去諸佛所說若誦持者永離師子虎狼等怖乃至第十地亦各有陀羅尼等彼經十地既爲虎狼所害那言三教無墮落耶

○答意者亦二先通答次別答

答爲惡友殺則墮地獄爲惡象殺不墮地獄

初文者意引大經二十云菩薩雖見是身無量過患具足充滿爲欲受持涅槃經故猶好將護不令乏少觀於惡象及惡知識等無有二何以故壞法身故菩薩於惡象等心無恐怖於惡知識生怖畏心何以故是惡象等唯能壞身不能壞心惡知識者二俱壞故若惡象者唯壞一身惡知識者壞無量身無量善心臭身淨身肉身法身亦爾爲惡象殺不至三趣爲惡友殺必至三趣大經文意既是生身菩薩此父母身不免狼害非謂有害必墮惡道章安云諸惡獸等但是惡緣不能生人惡心惡知識者甘談詐媚巧言令色牽人作惡以作惡故破人善心名之爲殺即墮地獄煩惱斷者不爲所牽故不墮獄△次別答

○次然圓教下約教酬向十地之難

然圓教肉身於一生中有超登十地之義此則煩惱已破無地獄業猶有肉身未免惡獸

餘教肉身一生之中不登十地唯作行解以煩惱爲虎狼作行解者於理則通於事不去云云

言餘教肉身等者別教既無一生之中得入十地則不得云十地猶有虎狼等畏但約觀解十地猶爲一品無明虎狼所害通教教門十地無惑故無觀解虎狼之義若九地已前亦可通用若作廢權通教十地由爲界外無明狼害又復遮云於理則通等者遮於通別雖有十地觀解之義於事不通故應復初圓教申難

○次然執者下約近世凡執又三初執佛果不同次執世諦不同三執破立不同

然執者不同莊嚴旻據佛果出二諦外爲中論師所覈如此佛智照何理破何惑若無別理可照不應出外若出外而無別照者藉何得出進不成三退不成二云云

初文者佛果出二諦外等如止觀第三記

△次執世諦不同

梁世成論執世諦不同或言世諦名用體皆有或但名用而無於體或但有名而無體用云云

次文者梁世執世諦不同者初師云皆有者如云鉼即是名項細腹麤以銅爲體盛持盥洗以之爲用次師云無體者名用如前體無自性若言項細腹麤是鉼體者人應是鉼若銅爲體鈴應是鉼第三師云無體用者有名無體如前所說若言盛持盥洗是鉼用者盆應是鉼及不假手又徧銅無鉼鉼體尚無誰爲鉼用體用雖無世諦

立名名不可廢是故更無第四師計△三執破不同
陳世中論破立不同或破古來二十三家明
二諦義自立二諦義或破他竟約四假明二
諦
第三文者破古來二十三家明二諦義如
止觀第三記文在梁昭明集△三總結
古今異執各引證據自保一文不信餘說
三總結中古即聖者往因及梁世已前今
即陳世諸德△次辨今得
○次今謂下今家正判復爲融通使古今
諸釋咸屬隨情於中又四初總明立意次
略有下列三三隨情下解釋四若解下結
今謂不爾夫經論異說悉是如來善權方便
知根知欲種種不同

初中根欲如止觀十力中釋
略有三異謂隨情情智智等
次意如文
○第三釋中云隨情等者如止觀第三記
初釋隨情又五初略明所以次引教示相
三如順下譬執教之失四衆師下重斥五
若二十三家下去取△初釋隨情中初畧明所以
隨情說者情性不同說隨情異
初如文△次引教示相
如毗婆沙明世第一法有無量種際眞尚爾
況復餘耶
次文云世第一法有無量種者亦約多人
如下智妙中說一人無多人有既可分爲
三品亦可分爲無量品際眞尚爾者舉世
第一況前三位自世第一已前皆屬隨情

如世第一隣近於眞尚有多品況復忍位乃至停心故隨情多△三譬執教之失如順盲情種種示乳盲聞異說而諍白色豈即乳耶△四重斥衆師不達此意各執一文自起見諍互相是非信一不信一浩浩亂哉莫知孰是△五去取若二十三說及能破者有經文證皆判是隨情二諦意耳無文證者悉是邪謂同彼外道非二諦攝也

○次釋隨情智中爲四初立相次如五百下引事三經云下復引教證四如此下結

隨情智者情謂二諦二皆是俗若悟諦理乃可爲眞眞則唯一

合前文隨情及後文隨智相對得爲一種二諦故有此意來也若不爾者經有此文判屬何釋△次引事

如五百比丘各說身因身因乃多正理唯一

五百身因如止觀第二記△三復引教證

經云世人心所見名爲世諦出世人心所見名第一義諦

三引證者合世人心所見二諦爲一世諦合出世人所見二諦爲第一義諦共爲一番二諦也△四結

如此說者即隨情智二諦也

結文可見

妙法蓮華經玄義釋籤卷第七

音釋

篋苦協切箱屬　絺丑知切　摶徒官切捏聚也　盥古玩切澡手也　洄洄胡瑰切　澓方六切洄澓水旋流也　棘訖力切判棘也　鬘莫班切　鬱

妙法蓮華經玄義釋籤卷第八

隋天台智者大師說
門人灌頂記
唐天台沙門湛然釋

○次釋隨智置於世人心所見者獨明聖人所見二諦自爲一番於中爲五初立相次如眼下舉譬三又如下引事四毗曇下重以譬顯二諦深勝五故經下引教結名佛居極位故舉極位以證智勝以結得名

隨智者聖人悟理非但見眞亦能了俗

初文中悟理是見眞復能了俗諦故知隨智具有二諦△次舉譬

如眼除瞙見色見空

譬中色空即譬二諦△三引事

又如入禪者出觀之時身心虛豁似輕雲靄空已不同散心何況悟眞而不了俗

引事中引近事以況遠理入事禪如悟眞身虛心豁如了俗△四重以譬顯二諦深勝

毗曇云小雲發障大雲發障無漏逾深世智轉淨

譬顯中見惑如小雲思惑如大雲無漏謂見眞世智謂了俗△五引教結名

故經言凡人行世間不知世間相如來行世間明了世間相此是隨智二諦也

結名中舉凡失以顯聖得故知聖人二諦具也△四結

若解此三意將尋經論雖說種種於一一諦皆備三意也

第四結文可見

○次正明二諦者於中爲四先明來意次

明功能三所言下廣釋四問答下問答料簡

二正明二諦者取意存略但點法性爲眞諦無明十二因緣爲俗諦於義即足但人心麤淺不覺其深妙更須開拓則論七種二諦一一二諦更開三種合二十一二諦也

初文者凡諸釋義或從廣之略或先略後廣從略即預用跨節從廣則教門當分故略言之唯一法性以對無明無明是迷眞之始法性則全指無明無始時來奚甞非眞未發心前無眞不俗秖點一法二諦宛然俗即百界千如眞即同居一念仍顯相異義理雖足其如麤淺聞之墮苦故佛於一代曲開七重二十一重以赴物情使佛本懷暢使物宿種遂故以下二門判之開之意如前說

○次功能中二先出初番次以後況初初又二法譬

若用初番二諦破一切邪謂執著皆盡

初法者如止觀中始自迦羅終至圓著無不並爲初教所破況復列後各三番耶△次譬

如劫火燒不留遺芥△次以後況初

況鋪後諸諦逈出文外非復世情圖度

○三正釋中二先列次釋

所言七種二諦者一者實有爲俗實有滅爲眞二者幻有爲俗即幻有空爲眞三者幻有爲俗即幻有空不空共爲眞四者幻有爲俗幻有即空不空一切法趣空不空爲眞五者幻有幻有即空皆名爲俗不有不空爲眞六

者幻有幻有即空皆名爲俗不有不空一切法趣不有不空爲眞七者幻有幻有即空皆爲俗一切法趣有趣空趣不有不空爲眞初意者一藏二通三別接通四圓接通五別六圓接別七圓若止觀中爲成理觀但以界外理以接界內理故藏通兩教明界內理別圓二教明界外理通別兩教是明兩理之交際是故但明別接通耳今前六重仍存教道於法華前逗彼權機故有圓接通別二義實道秖應圓理接權故釋今文應順教道復以圓中接於但中又此七名雖立二諦後之五意義已含三幻有即俗空即是眞不空是中但觀名中空合在何諦若合在俗諦即如別教名含眞入俗二諦若合入眞諦如別圓入通名合中入眞二諦藏通即名單俗單眞圓教即名不思議眞俗細得此意尋名釋義不失毫微

○次解釋中文自爲七若欲憑教者然此七文散在諸經無一處具出唯大經十二四諦文後列八二諦章安作七二諦銷之初一是總餘七是別初云如出世人心所見者名第一義諦世人心所見者名爲世諦疏云總冠諸諦世情多種束爲世諦聖智多知束爲第一義諦即是諸教隨情智也經云五陰和合稱名某甲是名世諦解陰無陰亦無名字離陰亦無是名第一義諦陰是實法某甲是假名即實有俗諦也無陰無名即假實空若離陰者名太虛空是故離陰亦無某甲及二諦名疏云名無名二諦也世諦有名眞諦無名即生滅二

諦也經云或有法有名有實是名第一義諦或有法有名無實是名世諦幻化假名即空故實即眞諦也秖指幻化但有假名故名世諦故疏云實不實二諦也眞實幻化不實也即無生二諦也經云如我人衆生壽命知見乃至如龜毛兔角等陰界入是名世諦苦集滅道是名眞諦兔角之俗與前不殊故成單俗四諦義含共爲眞諦即是含中眞諦也故疏云定不定二諦也即單俗複眞俗是不定中道名定經云世法有五種謂名世句世縛世法世執著世是名世諦經文廣解於此五法心無顚倒名第一義諦五種世法名與前異大意不別亦是單俗於世無倒謂見實相教道但中雖未究竟此中究竟望前故實故疏云法不法二諦也法謂實相不法謂俗亦是含中二諦也經云燒割死壞是名世諦無燒割死等是名第一義諦地前方便皆屬無常故云可燒登地見常故無燒等故疏云燒不燒二諦也無常可燒常不可燒複俗單中二諦也經云有八種苦是名世諦無八種苦故是第一義八苦無常同前燒義無八苦眞即是實相故疏云苦不苦二諦亦是複俗單中教道有苦圓中無苦經云譬如一人有多名字依父母生是名世諦依十二緣和合生者名第一義諦依父母生即十二緣而分二者以大經中明十二緣即佛性故且據顯説即以佛性而爲眞諦依父母生即是無明名爲世諦故疏云和合二諦眞俗不二故名和合複俗複中二

諦也後乃結云今七二諦來銷此文佛旨
難知且用一師意耳初釋三藏實有二諦
者但標總名以解釋直銷不復列別名於
中爲二初正釋二諦次示三意初文又四
初釋相次引證三述意四結名△初釋三藏中初正釋二諦初釋相
實有二諦者陰入界等皆是實法實法所成
森羅萬品故名爲俗方便修道滅此俗已乃
得會真
初文中言森羅者須指三界依正相也△次引證
大品云空色色空以滅俗故謂爲空色不滅
色故謂爲色空
次引證中言大品云色空空色等者此引
大品以證三藏既不云即故且證藏俗秖
是色析滅色故名爲空色謂色實有名爲
不滅雖不可滅以無常故名爲色空△三述意
病中無藥文字中無菩提皆是此意
次述意中以能治所治俱實有故是故互
無△四結名
是爲實有二諦相也△次示三意
約此亦有隨情情智智等三義推之可知
次約此下總釋隨情等三歷下六重意應
可見故諸文下但略點而已故云推之可
知雖諸教不同但約教異說即是隨情約
入理說即是隨智二義相對即隨情智皆
以當教定之使無雜亂其意可顯
○次釋即空二諦者亦二初釋二諦次明
三意初文爲五初立名次斥前三正釋相

四引證五結名

幻有空二諦者斥前意也何者實有時無眞滅有時無俗二諦義不成若明幻有者幻有是俗幻有不可得即俗而眞大品云即色是空即空是色空色相即二諦義成是名幻有無二諦也

並可見

○次三意中二先列

約此亦有隨情情智智等三義云云

○次分別此教三乘所入眞諦不殊三藏然所照俗二教不同故須更此分別釋疑於中爲二先標次釋

隨智小當分別

標中云小當者未暇廣及且略辨異故云小耳

○次何者下釋中四先出同異次釋同異三如百川下舉譬四秖就下引例

何者實有隨智照眞與此不異隨智照俗不同

何者通人入觀巧復局照俗亦巧

前二可知

○譬中二先譬次合

如百川會海其味不別復局還源江河則異

初譬中言復局還源江河則異者會海如眞同江河如俗異由觀俗故契眞如由衆水故成海會海雖同卻尋本源江河則異如會眞不異卻尋本俗俗則不同

○俗是下合譬釋疑

俗是事法照異非疑眞是理法不可不同秖就通人出假亦人人不同可以意得例三

藏出假亦應如是云云

次秖就下將藏通出假不同以例藏通兩俗二人出假是一而三根不同何妨二教眞同而所觀俗各異

○次釋接義者即含中入眞也於中爲三初以一法標

幻有空不空二諦者

○次俗不下略以三法示

俗不異前眞則三種不同一俗隨三眞即成三種二諦

○三其相下辨相通寄三法以辨其相漏無漏本是通法爲成接義故立雙非空不空本是別法一切法趣本是圓法於一一法各有三人取解不同者良由機發故所聞不同又通教菩薩由根利鈍發習不同故鈍同二乘直至法華方乃被會利者爾前接入中道故使同觀幻有之俗而契眞各異所以別圓機發對鈍住空致成三別是以釋後二接須對通鈍共成三人同聞異聽故約漏等以示解源若得此意於一切法無礙自在於中爲四初正釋三相次無量下明三意三何故下釋疑四大品下引證三人初文又二初正釋次是故下結初文自有三別初文者三人俱作雙非之名而取解不等於中爲三初依教立次初人下明行相三何者下重釋

其相云何如大品明非漏非無漏△次明行相

初人謂非漏是非俗非無漏是遣著

非無漏是遣著者無漏無著由行者著心緣之今破其著心故名爲非故云非無漏

也△三重釋

何者行人緣無漏生著如緣滅生使破其著心還入無漏此是一番二諦也次人聞非漏非無漏謂非二邊別顯中理中理爲眞又是一番二諦又人聞非有漏非無漏即知雙非正顯中道中道法界力用廣大與虛空等一切法趣非有漏非無漏又是一番二諦也

如緣下引例釋成復宗眞諦離著云非還歸無漏此初人意也即通鈍根次人又人即利根二人也圓人亦云雙非者帶通方便是故爾耳

大經云聲聞之人但見於空不見不空智者見空及與不空即是此意二乘謂著此空破著空故故言不空空著若破但是見空不見不空也利人謂不空是妙有故言不空利利人聞不空謂是如來藏一切法趣如來藏還約空不空即有三種二諦也

次引大經空不空例漏無漏可以意知

復次約一切法趣非漏非無漏顯三種異者初人聞一切法趣非漏非無漏者謂諸法不離空周行十方界還是鉼處如又人聞趣知此中理須一切行來趣發之又人聞一切趣即非漏非無漏具一切法也

次言三人聞趣者初人云諸法不離空義當一切法趣空故引例云如鉼如等如即空也如鉼是空十方界空不異鉼空故十方空皆趣鉼空即通人也次人聞趣知此但中須脩地前一切諸行來趣向後以發初地中道之理即別人也第三人聞即具一切名之爲趣△次結

是故說此一俗隨三真轉或對單真或對複真或對不思議真

次結中言或對者三真是能對一俗是所對

○次明三意中二初立次釋

無量形勢婉轉赴機出沒利物一一皆有隨情情智智等三義

初文云無量等者相接已成赴機形勢於中復各情等逗緣去取在他故云出沒利物

○次釋中二先釋入真次釋照俗

若隨智證俗隨智轉智證偏真即成通二諦智證不空真即成別入通二諦智證一切趣不空真即成圓入通二諦

初入真中云若隨智證俗隨智轉等者若隨智證一俗隨三真轉也以此隨智觀幻有之俗由隨智轉證真不同故成三種二諦之別並以智證字為句頭二諦字為句末△次釋照俗

三人入智不同復局照俗亦異云云

從三人入智下卻釋隨智證真已後重以證智更照前俗故使三俗相局不同若成偏真局照幻俗成不空真局照恒沙佛法之俗成實相真局照界外不思議俗

○三釋疑中二先立疑

何故三人同聞二諦而取解各異者

○次釋

此是不共般若與二乘共說則淺深之殊耳

釋中云此是不共般若與二乘共說者諸部般若以但不但二種中道不共之法與

二乘共説如云四諦清淨故眞如清淨等例方等部非無此義以方等經多順彈訶共義稍疎故判在般若般若於菩薩則成共説故至下文判麤妙中云方等有説通別入通圓入通△四引證三人

○四大品云去引證三人所見不同

大品云有菩薩初發心與薩婆若相應有菩薩初發心如遊戲神通淨佛國土有菩薩初發心即坐道場爲佛即此意也

初人元在通教乃至乾慧亦得義云與薩婆若相應若成別圓縱入初地初住亦得通爲初發心也以望本人是初得故況未入位而非初耶今文別教爲遊戲神通者以存教道讓證屬圓故也若入圓教借使住前亦得通名坐道場也即是相似觀行爲如佛也爲異別教故在初住引文同異具如止觀第七記

○次明別二諦中二初正釋次明三意初文又二初正釋相

幻有無爲俗不有不無爲眞者有無二故爲俗中道不有不無不二爲眞

○次二乘下斥小又二先斥次引證

二乘聞此眞俗俱皆不解故如瘂如聾

初文者二乘在彼頓教聞別尚自如聾瘂等故今斥小得引彼文△次引證

大經云我與彌勒共論世諦五百聲聞謂説眞諦即此意也

次引證中言五百聲聞謂説眞諦者大經三十三云我雖説一切衆生悉有佛性衆生不解佛自意語善男子如是語者後身

菩薩尚不能解況復二乘其餘菩薩我於一時在耆闍崛山與彌勒共論世諦舍利弗等五百聲聞於是事中都無識者何況出世第一義諦疏云問何處爲五百說答一云華嚴中如聾如瘂又云西方經何量又云天台師云多有所闕又大經十五云復次如來說於世諦衆生謂爲第一義諦有時說第一義諦衆生謂爲世諦是則諸佛境界非二乘所知二乘既以菩薩之俗爲眞當知菩薩眞俗並非二乘所測△次明三意

約此亦有隨情情智智等云云

○次圓接別又二先正釋次明三意初文又二先略立

圓入別二諦者俗與別同眞諦則異

○次別人下斥別釋相

別人謂不空但理而已欲顯此理須緣修方便故言一切法趣不空圓人聞不空理即知具一切佛法無有缺減故言一切法趣不空也△次明三意

約此亦有隨情等云云

○圓二諦者又二先釋二諦次明三意初文中又四一立二釋相三譬四明諦意

圓教二諦者直說不思議二諦也

初文但以二諦俱不思議以辨別前列名中以略有其相如云三諦各言趣故△二釋相

眞即是俗俗即是眞

次釋相中但云相即言濫於通應從意說意以一切趣中爲眞與百界千如及千如

本空爲俗而相即故知今即即彼别教次第三諦次第即巳方成今即何者彼若未即猶同小空及隨事假對中論即今若即巳三俱圓極不即而即即而不即故有理即乃至究竟良由於此故知别二諦乃至通藏本妙本即情謂自殊故得汝行是菩薩道

○次譬中先譬次合

如如意珠

譬中如如意珠如止觀第五記彼文具以三譬方顯此譬俱譬初立及第二釋相△次合

珠以譬眞用以譬俗即珠是用即用是珠

○四明諦意

不二而二分眞俗耳

可見用初意以釋之大途自顯

○次明三意中又二先釋

約此亦有隨情智等云云

○次引證

身子云佛以種種緣譬喻巧言説其心安如海我聞疑網斷即其義焉

種種緣即隨情也即指法華巳前心安疑斷即是法華中意即是隨智若情智相對即第三意也△四問答料簡

問眞俗應相對云何不同耶

四料簡中初問眞俗應相對者應如三藏俗有眞無或如通教幻有幻空云何别接巳去眞俗不同

○答中先列四句

答此應四句俗異眞同眞異俗同眞俗異相

對真俗同相對

○次釋四句

三藏與通真同而俗異二入通真異而俗同別真俗皆異而相對圓入別俗同真異圓真俗不異而相對不同而同若不相入當分真俗即相對云云七種二諦廣說如前略說者界內相即不相即界外相即不相即四種二諦也別接通五也圓接通六也圓接別七也

初二句可解別真俗異者俗則有無不同真則唯一中道圓教二諦真俗既融二諦名同同異相對故成四句從七種下寄此料簡略撮前七種使文現可覽

問何不接三藏

次問何不接三藏者問三藏二乘未入滅者

答三藏是界內不相即小乘取證根敗之士故不論接餘六是摩訶衍門若欲前進亦可得去是故被接問若不接亦不會答接義非會義未會之前不論被接

答中云界內小乘根敗取證故是昔教二乘人也餘六是摩訶衍等者此置二乘約通菩薩等於法華前得有接義故云餘六三藏菩薩非但教拙以未斷惑接義不成故一教俱廢所言廢者二乘之人於法華前生滅度想菩薩復轉成衍中人又通教二乘於法華前得二味益亦名前進三藏二乘據生滅度想者縱未入滅以根敗故菩提心死此並據於法華會前挫言根敗若至法華根敗復生故云其不在此會汝當為宣說縱已入滅於彼亦聞故云雖生

滅度之想而於彼土得聞是經無性宗家不見此意問若不接等者既不接二乘何故皆會答意者二義不同二乘之人於法華前不論被接法華被會復非是接具如止觀第三記問但云餘六得去那簡通教二乘答通是衍教初門觀境俱巧堪入不空故云得去小人寄此是故不論餘如向說問此是法華滅化之文小人正應得去答接義本在法華經前於中仍是菩薩今借得去之語以證菩薩迴心據教而論不必皆去

○三判中二先約七重即是約教次約五味前文又二先單約七重次約三意初文者自有七重七重展轉前麤後妙未窮圓極故雖妙猶麤初三藏中二初立次二諦去斥

三判麤妙者實有二諦半字法門引鈍根人蠲除戲論之糞二諦義不成此法爲麤

然前立中還用後教立之乃可得云半字引鈍及蠲除等論謂界內愛論見論涉此二者唐喪其功義之如戲復更斥云二諦不成意如前說△次通教

如幻二諦滿字法門爲教利根諸法實相三人共得比前爲妙同見但空方後則麤

次通教中言滿字者若對四教即後三爲滿今對七重故後六爲滿△三別入通

以別入通能見不空是則爲妙教譚理不融是故爲麤

別教談理不融如判四諦中說△四圓入通

以圓入通爲妙妙不異後帶通方便是故爲

麤△五別
別二諦不帶通方便是故爲妙教譚理不融
是故爲麤△六圓入別
圓入別理融爲妙帶別方便爲麤△七圓
唯圓二諦正直無上道是故爲妙
○次約三意者文爲二初離判次文束下
束判初中先標
次約隨情智判麤妙者
○次判判中教教之中皆先自約情等三
意以判麤妙次入後教展轉漸益故借五
味義以顯益相故漸廢前淺以興後深初
三藏又三先立次判三譬初立中四初立
隨情
且約三藏初聞隨情二諦
○次執實下斥情立智

執實語爲虛語起語見故生死浩然無佛法
氣分
教語本實凡情未悟執之成見見即煩惱
爲因故果浩然不息
○若能下正明情智
若能勤修念處發四善根是時隨情二諦皆
名爲俗發得無漏所照二諦皆名爲眞
賢位二諦合爲俗聖位二諦合爲眞
○次從四果去正明隨智
從四果人以無漏智所照眞俗皆名隨智二
諦
○次隨情下判
隨情則麤隨智則妙
即當此教中智妙情麤若爾情智則是亦
妙亦麤眞妙俗麤故也△三譬

譬如轉乳始得成酪
三譬如下即鹿苑時意也
○次既成下明下六重中二先釋次結
既成酪已心相體信入出無難即得隨情情智智等說通別入通圓入通令其恥小慕大自悲歎種渴仰上乘是時如轉酪爲生酥心漸通泰即爲隨情情智智等說別圓入別明不共般若命領家業金銀珍寶出入取與皆使令知既知是已即如轉生酥爲熟酥諸佛法久後要當說眞實即隨情情智智等說圓二諦如轉熟酥爲醍醐
六中各有情智不細各明者由用情等於諸部中次第調熟令鈍根菩薩及二乘人堪入法華隨智故也故寄生熟二酥通總而說初言既成者得羅漢已聞大不謗故云體信入闈於大出猶住小不同畏懼王等之時故云無難即用情等三意說通等三者鹿苑以成藏人於其不復須藏故但說通即於此座復以別圓而接通者並對而說彈斥而說即當相入意也令其下即明說意意欲令其轉成生酥謂受彈斥令歎大自鄙即其益相通教利根及別圓人自於一邊得益無妨是時下亦舉譬次心漸等者至般若中不復同前悲泣之時故云通泰即爲三意說別等者前於方等中義已成通故至般若唯須此二明不共等者說部意也意雖不共猶有方等新受小者至此須通亦有衍門傍得小者是故兼用上智加被故云命領長者之宅爲大乘家諸珍寶物爲不思議業業即金等付與

諸子化他爲出自行爲入又化功爲入皆使令知即熟酥益相得此益巳義成別人即於此座以圓入之令堪入法華既知下譬故兩味中即是衍中五重之相諸佛下即是第六法華意也雖純醍醐亦用情等如三周中各有異名即其事也

○是則下總結六重

是則六種二諦調熟衆生雖成四味是故爲麤醍醐一味是則爲妙

○次束判中離謂別約情等諸味不同束謂總束一代爲隨情等三如前兩教雖有情等三意今束爲一隨情故云一向別入通去有中道故智帶方便故情圓雖三意對前諸味今但成智說則成語準智可知

又束判麤妙前二教雖有隨智等一向是隨情說他意語故故名爲麤別入通去雖有隨情等一向束爲情智說自他意語故亦麤亦妙圓二諦雖有隨情等一向是隨智說佛自意語故故稱爲妙

問前二三諦一向是隨情應非見諦亦不得道答不得中道故稱隨情諸佛如來不空說法雖非中道第一義悉檀不失三悉檀益大槩判之皆屬隨情爲麤耳

次料簡中問前二三諦一向是隨情等者

問此中問文判前兩教俱屬隨情與止觀中判三假文及此文前第二卷中但以三藏而爲隨情餘並隨理同異云何答此有三別一者彼以小衍相對是故三藏獨屬隨情此以權實二理相對是故前二俱屬隨情二者彼爲通申觀門且斥三藏以爲

隨事此爲申於法華經意須以中道而爲
隨理三者彼明三假三假是俗藏通二俗
即不即異故彼文判事理不同此判二諦
二諦俱權不會中理是故此判俱屬隨情
答中以第一義對三悉者前二無中故
○次約五味
若以七種二諦歷五味教者乳教有別圓入
別圓三種二諦二麤一妙酪教但實有二諦
純麤生酥具七種二諦六麤一妙熟酥六種
五麤一妙法華但有一圓二諦無六方便唯
妙不麤題標爲妙意在於此是爲相待判麤
妙也
如文
○四開權中二先標
四開麤顯妙者

○次釋釋中三初總舉三世佛出世意次
舉論以證佛意三始見下正明開相
三世如來本令衆生開佛知見得無生忍大
事因緣出現於世
初文意者非止釋尊三世佛化皆然故知
三世如來凡出世處皆悉爲開佛知見故
△次舉論以證佛意
○次文者又二先引論
法華論云蓮華出水義不可盡出離小乘泥
濁水故入如來大衆中坐如諸菩薩坐蓮華
上聞說無上清淨智慧者
○次必非下釋論意
必非坐華葉也乃是諸菩薩聞說一圓道證
一圓果處華王界同舍那佛坐蓮華臺耳佛
意如此

秖以入實名爲華臺以內心同佛入實故
故使外器同佛處臺△三正明開相
○三正開中三初略明今日入實施權次
有人下明久遠施權入實三其未入下正
明今經開權顯實初文又二初正明入實
開權次明機感之相初文又二初明入實
次爲未入下明施權
始見我身初聞一實已入華臺
初謂華嚴利根菩薩已入實竟其別菩薩
且置不論以此菩薩猶易開故其難開者
更以小起故△次明施權
爲未入者從頓開漸更以異方便助顯第一
義說諸二諦或單或複或不可思議種種不
同皆爲華臺而作方便
次爲施鹿苑等教故名爲諸前三藏單次

五重中如前七重中文意亦可見
○次感應
但如來常寂而化周法界實不分別先謀後
動施此汲引慈善根力令諸衆生從此得入
可見△次明久遠施權入實
○次明久遠中二初出舊
有人言始自鹿苑皆是法華弄引
○次今言下正解也弄引秖是方便耳如
止觀記於中又二先明久遠施權次明入
實初又二先重敘寂場爲況次展轉明久
今言不爾且近說寂滅道場已來悉爲法華
弄引所以光照他土現佛悉爲頓開漸
初文者除已入者及中間入者盡是法華
方便所以光照他土至爲頓開漸者初他
土者從又覩諸佛下四行說頓也從若人

遭苦下三行漸初也即是鹿苑從文殊師利我住於此下三十二行半方等般若此他土漸頓也寂場兼權頓後爲一獨而施三漸以一漸兼頓取機不得故至鹿苑及餘二味

○次文殊下正展轉明久於中又三初正明次文云下引證三當知下結

文殊引先佛亦爲頓開漸如此弄引猶恨其近從大通智勝已來而爲衆生作法華方便當知不止近在寂場又此猶近從本成佛已來而爲衆生作華臺方便又復猶近從本行菩薩道時而爲衆生作華臺方便

是則本迹兩文中施化未入實者並爲今日法華弄引故知菩薩本初發心已後所化衆生乃至成道已後經於如許塵界劫數處處成熟今方入實當知實道何易可階況復今世猶自未入尚在未來遠遠方得豈非煩惱厚重根性難迴不蒙如來善巧之力何有入期故覩斯妙旨應勤思勤聽重之重之△次引證

文云我本立誓願普令一切衆亦同得此道△三結

當知弄引豈止今耶

證結可知

○次本來下明入實中又二初明久遠入實次明今世入實

本來所化入華臺者自是一邊其未入者如上方便不息中間亦如是

以今昔施化節節實益豈待今耶△次明今世入實

若從華嚴方等般若等經或別入通圓入通圓入別等入華臺者與本入者無異復自是一邊

今世文云與本入者不異者事有本迹今古理齊故今入本入理無差別△（三正明今經開權顯實）

○三今經入中二先正明開次若如下歎教斥偏初文又五先豎約四味論開次諸教下約諸味中諸教橫開三三藏下舉難況易四文云下引證五此即下總結

其未入者四味調熟皆於此經得入華臺

初如文△（次約諸味中諸教橫開）

諸教之中或住三味二味一味或全生者皆決麤令妙悉入華臺

次文中云諸教之中或住三二一味及全生者者通指四味名爲諸教且如方等般若初證二乘名爲一味若鹿苑已證得彈斥益名爲二味得洮汰益名爲三味若諸菩薩於前諸教能斷見思名住二味能斷無知名住三味能伏無明名住四味若住四味已成妙行故此不論全未伏通惑名爲全生華嚴鹿苑應論顯密思之可見此約橫論不關豎入若豎入者鈍根菩薩及二乘人依次歷教不論增減△（三舉難況易）

○三況

三藏保果難破已破難開已開況易破易開悉隨情仍本當門顯實即入華臺

可見不改本位即麤成妙故云當門△（四引證）

文云七寶大車其數無量各賜諸子云云

引證中云七寶大車者各稱本習而入圓乘本習不同圓乘非一

○五結

此即開權顯實諸麤皆妙絶待妙也

如文

○次歎斥中二先總歎次人不見下得失

初又三初約化儀

若如上説法華總括衆經而事極於比

○次佛意

佛出世之本意

○三教旨

諸教法之指歸

○次得失又二先失次得

人不見此理謂是因緣事相輕慢不止舌爛口中

初文云輕慢不止舌爛口中者不了法華宗極之旨謂記聲聞事相而已不如華嚴般若融通無礙如此説者諫曉不止舌爛何疑如彭城寺嵩法師云佛智流動至無常時舌爛口中猶不易志又如大經第五云我今爲諸聲聞諸弟子等説毘伽羅論所謂如來常存不變若有説言如來無常云何是人舌不墮落又云若有説言如來許畜奴婢僕使舌則卷縮如是乘戒兩門謗皆舌壞故知若言事相者不見一代獨顯之妙不見般若付財之能般若融通與法華何異二乘於昔自無悕取至今方云不求自得已今當妙於茲固迷舌爛不止猶爲華報謗法之罪苦流長劫具如止觀第四逆流十心中説

○次若得下明得中又二先正明得次攝大乘下重破教道初文又四初約法以明得次約三世佛以明得三舉涅槃以釋疑四結勸

若得其旨深見七種二十一種無量教門意氣博遠更相間入繡淡精微橫周竪窮悉歸會法華

初文者有一毫之善咸至菩提穿鑿權實牢籠本迹故云意氣博遠大小互入故云更相越教相接故云間入從淺至深故云繡淡取機顯祕故云精微味味葢徧故云橫周俱至法華故云竪窮△次約三世佛以明得

二萬燈明迦葉等古佛設教妙極於此有經云彌勒當來亦妙極於此釋迦仰同三世亦妙極於此

次二萬下約佛者應具如五佛章門今略指燈明彌勒等耳承上曰仰雖佛無優劣我既施權同彼顯實高尚實理故云仰同

△三舉涅槃以釋疑

涅槃贖命重寶重抵掌耳

三釋疑者疑云法華既已顯實涅槃何復施權故即釋之釋言贖命重寶者涅槃十四云如人七寶不出外用名之爲藏是人所以藏積此寶爲未來故所謂穀貴賊來侵國值遇惡王爲用贖命財難得時乃當出用諸佛祕藏亦復如是爲未來世諸惡比丘畜不淨物爲四衆說如來畢竟入於涅槃讀誦外典不敎佛經如是等惡出現世時爲滅諸惡爲說是經是經若滅佛法則滅今家引意指大經部以爲重寶若消

此文應有單複兩義所言複者謂乘及戒若言不許畜八不淨此是戒門事門若說如來畢竟涅槃及遮外典此是乘門理門以彼經部前後諸文皆扶事說常若末代中諸惡比丘破戒說於如來無常及讀誦外典則並無乘戒失常住命賴由此經扶律說常則乘戒具足故號此經爲贖常住命之重寶也所言單者唯約戒門彼經扶律律是贖常住命之重寶也所以法華明常已足更說贖命者爲護圓常鄭重殷勤如人抵掌重叮嚀耳說文云抵掌者側手擊也△四結勸

觀此妙旨宏壯包籠尋者須曠其意莫以人情局彼太虛也

四結勸中云觀此等者且如諸法實相即云百界千如心佛衆生三無差別乃至本因爲今弄引豈以劣見稱此經王莫以人情局彼太虛者勿以世情偏取如來赴機之說局彼法華博遠意氣太虛之量△次重破教道

○次斥教道中二初舉論師謬謂次今試下明今家斥失

攝大乘明十勝相義咸謂深極使地論翻宗

初云攝大乘十勝相者彼論始終秖明十種勝相之義分爲十品論初云菩薩欲顯大乘功德依大乘教說如是言諸佛世尊有勝相義所說無等過於餘教言勝相者有十一依止二應知三入應知四因果五入因果脩差別六於差別依於戒學七於中依心學八於中依慧學九學果寂滅十

智差別論文先列次生起釋初勝相明第八識生十二因緣義言依止者謂所依也眞諦所譯則依菴摩羅後代諸譯並依黎耶如其各計成自他性一論二譯尚生二計況諸部耶論師以黎耶依持破於地論故云翻宗翻者改也令地論宗破歸我攝宗

○次明今家斥中爲八初總舉迹中十妙次別以初妙比破三四悉下以逗機比決四彼直下斥偏五因緣下展轉比決六當知下結歎七天竺下舉勝況劣八思自下結

今試以十妙比之彼有所漏

初如文△次以初妙比破

且用理妙比依止勝相明不思議因緣四句破執豈留黎耶菴摩羅爲依止耶

次文者且以迹中十妙之初境妙少分比彼十勝相之初相全分於少分中尚有所漏四句之中但得自他一句而已故上斥云有所漏也況破則俱破立則俱立不同彼論唯計一句故今文云不思議因緣豈同論文黎耶摩羅自他因緣耶文雖雙舉計必偏執如新舊兩譯亦如地論南北二道還成性過各計不同今不思議離四性計豈同彼論各計不同耶△三以逗機比決

四悉檀施設不止立無明他生一句

三逗機中四悉俱立不同彼論唯立一句

彼直是一道明義不見開合衆經頓漸爲物約教約行隨情隨智大包佛化深括始終

四斥偏中彼計一句爲一道不見下舉今

得顯彼失四味增減爲開合頓漸可知由教行別故情智等不同△五展轉比決因緣一境已廣於依止更用四四諦七二諦五三諦一諦等比者彼無準擬迹中十妙已有所漏本中十妙羣經所無何況彼論又觀心十妙即得行用不如貧人數果頭實

第五意者境妙有六其但得一少分故也況復餘耶△六結歎

當知十妙法門鱗沓重積可勝言哉

六當知下結鱗沓重積等者十妙生起如鱗皆具諸法如沓於一一妙若鱗若沓亦復如是△七舉勝況劣

天竺大論尚非其類真丹人師何勞及語此非誇耀法相然耳

第七意中真丹義如止觀第二記△八結

思自見之無俟辭費也

八結文可知

○次明三諦中又二初依他教以立名義次正開章解釋初文中又三初依他經立名次依今經例立三問答料簡

五明三諦者衆經備有其義而名出瓔珞仁王謂有諦無諦中道第一義諦

今經亦有其義壽量云非如非異即中道如即真異即俗

初二如文

○三料簡中先問

問若此經無四種因緣等名那用其義

○次答答中三初舉勝鬘以例涅槃用斥來問次重舉楞伽以例餘經用酬來難三結初文二先總斥

答五住二死名出勝鬘涅槃不應用其義
○次釋
若不用五住則不破無明若不用二死則非
常住△次重舉楞伽以例餘經用酬來難
○次例
又三佛名出楞伽餘經應無三佛義
○三結
衆經皆是佛說名乃不同義不可壅云云
可知△次正開章解釋
○次正明三諦中自三
今明三諦爲三一明三諦二判麤妙三開麤
顯妙
○初又二先明去取即是來意
却前兩種二諦以不明中道故就五種二諦
得論中道即有五種三諦

○次正釋五文
約別入通點非有漏非無漏三諦義成有漏
是俗無漏是眞非有漏非無漏是中當教論
中但異空而已中無功用不備諸法圓入通
三諦者二諦不異前點非漏非無漏具一切
法與前中異也別三諦者開彼俗爲兩諦對
眞爲中中理而已云云圓入別三諦者二諦不
異前點眞中道具足佛法也圓三諦者非但
中道具足佛法眞俗亦然三諦圓融一三三
一如止觀中說云云
初文中約別入通點非漏非無漏者於眞
諦中點示中道故云雙非當教論中既異
於空故有雙非也一三三一如止觀者如
第三卷顯體中及第七卷破橫竪中
○判中亦二約教約味

二判麤妙者别圓入通帶通方便故爲麤别不帶通爲妙圓入别帶别方便爲麤圓不帶方便最妙
約五味敎者乳敎説三種三諦二麤一妙酪敎但麤無妙生酥熟酥皆具五種三諦四麤一妙此經唯一種三諦即相待妙也
三開麤顯妙決前諸麤入一妙三諦無所可待是爲絶待妙也
開如文
○六明一諦又爲三初分别次判三開初又二初法
六明一諦者大經云所言二諦其實是一方便説二
○次譬
如醉未吐見日月轉謂有轉日及不轉日醒人但見不轉不見於轉
譬中但通云轉不轉相對以明一諦即一實諦是不轉故也所言如醉未吐見日月轉等者第二云諸比丘白佛言世尊譬如醉人其心眩亂視諸山川城郭宫殿日月星辰皆悉迴轉若有不脩苦無常想無我等想不名爲聖佛便迴此醉人之譬反斥比丘云汝向所引醉人譬者但知文字而不知義何等爲義如彼醉人見上日月實非迴轉生轉想衆生亦爾爲諸煩惱無明所覆生顛倒心我計無我等當知比丘無明未吐謂有二諦本日如一諦轉日如世諦此帶實二諦也若二乘人於轉日上復生轉想故二乘人以菩薩俗謂爲眞諦故下文云三藏全是轉二即二乘二諦也是

故大經十二七種二諦文末說一實諦文殊難言即是如來虛空佛性無差別耶此難意者若唯一實如來佛性應同虛空佛言有苦有諦有實三亦如是如來非苦非諦是實虛空佛性亦復如是是則唯一實諦

○次判中亦先約教次約味

轉二爲麤不轉爲妙

文中亦且通以轉不轉對辨麤妙若歷諸教教教如之

○次三藏下約五味中二先正明次借地持以顯一實

三藏全是轉二同彼醉人諸大乘經帶轉二說不轉一今經正直捨方便但說無上道不轉一實是故爲妙

初文略無華嚴教意者合在下文云諸大乘即其意也不煩文故合在下耳故知文意以證道明中爲不轉妙教道亦屬帶轉故也

○次借地持中二初借地持次寄此文後約行人破執初又二初引文次正明今意

地持明地相明義說相似法地實明義說真實法又教門方便即教道明義說所證法即證道明義今借用之

初有兩番意者前文約行次文約教初言地持明地相等者地相謂地前迴向位中道觀雙流地相現前登地已去明真實法稱爲地實初地即是初住故也次文言又教門等者依教道義以四悉檀說登地法名爲教道故知初地已上仍存教道若說

十地已證之法即證道也凡釋別義多用此意具如止觀第三記△次正明今意諸佛法久後要當說真實即地實義道場所得法即是證道明義是故妙也

次今意者借於此文證權實部法華已前如地相教道至法華經猶如地實及以證道說佛自證名爲地實約佛自行故云證道△次寄此文後約行人破執

執著此實實語是虛語生語見故故名爲麤融通無著是故言妙

次寄此文後約於行人破執等者破末代執者諦雖是妙執故成麤破其執情不破所執所執本妙非關人情△三開

開麤顯妙可解云云

開麤如文

○無諦者秖前諸諦理不可說故名爲無若通論者大小皆有無諦通即別故別乃成通如婆沙云佛經中說一諦無諦問有四諦義云何但云一諦等耶尊者波奢說一諦者苦諦無第二苦乃至道諦無第二道復次一諦者謂滅諦爲破外道種種解脫故復次一諦者謂道諦能盡惡道苦故又佛說二諦者謂世諦第一義諦或云世諦謂苦集第一義諦謂道滅前合四諦爲二正用此意復有說者世諦謂苦集滅第一義諦謂道諦評者曰四諦亦是世諦亦是第一義諦如苦集是世諦苦空無常集因緣生是第一義滅是世諦者如佛說言如城園林是第一義諦者盡止妙離道是世諦者佛說道諦如筏如山如梯如樓是

第一義諦者道如跡乘若四諦盡是第一義者世諦說陰界入第一義諦亦說陰界入彼小乘中尚開合四諦爲世諦第一義等況復大乘於中先正明無諦次問答料簡初文又二初別約極理以明無諦次通約諸教以明無諦前明一諦亦有通別二義不同故今亦爾理無二極故同歸一無衆生緣異故復歷教初中三初正立無諦諸諦不可說者諸法從本來常自寂滅相那得諸諦紛紜相礙一諦尚無諸諦安有

○次一一下判麤妙

一一皆不可說可說爲麤不可說爲妙

○三不可說亦不可說下明絕待即是開麤

不可說亦不可說是妙是妙亦妙言語道斷故

○次文又二初四教次五味初文二先列四教次明判開

若通作不可說者生生不可說乃至不生不生不可說

初四教如文

○次從前不可說去判

前不可說爲麤不生不生不可說爲妙

○次若麤異妙下開準上下文例應在五味後開今隨便各明於理無失

若麤異妙相待不融麤妙不二即絕待妙也云云

○次約五味中初判

約五味教者乳教一麤無諦一妙無諦酪教一麤無諦生酥三麤無諦一妙無諦熟酥二

麤無諦一妙無諦此經但一妙無諦

○次從開麤如前者例前四教開麤如前云云

○次料簡中有三重問答

問何故大小通論無諦答釋論云不破聖人心中所得涅槃爲未得者執涅槃生戲論如緣無生使故破言無諦也

初問者通約諸教爲問所言無諦者秖應如前歷教明實別約極理理即一實如何諸教並論無諦答意者爲破執理而生戲論是故云無大小乘教既並有理是故大小俱論無諦故引例云滅本無惑緣滅生惑如三界利鈍一十九使但破能執不破所緣今意亦爾

問若爾小乘得與不得俱皆被破大乘得與不得亦俱應破答不例小乘猶有別惑可除別理可顯故雖得須破中道不爾得云何破

次問者小乘未得執成戲論是故須破若實證得理仍是權是故亦破今以此意例難於大既得大小通論無諦亦應大小得否俱破答云不例者小乘得否俱皆有惑是故俱破大乘不得有惑須破得即無惑得何須破是故不例

問若爾中道唯應有一實諦不應言無諦也答爲未得者執中生惑故須無諦實得者有戲論者無云云

次問意者小乘是權破權名無大乘是實實諦非無何故中道亦名無諦答意者實如所問於實得者不須云無今云無者爲未得者

妙法蓮華經玄義釋籤卷第八

音釋

瞙末各切音莫目瞖不明曰瞙　譪正作靄倚亥切雲集貌　複方六切重也　婉於阮切順也　贖石欲切貿也　沓達合切重也　誇枯瓜切矜誇　壅委勇切塞也

妙法蓮華經玄義釋籤卷第九

隋天台智者大師說

門人灌頂記

唐天台沙門湛然釋

△二論諸境同異

○次諸境開合者文中二初明來意次正明開合六境依文次第以後後境盡向上合十如居初是故先以因緣合如四諦第三是故次以四諦合二下去展轉以下合上即爲六章

二諸境開合者先用十如爲首何者此經命章絕言稱歎十如

初文言命者召也起也故以初章名爲命章絕言稱歎者文云止舍利弗不須復說絕言歎已次歎絕言之境即十如也故云

諸法實相所謂諸法如是性相體力等△次正明開合六境

○今更說五境云何同異者前已說六境今以五境與十如義名異義同餘下合上意亦如是故更明之於中有四先正明離合次準前例立隨情等三三問答釋疑四問答通經以此經義通於諸境不同他人名義俱塞般若種種名解脫法身亦爾多諸名字等具如止觀第三記如此解者則使一切佛教名異義同無不通暢若得此意無礙自在故有開合門來初文因緣合十如者若得前來十如總釋之意相以據外等來對銷因緣義同顯然可見於中爲二先開合意

今更說五境云何同異耶十二因緣與十如

開合者名異故言開義同故言合

○次正開合又二先正合次略指初又二前合思議兩番次合不思議兩番二文各有總別兩對初文者先對次結對中先別無明支合如是性行支合如是相識名色六入觸受合如是體愛合如是緣取合如是力作有合如是因生老死合如是果報等云云

如文

○次總對者因緣總而十如別故云總總以因緣合爲三道兩番合十如故云也又總合者如是相合行有兩支如是性合無明愛取三支如是體合識名色乃至老死七支如是力還是煩惱道三支無明愛取能生業力如是作還是行有二支能爲苦作業也如是因還是行有二支爲七苦作因也如是緣還是無明愛取三支能潤業取苦也如是果還是行有之習果也如是報還是行有之業招名色等報

○此兩下結

此兩番通用思議十二因緣合六道十如是

如文

○次後兩番者爲二初正對次若細下辨通別初文先標

次用不思議十二因緣合四聖十如者

○次對對中先別亦是別別以緣對如

無明支轉即變爲明明即了因成聖人如是性惡行支轉即變爲善行善行即緣因成聖人如是相識名色等苦道轉即法身成聖人如是體愛取二支轉成聖人菩提心即是如是力有支含果變成六度行即成聖人如是

作亦轉成聖人如是因此有支轉有二種正道轉成如是因助道轉成聖人如是緣老死支轉成法性常住成聖人如是果報云云

○次總者亦總合以為三道三道即理性三德故云在內等

又總作者體力作三法秖是煩惱業苦變成法身菩提心六度行等勤習三法在內成性在外成相正意成體誓願深遠成力立行成作牽果成因相助成緣剋發成果報云云△次辨通別

若細分四聖節節有異令取大槩故通釋耳

次文云四聖節節有異者如前釋中四教諸聖各各不同居在界外莫不皆有十二有支如止觀攝法中因緣逆順等各有其相以前四聖同為圓釋如前釋中云無明轉即變為明等總釋中云三道即是性德三德故云在內成性二乘菩薩應從次第何故合耶且從久遠種性邊說若從末說應須分四△次畧指

經云一切智願猶在不失二乘亦得作通釋也

四種四諦合十如者生滅無生兩種苦集是六道十如如是相如是性是集如是體是苦如是作力因緣又是集如是果報又是苦云云生滅無生兩種道滅是析體二乘及通菩薩十如如是相性即是道如是體即是滅如是力作因緣皆是道如是果報又是滅無量無作兩種苦集即是四聖界外果報十如集諦即是界外如是相性力作因緣也苦諦即是界外如是體果報等云云無量無作兩種道滅

即是四聖界外涅槃十如道諦即是涅槃性相力作因緣等亦是般若解脱也滅諦即是涅槃體果報等亦成常住法身也云云四種四諦合四種十二因緣者生滅無生兩苦集即是兩種思議十二因緣生滅無生兩種道滅即是兩種思議十二因緣無明滅乃至老死滅也無量無作兩苦集即是兩不思議十二因緣也無量無作兩道滅即是兩不思議十二因緣無明滅乃至老死滅此可解

次以四諦合如緣者若知苦集秪是緣生道滅秪是緣滅十如自分界内界外各有生滅等何俟更合爲不了者謂名義俱異故合令義同皆取器類大同總畧而會若更縷碎恐煩雜故如無量無作中云界外四聖涅槃者涅槃之名通大小故且用言之故云亦是般若解脱亦是法身也四諦合因緣者但知因緣有生無生等四諦有世出世各各合之文相最顯

七種二諦合十如者藏通別圓入通凡四俗皆是六道十如也藏通兩眞是二乘十如也別圓入別兩俗有邊是六道十如無邊是二乘十如圓俗此通九法界十如別入通圓入通別圓入別圓凡五種眞皆是佛法界十如也七種二諦合四種十二因緣者藏通別圓入通凡四俗即是思議兩種十二因緣藏通兩眞即是思議十二因緣無明滅乃至老死滅也別圓入別兩俗有邊是思議十二因緣無邊是思議無明滅乃至老死滅圓俗即通界内外四種十二因緣也別入通圓入通別圓入別圓凡五種眞即是界外不思議十二

因緣無明滅乃至老死滅也七種二諦合四種四諦者實有二諦即生滅四諦也幻有二諦即無生四諦也別入通圓入通兩俗還是無生苦集也別入通真是無量道滅也圓入通真是無作道滅也別俗圓入別俗此是無量苦集圓俗是無作苦集別真是無量道滅圓入別真圓真是無作道滅也

次七重二諦合於如緣及四諦者若知俗諦秖是苦集真諦秖是道滅四種相入故成七種前之四諦既已與如緣合則七二合三了了可見亦爲未了故重合之今亦不委細但通總而合七中但是屬界內俗即對界內二種苦集屬界內真即對界內道滅復有一俗含於真俗故云有邊無邊可對界內四諦復有一真含於真中故云空不空邊則分對兩處道滅界外苦集例此可思乃至例於如緣可見

五種三諦合十如者別入通圓入通兩俗是六道十如別俗圓入別俗有邊是六道十如無邊是二乘十如圓俗意通九界云云五種真諦皆是二乘菩薩等十如五種中諦皆是佛界十如也五種三諦合四種十二因緣者別入通圓入通兩俗是六道思議十二因緣別圓入別兩俗有邊是思議六道十二因緣生無邊是思議十二因緣滅圓俗義通云云今且用是四種十二因緣五種真諦即是思議十二因緣滅亦即是不思議十二因緣生五種中諦即是不思議十二因緣滅五種三諦合四種四諦者別入通圓入通兩俗即無生苦集也別俗圓入別俗圓俗通是無生之苦集

亦是無生之道滅亦是無量之苦集也別入通圓入通兩眞本取但空邊是無生道滅也別眞圓入別眞即是無生之道滅於無量是苦集圓眞於無生是道滅於無量無作是苦集別入通中是無量道滅圓入通中是無作道滅別中是無量道滅圓入別中是無作道滅圓中正是無作道滅五種三諦合七種二諦者簡前兩二諦不被合也次二種二諦二俗即是五種三諦家五種俗二眞空邊即是五種三諦家眞不空邊即是五種三諦家中後三種二諦三俗空邊即是五種三諦家眞有邊即是五種三諦家俗三眞即是五種三諦家中又作一種說如後簡前二諦不被合後五俗有眞有俗後五眞有眞有中

次五三諦合上四文者若得二諦三諦離合之相二諦既已合上三竟即知三諦與上四同亦無俟復合亦爲不了者耳又復更欲取器類同者通總而合故重合之如合因緣中文云今且用去即其相也以五種眞是思議滅亦是不思議生等亦如五三合七二中前二種不被合等亦如二俗即是五俗二眞即是五眞即分空不空邊空爲五眞不空爲五中等並是通總類例而合故重明之

一實諦合十如者一一法界皆具十界簡却九界但與佛法界同也簡三種十二因緣但與一種十二因緣滅同簡三種四諦但與一實四諦同簡七種二諦但與五眞諦有同不同簡五種三諦但與五中諦同云云

次一實合五者前釋一實有通有別今且

從別故簡權取實若依通者應云與四聖十如同四十二緣滅同四四諦中滅同七二諦與七眞同五三諦中與五中同言有同不同者與圓中同不與別中同也不與但空眞同也

○次無諦中二先以無合六次以無合無

言無諦不可說者合十如如名不異即是空寂言辭相寂滅不可說示即是十種皆如義也諸無明滅乃至老死滅其義甚深甚深即無諦同也生生不可說乃至不生不生不可說即與無諦同也七種眞諦皆不可說最初眞諦不可說者如身子云吾聞解脫之中無有言說況後六耶非生死非涅槃既非二邊亦無中道即五種中諦與無諦同也一實名虛空虛空無一云何有實即無諦同也

初者前文列中唯列六章釋中亦因一實便釋無諦今於開合亦對前六名異義同別對何妨言與十如同者約究竟等邊得作此說若相性等非無別異如六道相性未名無諦四聖但得通名無諦若別指一實唯一無諦然諸界中莫不皆如故且通取故次文云諸無明滅諸不可說七眞五中等也

○次以無合無又二初合次結意

無諦自無所存平等大慧無若干也

初文者若無諦不無無翻成有故爲破執立無合無△次結意

雖無若干若干無量舒之充滿法界不知從何而來無量無若干收之莫知所有不知從何而去不來不去即是法佛云云△次準前例立隨情等

三

○次明三意

復次七種二諦赴緣開合轉轉相入一一又各有隨情隨情智隨智等餘五義例亦應有今不具載何者佛以一音演說法衆生隨類各得解自思之

前文唯約七二諦辨今以七二諦例餘五境其相可識故不委論

○三問答釋疑中先問境意

問諸境理既融會何意紛葩更相拘入耶既開權顯實唯應一實何故紛葩六相不同復相間入情智出没

○次答中二先總明諸紛葩之意

答如來觀知十界性相有成熟者未成熟者大機未熟不令起謗小機若熟不令失時隨其所宜應單應複偏圓相入而成熟之聞即得益

○次正約味明紛葩之相於中又二先法次譬初文又二先釋次結

華嚴雖具鑒十界兩界熟故別圓二種而成熟之三藏亦鑒十界二乘性相熟故用生滅而成熟之方等亦鑒十界四界熟故用四種相入而成熟之般若亦鑒十界亦四界熟故用三種相入而成熟之法華亦鑒十界一性相熟但一圓諦而成熟之

初者此並如來無謀之巧致使說境離合殊途鑒理之智奚嘗增減然同體妙用不動而運故能逗物施設參差照彼妙機理藏平等不謀而感致益不空故獲諸味若橫若竪若顯若密雖種熟脱異入秘藏不

殊

○次結

若無善巧方便出没調熟云何境智而得融

妙耶

可知

○譬中先譬

譬如畫師尚能淡入五彩作種種像

○次況

況佛法王於法自在而不能種種間入調伏

衆生耶△四問答通經

問上明六境等此經聽可無名有其義不答

十如名義已備於前四種十二因緣者化城

品明生滅十二緣譬喻品但離虛妄是不生

十二緣方便品云佛種從緣起是界外無量

無作兩種十二緣四四諦者譬喻品諸苦所

因貪欲爲本是生滅四諦藥草喻品了達空

法是無生四諦又云無上道及方便品但說

無上道如來滅度等是界外無量無作兩種

四諦也十如差別是世諦唯佛與佛乃能究

盡諸法實相即眞諦也安樂行云亦不分別

有爲無爲實不實法有是俗諦無是眞諦亦

不分別是遮二邊顯中道壽量云非如非異

非異非俗非如非眞三諦義也方便品云更

以異方便助顯第一義是一實諦也又云唯

此一事實也若言說無分別法又諸法寂滅

相不可以言宣是無諦義也

四問答通經者問可知答中意者此經文

狹但略指而已以諸領付並在般若是故

此中指彼所付今略引當文十如如文十

二緣中引譬喻品者虛妄即是無明故也

若已有無明必有十一方便品者既不通
昔教且約爲佛種緣故通該二義次四諦
中既有世間因果必有出世能治藥草中
四俱無生故並云空無上道即道諦如來
滅即滅諦且從證道以攝教道故與二義
同也一實諦者即以所助爲名無諦可見
○次明智妙爲二先明來意次正釋
第二智妙者至理玄微非智莫顯智能知所
非境不融境既融妙智亦稱之其猶影響矣
故次境說智
初文可見
○次正釋中自二
智即爲二初總論諸智二對境論智
○初意者文自爲六先列六章
總智爲六一數二類三相四照五判六開

○次依章解釋
數者一世智二五停心四念處智三四善根
智四四果智五支佛智六六度智七體法聲
聞智八體法支佛智九體法菩薩入眞方便
智十體法菩薩出假智十一別敎十信智十
二三十心智十三十地智十四三藏佛智十
五通敎佛智十六別敎佛智十七圓敎五品
弟子智十八六根清淨智十九初住至等覺
智二十妙覺智
初數中初六藏次四通次三別次三三佛
次四圓三佛在果彼三果無人故別於此
列圓果有人故自居因後
○次類者例也又二先列次結
二類者世智無道邪計妄執心行理外不信
不入故爲一五停心四念處巳入初賢佛法

氣分俱是外凡故爲一四善根同是內凡故爲一四果同見眞故爲一支佛別相觀能侵習故爲一六度緣理智弱緣事智强故爲一通教方便聲聞體法智勝故爲一支佛又小勝故爲一通教菩薩入眞方便智四門徧學故爲一通教出假菩薩智正緣俗故爲一別教十信智先知中道勝前劣後故爲一別教三十心俱是內凡故爲一十地同是聖智故爲一三藏佛是師位名勝三乘弟子故爲一通教佛智斷惑照機勝故爲一別教佛智又勝故爲一圓教五品弟子同具煩惱性能知如來祕密之藏故爲一六根清淨智隣眞故爲一初住至等覺同破無明故爲一妙覺佛智無上最尊故爲一

初文者說其數意何故以五停乃至十地等而各爲一數故立此門類例同故且各爲一數若一一位別爲一數太成繁雜故且總云三藏菩薩亦應云四門徧學但爲出其當體義異故且從緣事理强弱爲類三佛應云並是師位亦爲從教辨三相異故從義各明△次結

如是等隨其類分相似者或離或合判爲二十云云△三相

○三辨相中若從數類誠爲不多類中多相從相復更少多分別故使爾耳

三辨相者天竺世智極至非想此間所宗要在忠孝五行六藝天文地理醫方卜相兵法貨法草木千種皆識禽獸萬品知名又塗左割右等無憎愛獲根本定發五神通停河在耳變釋爲羊納吐風雲捫摸日月法是世間

法定是不動定慧是不動出邀名利增見愛世心所知故名世智也

初辨世智相中云天竺至非想者語智所依乃至初禪令且從極忠孝等略如止觀記多識於鳥獸草木之名者莫過於爾雅雖安塗割所依但是世禪獲根本定等者用通必依色定故也故停河等須依根本停河在耳等者如大經三十五諸外道等來白波斯匿王言大王不應輕懱如是大士大王是月增減誰之所作大海鹹味摩羅延山誰之所作豈非我等婆羅門耶大王不聞阿竭多仙十二年中恒河之水停在耳中耶瞿曇仙人作大神變十二年中變作釋身并令釋身作羝羊身作千女根在釋身上者兔仙人一日之中飲大海水令大地乾耶婆藪仙人爲自在天作三目耶羅羅仙人變迦毗羅城爲鹵土耶婆羅門中有如是等大力諸仙現可檢校云何輕懱如是大仙亦如此土古人張揩能作霧欒巴善吐雲葛洪陶淵明等皆薄有術數蓋小小耳若比西方天懸地殊法是世間法等者定非無漏不能斷惑故云不動常在三有故曰不出邪慧不能動惑出界故也

○次五停四念中先五停次四念初五停中三先釋名

五停四念者有定故言停有慧故言觀

○次觀能下明停心功能

觀能翻邪定能制亂

○三數息下正明用治

數息治散不淨治貪慈治瞋因緣治癡念佛
治障道
但列名對病而已廣如止觀第十記
○次四念中亦略不列名但舉數對位至
下照中文相稍廣於中又二初明功能
念處是觀苦諦上四智治於四倒四倒不起
由此四觀
○次初翻下判位即以功能爲其相狀
初翻四倒未入聖理故言外凡智也
○煗法已上四善根者盡依婆沙文相稍
略令略出論文於初煗中爲五初正釋煗
義次尊者下釋煗在初三於正法下明所
緣諦四從所有下料簡釋疑五煗有下明
功能
煗法緣四諦境生智伏煩惱智更增成十六

觀智如火鑽上下相依生火燒薪以有智知
有境能生煗智令有萎悴如夏時聚華爲積
華生煗氣還自萎悴又依陰觀陰發智火還
燒陰如兩竹相摩生火還燒竹林
初文者由智觀故有煗生△次釋煗在初
尊者瞿沙說求解脫智火煗最在初如火以
煗在初爲相無漏智火亦以煗法在先爲相
如日明相在初爲相是故名煗
次文可見△三明所緣諦
○第三文中三先釋
於正法毗尼中生信愛敬正法者緣道諦信
毗尼者緣滅諦信
○次料簡
煗能緣四諦云何言二答此二最勝應先說
又正法是三諦毗尼是滅諦

○三如佛下引證須緣四諦
如佛爲滿宿我有四句法當爲汝說欲知不
當恣汝意四句即四諦也
○四料簡中二初簡法次簡品類
所有布施持戒盡向解脫是其意趣色界定
起是其依於自地前生善根是相似因緣於
四眞諦頂是其功用果自地相似後生善根
是依果色界五陰是其報涅槃決定因及不
斷善根是其利十六行是其行是緣生是修
慧色界繫三三昧三根隨所說相應衆多心
是退
初云所有布施盡迴解脫等者婆沙云西
方人作此論今文略依彼問云煗善根有
何意趣爲何所依何因緣何法何果何報
何善利行幾行爲緣生爲緣起爲聞慧爲
思慧爲修慧爲欲色無色界爲有覺有觀
乃至無覺無觀爲何根相應爲一心爲多
心爲退爲不退乃至世第一法亦如是問
今文闕問答字便出答文論答並如今文
乃至忍善根盡迴向解脫是其意趣等唯
闕答何法文應云是有漏法頂是煗家功
用果涅槃決定因是其利復有說者不斷
善根是其利又問煗法有幾種答如文又
問有幾人從欲界至無所有處答各有九
品并一具縛人合有七十三人
煗有三種謂下下下中下上頂有三中下中
中中上忍有二種上下上中世第一有一種
謂上上此四善根以三言之煗是下頂是中
忍世第一是上復有說者煗有二謂下下下
中頂有三謂下上中下中中忍有三謂中上

上下上中世第一法有一謂上上亦以三言之煗是下下頂是下中忍是中上世第一是上上瞿沙云煗有下三頂有六下下乃至中上忍有八下下乃至上中世第一但上上以三言之煗法一種謂下頂法二種謂下中忍有三種謂下中上世第一有一種謂上

次料簡善根品類者對下三善根以爲料簡第二師文似四品意但在三然越次取者例前九品亦越次故言但在三者下下下中秖是下中上秖是中上上秖是上耳煗頂於下三品中是下下下中雖有二品但在於下忍取中三品之上世第一取上三品之上瞿沙説九品上能兼下故頂有六忍有八世第一近眞故不可兼多故唯上上九品既以上兼下三品亦然故煗有一乃至忍三世第一亦唯一種意亦如前

△五明功能

煗有二捨一離界地二退時退時捨墮地獄作五無間而不斷善根頂亦如是忍唯一捨不墮地獄云云

五功能中言二捨者言離界地謂自下升上退時謂失上退下失得禪時故云失時

○次釋頂法爲四初對上下三善根以辨行相不同次從復有下釋名三云何下釋頂法觀相四從問何故下釋法名退

頂法者色界善根有動不動住不住有難不難斷不斷退不退就動乃至退者有二下者是煗上是頂彼不動乃至不退者爲二下者是忍上者是世第一法

此等諸文全同論文論云有云欲善根有

二下是煗上是頂色善根有二下是忍上是世第一評家云不應作是説應云盡是色界法住定地法聖行法好今依評家故云色界此等秖是判四善根以有動等之異對四不同故也動乃至退分二不動乃至不退分二雖同在色界由善根深淺異故致使差降不同動謂猶爲外緣所動住謂久住煗頂難謂煗頂有難斷謂斷於善根退謂退爲五逆等不動等是後二善根準此可知△次釋名

復有説者應言下頂所以者何在煗法頂故名頂在忍法下故名下復有説者如山頂之道人不久住若無難必過此到彼若遇難即便退還行者住頂不久若無難必到忍有難退還煗猶如山頂故名頂

次釋名中頂法望煗於動等並得頂名復有餘師應云下也又前於動等名之爲住復有餘師名不久住及或無難等若至忍不復名退

○三明頂法觀相又二先釋次料簡初文先明能信之觀

云何爲觀於佛法僧生下小信小信者此法不久停故言下小

○次此信下明所緣之境

此信緣佛生小信是緣道諦緣法生下小信是緣滅諦

○次問下料簡先問

問應能緣四諦云何言緣二諦

○次答答中先標二諦爲勝

答道滅勝故

○次清淨下所緣行相

清淨無過是妙是離能生信處爲生受化者信樂心故若世尊說苦集是可信敬者則無受化者此煩惱惡行邪見顛倒云何可敬信我常爲此逼迫受化者於道滅生欣樂是故說二也復有說者信佛僧是緣道信法是緣三諦則盡信四諦也問住頂亦信陰亦信實亦信諦何故但說信三寶答三寶是生信敬處但隨行者意於陰生悅適是名爲煗於實生悅適是名爲頂於諦生悅適是名爲忍

初句總舉二諦無過次句略舉滅下二行具足總合舉其八行能生下明生信意若世尊下重釋信意以苦集不可信故故信道滅此煩惱下總舉苦集行相不可生信受化者下重舉道滅是可信故復有說者應盡信四者由知苦集故能信道滅論問亦信諦何故但說信實耶者由向對三寶以立四諦是故作此問也論云有說彼摩納婆非不信苦集諦但不信三寶以不信故佛爲彼說即初文是復有說者隨行者悅適即但隨巳下文是

○四釋法名退中先問

問何故頂退不說煗退

如文

答頂既退亦應說煗退行者在頂時多煩惱業留難煩惱等作是念若行者到忍我復於誰身中當作果報若離欲界時亦念行者出欲界我復於誰身中生果報離非想非非想處時亦念行者離彼欲巳更不受身我復於誰身中生於果報於此三時多諸留難留難

退故大憂惱如人見寶藏大喜欲取即失住頂法者自念不久當得於忍永斷惡道獲大重利猶如聖人而忽退失故大憂惱是故言頂退也若能親近善友從其聞隨順方便法內心正觀信佛菩提信善說法信僧清淨功德是說信寶說色無常乃至說識無常是說信陰知有苦集滅道是說信諦若如是即住頂若不如是即頂退

答文者以行在頂則身中煩惱數起是念恐至忍已無復生處以激行者頂法觀門是故文中具有二意一者爲煩惱退故憂惱二者恐退失故故復憂惱若能下明不退兩緣一者外善友等二者內正觀也餘文可見

○次釋忍法者今文總云三十二心者是有本云四十二心者悞上下四諦各十六行故三十二今文從略但總相從緣一時論滅次滅一緣至二行一緣在皆名中忍至一行一緣在方名上忍言但作二心觀於一行者婆沙云減至苦法忍後心得正決定彼四心同一行一緣所謂增上忍如似世第一法中苦法忍苦法智二心同緣今更依俱舍略出之論云從此生煖法者謂從總相念住後成就已生煖法名聖道如火能燒惑薪聖火前相故名爲煖已觀四諦脩十六行名煖位也此善根分位長故能具觀四諦及能具脩十六行觀無常苦空無我乃至道如行出次辨頂位者從此頂善根有下中上至成滿時有善根名爲頂亦觀四諦脩十六行同前煖位煖頂

二善俱名動善可退動故動善根中頂爲最勝如人頂故名爲頂法忍位是進煗位是退此頂是進退兩際猶如山頂故名爲頂頌云如是二善根皆初法後四者煗頂二善初安足時皆唯法念後增進時則通四念初安足者謂煗八諦十六行相最初遊踐四聖諦跡名初安足謂見道中唯法念住以煗頂位順見道故故初安足唯法念住後增進位稍容預故故得通脩四念住位忍唯法念住者從頂有善根生名爲法忍忍可四諦最殊勝故又無退故名爲忍法忍初安足及後增進皆法念住近見道故是故初後皆法念住頌云下中忍同頂者此善根有下中上下中二位同煗頂位具觀四諦十六行上忍唯觀欲苦頌云

一行一剎那者上忍唯苦下一行一剎那名爲上忍下品具足觀十六諦中品減緣所言緣者上下八諦名之爲緣是所緣故各十六行故三十二名之爲行能緣行故應知七周減緣二十四周減行謂四行觀欲苦乃至四行觀欲道乃至三行觀上界道名一周減一行如是一一諦下各有三行與緣名異從行爲名故三八二十四周減行一一諦下各有一行與緣名同亦與緣同減從緣爲名但名減緣是則上界四諦下界留苦唯減三緣上四下三名爲七周緣之與行皆從後減故使欲界最後留苦都有三十一周減緣減行後但有一行二剎那心觀於欲苦名中忍滿唯有一行一剎那心觀於欲苦名上忍成就此中忍

位未滅道時雖滅行相未滅道故故得具觀四種諦也頌云下中忍同頂者約此說也若此中忍滅道諦時但脩十二行既滅彼道心無忻慕故彼道下四行亦不起得由此道理滅滅諦時但脩八行除滅道下各四行故滅集諦時但脩四行故於中忍具脩十六十二八四行相於上忍中亦脩四行雖起一行一刹那心以觀苦故起能得得脩彼苦下四行相故問於上忍位滅彼三行何故脩彼所滅行耶答雖滅彼行不滅諦故忻慕心故故得脩彼所滅行相於中忍位脩所滅行準望可知於三十二中留苦下一行者擬入見道故須留也餘三十一如文次第漸漸除之問苦下一行爲留何行答入見道有二種行者一者利是見行見行有二種若著我者留無我行若著我所即留空行二者鈍是愛行愛行亦二一者慢多留無常行二者懈怠多留於苦行頌云世第一亦然者從上忍無間生第一唯縁苦下一行一刹那心同前上忍故云亦然此是有漏故名世間於中最勝故云第一有同類因引見道生故云最勝皆慧爲體皆五陰性定共戒名爲色陰餘四陰可知言苦法忍者十六刹那從苦諦起一忍一智如其次第至道諦時初生一忍名十五心次生一智名十六心滿即初果也於中三先法次譬三料簡

忍法觀者正觀欲界苦色無色界苦欲界行集色無色界行集欲界行滅色無色界行滅斷欲界行道斷色無色界行道如是三十二

心是名下忍行者後時漸漸減損行及緣復更正觀欲界苦色無色界苦乃至觀斷欲界行道除觀斷色無色界行道從是中名中忍復更正觀欲界苦觀色無色界苦乃至觀色無色界行滅除滅一切道復正觀欲界苦色無色界苦乃至觀欲界行滅除色無色界行滅復正觀欲界苦乃至觀色無色界行集除滅一切滅復正觀欲界苦乃至觀欲界行集除色無色界行集復正觀欲界色無色苦除一切集復正觀欲界苦除色無色界苦復正觀欲界常相續不斷不遠離如是觀時深生猒患復更減損但作二心觀於一行如似苦法忍忍法智如是正觀是名中忍復以一心觀欲界苦是名上忍復次生世第一法 世第一法後次生苦法忍

初文如向

○次譬譬中先譬次合

譬如人欲從巳國適他國多財產不能持去以物易錢猶嫌錢易金嫌金易多價寶往適他國

譬中云如人欲從巳國等者三界爲巳國涅槃爲他國何以故三界久住爲巳涅槃方適爲他十六觀法爲多財產一行獨往故云不能持去中忍如錢上忍如金世第一法如多價寶以一行一刹那入眞無漏猶如持去

行者乃至漸捨相續不離生於上忍上忍後生第一法第一法後生苦忍

妙法蓮華經玄義釋籤卷第九

音釋

槩居代切大率也　葩拔巴切華貌　捫摸捫謨奔切摸末各切　積手智切聚也　萎邕危切蔫也　悴秦醉切枯悴也　嫌胡兼切慉也

妙法蓮華經玄義釋籤卷第十

隋天台智者大師說
門人灌頂記
唐天台沙門湛然釋

○三問下料簡先問

問世第一法有三品不

○次答

答一人無多人有身子上目連中餘皆下就佛支佛聲聞爲三品

○次世第一法者下歎第一義先立全勝

世第一法者此心心數法於餘法爲最爲勝爲長爲尊爲上爲妙

○次亦分下分別不同得名處別先立二門

亦分亦都

○次釋釋中先釋分次釋都

分者勝世間法不勝見諦見諦眷屬不相離慧力偏多故熏禪不與凡夫同生一處故盡智時一切善根未離一切諸垢障故三三昧乃至惡賤無漏何況有漏不應都勝分勝彼煗頂忍法亦應言第一應言分勝勝煗頂忍一切凡夫所得禪無量解脫除入也

初文云見諦不相離者第十六心爲見諦餘十五心爲眷屬無間續起故云不離是斷惑位故慧力偏多從見諦後至第三果熏禪成就生五淨居此之五天純聖所居故云不與凡夫同生一處至第四果得盡智時未斷界内思惑垢障如是後果並由見諦之功故見諦最勝次三三昧去舉況釋也如世第一心得三三昧猒離一切於

無漏法心尚不取故云惡賤何況有漏不應都勝者結上世第一也言分勝者不能都勝見諦之法但分勝彼煖頂等法故世第一亦名分勝除入者勝處也

○又云都勝者從功能爲名此世第一非但勝於煖頂等法亦勝見諦等法等者等取脩道智行等法乃至羅漢能開之功在世第一故曰都勝故從或言下釋都勝或言都勝非謂一切事業中勝但以能開聖道門故彼見諦等不能開聖道門以世第一法開聖道門彼見諦等法得修見諦等法得修者皆是世第一法功用是世第一法名義者最勝義是第一義得妙果是第一義如高幢頂更無有上是第一義問前諸義有差別耶答此皆歎說上妙之義亦有差別於不淨

安般名最於聞慧名勝於思慧名長於煖爲尊於頂爲上於忍爲妙又依未至爲最依初禪爲勝中間爲長二禪爲尊三禪爲上四禪爲妙如是種種說此依毗婆沙釋欲委知向彼尋

據功用力强非所證亦勝問前諸位義有差別耶者前已最勝得妙果等名通釋世第一法今欲分別故先問起答如文此不淨安般等並在世第一前故世第一於彼爲勝爲最等依地亦然次從又依未至爲最去料簡依地從未至至四禪爲六地妙音師說或七加欲界依欲界身天六人三除北洲前三善根三洲死生六天亦續生故第四善根天亦初起唯女男身非餘扇搋頌云聖由失地捨異生由命終煖必至

涅槃頂終不斷善忍不墮惡道第一入離
生委釋如論△四四果智
初果八忍八智三果重慮緣眞九無礙九解
脫智
次明初果八忍八智者每一諦下各一法
忍一法智一比忍一比智故四諦下八忍
八智此是無漏一十六心斷四諦下見盡
也次明三果者慮謂思慮重思惟前所得
眞諦無漏之理或四諦中隨思一諦或唯
思滅諦斷三界諸品不同得後三果六品
九品三界都盡等九地中一一皆有九品
思惑一一品皆同一無礙一解脫從一地
說餘地例然故但云九△五支佛智
支佛用總相別相如約三世明苦集分別十
二因緣即別相相也

次支佛以苦集爲總十二因緣爲別若逆
若順具如止觀第二記及前四果廣如俱
舍賢聖品△六六度智
六度緣理智弱伏而未斷事智强能捨身命
財無所遺顧聲聞能發眞成聖猶論我衣我
鉢互論强弱云云
次三祇菩薩具如止觀第三記△七體法聲聞智
通教聲聞總相一門達俗即眞△八體法支佛智
通教緣覺能於一門總相別相達俗即眞△九體法菩薩入眞方便智
通教菩薩能於四門總相別相達俗即眞△十體法菩薩出假智
又能徧四門出假教化衆生
次通教聲聞緣覺於一門總相等者總謂
但作苦集觀耳別謂觀苦七支觀集五支

以自行故但依一門菩薩爲他故於四門
然七地前約自行邊亦但一門入假方便
亦須徧習△十一別教十信智
十信信果頭眞如實相爲求此理起十信心
△十二三心智
十住正習入空傍習假中十行正習假傍習
中十迴向正習中△十三十地智
初地證中二地已上重慮於中△十四三藏佛智
三藏佛一時用一十四心八忍八智九無礙
九解脱斷正習盡
三藏佛言一時用八忍八智等者具如止
觀第三記料簡同異△十五通教佛智
通佛坐道場一念相應慧斷餘殘習氣
通佛但言斷習者以菩薩時留習潤生故
至菩提樹下但斷殘習

○別佛又二先正釋△十六別教佛智
別教佛用金剛後心斷一品無明究竟盡成
佛
○次或言下釋疑
或言斷時是等覺佛無所斷但證得圓滿菩
提具足耳
或有疑云等覺已斷一品此義不然依文
釋定始從初地終至妙覺皆惑斷入位故
斷一品入初地斷最後品入妙覺△十七圓教五品弟子智
圓五品不斷五欲而淨諸根具煩惱性能知
如來祕密之藏△十八六根清淨智
六根淨位獲相似中道智△十九初住至等覺智二十妙覺智
初住獲如來一身無量身入法流海中行任

運流注後位可解不復記
圓位具如止觀第七文中及位妙中並加脩五悔等爲入品之前智△四照
○次明智照境者爲三先敘意次料簡三正釋初文破性計成不思議又二先明破計次明立法初文先立性計次略不出破但注云云
四明智照境者若由智照境由境發智四句皆墮性中如別記云云
初文四句墮性者如止觀第三及淨名玄等說若離性過皆不可說故云如別記△次明立法
若四悉檀因緣立境智但有名字云云
次明爲他隨機徧立四悉因緣可作四說如止觀第五記△次料簡

問智能照境境亦能照智不
次料簡中先問中智能照境如常所論境亦能照智不者爲顯不可思議故有此問
○次答中三先正答次引證三舉譬
答若作不思議釋更互相照義亦無妨
初文者還依不思議答故能相照何者智既是心境亦是心既俱是心俱是法界心心相照有何不可故引仁王證成相照
仁王般若云說智及智處皆名爲般若
智處是境當知境智俱名般若故得說境及境照俱名實相
譬鏡面互相照亦如大地一能生種種芽芽亦生地一且置斯義
次譬中鏡面如文地生芽如境生智芽生地如智照境此譬猶分未是境智體一而

展轉相照相發故說不可盡恐妨後義是故且置△三正釋

○次正明智照境中取向類智照前諸境世智照六道十如五停心智去至體法凡七智照二乘十如六度及通教出假菩薩智兩屬上求照菩薩十如下化照六道十如四十心智亦兩屬上求照菩薩十如下化照六道十如十地智兩屬次第照照菩薩十如不次第照照佛十如五品去凡四智皆照佛界十如總略如此細揀云云

前智類中三藏有七通教有五別圓各四文云七智照二乘十如者三藏四謂一五停四念二四善根三四果四支佛通教三謂聲聞支佛入空菩薩藏通菩薩及別教四十心智皆云兩屬者上求未極仍屬菩薩十地亦言兩屬者約教證道以分二義又此二義謂次不次又此二義復有上求下化二義總略如此細揀云云者揀字音數謂莊揀也今謂安置對當如莊揀也如五停去大分有七委細而言如五停自緣五境不同如治貪欲但緣六道中可愛十如治瞋恚但緣六道中可憎十如餘三例說四念但緣自身心陰六道無常從煗頂去至世第一或徧上下或捨上緣下四果但緣聲聞法界緣覺但緣支佛法界亦應分四果所照不同支佛又分別聞法不聞法等餘例可知如是七智皆求拙度故云總略六度細作例此可知

二十智照四種十二因緣境者世智五停四念四果乃至支佛六度三藏佛凡七智照思

議生滅十二因緣境通教三乘入真方便智出假智佛智凡五智照思議不生不滅十二因緣境別教十信三十心十地佛凡四智照不思議生滅十二因緣境其中不無別意且從大判圓教四智照不思議不生不滅十二因緣境

二十智照四種四諦者前三藏等七智照生滅四諦境次通教五智照無生滅四諦境次別教四智照無量四諦境次圓教四智照無作四諦境

次照因緣四諦中但以當教智照當教諦文相最顯

次二十智照二諦者前七智是照析空之二諦次五智是照體空之二諦次八智照顯中之二諦其間別圓相入者可以意得云云

次照七二諦中云八智照顯中者且以別四照別圓四照圓若論相入應以通真照通真及圓別兩真別俗照圓真若接通教必須聖位若接別者但接賢位賢位屬教故云也故云可以意得

次明二十智照三諦者前七智照無中之二諦是因緣所生法皆屬俗攝次五智照含中之二諦即空一句皆屬真諦攝也次別圓八智照顯中之二諦即是假名亦名中道二句皆屬中道諦攝也

次照五三諦中言前七智照無中之二諦者前三藏二諦既無中道不成三諦今以二十智照於三諦不可棄七而全不論故便列之通雖無中以含中故則或二或三亦且從二為第二句故云屬真次以八智

照顯中者通約當教始終言之故云假中若論二接應言通眞照別中通眞照圓中別俗照圓中各對本智及以本境合成三諦此中便對中論四句結成故云即空等

次二十智照一實諦者此須引釋論明四悉檀皆名爲實世界故實乃至第一義故實當知實語亦通四諦生滅故實無生滅故實無量故實無作故實前三藏七智照生滅之實次通教五智照無生滅之實次別教四智照無量之實次圓教四智照無作之實前後諸實云云

次明照一實者此亦置別從通非但通於四悉亦乃通四四諦故云生滅等先列四實次對四教言前後諸實云云者文但分別四實不同應更分判諸實麤妙及開權等

○次明照無諦者先通序意次正明照境

次二十智無諦無照者無諦無別理若於四種四諦得悟不復見諦與不諦故無諦亦通也

初文者亦且置別存通如前說云云

前七智照生滅之無諦生生不可說故次五智照無生滅之無諦生不生不可說故次四智照無量之無諦不生生不可說故次四智照無作之無諦不生不生不可說故

○次前無諦下判

前無諦是權後無諦是實此就言教

○次若就下開上諸智

若就妙悟同於聖人心中所照者則不見有權實故非權非實空拳誑小兒誘度於一切

方便說權方便說實會理之時無復權實故
稱非權非實爲妙也
通論開者非不須悟此明無諦故斥通無
以從別無別又約證者防語見故故須言
悟無名近證故須言之乃至以此一無徧
開前來一切諸智同入此無共成實智即
是今經之正意也當知二十並是空拳雖
復空拳漸誘方便皆不唐捐況復開時即
權而實今從勝說故曰雙非故權即是非
權非實△五判
○五明判者爲二先判次結初又三初約
智以判次約知見四句以判三約五眼初
文又二初一往略判
五明麤妙者前十二番智是麤後八番智爲
妙

○次解釋釋又二先明十二爲麤
何者藏通等佛自是無常亦不說常彼二乘
菩薩何得聞常信常修常是故爲麤
○次別教下明後八爲妙於中爲二初通
明八妙次又別下料簡初又三初正明別
妙
別教十信初已聞常信修於常尚勝彼佛何
況餘耶是故爲妙
○次常途下破古
常途云法華不明常者秖是三藏意耳
○三今明下顯正
今明十信知中已過牟尼則八番爲妙也
言今明十信至八番爲妙者且約知中勝
三藏佛一往望前八番俱妙猶帶教道故
須更簡

○簡中又二先對簡次雙釋
又別教四智三麤一妙圓教四智悉皆稱妙
初云別教四畨三麤一妙今依地人以存教道十地猶麤何況十信若且從登地而爲證道故一麤二妙妙覺果頭本是實人是故爲妙又亦可妙覺是權故爲麤十地是實故爲妙故云中道乃是果頭能顯
○次釋又二先釋別次釋圓先釋別中又三初正判別三麤一妙次類下舉藏通以例別圓三今別下顯別例成
何者地人云中道乃是果頭能顯初心學者仰信此理如藕絲懸山故說信行皆非圓意也故十信智爲麤十住正修空傍修假中十行正修假傍修中十迴向始正修中此中但理不具諸法是故皆麤登地智破無明見中道證則爲妙
初文言初心學者等者謂仰信中理登地見中而證是妙如藕絲懸山者大經十六云若有人能以藕中絲懸須彌山可思議不不也世尊佛言菩薩能以一念稱量生死則不可思議今明圓理難曉但仰信而巳借彼況喻如人聞說藕絲懸山但信而巳如聞生死有不可思議理而但仰信不能一心即如來藏故非圓意餘如文△次舉藏通以例別圓
類如通藏兩種俱得道而三藏門拙△三顯別例成
今別教亦爾教門皆權而證是妙云云△次釋圓
圓教四智皆妙者如法相說如說而信如理而行始論五品終竟妙覺實而非權是故皆

妙是名待麤智說妙智也
○次約知見判者又二初列四句
又約知見明麤妙者知與見云何然分別有四不知不見知非見見非知亦知亦見
○次釋釋中先約四教明知見次以佛智攝之初文又二先略列三藏及圓先約三藏釋後約圓釋中間例可解
○次正釋
凡夫不聞故不知不證故不見五停四念至世第一法聞故名知未證故非見辟支佛不聞故非知自然證故是見四果聞故亦是知證故亦是見傳傳判麤妙可解約圓教釋者七方便不聞故不知未證故不見五品六根聞故知未證故不見發宿習者名見不從聞故不知稟教證入者亦知亦見此節節傳爲麤妙

釋中藏圓如文通教亦以博地凡夫爲不知不見乾慧性地爲知而不見發習者爲見而非知見地巳去亦知亦見別教不知不見同前凡夫地前知而非見發習者見而非知登地巳去亦知亦見
○次以佛智攝之者又四初略舉次如經下引經解釋三方便下歎四如此下結歸究竟而論前來二十種智略而言之不出權實二智
初文者諸境本是如來一體權實爲衆生故隨機且分今更從本說故云究而言之如經如來方便知見波羅蜜皆悉具足即總束得前來諸權智也如來知見廣大深遠即是總束前來實智也

次引經釋中既言方便是故屬權既云具足故非異體既云深遠故屬實也復云廣大是即權故

○方便下歎意者又三初正歎

方便既其具足何所不該知見既其廣大深遠何所不攝

言具足等者具足之權即實而論權廣大之實即權而論實

○次境淵下結歎

境淵無邊智水莫測

實境淵深故豎極權境無邊故横偏横豎之水難量故智不可測也

○三唯佛下舉果智以歎

唯佛與佛乃能究盡

○四結歸中二初結歸眼智次判初文三

初明眼智

如此知見即是眼智眼即五眼具足智即三智一心

○次一切種智下明眼智所知所見

一切種智知於實兩智知於權佛眼見於實四眼見於權

○三此知下明相即

此知即是見此見即是知

對前諸智諸智是麤此之知見名之爲妙也

○三約五眼者前明來意者前已明智知次以知見四句分别以顯於眼眼秖是見智秖是知故云爲未了者

若得知見中意不復論五眼迷者未了更約眼明麤妙

○釋中爲三初正明五眼次約教三總結

如肉眼盲閉何由見色徒聞人說起種種想終非眞見欲令眼開應須治膜那得閉眼執諍何益耶閉眼想則麤眼開見則妙天眼未開不見障外爲麤修禪定願智之力能發得淨色徹障内外明闇無隔慧眼未開常行死逕假令情想亦復非實故爲麤無漏豁發故稱爲妙諦理明了故稱妙法眼未開差機說法如身子僻敎滿願穢器名爲麤破障通無知分別藥病名之爲妙佛眼不開不見實相故文云二乘之人及新發心者不退菩薩所不能知故四眼皆麤除諸菩薩衆信力堅固者以信得入相似佛眼能開眞佛知見乃名爲妙

先五眼具如止觀第三記今肉眼中言開閉者不了因緣麤色等爲閉若了爲開天眼中云願智力者願智謂超越三昧超越三昧如止觀第九記身子僻教如止觀第五記滿願穢器者滿願此音富樓那彼稱如淨名中云無以穢食置於寶器無以日光等彼螢火等破障通無知者通謂神通塵沙無知障於化道今破此惑故云破障通無知二乘等不知具如方便品疏云信力謂五品堅固謂六根此即除知以顯不知

諸敎多說四眼或帶四眼說佛眼是故爲麤今經獨說佛眼是故爲妙

是爲待麤爲妙也

約教及結可知

○六明開中二先約智開次約眼開若知見不異眼智故不須約之論開亦爲未了

者重爲開之先約智中又二先總明所開
六明開麤顯妙者前十六番智若不決了但
是麤智若得決了悉成妙智
一十六番須開
○次何者下釋又二先釋次結初又二初
開藏通十二番次開別教四番初又二初
明開世智次開十一智初又二初明世智
何者如妙莊嚴王先是外道世智聞法華經
便得決了以邪相入正相於諸見不動而修
三十七品不捨八邪而入八正即是決於世
智得入妙智
○次略結位
或與五品齊或與相似齊或與分得齊節節
有入義細作云云△次開十一智
○次又二初若五停下略開十一

若五停方便智乃至通教佛等智若不決了
即是麤智今開權顯實汝等所行是菩薩道
來入妙位
○次須一一將十二番智來等者略明格
位
須一一將十二番智來入圓妙四智或入五
品相似分得等智云云
故此藏七通五隨智高下按位進入當體
即按位進入即不定
○次別教
又決了別教歷別之智入於妙智當體即是
某位進入是某位細揀云云
如文
○次總判結名
十六麤智皆成妙智無麤可待即是絕待智

妙也

可知

○次約五眼者初明開次料簡初文二先

總開

復次開麤眼爲妙眼者餘經雖說爲五眼五

眼不融是故爲麤今經決了四眼令入佛眼

○次別開別開又二先開次結初文中初

肉眼又三初正開

文云父母所生眼遂得清淨

○次學大乘下引證

學大乘者雖有肉眼名爲佛眼

○三即是下結

即是決了肉眼名爲佛眼也

○次天眼中二先引經明開次結

淨名云世孰有眞天眼者有佛世尊不以二

相見諸佛國

初文奪那律所見非眞即指世尊不二相

見爲眞天眼那律但得彈斥之並不名爲

開正令梵王所得天眼即彼有相爲不二

相故名爲開

此即是決了天眼即是佛眼也

願得如世尊慧眼第一淨即是決了慧眼能

得入妙

次決慧眼中開麤慧眼成妙慧眼故云願

得如世尊等也

決法眼入妙者邊際智滿是也

決法眼中云邊際智滿者決別地前法眼

來至等覺入重玄門不思議眼故下第五

卷釋圓位中云觀達無始無明源底邊際

智滿名爲等覺即成圓門偏應法界名入

重玄不同別教教道重玄居妙覺邊名邊際智滿亦可以佛不可思議用爲邊際智以爲法眼

四眼融入佛眼寂而常照故文云決了聲聞法是諸經之王

次佛眼中不復別論但云四眼融入以釋佛眼相也

○五眼下結

五眼具足成菩提開佛知見故稱爲妙可知△次料簡

問佛眼開乃名爲妙六根雖淨云何爲妙答佛眼雖未開已能圓學圓信如迦陵頻伽鳥雖在𣪍中音聲已勝諸鳥即是假名相似等妙若開即是分妙究竟妙云云

次料簡中問佛眼至爲妙者問前開肉眼中引法華經六根清淨文也迦陵頻伽如止觀第一記言若開者謂若進入論開或入分證等也△二對境論智

○次對境明智中自二先標列

二對境明智又二一對五境二展轉相照對境

○次釋釋初文先略明十如意次對六境前單明智若不對境後人將何爲妙觀所託問前明智中已云照境即是對境明智已竟何煩復立此中一門答前言照者或對或互通總而說但云生滅智照生滅境故脩觀者未可措心故今一一明其行相

初明十如

初應對十如境此既一經之意處處說之可解故不復釋

如文△次對六境

○次因緣智中先引經次釋相

次對四種十二因緣明智者大經云十二因緣有四種觀下智觀故得聲聞菩提中智觀故得緣覺菩提上智觀故得菩薩菩提上上智觀故得佛菩提

初引經云下中上上上者大經二十五云觀十二因緣凡有四種謂下中上上上下智觀故不見佛性以不見故得聲聞菩提中智觀者不見佛性以不見故得緣覺菩提上智觀者見不了了不了了故住十住地上上智觀故見則了了得阿耨菩提以是義故十二因緣名爲佛性佛性者第一義空第一義空名爲中道中道名佛佛名涅槃今文銷釋從彼得名人不見之秖謂因緣爲緣覺觀法又婆沙亦云無明緣行三種不同若上智觀於緣相得佛菩提若中智觀於緣相得緣覺菩提若下智觀於緣相得聲聞菩提以緣有體故轉下作中轉中作上故知論文雖有三品但成下智又準阿含觀十二因緣有逆有順從無明至老死名順從老死至無明爲逆生滅皆然自爲藏教中乘觀因緣法大經文通又欲順四諦觀故並初觀受由觸等以現五果受居初故也

○次何者下釋又二先總明今意次歷教解釋初文又二先敘大意

何者十二因緣本是一境緣解不同開成四種

○次得名所以若通而言之教教各有上

中下人具如婆沙文意今從別對故從下以標下等於中二先各明次以四教下結歎

今以四教意釋之三藏具有三人而皆以析智觀界內十二因緣事爲初門然析智淺弱三人之中聲聞最劣以劣人標淺法故名下智通教亦有三人同以體智觀界內十二因緣理體法雖深望藏爲巧望別未巧三人之中緣覺是中以中人名通法故言中智別教佛與菩薩俱知界外十二因緣事次第菩薩比佛猶未是上比於通藏則是上法故以上智當名也圓教佛與菩薩俱觀界外十二因緣理初心即事而中此法最勝故以佛當名故言上上智觀也

初文自爲四別△次結歎

以四教釋四觀於義允合云云

○次歷教中二先釋次明判開初文自爲四別如諸觀法皆從受起者若支佛人自起觀者應如阿含生滅各有逆順觀境但作此觀自滅諸惑今大小偏圓共爲觀法況因緣四諦名異義同四諦觀苦爲初門故今觀因緣亦初起苦道如四四諦苦並居初故四觀緣咸從受起知苦斷集次第不殊用智見異理須分此四也初觀生滅中又四初推受以至無明次推無明以感現報三觀此下用觀四則是下結名

所言下智觀者觀受由觸觸由入入由名色名色由識識由行行由無明無明顛倒不善思惟致不善行感四趣識名色等若善思惟致善行感人天識名色等

初二文者推現苦本爲知其苦本復推苦本至現苦者爲知苦本所造不同輪迴升沈不出三有故須起觀△三用觀

○起觀中二先觀生次觀滅初觀生中二先通觀輪迴

觀此無明念念無常前後不住所生善惡遷變速朽所受名色衰損代謝煩惱業苦更互因緣都無暫停

○次束成因果

過去二因現在五果現在三因未來二果三世迴復猶若車輪

以知過現因果故了現未不停

○次觀滅中二先明子滅次無子下果滅初文三法譬結

癡惑之本既無常苦空無我則無明滅無明滅故諸行滅乃至老死滅

言癡惑本者癡惑是生死之本故名癡本問凡觀因緣推因者爲識現因能招來果但斷現因以息來果何須復言無明滅則名色滅等耶答不然正由能知往因無常故往因滅方能了現果無常故破壞現果以破壞現果故不造現因方乃不招未來世果乃至逆滅尋之可知△譬

若不然火是則無煙

譬中然如因煙如果△結

是名子縛斷

結可知

○次果滅者又二釋結

無子則無果滅智灰身離二十五有

釋者智是習果身是報果爲欲灰身應須

滅智由果縛在智亦不滅是故相從二果
俱滅起觀如道二滅如滅此約小教方便
言滅大乘不然△結
是名果縛斷△四結名
則是下智觀十二因緣得聲聞菩提也
○次中智中爲三初推因果次起觀三結
中智者觀受由觸乃至行由無明
初文甚略云觀受由觸乃至無明餘如三
藏中說
○次起觀中二先生次滅初生中三先觀
往因能招現果如幻
無明秖是一念癡心心無形質但有名字內
外中間求字不得是字不住亦不不住猶如
幻化虛誑眼目無明體相本自不有妄想因
緣和合而生無所有故假名無明不善思惟

心行所造以不達無明如幻化故起善不善
思惟則有善不善行受善不善名色觸受
○次今達下觀現因能招來果如幻
今達無明如幻故則諸行亦如幻從幻生識
名色等皆如幻愛取有生三世輪轉幻化還
改都無眞實
總束前文故云三世
○三有智下引人例法
有智之人不應於中而生愛恚
○次無明下觀滅即子果滅也
無明既不可得則無明不生不生則不滅諸
行老死亦不生不滅不生故則非新不滅故
則非故非故者無故可畢非新者無新可造
無新者子縛斷無故者果縛斷
○三結

是名中智觀十二因緣得緣覺菩提
如文
○上根觀中既云派出不云理是故知是
別於中又二謂釋結釋中又三初明觀境
次觀此下正明用觀三知因此下觀成初
文又二初總舉
上智觀者觀受由觸乃至行由無明
○次無明下明派出三道
無明秖是癡一念心心癡故派出煩惱由煩
惱派出諸業由業派出諸苦△次正明用觀
○次文又二先釋
觀此煩惱種別不同不同故業不同業不同
故苦不同
○次諸行下總結
諸行若干名色各異種種三道無量無邊分

別不濫△三觀成
○第三又二初明十行觀成次如是下明
十地觀成
知因此煩惱起此業得此苦不關彼業及彼
煩惱
初如文
○次文又三先明能障次無明下明障破
德成三自既下觀成利他
如是三道覆障三德破障方便亦復無量
初如文
○次文又二即約因緣開為兩番三道也
無明若破顯出般若業破顯出解脫識名色
破顯出法身愛取有老死亦復如是△三觀成利他
自既解已復能化他於一切種知一切法起

道種智導利衆生△次結

是名上智觀十二因緣也

○次上上智觀中束爲三德故知異別亦

初推因果次起觀三結

上上智觀者觀受由觸乃至行由無明

初如文

○次起觀中體性既即無復生滅於中又

三標釋結成

知十二支三道即是三德豈可斷破三德更

求三德則壞諸法相

初如文

○次釋中三德各一法一譬

煩惱道即般若當知煩惱不闇般若即煩惱

般若不明煩惱既不闇何須更斷般若不明

何所能破闇本非闇不須於明如耆婆執毒

成藥豈可捨此取彼

業道即是解脫者當知業道非縛解脫即業

者脫非自在業非縛故何所可離脫非自在

何所可得如神通人豈避此就彼耶

苦道即法身者當知苦非生死法身即生死

法身非樂苦非生死何所可憂法身非樂何

所可喜如彼虛空無得無失不忻不慼

三譬相狀各約其位

○結成中二先略結成

如是觀者三道不異三德三德不異三道亦

於三道具一切佛法

○次何者下結

何有三道即三德三德是大涅槃名祕密藏

此即具佛果深觀十二因緣即是坐道場此

即具佛因佛因佛果皆悉具足餘例可知

涅槃從果故名果成眞因道場故名爲因當知四觀皆觀三世十二因緣能觀智別故使四殊△三結

是名上上智觀十二因緣得佛菩提△次明判開

○次判開亦應約四教五味但文略無於中又二先略述判開

約此應判麤妙開麤顯妙意可解故不委記耳

○次又四下明判所以

又四智照四境境若不轉其智則麤四境轉成妙境麤智即成妙智仍是待絕之意云云

由境轉故方得名妙此約悟論妙所以四人用觀皆從受起故知四人初觀皆以生滅因緣爲境用觀方法則有四別此生滅境隨妙智轉方成妙境境若不轉智亦不轉故知雖用妙智境仍生滅故云不轉則麤又何但妙悟須轉前之三教亦須待轉方受教名如不見三世生滅亦不成三藏之境餘例可知是故深須了此境智若得此意下去諸智準此可知仍是待絕之意者若不轉麤成妙故成相待意也若即麤成妙方成絕待意也

○次明四諦者若了所照名異義同則能照智準例可見無俟更說亦爲未了故重說耳於中亦先釋次判開初又二先引文立意次又云下正釋初文三先正引經文次若依下束判經文三今若下明判所以

二對四種四諦明智者大經云知聖諦智則有二種中智上智中智者聲聞緣覺上智者諸佛菩薩

初如文△次束判經文
若依此文束於體析合稱爲中束大乘利鈍
合稱爲上
次文者涅槃十二明上智中智經意但以
三藏二乘對别菩薩今文義立束前兩教
爲中智束後兩教爲上智已下所引並是
聖行品文△二明判所以
○第三文者爲三先立根對理
今若約根緣利鈍内外事理開即成四
○次列
聲聞根鈍緣四諦事即生滅四諦智緣覺根
利緣四諦理即無生四諦智菩薩智淺緣不
思議事即無量四諦智諸佛智深緣不思議
理即無作四諦智也
○三指廣
此乃大經之一文
○次正釋文自爲四初三藏又三先重引
經文
又云凡夫有苦無諦聲聞有苦有苦諦
○次釋
凡夫不見苦理故言無諦聲聞能見無常苦
空故言有諦
○三結
即是生滅四諦智也
○次通亦三引釋結
又云菩薩之人解苦無苦而有真諦即是體
苦非苦故言無苦即事而真故言有諦乃是
摩訶衍門無生四諦智也
○别教亦三引釋結
又云知諸陰是苦知諸入爲門亦名爲苦知

諸界爲分亦名爲性亦名爲知是名中智

○釋中又三先重對前辨

依前説者即屬聲聞也

○次分別下正明今意

分別諸苦諸入界等有無量相我於彼經竟不説之是名上智受想行識亦復如是非諸聲聞縁覺境界此則異前兩意

○三既稱下辨異示相

既稱上智又非二乘境界豈非別教菩薩觀恒沙佛法如來藏理耶△三結

是爲無量四諦智

○圓教爲二先釋次例初又四先引次非苦下釋三又云下引證四如此下結

又云如來非苦非集非滅非道非諦是實虛空非苦非諦是實

初如文△次釋

非苦者非虛妄生死非諦者非二乘涅槃是實者即是實相中道佛性也

次釋中但釋一非苦餘三例知△三引證

又云有苦有苦因有苦盡有苦對如來非苦乃至非對是故爲實

三引證中既云如來非苦等故義同也初並從苦立者由苦故集由集故道滅故以苦爲本故云有苦有苦因等以四諦互指立四諦名初以三望苦得四諦名故有苦等四諦之別△四結

如此明義既異上三番豈非無作四諦智耶

△次例

例此一諦爲四餘三亦應爾謂有集有集果有集盡有集對有盡有盡因有盡障有盡障

相有對有對果有對障有對障相如來非此四四十六種但是於實云云

次例者既可以苦爲本亦可以三準集望道滅等以爲四也如云由集故苦由集故道滅等餘二準知餘二亦然如此互指乃成藏通別等三教之義今以圓望之故云如來非此四四十六一一教中皆具十六但隨教相義理不同

○次判開中亦名待絕

如是等智觀於四諦諦既未融智諦皆麤獨有非苦非對有實爲妙

初文言皆麤者指前三教未會爲語耳即相待妙

若諦圓智亦隨圓皆是如來非苦非諦是實之妙智也此即待絕兩意云云

次言若諦圓智亦隨圓者絕待意也此與前十二緣文末境智相望轉文同也

妙法蓮華經玄義釋籤卷第十

音釋

捒（雙遇切裝捒也）誑誘（誑古況切欺也誘以九切引也）㲉（克角切）派（普卦切分流也）濫（盧瞰切泥濫也）欒（落官切）煗（乃管切溫也）扇搋（梵語也此云生謂生來男根不滿也搋丑佳切）羝（都奚切牡羊也）藪（蘇后切）